我在风花雪
月里等你

第一章
我说孤独她说梦想

窗外风雨交加，孤独跟随着耳机里的音乐一点点地在我的身体里炸裂，伴随着孤独而来的，还有一事无成的羞愧感。我失眠了，坐在硬邦邦的床上，找不到一点儿宽慰自己的理由。

我不知道在上海这座城市有多少人像我一样，恨不得将身体里的每一个细胞都变成赚钱的机器。可在高昂的房价面前，我们仍活得像个奴隶。

我太平凡了，平凡地生活着，平凡地苦恼着，平凡地憧憬着，平凡地淹没在城市的日日夜夜中……平凡就像一把无钥匙可解的巨锁，锁住了我的一切，我本该在平凡中学会麻木的，可偏偏这样一个孤独的深夜，平凡就像一把刀插进了我的心脏。

窒息中，我拉开窗帘，站在十九楼，俯视着身下的城市……交错的灯光，穿过酒店的窗户，穿过彻夜营业的超级卖场，穿过压路机的钢轮，穿过塔吊的吊臂，穿过胶鞋与积水之间，织起了这座城市的幻影。

我渐渐失神，然后眼前一黑，所有的一切好像又不存在了，直到香烟烫了手，续上一支，周而复始……

"米高，你开门，我知道你在家。"

敲门声和说话声让我猛然惊醒，我将手中已经燃了一半的香烟扔进了焦黄色的烟灰缸里，然后给陆佳打开了房门，我们还没有分手，但已经到了分手的边缘。

陆佳穿上了她最漂亮的一套夏装，脚上穿的是一双可以露出一半脚趾的香奈儿亮片系凉鞋，这让她看上去比任何时候都要干净。

我看着她，想像往常一样抱住她。

在我的认知里，恋爱就像一剂良药，会杀死病毒一样的孤独。

她就像药品，蚕食着我的精神，也提醒着我：你该挣钱了，否则我能给你的一切，只是一场言过其实的梦。

说来可笑，我竟然不知道三年的感情，在什么时候质变成现在这个样子。我们活成了彼此陌生的模样，牺牲掉的则是那些单纯和对生活无限的憧憬。

在我想着这些的时候，陆佳也看着我。

我忽然觉得：我们是该好好谈谈了，可还有什么话，是能从我口中说出来让她感动的呢？

"米高，我去法国的签证已经办下来了，我想到那边找个大学，继续学习服装设计……来找你没别的意思，大家相爱一场，就算告别吧。"

我们曾经认真爱过，如今分开，只是在对人生的选择上出现了分歧。

"米高，你以后有什么打算？"

窗外，机械声又混合着雨水的声音传来，我心中是说不出的疲惫，重重地吐出口中的烟，我终于回道："想好好睡一觉，不用做梦的那种。"

陆佳浅浅一笑，说道："别一睡不起，你可是个男人。"

我抬起头，心里有很多想为自己辩解的话，比如这个世界不公平，比如我运气不好，比如能出类拔萃的只是少数，大多数人只能平庸地活着，可这些说出来又有什么意义？

我也笑着，然后转移了这个话题："你呢，以后还会回国吗？"

"如果在那边遇到一个合适的对象，应该不会再回来了。"

"嗯。"

我心里难过得厉害，又说道："到时候记得给我发一张你穿婚纱的照片。"

"我们不是那种分手了还能做朋友的前任，还是别联系了吧。"

我低下头，看了看快要在手中烧完的香烟，半晌才回道："我就是想看看你穿着婚纱的样子，和我心里想的是不是一样。"

"如果你不是开玩笑的话，我是真觉得没这个必要……你在这方面的幻想应该留给你的下一任女朋友了。"

说着，陆佳就拎起包起了身。

"米高，照顾好自己，我走了。"

"留点儿什么吧。"

陆佳看了看手上那枚我在一年前送给她的戒指，然后摘下，轻轻地放在了桌子上，她再也没有回头，我措手不及，我要的不是她将过去的一切还给我，而是真真切切地留下点儿什么。

站在好像与世隔绝的十九楼，我绝望地看着她站在雨中等车的背影，在她上车的那一个瞬间，我又清醒了，比任何时候都要清醒。我知道她带走的是什么，留下的又是什么，只是这些东西都不是肉眼能够看见的。

酒吧里，我靠窗而坐，乐队就在不远处唱着一首我不知道名字的歌曲。我无法释怀陆佳的选择，但又必须理解她，因为爱情不是一种手段，在她有更好的明天可以选择时，我没有办法以爱的名义留下她。

可是，她的选择放大了我的痛苦，让我不知道该以什么样的心态去面对未来。

坐在对面的汪蕾递给了我一支女士香烟，帮我点上后，笑着对我说道："你有没有觉得自己比大部分失恋的人，要幸福得多，最起码还有我这么个老乡愿意陪着你……可是，你能不能别把我当成空气，哪怕'吱'一声也行啊！"

"吱。"

"要不要这么实在？！"

我这才看了汪蕾一眼，她化了很浓的妆，穿着黑色丝袜和一条漂亮的短裙，她对我说过，她不愿意这么打扮自己，可这却是职业的需要。而在上海这座城市，恐怕只有我知道她的全名，她的同事和熟人都叫她蕾蕾。

片刻的沉默之后，汪蕾又凑过来对我说道："有个事情特逗：昨天晚上场子里来了几个在大理开客栈的哥们儿，跟我讲了好多大理的事情。他们说，那里有一帮特自由的男人，天天骑着摩托车在古城和洱海边上乱晃，可偏偏就有女人心甘情愿地跟他们好，坐他们的破摩托车……这样的事情要是放在上海，不简直是胡扯吗，要是你没有房和车，谁愿意和你谈恋爱！"

汪蕾说完后大笑，突然她又放低了声音对我说道："可我真的想去看看，他们说洱海特别漂亮，还有海鸥。"

"去嘛。"

"我哪有时间哟……"

说完，汪蕾注视着我，又心血来潮地说道："米高，不如你也去大理开个客栈吧，你说你在上海这地方，一个月才领六七千块钱的工资，我都替你感到绝望，真不如去试试那边的生活，也许真的就像他们说的那么好呢！"

她陷入了瞎想的状态："去嘛，听说在那边开客栈可赚钱了……等你稳定了，再把我也接过去，咱俩一起经营。"

我打断了她："别做梦了，我要有开客栈的钱，还不如在上海买一套房子呢，一室一厅的也成啊！"

"你没有，我有啊。"

汪蕾说着真的从自己的手提包里拿出了一张银行卡，然后递到了我的面前："卡里有十九万，应该够开一家客栈了吧。"

我没有接，又点上了一支烟。

汪蕾将卡硬塞给我，说道："上海除了一个把你甩了的女人，还有什么？去大理吧，就算客栈开亏了也不怕，我在上海能赚到钱，我管着你。"

我终于从汪蕾的手中接过银行卡，为了不伤害她的热情，我答应她会好好考虑一下去大理的事情。可是我不会离开上海的，因为我也是个会被习惯左右的男人。

所以，她给我的这笔钱，我暂且先给她保管着，以后有个落魄的时候，再还给她救急。

可仅仅过了三天，我便听到了一个噩耗：汪蕾因为跟人起了冲突，混乱中，被酒瓶砸中了头部，在被送往医院的途中便没有了呼吸。

再后来，我才知道，那十九万原来是她这些年来的全部积蓄，之前赚的钱，她都拿去老家县城里捐给了一所学校，学生和她一样是在地震中失去了父母的孤儿。

汪蕾匆匆离世之后，我对人生有了更多的思考，我一遍遍地问自己，我到底该怎么活着？难道我这类人留在大城市真的只有死路一条吗？

其实并没有那么极端，但我肯定不会快乐起来，因为这里有无数痛苦的回忆，我也没有太多希望能够赚到足够在这里立足的钱，我好像永远活在对与错、是与非的旋涡里，疲于应付。

我累了，也痛够了。

傍晚，金黄色的光芒像海面上的波浪，铺满了这座城市的大街小巷，我就坐在为数不多的阴影里，想着陆佳，想着刚走不久的汪蕾……

白天和黑夜的转换竟然是如此之快，好像只是一支烟的时间，灯光便取代了夕阳的余晖，笼罩着这座城市的一切。我恍惚地看着，聚焦于对面那块麦斯威尔的巨型广告牌。矗立的楼群好像变成了一棵又一棵的大树，构成了一片城市森林，而我坐着的那片墙角成了最透风的地方，再也没有那么一个人愿意站在我的身旁，和我一起直面风雨。

一阵铃声传来，我从地上捡起手机，是我爸打来的，我接通："爸。"

"吃饭没？"

"吃了，今天有同事结婚，去吃的喜宴。"

"最近工作怎么样？"

我点上一支烟，心中不想让他失望，咬着牙说道："挺好的。"

"那就好，我知道你在上海不容易，可人陆佳也老大不小的了，你别老这么拖着人家，找个差不多的时间就把婚给结了吧。"

我依然在撒谎："今年恐怕不行了……陆佳有工作上的调动，她去了国外，就上个星期的事情。"

"去国外！……这隔了老远，弄不好要出事的，你没留她吗？"

我笑着回道："放心吧，陆佳不是那种善变的姑娘，我们这三年的感情摆在这儿呢，哪能说出事就出事！"

电话那头沉默着，半晌才有声音传来："我和你妈都是退了休的工人，帮不上你什么大忙，你自己注意一点儿分寸，对人家姑娘真诚点。"

"知道。"

"今年过年带陆佳回咱这边过吧，这边热闹，有个过年的样子。"

"过年再说吧,她回不回来还不一定呢。"

闲聊了几句之后,我挂掉了电话,然后又鼓起勇气拨通了陆佳的电话,这是她离开之后,我第一次这么干,可是这个被我拨打了无数次的号码已经被注销。

这一刻,我好像看到了陆佳那急于和我撇清关系的样子,实际上我也不想纠缠她,我只是想问问曾经最亲密的她,生活到底是险恶的还是善良的?

如果充满了善良,那为什么汪蕾这么好的女人,会走得如此让人痛心和不甘心?

扔掉电话,我重重地躺在了地上,我看见了只有月亮的夜空,像一面镜子,照出了稀巴烂的自己,我想哭,却不愿意为这该死的生活掉一滴眼泪。

二十四小时后,失手打死汪蕾的凶手被缉拿归案,而我也作为这座城市唯一和汪蕾有关系的人接收了她的遗物。她的东西不多,我将那些用得上的化妆品作为纪念品,送给了她的姐妹。我只带走了她的平板电脑,还有一本她用来记账的本子。

她生前最大一笔开支,就是给我的十九万,她在这笔开支的后面写了一段话:"之前,我有一个幸福的家庭,我爸是一个搞建筑的承包商,妈妈只用相夫教子,家里也从来没有缺过钱,我是所有人眼中的公主。那场地震之后,一切都变了……失眠的时候,我常常想,如果没有那场地震,我现在过的又是一种什么样的生活呢?……不敢奢望回到以前,只想改变自己……也许是我在上海这座纸醉金迷的城市待了太久,变得不再相信爱情,不敢相信还有一帮人可以在大理那么不计较地活着……可这次,我真的特别心动,我也希望有一份那样的爱情,希望有一个爱我也被我爱着的男人可以用摩托车带着我,在洱海边、苍山下虚度光阴……如果我们能一起在大理开一个客栈,这一生不就值了吗?"

我不想因为失恋哭泣,不想因为生活的沉重哭泣,可这一刻我已经泣不成声,我满脑子都是汪蕾这短暂又不幸的一生,还有她未做完的梦……

我想挣脱,挣脱束缚的一切,我就当自己和汪蕾一起死在了这座城市,然后选一个新的地方重生。

辞掉工作的那天,我费尽心机在网上查找着在酒吧听到的那首歌曲,它的旋律和歌词构成了我对汪蕾最后的印象,因为在那个酒吧里,我最后一次见到活着的汪蕾。

我终于知道那首歌的名字了,我不需要深层次去理解它要表达的是什么,我已经身临其境,我也必须和上海这座城市说再见了。

我戴上耳机,将音量调到最大,反复播放着这首歌,我坐着出租车、公交车、地铁,试图看遍这座城市的每一个角落,最后停在了享誉中外的外滩,黄浦江就在我的脚下,眼前则是形形色色的人和川流不息的车辆。

掐灭手中的烟,我将汪蕾留下的平板电脑和记账本一起从背包里拿了出来,平板电脑里有很多她的自拍照，象征了她的美丽；记账本里充满了琐碎的气息，这是她的生活。

我想好了，我什么都可以不要，但一定要带着汪蕾的遗愿去大理，她虽然不在了，但是她的梦还在。

7月19日，我在天台上烧掉了一切关于上海和陆佳的回忆，然后背起行囊，乘车去往了火车站，漫长的行程之后，我的下一站是昆明。

就在我按部就班地准备过检票口的时候，我的前领导黄和平给我打了电话，我以为是什么工作没有交接妥当。

我带着疑惑接通了电话，问道："黄总，有事吗？"

"你上火车了吗？"

"准备检票了。"

"你先别检票，我有个朋友的女儿非要自驾去大理，跟家人闹得不可开交，你说这一路几千公里的，我们哪能放心她一个人自驾哪，正好你也要去大理，路上有个照应，千万别让她疲劳驾驶……对了，你会开车吗？"

"会，我有驾照。"

"嗯，两个人换着开我就放心多了……她人现在就在火车站的停车场，你赶紧去找她吧，你的车票和路上的食宿钱我都给你报销了。"

我略微一想，回道："自驾去也行，她的车牌号是多少？"

"车牌尾号两个9，是一辆白色的陆巡。"

挂掉了黄和平的电话，我将火车票放回钱包里，然后拖着行李箱向火车站外的停车场走去……

室外的阳光很强烈，柏油马路像被烤化了一样，我在报刊亭买了两瓶冰镇过的矿泉水，然后透过网状的护栏向停车场内看着，我觉得这一定是一个胆大且任性的姑娘，因为这一路可不是那么好开的，尤其是湖南和贵州那段，都是盘山高速，人容易疲劳不说，还特别危险，所以没有几年驾龄，真不敢挑战这段路。想来，她家人有这样的担心也是很有必要的。

黄和平算是找对人了，因为我在四川的山区长大，最熟悉的就是这样的山路。

确认好那辆白色陆巡所在的位置后，我从一个偏门走进了停车场内，我敲了敲车窗，她特别隆重地打开了车门，然后上下打量着我，问道："你就是黄叔叔介绍的米叔叔？"

"我和你黄叔叔不同辈儿。"

我一边说，一边示意她将后备厢打开，她却将墨镜摘掉，然后弯腰后仰，以一个极其别扭的姿势窥视着被帽檐遮得严实的我。

"比黄叔叔还高出一辈儿！那就是……米爷爷？"

006

我将帽子摘掉，顺便擦了擦脸上的汗水，然后也打量着她。她扎着丸子头，目测一米七左右的身高，皮肤极好，而她身上表现出来的青春活力，更像是一个未知的世界，彻底区别于汪蕾或是陆佳。

她笑够了，又对我说道："我知道后面三千公里的旅程肯定没那么容易搞定，不过只要我们能够秉持尊老爱幼的原则，相信还是能够做到旅途愉快的……"

我笑了笑，没有理会她的调侃，又看着她的车子，转移了话题说道："车子不错，挺适合跑山路的。"

她略带得意，回道："当然，这个大家伙可是我爸送给我的二十岁生日礼物。"

我点了点头，也对这个二十刚出头的姑娘多了一些了解，因为对于车的选择多少能体现一个人的性格，她选择了一辆小众车，应该是有一颗狂野奔放的青春之心，如果爱慕虚荣的话，同等价位，她可以买一辆低配版的卡宴。

"米爷爷，可以出发了吗？"

我将双肩包扔进了车子的后备厢，然后顶着烈日打开了副驾驶室的车门，而这一段三千公里的行程，也就从上海最大的火车站拉开了序幕。

……

出了上海的城区没多久，老黄便将没来得及退掉的火车票钱用微信转给了我，另外还多给了六千，算是之前他承诺的食宿补助。但我只收了车票钱，因为就算加上食宿，也用不了六千，我的消费并不高。

我给他回了信息："食宿钱别给了。"

"车子要加油，还有缴过路费什么的，这钱你替思思付了。"

我下意识地往身边看了看，这才知道她原来叫思思。这时，老黄又发来了一条信息："你可千万把她给看好了，路上尤其注意安全，千万别出什么纰漏。"

我嗅到了一种不寻常的味道，但也没有心情多问。

我收了这六千块钱，然后对正在开车的她说道："你黄叔叔刚刚给我转了六千块钱，说是过路费和油钱，不过到大理肯定用不了这么多，不管剩多少，到时候我再转给你。"

"什么？我才不要他的钱。"

看着她毫不在意的样子，我挺没辙的，但既然已经尽到了自己告知的义务，下一刻便选择了沉默，接着便将注意力放在了车窗外一闪而过的风景中。

就这么过了半个小时，老黄又发来一条信息："米高，你帮我问问思思，她这次想在外面玩多久。"

"这些事儿你们自己问不是更合适吗？"

"这孩子任性得很，我们直接和她沟通，她又会觉得我们管着她，反而不会跟我们说实话。"

我终于按捺不住，问道："……她不会是你的私生女吧？"

"你小子……思思是我准儿媳妇。"

"那不应该啊，你儿子呢？怎么没陪她去大理？"

"在国外留学，还得读一年才能回上海。"

老黄这么一说，我顿时产生了一种距离感，下意识地往车门边靠了靠之后，才开始回信息："以前都是钓金龟婿，现在风向转了吗？"

"门当户对，门当户对。"

"你可拉倒吧。"

我看着微信的对话框笑了笑，心中鄙视老黄。三年的共事，我自认为还是挺了解他的，他是个能将自己很好地融入职场的老油条，但才能实在是缺了点儿，所以混到现在，还只是公司的一个部门经理。

如果我也用势利的眼光来评判，就他这点社会地位，怎么和一个二十岁便收到百万豪车做生日礼物的姑娘家谈门当户对？说穿了就是一种巴结，而最终目的是一段不对等的婚姻。

我将车内的音量调小了一点儿，终于开口向思思问道："坐飞机挺方便的，你为什么非要开车去大理呢？"

"我到那边得有个交通工具呀。"

"你是准备在那边长待？"

"没错，我有朋友在那边开酒吧，我特别向往他们那种自由的生活。"想了想，她又说道，"也有可能是我太不喜欢上海的这种生活节奏，你都不知道我身边的人有多烦，最坏的就是我爸妈，老是逼着我出国留学。你说吧，我的生命也就这么几十年，也不能完全用来提升自己，一点儿都不享受吧？"

"可你黄叔叔和你爸妈都以为你是自驾游，都等着你早点儿回去呢。"

"你知道什么叫缓兵之计吗？等我一头扎进大理这座沸腾的城市里，他们再想和我谈出国留学的事情，先找到我再说吧。叔，你呢，你又为什么去大理？"

我的情绪瞬间就有了特别强烈的波动，我非常想在此时此刻点上一支烟，而在这阵不能克制的自我欲望中，我看到的却是不尽相同的人生，虽然我们的目的地都是大理。

见我不说话，思思又说道："肯定特悲壮吧？"

我没有一点儿想诉说的欲望，只是回道："前面有服务区，我下去抽支烟。"

思思斜着看了我一眼："你可真没劲儿……其实，你也比我大不了几岁，可我为什么一见面就喊你一声大叔？因为我特受不了你的心理年龄，你给人的感觉太老气横秋了……老头儿。"

"你先让我下去抽根烟，至于是大叔还是爷爷，你怎么开心怎么叫。"

"就不让你这个烟鬼抽……"

她说着便踩了一脚油门，瞬间便超过了那辆一直开在前面的车，服务区的提示牌也在后视镜里越缩越小，而我的欲望就这么败给了她的任性。

……

过了杭州之后，她终于因为要上厕所停在了服务区，而我也终于有机会坐在超市外面的遮阳伞下点上了一支烟。

没过多久，她从里面走了出来，并抱着一大堆吃的东西，她将车钥匙递到我的手上，说道："待会儿换你开，我要吃东西。"

我看着她抱着的方便袋，问道："这些都是你从厕所里带出来的？"

她顺手拍了我一下："你也太恶心了吧，还让不让人好好吃东西了？"

我终于对着她笑了笑，然后用力吸了一口烟，而她也在我的身边坐了下来，问道："大叔，我们今天能到武汉吗？"

"我们不路过武汉。"

"绕路去玩一下嘛，我请你吃鸭脖。"

"要是去武汉的话，得多走三百公里路。"

"我又不赶时间，你好像也不赶吧……我跟你讲，武汉真的挺好玩的，而且我还有大学同学在那边，她家就是开餐厅的，什么好吃的都能做出来。"

没等我答应，她便将那一堆吃的东西扔给了我，然后又将我拽上了车，并强行在导航上将目的地设置成了武汉，我当然是拗不过这么一个任性的姑娘，于是放弃了赶路的心情，然后将这段不必要走的路当成了是旅行。

车子以120码的速度疾驰在高速上，思思将副驾的座椅完全放倒，并将两条长腿交叉着放在中控台上，惬意得不行。她一边将薯片往嘴里放，一边给不知名的某某发着语音消息。

"大叔，我已经让我同学安排好了，你想吃什么？"

"孟婆汤有吗？"

思思瞪着大眼睛，感慨道："你是真打算入土为安了吗？"

"每个人都有想忘记的事情，我现在就很想忘掉你是怎么把我拐到武汉这边的，我的眼里只有大理的苍山和洱海。"

"你这么说，是后悔搭我的顺风车了？"

"有点儿。"

"你先别忙着后悔，人生处处有惊喜，说不定你到了武汉还不想走了呢。"

……

第一天的路程非常顺利，我和思思在八点的时候沿着高架桥进入了武汉市区，我将车停在了一个快捷酒店的门口，然后将车钥匙交到她的手上说道："你去和你朋友聚吧，不要玩太晚，明天早上八点准时出发。"

"不是说好请你吃鸭脖子的嘛，我同学都已经安排好了。"

"你们同学叙旧，我跟着掺和什么呢，你玩得开心就行了。"

"你要不要这么扫兴哪？！"

在她表示不满的时候，我已经下了车，并从后备厢里取出了那只装了洗漱用品的背包，然后回到驾驶室的窗口，将手机递到她面前，说道："加个微信吧，方便联系。"

她一边嘟囔着，一边扫描二维码，并告诉我："我叫杨思思，你可以备注成羊羊，我朋友们都这么叫我。"

"成。"

"你呢，真叫米高？我好像还从来没有遇到过姓米的人呢。"

"我有必要和你一个丫头片子弄个假名吗？"

"那行，我先给你备注成米老头儿，等你哪天活成你这个年纪应该有的样子，我再叫你米高。"

杨思思开车离开后，我去快捷酒店开了一个房间，然后便沿着长江漫无目的地向前走着，走了差不多有一个小时，才在一片船只最少的水域边停了下来，我就趴在桥的护栏上，迎着从江边吹来的风，漠视着这座城市的繁华。

听说，一个城市有多繁华，独自走在大道上的人就会有多落寞，我们似乎都在这些什么都不缺的大城市里缺少了些什么。也许是一种归属感，也许是信仰……

我从烟盒里抽出一支烟点上，心中忽然就怹忐了起来，因为我又想起了远在四川的父母，我不知道该怎么告诉他们我和陆佳已经是两条路上的人，我更是以一个失败者的身份离开上海的。

在来往船只的汽笛声中，我轻轻将汪蕾留给我的那张银行卡从口袋里拿了出来，这似乎已经成为我最后的底气。

我终于从口袋里拿出手机，想将最近发生的事情如实告诉家人，我不想带着这么大的心理负担去大理，这不是安居乐业应该有的样子。

就在我将手放在拨号键上，准备打出去的时候，微信里突然弹出了一个语音邀请的对话框，是杨思思那个丫头发过来的。

语音邀请的提示音一直伴随着江边的风声在我耳边响着，我好像一只泄了气的球，再也没有了给家人打个电话说明情况的勇气，甚至感到后怕，如果刚刚真的将电话拨了出去，这个时候恐怕我面对的已经是无休止的愧疚和父母的失望。

这件事情，我应该慎重再慎重。除非迫不得已，绝对不能将已经和陆佳分手的事情告诉他们，因为他们在我的身上寄托着太多太多的希望，我已经够痛苦了，又怎么能让他们跟着我痛苦。

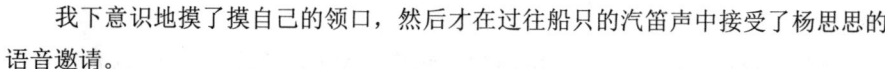

　　我下意识地摸了摸自己的领口，然后才在过往船只的汽笛声中接受了杨思思的语音邀请。

　　"怎么了？"

　　杨思思的语气充满焦急，她说道："大叔，我的身份证找不到了，酒店不给我办登记手续怎么办？"

　　"驾驶证也行。"

　　"驾驶证也找不到了，估计是我爸妈做了手脚，他们压根儿就不想我去大理。"

　　"你出门前也不检查一下？"

　　杨思思带着哭腔回道："我哪能想到他们会出这么损的招儿啊，你快帮我想想办法呗。"

　　风在江面上吹起了波浪，灯光就随着这些波浪起起伏伏，我在这种如梦如幻的景象背后，好像看到了两座完全对立的城市，上海的气势压过了一切，可是大理的花开得更灿烂。

　　我点上一支烟，终于开口向杨思思问道："你在哪个酒店？我先用我的身份证帮你开一间房。"

　　"江湾国际大酒店。"

　　"嗯，你在大厅等我，我这就打车过去。"

　　结束了和杨思思的语音通话，我便在附近叫了一辆出租车。路上，我又想起了老黄今天和我说的种种话，也明白了他的用心，难怪他放心让我和杨思思做伴，因为他早就知道杨思思这一路走不远，倒不如做一个好人，让杨思思以为他和自己是在一条战线上的，以博取信任和好感，日后方便他那在国外的儿子攀高枝。

　　想来，这就是复杂的成人世界了。

　　……

　　车子经过半个小时的行驶，终于来到了杨思思说的那个江湾国际大酒店。这家酒店真是气派，不仅临江而建，整体格局也很恢宏，绝对够得上五星级的标准。

　　我走进了大厅，杨思思一副有气无力的样子落座在靠服务台的沙发上，看见我走近，赶忙起身相迎，然后对着我一通抱怨，也不提订房间的事儿了。

　　我提醒着说道："你先别急着说话，你看看，除了证件被收了，银行卡是不是也被冻结了？"

　　杨思思先是一愣，又赶忙从包里拿出了手机，然后脸就绿了，愤愤地说道："他们这是要赶尽杀绝吗？"

　　"谈不上赶尽杀绝，我觉得就是想让你知难而退……他们想让你自己意识到，你在这个阶段还没能做到经济独立。"

　　"他们不知道我正在叛逆期吗？想让我回上海，门儿都没有，我现在就给他们打电话。"

我笑了笑，然后坐在了她刚刚坐过的那个沙发上，等待着她和她父母沟通的结果……

和我想的差不多，没说几句话，杨思思就急了，然后一边哭，一边向电话那头撂着狠话，可似乎并没有什么作用。这么过了十来分钟，她终于带着怨气挂掉了电话，然后站在我的面前，对我说道："大叔，你帮我开一间房，我决定和他们死磕，因为大理是我非去不可的地方，如果这次我屈服了，接下来几年，我都不会过上自己想过的日子了！"

我起身对她说道："老黄一共给了我六千块钱，订房间剩下的钱我待会儿都转给你，怎么支配你自己说了算……我觉得肯定够你回上海的路费了。"

"你是什么意思啊？想在这个时候落井下石，抛弃队友？"

杨思思的声音特别大，很快就吸引了一众好奇的目光，可我一点儿也不觉得这会给自己什么压力，依然心平气和地对她说道："那你说说看，你不光没有证件，还没有钱，你怎么去大理？"

"你……你那儿不还有黄叔叔给的六千吗？"

"我记得白天，我跟你说起这笔钱的时候，你表现得挺不屑的。"

"那……人在屋檐下，不得不低头的嘛……这点儿钱我先拿来江湖救急，以后再还给他。"

"你这么想没问题……可是我也得提醒你，你现在要住的这个酒店，最便宜的商务标间都要一千五百块钱，按照你的消费标准，你连湖南都走不到就得乖乖地打道回府了。"

那些不满的情绪好像写在了杨思思的脸上，她瞪着我回道："这个时候你不是应该劝我坚持下去的吗？你可也是要去大理的人，如果让你这么窝囊地半途而废，你会甘心吗？"

"应该会不甘心，可是我更不想带着一个拖油瓶……你自己想想，你什么证件都没有，这一路上会惹多少麻烦？"

"你……你不仅显老，还特浑蛋。"杨思思越骂越气，忽然就从自己随身携带的包里拿出了一袋东西，然后狠狠地砸在我的身上，怒道，"亏我还惦记着你，特意在回来的路上给你买了鸭脖子……你倒好，在我受难的时候说的全是废话！……怪不得人家说可怜之人必有可恨之处呢，首先你就不讲义气，不像个男子汉大丈夫……我才懒得跟你这样的人为伍！"

我算是见识到了富家小姐的臭脾气了，刚想开口说话的时候，她却拖着自己的行李箱转身就走，这倒也符合她的性格，只是我没有想到，我们竟然这么快就散伙了。但我这么做也是出于好意，因为她正处在一个可塑性最强的年纪，又有出国留学的

012

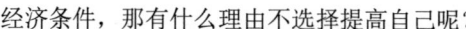

经济条件，那有什么理由不选择提高自己呢？

人嘛，不管家里有多少钱，也总该往高处走的。

杨思思负气出走之后，我将散落在地上的鸭脖一根根捡了起来，心中有那么一点儿不是滋味，可是在知道她的父母如此反对她去大理之后，我也不适合带着她继续走。

我将老黄给的那笔钱用微信转给了她，她却没有动静，估计是正在开车。

没过一会儿，我又收到了老黄发来的信息："怎么一直没回信息，你们这是到哪儿了？"

"武汉。不过，我估计她明天就得回上海了……"

"回上海？"

"不是正中你下怀吗？"

"你还是没弄懂我的意思……"

"有话你直说，我要是有你那么多花花肠子，我不就成你领导了嘛。"

"我的意思是，你先把她安全送到大理，回头我再去大理找她，等她吃够了苦、受足了罪，也就没那么犟了，我也好劝……"

我不屑地一笑，回道："到时候不光她感谢你这一路的仗义出手，她爸妈也得感谢你，最后好人全都让你做了……可是这么算计一个小姑娘有意思吗？"

"米高，可怜天下父母心哪，等你为人父母的时候，你就明白了。"

不知道为什么，老黄的这番话又让我想起了自己的父母。就在我和陆佳还没有分手的时候，老两口有什么好的都舍不得吃，大多会寄给我和陆佳，除了出自关心，也是希望能借此稳固我们的关系。而老黄这么做的目的跟他们差不多，只是有一点儿走了邪门歪道的感觉，所以我就这么一点点被他算计着，成了他的眼线……

想来，如果没有我跟着杨思思，弄不好到了大理之后，真没人能找到她，从这点来说，老黄还真是做到了滴水不漏，而他之前给我的这六千块钱，也是他算计的一部分。

我怀着好意提醒道："你小心最后弄巧成拙，鸡飞蛋打……我感觉那丫头的脾气可不是那么好摸透的。"

"事在人为，事在人为嘛……"

我摇头笑了笑，便关掉了微信对话框，然后打开携程旅行，查询起了明天武汉到昆明的航班信息，我之所以想改坐飞机，是因为不想将时间浪费在路上。我跟杨思思不同，她去大理是为了游戏人生，而我是去生活的。

最终，我选了早上七点四十五分的航班。

回到快捷酒店，我冲了个热水澡，然后便躺在床上逼自己赶紧进入睡眠的状态，可越是这样，越是睡不着，我总是会想起那些已经失去了的人，我不知道她们现在

013

以什么样的状态存在着，过得好或是不好。

这么恍惚了一会儿，放在枕边的手机又传来了收到消息的提示音，我拿起看了看，竟然又是杨思思发来的，可这次却充满了敌意。

"我身边的每一个朋友都哄着我、惯着我，为什么偏偏第一次出远门，就遇到你这种渣男？我告诉你，我特别讨厌这种被抛弃的感觉，你让我感到很绝望！"

"那你也太容易绝望了。"

"对，我就是内心脆弱！……这可是武汉呐，我人生地不熟的，你看我走了，连哼都不哼一声，你就真的不怕我出点儿什么事情吗？"

"你有朋友在这儿，能出什么事情？"

"那是我朋友，不是我的护身符，我现在给你半个小时时间，你赶紧来江边公园给我道歉，要不然后果自负。"

杨思思的小孩脾气让我是哭笑不得，我看了看时间，已经是深夜的十二点三十分，如果她没找到住的地儿，一个人待在江边公园，确实不安全。

我一个快三十的人，不至于和她置气，我穿好衣服，随即便打车向江边公园驶去。

到了江边公园，我给杨思思发了位置共享，她在第一时间便接收了，我看了看路线，大约也就相隔了两三百米的样子。要说，她这胆子真是不小，因为这个点儿附近已经没有人了，公园里的树木和小道营造出的可都是阴森森的气氛。

绕了一个弯，我终于看见了趴在护栏上的杨思思，一副要死不活的样子。

我站在她的身边，说道："我以为你去朋友家住了。"

"不想听你解释，你先道歉。"

"我错哪儿了？"

"我们可是一辆车上的人，你才第一天就出卖队友，这是不仁不义。"

"我也就是搭个顺风车。"

"上海那么大，你怎么不去搭别人的顺风车啊？……你既然能坐上我的车去那么远的地方，就证明我们之间有缘分，所以你不光不仁不义，还糟蹋缘分，你罪过大了去了。"

我笑了笑，回道："我先帮你找个住的地方，算是给你赔礼道歉，你看行吗？"

"这还差不多，那我再问你一遍，你到底要不要带我去大理？我现在什么证件都没有，先不说能不能开车，住酒店就是一个大麻烦。"

"没法带，我已经订了明天早上飞昆明的机票了。"

杨思思看着我，气得发抖，继而骂道："你这个禽兽，有必要把事情做得这么绝吗？"

我笑道："不是我把事情做得绝，现在是你在利用我……假设一下，如果你现在证件齐全，咱们闹掰了之后，你还会找我吗？所以你现在和我要的道歉，怎么看都是个幌子。"

"……那你说，我现在还能怎么办？我就是想去大理，我原本以为我爸妈禁不住我闹，妥协了。这一路上我都特开心，可是他们却用了这么损的招儿，我要是现在回去了，我估计自己这一辈子都别想在他们面前活出自我！"

"所以大理压根儿就不是你真正想去的地方，你执意去大理只是对抗你爸妈的一种方式……可是，值得吗？"

"值得，每个人都该有不一样的自我……还有，大理就是我想去的地方，我几年前已经去大理旅游过，所以我知道那是个什么样的地方，我就是喜欢苍山，喜欢洱海，喜欢和一帮不装的人在酒吧里聊天、唱歌、喝酒。"

杨思思越说越激动，我只是不动声色地回道："你想到的只是怎么玩，却没有想过就算是在大理，衣食住行也都是要花钱的……你这个年纪活得梦幻点儿是没什么，可是你现在已经没了梦幻的资本，因为你爸妈压根儿就不支持你，所以你哪有经济来源去实现你要的自我？"

"我……"

我点上了一支烟，平静地看着把什么都当儿戏，却在此刻无法反驳我的杨思思。

终于，她开口对我说道："你不用和我说这么多，我回上海还不行嘛。"

"成，那我现在给你订一个房间，还是之前那个可以看江景的江湾国际酒店行吗？"

"你住哪儿我就住哪儿。"

"我那是快捷酒店，酒店设施很低档的。"

"我没有非要和你区分出三六九等，一直都是你在故意撇开我。"

这个夜晚，杨思思在我隔壁的房间住了下来，算是让我重新认识了她，她确实和那些死活都要强调生活品质的有钱人不一样。可这也不代表她在没有了经济来源之后，依然能在大理玩下去。

夜深了，窗外刮起了大风，雷声不绝于耳，然后一场暴雨便洗礼了武汉这座陌生的城市，而我也在这样的动静中失眠了。对于大理，我也有过耳闻，听说每一个决心留在那里的外地人身上都充满了故事。

我不知道自己算不算是一个有故事的男人，但我一定是带着从大城市遗留下来的落寞去那里的，我会在那里想念汪蕾，也会想起去追求更好生活的陆佳。

我解锁了手机，然后将里面的所有照片都看了一遍，心里对大理的期待又增多了一分，因为这些照片的背后都是我对大城市的厌倦。

此时此刻，我不知道陆佳在哪里，但我还是想和她说说话，于是我又给她那个已经注销的号码发了短信："你离开了上海以后，我一直在思考，你到底带走了什么，于我而言，又留下了什么？其实我很明白，这样的思考是没有意义的，因为答案都

015

在你那里……对了，继你离开之后，我也离开了上海，希望新的城市能有不一样的生活，也希望你一切顺利。"

发完这条信息窗外的雨也停了，我这才有了倦意，又过了一会儿，便进入了睡梦之中，但睡眠质量不高，我做了很多有关过去的梦。

次日，我五点三十分便起了床，准备办退房手续的时候，看见杨思思竟然已经坐在了大厅的沙发上，但却不和我打招呼。她气鼓鼓地走到我身边，然后将她那张房卡也递给了我。

我问道："怎么不多睡一会儿？"

"送你去机场，你不仁，我不能不义。"

"我自己坐车就行了，这儿离机场也不远。"

"别废话，赶紧退房。"

杨思思一边说，一边将我手中的两张房卡都递给了服务员，服务员刷过卡后，皱着眉头说道："这两间房是一张身份证开的，其中一间没有把登记信息传给公安系统。"

我赶忙解释："我朋友忘记带身份证了，昨天晚上我已经跟你们主管说明情况了。"

"现在都是和公安局联网的，如果像你这种情况被查到，我们酒店可是要被重罚的，虽然最近管得比较松，但你最好还是带你朋友去派出所办一个户籍证明，你们后面住其他酒店也方便。"

"谢谢。"

随后，我又对杨思思说道："看见没，虽然我有身份证，可也不是你的护身符，现在连住个酒店都要去派出所打证明，你嫌不嫌麻烦哪？"

"不麻烦，我就喜欢这种亡命天涯的感觉……不过你放心，我不会再缠着你了，我把你送到机场以后就回上海。"

……

早晨六点，杨思思开着她的陆巡，顶着烈日，穿梭在大街小巷。可是随着时间的推移，我越来越感觉不对劲儿，赶忙拿出自己的手机设置了到机场的导航，却发现离机场已经有三十多公里远。

杨思思带着得逞后的笑容对我说道："你抬头看看前面的指示牌。"

我放下手机往车窗外一看，指示牌上俨然写着距离杭瑞高速的入口还有五百米。

惊慌失措中，我一句"我的天"脱口而出，我怎么能这么轻易就相信了杨思思这个胡作非为的家伙，我浪费掉的不仅仅是时间，还有一张价值过千的机票。

"大叔，是不是感觉人生处处有惊喜呀？我早就和你说过，我是个执着到让我自己都感觉发指的女人，我这辆陆巡就是你下不了的车，大理我是去定了……回头

016

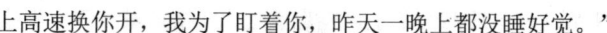

上高速换你开,我为了盯着你,昨天一晚上都没睡好觉。"

"我到底是哪儿吸引你了啊?……倒了八辈子血霉了!"

"别自作多情了,我就是缺个到大理的司机,等到了大理以后,咱们马上就可以老死不相往来。"

我被她撑得无话可说,而车子在下一刻就到了收费站的入口。杨思思用最快的速度取了卡之后,便将车停在了高速公路的临时停车区,她满脸得意地晃着手中的收费卡对我说道:"哼哼……只要思想不滑坡,办法总比困难多,就你这拒人于千里之外的态度,更加坚定了我要去大理的决心,我才不会半途而废让你们这帮人看了笑话……哈哈,怪不得人家说旅行是人生最好的导师呢,我这不就知道了去派出所办个证明,就算没有身份证也能住酒店了嘛。"

太阳越发地刺眼,杨思思貌似很贴心地将墨镜递给了我,然后又打开主驾驶室的车门对我做了一个"请"的手势。我看了看时间,已经快七点,就算我脚下踩着风火轮也赶不上之前订的航班了。我不光被老黄算计,还被杨思思这个小丫头片子算计,从这点来说,他们倒真的挺适合做一家人的。

我心有不甘地从她手中接过了墨镜,她又对我说道:"大叔,我看了下导航,差不多傍晚的时候就能到凤凰,我想停在那边玩一个晚上,再顺便去派出所办个能住酒店的证明。"

想了想,她又一脸嘲讽地对我说道:"凤凰好像没有到昆明的火车和飞机哦。"

从湖北到湖南的这一路上,杨思思一直在睡觉,中间曾被手机铃声吵醒过,她不耐烦地看了一眼之后,便挂断了。差不多五点钟的时候,我们到了湖南境内一个叫泸溪的地方。

在上海待得久了,猛然见到这么山清水秀的地方,实在是心旷神怡,杨思思更是兴奋得不行,非要我将车停在高速的观景台上,让我给她拍照。

我敷衍了事之后,便趴在观景台的护栏上眺望着眼前这座被山水包围的县城,我想:这里的房价一定会很便宜,如果我在这里能保持和上海一样的收入,那买套房在这儿生存下去应该不是什么难事。

可是,这个世界上会有那么一个女人,甘心和我在这样一个小县城里生活吗?这里可没有爱马仕,也没有普拉达……

失神中,身边的杨思思推了推我,然后对我说道:"大叔,你快看,我们的车旁边停了一辆上海牌照的车。"

我顺着杨思思所指的方向看去,果然有一辆上海牌照的大G(奔驰)停在陆巡的旁边,随后便从车上下来了一个戴着墨镜的女人。只是一眼,那种漠视一切的气质便让人过目难忘。虽然她很美,但是美或不美在她特别的气质面前,似乎已经不那么重要了。

017

我多看了她一眼，我知道这种偶遇，一辈子可能也就这么一次。虽然这一刻我们停留在这里看一样的风景，但下一刻便天南地北，不会再有任何形式的交集。而我之所以多看一眼，是因为人对美好的人或事总有本能的向往，但这种向往又不同于幻想，这种微妙的区别恐怕只有身临其境的人才能懂。

点上一支烟，我收回了自己的目光，但杨思思却一直盯着那个女人看，然后又对我说道："她开着那么好的车，人又长得漂亮，你说她是干吗的？"

我笑了笑，反问道："是不是见到比你漂亮的女人，有敌意了？"

"是有点儿，可是你真的觉得她比我漂亮吗？"

"我脸盲，不知道怎么对比。"

杨思思似笑非笑地看着我，回道："没事儿，你可以趁机多看她几眼，毕竟这么好的风景，这么让人动心的美人全部凑到你面前的好事儿，你这辈子也碰不上几次。"

"是啊，要不你去帮我要个电话号码？"

杨思思一脸嫌弃："咦……你这就是色胆包天了！"

我没心情和杨思思做这种毫无意义的斗嘴，而那个女人也没有再给我多看她一眼的机会，她上了自己的车子，随后便跟随着车流不知道驶向了哪个出口。

而同一时间，我面对着眼前这座精致的小县城，心中也溢出了一丝淡淡的不舍，它好像是我去往大理路上遇见的第一个安宁之处，它给了我一个惬意的黄昏，如果每段悲伤都需要用一种方式来祭奠，我希望将从上海带出来的一切悲观情绪都埋葬在这眼前的山水之间，然后做回自信乐观的自己。

我终于想起用手机的镜头将眼前的风景记录下来，与此同时，身边的杨思思也凑了过来，她将自己的手机在我面前晃了晃，然后带着值得玩味的笑容对我感慨道："在上海待了这么久，什么样的女人都见过，可是真没有见过气质这么好的！"

我看了一眼，她竟然偷拍了刚刚那个女人，并且是摘掉墨镜之后的模样，虽然只有一个侧脸，但是在逆光的效果下，那种美融入秀丽山水中，竟是如此震撼。

没等我开口，杨思思又非要我也帮她在同样的位置拍一张照片，我勉为其难帮她拍了一张，效果之震撼并不逊色于那个女人，可却少了一点儿干练的气质，更何况当一个女人存心和另一个女人做比较时，实际上就已经输了。

杨思思却不这么想，她将那张在逆光中拍出来的照片看了又看，然后高举手机，带着无比自信的笑容说道："吹响进攻的号角，出发！"

……

夜晚来临前，我们准备下高速，却在经过收费站时，遭遇了一场无法想象的大堵车，甚至连 ETC 车道也被收费车道的车给堵了，我这才惊觉现在正值旅游旺季，像凤凰这种全国知名的古城肯定处于超负荷运营的状态。

我打开车窗探头看了看，想寻找一个能掉头离开的机会，可是杨思思却根本不将堵车当回事儿，她一直拿手机拍着旁边货车上载着的猪，然后不知道怎么就把自己给逗乐了，对着那群猪笑个不停。

我对她说道："还没出收费站都堵成这个样子，古城里面估计车子更进不去。"

"慢慢开嘛，我又不急。"

"这就不是急不急的事儿，我估计到里面之后连客栈都订不到，到时候出来还得一阵堵，你不嫌糟心吗？"

我的话还没说完，后面车的车主就开始带着暴躁狂按喇叭，然后刺耳的声音像病毒一样蔓延着，简直搞垮了人的心情。杨思思在这种场景下终于感叹道："有必要这么夸张嘛！"

"走吧，下次有机会再来凤凰玩。"

"走，走，快走，这帮人是出来拼命的，不是旅游的。"

我在杨思思的催促声中终于找到了一点儿能够掉头的空隙，随即转入另一个车道，再次驶回了高速公路，也幸亏这边的收费站没有将两个方向的车道完全隔离，否则我们非得夹在这些车里缴完费才能再次上高速，而就这么一点儿微不足道的幸运，竟然给我带来了一丝轻松和快乐的感觉，想来我真的不是一个复杂的人。

……

再次驶回高速公路上，天色已经完全暗了下来，我留意了一下导航，距离抵达下一座沿途的城市还有差不多三百公里的距离，这意味着今天必须熬夜开车，可杨思思却没有熬夜的觉悟，她要我开回那个叫泸溪的小县城，理由很简单，就是因为那里够漂亮。

我当然不愿意走回头路，于是骗她说湖南这边的小县城都漂亮，尤其是下一座要经过的城市。

差不多开了一百公里，远处隐隐约约传来雷声，没过多久便下起了瓢泼大雨，我不敢开快，打开双闪之后，车速便一直保持在50码左右，而前方已经停着因为来不及刹车而产生追尾的事故车。

杨思思抱怨我，说应该听她的回泸溪，我的心里比她还急，如果这样的暴雨下一个小时，按照现在的车速，夜里十二点恐怕都到不了下一座能休息的城市。

小心翼翼地开了一段路，雨没有一点儿要停的意思，我想找个服务区休息一下，顺便加满油，可湖南这个地方的山区实在是太偏，有时候一百公里都见不到一个服务区，只是在路边设了一些临时的停车点。

不知道这是驶过的第几个隧道，我越发地感到疲惫，可是又不放心在这样恶劣的天气里将方向盘交给有点儿毛躁的杨思思，于是喝了一瓶红牛，强打起精神继续往前方行驶着。

杨思思突然大叫:"开慢点儿,开慢点……你看前面停着的是不是我们在泸溪见过的那辆大G?"

我下意识地踩了一脚刹车,车速本来就不快,很快就靠边,在那辆上海牌照的大G后面停了下来。随后,我便看见此车的右后轮已经完全瘪了下去,估计是扎进了什么东西。

杨思思看了看我,说道:"如果你会换胎的话,这好像是个可以英雄救美的机会耶!"

我没有理会她,在观察了后方的车况之后,选择了一个比较安全的时机下了车,然后站在那辆大G旁敲了敲车窗。里面的女人打开了车窗,于是我又在肆虐的暴风雨中和她打了个照面。

我对她说道:"我帮你换车胎,你把后面的工具箱打开。"

我不说废话的表达方式让她愣了一下,然后她才操着极其标准的普通话对我说道:"谢谢,我已经打了道路救援的电话,等一会儿就行了。"

"后面出了好几起交通事故,他们一时半会儿肯定来不了……你这只是换个车胎的小事,就别浪费公共资源了。再说,这么大的雨你停在应急车道上也不安全哪!"

她犹豫了一下,又问道:"不麻烦吧?"

我笑了笑,回道:"不麻烦,我们也是从上海过来的车,正好碰上了,怎么着也不能装看不见。"

"那谢谢了。"

"别客气了,你现在赶紧下车,然后到护栏外面站着,防止出现二次事故。"

我说完又赶忙向杨思思的陆巡跑了过去,将杨思思也叫下车后,便在车后两百米的地方放置了三脚架。

两个女人撑着伞站在护栏外,我则用最快的速度拆卸着被固定在大G后面的那只备胎,这绝对不是她能干的事情,因为大G的备胎比一般车子的备胎不知道要重了多少。

将备胎卸下来之后,我又用千斤顶撑起了车子,却因为光线不好,尝试了几次也没能将备胎装上去。这时,一辆大货车驶过,被它的巨轮压过而溅起的积水瞬间便将我淋成了落汤鸡,伴随而来的还有杨思思的惊呼声。

她想过来给我撑伞又被我赶了回去,因为换车胎的地方紧靠着行车道,如此低的能见度下,实在是过于危险。

反复尝试了几次之后,我终于将备胎装在了轮毂上,然后又麻利地用工具将螺帽拧上,搞定之后,我一秒也不浪费地对站在护栏旁的女人喊道:"赶紧上车,把车开走,这儿太危险了!"

她感激地看了我一眼,也知道这里不是谈感谢的地方,下一刻便上了自己的车子,

然后又一次以擦肩而过的姿态消失在了我的视线中。

我接过杨思思递来的毛巾擦了擦脸上的雨水，顾不上喘息，收回三脚架之后，便继续开着车子向沿途的下一座城市驶去……

"叔，你刚刚帮了那个女人那么大的忙，怎么也不给人家一个报答的机会啊？她这么一走，你恐怕这一辈子都见不上咯！"

"举手之劳的小事情，你别说得跟再造之恩似的。"

"哇，这还算举手之劳啊？你都不知道刚刚那些大车贴着你开过去的时候，我心都是揪起来的。"

"这就是这个世界上为什么一定要有男人，因为有些活儿你们女人真干不了，比如你，遇到事情就只会闭眼睛尖叫。"

杨思思瞪了我一眼，回道："我可是在担心你欸，你还对我冷嘲热讽，是不是也太没良心了？"

我笑了笑，没有再答杨思思的话，之后又用120码的高速弥补着刚刚因为下暴雨而耽误掉的路程。

夜里十一点半，我们终于到了贵州境内的一个小县城。这里和昨天晚上停留过的武汉不同，它实在是太小太安静了，而酒店的管理更是懈怠，我很轻易地便用一张身份证开了两个房间，甚至连理由都不需要编一个。

进了房间之后，我第一件事情便是换掉了被雨水淋湿的衣服，然后又洗了个热水澡。我以为自己的身体很不错，可是从卫生间出来的那一瞬间，我就涌起一阵眩晕感，继而开始畏寒怕冷……

我知道自己发热了，一量体温，发现已经逼近40度。为了不耽误第二天的行程，我将自己裹在被子里，开始拼命喝白开水，可这体质真的已经大不如前，等到第二天的早晨，体温竟然超过了40度，并且浑身没劲儿

……

酒店旁边的小诊所里，我在输液，杨思思就坐在我的旁边，百般无聊地翻看着一本随身携带的都市情感小说。

我对她说道："你要是实在没事情做的话，就帮我去对面的报刊亭买几包烟吧。"

杨思思斜了我一眼，回道："我看你还是先保住自己的小命儿，再考虑抽烟的事情吧。"

我用手捂住自己的胸口，满脸痛苦地说道："不抽烟我现在就会死！"

杨思思放下手中的小说，左右看了看，回道："可这儿也不是抽烟的地儿啊，这么多病号在呢，你忍心对他们进行二次毒害？"

"我去卫生间抽。"

杨思思一脸不可思议，然后冲我竖起大拇指，说道："为了抽烟命都不要就算了，

脸也敢不要，佩服佩服！"

我看了杨思思一眼，便有气无力地瘫在了躺椅上。

"真是受不了你，我帮你去买还不行嘛……你要抽什么烟？"

……

诊所外面的树荫下，我点上了杨思思刚刚买来的中南海香烟，杨思思则坐在我的身边，一手托着下巴，一手举着我的盐水瓶。半支烟还没有抽完，她便开始抱怨道："你说你一大把年纪了，非要不自量力地去英雄救美，做就做了吧，可凭什么最后是我陪你在这儿受罪啊？而且更可恨的是，你竟然还在武汉做过抛弃队友这么伤天害理的事情，想想真应该在你的盐水瓶里加点儿毒药，让你一辈子生活不能自理。"

"还能更毒一点儿吗？"

杨思思想了想，反问道："有没有一种药能把人毒得半身不遂的？"

我被自己吸进去的烟给呛住了，然后又在从缝隙穿过的阳光中看到了一张一点儿也不像开玩笑的脸，我真的特别佩服她遣词造句的能力，可是却消化不了她这与众不同的幽默感。

杨思思好心好意地拍着我的后背，帮我顺气儿，等我缓过劲儿来她又附在我的耳边，小声说道："告诉你一个秘密呗。"

"你已经在盐水瓶里下毒了？"

"不是，不是，我不会真干这么无聊的事情，毕竟我是个有分寸的人。"

"那你说。"

杨思思带着值得玩味的坏笑，回道："其实昨天晚上那个特别漂亮的女人给我留了电话号码……她也是去大理的，她让你到大理之后给她打电话，她要请你吃饭并表示感谢。"

"是吗？"

"想不想要嘛，要了就像是一部都市爱情剧，爱情剧开篇都是这么写的……她竟然也是去大理的耶！"

"不想要。"

"你确定你这不是假正经？"

我愣了半天，然后转头看着杨思思，指着自己的胸口，回道："其实我也有个秘密藏在心里。"

"和我有关？"

"当然。"

"我不信，我们认识都不够三天。"

"可是我们之间的剧情更像都市爱情剧的开篇，你想不想听？"

杨思思半信半疑地与我对视着我，半晌才回道："你不要吓我，我还是个孩子，不想掺和进你们的世界！"

我满脸凝重，说道："其实我是老黄安排在你身边的卧底。你难道一点儿都不觉得巧合吗？正好你要去大理，我就从公司离职，也跟着要去大理。"

"呃……好像是有那么点儿！你赶紧说，你卧底在我身边到底想干吗？"

"做你的男朋友。"

杨思思露出恍然大悟的表情："怪不得在武汉你要把我给甩了呢？因为真正见面后，你深知自己配不上我，就知难而退了！"

"不，是你配不上我。"

"咱们先不说谁配不上谁的事情，你告诉我，我做了你的女朋友对黄叔叔有什么好处？"

"你自己想。"

"喊，你能不能不开这种玩笑？他才不会让你做我男朋友呢，他那么一个会算计的人。"

"那你为什么又和我开这种玩笑？这么大人了，己所不欲勿施于人的道理还不懂吗？"

在与我的数次斗嘴中，杨思思第一次败下阵来，她没有再说话，但是我却在她的沉默中看到了一种精明，她并不像看上去那么大大咧咧，她心里其实知道黄和平是一个什么样的人。

一路磕磕碰碰，我们终于在离开上海后的第四天到达了昆明，直到到了这里，才算真正有了彩云之南的感觉。这中间老黄又和我联系了几次，提醒我务必在大理掌握住杨思思的行踪，他最多再过一个星期就会和杨思思的父母一起来这边。

他还问我，杨思思对于去大理这件事情有没有态度上的变化。

我无从回答，只是告诉他杨思思这四天已经将他转过来的六千块钱花得干干净净，如果没有其他援助，她在大理应该待不久。所以他选择在一个星期后带着杨思思的父母来大理是一个比较好的时间点。

过了昆明，杨思思又将方向盘交给了我，在我开车的时候，她是不愿意错过路上的一点美景，一直用手机记录着一闪而过的花花草草和瞬息万变的云彩。而我的心情也随着一点点接近大理，有了微妙的变化。

如果单看完全没有被工业污染过的风景，这确实是一个值得来的地方，可是它的生活氛围真的像汪蕾曾经告诉过我的那样吗？我并不怕自己失望，怕的只是汪蕾拼命做出来的梦真的只是一场梦。

身边的杨思思终于放下了手机，然后伸了一个懒腰，看着车载导航对我说道："还有五十公里就到大理了，快说说你现在的心情呗。"

"我有必要和一个老死不相往来的人说那么多？"

杨思思笑着回道："我可是在你这句话里听出怨气咯，你不会是不想散伙，打算在大理继续和我过抬头不见低头见的生活吧？"

"我真的很不喜欢你的想象力，趁早散伙吧。"

"散就散呗，以为我多稀罕你似的。"

我转头看了她一眼，没有再搭话。我的坏心情并不是因为她惹来的，我只是在临近大理的时候想起了在上海的种种伤感，而我总不能将这些心情摊在杨思思这个乐天派的面前，让她去了解我无奈的痛苦。

我很明白，这些注定是要我一个人去承受的。

……

路上渐渐有了如何到大理古城的指示牌，云南白族特有的建筑物和镶嵌在山与山之间的彩云渲染出了大理别样的风情，我试图让自己轻松一些，也终于将车停在一个临时的停靠点，然后从包里取出了汪蕾的平板电脑，拍了一段小视频。此刻，我希望她能和我一样看到在阳光下波光粼粼的洱海，也希望她能感受到我的心情。

杨思思又来到了我的身边，她一脸鄙视地看着我手上的平板电脑，然后说道："哟哟哟，你一个大男人用粉色的平板，也太变态了吧？"

"朋友的。"

我点上了一支烟，洱海的风很大，也很凉爽，可是当我闭上眼睛准备好好感受时，我又想起了抛弃自己去追寻更好的生活的陆佳。

我无法回报这些年她奉献给我的青春，只能在大理好好活下去以证明她的选择是对的，因为我们各自在分手之后，都过上了比以前更好的生活。

杨思思又发扬起八卦的精神，追问道："那就是前女友的咯？"

"一个老乡的。"

可能是感觉到了我的不热情，她没有再追问，可是闲了没一会儿，她又眯眼，然后笑着对我说道："那个女人留给我的联系方式你真的不想要吗？"

"我说了是举手之劳的小事情。"

"你不要后悔哟！"

"不后悔……走吧，前面到邓川了，我们就从那里下高速。"

此刻正是大理的旅游旺季，我没让杨思思将车开进已经被堵得水泄不通的古城里，我们在214国道上下了车，身后有一块很大的广告牌，上面写着保护好洱海的标语。

这在无形之中给了我一种信心的保障，因为我相信，大理只会越来越美，越来越好。

我和杨思思就在这里分别，在我将后备厢的行李都拿出来以后她打开车窗，第

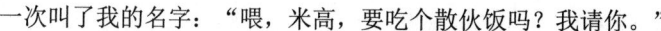

一次叫了我的名字："喂，米高，要吃个散伙饭吗？我请你。"

"不吃了，怕你买通老板在饭里下毒。"

我以为她会骂我或是挤对我，可是她却冲我笑了笑，回道："不想吃就算了，不过希望改天在大理偶遇的时候，你不要还是这么一副要死不活的样子……我觉得，在大理就该活得开心点儿，要不大老远来这里做什么呢？在上海也一样嘛，反正都是痛苦！"

我看着她，想对她说一声"谢谢"，可是她却在下一刻关上了车窗，没过多久便跟随着车流消失在了我的视线中。

我默默地看着，然后便在这人生地不熟，却到处都是人和车的地方有了一种从头开始的孤独感……

又过了一会儿，街灯便亮了，远处是万家灯火，可是并没有一盏能照进我的内心，因为于这座完全陌生的城市而言，我只是一个流浪的人。

坐在车来车往的马路边上，只有烟能拯救我的寂寞和对这座城市的迷茫。我知道不该用"迷茫"这么消极的词语来形容此刻的心情，但是，当你面对着万千灯火，却没有一盏属于你时，你的内心一定会滋生出很多不能自我控制的消极感，但这并不代表我对这座城市是失望的，我只是想在此刻能有一个可以跟我说说话的人。

又过了十来分钟，终于有一辆没有牌照的踏板摩托车停在了我的面前，一个留着脏辫、穿着短裤和拖鞋的男人居高临下地向我问道："是你在网上订了我们旅社的床位吗？"

我赶忙站起来问道："你是'凤人院'青年旅社的吗？"

"对，我是旅社的老板，你叫我铁男就行了。"

"铁男？"

他这才笑了笑，解释道："在大理这个地方，没多少人用真名的。来这里的人多少都想忘掉一些东西，名字是可以被忘掉的东西里成本最低的，所以大家就都这么干了。"

铁男的话刺了我一下，以至于我稍稍沉默之后才回道："你好，叫我米高就成。"

铁男拍了拍我的肩，笑道："不用把大城市的客套带到大理来，我们都挺随意的，不兴说你好、谢谢什么的。"

铁男载着我穿过好几条没有灯的巷子，终于到了他的客栈，让我不解的是，客栈里漆黑一片，一点儿也没有正在营业的氛围。

铁男一边打开铁门一边对我说道："最近正在治理洱海，附近的客栈和酒店全部停业整顿了，我们被断了水电，所以你是我客栈接的最后一个客人。"

"水电没了，能保障生活吗？"

"没事儿，我已经从隔壁农户家里扯了一根水管和电线，基本生活能保障……

但是过了八点以后，最好别开灯，怕有人来查。"

我笑了笑，回道："难怪你们客栈的床位这么便宜！"

"可不是嘛，十五块钱一天，这价格，不是我和你吹，整个大理的客栈史上都没有出现过……这么耻辱的事情，也真就我能干出来了。"

铁男一边说一边将我往客栈里引，然后打开其中一间房门，又向我问道："你是烟民吗？"

我不太明白他这么问是什么意思，便很保守地回道："有时抽点儿。"

"抽的话就和我住一个屋吧。"

"没问题……对了，我看这屋里床不少，除了咱俩住，应该还有别人吧？"

"还有一个在酒吧唱歌的哥们儿，我们都叫他马指导，已经在这间屋住半年了，不过你得多担待点儿，因为这哥们儿的脚奇臭！"

铁男说着打开了一盏勉强能照明的小台灯，然后帮我将行李放进了柜子里，又对我说道："这个屋子的无线网也是蹭的隔壁的，信号不行的时候你往上铺爬，能有个两格。"

这些都不是我太在意的东西，不过我还是带着调侃回道："在你这儿住，不把心理建设搞好，可真是扛不住！"

"便宜嘛。"

"也是，能多买几包烟吸。"

将我安顿好，铁男就走了，他说正和朋友在人民路上喝酒，是半途跑来接我的，所以他还得回去跟几个哥们儿把酒给喝完。

他走了以后整个青旅似乎就没有能喘气的活物了，估计这哥们儿也不敢真的和政策对着干，所以在客栈大面积停业整顿后，也只是接收了我和马指导两个长租客。我不知道马指导还会在这里住多久，反正我是直接给了他两个月的房租。

我并不介意这里水、电、网都得靠蹭，甚至有点儿喜欢，因为这给了我很多安静思考的空间，就像小时候，一切都不发达，却很少会有不快乐和孤独的烦恼。

可是，马指导留下的鞋实在是太臭了，搞得我根本没法在房间里休息，更别提吃东西了。

我找了一只方便袋将马指导的鞋封起来以后，总算有胃口吃了一碗泡面，然后便躺在床上休息，对着天窗外闪烁的星空，我心里却空得厉害。直到点上一支烟，才找到了一点儿活着的感觉。

我习惯性地拿起手机，除了官方发来的一条"欢迎来大理旅游"的信息，便没有人再过问我。我很想和谁说点儿什么，然后便在聊天记录里发现了和汪蕾发过的最后一条信息。

她问我：有没有想好什么时候去大理；我回复：正在考虑中……

此刻，我就身在大理的某个小旅社里，她却永远不在了。我怎能不感慨万千。

我真的特别想她，想在某个小酒馆再和她喝几杯，听她用四川话抱怨那些不够尊重她的人。可是她却像一朵凋谢了的花，就算再次萌芽，也只能开在我永远都不会看到的彼岸。

昏暗的灯光和潮水声中，我将所有的时间都用来搞起了假设。如果汪蕾没有死，我如她所愿在大理开了一间能赚钱的客栈，然后过个几年，将她也接过来，我们一起将客栈当成我们的家去经营，那会不会是一件很美好的事情呢？

可这样的假设越做越痛，因为会后悔。我应该爽快点儿答应汪蕾，然后也劝她一起来，也许就不会发生那样的惨剧了。

继汪蕾之后，我又想起了不知道身在何方的陆佳。我没有特别多的情绪，只是因为还爱着她，而有点儿难过。

这个状态持续了片刻之后，终于有人和我联系，却是我想避开的人。说实话，当我知道老黄让我护送杨思思的真实动机之后，我就挺排斥他的。否则我也不会在武汉的时候选择买了一张飞机票，准备撇开杨思思独行大理。

可直到此时我也没弄清楚，就算这杨思思耍诈，只要我不想，我依然可以选择在武汉之后的下一座城市抛弃她，但为什么没这么干？

或许，是因为她真的需要我吧。毕竟这么远的路，不是一个女人能轻易驾驭的。就像在路上遇见的那个开着大G的上海女人，她碰上爆胎这样的事情，也只能在那种恶劣的天气中，被动地等待道路救援，但有个随行的男人就大不一样了。

我终于接通了老黄的电话，他特关切地问道："你和思思到大理了吧？"

"到了，下午到的。"

"你跟住她没？"

"没，到了大理后，我们就各走各的了。"

老黄足足愣了十秒，才唉声叹气地说道："米高，你看看你……怎么就把我千叮咛万嘱咐的话当成耳边风了呢？我让你跟着她就是图有个人照应，能让我们在大理找到她，你现在和我说你俩各走各的了，这不是打乱了我的计划嘛！"

我很不满地回道："黄总，咱们讲道理，她一个女的，我总不能吃喝拉撒都跟着她吧，她要是存心想躲我，我能跟得住？"

"那怎么着也得保持联系的嘛！"

我用沉默回应着他的市侩和功利。

老黄更急了，他说道："我和思思她爸妈还有一个星期去大理，这时间还有点儿，你赶紧和思思联系看看，只要我们去的时候，别找不着她人，你米高这份人情我老黄就算是记在心里了。"

"这压根儿就不是人情不人情的事情，我是真不方便。"

"你别啊……我可是和思思她爸妈打过包票了,到大理准能找着她,你说到时候我这面子得往哪儿搁啊?!而且我让小豹(老黄儿子的小名)回国了,到时候他也会跟着我们来大理,所以成败就在此一举。我是真的特别希望思思能跟小豹一起到国外留学!"

"你这梦做得是挺美,可我还是得告诉你,就从我这几天和杨思思的接触来看,你这次真的可能会鸡飞蛋打,你是没看到她想留在大理的决心。"

老黄打断了我:"我怎么没看到,她早前就在家里为了这事儿和她爸妈闹得天翻地覆,我不得已才想了这么一个折中的办法先稳住她,要不是正好你也来大理,我哪敢有这个心眼儿,怎么着都得让她爸妈把她困在上海狠狠管教!"

"你说的是,但这事儿我不管了。"

我说完便挂掉了老黄的电话,我不想自己身在大理,却一再被上海的人打扰。

可不承想,片刻之后老黄又给我发来了一条信息:"你爸今天可是打电话来公司问你的情况了,他话里的意思是要我多照应你。我留了一个心眼,没敢把你辞职去大理的事情告诉他,但你现在这态度就让我很窝火了,因为你这小伙子不懂做人要有来有往的道理!"

这条信息让我心惊肉跳,在我的记忆里,我爸确实有老黄办公室的电话号码,而在这个比较敏感的时期并不排除他会和老黄联系,打听我的情况。

这给了我一个很沉重的提醒,就算我有壮士断腕的决心,也不可能真的和以前的生活完全断绝联系。而我最最见不得的便是父母为我担心,于是我在不甘中第一次向老黄低了头,我终于回道:"你也甭威胁我,找杨思思的事儿我只能尽力而为,要是能找到的话,我第一时间给你消息。"

老黄见我服软,又顺势用糖衣炮弹攻击我:"我说米高,现在真有个机会摆在你面前。公司最近有人事上的调动,我们部门空缺了一个产品经理,你要是愿意回公司,我可以和陆总推荐你,毕竟你也在公司工作这么多年了,无论是从能力上说还是从经验上说肯定都能胜任这个职位,这次你就跟我们一起回上海吧。"

我没有想到,自己已经远在大理,还是会受到来自三千公里之外的诱惑。我当然清楚,自己曾经工作的公司有着一套严格的工资制度,产品经理的薪水大约是我之前所在岗位的两倍,但即便这样,我也还是买不起上海的房子,娶不起上海的女人。

我不是说,我活在上海的意义一定要以买房子为衡量标准,可是在那样一座城市,如果你没有房子,就很难有爱情,而一旦陷入这样的困境中,那种活得没有尊严的屈辱感才是最要命、最折磨人的。

汪蕾正是在我之前看破了这一点,所以才会拼命劝我离开上海。

想着这些的过程中,我点上了一支烟,直到快要吸完的时候,才回了老黄的信息:"不想回上海了,大理挺好的。"

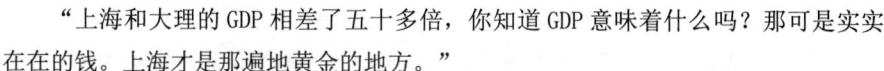

"上海和大理的GDP相差了五十多倍，你知道GDP意味着什么吗？那可是实实在在的钱。上海才是那遍地黄金的地方。"

自从站在大理的土地上之后，我就有了一种半真半梦的虚幻感，所以我特别反感老黄将这些血淋淋的现实扒开来给我看。

我没有回复这条信息，因为我知道，能在上海这个遍地是黄金的地方活得很享受的，只有极少一部分人，而有些人终究是要离开那里的。

结束了和老黄的对话，我下了床铺，坐在空荡荡的院子里茫然四顾，也想不起要给杨思思发一条信息。只是在心里琢磨着，要怎么在这里开一个能营生的客栈。

差不多十二点的时候，铁男终于回了客栈，他身后跟着一个背着吉他的青年，估计就是那个脚奇臭的马指导。

马指导显然没有铁男那么健谈，他不声不响地将手中的啤酒放在了桌子上，便站在墙角边点上了一支烟。

铁男在他之后将一袋猪头肉也扔在了桌子上，然后吐着酒气对我说道："欢迎来到这个颓废、忧伤、孤独的世界……赶紧忘了那些伤痛，今天晚上咱们不喝高，不算！"

我笑了笑，随即用打火机启开了啤酒瓶的盖子，分别将酒瓶递给了铁男和站在一旁的马指导。而马指导在接过啤酒的同时不知道又从哪里掏出了一袋花生米，也扔在了桌子上。

酒喝了一半，铁男向我问道："我看你是打算长期留在大理的，以后准备干点儿什么？"

"想在这边开个客栈。"

铁男猛地将酒吞咽下去，然后问道："哥们儿，你不是和我开玩笑吧？"

"没开玩笑，我真的就是为了开客栈来的。"

我的话说完，一直没怎么说话的马指导终于开了口："开客栈，有病！"

铁男接过马指导的话，说道："哥们儿劝你赶紧打消开客栈的想法。从上个月开始，大理的客栈已经被强制停业了好几千家，上面说是为了保护洱海……之前北京一哥们儿在洱海边上租了一套房子，投了一千多万，这不刚准备开业，就被强制关停了。你说这哥们儿冤不冤？听说他可是把北京的房子卖了来大理的，还和亲戚朋友借了不少钱，现在说是倾家荡产也不为过吧？"

我带着疑惑问道："关了这么多客栈，那游客来大理住哪儿？"

"这不还有一部分没关的嘛……而且我听说，现在鼓励大型酒店入驻大理，对客栈的态度就很模糊。所以这个时候开客栈绝对不明智……你倒还算是幸运的，毕竟钱还没砸进去，要不然真能让你血本无归。"

我下意识地回头看了看铁男这间青年旅舍，明明十来个房间，却黑灯瞎火的，看上去凄凉得不行。

对此，我无法评说，只感觉这种景象和我来之前想象的是有很大偏差的，我下意识地觉得，洱海边上的夜晚应该会被繁华的灯火照耀得通明……

一阵沉默之后，我向马指导和铁男举了举酒杯，以向他们的提醒表示感谢，但心中多少还是会有点儿失望，因为感觉自己有点儿辜负了汪蕾。我没能在来到大理后，如她想象的那样去生活，去改造自己，去创造客栈事业。

大概是感觉到了我的失望，铁男又搭住我的肩，说道："兄弟，我觉得大理是一座不太会给人压力的城市，你放轻松点儿，就算你一年半载的不工作，像我们一样混日子，也没谁会看不起你……在这里，你只要能给自己混个温饱，就算是有价值的，因为大家都半斤八两，谁也不比谁高贵到哪儿去。"

我点了点头，而马指导又在这个时候开了口："在大理能赚到钱的，就属那帮家伙！"

我感到诧异，因为马指导的话在这个对话环境中稍显突兀，我只是打听了开客栈的事情，他却借此说起了那帮家伙。我判断，他一定和"那帮家伙"里面的某一个人有过节，因为他这么说的时候，我感觉他几乎控制不住愤怒。

铁男没有接马指导的话，我当然也不会多问，因为我不是一个喜欢揭别人伤疤的人。我觉得如果有一天我和马指导成了能够交心的朋友，他一定会跟我聊聊他的人生，而现在，我们的关系显然还没有到位。

……

来到大理的第一个夜晚，我就喝高了，然后在醉生梦死中浪费了不知道多少时光。

大理的早晨要比上海来得晚些，我在早上六点三十分醒来，外面的天还只是蒙蒙亮，并且很清凉，明明已经是盛夏，可气温也就才十五摄氏度上下。

我洗漱之后，便在马指导和铁男的呼噜声中离开了客栈，客栈对面几百米远的地方就是洱海。此刻，没有光，只有潮水声在配合我的脑子幻想，让我虚构出洱海在天亮时应该会有的样子。

我在一块礁石上坐下，没有复苏的世界隐隐约约有一种优雅的无奈。而我是一个急切需要快乐的人，却坐在洱海边自顾自怜地悲叹……

天已经完全亮了，可自始至终我都是一样的心情、一样的姿势，我坐了很久，直到看清了身边的草木是什么颜色、什么品种。

阳光下，洱海的水是碧蓝的，可是从远处飘来的腥臭味也表明这确实是一片需要治理的湖泊。

我似乎来得不是时候，我总不能选择在这个时候将汪蕾留下的十九万，莽撞地砸进客栈这个在大理显得很动荡的行业里，可我也不能一直这么闲着。

想着想着，便有一艘载着客的白色游轮从我面前驶过，荡出一圈水波。然后我

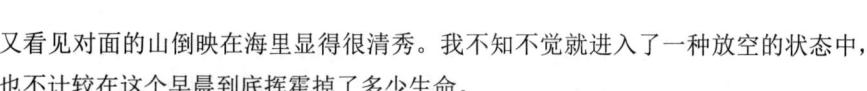

又看见对面的山倒映在海里显得很清秀。我不知不觉就进入了一种放空的状态中，也不计较在这个早晨到底挥霍掉了多少生命。

"大叔，你找到住的地方了吗？"

我拿起手机看了看，竟然是杨思思发来的微信，这还真有点儿自投罗网的意思，毕竟老黄刚托我务必要在大理掌握她的行踪。

我立刻给她回了信息："我肯定找到了，你找到没？"

"你猜。"

"我又不是你肚子里的蛔虫，我怎么猜。"

杨思思发了一堆笑脸过来，随即又转移话题，说道："大叔，我们玩个游戏吧……要是我能在吃中饭之前找到你，你答应我一件事情行不行？我保证是你能做到的。"

"别开玩笑了，你知道大理有多大吗？"

"我当然知道了，所以这件事情你不会吃亏的嘛，因为我基本上就没什么胜算。"

"行，要是在中午吃饭之前，你找不到我怎么办？"

"我请你吃饭。"

"那你来找吧。"

"好嘞，从现在开始你只能待在原地不许动，你要是故意给我制造难度，你就是狗子。"

"那我要是想上厕所怎么办？"

"憋着。"

我看着这些对话笑了笑，静候着这只自投罗网的小绵羊。不过，我很疑惑她到底是从哪里来的信心，竟然如此有把握会找到我，这个难度可不亚于大海捞针。

时间一分一秒地过去，为了避开强烈的紫外线，我转移到了一棵树下，之后也并没有让自己闲着。我一直在手机上寻找着一些适合做客栈的房源。

我觉得，既然还有一部分客栈保留着，那么就一定会有还能被允许开发做客栈的地方。再者，反过来想，正是因为客栈行业的前景堪忧，我才有机会在这个人心惶惶的特殊时期低价接手一家要转让的客栈。

这些年，我自己攒了有十来万块钱，加上汪蕾给的十九万，勉强凑够三十万，通过在网上的初步了解，我知道了这些钱大概能接手一个小型客栈。

将收集的一些房源信息整理到手机备忘录后，已经是中午时分。和早晨不一样，此刻的洱海边上游客的数量明显增多，他们有人骑着大龟摩托，有人开着敞篷的吉普，更多的是坐着那种租来的四轮电动车。这些五颜六色的交通工具像一粒粒被串起来的珠子，它们围着洱海转，好似给洱海戴上了一串会流动的彩色项链。

片刻之后，不远处的那个码头边又来了一帮流浪歌手，他们在白色的建筑物旁支起了帐篷，一边卖啤酒一边给游客们唱歌……

铁男说，等天冷了，海鸥会从北方飞回来，那时候的洱海才真叫美，可这个时候，我感觉洱海就已经很美！我甚至想和那些流浪歌手买点儿啤酒，然后坐近一点儿听他们唱歌。

我差点儿就忘了和杨思思打赌的事情，直到看见她那辆上海牌照的陆巡慢悠悠地从远处驶来……

这真是活见了鬼！不说古城，就是仅绕着洱海走一遍也有一百多公里路，真不知道她是怎么找过来的。

杨思思的车还没有开到，就已经在远处按起了喇叭，等稍微近了一些，她又打开车窗冲我挥起了手，我这才迎着她走去，问道："你是怎么找到这儿的？"

"这我不能告诉你，反正我找到你了，你就得愿赌服输。"

我在心里笑了笑，巴不得她自投罗网，省得我去找她了，我回道："你不说没关系，但是你最好别和我提太过分的要求。"

"不过分，一点儿也不过分，只是想请你帮一点儿小忙。"

"说吧，想让我帮什么忙？"

杨思思扭捏了一下，说道："待会儿你先请我吃个饭，然后下午的时候陪我去古城摆地摊……"

"摆地摊！孩子，是谁把你逼成这样了？"

杨思思愁眉苦脸地看着我，回道："能不能别说风凉话，谁逼我你还不知道吗？再说了，我一点儿也不觉得摆地摊是一件丢人的事情。相反，它可以让我很直观地去感受社会的方方面面，它是深入生活最前线的一种方式，不管好的坏的，一眼就能看见。"

"拉倒吧，摆个地摊都快让你说成千秋伟业了！"

杨思思讪讪地笑着。

我又向她问道："说吧，你摆地摊想卖什么？"

杨思思赶紧打开了车子的后备厢，然后对我说道："我一个朋友，专门在古城里面卖这些民族特色的衣服，昨天她和朋友去泰国旅游了，就把这些衣服交给了我。她说，我帮她卖一件可以拿二十块钱的提成……我一琢磨，这挺好一件事儿，可又听说古城里面城管特别多，老逮我们这些小商小贩，就寻思着找一个人帮忙。"

"我要是帮你这个忙，那可就是团伙作案了！"

"怎么话一到你嘴里就变味了？这明明是团队协作，好吗？我要一个人抱着这些衣服，肯定会被逮。要是有你加入我的队伍，那可就不一样了，你看看你这大长腿，不去干点儿什么，都对不起你爸妈把你腿生得这么长！"

"我能冲你吐一口口水吗？"

杨思思吓得往后一仰，双手遮住脸，回道："你怎么这么恶心哪……都是上海

032

的老乡，你就当支持我创业了嘛！"

"好大的事业！"

……

古城里面的一家小面馆里，我和杨思思相对而坐，她吃的鸡蛋面，我吃的则是肉丝面，寒酸得不行。我终于忍不住对她说道："你说你放着好好的千金小姐不做，干吗非要跑到大理过这么跌份儿的生活？"

"我觉得在上海才活得跌份儿呢！上次我有几个同学弄了一个酒会，说是酒会，其实就是一场个人秀，我当时拎了一个三百块钱的包，就有人说我了：思思啊，出来搞交际，可不能背这样一个包的呀，你要是没钱，你和我说嘛，我可以借你一个，反正我这样的包有好多个的呀……"

我笑了笑，杨思思又继续说道："我这个人就听不得别人阴阳怪气地挤对我，所以我一生气，就拿着我爸的卡去楼下的商场刷了个爱马仕限量款背包，表面上是扬眉吐气了，可仔细想想，其实我和那些人差不了多少，他们虚伪又拜金，我也不过就是一个靠爹妈挣脸面的富二代，本质上都是对社会没有什么贡献的蛀虫。所以在那之后，我就更讨厌那个圈子了！我特别想找一个舒服的地方过自己喜欢的生活，大理就挺不错的。"

杨思思说完后，特解气地往自己的面碗里放了一勺小米椒，然后也向我问道："问了你好多次了，你都不说，你到底是因为什么离开上海的吗？"

"看不到希望。"

"在上海的外地人百分之九十都看不到希望，可是真正敢离开的却没有几个，所以我觉得看不到希望绝对不是你离开的真正原因。"

我停下筷子看着杨思思，她也满怀期待地看着我，可她却不知道，这对我来说真的是一段不愿意拿出来与人诉说的痛苦往事。我不想与任何人说起汪蕾，我只想将她的悲剧深埋在心里，然后转变成激励自己好好活下去的动力。

杨思思终于丢掉了等下去的耐心，她一挥手，说道："噫，你这个人可真没劲儿，你小心心事太多把自己给憋死！"

"成年人的烦恼太可怕，我是怕告诉你，把你给吓死。"

"哎哟喂，那你还是别说了，成年人的烦恼，真的好可怕啊！"杨思思说完给了我一个不屑的眼神，然后又用筷子发泄似的往饭碗里戳了两下。

不摆摊不知道这个行业的竞争有多激烈。就古城里面，像杨思思这种以流窜形式售卖民族特色服装的小贩们，多到五十米就能见一个。每当有人喊一声"城管来了"，他们便一哄而散，然后又寻找下一个没有城管的地方，继续做着这种小本买卖，混个温饱。

一个小时的时间里我和杨思思已经被撵了两次，最后我们逃无可逃，逃到了

214国道上,这不是个能做买卖的地方,但终于没有人管了。我和杨思思坐在树荫下,她倒不气馁,一边用手给自己扇风,一边说道:"虽然被那帮城管撵得很没有尊严,可好歹还卖出去了两套衣服……嘿嘿,净赚四十块钱!"

我看了她一眼,回道:"去对面的小卖店给我买瓶水,我快渴死了。"

"这可是血汗钱,你能不能别这么奢侈?!"

"你分我点儿,里面也有我的血汗。"

杨思思将那一把零碎的钱护在怀里,特吝啬地回道:"你想得美,你是愿赌服输才来陪我卖衣服的,而且这半天你帮我吆喝了吗?好意思开口要提成!"

"功劳没有,苦劳总有吧,买瓶水成不成?"

"不成,下次出来,自己带白开水,不许糟蹋我的劳动成果。"

"没有下次了,咱俩还是老死不相往来比较好……我发现只要一沾上你,准倒霉!"

就在我和杨思思斤斤计较的时候,铁男骑着他那辆没有牌照的摩托车从叶榆路的路口绕了出来,猛然碰见我,他也不诧异,估计就是一个整天没事儿在古城里乱晃悠的老油子。

我扔给了他一支烟,他点上后却看着我身边的杨思思,笑着问道:"挺美一姑娘,你女朋友?"

"瞧你这眼神儿,她哪点配得上我?"

我的话音刚落,杨思思便抬起手往我后脖子上一顿猛拍,我一边护住,一边笑……她就在我的笑声中骂道:"你能要点儿脸吗?你路上随便抓一个人过来问问,到底是我配不上你,还是你配不上我!"

"我错了,是我配不上你,是我配不上你……"

杨思思这才停了下来,可下一秒又踢了我一脚,吓得铁男一哆嗦,然后对着我感叹道:"挺厉害一丫头,你哪儿招来的?"

"甭提了,自从认识她以后就是一部血泪史……你见过一个快三十岁的男人,被一帮城管在古城里给撵得鸡飞狗跳的样子吗?……真的,一想起刚刚的遭遇,我心里的英雄气概就备受打击!"

铁男大笑,杨思思却不以为意地回道:"我要是你,我就不这么抱怨,因为你得好好谢谢我,要不是我给了你这样一个机会,你这把老骨头什么时候才能被锻炼一下……做人嘛,还是有点儿活力的好,你看你刚刚跑起来的样子,就很有风范嘛,把人民路上那帮姑娘的眼睛都快看直了……那厉害的呀,两米高的墙,'嗖'一下就蹿上去了,找一只狗来,也就那么敏捷了!"

我刚准备怼对回去,铁男却突然看着城门的方向,说道:"你俩估计又得'嗖'一下了,那边来了一队城管。"

我和杨思思抬头一看,真的不是铁男在开玩笑,只感觉胆都被吓破了,我一把将装衣服的袋子扛在身上，然后拉着杨思思向对面的街道跑去。

只听见铁男在后面喊道："晚上回去，咱们喝两杯，把你女朋友也带着。"

杨思思回道："喝你个头啊，我不是他女朋友……等我们先保住命再说。"

这么躲躲藏藏地卖了半天衣服之后，杨思思的买卖搞得还不错，一共卖出去了十来件，我说这是旺季的缘故，以后就不一定好卖了，她却一口咬定是她自己又热情，又会营销，才卖得这么好。

不管真相是什么，但这一天的出摊确实是在胆战心惊中结束了，我将剩余的衣服放回了她车子的后备厢里，然后坐在车子旁边的阴影下点上了一支烟。

杨思思凑了过来，她终于舍得给我买了一瓶矿泉水，我拧开瓶盖，一口气就喝了半瓶。这时她又从手边的袋子里拿出一只盒子交到我手上，说道："喏，送给你的。"

"什么东西？"

"你拆开看看呗。"

我打开，盒子里是一个造型很精致的提线木偶，看一眼，心情还是很不错的。

杨思思又对我说道："知道你一个人无聊，买一个小东西给你解解闷……所以，烟就少抽点儿吧。"她说着，从我手上拿掉了那没吸完的半支烟，然后扔进了手边的垃圾箱里。

她并不需要我说什么感谢的话，下一刻便拿出了自己手机，似乎和谁在聊着什么。而我有点儿恍惚……好似很久都没有人提醒过我要少抽烟了。

我又猛然地想起了远走他乡的陆佳，心里忽然很计较她有没有很真心地爱过我，她似乎从来都没有管过我抽烟的事情。她计较的只是我有没有升职加薪，可这些年我都一直让她失望着。

恍惚中，杨思思猛然一拍我的肩，然后眯着眼睛笑道："今天晚上有人要请我们吃大餐，你要不要去？"

"你朋友？"

"我在大理认识的都是一帮穷朋友，他们可不敢轻易地把'大餐'俩字说出口……而且，人家是专程请你的，我只是跟在后面沾沾光。"

第二章
风花雪月

我和杨思思两个有大把时间挥霍的人找了个阴凉的地方，就这么从六点等到了八点。之后，我终于按捺不住，说道："你是不是在忽悠我，等了这老半天，人呢？"

"没忽悠你啊，要不你先回去洗个澡，看你这身体虚的，坐这儿都能出一身汗。"

"少胡扯，哪儿出汗了？"

杨思思一脸嫌弃地拎起了我后背的衣服，风便从缝隙间吹了进来，带来一阵凉飕飕的感觉。我忽然就疲乏了，脑海里不断闪现着从大城市带出来的某些片段：我就站在最危险的地方，木讷地看着脚下那一群人吹响着向都市进攻的号角，然后又一批批倒下，最后站在高处看去，尽是与城市繁华不对称的瘦小身躯，"死"在了纸醉金迷的背后！而大型商场与酒店依然灯火闪亮，豪华轿车的车轮也依然在碾压着马路上那些卑微的尘土……

这种场景实在是太过恐怖了，于是我一遍遍暗示自己，这里是大理……等平息了之后，便虚脱似的躺在了用石块拼接起来的马路上。

我闭上了眼睛，幻想着自己就在洱海边上，然后将不堪的过去和烦恼丢进二十米深的水里……

等我再次睁开眼的时候，我看见了那个在高速路上曾经被我援救过的女人，这一刹那的感觉，就像站在黄浦江边，远眺着半个上海。

我之所以这么说，是因为她身上有一种浓厚的上海气息，代表着那座城市里最精英的一类人，而曾经的我则活在她的反面，显得极其渺小，但不能否认的是：近距离接触后的她，甚至比那天在观景台的夕阳下看到的，要更加美丽和动人。

眼前的这个女人，现实生活中，我几乎是没有机会能够接触到的，所以毫无心理准备地对视之后，我不知道该怎么和她说话，或是在她之前打个招呼。

我已经明了：杨思思一直和她有联系，而今天晚上要请我们吃饭的人就是她，大概是为了感谢那个下雨的晚上，我在高速上给她的车换上了一只备胎。

她先开了口:"不好意思,让你们久等了。"

"呃……没事儿,反正我们俩都是闲人。"

我说完对她笑了笑,让自己显得自在一些。她回应了我一个很浅的笑容,又说道:"那天晚上走得太匆忙,如果不是和思思留了联系方式,恐怕真没有机会请你吃顿饭,聊表谢意了。"

"举手之劳,不用太放在心上。"

她似乎不太擅长主动找话题和人沟通,所以我这句话说完之后,我们俩就把话题给聊死了。好在有杨思思,她看了我们一眼之后,说道:"你们不先做个自我介绍吗?要不然你们以后见面就那个、这个地喊好了。"

我终于和她对视了一眼,之后是我先抽离了目光,说道:"我叫米高,四川人,在上海工作了几年。"

她点了点头,在我之后也说道:"我叫叶芷,算是半个上海人。"

我心中对她说的是半个上海人有点儿好奇,然后又发现,她的五官要比一般女人立体很多,皮肤也更白,多半是个混血儿。

果然,杨思思又抢着说道:"叶芷姐的外婆是英国人,掐指一算的话,她身上应该有四分之一的英国血统。"

我点了点头,然后又看了她一眼,她立在风中,好像独自形成了一个世界,而以我为代表的凡夫俗子则隔着重重障碍,只能远视着她,虽然此刻,她真的离我很近。

于是我便设想着另外一种可能,如果没有杨思思,只是我和她独处,会不会能够让她从云端走下来?然后我也能和她说几句玩笑话,将真实的自己展现在她的面前。

实际上,这种想法挺无聊的,因为我真的不擅长和这种类型的女人打交道,如果没有杨思思从中搅和,只会更加尴尬。

这个晚上,我变成了一个运气特别好的男人,我的左手边走着杨思思,右手边是刚刚认识的叶芷。如果我是个特别虚荣的人,那此刻,一定是我人生中最享受的时光,因为陌生人的眼光是最真实的。他们一直用一种"你何德何能"的目光注视着我,当我们走远之后,同样的目光,又从另一拨人的眼睛里投射过来。

我有一种快被杀死的感觉!

最终,请吃饭的叶芷将我和杨思思带到了一个坐落在洱海边的农家小院。在敲门之前,她转身对我们说道:"这是我的一个朋友在这边开的私房菜馆。"

杨思思又抢着说道:"我饿了一天就是为了等这顿饭,好吃吗?"

"当然,他在来大理之前可是米其林的大厨。"

我不太懂什么是米其林,杨思思倒像是很明白,她面带不可思议之色看了叶芷一眼,不过这次却没有开口多问。

为我们开门的是一个中年男人，叶芷叫他"诚哥"，随着诚哥而来的还有一个中年女人，叶芷叫她李姐，他们是一对夫妻，而为我们做饭的就是诚哥。

　　相比于来时的路，进了院子则是另外一番景象。诚哥的私房菜馆是由白族的老房子改造而来的，所以大部分都是土木结构，再加上种了很多花草，在灯光的渲染下，顿时便有了一种回归原始生活的感觉。而屋内的很多摆设也让我看到了一种匠心，这种匠心会勾起人的欲望，让人不自觉想在这里多坐上一会儿，喝点儿小茶。

　　互相打过招呼之后，李姐便将我们引到了二楼的阳台，阳台上有一张西式的长桌，上面已经放了很多甜点和开胃小菜。这给了我嗅觉上的诱惑，而在不远处静静流淌着的洱海，又给了我视觉上的诱惑。

　　不得不承认，李姐和诚哥挑的这个地方，虽然脱离了市场，但极具性价比，反正以后如果有机会，我肯定会来这里做个回头客。而杨思思和叶芷也在此时不约而同地站在阳台的护栏旁，张望着离我们很近的洱海和对岸那一片连成线的灯火。

　　看着她们的背影我感受到了一种很舒服的宁静，终于在李姐离开后，我主动开口对叶芷说道："在上海待久了，心里充满了甩都甩不掉的烦躁。这地方挺好的，像是另外一个世界。"

　　叶芷回头看着我，笑了笑回道："是吗？我只是单纯觉得大理的夜景很漂亮……"稍稍停了停她又补充着说道，"其实，上海也有它的好，起码机会多。不过，如果以逃避的心态和这座城市相处，多半会让自己很被动。"

　　我不笨，听得出来她似乎在针对什么。再想想，杨思思一直有她的联系方式，恐怕已经和她说了我辞职来大理的事情。所以，她想提点我一些什么。

　　这应该是好意，但上海我是真的回不去了，因为我的心已经和汪蕾一起死在了那里。

　　气氛有点儿凝重，不知道杨思思是有意还是无意，她转移了话题，向叶芷问道："姐，这个小院也是诚哥设计的吗？"

　　"是李姐，李姐以前是个建筑设计师。"

　　"厉害了……怪不得很多朋友说大理是个卧虎藏龙的地方呢，吃个饭都能遇到这么多高人。不过，他们为什么放着这么好的工作不做来大理了呢？还有他们的孩子，不需要他们操心吗？"

　　叶芷理了理被风吹乱的发梢，然后低声回道："我没有打听过，他们也没有主动和我聊过。"

　　"那他们享受在大理的生活吗？"

　　杨思思的话音刚落，我便下意识地往正在厨房忙碌着的李姐和诚哥看了看。可这次我的敏锐却没能发挥出作用，从刚刚到现在，我只能感受到他们的热情和好客，却无从察觉他们是不是真的快乐。但是他们就像摆在我面前的一面镜子，如果他们可以在抛弃一切之后，很好地生活在大理，那我为什么不可以呢？

　　反之，也会影响我的信心。因为我对大理一无所知，我能参照的只有诚哥和李姐这些与我类似的人。

　　就在叶芷准备回答杨思思的时候，李姐又从楼下端了一盘松茸送了上来，这个话题便戛然而止。于是，她和诚哥到底是凑合着过，还是真的很享受，便成了一个谜。

　　晚饭开始，诚哥很隆重地为我们打开了香槟，然后又对我们说道："感谢大家来我和李姐的私房菜馆做客啦，今天的菜都是我们一早去下关的菜市场买的，很新鲜的，就是不知道适不适合你们的口味，你们大家先尝一尝。"

　　我们三人一起拿起筷子，诚哥的手艺确实是很棒，至少我在上海待了这么多年，从来没有吃过口味这么好的西餐和私房菜。想来，叶芷请我们吃饭前也是有思量的，所以她将我们带到了这里。

　　如果说人与人之间的相处一定要追求公平，那我觉得这一顿饭已经足够她还我的小恩了。

　　我吃掉一只清蒸河虾之后，竖起大拇指对诚哥说道："这里环境好，菜的口味更好！"

　　诚哥与我对视笑了笑，然后调侃着说道："你啦，别光顾着夸菜、夸风景，身边的两位美女也要兼顾。我看，就算是大理的风花雪月也比不上她们啦！"

　　李姐附和着诚哥将杨思思和叶芷双双夸了一遍，然后又向我问道："要不要再来一点儿大理本地的特色啤酒——风花雪月？"

　　我有点儿疑惑："风花雪月？"

　　"对啦，大理有上关和下关两个镇，还有最出名的苍山和洱海！这四个地方各有特色，所以就有了下关风、上关花、苍山雪、洱海月这样的说法。现在很多外地人都把大理比作是风花雪月，我倒觉得蛮贴切的，不过，到底是怎样一个意境，还是要自己切身去体会啦！"

　　我看着李姐点了点头，然后从她手上接过了一罐"风花雪月"啤酒，莫名又是一阵恍惚，渐渐就觉得自己好像化身成为一缕空气，然后以极其渴望的姿态，附着在"风花雪月"在未来可能所展现的每一个情境里。

　　舒服的环境带来了舒服的心情，所以即便没有能一起喝醉的人，我也有了醉的感觉，然后对这崭新的生活好像也有了更多的体会。首先，我就比以前在上海时要闲很多，我不怕喝醉了会影响到第二天的工作状态，我也不必住在十九楼的小房间里，对着窗外林立的高楼，感到无比压抑。

　　这里让我看到了一个释放后的自己。于是我的心里更加期待早点儿将客栈做起来。我想在未来养一条阿拉斯加犬，然后我们一起迎接从四面八方赶来的客人。

我还要在客栈的院子里搭建一个可以看见洱海的小阳台，每天不忙的时候，可以坐在上面喝喝茶，看看平台外的风景。而这些，是我能代替汪蕾唯一能做的事情。

朦胧的醉意中，我不经意看到了坐在自己对面的叶芷，她坐得很端正，这让她的秀发在风中显得更飘逸，可是却没有那么一丝风能吹开她的内心。所以这个夜晚，她自始至终都没有聊起自己。

最后还是善于沟通的杨思思打破了沉默，她向叶芷问道："现在时间还早，吃完饭咱们要不要找点儿娱乐项目玩玩？"

叶芷回道："可以啊。"

"那你有没有特别拿手的项目？"

这时，给我们送菜的李姐插了一嘴："叶芷最厉害的肯定是打麻将啦……待会儿你们吃完饭，可以在我这里拼个桌子，不过你们要做好输钱的准备哟，因为她真的很会算啦，谁打过什么牌她都记得住！"

我和杨思思同时面带不可思议之色看了叶芷一眼，我不知道杨思思到底是怎么想的。就我而言，忽然觉得叶芷变得立体了起来，因为她的性格基因里也会有有趣的一面，虽然我还是无法想象出一直端庄的她打麻将时是什么样子。

吃完饭，李姐和诚哥收拾桌子，我们则坐在一起闲聊了几句。聊天中，我也得知，叶芷来大理是为了做投资的，她大概会在这边待上半年，之后还会回到上海。

这也是她和我们的区别了，她并没有将大理当作是人生旅程中的必经之地，她要的只是最直接的收获。如此看来，有钱人对生命的追求也并不是千篇一律的。

从这点来说，我更喜欢杨思思那些不切实际的追求。可是叶芷却活得更加真实，更加能够惊醒我这个已经沉睡了很久的人。

是的，一个比我优秀得多的人都在努力奋斗，那我又有什么理由继续消沉下去？

片刻之后，诚哥为我们准备好了一张麻将桌，李姐则加入了我们的队伍，几局下来，果然和李姐说的一样，叶芷真的很会玩牌，她一直在赢我们的钱。

我也不差，想当年在上海堕落的时候，我也曾是麻将馆里的一霸，所以在找回状态后，我也连和了几把，弄得杨思思和李姐一直在哀叹不该和我这个四川人打麻将。

不过，经验这东西也并不是无敌的，所以在叶芷的麻将天赋面前，我也没有占到明显的上风。不过，却因为这个共同的爱好，拉近了彼此的距离。

估摸着玩了两圈牌，我摆在桌面上的手机忽然响了起来，我瞥了一眼，又是老黄打来的。我对三人做了一个"稍等"的手势，便拿着电话下了楼。杨思思倒是没有起疑心，只是催促我快一点儿，别浪费她翻本的时间。

我走到院外才接通了老黄的电话，他还是一副急不可待的语气，向我问道："米高，我让你办的事情，你放在心上没？"

我带着怨气回道："你都把我爸搬出来镇压我了，我敢不放在心上吗？"

"怎么说？"

"我这一天什么事情都没干，尽盯着你这准儿媳妇了……"稍稍停了停，我又说道，"黄总，你这么逼我，我真恨不能在她的身上装个定位，把她的生活监控起来，然后把她吃了什么、和什么人接触过、穿了什么颜色衣服、几点睡觉、几点起来上了厕所，统统汇报给你……可是，你不觉得这么干真的很下流吗？"

老黄尴尬地笑了笑，然后回道："我知道这事儿挺为难你的。我呢，也担心夜长梦多，所以和思思她爸妈一合计，准备提前到大理，把她给劝到国外去。"

"提前到什么程度？"

"你确定能联系上她？"

"确定，接你电话之前，我们就坐在一张桌子上打麻将。"

老黄如释重负地嘘了一口气，然后说道："那我现在就订明天飞大理的机票，争取中午之前赶到大理。"

我愣了一下，才回道："行吧……那明天怎么碰头？"

老黄想了想，说道："我下了飞机，就在这边的饭店订一桌菜，你到时候想点儿办法把她带过去。"

"是骗过去吧！"

老黄略有不满地回道："你还愤愤不平上了！我们这不也是为她好嘛，你说她一小姑娘，家庭条件这么好，不趁着年轻去国外提高自己，反倒跑到大理，跟着一帮没志向的烂木头混日子，以后能有什么出息？这传出去，名声也不好嘛！"

"你是怕她这么干，以后配不上你儿子？"

老黄被我的话给噎住了，半天才说道："米高，我也劝你一句，人在年轻的时候，一定要做自己该做的事情。你看看，现在但凡有志向的年轻人，哪个不是往北上广跑？你们窝在大理这种地方，除了玩物丧志，对自己的人生是一点儿帮助也没有。"

这次我没有反驳老黄的话，只是想起了刚刚在客栈相识的两个哥们儿，铁男和马指导。他们一个浪荡，一个颓废，在他们身上似乎一点儿也看不到积极向上的精神。这让我有些疑惑，他们到底是腐烂了，还是已经超出了琐碎生活，进入了新的境界？

或者，大理的土壤和生活氛围就容易滋生出这种不把生活当回事儿的人？

在我的沉默中老黄又说道："我不和你多说了，明天你把思思带到饭店，你的任务就算完成了。我也不让你白帮忙，之前和你提到的事情，我一直放在心上帮你走动，你要是愿意的话，就收拾收拾跟我回上海，产品经理的位置我帮你留着，至于这路怎么选，你自己权衡。"

这次，重重嘘出一口气的人是我，我在沉默了很久之后才回道："这种昧着良心去搞欺骗的事情摊在我身上，我是觉得挺不好受的。但你不用和我谈什么回报，如果有了回报，这件事情的性质就变得特别低俗。我只恳请你帮一个忙，以后我爸要是再和你联系,你帮我兜着点儿,就说……我在上海过得挺好的,工作也顺利!"

结束了和老黄的通话,我又回到了牌桌上,心里却有点儿堵,以至于无法用正眼去注视还一无所知的杨思思,我不必给自己开脱,我明天要做的事情就是在耍她玩。可是她却好像有那么一个刹那用真心对过我,我的口袋里还揣着她傍晚的时候送我的那只用来解闷的木偶。

我没有再坐下,于是几个人的目光都集中在了我身上,我回道:"时间也不早了,要不咱今天就散了吧。"

杨思思很不乐意地看了我一眼,说道:"这才玩了两圈牌,你就要走。要走也行,刚刚赢的钱还给我。"

"玩得又不大,也就十几块钱。"

"让你还给我,是提醒你以后要做个有牌品的人。你说咱天南地北地凑到一起玩一桌麻将容易吗?就你最喜欢糟蹋缘分!"

我有点儿无语地看着她,心中却溢出一些愧疚的情绪,以至于不知道该在这个时候说点儿什么来让气氛显得不那么微妙。可是我的沉默却点燃了杨思思的情绪,她不管三七二十一,便将我放在牌桌上的赌资统统塞进了自己的皮包里,然后气势汹汹地看着我。

我只能报以尴尬的笑容来回应。而这次站出来解围的人是叶芷,她看了看时间之后,对我和杨思思说道:"是挺晚了,今天就到这儿吧,改天咱们再约。"

杨思思缓和了面色,她主动拿起了自己的手提包,然后向为我们做饭的诚哥和李姐报以感谢,叶芷也在同一时间将吃饭的钱结算给了李姐。

离开了诚哥和李姐的农家小院,我们三人站在一盏不算亮的路灯下,叶芷从包里拿出了自己的车钥匙,而她的那辆大G就停在附近一户人家的门口。

她看着我,好似有那么一刹那的犹豫,可是却没有开口说什么,她最后只是和杨思思说了几句算是客套的话,然后便向自己的车子走去。

我这才想起,这个夜晚,我们相处的时间不算短,作为男人的我,却忘记了主动和她要个联系方式以展现风度。可当我打算这么干的时候,她却已经开着车子沿着洱海边的那条公路,驶向了不知道位于何处的目的地。

失神了片刻,我点上烟,然后不慌不忙地对闲在一旁和谁发着信息的杨思思说道:"刚刚打牌的钱还给我。"

"想得美,抢过来就是我的。"

我佯装看着从我们身边走过的一只土狗,杨思思也下意识地随我看去,而就在她分神的那一刹那,我麻利地从她手中抢过了手提包,然后将里面的钱掏得一分不剩。

杨思思气疯了,一边用脚踢着我一边骂道:"你能要点儿脸吗?"

"不能。"

我说着将抢过来的钱高高举了起来，杨思思张牙舞爪地追了过来，一个不经意间的碰触，烟灰便纷纷扬扬地撒了下来，在路灯下像下了一场灰色的雪。

就像我此刻的内心，也是灰色的，因为在和她打闹的同时我也在算计着，明天中午到底要怎么把她骗到老黄订的餐厅里去？而过了明天之后，大理也许再也不会有杨思思这个人。

一阵打闹之后，那些从杨思思手提包里抢过来的钱还在我的手上，她则在一个不远不近地方叉腰看着我，她累坏了，怒道："米高，你个浑蛋……我是真没钱，你全拿走了，想让我喝西北风啊！那里面还有我帮朋友卖衣服的钱，你也有脸拿？"

"跟你学的，抢过来就是我的。"

"银行里钱多，你怎么不去抢？欺负我一个弹尽粮绝的小姑娘，也就你这样的禽兽能干得出来！"

我不理会她。她又愤愤地说道："你去抢叶芷的啊，她钱多，你敢抢吗，见到人家都尿了，也就欺负我这样的老实人！"

"老实人得罪你全家了？你就把自己往老实人的类别里放！"

杨思思搞不定我，她往身边的台阶上一坐，也不提抢钱的事情了，而这突如其来的变化倒是把我弄得很不适应，我试探着向她面前走了两步，问道："这可是你在大理保命的钱，真不打算要了？"

"不要了，我就当买馒头喂狗了。"

我笑了笑，然后将那一把零碎的钱放回了她的身边，说道："跟你开玩笑的……你把钱拿回去吧，不过得省着点儿花，你想想看，我们今天为了卖几件衣服，有多辛苦！"

杨思思难以置信地看了我一眼，生怕我反悔似的，赶忙将钱抓到了自己手上，对我说道："算你还有点儿良心。"

我看着她，想说点儿什么却又忽然哽住了，在哽住的同时也没有想到什么能将她名正言顺地骗到餐厅去的理由。这时，杨思思又忽然拍了一下我的手臂，带着一丝无法言明的喜悦对我说道："明天我们还去卖衣服好不好？我也分你点儿，不让你白干，你看怎么样？"

"不怎么样，我觉得这么混日子挺没劲儿的。"

"来大理不就是为了混日子的嘛。"

我无话可说，猛吸了一口烟来掩饰自己心里的不安。短暂的沉默中，手机铃声又响了起来，这次不是老黄，而是我来大理之后结识的第一个朋友，铁男。

我以为他是喊我回去喝酒消遣时间的，却不想他挺一本正经地对我说道："米高，哥们儿手上有个活儿你接不接？"

我有点儿犯嘀咕，这哥们儿对我可以说是一无所知，怎么知道什么样的活儿是我能干的？带着这样的疑惑，我问道："什么活儿？"

铁男解释道："刚刚有个车队找到马指导，让马指导给他们拍一组宣传照，其实就是那种婚纱照，因为很多游客来大理就是为了拍婚纱照的，他们的车就租给这些要结婚的人。这不，今年扩大了规模，所以想拍点儿素材做宣传嘛！他们没别的要求，就是要马指导找两个形象好、气质佳的模特儿拍一组婚纱照，然后把照片给他们就行了。我一琢磨，这事儿不用便宜外人，我看今天和你在一起的那姑娘就很合适。要是你答应了，我给你们一人三百，就一个上午的事情，不比你去卖衣服强多了！"

"你的意思是我和杨思思一起拍？"

铁男很肯定地回道："对。但是你别误会，我这不是肯定你的形象。这宣传照主要强调的是新娘这个角色，你做个陪衬就行了，基本不给你特写。"

"我这么一表人才，给几个特写怎么了？！"

铁男哈哈大笑，又说道："那这个事情就这么定了，明天早上七点咱们准时开工。"

我又提出了自己的疑惑，问道："马指导不是在酒吧唱歌的吗？让他摄影，靠谱吗？"

"在大理混日子的，谁身上没几个绝活儿！放心吧，他的臭脚绝对掩盖不住他的才气，这是个有真才实学的哥们儿。"

结束了和铁男的通话，我便将目光放在了杨思思的身上，然后在她戒备的眼神中，说道："朋友接了个活儿，一早上三百块钱，中午管中饭。"

杨思思不太相信地回道："有这么好的事儿？一早上三百块钱，还管中饭！"

"对，其实特简单，就是给这边的车队拍几组宣传照……"我欲言又止。

杨思思很不耐烦地追问道："你别吞吞吐吐的，是什么类型的宣传照？"

"就是那种……那种拍给即将结婚的小年轻们看的唯美照片。"

杨思思瞬间就明白了，她指着自己，然后又指了指我，问道："所以你的意思是，这宣传照是咱俩拍。"

我怕她不答应，导致自己的算盘落空，便赶忙说道："铁男说了，在大理，这种靠拍婚纱照为生的模特儿特别多，大家都很有职业操守，有能力将艺术和现实区分开来。"

杨思思瞥了我一眼，回道："我要是答应了，算不算为了金钱出卖了自己的色相？不知道为什么，想到和你这种人一起做点儿什么事情，就没法往艺术那方面去想。你看看你从头到脚，哪个部位能跟艺术搭上边儿？"

我拿出手机在屏幕里将自己审视了一遍，然后特诚恳地回道："是没什么艺术感，那你愿不愿意为了金钱牺牲一次色相？"

"看在你这么有自知之明的分上，这活儿我接了。不过我得事先声明，你那'咸猪手'最好别到处乱放。"

"明白，我有分寸的，我保证不把手往不该放的地方放。"

稍稍沉默了一会儿，杨思思又突然向我问道："明天去哪儿吃饭，不会是盒饭吧？"

老黄还没有给我消息，我哪知道会安排在哪里，便敷衍着回道："赚钱保命是大事情，吃饭是小事情，到时候听他们安排就好了。不过听说车队有钱，吃饭的规格应该不会太差的。"

杨思思露出了很舒心的笑容，然后闭上眼睛张开双臂，充满感悟地说道："在这里，每天都有不一样的事情做，每天都能认识不一样的人，看上去不务正业，可也不会饿死！这种生活在一个城市，就好像把全世界都看遍了的感觉真的好爽啊！"

我弹了弹烟灰，不敢将目光投向她，更不愿意面对即将睁开眼的她，因为我知道明天将会发生什么，但她却不知道。

我在设想着：当明天我作为帮凶，亲手将她的梦和好心情击碎后，她会变成什么样子？而在她被迫离开大理后，我又是否会有兔死狐悲的痛感？

稍微坐了一会儿，杨思思便提议要回去，因为明天要起早，她得为明天的工作养足精神。我不知道她在上海的时候是怎么过的，但此刻我真的在她身上看到了一种她这个年纪的女孩对待生活不会有的认真劲儿，也许是大理与众不同的环境刺激了她。可越是这样，我心里的负罪感就越重。

回到'风人院'青年旅舍，马指导正坐在院子里用毛巾擦拭着他的相机，铁男则睡在躺椅上对着天空发呆，手边的烟灰缸里已经塞满了烟头。

我搬了一张椅子在铁男的身边坐下，然后说道："要是这些烟能动手，肯定会抽你一巴掌，你看这一包烟就没一个活口，你这是要'诛烟九族'吗？"

铁男特风轻云淡地回道："我们这是互相伤害。"

铁男又拆开一盒烟，然后抽出一根递给了我，我点上后，对他说道："今天我把开客栈的事儿又琢磨了一下，我反而觉得现在是个挺好的时机，正是因为情况不明确，所以会导致很多客栈老板急于脱手，那转让的价格肯定会低于原先的市场价，我要是选在这个时候接手，等于抄了个底。等到时候环境松了，客栈陆续恢复营业，我不就赚到了嘛。"

铁男从躺椅上坐了起来，以一种极其犀利的目光盯着我看了一会儿之后，说道："如果到时候环境变得更严了呢？如果经历过这次的整顿之后，开始控制客栈的数量，你怎么办？"

"这件事情不可能不冒一点儿风险的，我来大理就是为了开客栈。"

045

"哥们儿还是劝你慎重点，如果你觉得非做不可的话，可以考虑到古城里找一家客栈接手，洱海边上的千万别碰。"

我应了一声，随后深深吸了一口烟。而与此同时，我的内心也或多或少地涌起一些危机感。似乎只要牵扯到金钱的输出，活在哪一座城市都不会特别轻松。

这个时候，我倒真是有点儿羡慕杨思思来大理的心态了，似乎她的心态可以很轻易地将她融入大理最有趣的生活中。可是，往深了去想一想，她是有这样的资本。就算她在大理堕落个两三年，回到上海后也一样还是一个千金小姐。

而我呢？我根本逃不掉命运对我的禁锢，我来大理只是为了比以前活得好，所以带着这样的目的，我依然不能将"奋斗"这个词从我的生活中彻底抛弃。

或许，我真的永远也不能成为一个纯粹的大理人，我的骨子里还残留着活在上海时的基因！

跟铁男聊了几句之后，马指导也拿着相机走到了我的身边，他对我说道："铁男说你那个女性朋友长得不错，我没见过她人，你这边有她的照片吗？给我发一张，我给车队那边的负责人看一下，虽然这事儿由我做主，但这过场还是要走一下的。"

"我的照片要不要也给你一张？"

"你的不用，不给你特写镜头，主要是为了突出女性。"

我倍感受挫，但还是在杨思思的朋友圈里找到了一张她的自拍照，然后添加了马指导的微信，给他发了过去。

马指导用艺术的眼光审视了片刻之后，向我问道："真人和照片上表现出来的样子有出入吗？"

我想了想，回道："基本上没有吧。"

铁男也在这个时候凑了过来，他对着照片看了一眼之后，附和着说道："不是基本上没有，是压根儿就没有。那姑娘的样子真是没话说，你得相信我的眼光，我这人没什么才华，也就剩看人这点儿强项了。"

马指导点了点头，过了半晌才回道："以前还真不懂什么叫一朵鲜花插在牛粪上，现在懂了！"

我一边无奈地笑着，一边骂道："我们还能不能在一个屋子住下去了？咱不开玩笑，这丫头真不是我女朋友，我没那福分！"

说这一句话的时候，笑容渐渐在我的脸上凝固了。我不可避免地又想起了陆佳，那个对我在物质上有诸多要求的女人。如果这些年，和我在一起的不是她，而是一个类似杨思思这样的姑娘，我现在又会怎样生活着呢？

我没有结论，只是觉得自己高攀不起，我没有自大到觉得自己有什么神奇的吸引力，会吸引到杨思思这种千金小姐，然后依附在一个显赫的家庭下，过着锦衣玉食的生活。

恍惚中，马指导突然拍了拍我的肩膀，向我问道："她真不是你女朋友？"

"真不是，顶多算是有点儿老乡的情分，她是上海人，我也在上海工作了好几年。另外，她爸和我以前的领导是朋友。"

"那你把她介绍给我吧，我特别喜欢这样的姑娘。"

我差点儿被自己还没有过肺的烟给呛到，只当马指导和我开了一句玩笑话，于是也开着玩笑，回道："明天给她拍照的时候，你和她聊聊，说不定能聊得情投意合呢。"

晚上躺在床上，我迟迟不能进入睡眠中，我先是找了一部电影看了一会儿，又看了片刻的足球直播，可是都索然无味，而我也没有再找到更好的方式去消耗掉这个夜晚的时间，于是每一分每一秒都变得难熬了起来。

我开始忍不住回忆，我又想起了这些年与汪蕾在上海的点点滴滴。因为职业，我们完全不是一个世界的人，可依然能够做到互帮互助，她就像是我在那座城市的一个最亲密的战友，所以在她离世之后，我比任何时候都要孤独。

是的，她的离世给了我前所未有的孤独感，而陆佳的离开给我带来的则是一种无法言说的伤痛。所以，这两种不同的感觉，也表明了两个女人在我心中的不同地位。而瞬间的茫然中，我竟然辨不清，她们于我，谁会更重要一些。

唯一清晰的是，她们都已经是我的过去时。此刻，我想她们多少遍，得到的痛苦和孤独就会有多重的分量。于是，我更渴望大理这座城市能够将我变成一只有翅膀的鸟儿，然后飞起来，不去看那些早该掩埋在泥土里的过往。

想着想着，我渐渐有了疲惫的感觉，继而进入了梦乡。从以往的经验来说，我一定会梦见一些过去的人和事情，可这个夜晚却不一样，大理这座城市成了我梦里的背景，我梦见了杨思思，她竟然在光天化日之下，没有缘由地扇了我一巴掌，并将我从梦里扇到了现实中。

我从床上坐了起来，下意识地看了看时间，已经是早上的六点钟，索性就不睡了。我在铁男的打呼声中去了院子里，然后躺在了铁男经常用的那张躺椅上，半灰半蓝的天空里朝阳露出了一个角，它躲在厚厚的云层里，像挣扎着要出来似的。

点上一支烟之后，精神也清醒了很多，我知道自己是因为对杨思思心有愧疚才做了那样一个梦。其实她回上海或是待在大理，对我来说都没有什么太大的影响，我的愧疚感只是因为真真切切地看到了她为了留在大理而做的努力，却未曾亲眼见证到她在上海时是怎样生活的，所以此时的我也无法判断她回上海或是出国留学，于她的明天会不会更加有利。

但我知道，她会恨我。

天渐渐亮了，马指导继我之后起了床，他邀请了一个随行的化妆师，并找来了一辆敞篷的吉普车，铁男则充当他的助理，负责搬运设备和调度。

七点的时候，杨思思准时来到了我们住的客栈，互相介绍了一下之后，化妆师便开始给她化妆，我则默默地坐在她的身后看着。

杨思思是个自来熟的姑娘，很快便和化妆师聊得热火朝天。一会儿之后，化妆师转头，带着相当赞赏的语气对我说道："米高，你女朋友的皮肤真的太好啦，不愧是从江南水乡出来的姑娘，基本上不用怎么处理，效果就出来了！"

我没有言语，杨思思有点儿不高兴地回道："你们是不是真的都觉得我们很般配？还是米高你个浑蛋又骗我，其实在大理接这种活儿的都是男女朋友关系？所以谁见了我们都得误会一下。"

化妆师面色尴尬地看了看我，然后又看了看杨思思，问道："难道你们不是情侣？"

杨思思极其生气地说道："你们再这么说，我可就真生气了啊！我和他都不是一个世界人，怎么做男女朋友，而且我们俩年龄差距也太大了！"

化妆师笑了笑，回道："其实我也是听铁男这么说的，刚见你俩的时候我还挺纳闷着呢，这看上去不太搭呀……"好似意识到得罪了我，她又赶忙看着我，补充着说道，"我说的不搭，是指你们的年龄，没其他意思。"

我捂住胸口，面色痛苦地说道："大姐，你还是甭解释了，我感觉你又往我胸口插了一刀。真的，我记得我妈去年到上海找我的时候还叫我宝贝儿子呢，才一年时间，我就这么显老了？"

杨思思立即做呕吐状，但还是忍不住笑了笑，并骂我"无耻"。

八点三十分的时候，铁男给我们买了早餐，为了赶上最佳的拍摄时间，我们将早餐带到了车上，边走边吃。而这一路的行程让我这个第一次来大理的人对大理有了更深的认知。

在这之前，我一直以为自己住的马久邑便是看海景最好的地方，但到了海对岸的双廊时我才发现这里的海景竟然一点儿也不逊色，甚至比马久邑更好。可惜的是，这边的海景客栈都被勒令停业了，再加上正在修马路，多多少少还是给了人一些不好的体验。

等车子开到"挖色镇"的时候，才真正给了人一种别有洞天的感觉，而我们今天要取景的地方也被定在了这里。

铁男将车子靠海边停下，化妆师便开始帮杨思思的妆容做一些细节上的修补，我则和马指导一起先行下了车。而在这之后没多久，我便收到了老黄发来的信息。

他说，他已经带着他的儿子小豹还有杨思思的父母到了飞机场，他要我在十二点之前务必将杨思思带到古城附近的那个高尔夫花园酒店。

尽管心中充满了负罪感，但我还是给了老黄肯定的答复。我并不认为自己是个虚伪的人，但还是在此刻虚伪地希望杨思思在回到上海，或者出国留学后能比在大理时过得更开心。

也希望她和小豹能有一份相濡以沫的爱情，这样她才会在未来的几十年里做一个真正幸福的女人。

失神中，化妆师已经领着杨思思站在了我的身边，马指导手持相机对我们说道："咱们先拍一组公路照吧，待会儿你们都爬到车子的引擎盖上，动作有点儿危险，男生多照顾女生一些，争取做到一遍过。"

我将杨思思托上了车子的引擎盖，自己也想爬上去的时候，马指导又突然拉住了我，说道："你等等，这次的宣传照主要突出女性，我先给她拍几组。"

我很自觉地退到了一旁，杨思思则冲我做了一个鬼脸，以嘲笑我被无情地冷落。

杨思思似乎以前拍过这样的宣传照，所以基本上不用马指导去指导她，便很自然地做出了几个不错的造型，马指导看上去也很专业，只是一小会儿的工夫，他已经换了很多个高难度的拍摄姿势，抓拍着杨思思在这条环海公路上所展现出来的每一个能够打动人的细节。

片刻之后，我也上了车子的引擎盖，马指导往后退了几步，然后示意我搂住杨思思。可是，我一想起这丫头是老黄的准儿媳妇就有点儿放不开。

马指导提醒了我好几次，我也没能做出让他满意的造型来，杨思思马上就幸灾乐祸地对我说道："你这人吧，也就嘴厉害，真要让你做出一点儿超越男女界限的事情，你马上就怂了。"

我有点儿不高兴地回道："昨天是你让我别占你便宜的吧，这会儿又说风凉话，你到底有几副面孔啊？"

"你当然不能占我便宜，你最好自己拿捏住分寸，别让我觉得你是个臭流氓。"

看着杨思思那张存心要为难我的脸，我做了一个深呼吸，然后从后面搂住了她的腰。这一次，我搂得很结实，并在她耳边说道："我要是没有臭流氓的觉悟，今天咱这一组照片拍到晚上都别想拍完。你也甭和我抱怨，这本来就是一件为艺术献身的事情，更何况咱还是拿了人家钱的。"

说完这些后，我又对一脸郁闷的马指导说道："刚刚有点儿放不开，这会儿我自己琢磨明白了，我就把她当成是木棍，然后心里想着爱过的女人，表情和动作就肯定能到位了。"

"你就不怕我打你吗？你才是木棍呢！"

杨思思说着便从一个很隐蔽的角度狠狠掐了我一把，我就这么一边疼痛着，一边想象着那些与陆佳在一起时的幸福瞬间。我很矛盾，我恨她无情地将我抛弃，然后又觉得自己这些年也亏欠了她很多，我没能给她安全感，没能给她足够的物质保障，她却有那么一段时间，以义无反顾的决心将自己最美好的青春和年华奉献给了我。

这些年的得与失真的很难去计较，爱情本身也不该去计较，何况我很清楚地明白，虽然我依然深爱着她，但我们这几年的感情已经是过去式。

在这种情绪的支配下，我心中涌起了很多柔情，我觉得自己变成了一个有温度的男人，然后调整了力度，以一个最舒服的姿势轻轻搂住了杨思思。

这时，马指导一连叫了几声"好"，并让我们保持住现在的姿势和表情，然后便传来了按动快门的声音。我看不到呈现在镜头里的到底是怎样一个画面，但我的内心是很享受的，我好像把握住了青春的余热，融入了远处的苍山和近处的洱海里，而阳光以一个不偏不倚的角度，恰到好处地落在了我们的身上。

这一刻，连马指导也变得可爱了！

最后马指导说这组照片拍得很成功，这给了我们极大的信心，杨思思主动提出要在悬崖边拍一组以洱海为背景的艺术照。她说，这样的照片才会显得有格局，有大片的感觉。

马指导本身就是一个艺术狂人，当然不会反对这样的想法，只有化妆师担忧我们的人身安全，劝我们打消这个念头。

杨思思满不在乎地拉着我，然后沿着悬崖边寻找着可以通过拍摄角度与洱海连成一体的最佳拍摄位置，我一边犯着嘀咕，一边对她说道："三百块钱不值得你这么拼命吧？差不多就行了。"

"就算没有接这个活儿，我也会找个搞旅拍的朋友帮我环洱海拍一组写真的，这是一种仪式感，跟你说了你也不懂！"

"那你自己去拍吧，让马指导多给你一点儿特写镜头，我就不瞎掺和了。"

杨思思停下了脚步，以一种特别轻蔑的目光看着我，说道："你还是不是个男人啊？"

"那么高的悬崖，看着就瘆得慌！我跟你不一样，我还肩负着养家糊口的重任，万一要是掉下去，我怎么跟我爸妈交代？"

"真要掉下去，你也不用交代了！"

杨思思说着又拖拽着我往前走，马指导等人也一路跟随着。终于，两人选了一个极其偏僻，但视野也好得没话说的位置停了下来。杨思思对马指导说道："就选这儿了，待会儿我和米高站在这棵树的旁边，你看看能不能拍出不一样的效果。"

我下意识地往她所指的地方看了看，不禁感到腿软，她说的那棵树旁边只有不到一平方米大的地方可以站人，而下面就是万丈深渊。说实话，我是有轻微恐高症的，再加上这活儿是我接的，要真有个意外，就算我赔上自己这条命也不够跟老黄还有她父母交代的，所以不管出于什么考虑我也不能让自己和她去以身涉险。

可是杨思思却根本不将可能会出现的危险放在心上，她提起裙角，便踩着高低不平的岩石块在我之前向那棵树走去。

这时铁男又推了我一把，说道："还愣着干吗啊，赶紧跟上去照应着点儿，她穿的可是高跟鞋，真崴一下就不得了了！"

我顾不上许多，赶忙跟上了杨思思的脚步，却每一步都走得胆战心惊。

我终于追上了杨思思，然后扶住她的手臂，抱怨道："你知道我现在是什么心情吗？"

"怂呗，我都不怕，你一个男人有必要怕成这样子嘛！"

"人除了要有仪式感，凡事保留一点儿敬畏之心也没错。"

"要不说你是老人家呢，在你身上就看不到一点儿燃烧着的青春热血。你看，那个地方明明还有其他人的脚印，人家都不怕，那我有什么好怕的？"

我集中注意力看了看，那棵树的旁边确实有人的脚印，不免感叹："难怪这几年人口一直负增长，真有这么多怕不死的人！"

说话间，我和杨思思终于站在了那棵树的旁边，而马指导也没有闲着，他爬上了我们对面二十米远的地方的一棵树，找好角度之后，托着相机对着我和杨思思感叹道："这个位置真是选绝了，思思的裙子正好能和海水连接上，整个洱海都成了她的裙摆！你俩赶紧摆好造型，争取一遍过。"

"这次摆什么造型？"

"米高，你托住思思，让她半躺在你怀里，然后你借位亲吻住她。"

"什么是借位？"

马指导愣了一下，解释道："就是电视剧里经常会见到的镜头，你侧身挡住她，我拍摄的时候，你们有亲吻的感觉就行了，不是真让你下嘴。"

我回忆了一下，好像是在影视作品里看到过类似的镜头，于是也照葫芦画瓢，俯身托住了杨思思，然后做了一个亲吻她的造型，嘴与嘴之间却保持了十来公分的距离，可是在这种能让人想入非非的距离里，她的气息却在我的感知里越来越清晰……

这时，那边又传来了马指导的声音，他喊道："思思，你稍微往后退一点点，刚刚有风，裙角没能和海水衔接上。"

我回头往身后看了看，下意识地咽了一口口水。此时，我和杨思思离悬崖边最多也就五十公分的距离。出于安全考虑，我冲马指导喊道："不能再往后退了，再退我俩就没命了！"

杨思思回头看了看，然后拽住我的胳膊，借力起身之后，也对马指导说道："不用理他，我们后面还有五十公分左右的距离，我再往后退三十公分够吗？"

"差不多了，你们试试，不过要注意安全，实在不行，我可以后期修图。"

杨思思点了点头，她再一次拉住了我的手臂，而这时，我也终于感觉到了她的紧张，但却不知道她到底出于什么诉求，一定要以身涉险，去拍一张完美的照片。或许这就是她追求自由和完美的性格，而我的心态和她相比是真的老了，我根本就接受不了这种很挑战极限的行为。

我深知这里不是能争执的地方，只能战战兢兢地配合着杨思思一点点往后挪动着，可下一秒我最担心的事情便发生了！杨思思在退最后一步的时候，好像踩到了一块碎石子，她突然脚下一绊，便斜着往后摔去！

我吓得心肝脾俱裂，也来不及思考和权衡，直接用最快的速度伸出左手护住了她。这不伸手还好，一伸手连我自己也失去了平衡，就在这惊魂一刻，我的右手死死拽住了一根离我们最近的树枝，然后将重量全部转嫁给了这根不算粗的树枝，在一阵阵刺耳的摩擦声中，我和杨思思才堪堪稳住了身形。

悬崖边，我惊魂未定地重重喘息着，杨思思也没有了刚刚的无所畏惧，她靠在我身上，一脸惊恐地看着那根还被我死死拽住的树枝，而在我们对面的马指导和铁男等人也被吓得够呛，他们面色铁青地看着我和杨思思。

我又重重呼出一口气，才松开了杨思思，然后看着那根树枝说道："看见了没，这是我们的救命恩人，刚刚要是没抓住它，你能想到是什么后果吧？我现在特别想在这儿烧一炷高香，这也太惊险了，就冲这救命的情分，咱俩给这棵树磕头都不过分！"

杨思思不说话，也没了刚刚那副盛气凌人的样子。而这时铁男等人才反应了过来，他们纷纷向这边跑来，然后将我和杨思思拉到了一个安全的地方。

我有点儿虚脱地躺在草地上，却比刚刚更加害怕了，这是一种我从来都没有经历过的生死体验，我想到了很多如果刚刚死了会带来的后果。

下一个瞬间，我又充满了失落，就算我真的死了，恐怕伤心的也只有自己的父母，其他人最多只是同情，一段时间过后，我这个人，以及活着时做的所有事情就会被彻底遗忘。

陆佳呢？她是否又会发自真心地为我感到难过？

我想了很久，发现原来她的态度才是我最在意的！于是我更加失落了，因为她会有新的男朋友、新的生活，甚至组成新的家庭，而我这个前男友在她的新生活面前，又能有什么分量呢？

所以答案很明显，我不过是她终究要遗忘的男人罢了！

足足过了二十分钟，大家才从刚刚的惊险中回过了神来，最牛的还要属马指导，他竟然出于职业本能，将我们刚刚涉险的画面全部用镜头给捕捉了下来。他说，这样的照片拿去参加摄影展，绝对能获奖，因为太可遇不可求了！

对此，我们一致骂他是"见利忘义"的禽兽。

而经历了这个险事之后，大家都变得保守了起来，于是后面的几组照片，都选用了完全没有危险的取景地,虽然效果大打折扣,可是为了人身安全,这也算是一个很理智的选择了。

整个上午的时间走得很快,等我们将所有的照片全部拍完的时候,已经是十一点钟。我找了一个合适的时机避开了杨思思,对铁男和马指导说道:"待会儿杨思思问你们去哪儿吃中饭的时候,你们就说去高尔夫花园酒店。"

铁男一脸疑惑地回道:"这活儿是我和马指导接的,请你们吃饭是天经地义,可是也没必要搞这么高的规格吧?咱是自己人,我也实话实说了,别看咱几个今天忙活了半天,赚的钱真不够到那儿吃一顿的……"

"放心吧,这钱不让你们掏,已经有人掏了。"

"谁啊?"

我向正在车里换着衣服的杨思思看了看,片刻之后才回道:"她父母……他们这次来大理是带她走的,他们希望她能在对的时间选择去国外留学。"

似乎被我的话触动到了某些地方,铁男沉默了很久才回道:"这个世界上的大部分人还是活在高度统一的现实生活中哪!"

我点了点头,然后便不再说话。

片刻之后,杨思思换好了衣服,我也准备就绪,之后铁男便开车带着我们一行人向高尔夫花园酒店驶了过去,而车子开出去没多远,老黄便又给我发了信息,说他们已经下了飞机,也正在往酒店赶的路上。

我算了一下路程,差不多是他们先到。这样也好,将杨思思送到之后,我的任务就算是完成了,省得在那里陪她等着,那才是煎熬。

我拿出了手机,然后在美团上找了一家餐馆订了一份四人餐。我当然没有将杨思思算在内,并安慰自己不要太自责,因为杨思思这样的女人根本就不适合大理,她是个自带光环的女人,她应该有更宏大的人生格局,等她有了成长之后,她应该会理解这些事。

想着想着,我便闭上了眼睛,假装在睡觉,我不想再与任何人攀谈,而这好像也是我来到大理后第一次有了疲惫的感觉,这种疲惫来自心里,与肉体无关。

"喂,你是不是真睡着啦?"

杨思思一边问一边用手推了推我,我没有理会她。她又往我腰上掐了一把,我感觉装不下去了,这才睁开眼睛看着她,语气不那么愉快地问道:"干吗?"

"就是想谢谢你!我不该那么偏执,刚刚我俩差点儿就死了,想想挺后怕的!"

"好人不长命,祸害活千年。放心,你没那么容易死的。"我说着说着换了一个坐姿,并将目光投向了车窗外。

杨思思又掐了我一把,想让我看着她,然后说道:"我特别想感谢你,但是不知道用什么方式。"

053

我瞪了她一眼后，便看着自己被她掐过的地方，她赶忙伸手帮我揉了揉，又眯着眼睛，做可爱状冲我笑了笑。

我这才对她说道："你要实在想感谢我的话，就把早上赚的钱都给我吧，我特别喜欢这东西。"

"啧……不行，我现在比你更喜欢这东西，因为我还打算在大理待很久，要是被你骗得身无分文，还不如刚刚掉下去摔死算了。"

我的心情被她的话弄得很难受，语气也变得不耐烦，回道："你能不能别和我说话了？今天早上起那么早，我现在特别想眯一会儿。我真的不用你感谢我，你让我保持清净，我就谢天谢地了。"

"睡吧，我赐你一个好梦，咱俩就算是扯平了，嘿嘿！"

我又看了她一眼，却在她的眼神里看到了好心情。这于我而言真的是一种折磨，便赶忙又闭上了眼睛，等眼前一黑时，又很违心地告诉自己：一切都是假的，我是假的，铁男和马指导也是假的，杨思思更是假的，我们根本就没有经历过这样一个上午，这个世界上也根本没有老黄这个人。

一个小时的车程之后，铁男的车终于将我们带到了高尔夫花园酒店，一直装睡的我喊醒了真正睡着了的杨思思，她揉了揉眼睛，问道："到了？"

"到了，满汉全席在等着你，赶紧下去吧。"

杨思思振作了一下精神，然后第一个打开车门下了车。我又趁机对马指导和铁男说道："我已经在叶榆路上的传奇小龙虾订了一个四人餐，你们先过去，我处理好这边的事情就跟上。"

唯一知情的铁男拍了拍我的肩，他给了我一个理解的眼神，又对马指导和化妆师说道："事情有点儿复杂，到吃饭的地方我再说给你们听。"

我下了车，铁男便开着车带着其他人离开了，杨思思诧异地向我问道："他们怎么走了？"

"车行的人打电话说有客人急着要用这辆车，铁男就给送过去了。"

"哦，那马指导和化妆师怎么也跟着去了？他们不饿啊？先吃饭多好。"

"马指导顺便把今天拍的片子也给车行的负责人看一下。"

"那化妆师总不用跟着吧，她怎么也走了？"

"怕你饭量大，饭不够吃，她说等你吃够了她再来。"

杨思思警觉地四处看了看，回道："你就胡说八道吧，他们到底干吗去了？"

想了想，她又问道："你是不是又在坑队友？上次在武汉你对我做的混账事情我还没有完全原谅你呢！"

我无言以对，而下一刻便有一辆商务车在我们的身边停了下来，里面坐着的人我只认识老黄，而另外两个看上去很有气质的中年人，不用想也知道是杨思思的父母。

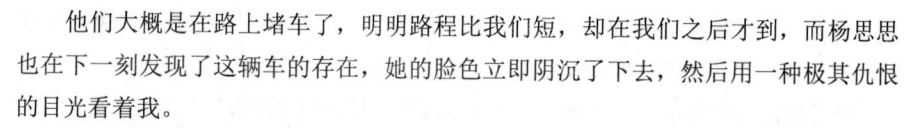

他们大概是在路上堵车了，明明路程比我们短，却在我们之后才到，而杨思思也在下一刻发现了这辆车的存在，她的脸色立即阴沉了下去，然后用一种极其仇恨的目光看着我。

车子停稳后，老黄这个人精先从车里走了出来，他一看见杨思思便带着讨好的笑容说道："思思，我和你爸妈还有小豹专程从上海来看你了。"

杨思思不理会老黄，却瞪大了眼睛看着我，只片刻，她的脸便憋得通红，然后冲我吼道："你竟然又骗我！你给我滚！"

杨思思那无法抑制的愤怒好似在空气里弥漫着，现场的气氛于我而言变得无比尴尬，我感觉自己很多余，可是唯一的主角杨思思却将她的注意力完全放在了我的身上，她恨不能将我锉骨扬灰。

我下意识地向她的父母看了看，他们的脸色看上去非常不好。这时，老黄又站了出来缓和气氛，他对杨思思说道："思思，你可千万不要带着敌意来看你黄叔叔和你爸妈。你不是经常在朋友圈分享大理的美景和风土人情嘛，我们也被打动了，所以想来看看，再了解一下你在这边过得好不好。"

杨思思怒极反笑："我这才离开上海几天哪，你们就急匆匆地赶来了。你们要是真是没有目的地来大理，干吗让米高算计我？"她一边说，一边扫视着，最后目光落在了老黄的儿子身上。她的脸色变得更加难看了，愤愤地说道："连小豹也跟来了，你们这么多人是来打狼的吧？"

老黄无法自圆其说，于是转移了话题，说道："坐了这么长时间飞机，也没怎么好好吃饭，先进酒店吧，有什么话吃饭的时候说。"

杨思思压根儿就没有进去的打算，她不依不饶地走到小豹面前，质问道："你说你不好好学习，没事儿天天往国内跑什么跑，真当是地球村呢？去哪儿就一顿饭的工夫。你不嫌累，我都替你累得慌，小心倒时差就要了你的小命儿。你看你这气色差的，乞丐都比你精气神儿足！"

小豹直愣愣地看着杨思思，半晌说不出话来。而我也再一次见识了杨思思这犀利的口才，她在无形之中便揭露了老黄父子内心最不堪的想法，可是把他们说得比乞丐还不堪就实在是有点儿过分了。

我觉得老黄虽然对她家有高攀之心，但对她也是有一份真心的。所以下一刻，我便在老黄的脸上看到了一丝落寞之色。

杨思思她爸也终于被她的过分给惹恼了，他训斥道："你一个女孩子家，说话讲点儿分寸，我和你妈可没这么教过你！"

这次，杨思思出乎意料地没有顶嘴，但用一种愤恨的眼神看着她爸，并形成了对峙的局面。

老黄又出来打圆场，他先是拍了拍杨思思她爸的肩，示意他不要和杨思思一个

055

小丫头计较，然后又对所有人说道："都别站着了，先吃饭，先吃饭，有什么分歧的地方待会儿可以好好沟通的嘛。"

杨思思的父母这才平息了情绪，于众人之前先往酒店内走去。

我一点儿也不想参与进他们的家庭纷争，便对老黄说道："黄总，我那边还约了几个朋友，就不跟你们吃饭了。"

老黄略微思虑了一下，回道："也行。晚上有空的话，我跟你单独聊聊。"

"晚上再说吧。"

我说完便转身向酒店外面走去。却不想，还没走几步便被人从后面给拉住了。转头看去，扯着我衣服的人正是杨思思，她阴沉着脸对我说道："你哪儿也不准去，进去和我们一起吃饭。"

"刚刚不是你让我滚的嘛！"

"你什么时候这么听我话了？今天谁都可以走，就你不行，因为这个事情是你挑起来的。"

我挣扎了一下，杨思思却将我拽得更紧了。

这时，老黄又给了我一个眼神，示意我不要逆着她来。我心中一声哀叹，杨思思这臭脾气可不就是被他们给惯出来的吗？！可最后为她这臭脾气埋单的人却是我，你说我冤不冤？

我极不情愿地跟着杨思思向酒店里走去，进了包间之后，我很自觉地和众人拉开了距离，然后找了个不起眼的位置坐了下来，而杨思思的父母也没太将我放在眼里，自始至终都没怎么用正眼看我。可能在他们眼里我就是老黄的一个跑腿的而已。

小豹是个场面上的好青年，落座后，没等服务员动手他便主动给杨思思的父母倒上了茶水，并帮杨思思也倒了一杯，似乎一点儿也不计较刚刚被她给讽刺了。

杨思思依旧是一副很不爽的表情，并抽空狠狠瞪了我一眼，我装作没看见，心里却犯嘀咕，以我这几天对她的了解，她把我拖进来，绝对不是出于好意，然后让我吃一顿大餐。

服务员陆续将菜送了上来，的确是一份让人垂涎的大餐，可是餐桌上的气氛却尴尬到不行，似乎除我之外的每一个人都在酝酿着针对另一方的敌对情绪。

终于，杨思思的妈妈开了口："思思，我和你爸都挺忙的，这次来大理的时间也是硬挤出来的，所以我就不跟你绕弯子了。我们已经帮你办好了出国的手续，学校什么的也都给你安排好了。我们要求你在一个星期内，跟小豹去国外，有他照应着我们也放心。"

"我不去，我就待在大理，哪儿也不想去。"

老黄劝道："思思，你在其他事情上任性，我们都可以不管，可是这件事情你得听我们的。你爸妈为了你出国留学的事情已经花了一百多万，我这边也托了不少关系，你要不去的话，白忙活不算，这钱可也都打水漂了！"

"打水漂了也是你们活该，你们在做这个事情之前征求过我的意见了吗？"

杨思思她爸厉声回道："你也是二十出头的人了，能不能懂点儿事情？我们这么做，不都是为了你好！现在社会竞争这么激烈，你没有过人的地方以后怎么在社会上立足？我和你妈就你一个孩子，你说就你现在这个样子，我们怎么放心把公司交给你？"

杨思思不为所动地回道："谁让你们不多生一个。不多生就算了，只生了我这一个，还不管我活得开不开心，只知道把我当成你们企业家梦的延续。可是，不是每个人都愿意像你们这样活着的。我要以后有了孩子，我一定会拿出一半的时间来陪他，给他树立正确的人生观、家庭观……"

"我们给了你同龄人中最好的生活，你还有什么不满足的？思思，你如果不反思，一直用这个态度跟我们说话，那你也太不懂事了。"

杨思思很不屑地一笑，回道："该反思的人是你们吧？因为你们对生活的理解太狭隘了，你们觉得只要物质充裕，我就该满足，可是生活里除了物质需求，难道就没有精神需求了吗？你们扪心自问，这些年你们给我做过几顿饭，又有没有让我感受到父爱母爱的存在？我从三岁的时候，就已经开始跟着保姆过了……"

说到这里，杨思思已经哽咽，她的怨气不是装出来的。

杨思思的父母陷入了沉默中，他们的脸上也有些许愧疚之色，而作为旁观者的我倒是能理解他们。因为杨思思对这个社会的认知不够深刻，所以才容易在亲情上钻牛角尖。

做个假设，如果杨思思的父母和大部分平庸的人一样，那杨思思现在的生活也未必好过。

我不是在这里宣扬父母的经济实力于子女的作用……我只是觉得，如果没有杨思思父母这些年的奋斗，她未必会像现在活得这么有尊严和底气。就算是正正经经地上个班，也是要受老板的气的，哪会像她现在这样，只有她撑别人的份儿，别人只能哄着她，迁就着她！

一阵沉默之后，杨思思她爸终于又开了口，他以很强势的语气说道："你现在跟我们说什么也没用，我们走的路比你多，看社会的角度也比你更全面，所以出国留学的事情没的说。等你以后自己有资本了，我们可以放手不管你，但是现在绝对不行。"

杨思思先是哭，然后表情很坚决地说道："我要是坚决不出国留学呢？"

"你必须出国留学。就算你今天不认我们做父母，出国留学的事情也没有商量的余地。因为我们很明确，我们这都是为了你好，等你以后懂事了，你会庆幸我们今天给你做的一切选择。我们太了解你是什么性格了，只有我们才能给你的未来规划出一条好的出路！"

杨思思气得发抖，继而现出了失去理智的征兆，她起身看着她的父母说道："我是什么性格啊？你们倒是说说看，我是什么性格？呵呵，你们是不是觉得我活成一个什么都听你们摆布的乖乖女才是正确的？那我现在就告诉你们，我一辈子都活不成你们想要看到的那样！我已经跟米高闪婚领证了！"

杨思思的话还没有说完，她妈便狠狠地甩了她一个耳光，骂道："我和你爸呕心沥血地奋斗这么多年，为的就是能让你有尊严地活着，可你就是这么糟蹋我们的良苦用心吗？"

杨思思捂住自己的脸颊，也恨恨地回道："到底是我在糟蹋你们，还是你们在糟蹋我？如果你们非要我出国留学，我现在就死在你们面前。"

"你真是太不争气，太不听话了！"

杨思思她妈颤声说着，杨思思她爸则沉默不语，但是痛苦和失望已经写在了脸上。

杨思思却根本不管这些，她抓住这难得的机会，然后在众目睽睽之下，拉住我的手臂，将我拖到了包间的外面，又走到了酒店的门外。

随着空间的不断开阔，我好像进入了一个新的世界。可是不知道为什么，当阳光强烈地照在我身上时我又有了一阵恍惚的感觉，只觉得刚刚经历的那些就好像是一场梦，充满了不真实的感觉，直到杨思思一记耳光重重地甩在我的脸上。

她无比愤怒地质问道："你为什么要欺骗我？如果不是你自作主张地把我带到这儿来，就根本不会有刚刚的事情，我躲着他们就好了，也不用现在这样六亲不认！"

我捏住自己的下巴，缓解着疼痛的感觉，可心中却忽然生出一股无名之火，低沉着声音对她说道："你能不能学会尊重别人？这个世界上不是每个人都有义务要惯着你、迁就你的，真正会惯着你的人，你刚刚都给得罪完了！"

如果刚刚的恨有演的成分，那此时杨思思看着我的目光便是实实在在的恨，她含着眼泪，冷冷地对我说道："我一辈子都不想再见到你，你给我滚，现在就滚！"

"你放心，我没一点儿兴趣跟你纠缠，我会走的。不过走之前我得提醒你，千万不要把任性当作征服别人的武器，尤其是对自己的亲人，最好多一点儿换位思考。大理虽然好，但是它的重要性也比不上亲情，我希望你能有一点儿牺牲精神和奉献精神，你追求自由和独立是没有错，可只要是人，就不能只为自己活着，否则就是自私！"

离开了酒店，我一点儿也没有吃饭的心情，所以也没有去叶榆路上的"传奇小龙虾"找铁男和马指导他们，我独自回了客栈，然后倒头便睡。

我实在是太累了，这种累除了心理的，还有身体上的，我现在的精力已经比不上上大学那会儿。我好像还没能完全消除从上海到大理这一路所积累的疲劳，可是杨思思却已经生龙活虎地干了这么多"惊天动地"的大事情。

同时，我也在反思：自己和杨思思到底是谁做错了？

理性告诉我：我没有做错。

感性却告诉我：我错得一塌糊涂，因为我伤害了一个女人对生活的热情和对梦想的追求。

我为这种不统一而感到苦恼，于是我又一次带着烟和罐装的啤酒来到了洱海边。不知道从什么时候开始，这里成了我唯一能释放心情的地方。

听着潮水的声音，我抽完了手上的一支烟。然后又因为空虚和寂寞，我从口袋里拿出了自己的手机。我几乎是下意识地打开了收件箱，尽管知道陆佳已经不再用那个号码，但还是希望会有奇迹出现。

她去国外已经有一段时间了，如果她没有急着找新男友，我是希望能够和她分享一些对现在生活的看法，我也更想知道，她在远走他乡之后到底过得好不好。

可是，我再一次失望了，我发给她的信息，再也没有得到哪怕一个字的回复。

抽完一支烟之后，我又喝掉了一罐啤酒，然后充满疲乏地躺在了礁石上，就像死了一样。可是片刻之后，又有一只海鸟活蹦乱跳地在我身边寻找着游客们扔下来的面包屑。

这只鸟特别胆大，就像杨思思。

忽然想到她，我又一次从礁石上坐了起来，接着无可奈何地笑了笑。也不知道这一场闹剧结束之后，她是继续留在了大理，还是想明白了，跟随她的父母去追求她应该去过的生活。

这是一个特别大的悬念，我当然想知道结果，可是却再也不愿意和她联系。因为经历了汪蕾离世这么大的事件之后，我的精力忽然变得特别有限。我不想交际，不想过于关心别人，只想踏踏实实地在大理开一个能赚钱的客栈，在实现汪蕾梦想的同时，也让自己开始新的生活。

这种新生活，会让我有足够的底气向家人进行交代，而不是再一次让他们失望！

太阳渐渐落到苍山的后面，洱海边的游客不减反增。远处的小摊贩们纷纷在洱海边支起了摊子，流浪歌手也搬来音响设备，他们和游客一起铸造着大理的人气和梦幻。可是也从我的体内拽出了孤独，我特别怕在傍晚的时候看见刚刚亮起的灯火和成双入对的情侣们。

我终于从礁石上站了起来。可是下一刻，我又在右手边五十米远的地方见到了一个熟悉的身影，她比晚霞更美，比洱海的水更清秀，比苍山更神秘……她担得起这个世界上任何一个形容美好的词句。

她就坐在另一块礁石上，在人群的缝隙中若隐若现，可她看上去也是如此孤独和寂寞，因为在我看见她之后，她对着洱海的姿势一直都没有变过。

我问自己，这算是缘分吗？

当然不是，我已经在这里坐了半天，而洱海边风景最好的地方，就属马久邑这块，如果她无事可做，也被寂寞困扰着，继而想沿着洱海散散步，那当然会有很大的概率遇见我。

所以，我们的偶遇不是因为缘分，而是因为寂寞。

是人都会寂寞，尤其是我们这种千里迢迢从上海来到这个几乎没有朋友的地方的人，而因为这种共同存在的心情和境遇，这样的相遇也就显得更加珍贵了起来，于是我停下了准备离开的脚步，然后在身边的露天酒吧里买了两罐"风花雪月"啤酒和一小碟花生米。

此刻，从我身边走过的游客大多拿着相机在四处张望着，只有我心无杂念地向叶芷坐着的地方走去。

因为我站在她的背后，所以她并没有立即察觉，只是拿着一根不知道从哪里捡来的树枝在水里荡来荡去，然后又对着那些水波发呆，这真是比我还要孤独和寂寞。

"喂！"

我喊了一声，叶芷回头看着我，而就在她回头的那一刹那，几只受惊的海鸟扑棱着翅膀掠过海面，向远处飞去，她原本在水面清晰的身影也随之碎了，可是在对视之中，她的面容却比任何时候都要清晰。

我对她笑了笑，在她的身边坐了下来，然后将其中一罐啤酒递给她，说道："请你喝的。"

"谢谢。"她从我的手中接过。

我又对她笑了笑，以示不用谢，随后我们便很有默契地陷入了沉默中。与其说是沉默，倒不如说是一种安静，因为被海风吹拂着的我们，不说话才算是真正拥有了这个傍晚带来的意境。

又是一阵海风吹来，她的长发在不经意间落在了我的肩上，我尴尬地看着她，终于开口说道："好像靠得太近了，我往那边坐一点儿。"

她笑了笑，回道："没事！"

说完，她从口袋里拿出一根类似橡皮筋的东西，将头发扎了起来。这是我第一次看到她扎辫子的样子，虽然少了一些温柔，却多了一分利落。

或者，她原本就是一个很利落的女人，只是因为过于漂亮，所以才让人不易察觉到她除此之外的性格特征。

小插曲结束之后的片刻，她终于主动开口向我问道："你是住在这边吗？"

"嗯，就在马路对面的风人院青年旅舍。你呢，也是住在这边？"

"我住在海途。"

我好像对这个酒店有点儿印象，便主动回头去找。发现它就坐落在这片区域最靠近洱海的地方，算是一个一线海景酒店，而相比于"海途"，我住的'风人院'

青年旅舍便有一种浓厚的贫穷的气息。我们的房间看不见海，也不宽敞，只有一个巴掌大的木窗，连接着我们与外面的世界，而海途可是有海景套房的，并且在房间的阳台上配有大浴缸，可以一边坐浴，一边喝着红酒，然后看遍大理最好的风光。

不过，这种差距是很自然的，因为我和叶芷本身就存在着不可逾越的阶层差异，所以我也谈不上有多羡慕她。我知道，我的心已经被长期的贫穷打磨得很麻木，我习惯了这么生活。

迎着从海面吹来的风，我喝了一口被冰镇过的啤酒，心里是一阵惬意，于是又主动向叶芷问道："这边的客栈和酒店都被关停得差不多了，海途还能对外营业吗？"

"海途也停业了，不过我是老板的朋友，招待一两个朋友，不算营业的。"

我点了点头，回道："哦。"

这次，叶芷没有接我的话。她似乎一点儿也不好奇：在客栈全部被关停的情况下，我又是通过什么方式住进'凤人院'的。不问也好，因为我的方式相比于她就不那么体面了。我和马指导、铁男三人一到晚上八点就不能开灯，一直过着偷偷摸摸的生活，这要怎么和她做对比？

片刻的沉默之后，我终于想起上次没有问她要联系方式的不礼貌，于是我拿出手机对她说道："住得这么近，也和邻居差不多了，加个微信吧，以后可以约着散散步、打打麻将什么的。"

"你的意思是住得不近，就不用留联系方式了？"

我愣了一下才反应过来，她果然介意之前她留了联系方式给杨思思，我却在后来没有联系她的事情。之后，更是在一起吃完饭，我也没有主动问她要联系方式。

如此看来，她在这方面也是个挺小气的女人。所以在撑了我一下之后，一点儿也没有将自己手机拿出来添加微信好友的意思，而我那拿着手机的手，就这么尴尬地悬在她的面前。

"不加就不加吧，反正抬头不见低头见的。"

我一边说一边将手缩了回去，然后将啤酒罐里的最后一口啤酒送进了嘴里。就在我以为我们会很死心眼儿地将这种沉默持续到天黑时，叶芷却忽然转头看着我说道："晚上住在这儿挺无聊的，你和思思联系，让她来这边打麻将吧。"

我与她对视着，我不相信她是这么主动的人，她之所以这么说，多半是已经知道了什么，而我的第六感也告诉我她和杨思思的联系应该算是比较密切的。毕竟她们都是从上海来的，都是有钱人，同样在这里没有什么朋友，所以她们是能够玩到一起去的。

另外，抛开杨思思的任性不说，她也确实是一个值得交往的朋友。

我下意识地摸了摸自己的腰间，这里还挂着昨天杨思思送给我的那只提线木偶，我心里不免有些黯然，于是皱了皱眉，向她问道："关于杨思思来大理的前因后果，

061

你到底知道多少？"

"我不太听得懂你在说什么。"

"我觉得你话里有试探的意思。而且我感觉你们私下有很多联系，所以你一定已经知道了今天发生的事情。"

叶芷很少有地笑了笑，回道："看得出来你是个很敏感的男人。"

"不是敏感，是敏锐。我现在很在意这件事情，所以你忽然和我提到杨思思，让我联系她，我不自觉地就会产生很多联想。"我说完之后便很关切地看着叶芷，如果她和杨思思联系过，那么从她口中一定能得知杨思思在这件事情之后做了什么样的选择。而我的确是在意的，但又不想主动和杨思思联系，毕竟中午的时候我们已经闹得那么难看。

叶芷稍稍沉默之后，回道："我是知道今天发生的事情，我下午和思思联系过。"

"她怎么样了？"

"先不说她怎么样了，就聊聊你的所作所为吧。"

我眯着眼睛盯着海对岸看了很久。

我虽然还没有去过对岸，但我知道那里就是下关。听诚哥和李姐说，下关的风最大也最出名，我便本能地感觉那里的灯火也是动荡的，它们化成一束束光线映射在洱海里，营造出了不真实的感觉，而我们所遭遇的是是非非在这种不真实里也就显得根本没那么重要了。

也许我们活着就是一道特别虚假的命题。就像汪蕾，她生前有那么多的善举，可是在她死后，依然会有很多人在议论她的是非。那对与错，善与恶，又有什么区别？反正我们只是永远活在别人的口中，而真正用心去理解我们的人却根本没有几个。

我终于与叶芷对视，回道："我不认为我的所作所为有什么问题，大理这个地方虽然好，但是现在的杨思思并不适合待在这里，如果有一天她能站在你的高度，以投资人的身份再来大理，我想，那时候就不会再有人反对她了。所以在这之前，出国深造是个挺加分的选择。"

"你很为她着想，可是你也欺骗了她。"

"那又怎样？"

"如果她不在意你，肯定不会怎样，但是她挺在意你的，所以她才会觉得你对她的欺骗是一种侮辱。我觉得，她至少是把你当朋友的，你不应该这么对她。"

我再一次看着她，觉得她并不是空有美貌，她好像对人性有着很深的见解。可是因为自己心里对杨思思的任性还有那么一丝怒气，我还是很嘴硬地回道："就她那种好动的性格，和谁都能成朋友的。"

叶芷有些失望地看着我，而我在说完之后便低下了头，我能看见的已经不是洱海和被夜色笼罩的马久邑，我的视线里只有自己的白色运动鞋和叶芷脚上的紫色凉鞋。它们在我的感官里组成了一个对立的世界。

叶芷起了身,准备离开。

我心中一紧,继而冲着她的背影喊道:"杨思思她是留在大理,还是回上海了?"

"如果你还能联系上她,这种问题就不要问我了。"

叶芷说完后便不再停留,她修长的身影绕过小贩们支起的摊子,很快就被淹没在了人群中。

这一刻,我的内心充满了不受待见的孤寂,我问自己:我是不是真的对现实生活麻木了,所以才会变得有些绝情?现在的我,好像都只是站在利弊的角度去衡量事情的对与错。

当我再次抬起头,好似在镜子一样的水面里,看到了一个面目可憎的自己。

我不是一个喜欢轻易低头的人,我不可能在还没有确定谁对谁错的情况下去和杨思思联系,我更不可能放下自己的英雄气概去主动和一个极其任性的女人道歉。所以我决定:如果这是怄气的话,那我就跟她怄到死的那一天。

回到客栈,只有铁男在。他煮了一锅挂面,也懒得用碗,直接就着硕大的铁锅吃了起来。见我回来了,向我问道:"那丫头的事情最后怎么解决的?"

"甭提了,憋了一肚子的气。"

我一边说,一边走到铁男的身边,将他的铁锅搬离了桌子之后,又说道:"走,去古城找个酒吧耍耍,哥们儿请客。"

"等我吃饱。"

"秀色可餐听过吗?别吃了。"

夜晚来临后,铁男骑着他的破摩托车载着我驶向古城。这是我来到大理后第一次逛古城,相比于洱海的宁静,这里充满了躁动的味道,游客的密度也比洱海更加集中。

古城里的男人似乎都喜欢留辫子,骑摩托,女人们也是烟不离手,完全不像我之前接触到的那些人,永远西装笔挺,说着一本正经的商业术语。

这里的人还很喜欢养狗,金毛和阿拉斯加最受欢迎,所以古城的街上会看到很多躺在地上的狗,它们慵懒地眯着眼睛,过着比人更悠闲的生活。

铁男好似和谁都认识似的,他将摩托车停在洱海门之后,一路上就尽顾着和人打招呼了。而我嫌他慢,便独自逛了起来。我们约好一个小时后在马指导唱歌的那个酒吧见面,而那时,也正好是马指导在那个酒吧的个人专场。

逛了两条街,我在一家卖银器的店门口坐了下来,我的斜前方就是整个古城最出名的酒吧街:红龙井。马指导就在这条酒吧街的酒吧里驻唱。

虽然我还没有走进去,但是那炸裂般的声音却已经以横扫一切的气势从酒吧街

063

里传了出来。而这种强大的感染力，好似让我透过灯光看到了正在舞台上撕心裂肺演唱的主唱们，以及热辣的伴舞女郎，甚至连那些驻足观看的游客，都跟随着强烈的节奏，变成了一副随时都能蹦蹦跳跳的样子。

难怪会有这么多人喜欢大理，当你想要安静的时候，在洱海边找一家客栈住下，会静得让你感觉不到自己的存在。当你想闹的时候，那就来古城的红龙井，这里疯狂的歌手会用爆炸一样的音乐，将你轰得灵魂出窍。

可是，这真的是汪蕾想象中无比喜欢的大理吗？

我有点儿替她感到失望，因为直到此刻，我还没有见到她说的那种不跟物质做计较的爱情，也没有见到那种骑着破摩托车，却能让女人感到幸福的男人。

失神地坐了一会儿之后，我终于将手中的烟掐灭，然后跟随着涌动的人潮走进了红龙井。红龙井是一条完全商业化的酒吧街，这里的街边站满了拉客的伙计，他们很热情地向每一个路过的游客伸出了双手，也不管别人是不是反感。他们在乎的只是一晚上能拉多少客人，这些客人进去以后会喝多少的酒。

我谈不上鄙视他们，因为他们也只是在竞争特别残酷的社会中混口饭吃，我在他们的身上真真切切地看到了一种对生活的饥饿感，就像在上海时的我。

一路避让，我终于来到了马指导唱歌的酒吧，这间酒吧名为"女人花"，虽然也在热闹非凡的红龙井，但位置相比于那些处在街中心的演艺吧就差了很多。这间酒吧坐落在主街后面的一条巷子里，这条小巷子虽然也在红龙井的区域内，但里面的客栈却多于酒吧，所以相比于红龙井的主街，这里显得极其清净。

我站在门口往里面看了看，发现酒吧装修得很素，只有一张很宽大的桌子，四周放了几张长板凳，而里面的人也不算多，只有大概十来个人的样子，清一色的都是女性，她们也喝酒，也抽烟。

马指导就坐在她们面前的演唱台上调试着吉他，却显得极其不协调。不过，要不是因为有他在，我还真未必有胆量走进这个大理的"女儿国"，这倒不是我假正经，实在是这个酒吧太'阴盛阳衰'了！

我敲了敲窗户，得到马指导的回应之后，我才走了进去。迎接我的是一个穿着露背装的成熟女人，她的头上戴着发带，却遮不住岁月在她脸上留下的细纹，看样子，最少也有三十几岁了。

她笑了笑，然后拿出一张酒水单向我问道："要喝点儿什么？"

"给我先来两打风花雪月。"

她拿笔记下，又问道："其他还要吗？"

"再来一点儿瓜子花生什么的小吃吧。"

这时，一直在低头调琴的马指导抬起头对她说道："白露，这是我朋友，今天晚上喝的东西都记在我账上。"

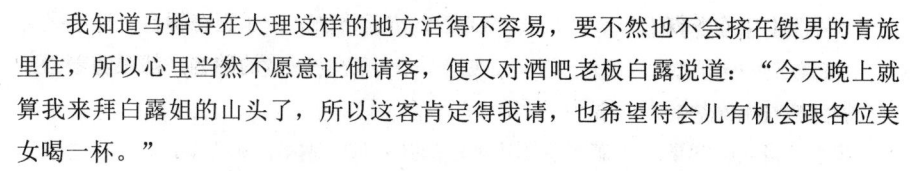

我知道马指导在大理这样的地方活得不容易，要不然也不会挤在铁男的青旅里住，所以心里当然不愿意让他请客，便又对酒吧老板白露说道：“今天晚上就算我来拜白露姐的山头了，所以这客肯定得我请，也希望待会儿有机会跟各位美女喝一杯。”

"你小子要是冲着艳遇来的，那你请客吧。"

我笑了笑，然后从自己的钱包里抽出了四百块钱夹在了白露递给我的酒水单里。白露却将钱还给了我，回道："能被小马当作朋友的人不多，他既然喊你一声朋友，那这客就由我这个老板替他请了。你也不要客气，以后多给我们酒吧介绍生意就行。"

我在上海待了这么久，不敢说精于人情世故，但多少还是懂一些的。所以我当然不相信，才短短两天的时间马指导就认可了我这个朋友。白露之所以这么说，是为了提高马指导的形象和在我心里的好感度，再顺便卖我一个人情。这没什么不对，相反，更能体现她是个善于交际的成熟女人。

我感谢了白露的热情，然后开始跟其他人打招呼，而在这个过程中，我又有了新的发现，我在这些女人的言行举止里，也好像并没有看到太多生活给予她们的压迫，她们看上去似乎很享受现在的状态。

跟这些女人还有白露聊了一会儿之后，我独自找了一个角落坐了下来，而马指导也开始了他的演唱。虽然说这里的气氛比不上红龙井，但适合喝闷酒，然后想一些事情，来消磨时光。

一瓶风花雪月喝了下去，铁男也终于来到了酒吧，他应该是这里的常客，所以跟每个人都能打上招呼。由此也能知道，白露这间酒吧的主要客户应该来自朋友圈，并不怎么针对游客。

铁男在我的对面坐下，我打开一瓶啤酒递给了他，他喝了一口之后，对我说道："你不是一直想在这边开个客栈嘛，我把白露叫过来和你聊聊，她在这方面有人脉资源。"

这两天我一直因为找不到开客栈的头绪而感到焦虑，听铁男这么一说，当然是求之不得了，于是回道："她要是有这方面的资源就太好了，你喊她过来嘛。"

"白露，过来和你聊点儿事情。"

白露端着酒杯，在我和铁男的对面坐了下来，问道："怎么了？"

铁男看了看我，回道："我这哥们儿不信邪，非要在大理开一个客栈，你这边有没有认识的朋友想转手客栈的？"

白露小小地吃惊了一下，转而向我问道："你真要开？"

"嗯，不开一个客栈，生活没着落不说，那种一直闲着的感觉也挺让人难受的！"

白露和铁男对视了一眼，然后笑了笑，说道："在大理，有你这种想法的人可不多，你是刚从大城市过来的吧？"

"在上海工作了四五年，这几天才到大理。"

"难怪了……不过我也和你说实话，在这个节骨眼儿上开客栈的风险还是挺大的，现在的行情真不好说。"

我点了点头，问道："那现在转让客栈的人应该特别多吧？"

"熬不下去的或者原先生意就不好的客栈都在转让，但这些客栈的性价比都不是特别高。那些真正有实力的客栈老板，都还在等着环境好转，所以原先很赚钱的客栈，都不会转的，而你的风险就在这儿。"

白露的话让我有了一丝危机感，我下意识地端起啤酒喝了一口，然后一阵沉默……

片刻之后，我又开口向白露问道："这些要转让的客栈，都是亏本转的吧？"

"嗯。所以现在倒算是一个抄底的好时机。反正我是觉得，这个时候做客栈和做赌徒没什么区别……"说到这里，白露停了停，又想起什么似的对我说道，"我还真有个姐妹，要转让客栈，你要有兴趣的话，我打电话让她过来和你聊聊，你先了解一下转让价格和行情。"

第三章
高性价比客栈

得到我的同意之后,白露便给她那个要转让客栈的姐妹打了电话,对方说是三十分钟后到这边。等待的过程中我们继续闲聊着,而马指导就在我们三四米远的地方唱着歌,他的唱腔和别人不太一样,明明一首挺正经的歌,硬是被他唱出了销魂的感觉,想来这应该也是一种才华,毕竟他唱出来的感觉,别人完全模仿不来。

几瓶啤酒喝了下去,白露约来的那个女人终于来到了酒吧。她在我的对面坐了下来,然后做了自我介绍,她叫赵菁,深圳人,她是在前几年到的大理,我也将我的情况大致和她说了一下。

她接过我递给她的啤酒之后,又说道:"客栈开在龙龛码头那边,现在已经被勒令停业了,什么时候解封我也不清楚。但是我有优势,因为我的证件都是齐全的,如果以后环境允许了,那我的客栈肯定是第一批解封的。"

我问道:"那你这个客栈一共投资了多少钱呢?"

"房租倒不贵,一共十个房间,一年房租七万,我和房东签了十五年的合同,房租没有递增。不过装修是真花了不少钱,我们客栈是做了景观的,而且公共区域还有一个无边的小型游泳池,前前后后大概花了有一百五十万吧。"

我只感觉吸了一口凉气,虽然这个客栈听上去很有性价比,可转让的价格肯定不在我的承受范围之内,不过人家既然已经特意赶过来了,出于礼貌,我还是得咨询一下价格,于是我问道:"那具体的转让费是多少呢?"

赵菁回道:"九十万。"

尽管这转让费比我想象中的要低一些,但也绝对不是我能承受的,于是我很诚实地对她说道:"不好意思,这个价格实在是超预算了,我拿不出这么多钱。"

赵菁点头,她稍微沉默了一下之后,说道:"其实这个转让费不算高,我也是因为急着用钱才低价转让的。客栈有两个海景套房,正常营业的时候,房价都是一间一晚八百块钱,其他房间的配置也不差,基本上入住费都要四百块钱一天,所以性价比还是很高的。"

我在心里算了一笔账,如果按照九十万的转让费来算,我只要将入住率做到四成,基本上一年就能将转让费给赚回来,就投资回报率来说,其实还是挺高的,而如果能够将入住率做到七八成,在收回九十万转让费的同时我还能赚到几十万,那怎么看都是可以做的。唯一的风险来自环境,因为不知道什么时候才能将洱海的水净化,然后让客栈重新开业。

我有点儿心动,便又向赵菁问道:"以前客栈没有停业的时候,大概能做到多少的入住率呢?"

"旺季的时候每天都可以满房,淡季的时候最少也有三成的入住率,并且我们是优质商家,口碑很好的。"

我点了点头,继续在心里做着权衡……

身边的铁男好像察觉到了什么,他点上一支烟后,也对赵菁说道:"照你这么说,你这肯定是一个盈利的客栈,而且之前应该也赚了不少,那干吗还急着转呢?反正海景客栈早晚都会恢复营业的,你又证件齐全,你完全耗得起的嘛!"

"我老公在深圳做生意亏了,现在急需现钱周转,要不然我也不会出这么低的价格转让的。"

白露点了点头,对我们说道:"这个事情我可以做证,赵菁在转让客栈之前已经亏本转了一个酒吧。你们都是我的朋友,我作为中间人肯定不会坑你们的,放心吧。"

铁男点了点头,然后对我说道:"先别忙着拒绝,你明天过去看看客栈再做决定。我感觉挺有性价比的,就是要冒一点儿风险,万一两三年内都没有让海景客栈恢复营业的打算,那可真就亏出血了。不过一旦环境松下来,这真是个赚钱的客栈。"

我应了一声,又向赵菁问道:"你们客栈叫什么名字?"

"'花香云朵',如果你确实有兴趣的话,就麻烦尽快做决定,因为现在也有其他人在和我谈。你是白露的朋友,我当然优先考虑转给你,这样以后我有机会再来大理,也可以回客栈去做个客,毕竟做了这么多年,心里对客栈还是有很多感情的。"

"我明白,我会慎重考虑的!"

赵菁走了以后,我便在一些专做旅游的软件上查看起了'花香云朵'这间客栈的入住情况和口碑,结果证实赵菁的话并没有什么夸大的成分,这个客栈的入住率和口碑确实都是比较好的。

我放下手机带着些遗憾对铁男说道:"客栈挺不错的,可这九十万的转让费我实在是拿不出来。"

"明天看看再说。"

我有些不解,但又觉得自己不缺时间,就算没能力接手,顺便了解一下这边的行情也没什么坏处,所以也就没有向铁男多问。

这时，铁男又对白露说道："明天早上跟我们一起去看看？"

"我就不去了，她客栈停业之前，我经常去她那边玩，也没什么好看的。"

"那不正好嘛，你给我们带路，省得我们摸不着地方，浪费时间。"

白露笑了笑，回道："如果明天早上我能起得来，就跟你们去。"

从白露的酒吧离开后，铁男和马指导又有其他朋友约着他们去喝酒，他们问我要不要一起去，我却再也没有多余的精力，因为我在白露的酒吧就已经有了喝醉的征兆。

对此，铁男和马指导深深鄙视了我，他们觉得我的酒量太差，可是这个晚上，我已经喝了八瓶风花雪月。

跟他们分开后，我独自打车回到了风人院，在我准备开门进屋的时候，又下意识地往不远处的海途客栈看了看。之前一直没有留意，是因为不知道叶芷住在里面。

此时的海途和'风人院'一样，里面几乎没有亮着的灯，只有四楼的其中一间房还亮着。我估计那就是叶芷住的房间，因为那个房间的视线很好，既然叶芷是以客栈老板的朋友的身份住进去的，那老板自然会把最好的房间留给她。再说，现在洱海边的客栈在全面整顿，在已经停止营业的情况下，客栈里也根本没什么人住，所以就更加能够确定了。

如果傍晚时候的相遇是因为寂寞，那此时像邻居一样住在了很近的地方，应该就是实打实的缘分了，可是这种缘分到底是怎么产生的呢？而我们之间又是否会因为这种缘分而有更多的接触？

回到自己住的房间，我先是洗了个热水澡，然后为了让自己明天醒来时不至于太难受，我便开始拼命地喝白开水来稀释自己体内的酒精。最后将自己放空得像一个木头人，坐在院子里对着星空发呆。

等回过神来，我又将今天发生的事情在心里梳理了一遍，我觉得自己很有必要在这个时候给老黄打个电话说明一下事情的真相，因为半天时间过去，他现在也该冷静下来了，然后好好听我给他解释。

我的心里有点儿紧张，所以在拨打电话之前，我给自己点上了一支烟，电话拨通后，便屏息等待着……

过了片刻，老黄接通了我的电话，他很恼火地对我说道："你还有脸给我打电话？亏我这么信任你，你竟然能做出这么混账的事情。我真是瞎了眼，你跟了我这么多年，我也没有发现你原来是这么个人面兽心的东西！"

"黄总，我本来下午的时候就想打电话和你解释这个事情了，就是因为怕你不冷静，听不进去，所以才拖到现在，可还是感觉你不太冷静。"

老黄打断了我，继续骂道："你让我怎么冷静？"

"之前吵架的时候杨思思说的话都是她胡编乱造的，为的就是让你们绝望，然后断了你们让她出国留学的念头。"

"你们连婚纱照都拍了,你还敢跟我说是胡编乱造的?!"

我一阵无语,但最后还是耐着性子解释道:"她给你看的照片真的都是假象,那就是我和她帮一个朋友拍的商业宣传照,我这边能找到人证明。中午的时候,她看你们都不冷静,才拿出这些照片添油加醋……您老好好琢磨琢磨,这要是真的,我哪里还敢跟她跑到酒店去见你们?我早带着她私奔了。更何况,你觉得她真能看得上我这样的男人?首先我就没你们家小豹帅,学历也是差了十万八千里,要说家庭背景,那就更没法比了!所以怎么看,都是你们家小豹和她更般配,这点自知之明我还是有的!"

老黄这才放缓了语气回道:"你跟我们家小豹有什么好比的,他就是我这辈子最大的骄傲!"

"对嘛……就算你不相信我,也要对小豹有信心。你说杨思思那么精的一个丫头,她能分不出来谁好谁坏?"

老黄不语,估计心里还在犯嘀咕,我又发了个毒誓。

见我把誓发得这么狠,老黄这才收起了怀疑。下一刻,便掩饰不住内心的喜悦,说话的语气都带了几分笑意:"我就说嘛,我这些年还没有看走眼过的人,你这小伙子本质上就不坏,所以我才放心让你跟她一起来大理。"

"您对我有知遇之恩,我哪能恩将仇报嘛。"

我顺势一个马屁拍了过去,老黄很受用,也彻底打消了疑虑,对我说道:"我现在赶紧给老杨(杨思思她爸)打个电话,他这都火大半天了,要不是有我跟在后面劝着,差点儿就把自己的律师找过来起诉你了。"

我吓得一哆嗦,回道:"起诉不着吧……就算这事儿是真的,杨思思也说了是你情我愿的,法律它不能这么多管闲事吧?"

"你还是一点儿社交觉悟都没有。"

老黄说完便匆匆忙忙地挂掉了电话,我却在心里将他的话琢磨了好几遍,等琢磨明白的时候,还真是觉得自己缺了一点儿火候。

回到房间,我躺在床上,迷迷糊糊快要睡着时,老黄又给我打来了电话,这对于我来说简直就是一种折磨。我磕磕碰碰地从床上爬了起来,用冷水冲了一把脸后,才接通。

我打着哈欠问道:"黄总,您还有事儿吗?"

"我刚刚光顾着高兴,也忘了问你,思思她去哪儿了。"

我带着诧异,回道:"我不知道啊,我们从酒店出来后就各走各的了。"

"你看你看,又不跟我说实话……"

"我犯得着骗你嘛!你是不知道那丫头的脾气有多刚烈,她怨我把她带过去找

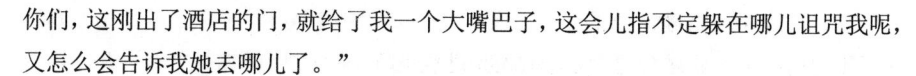

你们,这刚出了酒店的门,就给了我一个大嘴巴子,这会儿指不定躲在哪儿诅咒我呢,又怎么会告诉我她去哪儿了。"

"那你帮忙找找……我们想再找她谈谈。"

"黄总,你是不是讹上我了?我跟她都闹掰了,我到哪儿去找她?"

"你要是找不着她,我们不是更找不着嘛……再说了,要不是你刚刚给我打电话解释清楚了,我们也就随她自甘堕落了,就是因为你又给了我们希望,我们才觉得还能再找她谈谈,你就好人做到底吧!"

我用手重重往额头上一拍,半响才回道:"我怎么尽干这些搬起石头砸自己脚的事情呢?都快窝囊死我了!"

老黄安抚道:"米高,你就再辛苦一下,你的人情我肯定记在心上。"

"求您甭记了,您这儿一惦记,我准倒霉。黄总,我真不能跟您说了,今天晚上酒喝大了,这会儿难受得不行,我得赶紧找个地方吐出来……"说完,我不等老黄回应,便赶忙挂掉了电话。

可不承想,还没坐稳,电话铃声又响了起来,我烦躁得不行,可是当拿起电话的一刹那,竟然发现是我爸打来的……

我的心猛然收紧,随即便涌起一阵不祥的预感,因为他有早睡的习惯,如果没有特别的事情,他绝对不会选在这个时间点给我打电话的。

我一咬牙接通了电话,然后忐忑不安地问道:"爸,怎么这么晚还给我打电话?"

"早前打你电话一直占线。"

"哦,刚刚一直在和领导聊天,你有什么事儿吗?"

电话那头短暂地沉默之后,回道:"我和你妈商量了一下,想这个星期六去上海看你,顺便也跟陆佳的父母见个面。你说,你们都谈这么多年了,我们也没有提出要见个面,挺不懂规矩的,这事儿总不能让人女方的家长主动跟我们提,所以见面这个事情,到那天你也给我们安排一下。"

我顿时便急了:"我不是跟你说了嘛,陆佳她已经出国了,你们现在来上海,也见不着她人,那跟她爸妈见面又有什么意思呢?反正我是觉得这事儿挺尴尬的!"

"就是因为她出国了,我们才更要跟她的父母见个面……我们也没什么能拿得出手的,给他们带了些家里的土特产,不嫌寒酸吧?"

我一阵沉默,半响才鼓起勇气回道:"寒酸不是在于你们给他们带了什么,我就是觉得这个事情做得挺跌份儿的,弄得跟巴结似的。"

我原以为他会对我发火,却不想他带着一点儿愧疚,说道:"巴结一点儿也是应该的。人家陆佳是上海姑娘,家庭条件也不错,你一个从县城里面走出来的小伙子,怎么说都是高攀了人家……"

我有点儿窒息,以至于说不出话来。

这时，我妈又将电话接了过去，说道："我们知道你自尊心强，可是在上海过日子不容易，你能跟陆佳这个上海姑娘好上是你的福气，所以你得哄着点儿，捧着点儿……你要是觉得这事儿为难了，那就放着让我跟你爸去做，只要你们能安安稳稳地把日子过好，就算是现在让我们闭眼，我们也都放心了！"

我心如刀绞，回道："妈，能不能别这么说，日子过得好不好取决于我和陆佳，跟你们压根儿就没什么关系。你们先别来，我最近要到云南出差，等我回上海了，咱们再说双方父母见面的事情。"

"怎么赶上这个时候出差了，我记得你以前不怎么出差的嘛！"

"我这不是升职了嘛，现在是公司的产品经理，这次来云南就是代表公司跟这边的公司谈合作的。"

我妈在电话那头沉默了很久，然后便听见了她抽泣的声音，她叹道："等了这么多年，你终于升职了！"

撒谎是一件会让人感到很痛苦的事情，可是走到这一步，我只能将谎越撒越大，于是笑了笑回道："我也在上海工作了这么多年了，总要抓住一次机会的……妈，你跟我爸放心，我工资也涨到一万多了，加上各种奖金补助，一年也有个二十万的收入，等我和陆佳再攒攒，就能在上海付上首付买套房子，到时候你们再来，我这边不也显得有底气嘛！你说，要是现在见面，人家和你要房子，你怎么跟人家开口？"

电话那头又是一阵沉默，再开口说话时，语气明显轻松了很多："成吧，你以工作为重，等到要买房的时候，我和你爸也想想办法，多少给你点儿，我们这辈子对你没什么大的帮助，这心里也不好受！"

"你看你，干吗又说这些话，我的生活是我自己的，你们能供到我大学毕业，就已经是尽了最大的责任了。"说到这里，我强颜笑了笑，又说道，"妈，好不容易打一次电话，咱能不能别聊这些不高兴的事情？你跟我爸在家把身体照顾好，就是对我最大的支持。"

"我们晓得。"

"那你挂电话之前笑一笑嘛，让我也放心，要不然晚上该失眠了。"

电话那头终于传来笑了笑的声音，而我在叮嘱他们一定要注意身体之后，也终于结束了这通让我感到痛苦的电话。

我失了神，许久之后才将自己的钱包拿了出来，里面陆佳的照片我还没有取掉，我盯着她的样子看了很久，然后又想起了那些总是会说甜言蜜语的时光。我的鼻子一阵阵发酸……

如果她知道我现在的困境和绝望，她还会这么无情地抛弃我吗？

这个问题真是越想越痛，因为它会让我丢掉做梦的感觉，活在血淋淋的现实中。我深知，陆佳在决定走的那一个瞬间，她就已经知道带给我的会是什么了，可是她依然选择了毅然决然地离开。

这么痛苦了一会儿之后，我又猛然惊醒，我想起，我的谎言少不了需要老黄来帮我圆上，那么我跟他还得有一次交易，而这就是一个谎言所带来的连环后果。但我却不愿意承认这是一种自作自受，因为现在的一切都不是我愿意发生的，我已经成了整个局面里最被动的一个人。

一番自我挣扎之后，我拨通了老黄的电话，老黄瞬间便接通，然后向我问道："这是吐完了，醒酒了？"

我往自己胸口重重捶了一下，回道："我这会儿太清醒了，我觉得找杨思思的事情，咱们还能再聊聊。"

"你知道她在哪儿？"

"应该知道，反正有她的信儿，我就跟您联系。"

老黄高兴得不行，一连说了几声"好"，又说道："我就说这个事情还是找你办最靠谱，我们反正是拿她没辙了！"

"她就是被你们给惯成现在这个样子的。"

老黄一声叹息，回道："家里就这么一个姑娘，老杨两口子这些年又确实是对她有亏欠，所以能由着她的事情也就都由着她了，哪想到这一次她能这么闹，这次，我们也算是吸取教训了！"

"她是该好好管管了。"稍稍沉默了一会儿，我又说道，"黄总，我这儿也有一件事情想请你帮忙……"

"呵呵，我就知道你小子贼精，你要不从我这儿落点儿好处，还真不会再给我打这个电话。"

"都是身不由己的人嘛！"

老黄愣了一下，然后特感同身受地回道："身不由己说得好……说吧，是不是还为了你爸的事情？"

"嗯，就剩家里人放不下了。我爸刚刚给我打了电话，说是要跟我妈去上海看我，我哪能让他们去，就又跟他们撒了谎，说自己已经升到了产品经理的位置上，现在正在云南出差，他们这才打消了要来的念头……不过，我爸这个人生性多疑，我怕他给你打电话求证这个事情。要是他给你打电话了，还得请你帮我兜着点儿。"

我以为有交易在先，老黄会满口把这件事情答应下来，可是他却苦口婆心地劝道："米高，这几年我一直有心要提拔你，可是你资历不够，另外这产品经理的位置也一直没有空下来，所以这个事情就一直拖着。现在机会来了，我可以和你打包票，只要你愿意回上海，这产品经理的位置可以说是十拿九稳……"稍稍停了停，他又说道，"你恐怕还不知道，老杨和咱们公司的老总是很多年的老交情了，只要他和老总说一句话，再加上有我推荐，这个事情绝对跑不掉。"

我心里莫名感到难受，许久才低沉着声音回道："如果这个事情发生在一个月前该多好！可是现在我真的回不去了，我心里那口绷着的气儿已经没了。"

"你这说白了就是犟，你要是好好回上海，不就没那么多事儿了嘛。你那前女友，我又不是没和她打过交道，她要什么，你自己心里难道没点儿数吗？你回上海以后，好好在产品经理这个位置上干，然后再和她服个软，没准她一念旧情就回来了呢。"

老黄的假设让我的内心一阵悸动，但我很清醒，我必须留在大理，因为这关乎一份承诺和责任，我想替汪蕾好好活着，我想自己的生命能在大理这个地方重新绽放。而陆佳已经是我生命中的过去时，就算能够从头再来，她也已经不是从前的陆佳，我更不是那个心无杂念的米高。

于是我再一次转移了聊天的话题，然后和他聊了几句关于杨思思的事情，便挂掉了电话。

可是故作平静的背后，我的心却难受得厉害，我知道，已经流逝掉的时间再也回不到一个月前。

我等情绪稍稍平息了一点儿之后，像个罪人似的拨打了杨思思的电话，可是却没有能够打通，而情况只有两种，要么是她关机了，要么就是她将我拉进了通讯录黑名单。

我感觉后者的可能性更大。

挂掉电话，我并没有因此泄气，我在心里分析着杨思思可能会去的地方，随后我便想起了今天和叶芷聊天时的一些细节，我可以肯定：她和杨思思是能够联系上的，那么杨思思是不是有可能住在她那里？

我越想越觉得有这样的可能性，我觉得自己有必要在这个时候去拜访一下叶芷，如果拖到明天的话，指不定杨思思又挪到哪儿去了。在我的认知里，她就是一只狡猾的狐狸，善于游戏，善于躲藏。

决定之后，我便披了一件外套走出了客栈，然后沿着环海路向叶芷住的海途客栈走去，她房间的灯依然亮着，似乎她也习惯了熬夜。

没走几分钟，我便来到了客栈的门口，我一边敲院子的门，一边扯着嗓子喊叶芷的名字，可是却一直没有得到任何人的回应。片刻之后，我才反应过来，既然这是一间高端客栈，那隔音一定做得很好，估计叶芷压根儿就没听见。

这个时候，我是真后悔自己没有在之前留下她的电话号码。

我有些懊恼地坐在了院子门口的台阶上，然后点上一支烟向那扇有光线的窗户看去，渐渐地，我的心中涌起一阵要翻过院墙去一探究竟的冲动，我开始在心里寻找着说服自己这么干的理由。我觉得这本身就是一家已经停业的客栈，就算我翻进去也打扰不到其他人，何况我和叶芷是认识的，就算到时候有什么误会，也能解释得清楚，而最为关键的是，寻找杨思思实在是件十万火急的事情，就算她不在叶芷那里，我也得尽早请叶芷帮忙找到她。

将手中的烟在石板上按灭，我便脱掉了碍事的外套，然后一个冲刺便挂到了墙上，再一抬腿，整个人就翻了上去。可是跳下去的时候却发生了一点儿意外，我的裤子被一根凸在外面的藤条给刮了一下，裤子瞬间便从裤脚撕裂到裤裆，亏得此时月黑风高，要不然我这张脸就算是扔进洱海里，也洗不干净。

我想回去换一条裤子再来，又感觉这翻来翻去的不光彩，风险也高，倒不如以一副坦荡荡的君子形象去会一会叶芷。于是便将那撕裂的裤腿打了一个结，向客栈的主楼走去。可不知道是不是夜晚太凉的缘故，总感觉大腿凉飕飕的。

我克服着这些不舒服的感觉来到了叶芷住的四楼。再次敲门之后，还是没有得到回应。我心里起了疑惑，她不应该不在房间的，因为稍微高端一点儿的客栈都会插卡取电，所以她如果不在的话，房间里根本就不应该有灯光。

我又转头看了看，发现隔壁的房门并没有关，在我的记忆里，这个客栈的阳台好像是可以互通的，便打算站在隔壁的阳台上再往她的房间看一看，我没有窥视她的欲望，只是担心她出了事情。

走进房间，我站在阳台上，只是向对面看了一眼，便被眼前所呈现出的画面给惊呆了，我看见了躺在浴缸里的叶芷，而她也在下一刻发现了我。但是她比一般女人要冷静很多，她并没有从浴缸里惊起。

我一边摆手，一边往后退了好几步，示意这是个误会。叶芷也在这个时候摘掉了头戴式耳机，一脸冷峻地质问道："你知道自己在干什么吗？你是怎么进来的？"

"我是先回答你问题还是退出去，等你穿好衣服再解释？"

"你疯了！"

我能在叶芷简单的三个字中感觉到她的愤怒，我举起双手做了一个"抱歉"的手势，然后从阳台退回到了走廊里，可是却怎么都不能平息自己的心跳……

这是一个有收获的夜晚，我的判断没有错，杨思思真的被叶芷给收留了，之所以她也没有听清我敲门的声音，是因为她躲在被子里，戴着耳机看恐怖片。虽然隐约听见了一点儿敲门声，可是在那种恐怖的氛围下，她只以为是闹鬼，压根儿就没想过一个已经关停的客栈，会突然冒出个人来，而且大门也是锁好的，所以，想法和她一样的叶芷，才没有设防。其实，她那个半封闭式的阳台是有帘子做遮挡的！

等叶芷穿上睡衣之后，杨思思把我叫到了她们的房间里，也不知道是不是故意的，反正她是阴沉着脸，对我说道："你看着是个一本正经的人，骨子里倒是很轻薄。说吧，你是要我们报警，还是自己束手就擒？"

"我选择束手就擒！"

"在椅子上坐下。"杨思思说着便从桌子旁边搬来了一张办公椅，我笑了笑对她说道："这是要优待俘虏吗？要是再来点儿夜宵，我会喜欢上你们这儿的。"

075

"怎么不美死你？！赶紧坐下。"

我在椅子上坐了下来，还没坐稳，杨思思便不知道从哪儿找来了一卷大号的透明胶带，然后将我的手放在椅背后面，便开始往我的身上缠透明胶带。

"你这是要干吗？动用私刑可是犯法的。"

"你做出这么下流的事情的时候，你怕犯法了吗？"

我据理力争："那浴缸上面漂着一层泡沫，我啥都没看见，怎么就下流了？"

"让你看见了还得了！"她一边说，一边快速用透明胶带将我固定在办公椅上，然后又骂道，"米高啊，米高，你还真是坏出新高度了！你不仅喜欢欺骗，现在还搞偷窥，请问还有什么事情是你这个丧心病狂的禽兽做不出来的？你难道就不知道兔子不吃窝边草吗？你却把魔爪一次次伸向身边原来对你有好感的人。我要是能再狠点儿，把十大酷刑用在你身上都不过分！"

"认识你之前，我年年被公司评为十佳青年。认识你之后，我就没遇到过一件好事儿！"

"你自己就是一个从头歪到脚的人，还好意思往我身上赖？难不成是我让你偷窥叶芷姐的？"

"我没偷窥。"

"你这是偷窥未遂！你最好老实点儿，让我把你捆起来，要不然我真报警，让警察来收拾你。"

我想挣扎的时候却发现已经晚了，只能在内心苦笑。这次，我倒是真在杨思思面前做了一次讲信用的人，我选择了束手就擒。而我之所以这么选择，不是因为我害怕了，只是觉得用这种方式化解我和杨思思之间的怨恨，或许是一种最好的选择。

她这个人有仇必报，但是我不认为她真敢拿我怎么样，充其量就是带着一点儿惩罚性质的恶作剧而已，待会儿还得乖乖地帮我解开，然后放我走。因为就算她同意，叶芷也不会同意我留在这里过夜的。

这么一想，我便向一直站在角落里没有说话的叶芷看了看，我对她说道："我知道今天这个事情我办得特别莽撞，可实在是没办法，我也敲门了，你一直没回应，我怕你一个人出事，才想着到隔壁阳台看看。"

"你先说你来这里做什么？"

我看着杨思思，向她回道："还不是为了她嘛！她那个叔叔，也就是我的前领导，又给我打电话，让我务必找到她，我估摸她可能会住在你这儿，这才过来看看的，谁知道喊了半天门，都没人理，我就自己翻进来了，结果，她真在！"

"我一个人住在这儿挺冷清的，就让她也搬过来了。"

"那这事儿能不计较了吗？我真不是故意的。"

叶芷刚准备开口，杨思思便抢着说道："别听他的，这个人已经坏到骨子里了，你见过像他这么衣衫不整来找人的嘛！他压根儿就是来耍流氓的。"

叶芷往我那已经快要撕裂到档部的长裤看了看，转瞬又转移了目光，对杨思思说道："给他点儿教训。"

"好嘞，早就看他不爽了。"杨思思说着便从收纳盒里拿出了空调的遥控器，她打开冷风，并将我推到了出风口正好对着的地方，然后对叶芷说道："听说古城里有家深夜食堂，卤肉饭做得特别好吃，我请你去吃！这个家伙就让他吃冷气好了，省得他不冷静，老是干出这么多混账的事情。"

叶芷点头，回道："走吧，吃完饭再找个酒吧坐会儿。"

"喂喂喂，两位太后，能不能别这么玩儿？真会死人的。"

"你这样的祸害，就该受到惩罚。"杨思思说完之后，便拿过了自己的手提包，叶芷也没有什么迟疑，她甚至在杨思思之前离开了房间，看来也是个狠角色。我冷得够呛，对着她们的背影喊道："我求你们把我送到派出所吧！我愿意接受法律的制裁！"

没有人理我，我的声音在空荡的房间里回荡着，我真的有点儿感到恐惧了，我怕自己撑不到她们回来，因为这冷气，实在是太冷了！

她们离开后，我一直在努力挪动着，虽然说是离开了出风口，可是整个房间的温度也降了下来，我依然是冷得直打哆嗦。此刻我特别想揍杨思思，真亏她想得出来这么恶毒的办法，看样子平时也没少祸害人。

我就这么一边忍受一边坚持着，感到实在快要撑不下去，想呼救的时候，门外终于传来了脚步声，然后又听到了杨思思和叶芷说话的声音，而我感觉已经过去了一个世纪。

她们打开了门，杨思思先走了进来，她一边哆嗦，一边笑着对已经快冻僵的我说道："刚刚出去的时候，我还担心电卡拔了，空调也会跟着关掉，可没有想到空调是单独走电的。你看，这是不是老天都看不下去，要收拾你呀？"

"你赶紧给我放开，然后去给我倒一杯热水，待会儿我可能还会心平气和地跟你说点儿事情，要不然……"

"要不然干吗？"

我重重打了一个喷嚏，回道："要不然大家就在这里同归于尽，都别活了！"

"哟，你还有力气同归于尽呢？看样子还是没被捆够！本来打算这就给你解绑的，但我现在又改变主意了，我决定再去吃一根冰棍，我太喜欢这种一边看着恶人有恶报，一边吃冰棍的感觉了，因为太爽！"

杨思思说完后真去冰箱里拿出了两根冰棍，并将其中一支递给了叶芷，然后两人裹着被子坐在沙发上，一边吃着，一边聊天，尽聊什么哈尔滨、西伯利亚，这种一听就让人感觉很冷的地名。

我愤怒到不行，可是却没有能够变身的力量，最后只得认清形势，哀求道："两位太后，你们就高抬贵手放我一马吧，我保证以后在你们面前夹起尾巴做人，再也不敢跟你们对着来了。"

　　杨思思恨得不轻，她还不想放过我，叶芷总算是比她有分寸，她对杨思思说道："别真把他给冻坏了，你也差不多该和他聊聊正经事情了，毕竟和你对立的都是你最亲近的家人，你们之间的事情总是要解决的，要是能有个和平的方式，大家都能接受，那不是更好嘛！"

　　杨思思的气势立刻颓了下去，似乎也为这迟迟改善不了的家庭关系而感到苦恼，她对我说道："你带过来的最好是一个好消息，要不然还有你受罪的。"

　　"两国交战不斩使者，你老这么针对我，我是不是太冤了？"

　　"你还使者？最多就是一个狗腿子，都不知道你从他们那儿捞了多少好处了。"

　　我心里莫名不爽，回道："你少狗眼看人低，我像是那种能被收买的人吗？我之所以办这个事情，是因为觉得你们之间应该还有更好的沟通方式，毕竟是一家人，没有必要这么针锋相对的。"

　　"那你说，他们又让你来找我干吗？是不是还幻想着我能出国留学呢？"

　　这次我如实回道："他们没有和我表态，就是说想和你再好好聊聊，但是态度没有之前那么强硬了。"

　　"那你觉得这事儿还有的谈吗？"

　　"我觉得有，反正你死活也不愿意回去，他们压根儿就拿你没办法！他们之所以还想找你聊聊，恐怕就是希望你能给他们一个态度，让他们相信你留在大理的选择也不会比出国留学差。"

　　杨思思皱眉看着我，半天才回道："我也不想和他们闹成现在这个样子，这个事情是你挑起来的，所以这个理由就由你来想。这次你要是能解决了我们的家庭矛盾，我就选择原谅你之前做过的那些混账事情。"

　　"我要有那口才和能耐，我现在还至于这么被你给绑着羞辱吗？"

　　我的话好似提醒到了杨思思，她竟然从口袋里拿出手机，然后对着我一边拍，一边说道："你能感到耻辱就太好了，我现在帮你拍几张照片，留着以后威胁你。你想想看，要是让你在大理的那帮朋友知道，你因为深夜偷窥，然后被两个女人五花大绑，一定会笑坏的吧？！"

　　"你还是杀了我吧。"

　　"等把你利用得没有价值了，再杀也不迟。"

　　一番讨价还价之后，杨思思终于用剪刀帮我剪开了身上那层厚厚的胶带，我一恢复自由，也顾不上她们是不是嫌弃，立马就从她们的床上抱了一床被子裹住了自己，然后一边打着喷嚏，一边对杨思思说道："你看明天约个什么时间和你家人还有黄总见面？"

"什么时间都可以啊，关键是你有没有帮我想到理由。"

"你自己的家事儿，干吗非要让我帮你想理由？"

杨思思特坚决地回道："你要是抱着袖手旁观的态度，那我就不去了，除非你让我有在同一条船上的感觉，就算他们又设计了什么陷阱，也得让你先掉下去，然后我踩着你就好了。"

"我这是上辈子造了什么孽？这辈子碰上你这么一坨糨糊。你这么坑我的时候，心里真的就没有一点儿负罪感吗？"

"没有，一点儿也没有。"

我心中泛起一阵无力感，以至于过了半晌才回道："成，我帮你想说辞，让你能继续留在大理风流快活。"

"要说风流，谁敢跟你比啊？！你这也就是遇到熟人了，没有跟你计较，要不然这会儿派出所的民警同志该教育你怎么做个正经人了吧。"

"能不能不说了？"

"不能，这事儿我得说你一百年。"

我没精力跟她斗嘴，于是转移了话题，向她问道："你是不是把我放进联系人黑名单了？"

"不把你放黑名单，难不成还给你设个特别关注啊？"

"你先给我解除黑名单，要不然我明天联系不上你。"

杨思思很不爽地看了我一眼，然后拿出了自己的手机，一边操作，一边对我说道："本来打算和你老死不相往来的，可是这脸皮厚也还真是有优势！我这么一个善良的人，就架不住别人软磨硬泡。唉，要是让我未来的男朋友知道我这么没原则，也不知道会不会影响我在他心目中的形象。"

"你这内心戏也太足了！"

杨思思对我"哼"了一声，没有再接我的话。我稍稍站了一会儿之后，又走到叶芷身边，面带尴尬之色对她说道："今天的事情实在是不好意思了。"

叶芷打断了我，回道："不用和我表达歉意，下次来的时候，挑一条正常一点儿的路走就行了。"

我更加尴尬了，半晌之后感叹道："要是之前大家能留个联系方式，可能就不会有这么尴尬的事情发生了。这事儿赖我，现在能互相交换一下吗？呃，我是说电话号码，或者微信也行。"

杨思思抢着说道："别给他，要不然以后他更有借口往我们这儿跑了，我们这儿不欢迎无耻的人。"

"你能不做搅屎棍儿吗？"

"好，我不搅你了，你赶紧回去吧，别影响我们两位太后就寝。"

……

深夜一点的时候，我终于结束了这个折腾的夜晚，然后回到了自己住的客栈，马指导和铁男已经进入了睡眠的状态，他们的打呼声衔接得很好，像送给了我这个有轻微失眠症的人一份糟糕的礼物，我因此失眠了很久。

早上，我睡到自然醒，看了看时间，已经是十点钟，在床上呆坐了一会儿之后，我又猛然想起今天早上约了去赵菁那里看客栈的事情。我叫了铁男一声，可这哥们儿还是没有一点儿要醒的意思。这大概就是大理堕落青年的堕落生活了，他们是一种夜行动物，而白天才是真正的休眠时间。至少来的这几天，我是从来没有见马指导和铁男早起过。

将铁男叫醒后，我又给老黄打了一个电话，告诉他我已经找到了杨思思，让他们做好晚上一起吃饭的准备。老黄高兴得不行，我却感觉自己像是一块夹在大饼中间的肉馅。我感到极其难受，因为无论是老黄的诉求，或是杨思思的，我都无法完全满足。

临近中午的时候，我和铁男再次去了白露的酒吧，然后由她开车带我们去了赵菁那个坐落在龙龛码头附近的'花香云朵'客栈。

我们到的时候，赵菁已经在客栈里面等着我们。她先是带我们参观了客栈的公共区域，然后又带我们逐一去看了房间。

一圈看下来以后，我们坐在了一楼的小茶吧，再次洽谈了起来。赵菁向我问道："看了以后感觉怎么样？"

"挺不错的，我能感觉到你们当初做这个客栈的时候非常用心，因为一些细节的地方都有体现。不过我不太懂行，还得问一下朋友的意见。"我说着便将目光投向了铁男。

铁男点上一支烟向赵菁问道："你这客栈开了有三年时间了吧？"

"嗯，三年半了。"

"客栈的装修周期一般在五年左右，也就是说，如果我朋友接手的话，再过一年多的时间就要翻新装修了，这可是一笔不小的投资哪。看得出来，你们客栈之前的生意确实不错，因为几个特价房和海景房里面的地板都磨损得挺严重。"

赵菁先是点头，然后又问道："你说这些是什么意思？"

铁男向我看了看之后，回道："我这人直接，就是想替我朋友在转让价格上再争取一下。"

"九十万的转让费真的已经很低了，我之前就和你说过，之前光装修这块的投入，我就花了有一百五十万。"

铁男笑了笑，回道："总要有个折旧费的嘛。而且这几年你早就把开客栈的成本给赚回来了，但他要是再接手就不一样了，毕竟现在谁也说不清楚什么时候才解封海景客栈，你也是做客栈的，这里面的风险有多大，你肯定比我这哥们儿更清楚吧？"

赵菁皱了皱眉，显然是不太愿意让步，可是我却觉得铁男这么干没什么意义，因为就算赵菁还能在转让的价格上商量一下，我也没有那么多的资金去接手。

赵菁终于开了口，她对铁男说道："那你说个价格。"

"我们先商量一下。"

这时，一直没怎么说话的白露对赵菁说道："就让他们商量一下吧，咱们去吃个早饭。对了，你们客栈隔壁那家重庆小面馆还开着吗？我太喜欢吃他们家做的素面了，正好今天也该吃素了。"

"开着呢。"

白露和赵菁离开之后，我便带着万分的不解对铁男说道："这可不是开玩笑的事儿，要是人家真同意把价格再让一让，你让我到哪儿去弄这么多钱啊？"

铁男胸有成竹地看了我一眼，然后回道："其实现在低价转让的客栈不少，但是那些基本上都证件不齐，她这个客栈最大的价值就在于证件齐全。以后，肯定会越来越限制客栈的数量，所以证件也会越来越难办，如果这个时候，咬咬牙把这个客栈给接手了，以后你再转让的时候可就不是现在接手的价格了，所以这转让费都是能大赚一笔的。我觉得，你要是信得过我的话，咱们可以合伙把这个客栈给盘下来。"

我这才明白了铁男的想法，可能是我之前先入为主了，一直以为他背着一个亏本的客栈，没有多余的钱搞投资，可实际情况却跟我的想法有很大出入。

铁男又说道："待会儿我把价格给砍到八十万，要是她同意的话，咱们就把这事儿给办下来。接手后，根据投钱的比例来决定占多少股份。如果你嫌合伙麻烦的话，那这事儿就算了。"

"我不反对合伙，不过我也实话实说，我顶了天也就只能拿三十万出来做投资，剩下的钱得你想办法弄。"

"这不还有白露嘛，我这边把青旅给转了，也能收个二十万左右的转让费，所以这事儿只要能狠下心去做，还是有戏的。"

我回道："昨天我可没看出来她有投资的意向，找她不靠谱吧？"

"这事儿得找马指导和她聊……"稍稍停了停，铁男又压低了声音说道，"不少事儿她都征求马指导的意见，女人花酒吧，当初就是她听马指导的话，从一个外国人手中接下来的。"

"还有这事儿？"

"女为悦己者容……"

081

我大概明白了铁男的意思，又问道："那他们怎么没有在一起？"

"有心结。"

"是因为白露的年纪？"

"没那么世俗。再说了，白露保养得也不错，相貌更是没话说，跟马指导站在一起，一点儿也不埋汰他。就是他们之间的事情真不是三言两语能说清楚的，以后有机会，你让马指导自己和你聊。"

我放下了好奇，然后又在心里分析了一下可能性，过了片刻对铁男说道："我这边还有一个问题，如果接手客栈后一年半载的都不让营业，那咱俩怎么办？温饱总得解决的吧？"

"这就是我要把白露给拉进来投资的原因了，她关系比较灵活，只要我们把排污的问题处理好，不影响到洱海的生态，就能把客栈开起来。"

我点了点头，心中也对铁男这个哥们儿有了新的认知，他看上去荒唐的背后，实际上也有一颗会权衡利弊的心。那么，他能代表在大理生活着的大部分男人吗？

我想，我迟早会有答案的。

在我和铁男商量好后的片刻，白露和赵菁也吃完早饭回到了客栈。赵菁向我和铁男问道："你们商量得怎么样了？"

铁男在我给了他一个肯定的眼神之后，回道："我刚刚和我这哥们儿商量好了，我们有兴趣一起做你这个客栈。说实话，我也开了好几年的客栈了，经验什么的都够，交给我们来做，不会把这个客栈糟蹋掉的。然后就是转让价格这块……我们心里期望的价格是八十万，如果你能同意的话，我可以保证在三天之内把钱一次性筹给你。"

赵菁的脸色变得很难看，继而便发作了，她对白露说道："露露，我是信任你所以昨天晚上第一次见面的时候我就给他们报了我心里的最低转让价，可是你这俩朋友是不是也太过分了？他们竟然开口和我要八十万的转让价格，他们这是把我的客栈当什么了？真当我是转不掉了吗？我也不跟你们说胡话，前天有个中国香港的老板找到我，出价一百万接手这个客栈，我是能转让的，但是他要把我的客栈改成连锁酒店，所以我没有同意。我和我老公虽然是暂时遇到了一点儿困难，但是也不会为了这多的十万块钱，把客栈的魂儿给做没了！你们现在和我说八十万的价格，是不是也太侮辱我们这些年对这个客栈倾注的心血了？"

白露劝道："你别生气，他们可能是不了解龙龛码头这边的客栈行情，你们都是我朋友，一边有转的意向，另一边也有要接手的意向，眼看这事儿就要成了，真心没必要为了这十万块钱的转让费闹得不愉快。"说到这里，她又转而对我们说道："你们也是的，一开口就砍了人家赵菁十万块钱，她又不和你们玩虚的，人一开始要的价格就不高啊，而且我刚刚吃饭的时候就和她聊过了，她也同意再让你们个一两万块钱，这证明人家是真有诚意转让的，你们就别太过分了！"

铁男还没开口，赵菁便怒气未消地说道："现在我一分钱都不想让了，就九十万的价格，爱要不要。"

赵菁还真是个挺有个性的女人，她既然把话说到这个份上，我估计在价格上是没有什么可以聊的余地了。而这时，铁男也露出了这事儿要黄的表情，他也是个很坚决的男人，心理价位是八十万，就不会再让步。

就在局面看似不可能再打开的时候，我终于开口对赵菁说道："我看得出来你对这个客栈有很深的感情，所以你会特别固执地坚守住一个心理价位，这倒也不完全是钱的事情，只是你希望这个客栈的真正价值能得到新老板的认可。但是我们现在真的拿不出九十万，我们都不是那种很有钱的人，十万块钱对我们来说影响真的是挺大的，所以也希望你能理解我们的想法。如果我们真的看低了这个客栈的价值，就不可能开出八十万的价格，对于我们来说，这八十万也等于是我们的全部家当了，如果不是发自内心地喜欢，谁又敢干这么冒险的事情呢？！"

赵菁的面色终于缓和了一些，她回道："就算这是个误会，九十万的价格我也不会再让一分了。"

"先别忙着把话说死，我这里倒是有个可以做到多方共赢的方案，希望你能给我一个表达的机会。"

"你说说看。"

我稍稍在脑子里整理了一下思路，回道："客栈我们还是以八十万的价格接手，但是给你保留百分之十的股份。我觉得你也不是真的在乎这十万块钱的人，等客栈开始营业后，你继续以股东的身份参与管理和分红，我们也可以拿出这省下的十万块钱再给客栈的床品做一次升级。刚刚我注意到客栈的床上用品确实是有点儿旧了。你看，这么个方案是不是对你、对我们都有好处呢？反正我是特别希望你能继续参与管理的，因为谁也没有你了解这个客栈的运营，而你也不用像失去了一个朋友，感到遗憾和难过了。"

我的话说完后，铁男便在我身边小声说道："哥们儿，你牛啊，我怎么就没想到这么干呢！"

我笑了笑，然后又将目光转移到了赵菁的身上，心里已经有了信心，我觉得赵菁会接受这个方案。我感觉得出来，她老公做生意亏掉的不是一笔小数目，其实有没有这十万，对他还清债务并不会产生什么大的影响，那为什么不拿这十万块钱给自己保留一份念想呢？而关于谈判这件事情，只要能够仔细洞察对方的需求，并加以满足，基本上都会成功的，但并不是每个人都有这样的洞察力，因为人是善变的，难以捉摸的。不过我相信，赵菁在这件事情上的需求很坚定。

果然，赵菁在一阵沉默之后对我说道："我喜欢这个方案，并且我愿意再追加十万，把转让费降到七十万，然后你们给我保留百分之二十的股份，如果你们觉得没问题的话，我们现在就可以先签个意向合同，我给你们三天时间去筹钱。"

我和铁男对视了一眼，当即便将赵菁的要求给答应了下来。

回到住的风人院，我和铁男便商量起了筹钱的事情，我们强行让马指导从睡梦中清醒过来，然后拉着他加入了队伍，并把希望他劝说白露入股的想法给表达了出来。

马指导立马就向铁男泼了一盆凉水，他问道："你哪来的自信在三天之内把你这客栈给转让掉？你这不是挖坑给米高和白露跳吗？"

"你就别管我了，反正我保证在三天之内筹到二十万，只要你愿意说服白露，那这个事情就算成了。"

马指导似乎对铁男有一定的信任，他在稍微权衡之后，便将这个事情给允诺了下来。而对于我来说，开客栈这件事情算是办得比较顺利的了，可是这种顺利又莫名让人感到心慌。因为我始终不太相信，换了一个城市生活后，好的运气就会突然降临到我的身上。

我当然希望自己是多虑了，因为从表面来看，这确实就是一件有利可图的好事情，毕竟铁男在客栈这个行业里也算是个经验丰富的从业者了，所以我觉得他出现判断失误的可能性并不大，再加上白露的加入，更是一种信心上的保障。

解决了客栈投资的问题之后，我又在傍晚的时候给杨思思打了电话，而在这之前，我已经和老黄联系过。我们约好了八点钟在古城的壹号院酒店见面。

尽管这次还是同样的人谈同样的事情，可我的内心还是有点儿忐忑，因为杨思思这个女人身上有太多不可预知的变数，天知道她会不会在受了刺激之后，又干出什么让人进退两难的事情。可因为有求于老黄，我还是得硬着头皮带着她去赴约。

我的内心是希望她能选择去国外留学的，可是深入想一想，又会有那么一点儿失落，因为我好像已经习惯了在大理这座陌生的城市里有她这样一个人。

太阳将将开始落山的时候，我和杨思思在海途客栈门口碰了面。不知道她是出于什么目的打扮得非常艳丽，不仅穿了一件超短裙，脚上还踩着一双高跟鞋，原本微卷的头发也被拉直了。我盯着她看了一会儿，竟然觉得某个瞬间她和汪蕾有那么一丝相似，可是当她开口说话的时候，这种感觉又在瞬间消失殆尽了。

"你干吗瞪着那么大个眼珠子看着我？"

我不屑一笑，说道："你有什么好看的。"

杨思思瞪了我一眼，然后便将目光放在了我和铁男借来的那辆极其破旧的摩托车上，她似笑非笑地问道："这玩意儿是摩托车还是电动车？"

"那么大一根排气管杵在这儿，你说是摩托车还是电动车？"

杨思思围着摩托车转了一圈，又充满讽刺地说道："人家都是好马配好鞍，你这孬蛋也只能配衰车了。"

"这是铁男的，我跟他借来耍的。"

"你可真是会甩锅哪！"

每次和她斗嘴，我都会有一种力不从心的感觉，这次也不例外。为了不让自己被她挤对得太难看，我一边发动摩托车，一边对她说道："你们那一大家子都还在古城等着呢，你能不能别磨蹭了？"

杨思思戴上了头盔，然后回道："这次你最好别再给我设计什么圈套了，毕竟我这人也不是吃素的。"

"放心吧，我是一个聪明人，已经吸取教训了。"稍稍停了停，我又对她说道，"待会儿帮我看着点儿路，听见没？"

"你这人就不能靠谱点吗？就到古城这么一点儿路,还得让我跟着你提心吊胆！"

"那你自己开车去吧，开车保险。"

杨思思却一笑，然后拍着我的肩膀回道："不过我就是喜欢这种亡命天涯的感觉呀！"

她就这么在这座城市刚刚亮起的灯火中上了我的车，可是我却并没有产生类似她说的那种亡命天涯的感觉，我只是有点儿恍惚，因为我好像变成了汪蕾口中那种在古城骑着摩托车乱晃的男人，而我的后座也确实坐着一个与众不同的女人。也许，此刻这种惬意就是汪蕾生前所梦寐以求的，所以她才一定要我来大理。

进了古城之后，杨思思拿着手机给我导航："……往对面的那条巷子里拐。"

得到指令后，我也不管靠不靠谱，一头就往杨思思指的那条巷子里扎去，却不承想里面的某户人家正在搞装修，所以门口堆了好几个沙子堆，我连反应的机会都没有，直直撞了上去，然后在杨思思的惊呼声中和她一起倒在了地上。而就在这一瞬间，我是真有了亡命天涯的感觉！

我担心她受伤，可就是管不住自己的嘴，骂道："你这指的是什么路？"

杨思思委屈着回道："我哪知道这里面是死路一条！"

"亏你长了这么大一双眼睛，除了会瞪眼睛搞自拍,你还能干点儿啥？"我一边说，一边打开了手机的闪光灯，发现杨思思的小腿上被蹭破了很大一块皮。我又放轻了语气对她说道，"真是细皮嫩肉的，我去买点儿酒精棉和创可贴，你坐在这儿等我。"

"我没事儿，我没那么娇气，就怕你没胆儿把车给骑出去，你要敢骑我还敢坐。"

"别嘴硬，这可是大夏天，伤口不处理，可是很容易发炎的。"

我跑到对面的药房买了消毒用的酒精棉和创可贴，然后又跑进了那条伸手不见五指的小巷子，却听见杨思思在里面哼哼唧唧，原来刚刚的嘴硬都是装出来的。

我让她举着手机，自己则用酒精棉帮她清理着伤口，她一直不敢睁开眼睛，显得特别畏缩，我感叹道："你不是在你爸妈面前什么都不怕吗？这会儿，这么一点儿小伤小痛的至于吗？"

"我这人就是容易被小伤小痛击倒，我上学那会儿连生理期都会请好几天假！"

为了转移她对疼痛的注意力，我特别无聊地问道："那你是真不怕死？"

"怕还是有点儿怕的，可想想这是一闭眼就能熬过去的事情，也觉得没什么大不了的，反正就算是死，我也会挑一种最痛快的死法，我才不管死得有没有尊严呢！我最怕的就是这种死不掉，还痛不完的小病小痛！"

"嗯。"我应付了一声，然后便集中注意力，将嵌在她伤口里的小沙粒用棉签给挑了出来，杨思思一声痛呼，然后又泪眼汪汪地看着我，我却面不改色地继续用酒精棉帮她清洗着。等全部搞定后，我悄悄从口袋里拿出了一盒水果糖，递给她说道："我很欣赏你不怕死的精神，所以给你一盒糖以示嘉奖，希望在以后的生活中，你能表现得更加强硬。"

杨思思连连摆手："你快收回去，不敢要，不敢要……"

"咋啦？"

"你对我太好，以后我都不好意思骂你了！"

我一阵无语，半晌才回道："等你以后想骂我的时候，你就给我买两盒糖。"

"你当我傻啊，那不还是我吃亏了！"杨思思嘴上说着，可手已经从我手上将那盒水果糖给抢了过去，并拣了一颗扔进了自己的嘴里，她一边吧唧着嘴一边吃着，然后又说道，"我想骂你的时候你还想着我能给你买两盒糖？不毒死你就不错了！"

我笑了笑，然后点上了一支烟在她身边坐着。我很确定，我在这个时候最喜欢大理，因为动荡过后，它又总会补偿似的给我很多安宁。

我在这阵难得的安宁中忽然思考起了死亡，反正大家都逃脱不了这一天，那死在这座闹中有静的城市里，会不会比死在上海要有尊严得多呢？

也许吧，可是汪蕾终究穷尽一生也没能走进这座城市半步，所以我在这里必须要有更强烈的"求生"欲望，因为我要以一个人的身躯活出两个人的美好，我必须在这座城市里得到更多以前得不到的东西。

休息了这么一阵之后，我抬手看了看表，然后对杨思思说道："摩托车就停这儿吧，咱们走过去，反正也没多远了。"

杨思思将我给她的水果糖很重视地放进了她自己随身携带的小皮包里后，才面色严肃地回道："跟他们见面之前，我必须得问你一件事情，你真的有把握让我留在大理吗？我真的不想出国留学，然后还要每天面对着小豹。他是对我特别特别好，可是我不爱他，所以我特别怕自己被他的好感动，然后用一辈子去补偿他。米高，你能明白我的意思吗？"

我叼着烟，看着杨思思，许久之后才说道："你先回答我一个问题，你之所以不想出国留学，到底是反对你爸妈给你安排的这一段感情，还是真的舍不得大理这个地方？"

杨思思略微想了想，回道："是我在不想出国留学的时候，大理恰巧出现在了我的视线中。要说生活方式和文化氛围，丽江和大理也很像啊，可我就是愿意留在大理。原本我还想过了今年到丽江也玩一年呢，但是现在不想了。"

说实话，我不太愿意看见一个表现得很深刻的杨思思，因为这会让我感到有些伤感，从某种层面上来说，她和汪蕾都是那种执着到可怕的女人。

我终于回道："大理这座城市就像是一个被人为制造出来的梦，我真的希望每一个揣着梦想来到这里的人都能有所收获⋯⋯"稍稍停了停，我又说道，"你知道吗？人只有在受了特别严重的伤之后才会变得喜欢做梦！"

"我没有受过严重的伤，可我还是喜欢大理。"

"你的伤是一点点积累出来的，其实也不轻。"

这一次杨思思沉默了很久，然后才回道："可能是吧，一想到自己的童年只有保姆，我就高兴不起来。就算保姆对我也挺好的，但是有些情感真的只有自己的亲生父母才能给。"

"嗯，所以待会儿好好和他们谈谈，在你需要他们理解的时候，希望你也能给予他们一点儿理解，毕竟是他们这么多年的努力给了你任性的资本。"

⋯⋯

因为有了这场小意外，我和杨思思到达古城壹号院的时候已经是八点半，不过她的爸妈和老黄也没有对我们的迟到表现得太在意，他们在我们坐下后便叫来了服务员，让她通知厨房给我们上菜。

为了避嫌，我没有坐在杨思思的身边，而是和小豹坐在了一起。

这次，先开口说话的人是老黄，他对杨思思说道："思思啊，米高已经和我们解释清楚了你们之间的事情，这就是一场误会嘛⋯⋯"

"这不是误会，就是我故意挑起来的事儿。我要是不把这水给搅浑了，你们还是会让我出国去留学，我现在对留学特别有阴影，一听见这俩字就想吐！"

老黄面色尴尬，继而又转移了话题，对我说道："米高，我让你回上海的事情，你考虑得怎么样了？"

杨思思立马又不乐意了，她撑道："你们让我回上海还算是有点儿立场，可是凭什么让他也回啊？"

这次接话的人是小豹，他带着敌意看了我一眼之后，说道："我爸当然有立场了，他本来就是我爸的下属，我爸现在给他争取到了一个产品经理的位置，工资待遇是以前的两倍，这还不算奖金和提成。呵呵，我早就听人说了，他女朋友就是嫌跟着他没前途，才和他分手的，你说他会不会心动啊？"

"小豹，我也听说，只有小人才会喜欢动不动就打听别人的事情，然后说人家的闲话，你就不能爷们一点儿吗？"

小豹的脸色非常难看，可是又不敢对杨思思发作。

小豹闭嘴之后，杨思思又冷着脸对我说道："所以，这又是你和我黄叔叔之间的利益交换吗？亏你之前还好意思说没从他们这里得到好处，我看你就是那种最容易被收买的人，因为你早就穷怕了。"

我接住杨思思的话，转而对老黄说道："她说得没错，我就是一个穷怕了的人。如果是以前有女朋友的时候，有这么个机会摆在我的面前，保不准我会干一次这样的事。可现在我只想留在大理。对了，还有一件事情没来得及告诉你，今天上午我和几个朋友一起接手了一个客栈，以后就算是有着落了，所以我更加不会考虑回上海的事情，因为我已经把这些年攒的所有工资，还有朋友的钱都投了进去，算是背水一战吧。"

"米高，你真是糊涂啊！你搭进去的可是自己的前途。"

我有一百个可以反驳老黄的理由，可是这一次我却选择了沉默，因为只要是关于上海的选择都会让我本能地感觉到厌烦，也会让我想起自己那失败的过去还有错过的缘分。

杨思思却对我刮目相看，她走到我身边，重重地往我肩膀上一拍，说道："你这次选择得对！"

全场一片寂静，然后除我之外的所有人都将目光投在了杨思思的身上，好似都不明白，她身上为什么会对上海有这么大的气性。想来，这就是她和他们无法沟通的地方了。

其实，上海这座城市并没有问题，只是因为杨思思在那里没有感受到亲情的存在，所以她就很不讲理地记恨上了上海这座城市。这从另一个层面来说，也恰恰说明她并没有对自己的父母完全死心，甚至在他们的身上还有期望，所以她不愿意过多地去说他们不好，却迁怒于上海这座城市。

而我也一样，只是因为在上海得到的太少，失去了太多，才慢慢变得厌恶上海这座城市。

与我一起沉默着的还有杨思思的父母，他们似乎也在反思着什么。

很久之后，杨思思的父亲终于开了口，他对杨思思说道："思思，我们知道你留在这里的愿望非常强烈，可是你能不能给我们一点儿做父母的尊严，我们真的是为了你好！我们承认人的精神富足一点儿是好事情，可是现在的社会已经不是几十年前的社会了，我们更看重的是对物质文明的追求，人在精神上的享受必然有很大一部分是建立在物质富足的基础上的。你之所以现在还感觉不到，是因为我们已经在物质上给了你太多，可是我们终究也会有老的那一天！"

伶牙俐齿的杨思思在这个饭桌上第一次选择了沉默，但我却不知道，她是不是听了我的话，也在尝试着理解她的父母。

就在我分神的时候，杨思思忽然又重重一拍我的肩，对我说道："你看看，这就是你把我带来的后果，我现在很纠结哪，我不想看到他们对我失望，可是也不想离开大理。所以，你赶紧给我们想一个两全其美的办法，要不然这就是你的鸿门宴。"

可能是因为过于关注，所以杨思思这句充满调侃意味的话还是将众人的目光引到了我的身上。我因此有点儿紧张，不是怕自己表现得不好，而是不管最后沟通的结果是什么，好像都会有那么一点儿不尽如人意。

我在众人的注视中起了身，然后稍稍将要说的话在大脑里整理了一下。此时的我很冷静，我让自己尽量站在一个客观的角度去尝试理解他们各自的需求。

我终于开口说道："关于思思要不要去国外留学这件事情，我昨天晚上也琢磨了很久，我觉得这事儿不能纯粹地只站在其中一方的角度去片面地寻找解决办法，要不然就是一个解不开的死结，还伤了亲情。其实你们自己也明白这个事情的关键问题在哪里，但就是不愿意各退一步。你们说这是亲情吗？我觉得不是，只是在借着亲情的名义，打着为彼此好的旗帜，去解决自己内心的危机感，这样的想法是蛮自私的。"

没有人打断我，我在稍稍停了停之后，又说道："这件事情无论最后是怎么解决的，都不会触及我的利益，我的看法应该可以说是相对最公正的，所以我就直言不讳了。我觉得，思思在对待出国留学这件事情上的想法也是非常自私的，甚至是冷漠的。因为她心安理得地享受了这么多年来你们给的物质生活，却没有真正考虑过你们的心理需求和长年累月所积累的危机感。你们的公司有今天这样的规模和成就，是你们牺牲了做父母的责任换来的，所以它在你们心中的地位肯定是非常非常高的，而现在社会竞争这么激烈，你们的内心会有非常大的危机感，这导致你们需要一个非常有能力的人来接班，可这个阶段的思思偏偏是你们眼中最差劲儿的那一个，你们内心自然而然地就会滋生出越来越多的焦虑。但思思却不体谅你们这些年的创业有多艰辛，她以为钱就像天上掉馅饼那么容易，她反正是一点儿危机感都没有的，可这恰恰也是你们给她带来的思想。以前她小，大家还可以做到相安无事，但现在必须面对这些年结下的苦果了。悲哀的是，你们却都走不进对方的世界，去设身处地地思考，只会一味地用极端的手段和言语去逼迫对方，于是就有了现在这个不惜以伤害亲情为代价去征服对方的局面，殊不知，亲情在你们之间，早就已经变成了可有可无的东西，所以思思她才一点儿也不惧怕你们不认她这个女儿！"

杨思思的父母面露凝重之色，而一向善于应付各种局面的老黄也陷入了沉默中，他们似乎冷静了下来，然后在我的思路中寻找着问题的根本症结在哪里。

杨思思则阴晴不定地看着我，因为她分辨不出来我到底是在帮谁说话。因为我总是在敲了她父母一锤子之后，又狠狠敲她一锤。看得出来，不管我说的话有多在理，她自己有多理亏，她也不想离开大理，然后出国留学。

我从来都没有见过如此执着的女人，也或者，她的内心有多少孤独，她对她父母的恨就应该有多深。

谁说有钱就一定会幸福呢？

我喝了一口水之后，又说道："仔细分析下来之后，我认为解决这个问题的钥匙在思思身上。你们得让她明白，活在这个社会中，金钱和物质其实是很重要的，也要让她设身处地地去感受生活的艰辛和不易，这样她才能理解你们的选择和创业时的艰辛。而你们之前在物质上无度的给予，是让她对金钱变得麻木的根源，她的内心已经缺少了饥饿感，又怎么会有提升自己的动力？"

杨思思的父亲在一阵时间极长的沉默之后，抬头向我问道："所以你解决问题的方法是什么？"

我很坚定地回道："让她留在大理找回她内心应该有的饥饿感。我们把时间定为一年，在这一年里，你们不能给她任何物质上的援助，之前给她的东西也要全部收回。我相信失去了这一切之后，她要在大理生活一年也不是一件容易的事情。一年之后，她如果能在大理生存得好好的，那对她自身而言也是一种成长。最起码可以证明她离开了饭来张口衣来伸手的生活也是有能力养活自己的。反之，如果她生存不下去，那她还有什么理由去拒绝你们给她安排的道路呢？这一年已经证明了她的选择和坚持是不对的。"

在我说完之后，杨思思的父母先是相互交换了一下眼神，然后低声议论了几句，又对我说道："你这个提议，我们觉得不错，我们可以同意她在这里待一年，但是一年后，就算她证明了自己有独立生活的能力，出国留学的事情也不能不算数。"

杨思思语气特别排斥地回道："凭什么一年后，我自己有能力在大理生活下去，还要出国留学？"

我制止了要回应的杨思思父母，然后代替他们对杨思思说道："你先不要把话说得太死，就算你有能力在这里生活一年，也不代表一年后你还会对这座城市充满新鲜感。关于出国留学这件事情，我和你爸妈是一样的态度，我觉得在你年轻的时候还是应该去尝试不一样的生活，也许你会发现其实留学的生活更加精彩呢？如果你因为一点儿执念而错过了，那才是真的遗憾。更何况，你现在才二十出头，就算留学两三年，回来后，你依然有大把的时间可以去选择你想要的生活。现在，你爸妈已经让步了，你也应该理解一下这个让步对他们而言有多难，而不是一味去摧残他们做父母的威严，否则就真的是你不懂事了。"

杨思思心里最空缺的地方好似得到了补偿，片刻之后，她终于放缓了语气对她的父母说道："如果我同意一年后出国留学，那你们能不能同意，等我回国后，再也不干预我的选择？"

杨思思父母先是一声轻叹，然后回道："如果到那个时候，你还是心心念念地惦记着这个地方，那我们也认了。我们总不可能真的自私到不让你选择自己想要的生活。"

我们怕的是你被现在的一些假象迷惑，然后错过了真正适合你的生活，等醒过来的时候，却发现再也没有重新选择一次的机会，而那时候的痛苦才是真正的痛苦。"

杨思思低头不语，许久之后，她从自己的皮包里拿出了车钥匙和银行卡放在了她父母的面前，回道："我愿意遵守这个约定，一年后我会给自己一次重新选择人生的机会，再去看看不一样的世界，希望你们也能尊重我，等我回国后，不要再干涉我对生活的选择。"

杨思思的妈妈从她手中接过了银行卡和车钥匙，然后也从自己的皮包里拿出了杨思思之前被他们扣下的身份证和驾驶证，她将这些递给杨思思的面前说道："经历过这一次，我们也体会到了互相理解对维系亲情而言是多么重要，相信你也是有收获的，要不然你不会对我们做出让步。我们更相信，几年之后的你会更加成熟，也有能力对自己的人生负责，那我们为什么还要干涉你呢？所以到那个时候，你尽管放手去选择自己的生活方式。"

杨思思终于从她妈手上接过了那个能代表人身自由的身份证件，可是却忽然不愿意再多说一句话，她单手托住自己的下巴，入神地看着窗外闪烁的灯火，她似乎想在这一刻记住些什么。

下一刻，老黄拍了拍手，笑着对众人说道："这不就好了嘛，一个皆大欢喜的结果，待会儿酒上来了，大家一起为思思能留在大理干一杯，也为她即将要出国留学干一杯！更要为我们的金牌调解人米高干一杯，我就说我不会看走眼的……"

我没有听清老黄后面说了些什么，只是感觉恍惚得不行。片刻之后，我将目光也投向了杨思思看着的那个地方。那里灯火闪亮，游客的脚步一直没有停歇过，我却莫名感到孤独，然后又好像看到了一年后的自己。

这顿晚餐在一个小时后结束，杨思思没有再等着坐我的那辆破摩托车，她两手空空地上了一辆出租车，然后在我之前回了马久邑的客栈，而我被老黄给单独叫住了。

老黄不知从哪里弄来了一条"中华"香烟，他塞到我的手上，说道："米高，这次你可真是立下'汗马功劳'了，你别看思思现在不待见小豹，但只要两人一起在国外留学个几年，肯定有戏。你说人的感情不就这回事儿吗，要不然哪有日久生情这一说。"

我将这条昂贵的香烟塞进了背包里，然后又从自己的烟盒里抽出了一支"红双喜"香烟点上，这是我在上海时抽得最多的烟，我以为来到大理这么远的地方会再也买不到，可还是在一个很小很小的报刊亭里找到了。

我向老黄问道："准备什么时候回上海？"

"事情既然已经解决了，那肯定不会在这里耽误时间了。"

"再玩几天嘛，这边不光洱海漂亮，天也比大城市蓝多了！"

老黄拍了拍我的肩，意味深长地笑了笑之后，回道："小伙子，不是每个人都喜欢大理的。我也听说过，这里有很多丁克族，一辈子都不打算结婚，不打算要小孩子，我是挺匪夷所思的！"

我深深吸了一口烟，然后眯着眼回道："你言重了，每个人都有权利选择不一样的生活方式。这不，大多数人还是会选择结婚生子的嘛，这一小部分人虽然极端，但也不会真正影响到社会的进程。"

老黄笑而不语，然后也给自己点上了一支烟。

快要吸完的时候，他又看着我说道："和我回公司吧，这跟你的投资不冲突，反正你是跟人合伙的，交给他们打理就好了。"

我笑了笑，回道："干吗老劝我回上海呢？也不是每个人都喜欢上海的。"

"你留在大理我不放心，"说到这里，老黄笑了笑，又说道，"你要没事儿就给思思搞点儿支援什么的，我们之前的良苦用心不就全泡汤了嘛，我们得让她靠自己的能力去体验生活的方方面面。"

我却笑不出来，因为老黄已经对我心存戒备，不过我也能理解，毕竟在杨思思这么一顿乱来之后，是个人都会提防。

"您真会开玩笑，我连自己都顾不上了，哪儿还顾得上她。"

老黄犀利地看着我，然后又拍着我的肩膀笑道："这产品经理的位置可不会一直空缺着的，你可要想好了，而且老这么欺骗着你的父母也不是回事儿，你要是愿意回去，这事儿不就没那么麻烦了吗？"

这一刻，我很想把汪蕾的事情说出来让老黄理解我的选择，可是又觉得没什么意义，因为他和我自始至终都不是一类人，想获取他的理解，很难！

于是，我笑笑道："您甭劝了，我知道您担心什么，可我是个有分寸的人，所以不会有什么意外发生的……"稍稍停了停，我又感叹道，"你说两个不是一个世界的人，硬要生活在一起，得多痛苦啊！"

老黄眼看劝不动，终于拍了拍我的肩，回道："你有这样的觉悟最好。"

……

我骑着铁男的摩托车，沿着环海路晃荡着。我又在路过海途客栈的时候看见了杨思思，她坐在屋顶，托着下巴，有点儿寂寥地看着飘浮在洱海之上的云层和星空。

我没有停下来和她说话，只是像一阵从她身边刮过的风，没有为她赶走什么，却把自己搞得更寂寞了。

下一个瞬间，我又透过落地窗的薄纱看见了叶芷坐在办公桌前的身影，然后心中又是一阵异样的感觉，我们好像每天都在接近一点儿，却又觉得她好像随时都能从我的世界里消失不见。

唉！大理好像就是这么一个地方，它总是会用它的闲适把人变得爱胡思乱想，却将生活里必须面对的实际问题给淡化了。那么，这对于那些极端现实主义的人来说，可不就是一个地狱吗？

......

回到住的'风人院'客栈，依然只有我一个人。我给铁男打了一个电话，他告诉我，他正在和别人谈客栈转让的事情。

难怪他会这么有信心，估计很久之前就已经有人看上了他现在的客栈，只是那时候的他并没有转让的意向。

我心里也因此笃定了些，之前我也不相信铁男能这么快将自己的客栈转让出去。

洗了个热水澡，我躺在了那张只有一米五宽的小木床上，然后打开了网上银行，将自己现在能拿出来用的钱都盘算了一下。然后我便感觉到了压力，因为这些能拿出来投资的钱有一大部分是汪蕾生前留给我的，我怕自己做不好客栈，辜负了她的好意。

想着想着，我便没有了困意，可是又不知道该干点儿什么，然后就坐在床上对着手机发呆，直到我又习惯性地想起了陆佳。

我点开了那些曾经发给她却石沉大海的信息，又忍不住想再给她发一条，说一说最近的变化和心情。而我之所以敢发，反而是因为知道这个号码已经被她注销了，我索性就把这个地方当作是自己的泄愤小天地。

于是，我又给她发了一条信息："你那天离开时的背影我还历历在目。我以为自己会就此在上海这座城市腐烂，可是生活却又忽然给了我新的选择。我竟然在来大理后这么短的时间内，跟刚认识的朋友们接手了一个海景客栈，我这辈子好像都没有这么冒险过，但这次我义无反顾了，我赌上了自己的全部。可是，冷静下来后，还是有点儿心慌，因为我骨子里就是个患得患失的人，如果这次也失败了，以后我还有翻身的机会吗？"

发完这条信息，我便将手机扔在了一边，我感觉自己清醒了一些，我点上了一支烟，慢慢在心里体会着这些清醒的感觉。

忽然，手机传来振动的声音，我不太在意地拿起看了看，却又惊呆了。陆佳竟然给我回了信息！

我确认了好几遍，回信人的号码的的确确是陆佳曾经用过的那个号码！

此时此刻，我的内心像被飓风吹过的海平面，一浪高过一浪。我以为真的是陆佳发来的信息，可是当我点开之后，又瞬间低迷了下去。

这个世界上没有人比我更了解陆佳，她不是一个喜欢拖泥带水的人，既然决定分手了，就不会再给我保持联系的机会，那她又怎么会被我的三言两语打动，然后给我回信息呢？

我太可悲了，我们已经走到这一步，我竟然还幻想着她会有所改变！

我点上一支烟，茫然四顾，然后又低头看了看这个熟悉的号码所回复的信息：

"你是神经病吗？三天两头地给我发这些莫名其妙的信息，我是哪儿得罪你了吗？"

陆佳这人虽然现实，但是涵养很好，所以她是不会这样爆粗口的，那唯一的解释便是这个号码又有了新主人。

我又失望，又恼火，于是也骂道："你才有病，你就不能装死，别说话吗？"

"你就不能别发吗？"

"我过得不开心，给我的前女友发个信息怎么了？"

"都是前女友了，还找上门来博取同情呢！"

其实直到现在，我还没能从分手的事实中完全走出来，我不够清醒，于是感觉自己受到了严重的侮辱，再次骂道："要不要出来吵架？"

信息发出去，我便被自己给气乐了，我竟然把怒火发泄在了一个陌生人身上，而且每一句话都是这么不冷静、不上档次，我冲动得就像一个还没开始混社会的毛头小伙子！

对方很快便回了信息："麻烦你吵架也先搞清楚对方的性别，好吗？我现在严重怀疑你有狂躁症！"

我吃惊了一下，最后只是回道："是你先骂我的。"

"那你还真是不喜欢吃亏！可是你不觉得你的行为真的很傻吗？都是前女友了，跟你还有半毛钱关系？我要是你前女友，看见你发的这些东西我只会更加看不起你，完全不会对你有一点儿同情。"

"你把我拉黑名单吧，别刺激我了，我气儿上不来。"

"干吗不是你把我拉黑，我还想再骂你几句呢！"

我重重吸了一口烟，心中情绪万千，许久之后才回道："留点儿念想，怕日子熬不下去。"

对方没有回我的信息，也不知道是不是被她给拉进黑名单了，而我也没有再骚扰她。我只感觉浑身没劲儿，然后去冰箱里拿了一瓶老村长，没有什么下酒的东西，就这么兑着白开水给喝完了。

次日一早，老黄给我打了电话，他说他们已经出发回上海了，这次没有坐飞机，而是开着杨思思的那辆陆巡回的。小豹则从昆明直接飞了国外，继续留学深造。

看样子，他们这次是动了真格，要让杨思思在这里过着一无所有的生活。我却松了一口气，因为这件事情总算是告一段落，最起码杨思思可以没有什么后顾之忧地在大理待上一年了，只是不知道她会通过什么方式让自己在这里生活下去。

难不成还是像之前一样，靠在古城里卖一些民族特色的服装为生？要是这件事情她真能坚持一年，我还真得对她刮目相看。

中午的时候，铁男给我打了电话，他让我到白露的酒吧吃饭，主要是为了聊一聊接手赵菁客栈的事情。他说，他已经筹到了二十万，现在就差白露入股了。

我一刻也不耽误地赶到了白露的酒吧。此刻，不仅是铁男，就连一向飘忽不定的马指导也在，可白露却没有在酒吧。

我没等坐下，便向铁男问道："不是来找白露聊入股的事情吗，她人呢？"

"她去旅游局开会了，差不多也该回来了。"

"她在旅游局工作？"

马指导回道："她就是挂了一闲职。"

我点了点头，心中也大概明白了一些。

我坐下后，跟他们继续聊起了客栈的事儿，我对铁男说道："咱们这也算是开弓没有回头箭了，先聊聊大家以后的分工吧。"

铁男点了点头，问道："你来大理之前是做什么工作的？"

"我是做产品的。简而言之，就是负责产品的研发、营销和运营等，我之前的公司是做女性化妆品的，在国内算是一个二线品牌吧。"稍稍停了停之后，我又说道，"如果你们信任我的话，我可以来做客栈的运营，这和我之前做的工作比较对口。"

"没问题，咱们合作的原则就是各自做自己最擅长的事情。我这人爱唠嗑，就负责陪客人聊天吧。"

我不可思议地看着铁男："这也算是活儿？"

铁男一边大笑，一边回道："你是真没做客栈的经验，客栈和酒店不一样，客栈特别需要老板和客人互动，所以上一点儿档次的客栈都会弄一个可以喝茶聊天的公共区域。因为只有陪客人聊好天儿，才能把那些订房网站上的好评率给做上去，他们把你当朋友了，也会介绍另外一些朋友过来住，旺季可能还看不出来聊天的重要性，到淡季的时候，大家拼的可真就是人缘和口碑了。"

"长知识了，你这应该算是一个客户维护的工作。"

在一边擦琴的马指导接过话回道："这就是有文化和没文化的区别，你看米高这哥们儿说得多高大上！"

铁男冲我一抱拳，说道："你要不说，我真以为这工作就叫唠嗑儿呢。"

三人都笑了笑，然后马指导又给我们散了烟，点上烟后，我们又继续聊了起来。我们一边规划，一边算账，然后就莫名兴奋了起来，甚至已经聊到了去其他城市开分店的可行性，好像已经靠这个客栈赚了几百万似的。而这就是临时搭建的草台班子的弊端了，我们缺少合理的规划和管理，只觉得有一腔热血就能做好开客栈这件事情。

这时，马指导又是一盆凉水泼了过来，他说道："你俩先把这间客栈营业起来，再想这些也不迟！"

我和铁男猛然醒了过来，狠狠吸了一口烟之后，便不再说话了。我们差点儿忘了，我们接手的是一个已经关停了很久的海景客栈，至于什么时候能恢复营业，得看洱海保护的成果。

这么沉默了一会儿之后，白露终于回来了，她放下手提包，便对正悲观着的我和铁男说道："一个天大的好消息，你们要不要听？"

我们以同样的姿势抬头看着白露。白露指着铁男说道："赶紧去给我倒一杯水，我坐下和你们慢慢说。"

"喝我的，刚泡的上等普洱茶。"

白露也不嫌弃，她从铁男手中接过茶杯，喝了一口之后对我们说道："我刚从旅游局开会回来，那边终于有消息了，说是和专家组研究之后，准备在证件齐全的海景客栈里，逐步挑几批恢复营业。最快的一批可以赶在十一月之前营业，不过这一批名额不多，只有三十来家。"

我还没有太深的感触，而铁男这个已经在寒冬里熬了快半年的人简直是兴奋得不行。他重重给了我一拳之后，激动地说道："你哥们儿可真是福将啊！"

"是你眼光好，选了一家证件齐全的客栈接手。"

就在我和铁男还沉浸在这个突如其来的好消息中时，白露又对我们说道："这只是一个好的信号，你俩也别高兴得太早。现在算上双廊、挖色、才村，还有马久邑和龙龛码头这边所有的海景客栈，证件齐全的有三百多家，所以'花香云朵'被放在第一批恢复营业客栈名单里的概率并不大。而且第一批恢复的肯定是那种投资规模超千万级别的海景客栈，因为这些客栈本身就已经很有名气，很多游客都是冲着这些一线海景客栈来的，之前把它们关停，相关部门也是很痛苦的，那现在既然打算逐步开放，那肯定是优先考虑它们。"

这对于我来说，已经是意外之喜，所以心里也没有感到太失望，我只是问道："什么时候确定第二批恢复营业的客栈名单？"

"这个倒没有具体通知，但我感觉至少也要在明年春夏的时候了……"

我带着一些感慨回道："等于说还要等一年，那也挺不乐观的！"

铁男点了点头，认同了我的看法，毕竟不能出现在第一批开放的海景客栈名单里大家就得再闲一年，我尤其是不能接受这一点，我现在特别希望做出一点儿成绩，然后将自己从牢笼里拯救出来。

一阵沉默之后，我对白露说道："有没有什么办法能增加咱们的胜算？毕竟我们也是证件齐全的客栈之一，也算是符合条件的。要是真拖到第二批，甚至是第三批，我是感觉影响挺大的，到时候不仅客栈折旧更厉害，就说这房租成本也让人吃不消哪！"

"先买净水设备吧，净水标准越高越好。"

"得买多少钱的？"

"几万块钱到几十万都有。"

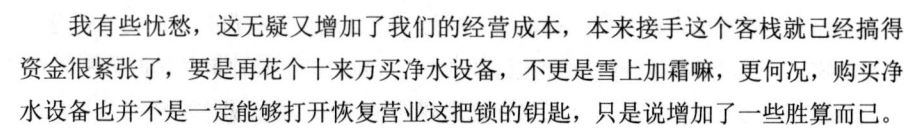

我有些忧愁，这无疑又增加了我们的经营成本，本来接手这个客栈就已经搞得资金很紧张了，要是再花个十来万买净水设备，不更是雪上加霜嘛，更何况，购买净水设备也并不是一定能够打开恢复营业这把锁的钥匙，只是说增加了一些胜算而已。

这时，铁男少有地面露严肃之色，他对白露说道："什么都不说了，你也往客栈里投一股吧，我个人愿意给你再多让出五个点的股份。"

这一刻，我看到了一个孤注一掷的铁男，也明白了相对于净水设备，白露才是那把真正可以打开锁的钥匙。

白露面露为难之色，片刻之后才回道："这确实是一个赚钱的机会，可是我真的不太方便参与，因为影响太不好了！我毕竟也在旅游局挂了一个闲职。"

铁男自知说不动白露，又将目光投向了马指导。马指导似乎也有些挣扎，他点上了一支烟，又沉默了很久之后，才对白露说道："我也打算往这个客栈投点儿钱，我一直想做一个酒吧，正好可以在这个客栈里面做……"

白露一阵犹豫之后，终于开口回道："行，我也入股。不过，我话说在前面，在座的各位我都是当朋友的，投资入股的事情希望你们不要对外说，这对我来说，影响真的非常不好。虽然我在旅游局挂的是一个可有可无的闲职，但好歹也是一份能向家人交代的正经工作。"

我们一起点头。白露又说道："其实就算我不入股，也会帮你们去争取的，只是你们会觉得我不够尽力。我也和你们说句实话，就算我往客栈里投了钱，这事儿也不一定能办成，因为名额真的太少了，大家都会把能想的办法都给想了！"

铁男回道："拉你入伙其实最大的原因还是我们资金不够。恢复营业这事儿你也不用太为难，我们尽力去做就成，至于最后能不能成，就看运气了。"

一起吃完饭，我们四人便再次找到了赵菁，然后跟她拟了一份正式的转让合同。最后铁男投资了二十万，我投资了二十五万，马指导投资了五万，白露投资了二十万，我们按照投资的比例分割了除赵菁那百分之二十之外的股份，而我也成了这间客栈最大的股东。

我当然是有压力的，因为我们投资的钱只是够接手客栈，二次投资的钱却还没有着落，我们不仅要更换掉原先的床品，还要买一套说得过去的污水处理设备，而这些都算是不小的投资。

好在，我们还有一些时间。

傍晚时分，我再次来到了马久邑的洱海边，我还是坐在了那块最平整的礁石上，心情却再也不能像之前那般平静，因为就在今天，我花掉了汪蕾留给我的那十九万，我也算是将她的梦想实现了一半，所以，我特别想和她聊聊天。

我相信，如果我和她之间还能够沟通的话，那洱海一定会是我们之间的一座桥梁，因为这是我们共同向往的地方。

我点上了一支烟，心里难过得厉害，忽然又不知道该说些什么了，我只知道我很想念她，想念那些有她肝胆相照陪着的过往。直到叶芷在我的身边坐下……

是的，因为住得近，我和叶芷又在这里相遇了，时间也和上次偶遇时差不多，她大概是有在这个时间点散步的习惯。

我将手中的烟掐灭，然后很客气地对她说道："今天不忙吗？"

"还是挺忙的，刚从下关那边回来。"

我点了点头，片刻之后又对她说道："那天被杨思思瞎搅和了，没能要到你的联系方式，现在方便加一下微信吗？"

"我们每天都能在这里遇上，加不加好像也没什么必要。"

我开着玩笑，回道："你这是不是暗示我，有什么急事找你的时候，尽管再往你的客栈闯一次？"

她看了我一眼，说道："我朋友已经在院墙上装了防护网，你要闯得进去，尽管闯吧。"

我尴尬地笑了笑，回道："这朋友办事情挺有效率的嘛！"

这次，叶芷没有理我，她将目光放到了遥远的海中央，那里已经被夕阳染成一片金黄色，海鸟也在那里活跃着，有一分落寞，也有一丝生机。

我同样很享受这样的时光，所以也没有打算再开口和她说话。我们之间好像有一种很奇怪的气场，当我们的寂寞和孤独碰撞在一起之后，会衍生出前所未有的宁静，而我们也可以做到在这种宁静中各自享受，互不打扰。

想来，有这样的感觉存在，是不是拥有对方的联系方式也不那么重要了。可这时，她却又从自己的手提包里拿出手机对我说道："你加我微信吧。"

我愣了一下，赶忙也拿出自己的手机扫了她的二维码，她通过了我的好友请求之后，便将手机又放回了手提包里，继续沉默着看向波光粼粼的远方……我却按捺不住，看了她的个人资料和朋友圈。

她和别的女人不太一样，她是如此漂亮，可是却没有用自己的照片做头像，她的头像只是一片从树上飘落的叶子，朋友圈里也没有什么分享的东西。

我不禁疑惑，难道她的心情和生活都不需要分享吗？那么，她的孤独和寂寞又到底有多重的分量？

第四章
落魄小姐和倒霉先生

我将手机放回了自己的口袋里,然后带着一点儿开玩笑的成分对叶芷说道:"你给我的这个微信号肯定不是经常用的,要不然怎么里面一条朋友圈动态都没有?"

"我只有这一个微信号。"

"好歹发点儿东西,无聊的时候可以翻出来看看,朋友圈这东西用来打发时间其实挺好的。如果老了以后再看,我觉得更有一种特别的意义,就像是一部图文并茂的资料,记录了自己的一生。"

"是吗?"

我很认真地点了点头,她却没有再说话,于是善于揣摩的我又在心里揣摩起了这个人,却又感到毫无头绪,因为我们只是萍水相逢,我不了解过去的几十年她都经历了什么,而她的性格是不是受到了这些经历的影响,也不是一件能够轻易下结论的事情。

她就是一个谜,或是一朵开在对岸的彼岸花,只能隔岸观赏,却根本没有那么一艘船能带着好奇的人走近她。

一阵沉默之后,她在我之前起了身,似乎准备离开这里……就在她快要走进拥挤的人潮中时,我突然想起了一件事情,又赶忙喊住了她:"喂,我明天就要搬到龙鲞码头那边了,以后不住在马久邑了。"

"怎么突然搬走了?"

"我跟朋友在那边接了一个海景客栈,有时间过去玩啊。"

她的表情终于有了细微的变化,然后问道:"客栈的具体位置在哪儿?"

我回忆了一下,也没有想起来客栈附近有什么标志性建筑,于是回道:"那边我也不是很熟,等我明天到那边再给你发定位吧,反正离码头不远。"

"嗯,不要忘了。"

她叮嘱之后便离开了,我却感到意外,因为接触下来,她是一个很冷漠的人,但是却对于我客栈在哪儿表现出了超乎她自己性格的关注。

也许她是把我当朋友了，最起码她不反感我。

我笑了笑，然后又低头点上了一支烟，却吸出了一点儿愉悦的味道。我觉得，大理这个地方，很开放，也很包容，所以人和人之间的缘分，会比在大城市要来得更容易些。

设想一下，如果我和叶芷在上海，就算我们门对门地住着，一个月也未必会碰上几次。但在这里，相遇就变得容易多了，因为有洱海作为纽带。我觉得只要是在洱海边上住着的外地人，恐怕都会将傍晚时闲下来的时间拿出来在环海路上散散步。

回到客栈里我发现马指导和铁男竟然都在，他们煮了面，要我和他们一起吃。三个人在吃的时候又聊了起来，铁男对我们说道："我刚刚给我一开面包车的哥们儿打了电话，我让他待会儿就过来接我们，咱今天晚上都搬到龙龛那边去吧。"

我回道："我没什么行李，随时都可以。"

马指导想了想，却说道："那边客栈一时半会儿也开不了业，没必要弄得这么赶。"

"那边闲了那么长时间了，卫生这块要好好搞一搞。你自己不做客栈不知道，现在正是雨季，有些要小修小补的地方得赶紧找出来处理掉，要是漏水发霉了，损失的可都是钱。"

铁男这么一说，我也跟着点了点头，因为我们客栈的装修标准真的不低，房间里用的也都是一些高档的家具，真有破损的话确实是一笔不小的开支。

马指导沉默半晌之后回道："就是在这边住久了，怕换个地方，睡不好觉。"

"你这人就是太恋旧了！"

简单吃过之后，铁男约的那辆面包车也很准时地来到了'风人院'，我的行李只有一个背包和一个箱子，我扔在车里之后，又折回去帮马指导和铁男搬起了家当。他们的行李倒也不算多，就是那些吃饭的锅碗瓢盆搬起来比较费事儿，所以之后半个小时的时间，我们全部用来搞定这些玩意儿了。

就在我们忙得差不多的时候，我隐隐约约看到杨思思提着一只编织袋向我们这边走了过来。就在我以为她要停下来打个招呼时，她却不声不响地从我的身边走了过去。

我觉得有点儿不对劲儿，便试探着向她问道："吃过饭了没？"

杨思思这才停了下来，她回头看着我，却是两眼含泪。

我打量着她，只见裤子靠近小腿的地方破了一个很显眼的洞，手臂上也有一块擦伤，我再往她提着的编织袋看了看，便明白了过来。

我心里挺不是滋味的，可还是用嘲弄的语气向她问道："卖衣服的时候又挨城管揍了？"

也许是因为没有得到预期的同情,她骂了我一声"小人"之后,又拖着编织袋向她和叶芷住着的海途客栈走去。

我本该对她采取袖手旁观的态度,可是这女孩实在是没什么生存技能,我要是放手不管实在是有点儿不近人情。于是我在心中一叹,又对快要忙完的铁男和马指导说道:"你们先去龙龛,我待会儿自己骑摩托过去。"

铁男调侃道:"我们忙着赶着地奔向新生活,你这儿还搞着爱美人不爱江山的把戏呢!"

"别瞎说,她充其量就是一落魄小姐,哪能扰乱朕要开疆辟土的壮志雄心。"

我追上了杨思思,却不想刚刚拉住她,她便将编织袋摔在了地上,呜咽着对我说道:"是不是看我出丑,你可得劲儿了?我这辈子就没见过你这么阴险的男人,你除了会往人伤口上撒盐,还能干点儿什么有出息的事情?!"

我一边帮她捡起那些散落在地上的服装,一边笑着回道:"你太了解我了,我刚刚可是特地撇开我那俩哥们儿,为的就是追上来把你出丑的样子看个够!"

杨思思气疯了,她抬腿就要踢我,可我早就熟悉了她的路数,一个闪身便躲过了。杨思思哭得更狠了,索性往地上一蹲,不顾形象地抱头痛哭了起来。我也蹲在她旁边,又在她耳边说道:"我是一个男人,我最受不了女人在我面前哭了,因为只要女人一哭,我就想……笑……哈哈哈哈哈!"

我还没有笑够,杨思思却突然从地上站了起来,然后便向洱海边跑去,她一边跑,一边说道:"米高,我是没脸活了,我做鬼也不会放过你的。"

我还是一边笑一边看着她,鬼才相信她会为了这么一点儿小事跳进洱海里,何况这岸边的水也没多深,就冲她那两条比普通男人还要长的腿也不可能被淹死。

杨思思立在岸边,回过头,依旧哽咽着对我说道:"米高,你赶紧买点儿吃的来贿赂我,要不然我真跳下去了。"

"跳吧,海里的小鱼小虾可都是高蛋白,你吃饱了再上来。"

"真是好人不长命,祸害活千年。我这就去了,你不要后悔!"

我玩笑也开够了,便装着一副很怕承担责任的样子,跑到她身边,然后拉住了她说道:"别跳,别跳,我怕了,我买吃的贿赂你还不行嘛!"

"你哪儿怕了?"

"你要是真跳下去,这'好人不长命,祸害活千年'的定律不就被你给打破了?所以你作为祸害,还是多活几年吧。"

杨思思气急败坏,下手也没了轻重,她趁我话没说完,便狠狠推了我一把,并臭骂道:"去死吧,你个浑蛋!"

在我摔进洱海的那一瞬间,我想:如果洱海孤寂了百年,没有品尝过多余的情绪。那这一刻,它肯定又会多一丝惊慌。

夜晚降临，我坐在那块平整的礁石上，杨思思居高临下地看着我，气氛说不出的微妙。片刻之后，她终于开口对我说道："你不知道刚刚水花有多壮观！"

"我说我现在想杀了你，你信吗？"

"信，你杀气腾腾的眼神已经逼得我不敢直视了。"

"那你赶紧去买点儿吃的贿赂我，我怕我控制不住自己的情绪。"

"我没钱，吃的你就别想了。你要实在想和我计较，你就把我也扔进洱海里吧。"

我将衣服上的水拧干，穿上后从礁石上站了起来，我瞪着杨思思，她却突然变得体贴了起来，她从自己卖的那一堆衣服里找出了一件男款的上衣递到我手上，说道："大理的晚上挺冷的，你快穿上吧。"

"穿你的衣服我会觉得自己特别没人格，我不是一个打一棒子再给一颗糖就能搞定的人，我的心特别冷酷！"

杨思思吸了吸鼻子，委屈着回道："这能怪我吗？我今天在古城里卖了一天衣服，一件没卖出去不说，还被城管给撵得摔了一个大跤。我疼得是死去活来，精神也倍感屈辱，谁知道遇见你，你还落井下石，你说我情绪失控，不是很正常嘛！"

我也吸了吸鼻子，说道："说得真是悲壮啊。你不是和叶芷住在一起吗，她都不在日常生活中管着你点儿？"

"别提了，她这人可奇怪了。之前，她把一万多块钱的皮包送给我眼睛连眨都不眨一下。可今天早上，我和她借几百块钱救急一下，她却不愿意了。她要我遵守游戏规则，还要我从她那儿搬出去！呵呵，你不是说你冷酷嘛，我觉得你连她的十分之一都比不上。你这人最多也就是嘴坏了点儿，可是她真狠得下心把我往绝路上逼！"

杨思思的控诉让我对叶芷这个女人有了更深一点儿的了解，她应该是个很讲原则的人，虽然她的不近人情让人有距离感，但我还是向杨思思回道："把你逼上绝路的是你自己，你要是觉得自己没能力在大理过下去，你就回上海，那里可有一帮人在眼巴巴地等着你回去呢。"

"我才不会做这么丢脸的事情，实在不行，我就去酒吧当服务员。"

我挤对道："你咋不去当酒托。"

"害人的事情我不做，我想有尊严地在大理活下去，要不然还不如回上海呢。"

我笑了笑，没有表态。

她又用手背拍了拍我的手臂，说道："我这一天都没怎么吃饭，你就给我开个小灶呗。"

"你想吃什么？"

"越丰盛越好，最好酒肉都有！"

"行，但是不能白吃……"

102

杨思思疑惑地看着我，问道："你这是什么意思？"

"吃我的饭，是要收利息的。所以待会儿你尽管吃，吃多少钱，下个星期都双倍还给我。"

杨思思气笑了："真新鲜，第一次听说吃饭还要给利息的，我要不要站在你身边呼吸一口空气，都给你打个欠条嘛？"

"你这么一个被动的人，还敢和我耍横？"

"我没有耍横，是你在欺负人。你让我特别有寄人篱下的感觉。"

"呵呵，这条路是你自己选的，你选之前难道就没有考虑过会有什么后果？"

杨思思特理直气壮地回道："我怎么就没考虑过？"稍稍停了停，她的气势就弱了下去，声音也随之小了几分，"那天咱俩一起去古城卖衣服，成果不是还不错嘛，我寻思着靠这个买卖也能在大理活下去。可谁想到，这旺季还没完全结束，生意就突然不行了！"

"这就是个看老天赏脸的买卖，你还真打算把它当养家糊口的工具呢？"

杨思思一脸迷茫地看着我，半晌才说道："那就走一步看一步吧，反正我不会离开大理的。"

我摇了摇头，不知道该欣赏她的执着，还是该同情她的落魄。

她又对我说道："你还要不要请我吃饭？你要不请的话，我回去睡觉了。"

我心中一叹，然后从口袋里拿出了手机，想用微信转一百块钱给她，却发现手机因为进了水，已经打不开了。于是我又从口袋里摸出一百块钱现金递到她手上，说道："省着点儿花，没下次了。"

"哦。"

"那我走了。"

"嗯。"

我又看了她一眼，然后转头离开，可还是有点儿不放心，又转头对她说道："回去自己买点儿消毒水把伤口清理一下，今天晚上最好就别洗澡了，要不伤口容易发炎。"

"那你再给我一百块。"

我被她给气乐了，问道："难道从我这儿骗钱你就没有屈辱感了吗？"

"我是凭本事骗的，为什么要有屈辱感？再说了，我之所以混成今天这个样子有一半是拜你所赐，难道你就不用对我负一点儿责任吗？"

"我真是上辈子欠了你的！"我说着又极不情愿地从口袋里摸出一百块钱递到她的手上，她心满意足地从我手中接过，然后便转身拎着那只看上去就很倒霉的编织袋向最近的一家小面馆走去。

我就这么哭笑不得地看着她，心里却忽然有了一种满足感，这种满足感来得很奇怪，我说不出它产生的根源在哪里。

离开马久邑我马不停蹄地向龙龛码头赶去，等我到的时候，铁男等人已经开始搞起了卫生，我避开他们的目光去房间换上了一套干净的衣服，然后又将电话卡换到了备用的手机上，这才不动声色地拿了一根拖把走出了房间。

足足忙了两个多小时，众人才闲了下来。然后点上烟，趁着休息的时候又聊起了客栈能不能赶在十一月份恢复营业的事情。

我向白露问道："政府有没有将第一批恢复营业客栈的挑选标准再细化一点儿？我觉得现在的说法还是挺模糊的，毕竟证件齐全的客栈也不少，如果没有一个面面俱到的标准，肯定会有很多人不服气的。"

白露回道："你还真说准了，今天局里联合环保局又召开了一次会议，专门就这个事情做了探讨。"

我点了点头，一阵沉默之后，才说道："情况很不乐观哪！虽然我们也勉强算是一家高端海景客栈，但是相比于那些动辄投资几千万的海景客栈，我们真是一点儿胜算都没有！"

"也不用太悲观，先把这张申请表给填了吧，近期可能会成立一个专家组，对申请恢复营业的客栈进行综合评估。你们不要小看这张申请表，真正能拿到申请表的客栈其实不足一百家，而且这个消息目前也处于封锁的状态，很多客栈老板是不知道的，所以我们获胜的概率又大了很多。"

我从白露的手中接过申请表，顿时便有了一种沉甸甸的感觉。我敢说，如果没有白露这个合伙人，我们肯定也是最后知道消息的那些客栈老板之一，就更别提能拿到申请表了。

我在申请表上填好相关信息之后，又将其交到了白露的手上，然后问道："专家组过来主要会对哪些方面进行重点评估呢？我们好提前做准备。"

"重中之重肯定是要评估客栈对污水的处理能力，然后就是服务质量，还有酒店的一些软硬件设施。总之，能够提升大理旅游形象和口碑的小细节都会考察的，所以咱们能把游客的入住体验提升到极致，希望就会越大。"

"那就一步步来吧，先找渠道买污水处理设备。"

白露点头回道："嗯，这个事情就交给我来办吧。"

铁男感慨道："咱们团队里有一个能拿主意的人真是方便！白露，我跟你说实话，要是你不愿意进来和我们一起干的话，这个客栈接手后，我也是打算再转让的，然后中间赚个差价就算了。"

"你小子多精明哪！"

"我就当你是在夸我了。"

"肯定不是在贬你，做生意，尤其是在大理做客栈生意，身上没点儿精明劲儿真是做不起来的。"

　　铁男笑了笑，没有再说话，而我倒也不反感他的精明，因为团队里确实需要这么一个面面俱到的人来掌握客栈以后发展的方向。我只是觉得此时的铁男和刚刚见面时的他有那么一点儿变化，他看似浑浑噩噩，却有一份善于捕捉市场变化的敏锐。不过，再仔细想想，这也挺合情合理的，如果他真的是一个浑浑噩噩的人，又怎么会在客栈被强行停业之后，依然从旁边农户家里接了水电，然后将我这样的散客接收到客栈里呢？

　　所以，他是有赚钱欲望的。

　　再看马指导，这哥们儿在我心目中的形象还是一如既往，他不爱发表观点，也安于现状，好似怎样的生活他都能过。我想，团队里也需要这样一个人，在危难时刻来稳定军心。

　　聊了一会儿之后，白露给我们做了甜点和百香果茶充饥，她在将这些分享给我们的时候，又说道："对了，我建议咱们先招一个前台小妹，如果客栈真的能在十一月恢复营业，其实是会很忙的，现在提前招人，我就可以把她先送到朋友的五星级酒店培训，到时候就不用手忙脚乱了，服务水平也能跟上。"

　　我问道："你确定一开业就很忙？不会有一个过渡的周期吗？"

　　不喜欢发表观点的马指导却在这个时候代替白露向我回道："如果恢复营业后还冷冷清清的，那大家干吗拼命抢这三十个名额？我告诉你，游客们有一半就是冲着住大理的海景客栈来的！今年因为受到海景客栈停业的影响，整个大理的游客流量也下降了三分之一，你自己算算有多恐怖？到十一月份，只有三十家海景客栈恢复营业，只怕你恨不能有一百个房间来接纳游客！"

　　我点了点头，心中感到震惊。

　　铁男也开口说道："我也倾向于现在就招一个前台，但一定要形象好，气质佳，到时候专家组过来评估，也会增加一个印象分嘛，毕竟前台是了解客栈的第一个窗口，而且大理这边的人力成本不高，如果给她包吃住的话，一个月一千五百块钱的工资就够了。"

　　我还没有完全脱离大城市思维，所以对这样的工资感到不可思议，如果是放在上海的话，这种价格水平的酒店，招一个前台，怎么着也得四千块钱的基本工资，再加业务提成。

　　这就难怪会有这么多人愿意来大理开客栈了，因为房间能卖上价格的同时，人力成本却很低。不过因为近几年这边的旅游市场不断升温，倒是把房价给炒了起来，所以早期来这边投资的人都已经是赚得盆满钵满。如此看来，这里也不仅是一个只有文艺生活的地方，还是真的有那么一拨人放弃了大城市的生活之后，在大理也赚到了钱。

这时，白露又说道："另外，咱们在一楼公共区域做的小酒吧也需要一个服务员，我看就一起招了吧。"

我笑了笑，回道："我没有意见。"

聊完之后，白露回了下关，我和马指导、铁男各自找了一个房间住下。而这也是我来大理之后第一次在夜晚时有自己独立的空间，并且铁男和马指导还给予了我特殊的照顾，他们将客栈里最好的一间海景套房让给了我。

我觉得这个海景套房论视野和装修程度并不比叶芷在马久邑那边住的客栈差。所以，卖八百块钱一个晚上完全是合理的，甚至可以说是很有性价比。

我试着让自己学会享受，便点上一支烟躺在了平台的软椅上，然后看着在不远处流动的洱海和斑斑点点的星空……

刚开始的时候，很心旷神怡，可渐渐心里就有一点儿酸楚！

我之所以能在此刻住这么好的房间，是用汪蕾给的那十九万换来的，可是她却连来这里看看的机会都没有。

我又往身边另一张空空的软椅上看了看，心里多希望汪蕾也能和我一样享受着这个安静的夜晚。

我就这么陷在这种情绪里难以自拔，继而想起了我们之间的一些过往。记得那时候我刚到上海，人生地不熟，尤其是过节或者过生日时总是倍感孤独，而她似乎能看到我的孤独，所以总会挑在节日的时候陪我吃个饭。

我的印象特别深刻。那天，是我在上海过的第一个生日，恰巧碰上台风登陆上海，整个城市一片狼藉，我就在这种恶劣的环境中，用电话跟外地的一个经销商谈着新产品合作的事情，我甚至忘记了那个晚上是自己二十四岁生日。

当挂掉电话的那一刻，看着在窗外肆虐的狂风和满是积水跟垃圾的街道，我心里就像快死了一样难受，因为那种在恶劣环境中爆发出的孤独感实在是太过凶狠！而就在那个瞬间，汪蕾提着蛋糕站在了我的身边……

她不是一个喜欢肉麻和矫情的女人，她只是笑着将蛋糕递给了我，然后请我吃了饭，又带我去富桥做了一个全身按摩，直到快十二点时，她才匆匆赶回了自己上班的地方。

再后来，有了陆佳这个女朋友，她和我的联系便少了，甚至近两年过生日的时候，她也没有再陪我吃过饭，但礼物一定会送到。

想起这些，我更加想念她，可却再也没有机会回报一些什么……我的眼圈有些湿润。

用手擦了擦眼睛，我从口袋里拿出了手机，然后给桃子（汪蕾生前最好的朋友）发了一条微信："后天是汪蕾的生日，你记得帮我买一束白玫瑰去看看她。"信息发过去之后，我又给桃子发了一个二百块钱的红包。

夜已经很深了，我还在等待着桃子给我回信息，我知道她因为工作的关系，要很晚很晚之后才能有属于自己的时间，有时甚至一整个晚上都在忙。

过了很久我终于等到了桃子的回信。

她先是收了我的红包，然后回道："你个没良心的东西，还记得有我这个人呢？"

"看你这话说的，我离开上海也还没多久嘛！"

桃子有些伤感："是没多久，可是我却感觉蕾蕾已经走了很久……"

"嗯，我们都太想她了。"

这次，桃子过了片刻才回复了信息，但转移了话题，问道："你呢？在大理过得还习惯吗？"

"挺好的，刚和朋友一起接手了一个海景客栈。"

"真的吗？有照片不，快发来给我看看！"

我挑了一张有无边泳池和可以看海的房间照片，给她发了过去，她回了很多两眼放光的表情，然后就不说话了。

我又向她问道："你呢，最近过得怎样？"

"烦哪，不知道该怎么选择。我是亲眼看到蕾蕾是怎么倒下的，所以最近夜里老是做噩梦！"

我心里难过，又点上了一支烟，重重吸了一口之后，问道："是不是不想干这行了？"

"嗯，可是又怕不知道以后该干点儿什么赚钱。"

"找个男人好好过日子吧，这几年你赚的也不少了。"

"你以为每个人都像蕾蕾那么省吃俭用呢？我可没能攒上多少钱，不过回老家做点儿小生意是够了，可这世界上哪有那么多好男人哪！"

很快她又发来了一条信息："米高，我突然也想去大理看看，你欢迎我不？"

"当然欢迎了，你随时都可以过来。"

"嗯，我看看最近能不能请上假。"

"好，到时候提前通知我，我找车去机场接你。"

"算啦，算啦，不用那么麻烦，你把客栈的地址发给我，我自己打车过去就行了。"

结束了和桃子的对话，我恍惚了很久，等再次回过神来的时候已经是深夜的一点钟。我终于躺在了床上，准备吸最后一支烟，就睡觉。

吸烟的时候，我看了看自己之前在网上发布的招聘信息，发现竟然有几个人留言，在询问具体的工作时间和工资待遇。

我逐一发私信给他们做了解答，并约他们抽个空闲到客栈看看，然后再详聊。

在这之后，我便将手机调成了静音，也许是因为床太舒服，所以闭上眼睛没多久，我便陷入了睡眠中。

107

这一夜的睡眠质量还不错，我几乎没怎么做梦便睡到了第二天的早晨。我是第一个起床的，我煮了一锅稀饭，然后又去隔壁的包子店买了够三个人吃的包子和蒸饺。

吃饭的时候我们将今天的工作也安排了下来。我和马指导继续去马久邑那边将没搬完的东西搬过来，铁男则去找工匠将客栈里要修补的地方统统处理一下。

时间对于我们来说还是挺紧迫的，因为再过几个星期，专家组就会开始对海边有证件的客栈逐一进行评估。我们当然希望能赶在这之前将客栈最好的面貌塑造出来，然后争取能出现在第一批恢复营业的客栈名单中。

快要中午的时候，我又碰见了从其他地方回到马久邑的叶芷，然后猛然想起她昨天要我将客栈具体地址发给她的事情。

她似乎也记着这事儿，她将车停在了我们搬东西的那辆车旁，然后打开了车窗。

我因为失约，而感到有些不好意思，便试探着向她问道："有事儿吗？"

"你好像不是一个很守约的人。"

我感到更加尴尬了，以至于愣了片刻，才回道："今天早上忙着搬东西，就把这事儿给忘了。"

"那你现在可以告诉我了吗？"

"当然……"我嘴上说着，可还是没有能够想起客栈附近有什么好认的标志，于是向马指导投去了求助的目光。

马指导扔掉了手上的烟头，回道："离龙龛码头差不多一公里路。"

"能再具体一点儿吗？"

这次，我和马指导同时愣了一下，并不明白她为什么要如此精确的坐标。就算她想去看看，大可以到龙龛码头后再给我发信息，我去接她也不费事儿。

马指导又说道："挺靠近下兑村了。"

叶芷面露凝重之色，然后又向我们问道："你们已经和原来的老板签订了转让合同了吗？"

我回道："签了，转让费都已经给她了，有问题吗？"

"我不建议你们开在那边，不过既然你们已经连转让费都给了，再多说也没什么意义。"

她的话让我感到有点儿不舒服，便再次开口问道："你对龙龛那边很熟吗？"

"有去过。现在做客栈最大的风险，不是营销的好坏，而是环境的不确定性。"

听见叶芷这么说，我心里松了一口气，我们正是因为有白露入伙，才敢接手这个客栈。

我差点儿想将近期要解封一批海景客栈的消息告诉叶芷，可是考虑到消息泄露出去会对白露的工作有影响，便又憋了回去，最后只是对叶芷说道："没事儿，接手这个客栈的时候我们是经过深思熟虑的，我们都认为这个客栈很有前景。"

叶芷看了我一眼，似乎还想说些什么，但最后又没有开口，接着便像往常一样带着她特有的冷漠开车离开了，而我却还想再和她聊一聊杨思思的事情。我觉得她得给杨思思一个适应的过程，最好再收留她几天，而不是急于让她搬出去。

下午的时候，有几个人亲自跑到了客栈来面试，我倒是对其中一个女孩很满意，觉得她踏实肯吃苦，可是铁男和马指导却持反对意见。

他们认为前台不一定要多勤快，但一定要漂亮，而大理最不缺的就是美女，所以他们建议我再等等。我除了无奈，也只能选择尊重他们，虽然做产品是我的强项，但客栈并不是真正意义上的产品，所以还是相对在大理待了更久的他们有发言权，因为他们肯定比我要更了解什么样的前台最适合我们的客栈。

忙碌过后，我在大概三点的时候接到了杨思思打来的电话，她的语气还是一如既往地充满委屈，她对我说道："米高，我已经被叶芷姐给赶出来了，今天晚上住哪儿都还没着落，所以你快来古城帮我卖点儿衣服吧，我赚个能住青旅的钱就行。"

"你在这儿不是还有朋友吗？去人家那儿凑合一晚上不就完了。"

杨思思更委屈了，她回道："你以为我愿意低声下气地求你啊！我在这儿一共就俩朋友，一个去泰国玩了，还有一个是男的，你难不成让我跑去和那男人住一个屋子？"

"哟……这么一听是挺惨的！"

"你来不来？我都想过了，肯定就是因为我一个人跑不快，又提心吊胆地盯着城管来没来，所以才没办法专心向游客推销衣服！你看，上次有你帮忙，我不就卖得很好嘛！"

我想了想，手头上也没什么必须在今天去做的事情，便回道："再帮你一次也成，但是你赚多少钱都得分我一半，毕竟我现在是一个商人。"

"只要你来，什么都好说。"

我看着信息笑了笑，心里忽然又想起客栈正缺个前台，按照马指导和铁男的要求，杨思思是最合适不过的人选，那要不要把她给招过来？

转瞬，我又否决了这个想法，因为我想起了那天老黄临走时对我说的话，现在连叶芷都要求杨思思遵守游戏规则，更何况我呢？我可是真正设计这个游戏的人。

跟铁男借了摩托车，我在傍晚来临前向古城的洱海门驶去，我和杨思思约在了这里见面。她说这里有一个做煎饼特别好吃的小摊儿，她要先吃点儿东西填饱肚子，待会儿才有力气和城管们玩捉迷藏的游戏。

她为了卖衣服可真是机关算尽，但这背后却是落魄小姐的一把鼻涕一把辛酸泪。反正我是不会同情她的，因为从来没有人逼着她选择现在的生活，是她自己带着一腔热血扎进来的。

我找地方停好车后，恰巧她也从另一个路口走了过来。她这人似乎不记仇，老远就冲我挥手并喊着我的名字,生怕我看不见她似的。

我停下了脚步,她拖着那只编织袋气喘吁吁地走到了我的面前,然后向我伸出了手,说道:"借我点儿小钱,我去买个煎饼吃。"

"昨天不是才给了你二百吗?"

"遇到一个骑行的哥们儿,他说他回不了家了,我就把剩下的钱都给了他,我喜欢有梦想的人!"

我气不打一处来,骂道:"你是脑子里面有坑吗?怪不得说连住青旅的钱都没有了!你竟然相信这一套,这都哪一年的套路了!"

杨思思很不爽地回道:"他真是一个为了梦想从北京一路骑行过来的小哥。"

"行……行,就算他是为了梦想才骑行的,那凭什么他的梦想要你来埋单啊?"

"你看你这话说的,我可没那本事为别人的梦想埋单,这充其量就是路见不平拔刀相助。"

我气得无话可说,她竟然又开始教训起我:"你看你这人,干吗老喜欢用恶意去揣摩这个世界呢?你应该学会享受那种帮助别人的乐趣,你都不知道那哥们儿有多感激我,他说是我给了他坚强下去的勇气,他不会放弃骑行,他要一路骑到拉萨,去看布达拉宫呢!"

"像你这么蠢的人再多来几个,别说拉萨,他骑到火星去的勇气都有……"我气极反笑,"成,也成……没把你人给骗走,已经算是万幸了。"

"骗就骗呗,反正嫁给有梦想的人,也比嫁给小豹要好!"

"我要是小豹,我就去你家门口骂,没你这么埋汰人的!"

杨思思没心没肺地笑着,我却想哭。仔细想想,我才是那个最傻的人,因为她总是在被别人坑了后又跑来坑我。

这时,又有一个骑行的人停在了我和杨思思的身边,他从包里拿出一块牌子给我们看,上面赫然写着:要钱买饭,买红牛……

我当时就恼火了,指着自己对他怒道:"你是不是觉得我长得特别好欺骗?你一个四肢健全的人干点儿什么不好非得干这种下三烂的勾当,真当全世界的人都是傻子,脑子都被你们长了,是吧?"

"你有病吧?不给就不给,冲我吼什么吼!"

"我当你是哑巴呢……"

我一边说一边不动声色地从腰间将皮带抽了出来,我这人打架的本事一直高于赚钱的能力,所以自我膨胀之下,我特别想把这个期待不劳而获的家伙给揍一顿,他们真正骗到的不是杨思思,而是我的血汗钱。

不承想,正在创建文明城市的大理到处都是巡逻的辅警,我这腰带还没举起来,他们就开着巡逻车在我们身边停了下来,问道:"你们都挤在这儿干吗呢?这路都被你们给占一半儿了！"

我立马又改变战略，开始告起了状："民警同志，您赶紧查查这家伙的身份证，他骗我们外地人的钱。"

辅警里面似乎有人认识这人，说道："查什么查啊，隔壁镇子的，已经被我们逮进去教育过好几次了，还屡教不改呢！"

我冷笑一声，然后对杨思思说道："呵，隔壁镇的，这一路骑得好远啊！还好意思要红牛，红牛是给有梦想的人喝的，他算什么。"

杨思思一脸蒙。

这时从车上下来一个辅警，对那家伙说道："走吧，跟我们去所里再聊聊。"

看着他们走远，杨思思终于开了口，感叹道："这梦想一不留神就碎哪……呸，真是个孙子！"

我本想狠狠教育她疏于防备的行为，可是她这么一骂我反而骂不出来了，只是哭笑不得地看了她很久，直到她又开口跟我要钱买煎饼吃。

我觉得谁的梦都没有碎，真正碎掉的是我！

接下来的时间，我又陪杨思思在古城里偷偷摸摸卖了半天衣服，但压根儿就没什么收获。杨思思自感前途无望，死气沉沉地坐在了街边的长椅上，然后发泄似的对着那只编织袋狠踢了一脚。

我懒得理她，只是点上一支烟默默吸着，她往我的腰间狠狠掐了一把，说道："你是不是在心里偷偷笑我？"

"我干吗要笑你啊？"

杨思思又狠狠掐了我一把，怒道："还说你没笑，嘴都快咧到耳朵上了！"

"我喜欢咧着嘴吸烟。"

"狗也喜欢咧着嘴，冲着人凶。"

我转头看着她，然后一巴掌拍在了她的后背上，说道："从刚刚到现在一直叨叨叨，能不能消停点儿？"

"你又打女人！"

"你以为我听不出来，你讽刺我是狗？"

杨思思吧唧嘴看着我，半晌说道："好女不跟狗斗。"

我又是一巴掌拍在她后背上，然后又做出了一个要往她后脑勺上拍的动作，她吓得一缩，连连说道："我服了，我服了，不敢再胡说八道了！"

杨思思总算是闲了一会儿，可没过多久，她又拍了拍我的手臂，一脸痛苦地对我说道："我好绝望啊，大理真的容不下我这么一个有理想、有情怀的热血女青年吗？"

"整个古城里酒吧和咖啡店那么多，你就不能去找个服务员的活儿先干起来吗？"

"那样我就不自由了，等于在上班欸！"

"你都一垂死挣扎的人了，还好意思要自由？"

杨思思托着下巴，半晌回道："也是……"片刻之后，她的表情忽然兴奋了起来，然后拉住我说道，"你们不是合伙开客栈了嘛，听说客栈里面还准备做一个小酒吧，总要服务员什么的吧？我可以去耶！"

"我们那儿不是难民收容所，你可千万别打我们的主意。"

"我会好好干活儿的，保证不拖你们的后腿，你就给个机会嘛，大哥。"

我怕她就这么缠上我，便撒了个谎，说道："我们客栈什么时候能恢复营业还没谱儿呢，我们这个时候要服务员干吗？"

杨思思叹气，然后想了想回道："把希望寄托在你们这帮乌合之众身上也挺没劲儿的……哼哼，我这么一个貌美如花的姑娘还怕在大理找不到一个服务员的活儿嘛……你信不信，只要我往那儿一站，不打算招服务员的酒吧都会为了我破例弄一个名额出来的，毕竟漂亮成我这样已经是一块活招牌了。"

"人叶芷没你漂亮吗？你啥时候见人把'漂亮'俩字挂嘴上说了？"

"她那么让你入眼，你跟她好去呗……喊，就怕她看不上你吧，你那么穷！"

我看着杨思思，又是一阵无语，她却两手一甩，将那个装衣服的编织袋扔在了我的面前，说道："这活儿我不干了。"

"那你要干吗？"

"去买个自行车，再弄块牌子，我也去要路费，要红牛。"

"你得了吧，派出所的饭可不好吃。"

"要你管，你就让我自生自灭吧，反正你的良心也不会过意不去！"杨思思说着，还真就义无反顾地走了，可我却还想提醒她一下：买自行车也是要钱的。

杨思思不知道去哪儿了，给她发信息不回，打她电话也不接。我自觉尽力之后便没有再尝试联系她，之后带着她留下的衣服回了客栈。

吃晚饭的时候，我和铁男聊了一会儿，我们探讨了要不要将客栈的名字改掉这件事情。我觉得'花香云朵'这个名字比较偏女性化，无形之中会把我们的格局做小。

铁男倒是赞成，只是如果要换名字的话，之前在一些网站上做的口碑和成绩都会作废，仔细想想也挺可惜的。

没有讨论出结果，我们便将这个问题给暂时搁置了下来，然后铁男又和我聊到了一个比较现实的话题：我们该想办法去筹污水处理设备的钱了，因为白露那边已经有了头绪。

她联系的其中一个供货商愿意以七折的价格向我们提供一套设备，这绝对是人情价，可即便如此，我们依然要准备八万块钱的巨款。

现在有两个方案摆在我们面前。一个是从节省成本的角度考虑，我们可以只买一万块钱左右的设备；另一个是咬牙买最好的设备，为客栈能够在十一月份恢复营业打下最坚实的基础。

我们一致倾向于后者，可是钱便成了最头疼的问题，因为除了设备我们还要更换床品，酒吧也要进货，做酒架，做吧台……

我和铁男算了一笔账，我们大概还需要二十万的资金投入。而我们，包括白露，却都已经拿不出更多的钱来了。

回到自己的房间，我躺在了那个可以看见洱海的软椅上，思考着如何去解决这二十万的资金缺口。我和铁男聊过了，这笔钱也不单单压到某个人身上，而是由我们一人筹十万块钱，最终搞定这件事情。

之所以没有把白露算进去，是因为人家真的已经贡献了很多用钱都买不到的人脉资源，既然是合作，总不能一味地去压榨别人的价值。而马指导这哥们儿则是真没钱，所以也指望不上他。

我倒是还能拿出一些钱，可是也不能彻底解决。但既然已经走到这一步，就算是去借，也得硬着头皮给借下去……然后，我便想到了叶芷，这些钱对她来说应该也就是洒洒水那么简单，所以向她借到钱的可能性还是很大的。

我找到了她的微信，可是真的要开口时，却发现这是一件很有难度的事情，所以我在对话框上打打删删了很多次，也没能将信息给发出去。

我有点儿沮丧地将手机扔在了一旁，直到有人给我发来了信息。

这条信息是桃子发来的："米高，我已经请到假了，买了后天飞大理的机票……"

"几点到？"

"五点半落地。"

我还没来得及回复，她又发了条信息，文字很感慨："这人哪，想做点儿什么的时候真的得狠得下心。你看蕾蕾，总把去大理当作是一件很难做到的事情，其实能有多难呢？我这不就要去了嘛……她就是舍不得耽误自己赚钱，她给自己的压力真的太大了！"

这次，我过了很久才回道："所以我特别希望你能早点儿解脱出来，我不想再有类似的悲剧发生了！"

"谈何容易！"

结束了和桃子对话的同时，我也放弃了和叶芷开口借钱这件事情，最起码现在还不是一个合适的时机，因为她虽然有钱，但我们也确实算不上关系特别铁的朋友，贸然开口借钱可能会让她感到为难，也会让自己尴尬。

大概是因为心思比较多，来到龙龛后的第二个夜晚我失眠了。我不想在床上做无谓的煎熬，便穿上衣服，打算在龙龛这边的环海路上走一走。

相比于马久邑，龙龛的夜晚要更加安静，整个区域除了虫鸣声和潮水声，便再也听不到多余的杂音。

我找了一块平整的礁石坐下，然后戴上了耳机，我再次听了那首歌，但已经不是单纯为了怀念汪蕾，只是觉得自己就是歌里唱到的那个迷茫人……

听着听着，我有了一种很强烈的欲望，我想有生之年能再见到陆佳的时候我会是一个特别成功的形象。

又是一阵风沿着海平面吹来，对岸的灯光跟着晃动得厉害，我的心也被晃碎了，突然就特别渴望有一丝丝温暖的感觉。于是我想到了那个最会给我温暖的女人，然后又觉得更冷了，因为她比此时此刻吹来的风更缥缈，她再也不会像一束烛火出现在我的生命中。

所以，我比任何时候都需要一颗残忍的心，去杀死那些毒害自己的寂寞和空虚。我清醒地明白：这个世界上能陪我共进退的只剩下自强自立，不会还有人像汪蕾那样心疼我。

我将自己的外套又披紧了一些！然后将火机打着，又熄灭，如此反复着……

不知道这么过了多久，一直没动静的手机在手边振动了起来。我拿起看了看，竟然是那个熟悉了很久又突然陌生的号码。

"傻子、傻子、傻子……"

我很意外她竟然没有将我拉黑。我又有点儿生气，因为她就像是一个不会好好说话的人，总是挑我不喜欢的骂，我尤其不喜欢陆佳曾经的号码，发信息说我傻。

我这辈子干得最傻的一件事情，就是在那个下雨的夜晚，没有用爱的名义将她留下来。

我也骂道："你才傻子！"

"做事情得讲个公平，你能骚扰我，我也骚扰你一次，不行吗？"

"我是师出有名……你无缘无故地骂我，是不是脑子有病？"

"我没骂你，我在骂一个劈腿的男人。"

我愣一下，当即给她发了一连串"哈哈……"

"我隔着电话都能看到你笑得特别恶心！"

"我可没笑你，我是在笑这件事情。那天你不是说我给前女友发信息的行为很傻嘛，这报应来得也太快了！转眼，你也是个有前任的人了，哈哈哈哈……"

电话那头便没了动静。

我还没能幸灾乐祸多久，她又回了信息，却充满嘲讽："就算我被劈腿了，我也不会找前男友去诉苦，我只会找个傻子发泄，谁让你先招惹我的。"

"分手也有光彩和不光彩之分，我们分手的时候很和平，你行吗？你都被劈腿了，你也不可能找前男友诉苦吧。"

信息发出去之后，我便后悔了。

就在我以为她会用更难听的话来回击我的时候，她却特别冷静地回道："不想和你废话了，你在哪儿？出来吵架吧。"

她竟然主动提出了要和我见面，虽然我也不是一个怕事的主儿，可是这一个在大理，一个在上海，怎么才能见面吵起来？

我其实很想见见她，不至于真的吵一架，只是想知道接手了陆佳号码的这个人到底是什么样子。

我打算以放鸽子的方式给她一点儿教训，便回道："那我在外滩等你。"

"谁不去谁是小狗。"

"别废话，什么时候见，穿什么衣服？"

"你可真恶心，你不是在大理开客栈嘛，难不成是魂儿回来了？"

我愣了一下，才想起自己之前一股脑地和她说了很多最近发生的事情，以及心情。我依旧很嘴硬地回道："我这两天回上海了，有胆儿你就去外滩走一趟。"

"呵呵，我现在人就在外滩，你在哪儿呢？"

我觉得她和我一样不怀好意，便回道："鬼才相信你这么巧就在外滩，你是想把我骗过去，让我傻等吧。"

片刻之后，对方发来了一条彩信，彩信里面有一张照片，照片确实是在外滩拍的，而且照片里面正好有一座大楼上的液晶屏正显示着此时此刻的时间。

对方一较真儿我顿时就没了底气，于是干脆选择了不回信息。

她又发来了一条信息："怂。"

"要你管。"

这次她没有再理我，我松了一口气的同时也仿佛看到了这么一个场景：一个留着长发的女人，穿着很单薄的衣服立在江边，她狠狠扔掉了手上的啤酒罐，然后痛骂着爱情……她极其痛苦，可是路人却早已经在这座巨大的城市里见怪不怪，他们冷漠地看着她，然后继续走在没有人情味的街头为生活奔波着……

其实，在上海那么大的城市里，爱情是很渺小的，就算心碎到稀巴烂，生活还是会以千奇百怪的方式压迫着你……所以那里的人就这么一边孤独着，一边变得无情。又怎么会有人在这么个冷漠的深夜里给她一丝丝安慰呢？

次日，我睡到快要中午的时候才起床，就在我以为客栈里没人的时候，却意外地发现大家都没有出去，甚至连白露也在。更让我感到不可思议的是杨思思竟然坐在他们中间。我的目光刚停留在她身上时，她便用一种胜利者的姿态与我对视。

铁男向我招了招手，说道："米高，过来和你聊个事儿。"

我一边犯着嘀咕，一边向他们那边走去，还没坐稳，铁男便对我说道："给你隆重介绍一下我们的新成员，杨思思！以后她就是我们客栈的前台小妹。"

我避开了众人的目光，然后往窗外阳光最刺眼的地方看了看，只感觉有那么一点儿眩晕。我接过了马指导递来的烟,才看向扬扬得意的杨思思,对众人说道:"这事儿能征求一下我的意见吗?"

铁男回道:"整个大理,最漂亮的前台就在你面前坐着,你还想有什么意见?"

"不是……你们听我说——"

我话说了一半儿,杨思思便打断道:"我可是看见了马指导和铁男在朋友圈里发的招聘信息才找过来应聘的,我走的是正规渠道,更没有攀关系,请问你有什么理由持反对意见?"

铁男接着说道:"我们也按照正规流程对她进行了面试和考核,她的表现不错,我们一致认为她能胜任我们客栈前台的工作。"

"你们怎么考核的?"

马指导回道:"对比了一下附近客栈的前台,都没有她好看……"

"各位……不开玩笑行不行?"

"没开玩笑嘛,前台工作,最重要的不就是看形象嘛,更何况她性格也挺热情的,是那种会讨客人喜欢的类型。"

我倍感绝望,但还是抱着最后一丝侥幸问道:"这事儿真不能听我的吗?"

铁男、马指导、白露,三人一起摇了摇头。

杨思思好像在这一刻找到了最大的倚仗,她不屑地看了我一眼,又对三人说道:"感谢各位老板的慧眼识珠,以后我一定尽自己所能做一个优秀的客栈前台,坚决不给某人翻身找事儿的机会。"

白露回道:"那就加油咯!"

我狠狠吸了一口烟,却不想说话。这时,铁男又对我说道:"客栈的房间调度归你管,你去帮思思安排一间员工房吧。"

撇开众人之后,我带着杨思思去了三楼,然后打开了一间原先用来放杂物的房间对她说道:"今天下午你把这个房间收拾一下,然后就住这儿吧。"

杨思思扫视了一下,回道:"你不是吧,这个房间连个卫生间都没有,怎么住人?"

"三楼有一个公用的卫生间,够满足你的需求了。"

"那……那也不行,我有洁癖,受不了和别人一起用卫生间。"

"没别人,整个三楼现在就你自己一个人住。"

"我胆小,夜里我不敢一个人上厕所!"

我冷笑着,回道:"那你的意思是,客栈生意都不做了,专门腾一个房间给你住?你知道咱们客栈一间房,住一晚上多少钱吗?你一个月工资才几个钱,也好意思开这个口?"

"你看你这副资本家的嘴脸,这不客栈还没恢复营业嘛,我先住几天成不成?等客栈开始营业了,我就搬到杂物间住。"

"不成，你多住一天，房间的磨损就会增加一点儿，这难道不是成本吗？"

杨思思气得牙根痒痒，可是她却不知道，在她拿我没有办法的同时，我对她是更没有办法，我并不想让她到这间客栈工作，因为她与我走得越近，老黄就越不放心。

要是这事儿让老黄知道了，他一不高兴，把我来大理的事情跟我爸妈全交代了，我在这边就待不安稳了。到时候他们要是闹着让我回上海，我又该怎么办？

我觉得老黄真能干出这个事儿。

杨思思拖着自己的行李愤愤不平地进了杂物间。我就这么点上一支烟看着……

其实这间杂物间也是有装修的，并且里面还有一张钢丝床，虽然跟客房相比要简陋了很多，但是基本能满足住宿需求。

杨思思简直就是一个生活白痴，她被子不会套，床单也铺不好，于是又央求我帮她弄，我当然不会惯着她，反而将她臭骂了一顿，直把她骂到两眼含泪。

我不是虐待她，只是想告诉她这就是普通人的生活。就好像我在工作时那样，会挨上司骂，会逼着自己学会做生活里一切琐碎的事情。

杨思思花了半个小时终于将被子套进了被套里，床单也勉强算是铺好了，然后便坐在床上一言不发，好似在生闷气，也好似在回忆自己以前有保姆照顾着的生活。

我有点儿于心不忍，便放下了想骂她的心情，低声对她说道："这不挺好的嘛！有时候人就得狠狠逼自己一把，要不然不会有成长的。"

"你倒是天天逼自己，你有什么成长了？不还是一个穷鬼？"

"错，我现在是能管着你的老板。"

"就没见过你这么差劲儿的老板！"

"我怎么就差劲儿了？"我一边说，一边替她拉开了窗帘，然后又说道，"看见没，你这可是能看见洱海的房间，怎么着也算一间海景房，你见过哪个客栈的前台能住上一线海景房了？"

杨思思看了一眼，又回道："这么小的窗户，你还好意思说是一线海景房？"

"一线海景房……只能看见一条线嘛，我哪儿说错了？"

杨思思"扑哧"一声笑了出来，然后又往我的后背拍了一巴掌，说道："就你最会哄人！"

我也随着她笑了笑，然后放轻了语气对她说道："你自己把屋子里的杂物给清掉，我去买点菜做中饭。对了，你想吃什么，我给你做。"

杨思思一副要说出个满汉全席的架势，我赶忙制止了她，又说道："你可别得寸进尺，只准选一个菜。"

杨思思一脸扫兴地看着我，然后又和我商量道："我吃完饭再收拾房间，先和你去买菜行不行？"

"成，正好少了一个拎菜篮子的！"

烈日下，我和杨思思拎着菜篮子向龙龛码头的菜市场走去。我知道，未来的日子里这样的事情还会不断重复着发生，但此刻，还是给了我一种很奇妙的感觉。

这好像是人生中第一次有女人陪我去做买菜这么琐碎的事情。即便以前有陆佳的时候，她也是整天忙工作，我们从来都没能这么好好分享过生活里一些不显而易见的幸福。

到了菜市场之后，我在杨思思强烈要求下买了一截大理诺邓很出名的火腿，然后又买了一些青椒、豆腐、鸡蛋这样的菜，感觉够四个人吃了才准备离开。

却不想杨思思又在一个卖烧烤食材的小摊儿旁停下了脚步，她对我说道："咱们来大理也有一段时间了，还没吃过烧烤呢，要不今天晚上吃烧烤吧！再喝点儿风花雪月啤酒，多美！"

我一直喜欢吃烧烤时的那种氛围，所以杨思思这么一提议我便同意了，我对她说道："那你挑吧，我去那边的超市买点儿啤酒。"

"好嘞！对了，你和叶芷姐联系一下，让她晚上也过来吃，再顺便告诉她一下，我找到住的地儿了。"

"你自己怎么不和她联系？"

"我正和她生着气呢，我才不会主动联系她。"

我无奈一笑，然后从口袋里拿出了手机，在微信里找到叶芷后，直接给她发了语音请求。

她过了好一会儿才接通，然后带着一些睡意向我问道："有事儿吗？"

印象中，她应该不是个爱睡懒觉的女人，所以我有点儿意外，但也不好表现得太过于关心她的私生活，便放下疑惑，对她说道："晚上有空吗？来我们客栈吃烧烤吧。"

"我人在上海。"

我大吃一惊，回道："昨天上午我还看见你了呢，你什么时候回的？"

"昨天下午，有一份比较急的合同要我亲自回去签。"

我有些失望，但也没办法强求，便回道："哦……那下次有机会再约吧。"

"嗯。"

"那我不打扰你休息了，你继续睡吧。"

"等一等……"

"怎么了？"

叶芷被我这么一打扰，似乎已经没了睡意，她主动向我问道："思思她找到落脚的地方了吗？"

我一下就被打开了话匣子，回道："别提了，她跑到我们客栈做前台了，我就觉得这个事情挺不合适的，她应该自己独立找点儿事情做，现在跑到我的客栈做事

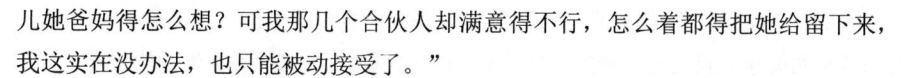

儿她爸妈得怎么想？可我那几个合伙人却满意得不行，怎么着都得把她给留下来，我这实在没办法，也只能被动接受了。"

叶芷沉默了一下，说道："在你那儿做事也是自食其力，只要你不给她额外的关照，起到的效果也一样。"

"话是这么说……"我刚想将自己的苦恼说给叶芷听，便听见了她另外一个手机上传来的铃声，她和我表达了歉意之后便结束掉了通话。而我在原地站了一小会儿，才从要抱怨杨思思的情绪中走了出来。

我别的都不怕，就怕老黄因为这事儿跟我翻脸。我忽然就有了一种受够了的感觉，因为我好像又要找一种方式来欺骗老黄了。可是，我总不能这么一直活在欺骗与被欺骗之中，我来大理，追求的就是一种简单自由的生活，可现在的局面似乎已经与我的初衷有些背道而驰了。

回到客栈，我和铁男一起做了中饭，大家吃完之后，又将院子里的杂草除了除。晚上的时候，我们便在院子里支起了烧烤架，然后将要烤的东西和啤酒统统拿了出来。而当铁男将烧烤用的炭放进烧烤炉时，气氛一下子就起来了……

我们围着烧烤炉坐着，一边喝啤酒吃肉串，一边享受着从洱海边吹来的风。不仅如此，客栈里原来就有的氛围灯，也给整个院子营造出了梦幻的感觉。

铁男说这就是在大理应该要过的生活。如果来到大理后，还因为想着凡尘俗世里的那些烦恼而放不开手脚的话，那你来大理将会变得毫无意义。

我很矛盾，但又不可否认我在这只有吃喝玩乐的一刻中，真的找到了汪蕾说的那种感觉。我的身边没有了老黄和陆佳这类代表现实主义的人，只剩下杨思思、铁男、白露、马指导这些像是活在梦里的朋友。

不知不觉中，我们已经喝掉了两箱风花雪月啤酒，话也不免多了起来。铁男对我说道："咱这个客栈现在是万事俱备只欠东风了，我敢打赌，只要我们能成功杀进第一批恢复营业客栈的名单里，只用过年前的三个月，就能回一半的本儿……"

马指导回道："这事儿还用你说？恢复营业的海景客栈一共就三十家，这明显是市场需求大于供给。到时候根本不需要做什么宣传，想住海景房的顾客自己就该找上来了。"

铁男笑了笑，又说道："你们信不信，如果真的能把这事儿给实现了，我们报个两百万的转让费，肯定也有一帮人争着抢着想要接手。"

我还没反应过来，马指导便回道："你可别有赚快钱的想法，咱这几个人在这儿找个像样的地方住着不容易，好好干吧，就当成是自己的家。"

我这才明白过来，也说道："马指导说得没错，如果现在就考虑靠转让费大赚一笔，那其实就是在卖白露的社会资源和人情，我们几个人又有什么贡献呢？还是先踏踏实实地把客栈做好，做大吧。咱们绝对不能把它做成一锤子买卖。"

"你俩别激动，我的意思是想让大家知道这个客栈的价值，然后齐心协力把它做好，其实大家的目的是一样的。"稍稍停了停，铁男又转移了话题对众人说道，"之前我和米高聊到了客栈改名字的事情。说实话，我也嫌客栈现在的名字有点儿太偏女性化……如果我们最终的目的是做成连锁口碑客栈，那这个名字还是有必要换一下的。白露、马指导，你们觉得呢？"

白露和马指导对视了一眼，然后白露回道："我倒不反对换名字，就是怕赵菁有意见，毕竟她对这个客栈挺有感情的。"

白露的思维和我们不一样，我们最担心的是客栈换掉名字之后会影响以前在网站上积累的口碑和信誉度，但她却是站在朋友的立场去看待这件事情的。所以，从这样的小细节上也能看出来她是个将朋友情分看得很重的人。

我觉得这是好事情，因为我们的团队里很需要这样的人，大家在一起合作难免会有分歧和矛盾冲突，这时候就特别需要白露这样的角色来从中协调和平衡。

这时马指导也开了口，他对白露说道："你去和赵菁商量一下吧。"

"行，大家要换名字也是为了客栈能有更好的发展，她这人虽然有点儿固执，但也不是不讲情理的人。不过，如果要换名字的话，你们准备换成什么呢？"

众人一致将目光投向了我，我顶住压力说道："我觉得客栈的名字一定要向消费者传达出一种情绪，比如我们在很用心地做客栈；或者，我们很热情，很期待他们的到来，这样会给客栈的整体形象增加辨识度。而之前的花香云朵，在辨识度上有点儿欠缺，因为类似的名字太多了，很不利于客人进行区分。"

众人纷纷表示："有道理……"

我就这么沉浸在虚荣心得到满足的愉悦中。却不想马指导又骂道："那你倒是起个名字啊！指望我们，信不信我们给你弄出比'花香云朵'更没个性的名字出来？"

我尴尬一笑，又做了个让少安毋躁的手势，然后将目光落在了那些散落在地面的啤酒瓶上。我心中随即闪过无数个在大理发生的凄美故事，也看见了无数个伤心的人。可是他们依然守在大理，没有离开。

他们到底在等谁呢？而谁又在世界的另一个角落牵挂着他们？

这种情绪很伤感，也很唯美。因为失去的和未知的，才是最打动人心的。

我终于开口对众人说道："我看，就叫'我在风花雪月里等你'吧。"

在座的人中，马指导和铁男相当于半个大理人，白露更就是本地人。所以，在我说出"我在风花雪月里等你"这个客栈名字的时候，他们顿时便明白了。

其实，此时今日的大理在很多外地人眼中已经不单纯是云南的一座旅游城市。它的自由和散漫给了很多失意的年轻人一种另类的补偿，让他们有动力和空间，情愿荒废了自己的一段岁月也要去等待那些永远也不可能等到的人。

而我就是其中的一分子，因为我的生命中曾有过陆佳和汪蕾这两个女人，一个生离，一个死别，可是我依然在这座失落的城市苦苦地等着她们，而她们也终将教会我去适应和接受这个充满遗憾的世界。

片刻之后，铁男先向我举起了啤酒罐，然后点头对我说道："好，挺好的，就叫这个名字吧。"

马指导和白露也在随后表了态，他们都觉得这个名字会让客人对这个客栈有一些更深层次的遐想和猜测。另外，我们也统一了经营的理念，我们要做的客栈绝不仅仅只有住宿的功能，它更应该带有一种精神的输出，并最终指引我们去融入这个遗憾和美好共存的世界。

或许会有人说这是一种卖弄情怀的表现，可是我们并不针对这个世界上的每一个人，我们更承担不了改变这个世界的责任，我们要的只是与我们相遇的住客，在我们的一隅之地里，怀着一颗包容的心，去憧憬，去等待，去遗憾……

其实，无论是谁，也不可能每时每刻都快乐着，过分地追求快乐反而会成为一种负担。倒不如坦然一点儿去接受人生之中必然会有的伤感。

一番讨论之后，大家都静了下来，可我却忽然感觉少了些什么。回头一看，才发现不胜酒力的杨思思已经趴在桌子上睡了过去，难怪我们刚刚在探讨客栈改名的时候，她一直没有参与进来。这样也好，因为我压根儿就没把她当成自己人，就在吃饭前，我还在心里琢磨着要怎么把她给赶出客栈。

尽管是夏天，可是洱海边的气温还是低得厉害，我见杨思思穿得单薄，便对众人说道："咱今天就喝到这儿吧，白露，你辛苦一下，把这个累赘送到她自己房间去。"

"咱这客栈没电梯，我可没那么大劲儿把她给弄到三楼！"

马指导撸了撸袖子，回道："那我来吧。"

"你一边儿去，你来还不如我自己来呢。"

我说着便推开了马指导，然后扶住杨思思，在白露的帮助下将她背了起来。我的脚步特别快，因为怕她吐在我身上，可是刚刚爬到二楼，我便感觉体力不支。杨思思虽然看上去清瘦，可是架不住将近一米七的身高，实际背在身上还是很沉的，何况还是在爬楼。

我咬牙将她背到了三楼，然后替她打开了屋门，可是在看见那张很小的钢丝床后，我又改变了主意。我将她送到了我住着的海景套房，我自己则睡在了她的房间。

我没有别的意思，只是觉得她喝多了，夜里起来用卫生间会不方便，而我那个房间，是有独立卫生间的。

我这人可能就没有享福的命，竟然会觉得住在杨思思的房间比住在那个海景套房要更舒服，我似乎在这狭小的空间里找到了一种前所未有的安全感，我喜欢自己被这么包围着，却不用面对大城市的钢筋森林……我点上一支烟，然后打开了那扇小小的窗户，看着近在咫尺的洱海。

今晚的月亮特别圆，它倒映在洱海里跟随着海水晃动着，而一些枯了的树木，就站立在它的身边，我好像听到了它们的窃窃私语，可是回过神时，一切又是那么安静。

我希望时光暂停，不用再去思考买房和结婚生子。

我就像一张白纸，不被随波逐流的社会风气污染。

这一刻，我自我感觉良好，我感觉到了自己的独立，并有很强烈的存在感，我不是这个社会的附属品，我是个可以独立存在的人！

一阵沉寂之后，我从手边再次拿起了手机，然后给叶芷发了条信息，问道："你这次准备在上海待几天？"

"这个周末回，有事吗？"

"中午的时候忘记和你说了，我明天有个朋友要来，我得去机场接她。方便的话，想借你的车子用一下。"

"嗯，我车钥匙留在房间的床头柜子里了。"

我有点儿郁闷，回道："那我怎么进你房间哪？"

"那么高的院墙，你不是都能翻吗？房间你也会有办法进去的。"

我差点儿被自己吸进去的烟给呛了，缓了一会儿才回道："上次的事情我已经很惭愧了，你就别再拿出来挤对我了行不行？"

如果是杨思思，肯定会穷追猛打继续讥讽我，而叶芷的性子有些冷，所以她很会适可而止。这次，她只是回道："你明天去找我的朋友拿房卡吧。"

"那谢谢了。"

"小事情。"

虽然叶芷说是小事情，可是我却不这么想，我觉得这就是人情，所以我一定会在用完她的车后给她把油加满，然后再好好将车子清洗一下。

其实，我大可不必借这么好的车去机场接桃子。但我心里有这么一种情绪：因为汪蕾生前没有亲人，桃子是她唯一用真心去相处的朋友，我自然爱屋及乌，所以那些没能对汪蕾回报的好，便本能地想回报在桃子身上。

也许是因为太过于安静了，我渐渐就有了倦意，可是眼睛还没完全眯上，便听到了敲门声，然后便听见杨思思在外面说道："你是不是搞错房间了？我怎么睡你床上去了，一股烟味儿！"

我惊了一下，回道："你怎么醒了？"

"我醉得快，醒得也快！你快点儿滚出来，我有洁癖，最受不了别人睡我的床了。"

我一个脸皮够厚的人竟然被她说得有点儿害臊，下一刻便从她的床上坐了起来，然后回道："你怎么这么多想法。"

"你就是个臭男人！"

"我是好心让你睡大床,方便你用卫生间,好吗?"

我一边说,一边打开了房门,然后我便看见了倚在门框上的杨思思,虽然她说话还算流利,可是行动却不利索,还是一副醉醺醺的样子。

她开始对我耍起了酒疯,说道:"你太让我生气了!我罚你给我唱一首歌,要不然我就去把铁男和马指导都喊上来,说你对我图谋不轨,偷偷摸摸进了我的房间。"

"我像个会唱歌的人吗?"

"我就是要逼你做自己最不擅长的事情,然后看着你出丑!"

"我上辈子欠你钱了?"

"是你这辈子太浑蛋了,你是这个世界上对我最不好的人!我喝醉的时候就特别恨你!特别想扒了你的皮!"

我往后退了一步,却不想搭理她。她又指着我,眯眼问道:"你到底唱不唱?不唱我就喊了!"

"姑奶奶,我唱,我唱还不行嘛!"

杨思思放下了指着我的手,然后将自己鬓角的头发别在了耳后,她不太清醒地看着我。

我心中无奈得很,我这辈子从来都没有和这么闹腾的女人打过交道!我想,如果有一天我永远失去了她的消息,再回忆起她的时候,一定不是她青春无敌的样子,而是她闹腾的样子,她真的太能折腾了!

面对她,我唱不出那种有理想、有情怀的歌,我想表达的只是这个社会最真实的一面,以及人与人之间最现实的情爱关系。

她又从口袋里摸出手机对着我录了起来,我却感觉像是一杆枪,只要我唱得不让她满意,她下一个动作就是毙了我。

在她无理的逼迫下,我终于开口唱了起来。我唱了一半,杨思思便"扑哧"一声笑了出来,她睡眼蒙眬地对我说道:"你这唱的是什么啊?"

我停了下来,盯着她看了半晌,然后回道:"你特没劲儿,知道吗?"

"你才没劲儿呢,我就是想找个有意思的男人爱得死去活来……"稍稍停了停,她踢了我一脚,又说道,"我不想嫁给小豹呢,特别不想……特别特别不想!"

"我又不是小豹,你踢我干吗?"

"因为你更不是个东西!小豹最起码还知道对我好,你呢?就知道一个劲儿地算计我,还动手打我,我是欠你的吗?"

"咱俩指不定谁欠谁的呢。"说完之后,我就这么看着稀里糊涂的杨思思,忽然觉得她也挺可怜的。其实,她在来大理之前就是一只被关在笼子里的金丝雀,漂亮的外表下是一颗躁动又空虚的心,所以她才拼了命地要来大理这个像是万花筒的城市。可是,她却不知道,脱掉了光鲜亮丽的外衣,大理的情和爱也是需要成本的。

沉寂了片刻之后，我又对她说道："时间不早了，赶紧睡吧。"

"我不想睡，我就是想找个人唠嗑。"

"去睡。"

杨思思冲我吼道："我不睡，我在上海的时候已经睡够了！"

我被她弄得有点儿心烦意乱，于是点上了一支烟，吸了一口之后才回道："我也没觉得你在大理的时候过得有多清醒。"

杨思思瞪大了眼睛看着我，半晌之后说道："就像没有完美的人一样，哪里会有完美的城市。米高，不如你帮我找一个男朋友吧，也许以后我就没那么让你讨厌了！"

"我再帮你找个爹好不好，顺便把你在这儿的生活费都给解决了。"

"你说你是不是个浑蛋，就不能好好和我说话吗？"

我又深吸了一口烟，然后回道："你埋怨别人的时候，能不能先想想自己说了什么话？我现在帮你介绍男朋友，一年后你甩手离开了大理，我这不是作孽嘛！"

杨思思只是看着我，却不再说话，而我又对她说道："你不适合大理这个地方，能配得上你的男人，都在大城市里披着最光鲜的外衣，他们开豪车，住豪宅，娶你这样门当户对又漂亮的女人当老婆。"

"你真恶心，把爱情说得像是一场交易！"

"对有些人来说，它就是交易。"

"那你滚吧，道不同不相为谋！"

"该滚的是你，这是我的客栈。"

"我是让你滚上去睡觉！"

我看了她一眼，觉得她比刚刚好似要清醒了很多，便对她说道："那我就先滚上去了，你自己到隔壁客房拿个水壶烧点儿水喝，要不然明天早上起来会难受。"

"你不是要给我找个爹吗？赶紧找，我让我爹给我烧水喝。"

"没法儿和你沟通，你就自作自受吧。"

离开了杨思思的房间，我又回到了自己的房间。虽然更敞亮了，可是却再也找不到刚刚的感觉，我的心情也因此而变得不再平静，我在回味着杨思思刚刚和我说过的话。她还真是无知者无畏，竟然会渴望一份爱到死去活来的爱情。看样子，她是真的没有爱过！

那我呢？经历了一段生不如死的感情之后，是否对女人和爱情还有欲望？

我搞不清楚自己的想法，至少这个阶段，我没有一点儿恋爱的欲望，我情愿就这么孤身一人过着，因为我还爱着陆佳，想念着那些她给过我的温柔，也痛恨着她带给我的现实。

可是，到底要怎样才可以联系上她？她曾经的那个号码现在已经被一个很不文明的女人给占用了,她让我彻底失去了陆佳的信息,我也该痛恨她的……我该痛恨所有让我快乐不起来的人!

可这样计较地活着,不是更累吗?于是我又痛恨起这个在深夜胡思乱想,不肯睡觉的自己!

次日,我一早便起了床,然后以步行的方式从龙龛向马久邑走去。这一路虽然漫长,但我也看到了一些之前没有看到的美景。原来,大理不仅有苍山洱海这样的自然景观,还有很多人造的庄园景观。而在马久邑附近就有这么一个庄园,里面不仅种满了花草,还养了一些很稀有的矮脚马,甚至还雇了一些流浪歌手在鲜花簇拥的舞台上给游客们唱歌。我问了一下,门票也不贵,仅仅二十元一张。却可以不限时地欣赏着大理的蓝天彩云,还有苍山洱海。

我想好了,待会儿接来了桃子,就请她在这个庄园里吃个饭,再喝点儿东西,我太喜欢这种悠闲的生活了!

到了马久邑之后,我找到了海途客栈的老板,然后问他要了叶芷房间的房卡,并和他小聊了一会儿。然后才知道叶芷也是做酒店管理的,但是跟我们的小打小闹不一样,她管理的都是超五星的豪华酒店。

而且,客栈老板口中的她是一个只讲商业逻辑和工作原则的冷酷女人。对此,我能理解,因为她是个讲话很一针见血的女人,她从来不讲废话,哪怕是日常生活中,她也显得有些过于冷漠。

我很想和客栈老板多聊聊她的事迹,可是迫于时间有限,只是浅聊了一下便告别了老板,然后带着房卡去了她之前住的那个房间,在床头柜的一堆名片里找到了她那辆大G的车钥匙。

十点半的时候,我开着叶芷的车去了机场,十二点的时候,我接到了桃子。她一见面就给了我一个很结实的拥抱,松开后,她又对着大理的天空看了很久,然后对我感慨道:"这就是大理吗?跟做梦一样!"

我笑了笑,回道:"在大城市灯红酒绿的环境里待久了来这边看看蓝天白云也挺不错,这次准备在大理玩多久?"

"三天。"

我心中有些失望,说道:"你没事儿吧,跑这大老远的一趟才玩三天!"

桃子一脸无奈地回道:"就这三天时间都是挤出来的。我们这个工作也不自由,所以能来看看蕾蕾生前老念叨的地方,我就已经很满足了!"

我明白她的无奈,便笑了笑,对她说道:"三天也行,主要是玩得开心。"

"那你得带我好好在大理转转。"

"肯定的,先带你到一个地儿吃饭,环境特别好,保证你去了就不想出来了。"

我一边说一边从她的手上接过了行李箱,然后引着她向停车场走去,直到两人

125

都站在叶芷那辆大G的旁边。我打开后面的车门，将她的行李放进了车里。

她不可思议地问道："这是你的车？"

"上海一朋友的，正好她回上海了，我就把她的车借过来用了。"

"你在上海有这么有钱的朋友？这可是快三百万的车！"

"来大理的路上认识的。"

桃子笑了笑，回道："你这一来大理就开始转运哪，能把这么贵的车借给你开的，肯定不是一般朋友。快说，是男性朋友还是女性朋友？"

我替桃子打开了车门，她坐进去之后扫视了一圈，对我说道："肯定是男的，要是女的的话，车里肯定会摆很多小玩意儿，而且这也不是女人会喜欢的车，太硬派了！"

"你还真就猜错了，这车子就是我一个女性朋友的。"

桃子一脸不可思议地看着我，她打开了车窗，从海面吹来的风顿时就灌进了车子里，桃子的长发被风吹得很乱，也遮住了她看见洱海时的表情，我只是在她的身上看到了一种疲惫的气息。

我也认识她好多年了，还算是了解她，如果她和汪蕾身上没有一点儿共性，她又怎么会成为汪蕾生前最看重的朋友？她和汪蕾本质上是一类人，只是她比汪蕾要更嘴硬，也更自卑。

经历了一个小时的路程，我将桃子带到了马久邑附近的那个庄园。我们寻了一个能同时看见苍山和洱海的平台，然后坐在遮阳伞下聊起了天。

我向她问道："想吃点儿什么？"

"云南本地的特色菜就行。"

我叫来了服务员，桃子则托着下巴，入神地看着被太阳照得波光粼粼的海平面，虽然她一直没开口评价这里的风景，但是我却看得出来她很喜欢这里。

终于，她转头向我问道："开始做客栈了吗？"

"嗯，刚和朋友接手了一个海景客栈，不过暂时不能营业。"

"不能营业你接手干吗？"

我耐心地回道："正是因为不能营业，所以才能低价接手啊。这个客栈当时投了一百五十万，我们只花了七十万就接手了，而且这还是一个手续齐全的客栈，早晚都能恢复营业的。"

"那还行……"稍稍停了停，桃子又说道，"你在这边一定要好好的，别让我担心。"

我想劝她留下来，可是又找不到合适的理由来说服她，最后便将话又噎了回去，只是对她说道："我一个男人，有什么好担心的。对了，你要不嫌累的话，下午我就带你环游洱海，晚上，我再带你到一个农家小院里去吃私房菜，那个男主人在来

126

大理前是米其林的大厨,做的饭菜真的是一级棒!"

桃子笑了笑,然后带着刮目相看的表情对我说道:"米高,来大理后你好像变得会享受生活了!"

"不这么活着,感觉对不起汪蕾,可有的时候,还是会有力不从心的感觉。"我说完后便陷入了沉默中,随后点上了一支烟,桃子也没有再多说什么,她从我的烟盒里抽出一支烟点上后,又开始对着洱海一阵发呆,并一直持续到服务员将饭菜送到了我们桌上。

吃饭的时候,我接到了铁男打来的电话,他对我说道:"米高,客栈改名字的事情,白露已经和赵菁商量过了,赵菁一开始没同意,但是白露将你改的名字告诉她之后,她犹豫了一下,还是同意了。"

"这是好事儿!"

"嗯,下午的时候,你跟我去一趟广告公司,咱们找那边的设计师一起合计一下,弄个新招牌出来。"

我有些为难,因为我已经承诺了桃子下午带她去环游洱海。我知道客栈的事情很重要,可是桃子也是我非常看重的一个朋友,权衡之下,便对铁男说道:"我从上海来了个朋友,今天实在是抽不开身了,要不明天早上我跟你一起去吧?"

"不耽误事儿,你把你朋友也一起带到广告公司去,我估计半个小时就能搞定了。"

这时,桃子又对我说道:"你要是下午有事的话,我就自己去古城逛逛,千万不要耽误你客栈里的事情。"

"就是去广告公司设计一个新招牌出来,大概半个小时的时间,要不待会儿吃完饭你和我一起去?反正也不耽误行程。"

桃子很有兴致地同意了,然后我又对铁男说道:"那成。你吃过饭没,要不来马久邑这边吃点儿?"

"你小子,来了朋友都不知道叫上我们,我这就过去蹭口热饭吃。"

没过多久,铁男便骑着他的破摩托来了,这哥们儿一见到我,就开始抱怨,说是来吃个饭,还要花二十块钱买门票,直到我将桃子介绍给他,他才把花钱买门票这口恶气给咽了下去。

他在我耳边小声感叹道:"你这朋友够漂亮的啊,我发现你小子还真是厉害,怎么就认识这么多漂亮姑娘呢!"

铁男指了指我,然后又向桃子看了一眼。桃子也看了看铁男,然后向我问道:"你朋友?"

"嗯,跟我一起合伙开客栈的哥们儿,没名字,你叫他铁男就行了。"

桃子笑了笑,然后对铁男说道:"快坐吧,我让服务员再加几个菜,你喜欢吃什么?"

127

"不用加了！"

桃子淡淡一笑，又伸手叫来了服务员，她从钱包里抽出五百块钱现金夹在菜单里，然后才对服务员说道："再上几个你们这儿的特色菜吧，剩下的钱不用找了。"

"哪能让你请客。"

桃子却拉住了我要制止服务员的手，回道："不是请你的，是请这位刚来的朋友。你这人脾气不好，爱冲动，以后在大理还得请人家多照应着点儿。"

桃子的话让我在感动之余更是充满伤感。

铁男羡慕地看了我一眼，然后说道："你这姐们儿真讲究，但是这饭怎么着也不能让她请！你们都别争了，今天给我个请客的机会，就冲我比你们多来大理几年。"

铁男说着将桃子给的钱又抽了回来，然后放回到桃子面前，自己则从口袋里掏出了一张会员卡递给了服务员。

我目瞪口呆地看着这些动作，亏他刚刚还好意思抱怨这个庄园收门票，可他自己却早就在这儿办了会员卡！

片刻之后，服务员将我们后来又点的菜也给送了上来，只是三个人，铁男却整整点了一桌子菜。其实，相处下来，我能感觉到这哥们儿挺抠门的，他不光对朋友抠，对自己更抠，就比如抽烟，我从来没有见他抽超过七块钱的烟。所以，他今天是大方得有些反常。

我正在疑惑的时候，他又伸手喊来了服务员，说是要给我们炒一个有机蔬菜。

我制止道："别点了吧，这么多菜都吃不掉。"

他满不在乎地回道："没事儿，随便点！"

"怕你冷静下来后悔，这一桌饭菜都快千把块钱了！"

"不后悔。马指导的卡，我后悔什么啊。"

我愣住了，半晌才回道："搞了半天是马指导的卡，你差点儿把他的功劳给抢了！"

"哪能抢他的功劳，这不跟你们坦白了嘛。"说完，他又拿出会员卡对候在一旁的服务员说道，"你给我们炒一个刚刚说的菜，还有西瓜汁，再给我们来两瓶。"

我替马指导感到揪心，便问道："他没事儿在这边办什么会员卡嘛，他自己还不用，好处全让你给捞了。"

铁男回道："这你就不知道了，他之前是在这儿唱歌的，唱了俩月，老板特抠，不愿意给他工资，就给了他这么一张充值卡。马指导让我想办法把里面的钱给变现，他只要两千块钱就成。"

"这事儿不好弄吧，又不是银行卡。"

"没你想的那么难，这事儿只要脸皮厚，就能办成。"铁男说完后便站了起来，然后又扯着嗓门对隔壁几桌的人说道："我这儿有张这个庄园的会员卡，里面还有三千二百多块钱，你们开个价，我觉得合适就卖了。"

说完，旁边有一桌好似是公司组织出来旅游的游客，回道："我们这一桌花了也快三千块钱了，你把卡卖给我们吧，我出两千五百块钱。"

铁男很爽快地应道："成，差不多是我的心理价位了，要是没别人出更高的价格，你拿去吧。"

当即便有人打断道："哥们儿，我这顿也吃得不少，你这张卡卖给我吧，我出两千六。对了，这张卡能在这庄园里买点儿其他什么东西吗？"

"必须能啊，这张卡到庄园里面买大理本地的特产，一律8.8折。"

"那行，卖给我吧，两千六，我给你现金。"

这哥们儿话刚说完，刚刚那哥们儿便不乐意了，他在两千六的基础上，又给铁男涨了一百块钱。最后，这张原本也就只有三千二百多块钱的卡，硬是被这两个哥们儿给炒到了三千二。一来，是为了斗气；二来，就是图这张卡去庄园买特产会打折。看样子，他们除了吃饭之外，都还有买东西的需求。

铁男拿着最早出价的那个哥们儿给的三千二百块钱，乐呵呵地回到了我们桌子，然后说道："马指导这哥们儿偶像包袱太重，他肯定放不下身段干这样的事情，但是我就不一样了。"

"挺好的，你们这也算是互惠互利，你要不帮他把这卡给处理了，他留在手上也是废品。"

"可不是嘛……"铁男说着，给桃子倒了一杯西瓜汁，桃子笑了笑，对他说道："所以这顿饭还是你请的咯。"

"借花献佛嘛。对了，你是做什么工作的，怎么这个时候有空闲出来玩儿？"

我替桃子捏了一把汗，她却只是轻描淡写地回道："你猜猜看。"

"自己做公司的。"

"为什么？"

"看你的谈吐和穿着都像，而且如果不是自己做公司，又不是节假日，哪有时间跑到大理来玩？"

"呵呵，也有可能是无所事事的闲人呢。"

铁男却回道："不相信，你这一身行头可不像是一个无所事事的闲人穿得起的。"

"出来见朋友嘛，总得穿得正式一点儿。只要勤勤恳恳地工作，谁还不能咬牙攒出一笔买奢侈品的钱哪。"

铁男向桃子竖了竖大拇指，然后又给桃子倒了一杯果汁，说道："我最欣赏独立自主的女性了，我敬你一杯。"

吃完饭，我便开车带着桃子和铁男一起去了附近的一家广告公司，我们和设计师沟通了自己的诉求之后又听取了他们的报价。办完这件事情后，铁男将我单独叫

129

到了一边，小声对我说道："跟你商量个事情。"

"啥事儿？"

"你不是下午要带桃子去环游洱海嘛，你看这事儿……要不，就交给我来办吧。我对大理肯定比你熟，逛完洱海，还能顺便带她去其他地方也转转。"

我注视着铁男，问道："你是对她有意思？"

铁男没有否认，他很认真地回道："我喜欢讲义气又好看的女人。你说，谁不想有一份肝胆相照的爱情哪。"

"你陪她去没问题，但是你真搞不定她。"

"她是有男朋友了？"

我欲言又止，最后只是摇了摇头。铁男松了一口气，笑道："那不就结了，我又不缺时间，慢慢来呗。"

我将车钥匙交到他的手上，说道："你悠着点儿，见好就收。"

"放心，感情上的事情哥们儿一直都很敞亮，我会以诚相待的。"

"我是让你见好就收。"

铁男给了我一拳，笑道："你是怕我吃亏，还是怕她吃亏啊？"

"都怕。"就在我还想说点儿什么的时候，桃子也走到了我们这边，问道："你俩在嘀咕什么呢？事情办好了，就赶紧走呀。"

铁男给了我一个眼色，我却有点儿不知所措，因为我不确定这是不是一个错误的开始。可是又架不住铁男的迫切，于是终于开口对桃子说道："我待会儿要去趟工商局，给客栈办一个变更手续，下午就让铁男带你去转转吧。"

桃子一直是个挺愿意迁就和理解我的朋友，尽管有些失望，但还是点头回道："你去忙自己的正经事吧，我没问题的。"

"嗯，明天一定陪你到处走走。"

桃子笑了笑，然后便跟着铁男走了。可不知道为什么，看着她那能给人很多遐想的背影，我却莫名感到担心。我怕她受汪蕾的影响，在大理这个地方变成一个感性的女人，然后爱上一个大理的"坏"男人，然后受到伤害。

我敢肯定，如果他们相爱，一定是一个痛苦的开始，因为桃子是一个太需要别人去迁就的女人。

下午我带着客栈的全部证件去了工商局，然后做了一些手续上的变更登记，而等忙完这些的时候，已经是傍晚时分。就在我想给桃子打个电话的时候，却发现微信上有一条叶芷发来的留言。

"米高，我的行程有变化，我今天晚上八点到大理的机场，方便的话，来机场接一下我。"

不知道为什么,这本身是一件再寻常不过的事情了，可我的内心却涌起一丝暖意，我觉得叶芷是把我当朋友的，因为她本身不是一个喜欢交际的女人，却要我去机场接她，而我也很喜欢和她独处的感觉……因为她给我的安静，都好似有一种力量。

我当即给铁男打了电话，跟他要叶芷的车，他在片刻后接通，我问道："你们准备什么时候回来？"

"才看了一半儿的海。"

"大哥，你已经出去五个多小时了，你和我说才看了一半的海，你是开的拖拉机吗？"

"去环海之前带桃子去了一趟寂照庵，她非要去那里给她的朋友上香祈福，我也没办法。"

我收起了想抱怨的心情，因为我知道桃子是在为另一个世界的汪蕾祈福。于是，我只是向铁男问道："大概什么时候能回来？我急着用车。"

"一时半会儿肯定回不去，待会儿经过市区的时候，肯定会堵！"

我重重地抹了一把脸，心中是一阵想哭的无奈。我能想象出，要是叶芷下了飞机没见到我，她肯定会觉得我特别不靠谱！这时，铁男又向我问道："你要车干吗？"

"去机场接个人。"

"骑我的摩托车去嘛。"

"三十多公里路，你让我骑摩托车！"

"这会儿是下班高峰期，你骑摩托可比开车有效率多了！骑摩托车去吧，毕竟是个机动车，三十多公里路没有你想的那么可怕，我之前真骑摩托车去机场接过客人，一点儿也不费劲儿！"

"得，得，你们玩得开心就成，这事儿我自己想办法。"

我说完之后便挂掉了铁男的电话，我尝试联系了几家租车的公司，但都说时间太晚了，没有车可以用。最后，迫于时间的紧迫，我索性破罐子破摔，真的骑着铁男那辆摩托车往机场赶去。

当自由的风吹在我身上，我竟然也觉得这是一种不错的方式，因为可以在傍晚的时候，以三百六十度无障碍的目光去欣赏大理蔚蓝的天空和彩云，还有那藏在苍山后面半遮半掩的夕阳！

第五章
我没有退路了

大理并不是一座完全纯粹的古城，它也有现代化的一面，所以从古城到下关，就像是一场踩在历史后背上的旅行，到达下关之后，一样会看到高楼大厦，会经历堵车，也会在堵车的时候看到路边各式各样镶嵌着霓虹的广告牌。

而洱海就是一条结实的线，将古城和下关串联在自己的身边，演绎着一段又一段周旋于真实与梦幻之间的生活故事，一部分人逃离，也有一部分人更爱它。

如果我也是这座城市的一分子，我希望自己是后者。因为我已经将自己能赌的一切都作为赌注，义无反顾地扔进了这座多元的城市里。

七点半的时候我到了机场，淹没在车流中有一种不太适应的感觉，因为看来看去，好像只有我一个人是骑着摩托车来机场接人的。

这促使我心里对铁男很不爽，因为这哥们儿忒自私，就算是他带着桃子绕道去了一趟寂照庵，那五个多小时也足够他环游一次洱海了，他之所以赶不回来完全是出于私心想和桃子多接触，所以他就将一辆好好的大G开成了拖拉机的速度，也直接造成了我现在的窘境。别的不说，假如叶芷带着一个很大的行李箱，我怎么指望身下这个破摩托车，把我们俩人连同一个大箱子给弄回去？

天色渐渐变暗，我又抬手看了看表，已经是晚上的八点。我估摸着叶芷也该开手机了，便给她发了一条微信："我在五号出口这边等你，你行李多吗？"

叶芷在片刻之后回了信息："不多，我已经下飞机了，你稍微等会儿。"

我的视线下意识转移到了身边的摩托车上，心中渐渐就有了忐忑的感觉，因为我吃不透叶芷的性格。她有时候是挺好说话的，可有时候又严肃得不行。所以我不知道她是不是介意我将她的车子给了铁男用，而自己却开了这么个破玩意儿来接她。

等我再次抬起头的时候，叶芷已经站在了五号门的门口，就在人潮中向我这边张望着，让我庆幸的是她确实没带什么行李，可让我感到不幸的是，人群中的她是那么风姿绰约，这使得我身边的那辆摩托车越发地显得像个笑话。如果她是个很注

132

重出行品质的女人，我觉得自己这次会吃不了兜着走。

我忐忑地迎着她走去，她也在下一刻看见了我。她还是有些冷漠，连这样的见面都没有给我个笑容，这让我更加忐忑了。于是，我又在心里将铁男鞭笞了一万遍。

我终于和叶芷面对面地站着，然后笑着问道："挺累的吧？"

"有一点儿。"

"那赶紧走吧，待会儿我请你去诚哥和李姐那儿吃饭，给你补充补充体力。"

"谢谢。"

"不用这么客气，请吃个饭而已。"

"是谢谢你来接我。"

我有点儿尴尬，回道："这也不用谢，反正我刚来大理，一直都挺闲的。"说完之后，我又很心虚地说道，"走吧，车就在那边停着。"

叶芷应了一声，便跟着我向停摩托车的那个地方走去，然后一起在摩托车旁停了下来，我一边咬牙，一边厚着脸皮将其中的一顶头盔递给了她，说道："这个……那个，你的车被铁男开去带我朋友环行洱海了，可能路上比较堵，他们还没有回来，所以，只能凑合坐这玩意儿了！"

叶芷皱了皱眉。

我的心一阵收缩，然后跳动的速度便加快了，我差点儿想点上一支烟来缓解这阵紧张的感觉。最后却保持住镇定，对她说道："那我帮你叫个出租车吧。"

叶芷却从我的手上接过了头盔，然后说道："大理一直在创建文明城市，路上到处都是交警和辅警，你是怎么骑到机场的？"

"原来你是好奇这个事情哪！"

我松了一口气的同时又笑着回道："这事儿主要看心理素质，路上那么多骑摩托车的，只要你到他们面前不露怯，他们一般不会注意的。"

"可是我会露怯，要是配合不好你，怎么办？"

"开玩笑，你就是爱开玩笑，你整天一副泰山崩于前而色不变的样子，怎么会怵这么一点儿小事儿？"

"我是怕丢人。"

我先于叶芷之前将头盔戴好，然后回道："这事儿好办，如果待会儿真的不幸被逮到了，你就站在一边装不认识我。"

叶芷没有再多说话，她也将头盔戴好，然后在我之后坐在了铁男这辆搬不上台面的摩托车上。她与我保持了一定的距离，风就从我们的空隙间吹过去，然后又融入了城市的霓虹之中，世界渐渐安静了，可我的心却好像被一双手给轻柔地抓到了城市的上空，我仿佛看到了洱海，看到了矗立在古城，受众人顶礼膜拜的崇圣寺三塔。

我轻轻"呼"出一口气，终于发动摩托车，然后对身后的叶芷说道："你坐好了，这就走。"

我就这么带着叶芷穿梭在城市霓虹折射出的光影中。

可一路的安宁之后,还是不可避免地开到了有交警在维持交通秩序的路口。不知道出于什么原因,这个时候的交警竟然比我来的时候要多了一倍。

尽管之前和杨思思在古城里遇到过一次类似的情况,但我还是淡定不下来,因为这里全是宽敞的马路,根本没有那种可以随时隐蔽的小巷子……我放慢了车速,然后向叶芷问道:"你冷吗?"

"有点儿。"

"那你下来,自己打车回去吧。"

杨思思是个遇到事情只知道大呼小叫的丫头,可叶芷却异常冷静,她对我说道:"别说话,在你后面十米远的地方有一辆货车,你速度放慢一点儿,跟它一起开过去。"

我莫名地信任她,便将车速放得更慢,然后靠着那辆大货车的隐蔽,从那些设点检查的交警身边开了过去。随即又重重拧了一把油门,将危险的一切都远远甩在了身后,而叶芷也终于在这个时候抱住了我。

确定不会再被检查后,我将车在路边停了下来,我摘掉头盔对叶芷说道:"咱在这边等一会儿吧,我和铁男联系一下,估计他也该开到这边了,待会儿你跟他的车回龙龛。"

"你是觉得我拖你后腿了?"

"不是,感觉有点儿委屈你,这事儿是我办得不厚道。"

一直没有给我笑脸的叶芷却在这个时候笑了笑,然后回道:"如果我现在很赶时间的话,一定会找你麻烦的,可是我现在非常闲。"

我又试探着向她问道:"我把你的车给私自借出去,你真的不生气?"

"一个工具而已,为什么要生气呢?"

"成,那我让铁男再带桃子找几个地方转转。"

"你可真会得寸进尺啊!"

我笑了笑,然后又启动了摩托车,而直到此时夜晚才算是真正降临了大理,于是我又将自己的外套脱下来给了叶芷,然后以一种男子汉大丈夫的姿态带着她继续穿梭在214国道上。

路灯的尽头,我忽然想起:她是第二个坐在我摩托车后座上的女人,也是一场正在做着,却不愿意醒来的梦!

是的,如果有这样一个女人,愿意坐着你的摩托车,跟你穿梭在大理的风花雪月中,那这本身不就是一场梦幻吗?

铁男说得没错,三十多公里的路,确实不算恐怖,所以当我将叶芷带到诚哥和李姐的那个农家小院时,只感觉是在离开机场后一瞬间所发生的事情。或许这就是所谓的相对论在作祟,我之所以察觉不到时间的流逝,是因为坐在摩托车后座的人是叶芷!

我这个人不认生,所以只是第二次来便将自己当成了熟客。我给诚哥递了一支烟之后,便和他聊了起来。我对他说道:"诚哥,我真觉得你做的菜是一级棒!你看,我们客栈和你这农家小院离得也近,不如以后就跟我们合作,做我们客栈的私房小厨吧,我们不需要拿你们一分钱提成,只要能让我宣传客栈时把你们作为我们的特色之一给宣传出去就行。"

"没问题的啦!就怕你们客栈太火,我们的小厨房忙不过来!"

我也学着他的口音回道:"安啦,安啦,我们也就才十个房间,跟你们这个小厨房搭配起来是再合适不过的啦。"

诚哥笑了笑,我又转而对闲在一边却一直没有开口的叶芷说道:"听你朋友说,你是做酒店投资的,所以想请你给我们的客栈一点儿建议。"

"酒店和客栈完全是两种经营模式,我们针对的大多是高端团体客户,你们是小型的散客,所以我的建议对你来说不一定具有参考价值。"

叶芷的回答让我有点儿意外,因为我潜意识觉得她应该会以行业精英的身份给我一些非常有用的建议,但是她却显得有些排斥。她好像非常不愿意参与讨论我开客栈的这件事情。

想了想,我便释然了,因为她的性子本身就有一点儿冷漠,再加上她做的是要比我们高好几个级别的高端大型酒店,那自然不会对我们这样的小生意产生讨论的兴趣。

我没有勉强她,我的内心依然沉浸在即将要与诚哥合作的喜悦中。我觉得他的这个私人小厨真的很有特色,如果能以独家的形式跟我们的客栈合作,那一定会成为客人们所喜欢的一大特色。

大约过了半个多小时,铁男终于带着桃子来到了农家小院,我也在同一时间给马指导和白露以及杨思思打了电话,通知他们也来这里享用晚餐。

饭菜快要准备好的时候,众人围着长桌坐了下来,我也借这个机会将桃子很正式地介绍给了他们。众人纷纷向她举起了啤酒,表示欢迎。

桃子很爽快地喝掉了一大杯啤酒,然后对我们说道:"真的很羡慕你们有机会在大理这样的地方生活,没来之前,我一直在想象大理这座城市到底有什么样的魅力?它又为什么会成为那么多人做梦都想来的地方?我才来了半天,不可能在这么短的时间就得到答案,但是我看到你们这群自由的人可以坦荡地放下一些东西,选择在这里生活,我就发自内心地崇拜。所以我特别想在今晚和大家不醉不归!"

众人再次向桃子举起了杯子,又喝掉一杯啤酒之后一向爱发表观点儿的杨思思对桃子说道:"桃子姐,其实有些决定真的不是你想象中的那么难做。就说给我们做饭的诚哥和李姐，他们之前一个是米其林的大厨，一个是高级建筑设计师，够高大上的工作了吧？可是他们为了喜欢的城市，一样可以毅然决然地放弃掉原来的辉煌。我敢打赌，他们现在肯定特别庆幸当初做的那个选择，因为我能感觉到他们在大理生活得很开心。你看，他们把小院子弄得多有条理！你再想，如果没有一颗充实的内心，他们怎么会有这样的闲情去打造这么一个尽显匠心的院子哪？！"

我一直很佩服杨思思的口才，她说的这些正是我想对桃子说，却不知道该怎么表达出来的话。而桃子也有些动容地看了看正在厨房里面做饭的诚哥和李姐。

这时铁男又趁热打铁对桃子说道："在大理这个地方，不会过得很富裕，但也不会轻易饿死，你要是真对大理这座城市充满了向往，你就选择留下来，你可以去白露的酒吧帮忙，或者留在我们客栈帮忙也行。"

桃子只是一瞬间的犹豫，然后又很坚决地说道："不行，我还是没有办法放下现在的工作！"

杨思思一边疑惑，一边问道："桃子姐，你的工作工资很高吗？"

桃子迟疑了一下，答道："还好……我做的就是一份普通工作，刚刚能养活自己。"

"那你有什么不能放弃的嘛，我又不是没在上海待过。特别是外地人，只是一套房子，就能把人弄得很绝望。但在大理就不一样，就算你一辈子都租房子住，也没关系。"

桃子只是笑了笑，却没有回应杨思思的话，而在座的所有人当中恐怕也只有我能理解她的想法，她和孤苦伶仃的汪蕾不一样，她的身上还背负着一个家庭……

我曾经听汪蕾说起过，桃子在老家还有一个弟弟，她那极其偏心的父母将他弟弟成家立业的重任全部压在了她的身上。去年她才刚刚替她弟弟在县城首付了一套房子，可是她那不成器的弟弟非但不感激，还要他们的父母逼着桃子再拿二十万作为礼金给他当娶老婆的聘礼。

我知道桃子早就受够了，可就是割舍不掉这份已经变了味的亲情。

我终于开口对桃子说道："要不要留在大理的事情咱们回头慢慢聊，今天难得大家这么齐地聚在一起，你也露一手，给大家调几杯酒，助个兴。"

"没问题，我早就想找个方式感谢大家了，我这就给大家调几个自己最拿手的酒。"

众人都用一种意外的目光看着桃子。

桃子从诚哥那边借了一套调酒的器具，然后根据我们每个人的喜好各调了一杯酒，我对她很有信心，而众人在初尝之后也是对她的手艺赞不绝口。而其中最为亢奋的便属马指导和白露了。

白露对桃子说道："喝了你的酒，我们是更想把你给留下来了。因为我们客栈也准备做一个微型的酒吧，可却缺一个能独当一面的调酒师，如果你愿意来的话，那对我们来说不正是如虎添翼嘛。对了，我自己在古城也开了一个酒吧，这调酒师之间真的是有对比才能分出高低！你很棒，真的……"

在白露的赞不绝口中，我这才猛然想起自己的客栈要规划做一个小酒吧的事情。而这种误打误撞，也更加坚定了我要留下桃子的决心。

因为我有一种强烈的预感，当我们这些各有所长的人聚集在一起后，一定能做出一番事业，而大理就是我们起航的地方！

我将目光再次投到了桃子的身上，希望她能有所动摇。我明白，她现在最大的担忧来自放弃了上海的一切后，再也没有办法维持以前的收入，而她却已经习惯了这种高消费的生活，甚至她也可能会因此顾不上她那不堪的家庭。

片刻之后，桃子终于在众人的注视中回道："我特别感谢大家的盛情，但这些真的不能成为我必须留在大理的理由，所以我还是没有办法下这个决心。"

在桃子这么说之后，众人都表现得有些失望，尤其是铁男，可是大家已经轮番劝了个遍，桃子还不愿意，那就实在是不好再继续勉强了。

后面的时间里众人都没有再提这件事情，大家很默契地将注意力全部放在了喝酒和娱乐上，可我却有那么一点儿心事，因为我是这里唯一知道桃子的家庭背景的人，所以我就比其他人更渴望她能脱离那个环境，然后过上自己的生活。

可就目前来说，我们都没有能力让她在大理时也能维持住在上海时的收入水准，而这才是桃子不愿意留在这里的根本原因。

我又仔细想了想：与其现在这么费力地劝说她，还不如想办法把客栈做好、做大，然后以盈利的状态来欢迎桃子的加入，到那时，桃子也就不会有这么重的思想负担了。

吃完饭，叶芷独自回了马久邑，不过却将自己的车子留给了我，以方便我在这些天能带着桃子到处转转。这绝对是够朋友的表现，但让我感到不解的是她却一直拒绝以朋友的身份在客栈的问题上给我一些有用的建议，她好像很不看好我们客栈的前景。可事实是，只要我们能尽早恢复营业，一定会成为一个极其受市场欢迎的网红型海景客栈。

它也必须有这样的市场地位，因为为了这个客栈，我们几个人都已经罄其所有。

回到客栈，我们发现马指导已经利用下午的时间将原来'花香云朵'的招牌给拆掉了，虽然这让客栈看上去更加冷清，但对我们来说也是一个非常重要的开始，因为这标志着我们的'风花雪月'在今天正式起航了。

进了客栈，众人陆续洗漱休息，只有我和桃子还在二楼那个能看见洱海的平台上坐着。

桃子点上一支女士香烟，吸了一口之后颇为感慨地对我说道："咱们在上海做了这么多年的朋友，都没觉得你有什么变化，这猛然在另一座城市见面，感觉你就像换了一个人似的。"

"哪儿像变了一个人了？"

"你还记得自己在上海的时候有多忙吗？"

我回忆了一下，回道："一个星期七天，其中有五天要加班，有时候真感觉自己身上像是背了一个铅块，随时随地都有一种快要走不动的感觉！但现在就要闲适多了。"

"这不就对了嘛，那时候我和汪蕾想约你吃个饭可真是难呢！别说我们了，恐怕就是陆佳也约不到你吧？"

我点了点头，回道："是啊，我们分手的前几个月，陆佳只要一打电话就是抱怨，她觉得有没有我对她的生活都没有影响。现在再想起来那时候的状态，也真是穷忙、瞎忙。"

桃子笑了笑，然后又压低声音向我问道："陆佳走后，有再和你联系过吗？"

"没有，一次都没有。"

桃子感叹："这女人可真是绝情哪，你们可整整好了三年，她说走就走了。"

我点上一支烟，沉默不语，心中却想起了很多在这三年中发生的过往……

"你恨她吗？"

我吐出口中的烟，低声回道："多少会恨的，但我更希望她能找到一个比我更适合她的男人……桃子，你知道吗？我们正是因为曾经认真爱过，所以才不能在分手后还继续做朋友，因为这只会让我们更痛苦！"

"你别和我谈爱情，我不懂。"

我用手指敲了敲额头，然后又陷入了沉默中……这时，桃子忽然从自己的手提包里取出了一个文件袋递到我的面前，然后说道："我今天下午从银行取了十万块钱现金，你拿去用吧。"我抬头看着她。

"拿着吧，铁男都和我说了，你们客栈现在的形势很好，可就是资金有点儿紧张，我这边正好有点儿闲钱。"

"这钱我不能要，你已经够不容易的了！"

"哎哟喂，你就别矫情了吧。这钱我也不是完全冲着你给的，我总不能看着蕾蕾的梦只做了一半，就往下做不下去了吧？而且这钱我可不是白给你的，我比蕾蕾要现实多了，等你们客栈真的开始赚钱了，你可是要给我股份的，要不然就连本带利还给我。"

我开着玩笑回道："你不说，我还真以为你是白给我的呢！"

桃子往我后背拍了一下，骂道："滑头，做你的春秋大梦吧！"一阵沉寂之后，桃子又对我说道，"时间不早了，我得赶紧休息，明天还有好多地方想走走呢。"

"成，明天我一定抽空陪你。"

晚上回了房间我是死活也睡不着，这次失眠完全是因为压力，我怕自己做不好客栈，然后辜负了同样对我充满信任的桃子。

我越想越没有睡意，索性从床上坐了起来，然后直接披上外套去了三楼，我敲了杨思思的房门，她估计正处于要睡着的边缘，所以很不耐烦地问道："谁啊，还让不让人睡觉了？！"

"你米大爷，赶紧起床，和你聊点儿大事情。"

"你是在梦游呢，赶紧回你自己的窝吧，我可没精神陪你疯。"

我又对着她的门敲了几下。

"米高，你烦不烦哪，啊！我要疯了！"杨思思一边怒吼，一边用脚对着自己的床铺一阵猛蹬。

我又锲而不舍地说道："你出来，我有重要的任务交给你。"

终于，我听到了杨思思下床的声音，她重重打开了房门，然后红着眼睛质问道："这都几点了，有你这么糟蹋人的吗？"

我不理会她的质问，也问道："你有没有把自己当成是这个客栈的一分子？"

"废话，我是大家一致认可的最美前台！"

"你能认识到自己是客栈最底层的一分子就行。我作为老板，现在很郑重地向你宣布一个决定：我要对客栈实行军事化管理的制度，所以从现在起，你随时随地都有可能接受我给你布置的任务，包括比现在更晚的深夜，或者早上天还没亮的时候！"

杨思思很凶悍地回道："你是脑子被驴给踢了吗？还军事化管理，你怎么不在客栈里面弄个导弹发射塔，以后谁是你的敌人，你就给他一导弹。"

我差点儿被她的话给逗乐，但还是保持着严肃对她说道："你压根儿就没有一点儿做前台的觉悟！你说，如果以后客栈恢复营业了，有客人在十二点之后才到，你就不接待了？"

杨思思有点儿语塞，半晌才回道："那客栈现在不是还没恢复营业嘛。"

"很多事情得提前养成良好的习惯，我要是现在放任不管，到时候你起不来，耽误了客人入住，那就是我这个老板对员工管教无方，所以我得提前让你有紧张的感觉。"

杨思思咬牙切齿地看着我，我却乐于看到她这个样子，因为我真的不希望她在这个客栈继续待下去，所以我只能用这样的方式让她讨厌这份工作。却不想，杨思思突然就平息了不满的情绪，对我说道："你刚刚不是说有重要的任务要交给我吗，那你倒是说啊，别老像根木头似的杵在我们门口，不知道的人还以为你对我图谋不轨呢。"

我平静地看着一直对我出言不逊的杨思思，然后对她说道："你去房间里披个外套，我们到二楼的平台上慢慢聊。"

"神神道道的。"杨思思一边抱怨，一边回房间找起了外套，等她再出来时，已经用皮筋扎起了辫子，看样子是做好了夜谈的准备。她又用威胁的语气对我说道："你待会儿和我聊的最好是正经事情，要不然我肯定会让你吃不了兜着走！你说你一个老男人，怎么好意思这么晚来敲一个小姑娘的门？这事儿要是传到马指导他们耳朵里，他们以后肯定会鄙视你。"

"你的戏真的是太足了！"

来到二楼的平台，杨思思在我对面坐了下来，她一边打着哈欠一边对我说道："你有话就赶紧说，我自从来大理以后都还没好好睡过一个美容觉呢！"

我在开口之前又向她看了一眼，她的手上还留着上次躲城管时摔伤的疤，她的气色看上去也不是很好，估计最近这些天也一直在为了生计的事情焦虑着。

她的倔强让我有了一丝恻隐之心，我甚至希望自己在这之前从来都没有认识过她，她就是我们在大理招到客栈的一个陌生姑娘，我们把她当作妹妹，然后大家就像一家人，一起发挥自己的特长把这个客栈做好。

可她偏偏就是杨思思，一个从上海过来，且和我原上司的儿子有婚约的千金小姐，而我不得不选择避嫌来让老黄安心，否则我也别想在大理过得舒心。

我终于开口对她说道："咱们现在做最好的打算，假设客栈能在十一月份之前恢复营业，那我们的宣传推广也得跟上。我呢，对这个客栈重新做了定义，我想把它打造成大理的一个网红客栈，而且我们现在也具备这个条件，因为我们客栈在公共区域做的景观都是可以拿来当拍照素材用的，而且我们还有一个露天的无边泳池，这更是一些小资人士的最爱，所以我现在要你去和一些在大理做摄影的工作室联系，让他们把客户带到我们客栈来拍照。初期我们是不向他们收费的，并且可以提供免费的钟点房让他们休息。"

"然后呢？"

"然后你就将他们拍的这些照片，拿到各大做旅游攻略的网站上去宣传。你要知道，有相当一部分比例的人，出来旅游就是为了拍照，然后将自己最美好的一面在交际圈里展示出来，如果我们能满足他们这方面的需求，那我们就可以做成一个网红酒店。"

杨思思特轻蔑地看了我一眼，回道："左一个网红右一个网红的，你难道就不觉得网红不过是炒作吗？"

"网红客栈和网络红人根本就不是一个概念，能成为网红客栈的，必定都有过人之处，它的名气是靠口碑积累起来的，而不是网络炒作。"

"哦，这样啊。"

"所以从明天开始，你就要去和大理的各家摄影工作室联系。"

"知道了，我去做嘛。"

"你还要专门写一篇以我们客栈为主题的旅游攻略。"

"我写。"

"对了,前期我们没有宣传素材,你还得作为模特协助马指导拍一组宣传写真。"

"我的荣幸!"

"还有,白露最近可能会送你到她朋友的星级酒店里面做培训,估计也不会轻松。"

"这事儿我知道,她和我聊过了。"

我试探着问道:"你难道就没有一种充满压力的感觉?"

"能者多劳嘛!"杨思思先是笑着回道,然后脸色一冷,又说道,"你别以为我不知道你心里打着什么小算盘,但我杨思思不会这么容易就让你给看扁的!米高,我就这么和你说了,就算你把这个客栈当成是一个赚钱的工具,我都不会,我只会把它当成是自己在大理的一个家,然后去好好经营,因为我喜欢这个客栈除了你之外的每一个人。有时候,我真的特别想问你,当你跟马指导、铁男和白露这些人在一起的时候,就真的一点儿也不觉得惭愧吗?他们都把我当成妹妹去疼着宠着,只有你把我当敌人,可是我们才该是最亲近的人,因为我们才是当初一起从上海来大理的两个人!"

"你说得没错,我就是一个反派人物。"

"你不是反派,你是冷血!"

我看着杨思思,心里莫名感到伤悲,以至于半晌都没能开口说出话来,而杨思思也没有了继续和我聊下去的兴致,她冷冰冰地看了我一眼之后便离开了。于是,这个夜,这个客栈我再也没有了说话的人,我因此有了很多自我反思的空间,可是越反思,我越觉得自己是个小人物,所以才一直被动地活在生活给我制造的麻烦中。

也许我是该找个合适的机会跟自己的父母坦白了,我得告诉他们自己在大理其实生活得也不错。这样我就不必活在老黄的阴影中,也可以摆脱谎言对自己的禁锢。

有了这样的冲动之后,我想做好客栈的欲望便更加强烈了,我一直都觉得这才是我所能给父母最好的交代。

次日一早,我便将白露约到了客栈,我将昨天晚上桃子给的十万块钱交到了她的手上,然后对她说道:"污水处理设备的事情你赶紧办吧,要是客栈能赶在年前恢复营业,我们身上就不会有现在这么大的压力了。"

"你哪儿弄来的这么一大笔钱?"

"桃子给的,她很看好我们这个客栈。"

白露有点儿意外,片刻之后回道:"那这得给你追加一部分股份。"

我笑了笑,说道:"你这儿也一直为客栈的事情四处走动着,你不是也没想着要追加股份嘛。大家合作,在商言商是没有错,可有时候这人情也要有……我是这么想的,等到时候客栈营业了,我们先把这笔钱加点儿利息还给桃子,追加股份的事情千万就别提了。"

白露权衡了一下，答道："那行，这钱就算是客栈跟桃子借的，等客栈的账面上有钱之后就立刻把这钱连同利息一起还给她。"

我点了点头，稍稍沉默之后又问道："能给个底吗？咱们这个事情就现在来看，到底有多大的胜算？"

"还是不乐观，现在知道这个消息的海景酒店和客栈老板都已经在找关系走动了。其实，我们和他们比差的不是关系，而是客栈的硬件条件和规模，我们算来算去也就才十来个可以对外营业的房间，而且也不是一线海景。按照逻辑，肯定是优先恢复那些之前在业界就已经很有影响力的网红酒店和客栈，酒店又会优先于客栈，因为它们接待游客的能力要远远高于客栈。"

我点上了一支烟，心中多少有点儿无奈。这时，白露拍了拍我的肩，又说道："不用太失望，如果实在不能赶在第一批恢复营业，我们还可以争取第二批。听说主管这件事情的领导也在这两天表了态，如果第一批开业的海景酒店和客栈能把大理的旅游口碑给做上去，明年年初就会大规模开放第二批，算算，前后也就差了不到半年的时间。"

"算是个好消息，可只要没有正式的文件下来，这都只是一个口头上的东西，不能算数的。假如恢复营业的第一批海景酒店没能把大理的旅游口碑做上去，那是不是就没有第二批恢复营业的了？或者就此无限期搁置？所以，这个事情咱们既然已经花了这么大力气去做了，就一定要往最好的方向去努力。我表个态，我肯定会把所有能想的办法都用上，你那边也一定加把力吧！"

"我明白你的意思。"稍稍停了停，白露又笑道，"米高，我发现你身上真的有一股做事情的狠劲儿，不知道为什么，我好像对你很有信心！"

我苦笑着回道："这股狠劲儿是被逼出来的，我是真的没有退路了！"

我和白露聊完客栈的事情之后时间也才刚刚过了早上的九点钟，而后马指导便从自己的房间走了出来，这着实让我感到很震惊，因为自从认识这哥们儿以来，他就从来没有在十二点之前起过床。

白露比我更了解他，所以也更加不可思议，她对马指导说道："你是受什么刺激了吗？"

马指导一边整理着自己的衣服一边回道："今天约了一做酒水批发的朋友，我准备从他那儿拿一批货，先去跟他谈一下价格，再看看能不能在酒水卖掉之后再给他钱。"

"你肯定是受什么刺激了！"

马指导很少有地笑了笑，然后说道："你们都没少为客栈的事情操心，我也不好意思一直闲着。"

"那成，你赶紧去吧，最好是先供货后给钱，这样咱们也就不用被资金不够的事儿搞得太紧张了。"

马指导做了一个"明白"的手势之后，便先行离开了。白露盯着他的背影看了片刻之后，满是感慨地对我说道："看到他这个样子，我是真的挺为他感到高兴的，他已经自暴自弃太久了！"

"有故事？"

"都是过去的事情了……"稍稍停了停，她又话锋一转，说道，"米高，咱们这个临时组建的团队虽然看上去像是一个草台班子，但是创业氛围真的很好，最起码从现在来看，大家都是没有私心的。我是希望大家能把这个心态一直保持下去，然后享受这个创业的过程，如果最后能把这个客栈真正做起来，我个人也就算是赎罪了！"

"赎罪？"

"嗯。"白露依旧很模糊地应了一声，她看上去有很重的心事，所以在沉默了片刻之后，她才再次说道，"所以我特别希望你能把桃子留下来帮马指导一把。你和铁男的注意力都在客栈上，可能没太想酒吧的事情，可是我能感觉得到马指导这次很上心，他想在客栈里面做好这个小酒吧。对于酒吧这个行业，我也算是一个业内人了，我感觉桃子的调酒水平至少属于行业的中等偏上，她要是能留下来，对马指导来说就等于是多了一个得力的助手。你想想，咱客栈虽然不指望酒吧赚钱，但如果有这么一个能调出好酒的酒吧，那对客栈来说也是多了一个卖点。"

"我也特别希望她能留下来，可是……"我的话还没说完，白露便打断道："我是真希望你能找桃子再好好聊聊。我先表个态，我愿意开一份比她在上海工作时更高的工资，并且可以让她从营业额中抽取一部分做提成。"

"这事儿有误会，咱们真的开不了比她在上海时更高的收入。"

白露满是疑惑地回道："铁男和我说了，她在上海也是做酒店前台工作的，这个行业的收入不会很吓人吧。"

我不知道该怎么和白露解释，半晌之后才回道："我再找个合适的机会和她聊聊这事儿吧，但你也别把希望全部放在她身上，最好做两手准备，反正我是没太大把握把她给留在大理。"

"我明白，不管对于谁，想真正留在大理生活，都是很需要勇气的。"

跟白露聊完之后，她便叫上了铁男一起去跑污水处理设备的事情，而我则带着桃子离开了客栈，按照之前的计划，今天我将陪她去古城里面转一转。

桃子是个很喜欢购物的女人，所以到了古城之后她便买了很多诸如茶叶和鲜花饼之类的云南特产。她说这些东西都是她要带回去分给那些姐妹的。而她对于古城的热情也仅限于买东西，所以觉得没什么可买之后便提议再到其他地方转转。

143

我也没有很刻意地带她去景点玩，我们只是在环海路上游荡着，觉得某一处的风景不错，便停下来。我们找到一块草地坐了下来，对面就是洱海，洱海的旁边则是一个玫瑰园，里面的游客三五成群，他们有的在喝茶聊天，有的则在忙着拍照，一切看上去是那么闲适。

我给桃子递了一支香烟，她点上后对我说道："感觉在大理生活的人跟其他地方生活的人都不太一样，总感觉他们身上好像少了一种生活的紧迫感。"

"是啊，这里的人相对外面而言都不是很喜欢攀比，他们每个人都好像有自己的爱好，大家也更愿意把时间花在爱好上而不是对金钱的追逐上。可能这就是这边的生活氛围吧。"

桃子笑了笑，然后入神地盯着对面那个玫瑰园看了很久，我知道她喜欢这里。

想来，人就是这样一种动物，就好比桃子，她其实内心比一般人要更渴望宁静，可是又不得不为了生计挤出一副笑脸，去讨好别人。

"米高，你说人还有下辈子吗？"

"我希望有，这辈子有太多遗憾！"

桃子转头看着我，她突然问道："如果当初蕾蕾对你表白，你会选择和蕾蕾在一起，还是跟陆佳在一起？"

我猝不及防地与她对视着，半晌才回道："我的生命中有这样的选项吗？"

"难道你真的感觉不到蕾蕾对你的情分吗？你有了陆佳做女朋友后，她连偶尔约你吃个饭的底气都没有了，她老说，每次见你和陆佳在一起，她就特别自卑！"

我深深吸了一口烟，回道："可能我也是个很现实的人吧。"

"可是在蕾蕾眼里，你是个值得托付的好男人。米高，有些话我真不知道该不该和你说，毕竟蕾蕾已经死了。可是不说，我一想起蕾蕾和我说过的那些话就忍不住想哭！"

桃子用夹着烟的手擦了擦眼泪，我却因为听到"死"这个字而一阵阵恶寒，然后本能地不想听她再说下去。我有预感，汪蕾对她说的话会让我心碎！

桃子的情绪平复了一些之后，又向我问道："你能不能老实告诉我，如果蕾蕾还活着，你真的会把她也接到大理，然后和她在一起，甚至是娶她吗？"

我看着桃子，却说不出话来。

桃子又掉下了眼泪，却笑道："我为蕾蕾感到不值，但也不能怪你。是她自己把梦做得太大了！"

我依旧沉默不语，因为桃子现在说起的都是我不愿意去正视的，因为我明白自己爱的女人是陆佳。而爱情的产生，也不应该是一种通过计算付出而得到的结果。

只是，我无法辨别我和汪蕾相识这么久却没有爱上她，到底是因为什么，因为她几乎是一个完美到无法挑剔的女人。

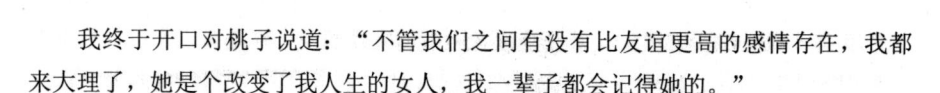

我终于开口对桃子说道:"不管我们之间有没有比友谊更高的感情存在,我都来大理了,她是个改变了我人生的女人,我一辈子都会记得她的。"

桃子笑了笑,回道:"算你还有一点儿良心。我希望你能知道,其实相比于陆佳,汪蕾更值得你去爱。她不会因为你没有钱而离开你,她更不会在结婚之前和你要房要车,她只会默默陪着你一起打拼,甚至比你更能承受那种活在大城市里的绝望。"

"这也是你内心的写照吧?"

这一次,陷入沉默中的人是桃子,而她的沉默就是回答。虽然她口口声声说不需要爱情,可她的内心深处还是渴望会有那么一份让她奋不顾身的爱情出现,所以她才会为汪蕾鸣不平。

她很渴望能在我的身上得到一个会娶汪蕾的答案,因为汪蕾就是她的一面镜子。只可惜人都有现实的一面!

夕阳渐渐以一种羞涩的姿态隐藏在苍山的背后,洱海却在晚风的吹拂下变得张狂了起来,我们脚下的草地已经被扑上来的潮水给弄湿了一片。

桃子已经抽了好几支烟,而我就这么一直沉默着,然后在沉默中将汪蕾想起了很多遍,某一个瞬间我又觉得,如果能和她在大理隐居一辈子也挺好的。

可是很快这种幻想便立刻碎了,我因此有点儿头痛,我好像可以和汪蕾做生死之交,做亲人,却唯独不能做爱人。

回客栈的路上,铁男给我打了电话,他说今天晚上想带桃子去朋友的酒吧耍耍。我不想刻意去阻止什么,便将桃子的行踪告诉了他,让他自己去接桃子。

回到客栈,客栈里异常冷清,偌大的院子加上十间客房、一间杂物间,竟然只有我一个人。我知道马指导是去白露的酒吧唱歌了,可却不知道杨思思去了哪里。

我简单吃了一点儿晚饭便躺在了床上,而这也好像是我来大理之后第一次在十点钟之前产生了想早睡的打算。可当我真的关掉灯,闭上了眼睛后,瞬间又是一阵天旋地转,然后那一点儿仅有的睡意便全都消失殆尽了。

我忽然就有了一阵特别强烈的,想对人诉说的欲望。可有些事又不能对身边的人说起,于是我又想到了我的敌人——那个占据了陆佳号码的陌生女人。反正我已经被她骂得够臭了,所以一点儿也不介意将一个最不堪的自己在她面前解剖开来。我下意识觉得我们一辈子都不会有见面的那一天,所以她心中的我是个怎样的形象我一点儿也不在意。

这次,换我主动给她发了一条信息:"我有一个女性朋友,可是我却弄不清楚自己对她到底是什么感情。"

"这个世界上根本就没有纯洁的异性友谊。"

"所以呢?"

"所以你就是个彻彻底底的渣男!你还记得之前给我发的信息吗?你说自己很

想前女友，可现在又突然冒出来一个暧昧不清的女性朋友，你是真当自己异性缘有多好呢？！"

"是我前女友把我给甩了，为什么就变成我是渣男了？"

"那你就跟那位暧昧不清的女性朋友好去啊。"

"她已经不在了……死于一场意外！"

对方可能有点儿吃惊，所以这次过了很久才回了信息："如果她好好的，你会和她在一起吗？"

"就是这个问题搞得我睡不着觉……她是这个世界上对我最真诚的女人了，而我的前女友却出于现实的原因离开了我。"

"呵呵，那你干吗不选一个对你真诚的女人，却对一个嫌你穷的女人念念不忘？"

我打开了床灯，然后在昏暗的灯光下点上了一支香烟，可是我却没有因此而清醒，所以直到烟快要吸完时，我才告诉了她原因。

"哈哈哈哈哈哈……"

"干吗笑得像个傻子？"

对方莫名其妙就没有再回信息，但我却感觉舒服了一些。我将这些说出来并不是为了得到一个建议，我也不需要，因为汪蕾已经不在了，所有困扰着我的都只是一些不存在的伪命题，而我要的也仅仅是倾诉。我不想自己在汪蕾面前是一个绝情的男人，而她对我的真诚真的已经深深打动了我的心，否则我也不会放弃上海这座城市，千里迢迢来到大理。

已经是夜里十二点，我却越来越没有睡意，于是又披上外套去了那个经常被自己用来静思的平台，没坐一会儿杨思思便回来了，她悄悄地打开了院子的门，然后蹑手蹑脚地往里面走，却都被我看在了眼里，我冲她一声怒吼："干吗呢，这么晚才回来？！"

杨思思吓得对着自己胸脯一顿猛拍，然后从花池里捡起一块鹅卵石狠狠砸向了我，她骂道："你个败类，是不是想吓死我啊？"

我一个闪身躲过，回道："你要不是心虚，谁能吓得着你。你给我老实点儿交代，到底干吗去了？是不是真不把我军事化管理的制度放在眼里？这都几点了！"

"军事你个头啊，我是为了你给我布置的任务才这么晚回来的。"

"那你干吗鬼鬼祟祟的？"

"我是怕打扰到你们休息，好吗？"

"整个客栈除了我，没别人了。"

杨思思立刻直起了腰板，轻蔑地笑道："原来就你一个单身汉在啊。"

"说得你不是单身汉似的。"

"可是我有朋友啊，哪像你，一个人窝在客栈里生不如死！"杨思思一边说一边顺着楼梯来到了我的身边，而我这才看清她的手上还拿着一个文件夹。

她将文件夹扔在了我的面前，然后说道："今天我跑了有十来家摄影工作室，这里面是我整理的他们最近一个星期要拍的内容，你筛选一下，看看哪些工作室愿意把客户带到咱们客栈来拍大片儿。我和他们说了，这些照片我们都是要拿来当宣传用的，所以最好挑些比较有镜头感的客户，他们就让我们这边先筛选一下，然后再和他们确认。"

"你和别人谈判的时候都这么强势？"

"那当然。"

我倍感无语，她却又拿起文件夹，往我身上狠狠拍了一下，说道："好几家摄影工作室的人都约我吃饭了，我决定和他们吃饭的时候，把你也带上，然后让他们甭打我主意。"

我只当她是在和我开玩笑，随手将那个文件夹从她手中给拿了过来。

我回到自己的房间，从抽屉里找来了一支笔，然后很认真地对杨思思今天跑了一天整理出来的成果进行着筛选。

我的宣传理念趋于保守，所以我只从中挑选了两组，我认为如果把客栈也当成一个商品去包装的话，它的宣传质量一定要大于它的宣传频率和密度，所以我打算一个月只做两期有精品内容的宣传，因为我最看重的不是热度，而是口碑，毕竟我们的客栈也就才十来个房间，一旦热度超出了我们最终的接待能力，那对我们而言也不是什么好事情。

我将最终筛选的结果放到了杨思思的面前，说道："就这俩了，你回头和这两家摄影工作室的老板联系一下。告诉他们，随时都可以带客户来我们客栈拍照。"

"那其他的工作室怎么办，我可跑了十来家呢。"

"一个月后再合作嘛，又不是一锤子买卖。"

"哦，"杨思思应了一声，然后从我手上接过了文件夹，向我问道，"咱们客栈到底能不能在十一月份恢复营业哪，要是不能的话，咱费这么大劲儿做的宣传不就都白费了嘛！"

我赶忙稳定军心，回道："你不能因为希望渺茫就不去做努力，我们是一支训练有素的队伍，所以任何时候都要往最好的方向去拼。"

"那你说说看，怎么就希望渺茫了？我们不是证件齐全，而且白露姐不也去跑污水处理设备的事情了嘛。"

"名额有限，竞争对手太强大。那些有影响力，能提升大理旅游形象的海景酒店和客栈太多了。"

"那我们就投其所好嘛，我们也做点儿什么能提升大理的旅游形象的方案。"

我看着杨思思，她就这么皱眉思索着，然后我的思维也被触动了，因为她的这个思路看上去很有可行性，如果我们客栈能借助某个事件，在网络上形成有利于大理旅游形象提升的热点，并最终引起社会舆论的关注，那就算到时候竞争极其惨烈，我们手上也有以小搏大的筹码。

我终于开口说道："你这个提议，有点儿投机取巧。"

"为了客栈你拍不拍？"

"想是想拍，可是不知道要做点儿什么事情才能拍好。"

"慢慢想嘛，反正现在距离十一月份还有很多时间呢。"

我点了点头，继续陷入了沉思中，却又觉得策划这种事情是在为难自己。

夜色更加深沉了，我和杨思思两人就这么干坐着，而住在客栈里的其他人却没有一点儿要回来的意思。我看了看时间，已经是凌晨的一点，心中多少有点儿担心桃子。

我对杨思思说道："这件事我们从长计议，你先去睡吧，时间也不早了。"

"你这个人怎么一点儿眼头见识都没有？我立了这么大的功劳，你也不想着好好奖励我一下，你不知道员工的积极性是需要物质去刺激的吗？"

"我要现在有一个亿，我就拿钱砸死你。"

杨思思凑了过来，回道："快点儿砸死我吧，拿钢镚也行啊。"

我推开了她："别闹，赶紧去睡觉，大不了明天请你吃个饭，好好刺激你一下。"

好似我在杨思思心中是个很不守信用的人，所以就连请吃饭这么小的事情她都不愿意相信，她将手机调成了录音模式，然后非要我对着手机说出请吃饭的时间、地点和人物，弄得像写作文似的。

我虽然不耐烦，但当我想到一年后，她会离开大理去国外留学，心里就竟然有那么一丝丝的伤感，于是也按照要求录了音。她说得没错，我们才应该是这个客栈里最亲近的人，因为当初从上海千里迢迢赶到大理的，是我们。

杨思思得逞后便离开了二楼的平台，而我也终于有空间单独给桃子打个电话，却不想电话刚打通桃子便挂断了。就在我准备给铁男再打一个电话的时候，客栈的门被推开了，可回来的竟然只有桃子一个人。这让我倍感意外，我明明记得不久前铁男给我打过电话，说是要带她去朋友的酒吧玩的。

桃子也来到了二楼的平台，她好像喝了不少的酒，但却没有醉。我压低声音向她问道："怎么就你自己回来了？"

"铁男住在他朋友那儿了，今天晚上不回来。"

我在桃子的脸色中察觉到了一些什么，又追问道："怎么感觉你有点儿不对劲儿？"

桃子坐了下来，然后点上一支烟，快要吸完的时候，才低声回道："我们刚刚……差一点儿就……但我没想跟他发展什么。"桃子深深吸了一口烟，她的眼睛在灯光

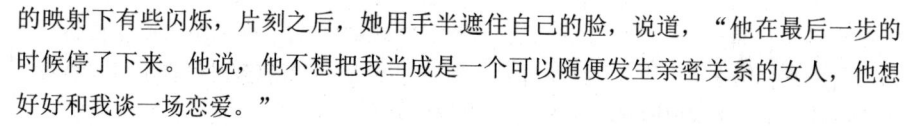

的映射下有些闪烁，片刻之后，她用手半遮住自己的脸，说道，"他在最后一步的时候停了下来。他说，他不想把我当成是一个可以随便发生亲密关系的女人，他想好好和我谈一场恋爱。"

"那你是怎么回答他的？"

"我只想留下点儿回忆，然后忘了大理这个地方……"稍稍停了停，她又面带痛苦之色说道，"米高，我是一个喝了酒之后，就会变得特别清醒的女人，我知道一旦开始，就会很难……我真的有点儿后悔来大理了！"

我不知道该说些什么，我只是在桃子的话语中看到了人与人之间的差异。我们这些人，来到大理是一段漫长的人生旅程，可是对桃子来说，开始却即是终点。

"米高，你明天就送我去机场吧，我得提前走。"

"这才玩了两天！"

"没那么计较，我该回上海了。如果我走后，铁男向你打听我，你千万不要把我的去处告诉他。"

桃子的坚决让我心中泛起一阵无力感，我为她感到遗憾，可是却又做不了太多，最后只是对她说道："成吧，我尊重你的选择。但也要劝你一句，就算你不接受铁男这个人，也别放弃爱情。"

"嗯。"

一阵沉默之后，她又向我问道："你呢，以后会在大理找个女朋友吗？"

我的大脑里立刻又浮现出了陆佳的样子，我还没有忘了她，也更没有忘记她是为了什么离开我的，所以在一阵失落之后，我低声回道："不急……这个事情还不急。"

回到自己的房间，我从冰箱里找了一瓶风花雪月啤酒，然后躺在床上一边喝一边刷着朋友圈。大概在十分钟前，杨思思更新了一条动态，她在朋友圈发起了求助，问有没有什么好办法能提升大理的旅游形象。

我不知道她的朋友们都给了她些什么样的建议，但是却真的看见了她对客栈的热情，我的内心有一丝丝感动。

这次我主动给她发了信息："明天中午想吃点儿什么？"

"火锅，正宗的重庆火锅，重庆火锅最好吃！"

"大理有正宗的重庆火锅？"

"下关就有，重庆人开的，听说食材都是从重庆空运到这边的。"

"嗯，明天带你去吃。"

"你怎么突然这么惦记我了？"

"稳定军心嘛，要不然怎么收买你继续给客栈卖命。"

"你要是什么时候能正经说几句话就好了，你肯定是心疼我最近太拼，太辛苦了！"

"你干吗老喜欢让别人心疼你？"

杨思思理直气壮地回道："因为我从小缺爱。"

"别人的爱，永远都没有自爱来得实在，你得学会做一个独立的人，然后独立地去适应这个世界，因为没有人能每时每刻都把注意力放在你身上。"

"你看看吧，我就说你冷血，只有冷血的人才会说出这样的话。"

我不喜欢别人说我冷血，所以我没有再回杨思思信息，而她给我发了一个很无语的表情包之后也没有再和我说话。

我继续往下翻看着，然后便无法相信自己的眼睛了，因为万年不发朋友圈的叶芷竟然发了一条朋友圈！我仔细一看，这条朋友圈记录的也不是她的生活，而是一篇分析世界经济走向的深度文。

出于好奇，我在下面评论道："这是你自己写的？"

"从朋友那边转载过来的。"

"挺有见解和深度的，可是我看不懂。"

叶芷一如既往地冷漠，她没有再回复，而因为了解她，所以我也能接受，我只是在关掉朋友圈后，向窗户外面看了片刻。

今晚的月亮特别圆，所以洱海的水面被它照得很亮，虽然这使洱海看上去少了一丝神秘感，却也多了一点儿孤寂的美感。于是，我在心里嘀咕着，她也还没睡，是因为洱海边的夜太寂寞了吗？

不管她是出于什么原因在熬夜，但我是真的困了，所以我一口喝掉了罐子里的"风花雪月"，然后便拉上被子，陷入了深度的睡眠中。

早上，我醒来的时候桃子已经将自己的行李收拾好，她告诉我她买了八点半从大理飞上海的机票，她实在是太赶了，所以我们也没顾得上吃饭，便开车向机场赶了过去。

我陪她一起取了登机牌，并帮她办了行李托运，站在安检口，我带着一丝无奈向她问道："以后还会来大理吗？"

"我来不来一点儿也不重要，重要的是你在这边要好好生活。蕾蕾这辈子没求过你什么，唯一的希望就是你来大理，然后好好活下去，为了这个，她已经将能给的一切都给你了！"

我微微低着头，回道："你这么说，我挺伤感的，也更希望你以后能过得好。"

桃子伸手抱住了我，然后就哭了，哭得很伤心。我一边拍她的后背，一边问道："怎么了，怎么了？"

"米高，我心里好难过，特别特别难过！"

"是舍不得这个好不容易有了好感的男人？"

"不完全是……我是心疼蕾蕾，又想到了自己，你知道吗？"

桃子咽了咽，却又忽然说不下去了……我心里又是一紧，可恐惧并没有战胜求知欲，于是我对她说道："我知道你想和我说汪蕾，你说吧，关于她的一切我都有权利和义务知道，我不仅是她在上海唯一的老乡，也是她的亲人。"

桃子离开了我的拥抱，她的妆已经花了，她哽咽着对我说道："你知道吗？蕾蕾在出事的前一天和我借了十五万，我记得特别清楚，那天她是笑着对我说的。她说，她决定要跟你表白，她想做你的女人，跟你一起来大理；她还说，是陆佳浪费掉了你这个好男人，所以在这样的机会面前，她再也不想畏首畏尾。原本，她还想在上海多待一年，等挣够了钱再去大理找你，可是她等不及了。她觉得自己苦了这么多年，只有想起跟你走的时候才是幸福的，所以她一天都不想多等了……"

说到这里，桃子已经泣不成声："米高，蕾蕾她可悲吗？她根本不知道，你压根儿就没有想过要离开上海，你只是在敷衍她，你惦记的永远都只是在上海买一套哪怕一室一厅的房子！可是她却为你拼了命。她活着的时候，最大的幸福竟然只是幻想着跟你走……呵呵，她的幸福仅仅就是幻想呀，而你真正下定决心离开上海，却是在她死后！你说，她拼了命得来的只是这些，我又怎么敢去触碰爱情这把杀人的刀？"

我就这么呆愣在原地，然后便在各种各样的目光中，感觉不到自己的存在了，而桃子也没有再给我说话的机会，她以一种最绝望的姿态走向了安检口，没过多久，便消失在了我的视线中。

人来人往中，我渐渐清醒了一些，可心中又在下一刻承受着巨大的痛苦，我此时此刻的痛苦，源于那只差一点点的遗憾。

桃子说得不完全对，我后悔了，如果上天再给我一次选择的机会，我会在那天抛下一切带着汪蕾来大理。

桃子已经过了安检口很久，我却还在原地站着，直到没有人再注意我这个奇怪的人后我才从那个自我营造的悲伤世界里回过了神，然后黯然地走出了航站楼。

迎接我的是一个美得让人心碎的世界，我看到了一朵朵像棉花糖一样的浮云，太阳则是金色的圆盘，在远处山上竖立的树木是巧克力棒，它们就这么在我面前织起了一个童话一样的场景……可这一切都是假象，因为我也看到了飞机冲破云层飞向了天空，飞机的里面坐了一个伤心的桃子，地上是伤心的我。

如果世界是童话，那悲伤的我们又从何而来？

想着想着，我又笑了，却不知道自己为什么要笑，只是本能地不想哭。

离开机场后，我在路边找了一家洗车店，将叶芷的车彻底洗干净后又去了加油站。付钱的时候我很肉疼，因为大G的油箱实在是太大了，我足足花了六百块钱才将油箱加满。而六百块钱已经是我以前在上海时三天的工资！于是我更加直观地感觉到了自己和叶芷之间的阶级差距，我们之所以还算是朋友完全是因为在高速路上产生的一点儿缘分。

忙完这一切回到客栈的时候已经是十一点钟。杨思思一直惦记着我昨晚答应请她吃火锅的事情，所以老早就坐在客栈的公共区域等着我。

她一边玩手机，一边对我说道："白露姐刚刚找我谈话了。她说今天下午就把我送到她朋友的酒店里面做培训，所以今天吃火锅的时候你能不能多加一点儿牛肉？"

"这两者有联系吗？牛肉很贵的！"

"谁知道要在那儿培训多久，以后客栈我都不经常回了，所以当然要在你身上吃够本儿。"

"我没钱，随便吃就行了，吃啥牛肉。"

"骗谁呢，客栈里面就数你最有钱了，你可是客栈最大的股东，而且买净水设备的钱也是你给的，白露姐都和我说了。"

"那都是别人的钱。"

杨思思终于放下手机，然后抬起头看着我，神神道道地问道："谁的呀？"

"你只要记住我是一个穷鬼就行了，其他的事儿你都别问，更别想着在我身上捞油水。"

"可我就是想吃这边的牦牛肉嘛，我最近老觉得自己没精神，我查百度了，百度说我身上湿气重，要吃牦牛肉才能去湿。"

"百度咋不让你弄颗仙丹来吃？老这么骗吃骗喝有意思吗？"

杨思思扭捏着来到我的身边，然后嬉皮笑脸地说道："你都来云南了，怎么能不吃香格里拉的牦牛肉呢？我跟你说吧，在上海的时候，咱们吃的牦牛肉都是冷冻过的，只有这边的才新鲜。"

"在上海的时候我也没吃过牦牛肉。你别废话，我待会儿还得去马久邑一趟，把叶芷接上，这几天一直在用人家的车，得请人吃个饭感谢一下。"

杨思思立马就不乐意了，她嚷道："你说好了请我的，怎么又带上别人了？"

"别给我摆脸色，你是怕那么大的火锅店装不下你？"

"不是，我还没跟她和好呢。"

"那不正好给你们找了个机会和好嘛，赶紧走。"

我一边说一边将杨思思给拽到了客栈的外面，又恰巧碰上了刚从外面回来的铁男，他的气色不太好，似乎还没从昨天晚上的酒劲儿里缓过来。

我有点儿想避开他，因为不知道该怎么和他交代桃子已经走了的事情。他却拉住我，开口向我问道："桃子起了没？"

我愣了一下，杨思思却抢着回道："桃子走了吧，我早上看见米高送她的，她还拿着行李呢。"

"走了？我们说好了今天下午再环游一次洱海的，我这边跟朋友把车都借好了！"

"她们酒店有急事儿，就先走一步了。"

铁男情绪激动："这是什么酒店，这才来了两天，还给不给人一点儿自我空间了！不行，我得给桃子打个电话，你把她的电话号码给我。"

"人还没下飞机呢，打什么电话啊。"

"你把号码给我，我先给她发个信息，等她回了信息我再打。"

我拿开了铁男拉住我的手，然后给他递了一支烟，点上后低声对他说道："这事儿你还不明白嘛，桃子她就是不想跟你纠缠，要不然她干吗不给你留个电话号码？"

"你胡扯。"

"真的，你们都是我朋友，我巴不得撮合你们在一起呢，可桃子压根儿对你就没有那方面的想法。"

"这更扯了……"铁男又向我问道，"桃子她是不是有什么难处，还是觉得跟着我这样的人没希望？"

"两个原因都有吧。"

铁男被我的大实话给刺激得不行，半晌才回道："这些事儿都能聊的，干吗这么一声不响地就走了？"

"我还约了人吃饭，这事儿你自己慢慢琢磨吧。"我说着便将杨思思给拖到了车上，然后踩着油门离开了客栈。

不知道什么原因，今天路上出奇地堵，尤其马久邑这边。杨思思问了一下才知道今天是大理一年一度的火把节，所以大量的外地游客都涌入了古城和马久邑这边。

马久邑的路本身就不宽，再加上人来人往，所以开车极其困难，而我因为怕剐了叶芷的车，也是开得很小心翼翼。等我们到了叶芷住的海途客栈时，竟然已经是中午的十二点。

杨思思生怕耽误了自己吃饭，我还没下车，她便在车里喊起了叶芷的名字，一点儿也不像有过节的样子。

叶芷被她喊出了房间，她这才下车对叶芷说道："米高说带我们去下关吃重庆火锅，你去不去？"

我也下了车，然后对叶芷点了点头，确认了这件事情。

叶芷回道："这会儿有点儿忙，改天再约吧。"

"她不去，我们走吧。"

我低声对没有一点儿诚意的杨思思说道："改天请，我还得再花一次钱，我才不干。"

"你怎么这么抠？！"

"想吃牦牛肉就别说话。"

杨思思吃货本色尽显，所以被我这么一威胁后，真的就闭嘴了，而我又对叶芷说道："那我们等你一会儿，你都不知道这一路有多堵，来一次真心不容易！"

叶芷稍稍犹豫之后，回道："不用等了，我把电脑带着，可以在路上工作一会儿。"

我对叶芷笑了笑，却又被杨思思踩了一脚，她骂我"死抠门"。她没骂错，我就是抠门，因为我知道自己的钱是怎么来的，我多浪费一分，就会有一分的负罪感。

我对不起汪蕾，我早就该带她来大理的，而不是把敷衍当成希望送给她！

叶芷上车后一直在对着电脑工作，而杨思思则帮我看着路况，以防止我不小心擦了地上堆放的乱石。可不幸的是，还没出马久邑我们便又被堵住了，原因是两辆旅游大巴在狭窄的路上相遇了。在压根儿就没法会车的情况下，后面又挤满了车，所以搞得两辆旅游大巴是进退两难。

最不高兴的要数杨思思，她指着大巴车后面的那辆四轮电动车抱怨道："你看那开车的人怎么那么笨呢，她往后退一点儿，大巴车不就能往后退了嘛，这样堵着，大家什么时候是个头啊！"

我回道："你说得容易，车里人的视角和外面人的是不一样的，而且车后面就那么一点儿大地方，没有倒车影像，退起来也挺危险的。"

"那你下去指挥她一下，赶紧把路给疏通了，我都快饿死了！"

这时，叶芷也抬头向车外看了看，随即皱眉，看样子也是被这大堵车给弄得很糟心，因为我们的车后已经有不少没素质的人在狂按喇叭催促着，很明显是打扰到她的工作状态了。

我随即松开了安全带，准备下去帮一把，却不想那个小车迫于压力，竟然自己强行往后倒了起来。我看得出来车里的人很紧张，因为车轮几乎是贴在岸边走的，而下面就是洱海，所以她在踩了油门之后，又不停地踩刹车，以控制着车不往后退太多。

我知道这种四轮电动车都是游客租来的，他们拿到手后，都不太熟悉，所以心中不免为她捏把汗，而意外就在这个时候发生了，里面的人大概是因为太紧张，错把油门当成了刹车，只见车子一个加速，便从岸边冲进了洱海里！

四周随即一片惊呼声，杨思思更是吓得脸色苍白，甚至连一向沉稳的叶芷也打开了车窗查看着情况。情况万分紧急，容不得考虑太多，我便拿了叶芷车里的安全锤，然后从车里冲了出去，随即杨思思和叶芷也一起下了车，我就这么在她们的注视中，成了唯一跳进洱海里救人的人。

冰冷的海水中，我有点儿窒息，因为此时车子已经沉没了一大半，如果我的动作再不利索一点儿，随时都有可能失去救人的最佳时机。

即便是岸边的水，脚也是踩不到底的，我找不到一个可以支撑的点，所以也不太使得上力气，我一边蹬着水，一边抓着车子的后视镜，想找到一个能让脚稳稳踩住的石块。

这辆电动四轮车并不大，再加上有水的浮力，我竟然能够在水里转动它，过程中，我看到了极其撕心裂肺的一幕，车子里面不光有一个女人，还有一个三四岁大的小男孩，女人死死抓住那个小男孩的手，脸上已经被吓得没有一点儿血色。水已经快要淹没到小男孩的颈部！我在女人的脸上看到了绝望，而这一瞬间的绝望才是真正的绝望！

我拼命地蹬着水，终于在角度微微转换后，踩到了水底的一块暗石，借到力之后，便抬起手，用安全锤狠狠砸向了车玻璃的四个边角处。

车玻璃被砸出一个豁口后，我便对已经吓傻的女人吼道："快点儿解开安全带，我拖你出来！"

女人被我喊回了魂儿，下一刻又哭喊道："先救孩子……先救孩子……"

我又往车里看了一眼，水已经快要淹没到那个孩子的口鼻处，情况万分紧急，我冲岸上围观的人群吼道："车里还有一个孩子，会水的下来几个，孩子那边的水已经淹上去了，我去救孩子，你们把这女人给拖出去！快点儿，会水的赶紧下来，救人命的事情都别含糊着！"

说完，我也顾不上有没有回应，又向车子的另一侧游去。我的心里极其紧张，而这种紧张更增加了体力的消耗，我因为一瞬间的体力不支而狠狠呛了一口水。

我极其难受，我的眼睛已经被海水模糊了，我在这阵短暂又漫长的模糊中，看到了一个身影在岸边急得团团转，她似乎在央求着谁。

我顾不上弄清楚这模糊的身影到底是杨思思还是叶芷，在做了个深呼吸之后，又举起安全锤砸向了孩子这一侧的车窗，可是因为没有了支撑的点，再加上车窗已经被水淹没，增加了砸下去的阻力，所以我尝试了好几次，都没能成功破窗。

我的心里急出了火，好似看到了两条鲜活的生命就这么渐渐在我的眼皮子底下枯萎，我憎恨人性的自私，而自己一个人的力量却又这么薄弱……我憋着不让自己泄气，然后更加疯狂地用安全锤往车窗上砸着。而就在这时，我听到了另一个"扑通"跳下水的声音，接着又是两三声传来。

我终于在孩子这侧的车窗上砸出了一个豁口，在有了这么一个豁口之后，车窗才变得不堪一击，我顾不上手被玻璃划伤的疼痛，用最快的速度将已经呛了好几口水的小男孩从车子里给拖了出来，然后拼命地向岸边游去。

另一侧，刚刚跳下来的几个汉子，也已经将那个女人从车里给拖了出来，时间不早也不晚！

这时，岸边已经有很多人踩在水浅的地方，等着给我们接应。我在精疲力竭中，将孩子交到了他们的手上。

155

道路渐渐疏通，而后警车和救护车都来到了这边，我跟他们大概交代了一下情况后，便在众人的注目中上了车，然后又开回了叶芷住的那家客栈。此刻我不需要称赞，也不需要嘉奖，我只想好好洗个热水澡然后再喝口热水。

刚到房间我便钻进了卫生间里，然后痛痛快快地洗了个热水澡，而我换下来的衣服都交给了客栈的服务员，让她拿去用带烘干功能的洗衣机洗去了。

我换好衣服出来的时候叶芷已经为我准备好了一杯姜茶，她递给了我，然后对我说道："你刚刚跳进水里的样子很帅！"

我惊讶地看着她，因为想不到她这种性子的女人竟然会用"很帅"这个词来形容男人，我想回应一些什么，可最后擅长插科打诨习惯了，竟然只是腼腆地笑了笑。

这一切都被杨思思看在了眼里，她对着我骂道："看你这感动的样子，你是没被别人夸过吗？"

"你要也夸我一下，我会更感动的！"

杨思思嘴上"喊"了一声，可是手却从我手上将杯子给接了过去，然后又叹气对我说道："这么一折腾火锅也吃不成了，咱不如叫外卖吧，吃什么？我请你。"

"你这么一毛不拔，能请我吃饭？"

杨思思看了叶芷一眼，回道："我对人的好都是实际行动，可不只是嘴上说说。"

叶芷多聪明一个女人，当然知道杨思思是在挤对她，但她也只是笑了笑，没有多说话。

在叶芷的房间里，我吃了生平最奢侈、最豪华的一顿外卖。杨思思真的说到做到，她在古城规格最高的一家餐厅里一口气点了七八个菜。可最后付款的时候，却发现自己账户上的钱根本不够，然后便很无耻地将付款的二维码递到了叶芷的面前，美其名曰：请英雄吃饭！

她的无耻搞得我很迷茫，因为我不知道这顿饭到底该算是谁请的，也不知道她们谁对我更真诚！

吃完饭，杨思思便回我们自己的客栈收拾了一些行李，然后我和叶芷一起开车将她送到了那家做培训的五星级酒店。听说她要在这里培训一个月。差不多就是到十一月份第一批恢复营业客栈的名单公布的那一天。

想来白露也是有打算、有规划的。只可惜直到现在我们也都还不能确定，我们客栈的胜算到底有几分。而我最近焦虑的根源也都在这里，我这辈子没做过什么放手一搏的事情，这是唯一的一件。

回到客栈，也不知道是不是因为少了杨思思，忽然就变得更加冷清了起来。白露因为在下关有房子，所以不经常过来，马指导晚上要唱歌，铁男则是一具游魂，天天在古城里面游荡，有时候甚至比马指导还要回来得晚。

此刻，面对着满院的冷清和静静流淌的洱海，我是非常想念他们的。说实话，来到大理以后我反而更加不能打败孤独了。

我就这么拿着一罐啤酒、一盒烟来到了洱海边，然后还是坐在那块自己精心挑选的最平整的石块上想心事。

我把能想的事情都想了一遍，然后又想到了陆佳……我是牵挂她的，我知道她孤身去国外也不是件容易的事情，所以就更加担心她过得不好。

一瞬间，我心里又突然特别难受，因为对女人来说，孤独会更加可怕，所以在那样的环境里她一定会找个人陪伴。这是我心里的刺，因为她曾经爱过的人是我，那被她爱着的我又怎么能去想着她和别的男人，牵手、亲吻的画面呢？

我狠狠摔掉了自己手上的烟头，然后又给了自己一嘴巴子，逼着自己不去想她和她离开后可能会发生的一切。

我为了转移注意力终于从口袋里拿出了手机，然后对着被月色笼罩的洱海拍了一张照片，而在这张照片里，我看到了一个患得患失的自己。我好像对不起的人太多了，也有那么一些人辜负了我！于是，我发了一条朋友圈动态。

一支烟吸完以后，我又看起了别人发的朋友圈动态，然后便在杨思思的朋友圈里看到了自己，也不知道她是在什么时候拍下了几张我救人时的照片，她几乎把整个过程都用文字表达了出来。

叶芷竟然也发了一条，却只有一张照片，照片中是我一边奔跑一边脱掉外套往洱海里冲的某一个瞬间。她没有像杨思思说那么多，但给了好几个点赞的表情。

我心里有那么一点儿沾沾自喜，因为这是她真正意义上发的第一条和生活有关的朋友圈动态，却是为了我。

然后我再次看到了自己倒映在洱海里的影子，也看见了一个有诸多心事，同时也真实的自己。

想来，安静的夜真的是一个好东西，它就这么让我一面沉浸在过去的痛苦里患得患失，又让我活在当下的愉悦中剑指未来！

在洱海边坐了片刻，我接到了铁男的电话，他说想找我聊聊。我把自己的位置告诉了他，没过多久他便提着一扎啤酒和一些类似猪头肉这样的卤菜来了。

我以为他肯定要和我聊桃子的事情，可是他却开口对我说道："污水处理设备的事情白露已经搞定了，最后只花了八万多块钱，你给的那些还有点儿结余。"

"嗯。"

"剩的钱她说明天转到你微信上。"

"好。"

铁男点上一支烟，猛吸了一口之后，对我说道："听白露说，这笔钱是桃子给你的。这数目说大不大，说小也不小，她一个在酒店做前台的哪来这么多钱？"

我含糊着回道："这你得去问她，我总不能别人借给我钱，我还缺心眼似的问她这钱是怎么来的吧。"

"那你倒是给我一个她的联系方式啊！"

我看着动怒的铁男不知道该说些什么，揭开一罐啤酒拉环，喝了一口之后我索性回道："不给。"

铁男指着我很不爽地说道："米高，我发现你有时候真的挺坏的！"

"说什么都不给。"

铁男一口气喝掉了一罐啤酒，半晌之后说道："她不想跟我好，无非觉得我不像是一个能过日子的人，所以她情愿跟我玩玩也不想好好谈个恋爱。"

"你不了解她，她有她的苦衷。"

"那谁了解我？"稍稍停了停，铁男又低声说道，"我喜欢那种成熟独立，身上又有母爱的女人。桃子的气质和我妈挺像的，我妈是个女强人，可是眼睛里揉不得半点儿沙子……"

铁男有点儿哽咽，他继续说道："我爸挺有钱的，男人一有钱就容易坏，没过多久他就和别人勾搭上了。那人贪我爸的钱，就把她和我爸的丑事儿都跟我妈说了，要我妈和我爸离婚。我妈挺爱我爸的，这些年又一直陪着我爸做生意，任劳任怨，可是我爸却这么糟蹋她，她心里实在是咽不下这口气，后来……后来她就喝药了，去医院的路上，人就没了！"

我看着铁男，他的脸上挂着泪水，而我也终于在这一刻知道了他为什么不愿意用自己的本名，因为他恨他爸；也知道了他为什么有商业嗅觉，因为他出生在一个做生意的世家。

我又给他递了一支烟，并帮他点上。我想劝他看开一点儿，可又觉得这么劝很不厚道！毕竟发生了这样的事情得怎样才能让人家去看开一点儿？那可是生养他的父母，却一个间接害死了另一个！

难怪很多人都说大理是个有故事的地方。来这里的外地人看上去目空一切、淡泊名利地生活着，可心里却往往藏着难以愈合的伤痛，所以他们只能这么一边假装洒脱，一边活着。

这一刻，我很想告诉铁男，桃子并不是她妈妈那样的女人，可是话到嘴边我又说不出口了，因为这对铁男来说实在是太残忍了，如果我说了，毁掉的便不只是他的一个梦，还有他对生活的希望。

我知道他对桃子是认真的！

过了很久，铁男又拍了拍我的手臂，说道："这几年在大理，跟我相处过的女人也不少，可是能让我认真的一个也没有。但桃子是个例外，她能给我一种很特别的感觉。所以我想给自己一个机会，也给她一个机会。"

"你确定你对她有好感不是因为她漂亮？"

"我交往过比她更漂亮的女人。"

我被铁男的话给噎住了,然后又在心里仔细想起了桃子,发现她还真有吸引铁男的地方,因为她是个很恋家且很有责任感的女人,所以这些年,她才能为她那个不值得付出的家庭付出了那么多,而铁男身边最缺的恰恰是这样一个能给他家的感觉的女人。

我的分析不会错,一定是桃子身上具有母爱属性的气质吸引了他。可这很矛盾,因为桃子也是他最痛恨的那类人!

见我不说话,铁男又说道:"你要是还不肯把桃子的联系方式给我,我就去上海找她,然后满大街发寻人启事。你别觉得我是在吹牛,这样的事情我真干得出来。"

"我就是觉得你在吹牛。"

铁男一点儿也不和我废话,他当着我的面在携程上订了一张第二天飞上海的机票,然后对我说道:"这几天客栈的事情你多操点儿心,哥们儿明天就走。"

我目瞪口呆,他却转脸就走。

我赶紧给桃子打了个电话,桃子没有接,估计是在上班,于是我又给她发了一条信息:"铁男要去上海找你,机票已经订了,你悠着点儿。"

发完这条信息后我也回了客栈,然后便看见铁男正在自己的房间里收拾着东西,他是玩真的了。于是,我更加眼巴巴地等着桃子给我打一个电话,或者回一条信息了。

半个小时后,桃子终于给我回了信息:"我正在上班呢,你说的是真的还是假的?"

"我能拿这事儿开玩笑嘛,这哥们儿是当着我的面订的机票,这会儿正在房间里收拾东西呢,你看怎么办?"

很久之后桃子才回了信息:"随他去吧,我是不会见他的。"

"嗯,不见也好。他自己折腾够了,可能就回来了。"

次日一早,铁男这哥们儿便走了。这对我影响挺大的,因为他走后,客栈的担子便全部压在了我身上,所以整个上午我都在为了安装污水处理设备的事情而忙碌着,中午的时候,我又代表客栈请安装的师傅们吃了个饭。

这套污水处理设备的净水效果非常好,我因此而踏实了很多,也更加有动力按照自己原先的计划一步一步踏实地往前走。

下午的时候,我把马指导给叫回了客栈,跟他聊起了自己的打算。我没有把宣传的指望全部寄托在那些摄影工作室身上,我准备请叶芷和杨思思为客栈先拍一组宣传照。

但跟那些摄影工作室的合作作用也很大。实际上这些摄影工作室都有自己的宣传渠道,他们替客户拍好照片之后,都会把成片放在自己的宣传渠道上做宣传,等于间接宣传了我们的客栈,这才是我要和他们合作的最大目的。

聊着聊着，马指导便又聊到了他自己最看重的酒吧上，他对我颇有怨言，觉得我没能替他留下桃子，他自己却压根儿找不到比桃子更好的调酒师。

对此，我觉得特别委屈，因为我比他们更想要留下桃子，可是也更清楚桃子不可能留下！

黄昏很快就来了，我跟马指导两个人就这么坐在院子里对着已经有了污水处理设备的客栈发着呆。我不知道马指导在想什么，但我已经在幻想着客栈恢复营业以后的样子，也幻想着以后能以一个成功者的形象将父母也接到大理来玩一段时间。

如果有一天我真的在大理这座城市获得了成功，那我最先要感谢的人就是汪蕾，因为是她给了我一次重新选择生活的机会。

就这么发着呆的时候，有人推开了客栈的门，我和马指导同时将目光投向了来人，却都不认识来人。

那是个戴着眼镜、三十岁左右的男人。他来到我的面前，重重地握住了我的手，言语充满感激地说道："你好，你好，我是今天被你给救了的那个孩子的爸爸。我真的特别、特别感谢你，是你替我保住了一个家庭，功德无量！功德无量！"说完，他又示意身后的那个人将带来的东西放在了我身旁的那个石桌上。

我说他客气了。

他又说道："我叫孙继伟，今年刚调到这边的环保局工作，这次老婆是带着孩子专程从外地过来看我的，可没想到发生了这样的意外。我现在想起来都感到后怕，我就该派一个人开车去接他们的，要不是有你这样见义勇为的人，我这辈子怕是都毁了！所以这点儿心意你一定要收下，要不然我这心里实在是过意不去！"

我请他和那个同行的人坐了下来，然后又去给他们各泡了一杯茶。我倒是没在意他说自己是环保局的人，可他自己却将注意力放在了我们这个已经停业了很久的客栈上。

孙继伟从椅子上起身离开，然后在我们今天刚刚安装好的污水处理设备旁停下了脚步，他略微打量了一下，说道："你们这个设备是从无锡那边的工厂买过来的吧？"

我点头回道："嗯。"

"花了多少钱？"

"八万多一点儿。"

"不贵，这套设备放在市场上，最少也得十二万往上走！"

孙继伟的话让我再次意识到了白露的重要性，她这次着实是为客栈立下了大功，她省下来的这四万块钱已经够将客栈的床上用品进行一次全面的更新和升级了。

我向孙继伟问道："你是不是认识这家工厂的老板？感觉你好像对他们的产品很熟悉。"

孙继伟笑了笑，回道："我是在环保局工作的，经常跟这些做污水处理设备的生产厂家打交道，你们客栈挑的这个产品在国内来说算是很顶尖的了。我和这个工厂的老板认识，他在国外留学了很多年，专攻环境工程这一块，所以他从国外带回来的都是这个行业最尖端的技术，算是一个对国家有贡献的技术型人才了。"

稍稍停了停，他又问道："你们买他的设备肯定是托了关系的吧？这个价格就算是我们环保局的人去谈，也不一定能谈得下来。"

我含糊着回道："这事儿是朋友帮忙办的，具体我也不了解。"

孙继伟没有再追问，稍稍沉默之后他转移了话题，说道："十一月份政府会在有证件的海景客栈中挑选一小部分恢复营业，你们有这套污水处理设备是好事情。"

我笑着回道："我们这个客栈证件都是齐全的。我们花了这么大代价买这套设备就是为了能赶在十一月份恢复营业。"

孙继伟先是点头，然后又不太乐观地对我们说道："目前洱海边上证件齐全的客栈有好几百家，我说实话，你们客栈的规模有点儿小，所以不是特别乐观。

"在海景客栈全面关停的这段时间里游客们的意见还是很大的，因为他们觉得自己住海景客栈的需求没有得到政府的尊重，导致这段时间的投诉率非常高，政府既然有让一部分海景客栈恢复营业的打算，那肯定会优先选择一些接待能力强的海景酒店，这样能在一定程度上缓解市场的供需失衡。"

"那我们的客栈真的一点儿希望也没有吗？"

孙继伟没有正面回答，他反问道："这客栈，你们应该投资了不少钱吧？"

"嗯，客栈我们是从别人手中接过来的，我们几个朋友把能投资的钱都投进来了。"

孙继伟皱了皱眉，半晌之后才回道："对客栈进行评估考核的工作不是我负责的，就算是我负责，也不好违背上面的指示，我很想帮你们的忙，但这事儿确实是不太好办……"稍稍停了停，他又说道，"我就这么和你说吧，目前已经有二十六家大型海景酒店被内定了名额，这些大型海景酒店都是曾经为大理旅游业做过重大贡献的，其实，这所谓的调查评估也只是走个过场，毕竟只剩下四个名额，可等着恢复营业的海景客栈却多得吓人！"

我心里涌起一阵想骂人的冲动，可更多的却是无奈和无助，因为这个消息真的是太打击人的意志了。我早该料到是这个结果的，可就是没有办法甘心。

我满是沮丧地坐回到了石凳上，然后点上了一支烟。

孙继伟走回到我的身边，他轻轻拍了拍我的肩，然后说道："你也不用太失望，我还真的想到了一个方法，说不定能帮你们把这个事情给办成了，不过需要你的配合。"

"只要客栈能在十一月份恢复营业，我这边可以配合！"

孙继伟点了点头，又说道："前段时间，云南发生了一起性质恶劣的殴打游客的事件，这件事情在网络上被曝光后对整个云南省的旅游形象都产生了极其坏的影响，很多媒体更是借这个事件又将矛头对准了云南这些年来出现的各种乱象，并进行了集中的报道和抨击，政府为了挽回旅游形象，所以才对旅游市场进行了这么大力度的整治。"

我好似有点儿明白孙继伟的意图。他又说道："我是这么想的，既然旅游口碑能被坏事破坏掉，那就也能被好事重新塑造起来。所以我准备明天请在电视台工作的朋友来对你做个专题采访，你就以大理客栈老板的身份把自己救人的动机和经过分享给公众，继而传播正能量。如果能够形成话题效应，那到时候，就算不想让你们客栈恢复营业，都说不过去了。另外，我明天就让同事给你们送一份污水排放达标合格的证明文件，这样你们也就又多了一个筹码，这倒是我职权范围内能办到的事情。"

从商业角度来说，孙继伟的这个提议堪称绝妙，可是我却感觉有那么一点儿不舒服的东西刺进了自己的心里。我在沉默很久后对他说道："我救人完全是出于本能，如果要拿这个事情当作商业宣传的筹码，我是感觉挺奇怪的，也不是我的价值观所能够理解的，我觉得这是对人性的不尊重，好像必须得到回报才该去救人！"

孙继伟愣住了，他肯定没有想到我会选择拒绝。

我又对他说道："我们老是说正能量，到底什么是正能量呢？如果我真为了客栈能够恢复营业就配合做这种宣传，那这是不是就变了味了？因为这是建立在等价交换的基础上产生的行为，这样不好！"

孙继伟看着我，半响才回道："兄弟，这个社会多现实哪，你都不知道一些客栈老板为了能尽早恢复营业都耍了一些什么花招，你这可是自己拼着命争取到的机会，就这样放弃实在是太可惜了，真的太可惜了！"

我摇了摇头，依旧示意不愿意这么干。

孙继伟有些无奈，最后对我竖起了大拇指，又说道："那行，既然你不愿意，我也不勉强你，但是你这个兄弟我交定了，我再帮你想想其他办法，看看能不能争取到一个名额。"

"那谢谢老哥了。"

孙继伟离开后，我给自己点上了一支烟，我的内心有点儿苦闷，因为放弃这样一次千载难逢的机会我也觉得很可惜，可是又不愿意碰触自己坚守的人性底线，更不想将自己看低了。

我觉得做人有时候真的是挺累的，好像你要得到某些东西就必须拿另外一些东西做交换，而是不是在努力，在奋斗，反而不是最重要的。

马指导来到我的身边，我以为他会骂我，却不想他冲我竖起了大拇指，由衷地说道："你没做错，哥们儿支持你！"

我看着马指导，心里的苦闷也随之被驱散了一些，因为我的身边还活着马指导这个同类。他的支持让我坚信这个世界上总有一部分人是愿意站着活下去的，所以在面临人性和利益的选择时我并不孤独。

　　我知道马指导也极其渴望客栈能够早点儿恢复营业，他最近为了小酒吧的事情已经快把自己的两条腿给跑烂了，但他仍是支持我的。

　　心情舒畅了一些之后，我终于笑了笑，回道："你们不怪我就好。"

　　马指导点了点头，又转移了话题，问道："你觉得这孙继伟是个什么样的人？"

　　我重重吸了一口烟，然后答道："他想帮我是真的，但是想借此捞个人的政绩估计也是真的。"

　　"和我想的差不多，要是他真能借助你这件事把大理的旅游形象给搞上去，他自己肯定也有好处，我特别不爽这样的人，你救的可是他的老婆和儿子！"

　　"这世界有白就有黑嘛，我虽然不赞同他的提议，但是也挺能理解他的，我们都要生存。"

　　马指导没有言语，却陷入了沉思，而我也颇有感慨，其实我们这类人并不是傻，我们能看到人性里自私和功利的一面，我们只是不愿意同流合污才情愿糊涂着，却被主流人群当成是真傻！

　　天色已经完全暗了下去，我终于对一直沉默着的马指导说道："走吧，咱去古城喝几杯，哥们儿请你。"

　　"今天喝不了，我又多找了两家酒吧唱歌，现在一个晚上要唱三场，没啥玩的时间了。"

　　"怎么这么拼？是缺钱了？"

　　马指导笑了笑，回道："咱这客栈有不缺钱的人吗？我是想多赚点儿，然后给酒吧弄一个像样的吧台。白露说得对，大家是一起做事业的，身上都有责任，我要是再自暴自弃，影响了整个团队就实在是太不像话了。"

　　我拍了拍他的肩以示赞赏，他又想起什么似的向我问道："铁男那边有信儿吗？"

　　"没，估计才到上海，还没找到落脚的地儿呢。"

　　"那你就帮他一把吧，我和他也认识很久了，没见他对谁像对桃子这么认真的。"

　　"他和桃子成不了。"

　　"两个人只要有感情，怎么就成不了了？再说了，铁男也不是那种特世俗的哥们儿。"

　　我重重嘘出一口气，想说什么，却又说不出口，而马指导似乎也赶时间，他没有再和我多说，下一刻便背着吉他离开了客栈。我就站在门口目送着他。

　　在门口站了一会儿，我便在夜色中看到了叶芷那辆很有辨识度的大G，它缓缓停在了客栈不远处的停车场，而后叶芷便从里面走了出来。不用想，她肯定是来找

163

我的，可为什么来找我却需要好好琢磨，因为她一向都不是一个喜欢主动的人。

她来到了我的身边，然后从包里拿出了一支条状的药膏递给了我，说道："给你买的药膏，防止伤口感染的，你记得早晚各往伤口上涂抹一次。"

我下意识地往自己的手上看了看，才想起昨天下水救人时我的手被车子上碎掉的玻璃给划伤了，我压根儿就没管伤口，此时伤口上真的有一点儿红肿。没想到叶芷把这个事情放在了心上。

我从叶芷手上接过药膏，然后又笑着对她说了声"谢谢"。

叶芷又从包里拿出了一瓶矿泉水对我说道："手伸出来，我帮你把伤口清洗一下，你自己再把药膏涂上。"

我乖乖地伸出了手，叶芷将瓶盖拧开，小心地将水倒在了我的伤口上，然后拿出消毒用的酒精棉帮我擦了擦，做完这些之后，又示意我自己把药膏涂上。

我开着玩笑，回道："你好人做到底，一起帮我涂了吧。"

"能做到的事情就自己做。"

见我将药膏抹上，她便对我说道："你记得用药，我先走了。"

"大老远来一趟，一起吃个饭再走吧。"

"改天吧，我待会儿要去市政府开个会。"

我带着疑惑，问道："都这么晚了，还开什么会啊？"

"招商引资。"

"那成吧，你先办正经事，要是开完会你还来龙龛这边的话，我请你吃夜宵。这边有家做广式茶点的小店口味很不错。"

"不过去了，挺累的。"

我心里略微有一些失望，她却已经走回到了自己的车旁。我突然想起一件事情，便大声对她说道："我看见你发的朋友圈动态了，挺伤心的，我救人的时候，你们竟然还有心思拍照片！"

叶芷回头看着我，她很少有地笑了笑，然后回道："照片是思思在同城的论坛里找到传给我的，现在很多大理人都在传你的事迹。"

"那条动态，也是杨思思让你发的？"

"嗯，她说要让更多人看到你的英勇，所以只要是她的朋友都必须在朋友圈里转发。"

我有点儿尴尬，之前那点儿沾沾自喜也瞬间消失得无影无踪，原来叶芷这条朋友圈动态是在杨思思的要求下发出来的，而我却误以为是她的本意。

叶芷已经驾车消失在我的视线中，我却还在原地站着，可当我想到杨思思的时候，心里又多了那么一点儿感动和趣味，她还是一如既往地任性、霸道，不过既然逼着自己的朋友在朋友圈转发关于我的事情，她大概是崇拜我的。

164

我觉得自己受得起她的崇拜。

独自一个人的夜有点儿索然无味，无事可做的情况下我给铁男打了个电话，他接通后便骂道："米高，你还知道给我打个电话啊？我一乡下人，刚一进城就摸不着东南西北了，你让我到哪儿去找桃子？"

"你不是会发寻人启事嘛，先找个广告公司，弄它个一万份。"

"尽说风凉话。"

"你冲动的时候就没想过上海是个人口过千万的特大城市吗？你被城里人给骗了卖了都是活该。"

"你甭废话，赶紧把桃子的住址告诉我，我去找她。"

"不说。"

"你跟我较劲儿！"

"谁跟你较劲儿，我就是劝你赶紧回来，客栈要忙的事情一大把，哥们儿一个人扛不住啊！"

铁男又放缓了语气："算哥们儿求你了，你就给我一个她的联系方式吧，我现在特别绝望，我是真连住旅馆的钱都没了，咱一起搞事业的哥们儿，你不能让我死在上海啊。"

"那你赶紧看看附近有没有派出所，就说你是黑户，然后让警察叔叔把你遣送回大理。"

铁男真的被我搞生气了，他破口大骂，骂得特别难听，我在他骂到一半的时候把电话给挂掉了，而在挂掉的那一瞬间，我好似看到了一个身无分文的男人站在人来人往的街头对着灯红酒绿兴叹，可自己的行李箱里却什么都没有。

幸灾乐祸了片刻之后，我心里又有一丝不忍，也有那么一点儿佩服他，因为面对爱情时，我没有展现出他那么大的勇气。当初，我可是眼睁睁地看着陆佳离开的。

一番挣扎之后我终于给桃子打了个电话，桃子似乎还没有上班，她在片刻后接通，然后向我问道："是不是铁男已经到上海了？"

"他真去了，我才给他打了电话，他说是正在街上晃着，连住旅馆的钱都没有。"

"夸张了吧！"

"他真敢这么穷！你看是不是要去看看他？咱在上海的时候已经够绝望了，别让一个外地人也体会跟我们一样的绝望，上海这座城市其实没那么讨人恨。"

桃子不说话，而这种不说话也是一种心软了的表现，毕竟有这么一个男人，拼着只有一张机票的钱也跑去上海找她了，那她作为一个女人，本身又对那个男人有好感，又怎么可能会不感动，不心软？

片刻的沉默之后，桃子终于对我说道："你跟他要个位置吧，我让朋友去给他送点儿钱。"

165

"其实,他要是真没钱,我微信也能转给他的。"

"你别管这事儿了,我让我朋友过去。"

我猜不透桃子的心思,但既然这是他俩之间的事情,我也不好过于干涉,于是便选择了尊重她。

此时,别说是桃子矛盾,连我都很矛盾,我一方面被铁男这为了爱情而无畏的精神折服,另一方面又替桃子感受到爱情无望的焦虑。

第六章
特别的缘分

我在微信里和铁男要了位置,然后又将他的位置转发给了桃子。之后的事情我便没有再过问,于我而言,就算是再好的朋友,再撕心裂肺的爱情,发生在我的身边,我也只能当作是在午夜看了一场别人演的爱情电影。

我并不是不热心,只是明白,爱情就像是海浪,当事人都未必能握得住的东西,更别提一个只能瞎操心的外人了。

次日的一早,孙继伟便派人送来了一份盖有环保局公章的"污水排放合格"的证明,他还托送东西的人转告我:这个证明很有用,如果到时候有人来评估,一定要拿给他们看,就算不能拿到第一批恢复营业的名额,第二批也是有保障的,因为第二批能够恢复营业的依据很可能就是这张证明。

我将这张证明收好,可多少还是有点儿不甘心。我知道,客栈想赶在十一月份恢复营业的希望基本上是没有了,因为孙继伟昨天已经说得很明白,只剩下了区区四个名额。从客栈的硬件条件来说,我们根本都不具备竞争力。

我只能劝自己看开一点儿,因为已经很尽力了。

八点的时候,我和马指导去了一趟建材城,我们买了做木工的工具,又买了做吧台的材料,然后便挽起袖子干了起来。马指导说,这个开在客栈里的小酒吧就我们自己装修,我们可以把它装成工业风格,这样既省钱又能体现格调。

马指导还说,大理这边有一个很厉害的客栈,老板为了节省成本,装修全部靠在路边和山里捡一些废旧用品,用树枝什么的装扮起来的,看上去很没诚意,可偏偏就有一些喜欢"破烂文化"的客人专程去他那里住,经过这几年的经营,竟然也成了大理的网红客栈之一。

所以,在大理这座城市做生意未必需要有很多的钱投资,但一定要用心,要有自己独特的创意。

干活的时候马指导一直和我聊着大理的一些牛人,所以尽管干了很多力气活,

167

但我也没觉得特别累,时间在不知不觉中就来到了中午。

我去隔壁的饭店买了两份快餐,然后又去小卖店买了两瓶风花雪月啤酒,就这么跟马指导坐在洱海边的一处树荫下吃了起来。

我举起啤酒罐敬了他一杯,又感慨道:"这是我来大理之后感到最充实的半天了,还是忙起来的感觉好!"

马指导笑了笑,然后跟我碰了个杯,也说道:"没想到你还会干点儿木工的活儿,你那个地台打得不错。"

"穷人家的孩子嘛,多学点儿东西才能在这个社会上多找到一点儿生存的机会。你呢,又哪儿学来的这搞装修的一手?"

"跟你一样,我也是穷人家的孩子。来大理之前,跟自己家里的叔叔一起组织过一个装修队,简单的设计和装修活儿我都能做。"

"不是我夸你,你真是一个多才多艺的哥们儿,就是不知道你以前怎么能在大理活得这么颓废!"

马指导放下了手中的啤酒罐,然后看着我,半晌才回道:"你信吗?我之前在大理做过一个挺牛的装修公司,这边好几个星级酒店都是我们公司装修的。"

"不信!"

"真的,没和你吹牛……可哥们儿遇人不淑,后来被合伙人坑了进去,蹲了两年,去年夏天才被放出来的。"

马指导说完后拿起啤酒罐猛喝了一口啤酒,而我却惊呆了,我没有想到他颓废的背后,竟然有这么一段过去,我过了很久才问道:"哪个家伙坑你的,后来怎么样了?"

"没怎么样,这事儿就甭提了。"

我的好奇心被马指导勾了起来,可当我想再问的时候他却点上一支烟躺在了地上,他的眼神有些空洞也有些迷茫。我能感觉到这是一个比铁男活得更惨烈的哥们儿。我强忍着收回了不道德的好奇心。

我好像更喜欢大理了。因为这是一个绝望和希望都特别明显的城市。在这里,我能活出一种荡气回肠的感觉,也愿意跟这些受过伤的哥们儿一起做出一份事业,这份事业是救赎的同时,也是轰轰烈烈的奋斗。

我也点上一支烟躺在了地上,吸了一口之后,又在强烈的阳光下想起了一些未来的事情。我对许久没有开口说话的马指导说道:"其实哥们儿特别想客栈能够早点儿营业起来,等打开门做生意的那一天,我就把我爸妈也接到大理来玩一段时间。现在这种状态,我心里真的挺没底的。"

"你是背着家人过来的?"

"嗯,以前一直在上海有工作,虽然只是个小职员,但还算有个稳定的收入,养活自己没什么问题。"

"那你干吗还来大理？"

我深深吸了一口烟，然后回道："坏就坏在这个高不成低不就的'稳'字上。之前，我有个谈了三年的女朋友，地地道道的上海人，觉得跟着我没希望，就自己去国外留学了。"

"正常。"

我哈哈笑了笑，又伸手拿啤酒罐，却发现里面已经没酒了，便向马指导问道："要不要再买点儿酒？"

"弄两瓶老村长来，这啤酒喝着不得劲儿。"

大理的生活就是这么自由，我和马指导随便吃顿中饭都能把自己喝高，我们就这么在客栈门口靠洱海边的树荫下睡到了黄昏的时候，然后又回客栈搞起了装修，直到天色昏暗。

七点半，马指导准时背着他的吉他去了古城，客栈里又只剩下了我一个人，于是我就这么一边孤独着一边将白天用剩下的废弃材料往客栈外面的垃圾场运。

这个时候，我倒真的有点儿想念那个总是会在耳边叽叽喳喳的杨思思了。

处理完那些垃圾之后，我累得要死，我将装垃圾的筐子扔进了杂物间之后，便直直地躺在了院子的草地上，我将自己幻想成天上最亮的那一颗星星，其他星星都是讨好我的陪衬，于是便找到了存在感。

我就是这么一个容易满足的人，如果不是周围的环境一再逼迫，我真的可以很简单地活着。下一刻，我又想到了最初的那个问题：这个世界上真的有那么一个女人会愿意陪我这么简单地过一生吗？我们不必有很多财富，够吃够穿就行，重要的是，我们可以做自己喜欢的事情，每天都能活得很开心。

我知道汪蕾愿意，可是她已经死了。

陆佳肯定不愿意，所以她走了。

我的心有点儿乱，于是又从口袋里拿出了手机，想看点儿时事新闻来转移自己的注意力，这才发现，微信上有一条杨思思发来的未读信息。

"米高，来下关看电影呗，我一个人好无聊啊！"

"没钱。"

"今天昆百大有个电影院刚开业，只要关注它们的公众号就可以免费去看它们的怀旧剧场，所以根本就不用花钱的嘛。"

"你怎么什么都知道？"

"我培训的酒店就在昆百大旁边，你说我知道不知道。"

"我倒是想过去呢，可是我这边坐不上车啊。要不，我把叶芷也喊上？"

"不美死你，看个电影还要俩无敌大美女陪着，要不你自己过来，要不就别看了，哼！"

"那成吧，我只能约叶芷看去了，她有车。"

杨思思立马就恼了，她开始发语音信息骂我"不讲江湖规矩"，我则一边听一边笑，其实我也就是想和她开一个玩笑，我当然不会干出这么缺德的事情，何况我也没有信心能将叶芷约出来。最近她好像是挺忙的。

这个夜晚，我奢侈了一回，花了五十块钱叫了一辆专车，然后从龙龛去了下关，而杨思思就在昆百大商场的门口等着我。她很美，也很有青春活力，尤其是那些霓虹照在她身上的时候。

我忽然就很想记住这个夜晚，因为这是我第一次跟一个女人，在一个还陌生着的城市，去看一场免费的怀旧电影。

往她那边走了几步，我们便在人来人往中对视了，她手捧爆米花，面带微笑地看着我，我毫无防备地陪她笑着，却不想下一秒就被她狠狠踹了一脚，然后恶毒地骂道："你个禽兽，你怎么不把叶芷给带过来？要不要我现在打个电话让她过来啊，然后让你左拥右抱，也不看看自己是一副什么鬼德行，有一个人愿意陪你看电影你还不满足！"

被杨思思狠狠踹了一脚之后，我选择了沉默。杨思思也因此放松了警惕，她向我身边走了一步，就在她以为我甘愿吃了这个哑巴亏的时候，我抬起手，照她后背就是一巴掌，她一个踉跄，手上的爆米花也撒了一半。

"米高，你……"

"知道我也是个有脾气的人了吗？"

"我肺都快被你给拍出来了，你赔我的爆米花。"

"你长得像爆米花。"

"你赔我的肺，我肺疼！"

"你不是要一头扎进大理这座沸腾的城市里嘛，现在好了，你也沸腾了，跟这座城市融合得多好！不过你不用谢我，我还可以再拍你两巴掌，让你更沸腾。"

杨思思咬牙切齿地看着我，我则冲她挑了挑眉，以展示大获全胜后的得意之情。下一刻，杨思思就"噌噌噌"将商场管保洁的大爷给叫了过来，说我把爆米花给弄了一地。

大爷逮着我一顿臭骂，骂我没有公德心，还说，大理这次要是创不上文明城市就是我这样的人给闹的。

这么大一顶帽子扣在我的头上，差点儿把我给吓晕了，于是，我赶忙道歉，然后在杨思思得逞后的坏笑中将那些撒了一地的爆米花给捡了起来。

周围看戏的人都散了之后，我冲杨思思抱怨道："为什么每次和你在一起我都觉得特别丢脸呢？咱能不能好好说话，好好沟通，你这样每次都招来一群围观的群众，我就觉得自己像个耍猴的！"

杨思思哈哈大笑，然后回道："就喜欢耍你这只猴！而且我觉得很爽啊，我喜欢这种成为焦点的感觉。"

我觉得和她没法沟通，便斜了她一眼，说道："要不我再给你几巴掌，让你再体验一下做焦点的快感？"

"不用了，不用了，电影要开始了。"杨思思一边说，一边拉着我向商场里面走，她似乎已经对这里很熟了，没一会儿工夫便将我带到了电影院的门口。她又要走了我的手机，特别热心地帮我一顿操作，然后便真的弄到了一张免费的电影票。

她扬起手上的票，很是得意地对我说道："没骗你吧，真的可以弄到不要钱的票。不过，过几天这个活动就没有了！"

"你琢磨弄这些免费票的时候，心里有落魄的感觉吗？"

杨思思特别不能理解地看着我，然后反问道："为什么要落魄？我觉得很有意思啊。"

"如果有一天，你发现你连吃饭、买衣服、买化妆品都需要琢磨着怎么省钱的时候，你还会觉得有意思吗？"

杨思思愣了一下，面露绝望地回道："我好像是该买衣服、买化妆品了。"

"那你完了！"

"管它呢，等实在过不下去的时候再说，先去看电影。"

杨思思就这么将我拽进了电影院，在看电影的时候，我特地观察了她一下，发现她在吃着零食的同时还能津津有味地看电影，而在她的身上，丝毫感觉不到生活的紧迫感，她好像很无所谓现在的状态，甚至还活得有点儿得意。

我不知道她是怎么想的，但是我羡慕她，羡慕她的年少无知，也羡慕她可以这么无忧无虑地活着。

我又因此想起了曾经和陆佳一起在电影院看电影时的状态。我记得特别清楚，那天电影看到一半，不知道她是怎么想的，就忽然跟我提起了买房子的事情。

我当时特别无地自容，自此之后，就特别排斥看电影这件事情，直到今天和杨思思坐在一起。

因为想起了这些不开心的事，我失去了看电影的欲望，便借口要打个电话离开了电影院。我就这么漫无目的地在商场里逛了起来，我没想买东西，就是想看看人在欲望的驱使下，到底能制造出多少需要用钱买的东西。

"先生，来看看我们这款护肤水吧，今天有活动呢，如果你今天买的话，我们不仅打八折，而且还会送您一张价值三百块钱的抵用券，下次来买东西的时候，就可以用了。"

我停下脚步，打量了一眼，然后向那个导购回道："哟，是挺超值的。可是你哪儿就看出来我用得上这些女人用的东西了？"

导购笑着说道："刚刚看见您带着一个姑娘去了五楼，您用不上，她肯定用得上的。"

我感到特别不可思议！

她又解释道："那个姑娘实在是太好看了，所以出于职业本能，我就记住了。先生，越是漂亮的女人越是要保养哦，就算以后三十岁、四十岁了，还是会像现在这么年轻有活力。"

"她要是四十岁还现在这个样子，那不成妖怪了嘛。"

导购尴尬地笑了笑："先生，您真会开玩笑。我的意思是，您有一个这么漂亮的女朋友，要更加爱护才对。"

我往导购面前走了走，然后小声问道："那你觉得，我有什么资本找这样一个姑娘做女朋友？说实话，我不会生气的。"

导购显然没遇到过我这样一个无聊又神经质的男人，她一阵支吾后，终于回道："您肯定……特别有钱吧？！"

我向她竖了竖大拇指，示意她有眼光，可心里却暗自好笑，我有什么钱？真正有钱的是杨思思的爹妈。

我忍住笑意，说道："你眼光真好，我这人没什么优点，就是有钱。这个护肤水你给我拿一瓶吧。"

"大瓶的？"

"小瓶的，太大了，我裤兜塞不下。"

"我们有手提袋的。"

"被她看见了，就不是惊喜了，我要藏兜里。"

"呃……行吧，不过买小瓶的，就不能赠抵用券咯。"

"我像是在乎抵用券的人吗？"

导购又尴尬地笑了笑，然后递给我一张单子，说道："先生，您这次一共消费一千二百六十块钱，请到左手边的服务台结账，我这边替您把商品包装好。"

"别包装了，待会儿把瓶子给我就成，我要藏兜里。"

导购终于绷不住，"扑哧"一声笑了出来，而我就在她的笑声中，大步往服务台走去。

干完了这件事情我回到了电影院，然后在杨思思的身边坐了下来，她很不爽地向我问道："你死哪儿去了？电影都快放完了！"

我不理会她，并将注意力放在了正在播放的大结局上，可手却揣进了那只装了护肤水的裤兜里，我没有别的意思，只是没搞明白为什么自己突然变得这么大方，我并不是一个能这么消费的男人，所以和陆佳在一起三年我也没有送过她这么贵的护肤品。那时的我只知道为了一套房子的首付而拼命攒钱。

杨思思见我不搭理，又质问道："跟你说话你能不能答应我一声？你这样我很没面子的！"

我与她对视了一眼，猛地从口袋里拿出了那瓶护肤水，然后放在了她的腿上，说道："送给你的。"

"什么呀？！"

杨思思有点儿蒙地拿起了瓶子，然后上下左右看了看，而我则故意将注意力放在了电影上，好像这件事情不是我做出来似的。

杨思思拍了拍我的手臂，问道："你确定是送给我的？我从来没有用过这么便宜的护肤水耶。"

"那我拿去喂狗。"我说着便想从杨思思的手上抢过来，杨思思却死死护住，她笑嘻嘻地看着我，然后眼里就有了泪花，她哽咽着说道："你别对我这么好，我会感动的。"

她这么一哭，我便忽然想抽自己一大嘴巴子。我明白了：我就是被那个导购给忽悠得自我膨胀，才干出了这么浪漫的事情。我不能对杨思思这样，我得让她多吃一点儿苦头，然后早点儿离开大理，去过她该过的生活。

我与杨思思对视着，我又试着从她手上抢过那瓶护肤水，她却比刚刚抱得更紧了，并冲我嚷道："你干吗啊，送给人的东西，还想要回去？！"

"你拿来，你不是没用过这么便宜的东西嘛，怕把你给糟蹋了！"

"我现在都穷成这个样子了，还能怎么糟蹋！你别闹了，打扰到后面的人看电影多不好。"

"你甭废话，拿回来。"

"我错了，我错了还不行嘛！"

"你哪儿错了？"

"我应该表现得特别惊喜，特别意外，我不该在知道你有一颗玻璃心的前提下还对你说风凉话的。"

"晚了，你赶紧还给我，我拿去送给白露。"

杨思思有点儿不爽地看着我，半晌回道："送给白露算什么英雄好汉？你要有能耐拿去送给叶芷，我就还给你。就怕她更看不上吧，她可是有钱得很呢，你也不看看她用的那些护肤品好多都上万了。"

我顿时便泄了气，然后转移了看着杨思思的目光，说道："说这些有劲儿吗？"

"怂包！"

杨思思一边鄙视着我一边将护肤水给塞进了自己的皮包里，然后又告诉身后那些对我们不满了很久的观众说我脑子有问题，让他们别和我计较。

173

这场不花钱的电影把我看出了内伤，以至于回到客栈的时候我还是有那么一点儿郁闷。我没有想睡的欲望，便独自坐在了洱海边。

　　洱海和外滩不一样，外滩的高楼大厦总会将你身体里的痛苦压缩成一个点，然后像子弹一样射穿你内心最脆弱的地方；而洱海因为周围没有高大建筑群，也没有喧嚣的人群，就会给人一种很开阔的感觉，它就像一口巨大的锅，能装下一切苦闷，而风就是锅底的火焰，一会儿工夫就能把你的苦闷给煮沸，然后化成水蒸气，消失在天际处。

　　恍惚中，我接到了老黄打来的电话。接通后，他便开门见山地向我问道："让你回上海做产品经理的事情，你考虑得怎么样了？"

　　"上次不是和您说得很清楚了，怎么还提这个事情？"

　　"这个位置不会一直空缺着的，最近上面已经在物色人选了，我不可能一直顶住压力给你留着的，所以今天打电话就是最后和你确认一下，我也是不想你以后有遗憾，觉得我没有给你争取嘛。"

　　"没有遗憾这回事儿，我这边您就不用惦记了，一切都顺利。"

　　老黄呵呵笑了笑，然后又低沉着声音问道："最近思思三天两头在朋友圈里发你干的事情，是怎么回事儿？"

　　我心头涌起一阵不祥的预感，随即回道："不能吧，她没事儿老发我干吗？"

　　"那就要问你了。"

　　我说不上话来，但心里又觉得这是一件必须解释清楚的事情。而就在我的沉默中，老黄又叹息道："米高啊，我思前想后，还是觉得你留在大理不合适，我已经跟你爸通过电话了，把你现在的情况都告诉了他，你这边做个心理准备吧。"

　　我的心猛然一收，然后便是一阵窒息的感觉，我怒道："你是老糊涂了吗？我要是和杨思思真有什么关系，我敢让她在朋友圈里发那些玩意儿？瞒着你们还来不及呢，我会干这么蠢的事情？我和她就是朋友，她一个人待在大理没依没靠的，我照顾着点儿怎么了？"

　　"什么都不说了，这事儿就算我搬石头砸了自己的脚，你也没让我放心。"

　　我气急败坏，开始口不择言："你怎么这么无耻！"

　　老黄挂掉了电话，我气得发抖，我觉得自己的世界就在这一刻崩塌了，我不该惹上杨思思的，从我们见面的那一刻起，她就注定不会让我安生。

　　我还没从这阵劲儿中缓过来的时候，我爸的电话又跟着打了过来，我不堪忍受，只感觉自己已经焦头烂额，此刻唯一能让我发泄和冷静的只剩下这冰冷的洱海水。

　　我扯掉了自己的外套，然后便一头扎进了洱海里，不断压抑的窒息感中我听到了从留在岸边的手机里不断传来的铃声，也看到了一个全部靠谎言堆砌起来的自己，和陆佳为了生活而抛弃我的脸，我被折磨得不行，于是又向更深的地方潜了下去。

彻骨的寒意之后，终于有了一阵温暖的幻觉，我好似听到了一阵温柔的呼唤，而汪蕾就亲切地藏匿在这阵温柔的背后，我有了一种濒临死亡的感觉，某一个瞬间，我甚至希望自己就这么死去，然后活在另一个世界里，做英雄、做富翁、做能主宰自己命运的伟人。

"米高，像个男人一样去面对。你不是生活的奴隶，你是在阳光下生长的一粒种子，你会变成一棵大树的。"

我知道这是在窒息中产生的幻觉，可我还是想听她说下去。因为经历了死别之后，她只能以这样一种方式存在于我的精神世界里，然后给我去对抗这个世界和生活的勇气。

我特别想她……可是我真的坚持不住了，求生的欲望逼着我浮出了水面，我用手抓住礁石的一角，重重地喘息着，而那双被水模糊的眼睛，忽略了一切，只看到了一个脆弱无助的自己。

我知道父母有多希望我能和陆佳修成正果，也知道他们为此付出了多大的努力，所以我才如此害怕他们失望，这种感觉只有真正置身其中的人才能懂。我想做个孝顺的儿子，因为我知道父母把我培养成人极其不容易。

不管是我，还是我的父母，在面对陆佳离开这件事实时都特别悲伤。而我只能选择倾尽全力地去隐瞒，可现在却瞒不住了！

我终于将脸上的水擦干净，然后又是一阵毛骨悚然的感觉，我看到岸边有一双注视着我的眼睛，而此刻已经快凌晨十二点。

我擦亮了眼睛，才发现那个背着吉他蹲在地上看着我的人是马指导。他吸了一口烟，面无表情地向我问道："你这哥们儿还有这癖好？"

"你哪儿冒出来的？吓死我了！"

"刚下班，路过。"

我从洱海里爬了上来，一阵风吹过，我又是一阵哆嗦，可心里却爽了一些。这才将扔在岸边的手机拿起来看了看，上面有六个未接电话，都是我爸打过来的，另外还有一条"看见信息，速回电话"的留言。

我吸了吸鼻子，然后披上衣服在马指导的身边坐了下来，我向他要了一支烟，哆嗦着点上。

马指导让我等着，便回客栈的杂物间抱来了一些柴，他浇上煤油后将柴堆点燃，又对我说道："这些东西是铁男拿来搞篝火晚会用的，先给你用了。"

我往火堆口靠了靠，一阵灼热的感觉传来，这才驱散了我身上的寒意，也让我从痛苦不堪的地狱回到了人间。我对马指导说道："哥们儿遇上大麻烦了。"

"说说看。"

我深深地吸了一口烟，然后回道："我和你说过，我之前在上海有一个女朋友，

175

她觉得跟着我没希望，所以去了国外，但这事儿我没敢告诉我爸妈，他们一直都以为我在上海过得不错。可是今天，我那混账前上司把我被女朋友甩了到大理来的事儿全部和他们说了。"

"那是够你烦的了，可你那前上司为什么这么干？就算你不在之前的公司干了，这情分多少也得讲点儿吧？"

面对马指导的提问我更是心乱如麻，以至于过了半晌才回道："这事儿就要从杨思思开始说起了，怎么说呢，有点儿复杂。"

马指导用木棍将火挑了挑，火烧得更旺了，映衬着他那张饱经风霜的脸，他又弹了弹烟灰，对我说道："你慢慢说，我不急。"

"我来大理的时候，原本是准备坐火车的……"

我用尽量短的语言，将从离开上海的那一刻一直到此时发生的事情都大概说给了马指导听。他听完之后托住自己的下巴回味了片刻，然后笑了笑，说道："就算没有思思跟着你，你早晚也都会有这一天的，这事儿你瞒不了一辈子。"

"我知道，可现在正是客栈能不能恢复营业的节骨眼儿，突然来这么一出，我真没信心能在大理继续待下去，我爸妈都是特别固执和保守的人，在他们的观念里，只有待在上海这样的大城市里做一份体面的工作才叫务正业。"

"那你当初为什么还来大理？"

"这事儿又得说到另一个女人了，我在上海的时候，还有一个老乡，她和桃子是朋友。有一天，她认识了一帮从大理过去的客栈老板，他们和她说起了大理这边的人文环境和生活方式，她就心心念念惦记着这边了。然后，她就劝说我先过来开一个客栈，还给了我十九万，我一开始只想敷衍她一下，可是没过几天，悲剧就发生了，她因为跟人起了冲突，混乱中被砸中了头部，然后，好好一个人就这么没了！"

说到这里，我有些哽咽，因为我又想起了那天她将我约到酒吧里聊天的一幕幕，她说起大理时的样子就像一朵盛开的鲜花。

我重重地抹了一把脸，又说道："我从来没有想过生与死竟然就是一线之间的事情，所以这件事情过后，我顿悟了，我不想像个孙子似的活在上海，可灵魂却死了。我也不想做房子的奴隶，更不想做繁衍后代的机器，我想换一种生活方式，所以我带着她给我的十九万还有我这些年来的全部积蓄，来到了大理。"

马指导看着我，这次他丢掉了旁观者的态度，然后握拳砸了砸自己的胸口对我说道："扎心了。"

"心都被扎碎了！"

我又点上一支烟，一边吸着，一边面对滔滔的洱海不知所措地迷茫着。我似乎不太善于处理人与人之间的关系，所以才选了这么一个用谎言去维持现状的低级办法，而现在，报应来了。

我一声叹息，然后又对马指导说道："事情走到这一步，我是想躲也躲不掉了！你就站在旁观者清的角度帮我想想，看看这事儿还有没有招儿能解？"

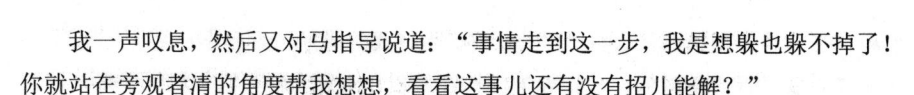

"不难。"

看着马指导胸有成竹的样子，我的心里立刻燃起了一阵希望，我赶忙又给他递了一支烟，并帮他点上。不知道为什么，我对这个哥们儿很有信心，他虽然说话粗鲁，可是看问题的角度确实有独到的地方。

马指导坐在摇曳的火焰旁，一副仙风道骨的样子，他弹掉烟灰之后对我说道："做个假设，如果过节的时候，你给你妈送了一个黄金戒指。有一天，这个黄金戒指被不小心弄丢了，你说你妈急不急？"

"肯定急啊，一个黄金做的戒指少说好几千呢！"

马指导点了点头，又说道："然后你妈就开始到处找，找着找着，她意外发现了一枚价值好几万的钻戒，那你觉得她还会惦记着那个丢掉的黄金戒指吗？"

"那个丢了钻戒的人不是更急？"

"你这不是较劲儿嘛……我是让你去体会这里面的道理。"

我琢磨了片刻，然后试探着问道："你的意思是：我的前女友就是那个弄丢掉的黄金戒指？"

"对嘛，你再给你爸妈找一枚钻石戒指不就完了？你说，有了钻戒，谁还会惦记以前那个黄金戒指？"

我想了很久，回道："我明白你的意思了，可是我现在得到哪儿去找这么一个钻戒，然后跟我爸妈交代？"

"我只是给你提供一个思路，剩下的就是你自己的事情了。"

我点了点头，便没有再言语，但我心里对马指导这套人生哲学是服气的！人有时候，狠一点儿去处理自己身上的矛盾，真的会有不一样的收获。

我默默点上了一支烟，然后便同时想到了叶芷和杨思思这两个女人，我瞬间就将杨思思否定了，因为这件事情就是由她引起的，我要再和她弄出点儿什么不必要的误会来，估计老黄会连杀了我的心都有。

叶芷倒是个特别合适的人选，可就算是演戏也得人家愿意才行。而且我要怎么才能让我爸妈相信，陆佳走了后的不久我就找到了一个这么棒的女人做女朋友？我的心里有一面镜子，知道自己是个什么德行，所以我和叶芷是不是般配，我比谁都清楚。

就在我权衡着的时候放在烟盒旁边的手机又响了起来，没有意外，这个电话还是我爸打来的，我特别犹豫，因为我还没有想好到底要不要撒这个谎，如果确定要继续撒谎的话，到底要怎么圆，才能显得没有破绽。

此刻我没有其他的想法，我只想安安稳稳地待在大理，把客栈当成一份事业去

177

经营，更希望得到自己父母的理解，让他们支持我的选择，而不是逼我回上海。

就在我犹豫着的时候，马指导拍了拍我的肩，示意我他先回客栈。于是，忽明忽暗的火堆旁，只剩下了一个左右为难的我。

手机铃声还在持续不断地响着，我能感受到电话那头的父母是多么心急如焚。可是我也有很多苦衷，却又不知道要说些什么让他们理解我，所以我迟迟都不敢接通电话。

我这人就是这样，有时候刀山火海未必怕，可就怕父母的责难，但这事儿终究是要面对的。

我终于一咬牙，一狠心，接通了电话，然后一副没心没肺的样子笑着说道："爸，刚准备给你回个电话，你就自己打过来了，真巧啊！"

"你现在人在哪儿呢？"

我能感觉到电话那头的老米是以一种什么样的情绪在压制着自己心中的愤怒，而我也不可能在事情发展到这步后还瞒着他，于是也低沉着声音回道："大理，上海的工作我在一个月之前就已经辞掉了。"

老米许久才开口说道："你这不是混账嘛，你怎么能这么欺骗我们做父母的，还有，你和陆佳又是怎么回事儿？"

我想从口袋里摸出一支烟点上，却发现唯一的一包烟竟然被马指导这个禽兽给拿走了，于是更加苦闷了起来。我抬头向对岸灯火最闪亮的地方看了看，才回道："我配不上陆佳，她想走，我拦不住她。爸，这些年我尽力了，可真的没有能力在上海那座城市出头。"

"你胡扯！你当老黄没和我说呢，他一直把产品经理的位置给你留着，你熬了这么多年才等到这个机会，为什么不珍惜，偏偏在这个时候跑到大理去鬼混？"

"我在大理不是鬼混，我是想好好做一番事业的，现在已经有点儿眉目了。"

"什么叫有点儿眉目？我不想听这些空话。米高，你要是还把我和你妈放在眼里就赶紧收拾行李回上海。老黄那边兴许还能帮你把这个位置留着，要是晚了就真不好说了。你体谅体谅我们做父母的心情，我们现在就去筹钱帮你在上海付了首付买一套房子，你再好好找人陆佳聊聊，这么多年的感情哪能说放下就放下，你们也都老大不小的了！"

我握紧拳头，喘息着回道："你们要我体谅，谁又来体谅我？爸，你就真的那么希望我留在上海吗？你知道不知道那边的房子是什么行情？是，我们是能和亲戚朋友借钱，可这些借来的钱就不用还了吗？就算最后拼死拼活地筹个一百来万，也只是够交个首付，到时候又有房贷，你叫我一个人怎么去扛？"

老米先是沉默，然后又对着我怒道："你是不是做了什么对不起人陆佳的事情？要是你和陆佳踏踏实实地在一起，两个人怎么就还不起房贷了？"

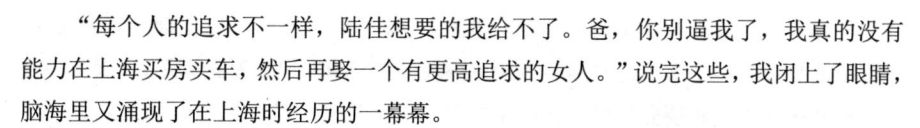

"每个人的追求不一样，陆佳想要的我给不了。爸，你别逼我了，我真的没有能力在上海买房买车，然后再娶一个有更高追求的女人。"说完这些，我闭上了眼睛，脑海里又涌现了在上海时经历的一幕幕。

如果一个男人不是真的受够了，又怎么愿意在自己父母的面前说出自己无能这样的话？我累了，我就像一堆烂泥从上海滚到了大理。我的自尊心也被伤透了，所以才感觉配不上陆佳，最后情愿什么也不说，就这么放手让她走。

老米又开了口："你这就是无能的表现，难道整个上海就你一个外地人不成？"

"你去上海问问，除了极少数人，有几个人在那里是过得踏实的。"

"在电话里面跟你说不清楚，我已经订了去大理的火车票，明天下午六点到火车站，你自己看着办。"

老米愤怒地挂掉了电话，我却反应不过来，一直将电话悬在耳边，迟迟没有放下。我还想解释一些什么，却发现这个世界是如此冷酷，因为没有人愿意花时间听我多说几句，哪怕是自己的父母。他们要的只是我活成他们希望看到的那个样子，却不在乎我的心里到底受了什么样的煎熬。

马指导抱来的那堆柴已经烧成了灰烬，在我感觉到冷的时候风又带着湿气吹了过来，于是这无边无际的洱海边也没有了我的立足之地，我灰溜溜地回了客栈，然后一头扎在床上再也没有了动一下的欲望，就像死了一样。

我做了噩梦，梦见自己从高楼上坠了下来，我猛然惊醒，然后又在床上呆坐了很久，才拿起手机看了看时间。这个时间点很尴尬，因为就夹在深夜和黎明来临前。

我打开微信，只看见铁男在两个多小时之前发了一条朋友圈动态，他和桃子见面了，并在一起吃了夜宵，我不知他是怎么把桃子给骗出来的，但是却看到了他的喜悦。

想来，这就是几家欢喜几家愁了。

我一声轻叹，关掉了微信，然后便去卫生间用冷水洗了一把脸，等清醒之后，我骑着铁男的摩托车离开了客栈，就像一片枯萎的叶子一样飘荡在环海路上。

快要到马久邑的时候，朝阳终于在洱海的另一边露出了一个角，整座古城也随之焕发出了生机，我就在这一片祥和的生机中遇见了打扫马路的清洁工，还有卖豆腐、豆腐脑的小贩。

最后，我停在了海途客栈的门口，没敢进去，只是坐在摩托车上点了一支烟。我当然是希望叶芷能够帮这个忙的，可是又始终少了一些信心。

就算她愿意帮这个忙，我也不知道该以怎样一种状态去和她相处才能让我们看上去像是一对很和谐的情侣，然后不让老米怀疑。

一支烟快要吸完的时候，海途客栈的大门被打开了，而后我便看到叶芷从里面走了出来。

她穿着一身运动装，那一头长发也被她给扎成了辫子。看样子，是要跑步无疑了。她在我的身边停下了脚步，然后有点儿意外地向我问道："你怎么来了？"

"我……就是随便兜兜风，正好路过你这儿。"

"嗯。"

叶芷应了一声，便真的没有再理会我，她就这么沿着环海路向马久邑隔壁一个客栈更加密集的村子跑去。

她真是一个冷漠的女人，于是我心里的胆怯又增加了一分，就冲着她这个性子，怎么才能配合好我在老米的面前去演这出戏？

无计可施中，我想到和老米硬碰硬，可是想起他心脏不太好，便又打消了这个念头，因为怕把他气出个好歹来，那样我身上的罪过就真洗不清了。

难道，我真的要顺他心意回上海？我不甘心。

我又从口袋里拿出了手机，然后给马指导打了个电话。

马指导竟然起了床，他接了我的电话，很清醒地向我问道："有事儿？"

"天大的事儿！我爸下午的火车到大理，你赶紧给我找一个钻戒女人，要不然我真得卷铺盖回上海。"

"真有这么严重？"

"你就是给我吃熊心豹子胆，我也不敢拿这事儿开玩笑。"

马指导一阵沉默，然后回道："哟，那这事儿真不好办了，你说我一个在酒吧唱歌的能认识什么厉害的姑娘？"

就在我一筹莫展的时候，一阵洗发水的清香随着晨风飘来，我一扭头，竟然发现叶芷就站在我的身边。她向我问道："你刚刚说找一个钻戒女人是什么意思？"

我就这么在渐渐有了力度的阳光下看着叶芷，只听见马指导又在电话里说道："你自己身边不就有合适的人选嘛，你去找叶芷，你又不是木头脑子，这事儿还用我提点？！"

我手忙脚乱地挂掉了电话，一边尴尬一边对叶芷说道："你怎么又回来了？"

"前面在修路，你还没有回答我的问题。"

"看不出来你还有偷听人讲电话的癖好呢！"

"是你说话的声音太大了。"

我这才下了摩托车，然后盯着她看了半天，我又在心里搞起了自我安慰，我觉得她能回来，并主动问起这个事情，就是命运的安排，再加上形势迫在眉睫，便将心一横，对她说道："你要这么问了，还真有个事情要请你帮忙。"

"嗯？"

我四处看了看，然后神神道道地说道："站着说话腰疼，咱找个能坐的地方说。"

我跟叶芷来到了之前我们偶遇过的那个岸边，然后等她坐下来后，对她说道：

"我之前在上海待了好几年。你知道的，像我们这种外乡人想在那里立足很难。这时间一久，很多问题就被放大了，所以在我身上看不到希望的前女友就选择了分手。分手后，她就去了国外。"

说到这里，我点上了一支烟，等稍稍平息之后，又说道："人嘛，在经历了一些痛苦之后总会重新审视自己，所以我就选择了离开上海。但是我的无奈和难处只有我自己能够看见，父母不一定能理解，所以为了让他们安心，我就对他们撒谎了。我说自己在上海混得还不错，跟女朋友的关系也很稳定，一开始，他们没有怀疑。可昨天，我苦心撒的谎全部败露了，他们紧赶着要来大理，目的就是把我给弄回上海去。你说，我都走到这一步了，这上海，还能回得去吗？"

"他们还希望你能和前女友复合？"

"聪明！"

"那你自己想复合吗？"

我下意识地抬起头，往远处的海面看了看。那里波光粼粼，充满生机，可是却容不下我这点卑微的希望。于是我苦笑着向叶芷回道："她刚走就切断了所有的联系方式，你觉得一个能把事情做得这么绝的女人，她心里会有想复合的打算吗？如果没有，我又何必去强求呢？"

"这是一种逃避。"

"什么？"

"她是在逼着自己放下你，否则是不是保留联系方式又有什么关系呢？反正心里也已经没有爱了。"

"你是说……她没有放下我？"

"最少在出国之前，还没有放下。"

我心里得到一丝宽慰，然后也觉得应该是叶芷说的这样。如果她真的对我没有一丝牵挂和感情，那为什么还要在分手之前，特意打扮得漂漂亮亮的去出租屋找我，让我们的分手充满仪式感呢？

我吸了一口烟，心里忽然又涌起一阵失落，我向叶芷回道："终究会放下的，在她的价值观中，爱情绝对不是第一位的，她会有新欢的。"

"你很了解她？"

"嗯，特别特别了解。所以她走的时候我没有挽留她。我觉得，大家都干脆一点儿，也许还能保留一点儿当初的美好。"

"也许吧。"稍稍停了停，叶芷将目光停留在我的身上，向我问道，"那你需要我做什么呢？"

"我……"我吞吞吐吐，死活说不出口。叶芷却极其有耐心地等待着。

我决定让马指导背这个锅，终于咬牙说道："马指导说了，如果我的前女友在我爸妈心中是一枚黄金戒指,那她丢了之后,我就再去找一枚镶了钻石的戒指,这样我爸妈心里就会平衡,然后也就不会闹着让我回上海了。"

"谎言破灭后的又一个谎言。"

"我没的选,我死都不想回上海,也不想看到他们失望。其实我挺佩服马指导的,因为这是就目前来看,最好的一个办法了,你愿意帮我吗?"

"你先回答我,为什么对大理有这么大的执念?我觉得这里没什么特别的,很普通的一个地方。"

叶芷真的是一个极其聪明的女人,所以我不需要将自己的想法说得很露骨,她便全部领会了,并知道自己要通过什么样的方式来帮我。可是,我该怎么回答她这个问题?

我深深吸了一口烟,终于开口回道:"你之所以能这么想是因为你太不缺钱了。你可以去全世界任何一个角落,当然能够遇见很多比大理好的地方;你甚至会因为大理买不到爱马仕,买不到普拉达,而觉得这是一座残缺的城市。那我们呢?我们和你不一样,大理就是我们能够遇见的最理想的家园,我们去不了更远的地方了。"

叶芷看了我一眼,又将目光放在了更遥远的洱海对岸,最后只是摇了摇头,却没有说明,为什么不赞同我的说法。

我手中的一支烟已经要吸完,她才对我说道:"你是要我做那个被你比喻成钻戒的女人,对吗?"

"对,只是演个戏。"

"我知道是演戏,可是,我也觉得上海对你而言才是最好的选择。你要知道,当更多像你这样的人开始向往大理这座城市的时候,大理就已经变成了另一个上海。去年大理几个别墅区的房价是一平方米八千块钱左右,可今年已经被外地人炒到了两万,我想问你,大理到底是你们的天堂还是有钱人的天堂呢?"

"不一样,我们和有钱人来大理的目的不一样,他们是来赚钱的,我们是来享受生活的。"

"一个在这里连家都没有的人,谈什么享受生活?"

"客栈就是我的家,马指导和铁男他们是我的家人,你冷漠惯了,所以不能体会到这种感情。"

我不知道这算不算是我们之间的一次争吵,但我却在这番对话中再次感觉到了不可逾越的差距。就像我说的那样,她因为有钱所以对生活有无数种选择,而这也导致她看待大理的思维逻辑是冷漠的,是无情的。

叶芷似乎不想再与我争论下去,她转移了话题向我问道:"你家人什么时候到大理?"

"说是今天下午六点左右到火车站。"

叶芷从口袋里拿出了车钥匙,递到我面前,说道:"先一起吃个早饭,然后把我送到市政府,下午五点的时候,再到国土资源局接我,我和你一起去火车站。"

我有点儿不太相信自己听到的话,又问道:"你……你这算是答应帮我了?"

"我可以帮你,因为你也不计回报地帮过我,但是你要想清楚了,瞒过了这次以后你还能瞒多久。你这样的方法其实是治标不治本,而我也只能帮你一次。"

"能帮一次就够了,我现在最需要的是时间。等他们走了以后,我就能一心一意地做客栈,等把客栈做大,很多问题也就迎刃而解了。"

叶芷不语。

我又笑着对她说道:"其实我真的特别需要你的帮助,不仅仅是因为要应付我的父母。你知道吗,我以前的上司一直希望思思能嫁给他儿子,他总觉得我留在大理是一个隐患,所以才跟我爸通了电话,揭穿了我的谎言。如果知道我有了你这么一个女朋友后,他也就能放心了。"说完,我猛吸了一口烟。

叶芷用一种异样的目光看着我,好似在问我:你这样真的不累吗?

我累,比谁都累,可是活在这样一个旋涡里,我又有什么办法?我只能尽可能地为自己多争取一些时间,然后做出一番能让大家刮目相看的事业。

简单吃了个早饭,我开着叶芷的车将她送到了市政府。

在她解开安全带的时候,我又向她问道:"是下午五点钟到国土资源局接你吗?"

"怎么,你抽不出时间?"

我连连回道:"不是,不是,就是感觉有点儿像做梦;我这辈子都没干过这么梦幻的事情!"

"我也是第一次,但是我现在真的没有时间和你多说话了。"

叶芷一边说一边打开车门,然后拎着自己的手提包下了车,我就这么目送着她向政府大楼内走去,她的身影在我的视线里越来越模糊。

恍惚中,我渐渐入戏了,觉得自己真的有这样一个女朋友,我们就生活在大理,我每天都会开车送她去工作需要去的地方,就像此时此刻这样。

直到忽然响起一阵急促的鸣笛声,我看了看后视镜,这才发现原来是自己的车子挡住了人家前行的道,我赶忙将车挪了挪。可是当我再静下来的时候,却无论如何也进入不了刚刚的状态中了。

我特别惭愧地笑了笑,然后又提醒自己这就是一场继谎言破灭之后又酝酿出的一个新鲜谎言。可这个世界上真的有这么美的谎言吗?

就像是一群被阳光晕成五颜六色的气泡,一边飘散,一边破灭。

开着叶芷的车,我一路疾驰。回到客栈后,我又找来了做木工的工具,然后跟马指导一起搞起了小酒吧的装修,我们将烟和啤酒放在了装修的图纸上,算是给自己的激励。没一会儿,我们便被热得脱掉了上衣,完全是一副拼了命的架势。

我们必须赶工了，因为再过几天就是专家组来客栈考核评估的日子，要是到那时还没有装修好，客栈就会显得很脏乱，这对评估是很不利的。

这一忙活很快到了中午，虽然人辛苦了一点儿，可是小酒吧却渐渐有了模样，我们不仅用砖头砌出了一个书柜，还用从附近工地上捡来的废钢材焊出了一个机车造型的酒架。

马指导说等我们再将天花板改成钢结构的，工业风的感觉就会出来了。

今天是马指导买的饭，我们还像昨天一样坐在了客栈对面靠洱海的一片树荫下，一边喝酒一边抽烟，然后时不时地闲聊几句。

"叶芷真答应帮你搞定你爸妈了？"

"千真万确的事情，她让我下午五点的时候去国土资源局接她，然后跟我一起去火车站。你说，这应该是一件好事儿吧，可是我这心里却有点儿慌。"

"你慌什么？"

"怕露馅，我要是找别人来帮这个忙，可能心里还能稳点儿。找了她，感觉完全就不是一个世界的人，互相也不怎么了解，到时候要是说漏了嘴，我这罪过可真就大了去了。"

"你还是没有吃透金戒指和钻戒的道理，你要是真找一个普通一点儿的姑娘，基本上是不会有效果的，你首先得给你爸妈足够的心理补偿，这事儿才有成的希望。"稍稍停了停，他又安慰道，"叶芷是个聪明的女人，你们去火车站的路上多交流交流，她肯定能领会的。"

"也只能多交流了。"

马指导点头，然后又向我举起了啤酒罐，我和他碰了一个之后，便仰头将剩余的酒给全部喝了下去，而一束阳光就透过树叶之间的缝隙，落在了我的眉眼之间，有一点儿灼热，有一点儿让我心慌。

我扔掉了啤酒罐，然后便脱掉上衣，又一头扎进了洱海里。我憋住气，往自己所能承受的极限深度潜了下去，我以为会像昨天那样产生幻觉，可是却没有，我只是感觉耳朵在越来越强的水压下有些疼痛。我捏住鼻子，做了一个耳压平衡，又继续往更深的地方探索着，直到无法承受才浮出了水面。

我感到精疲力竭，但也得到了一种前所未有的爽快。蹲在岸边抽烟的马指导特别不能理解地看着我，然后问道："这往洱海里跳也能上瘾？"

"我觉得这是一种特别好的减压方式，你要不下来试试？"

"咱客栈里面有无边的泳池。"

"想痛快还得跳洱海。"

"淹死会水的，打死犟嘴的，哥们儿不好这口。"

我不再理会马指导这只旱鸭子，深吸了一口气之后又一次潜进了水里，这是我的幸运,因为洱海的水能够消融我的焦虑,如果运气够好的话,我还会有幻觉,这好似是我唯一能和汪蕾沟通的方式。

虽然我很清楚这是幻觉,但是幻觉里的她却比在梦中出现的她要更加真实。洱海就像是一个能传递的介质,串起了同样对洱海有所向往的我们,虽然她已经不在这个世界上了,但在我的精神世界里,她一直都没有离开。

下午,我和马指导又为了小酒吧的装修而忙活了半天。直到四点半的时候我才开车离开了客栈,然后直奔国土资源局而去。叶芷是个很有时间观念的女人,她说是五点钟,实际上四点五十八的时候便从里面走了出来。

她上车之后,一边扣上安全带一边向我问道:"这边离火车站远吗?"

"半个小时左右的路程吧,大理这个地方,除了市中心,其他地方都不太容易堵车的。"

叶芷点了点头,然后便不再说话。

我心里没底,又向她问道:"你不觉得咱们之间需要交流吗?待会儿跟我家人见面后他们肯定要问很多的。"

"言多必失,我只要承认是你的女朋友就行了,不该说的话我不会多说的。"

"有些事情还是要提前沟通的,比如我们是怎么认识的。"

"是你在高速上帮我修了车,实话实说就好了。"

"那他们要问起来,你是哪儿的人,做什么工作的,也都实话实说?"

"嗯,我来应付就行。"

"你现在有紧张的感觉吗?"

叶芷这才看了看我,而我也放慢了车速,转头看了她一眼。至少,在她的脸上看不到有一丝紧张的神情,我觉得她的从容一定和她见惯了各种各样的大场面有关,而人的心理素质一般就是这么建设起来的。

可不想,下一刻叶芷便将自己的手心对着我,然后对我说道:"已经出手汗了。"

"你不要吓我,这才到哪儿啊!"

"不是吓你,我真的有点儿紧张,我从来都没有陪一个男人去见他的父母……这特别突然!"

她这么一说,我也紧张得不行,我将车子靠边停下,然后又向她问道:"要是待会儿我爸问你你是怎么看上我的,你怎么回答?"

叶芷畏缩了一下,然后盯着我看了半天,才回道:"米高,我现在打退堂鼓还来得及吗?"

我往自己脑袋上重重拍了一下,然后问道:"难道我身上就没有一点儿闪光的地方能让你欣赏吗?你看看,我这浓眉大眼、一身正气的样子是不是也挺帅的?"

"那待会儿,我就说看上你帅了?"

我打了个响指，回道："就这么说，越简单粗暴越显得有底气。"

叶芷点头，在我准备启动车子的时候她又突然向我问道："要是你家人问你，你看上我哪儿，你怎么回答？"

我重重地回道："漂亮！"

经过半个小时的行驶，我终于将车子开到了火车站，停好车后，我便跟叶芷一起来到了出站口，叶芷比我有心多了，她在等待的过程中又特意去旁边的超市买了些东西，说是送给他们做见面礼。

时间一分一秒过去，我频频抬起手看表，气氛也随之越来越紧张。我已经好几次看见叶芷在不经意间搓了搓自己的手，她似乎比我还要紧张。

她向我问道："不是说六点吗，怎么还没有到？"

"可能是火车晚点了。"

"要不你打个电话问问？"

"再等十分钟，要是十分钟以后还没有到我就打个电话。"

话音刚落，手机便在我的手上振动了起来，我像抓了一块烫手的山芋，从一只手换到了另一只手，然后才看了看屏幕，却发现不是老米打来的，而是杨思思。

我松了一口气，然后对旁边同样关注着的叶芷说道："是杨思思打来的。"

叶芷点了点头，便将身体转到了另一侧，似乎并不愿意去听我和杨思思要说些什么。这一刻，我突然觉得自己有点儿委屈了她，就算我曾经在高速上帮她换过一只备胎，也不该让人家用这样一种方式来偿还，更何况这还不是她擅长做的事情。

如果这场风波之后，我们之间还有谁欠着谁这么一说的话，那一定是我欠了她。

……

大理的夜晚要比其他城市来得更晚一些，所以哪怕已经是六点一刻，太阳仍很有力度地在天空之上挂着，而下关的风也是名不虚传，它一边穿过马路一边嘶吼着，并一路伴随着车流在红绿灯的路口走走停停。

整座城市，也好像随之变得一会儿静止一会儿运动。

我向人少的地方走了几步，这才点上一支烟接通了杨思思的电话，她依旧是一副乐滋滋的语气，向我问道："在哪儿呢？"

"下关这边。"

"那正好，咱们去看电影呗，今天昆百大这边还有免费的怀旧剧场耶！我们去看《有话好好说》，可有意思了！哈哈哈！"

杨思思就这么一边没心没肺地笑着一边说着电影里面的经典台词。可是，我却不知以什么心情去和她有话好好说。我现在的麻烦在很大程度上就是她引来的。

"我在火车站这边接人，我家人来了。"

"呀！他们不是不知道你在这里吗，怎么突然就来大理了？"

我不忍心责备她,便回道:"这事儿三言两语说不清楚,你自己去看电影吧,今天我就不陪你了。"

杨思思说话的语气变得认真了起来,她回道:"我感觉你的心情不是很好,要不我去火车站找你吧,我陪你一起等叔叔阿姨。"

"你就别来添乱了。"

"什么话呀,我是担心你一个人应付不来,有我在你旁边,叔叔阿姨多少要给你留点儿面子,也就不会把话说得太难听了。"

"叶芷陪着我呢,我不是一个人。"

电话那头沉默,半晌才问道:"她是什么身份啊?"

"我俩好上了⋯⋯"我开口就这么对杨思思说道,我也必须这么说。这样,通过她的嘴将这个消息传到老黄耳朵里,才会真正让老黄对我这个人放心。

"什么时候的事情?"

杨思思这么问的时候,刚刚的快乐已经荡然无存,她语气少有地低沉。

"就今天。"

"好吧,虽然是个人都觉得你配不上她,但如果她是真的喜欢你,我还是祝福你们,呵呵。"杨思思说完之后,便没有再给我说话的机会,直接挂掉了电话。

我没有立即回到叶芷身边,而是将刚刚的对话回味了片刻,感觉有不对劲儿的地方,可是又说不出个具体来。

想来,这就是女人的奇怪了,就算有时候你真的花心思去琢磨了,也未必能弄懂她们到底在想什么。

时间已经是六点半,我终于看到老米从出站口走了出来,他的手上拎着一只那种超市送的方便袋,乍一看去就是一个普通到不能再普通的中老年人。让我感到意外的是我并没有见到我妈的身影。

我小声对身边的叶芷说道:"看见没,那个穿着布鞋的老头儿就是我爸。"

叶芷"啊"了一声,便顺着我手指的方向看去,可能是因为太紧张了,她没有立即认出来,又向我问道:"人太多了,哪一个是叔叔?"

我又指了指:"手上拎着大润发购物袋的那个老头儿。"

"看见了。"

"那行,别慌,千万稳住。"

"嗯,他不问我,我不开口。"

"就是这个原则。"

我说着向挤在人群中的老米挥了挥手,他在下一刻发现了我,然后脸色阴沉地向我这边走了过来。我挤出笑容,从老米的手上接过了那只沉甸甸的购物袋,然后向他问道:"我妈怎么没有跟你一起过来?"

"我连夜坐火车到昆明，又从昆明转到大理，你妈那身体能吃得消？"

"不是我说你，有什么事情电话里说不就完了嘛，一大把年纪了，非要跑一趟大理，这不是找罪受嘛？"

"你个混账东西，你要自个儿省点儿心，我还用得着受这份罪嘛！"

老米一边说一边将目光放在了叶芷身上，我这才想起来，自己把叶芷给晾着了。于是我又赶忙拉住叶芷的长袖，对老米说道："爸，忘了给你介绍了，这是我女朋友叶芷，听说你来了，她非要跟我一起到火车站来接你，拦都拦不住。"

"叔叔，第一次见面，买了一些小礼物，希望您能喜欢。"

老米着实吃了一惊，以至于又盯着叶芷看了半晌才接过了叶芷递给他的东西。我当然知道他惊在哪里，他是震惊于我找女朋友的速度，也因为叶芷的模样而吃惊。

如果论相貌和气质，当然是叶芷更胜陆佳一筹，可是我却在建功立业这条路上越来越没有优势。那他当然会吃惊，我在越混越不行的惨境中，是用什么手段继陆佳之后又找了这样一个看上去更优秀的女人做女朋友。

叶芷不善言语，我又对老米说道："先找个地方吃晚饭吧，你有什么教训，咱们吃饭的时候慢慢说。"

可能意识到要在一个女人面前给我面子，老米暂时选择了息事宁人，他默认了我的提议。这时，叶芷才开口说道："我已经让助理安排好酒店了，吃饭的地方也在住宿的酒店里，你和叔叔跟着我走就行了。"

"你太客气了，这事儿让米高安排。"

叶芷笑了笑，回道："他安排、我安排都一样。"

往停车场走的路上，我故意放慢了脚步，然后低声向叶芷问道："你什么时候带助理过来了？"

"一直都有，她一直在下关这边住。"

"哦……她订了哪个酒店？"

"希尔顿。"

"沧海一墅旁边的那个希尔顿？"

"嗯，有问题吗？"

"规格太高了，住宿的事儿你就别管了，我在我们客栈给他安排一个房间就行。"

"如果我不做点儿表示，怎么体现钻戒与金戒指的区别呢？"

我有点儿尴尬地看着叶芷，再想想，还真是那么回事儿。我找她的目的不就是给自己挣面子，然后让老米放心嘛。我不再拒绝，然后对她说道："这事儿你比我考虑得全面，回头这住宿和吃饭的钱我给你报了。"

"先不说这些。"

一个小时后，叶芷开车带着我和老米从火车站回到了古城的希尔顿。叶芷刚将车停好，便有一个女人迎了过来，她接过了叶芷手上拎着的东西，说道："叶总，房间我已经开好了，你们把东西都给我，我让服务员先送到房间里面，你们可以直接去用餐。"

叶芷点了点头，又示意我将老米带来的方便袋也一起递给她的助理。

老米显然没有接触过这样的酒店，他有些不适应地向我问道："这丫头是做什么的，怎么这么大的阵势？随便吃个饭就成了。"

我愣了一下，回道："待会儿吃饭的时候你直接和她聊吧，要是我告诉你，像是我在炫耀似的。"

老米面色凝重地看了我一眼，然后便跟着服务员的脚步向餐厅内走去。

一张能坐十二人的圆桌旁，老米坐在我和叶芷的对面，灯光非常亮地洒了下来，照出了包间里每一个豪华的细节，没过多久，服务员便依次将点的菜送了上来。

一直没怎么开口说话的叶芷终于对也一直沉默着的老米说道："叔叔，你喜欢喝什么酒？我让服务员送过来。"

老米做了一个制止的手势，然后回道："吃饭的事情先放一放，我问你们俩点事儿。"

我跟叶芷对视了一眼之后，便都将注意力放在了老米的身上。

"你们是怎么认识的？"

果然不出所料，老米会这么问。

这时的叶芷明显比刚见面时要放松了很多，她回道："我和米高是在来大理的路上认识的。当时我的车在高速公路上爆胎了，等了很久都没有等到救援，幸亏遇到了米高，是他帮我换上了备胎。后来我们又在大理碰上了，我觉得是缘分吧！"

这不是撒谎的话，所以叶芷在说起来的时候显得很自如。

老米又转而向我问道："感情不是儿戏，你自己琢磨明白，是看上人家姑娘哪一点了吗？"

知父莫若子，老米此刻问的问题全是我们之前聊到过的，而他也一定会有这样的疑惑，因为陆佳离开后我这段"新感情"也实在是来得太快了，就算不怀疑我们是在演戏，也会怀疑我们是不是因为脑子发热才在一起的。

我看了看在身边坐着的叶芷，很明确心里对她是有好感的。

但是，要说爱还不至于。我更明确，自己至今仍没有从和陆佳的那段感情中走出来，虽然我清楚叶芷是一个更加优秀的女人，但情感和优秀的程度并无太大关系，这是在长期生活中所产生的依赖感。

直到今天，我还是会将陆佳那个已经不用的号码拿出来看看，恍惚的时候就想打电话问问她想吃什么东西，或者要不要去看一场电影，然后又清醒过来，想起她已经走了，心中便会无比失落和孤独。

我终于向老米回道："感情这东西没必要刨根问底的吧。我最早就是看上她漂亮，多好看一姑娘！"

老米很直白地问道："到底是看上人长相了，还是看上人家经济条件不错？"

"我像是个吃软饭的人吗？这不一直都靠自己奋斗着的嘛！"

老米没有理会我，又转而向叶芷问道："你呢，又看上米高哪儿了？"

叶芷看了看我，我倒不惊慌，因为这个问题我们已经事先沟通过，我认为简单化处理最好，毕竟我们才刚刚开始相处，要说有感情基础，那简直是太扯。倒不如说看对眼了，大概就是我觉得她好看，她觉得我帅气，两人在一起，首先是从外表上互相开始欣赏的，这也符合大部分人在一起时的初衷。

却不想，叶芷慢条斯理地向老米回道："叔叔，你儿子其实很优秀，最起码是个很有正义感的男人。你也许不知道，就在前几天，这边有人不小心开车掉进了洱海里，当时围观的人那么多，却只有他敢跳下去救人，他救上来的可是两条鲜活的生命哪！您说，这个世界上的男人那么多，跟我门当户对的也有很多，可是有他这种品质的却没有几个。现在被我遇见了，我当然想抓住。他真的很优秀，只是还没有遇到对的环境、对的人。如果大家都愿意给他一点儿时间和鼓励，而不是压迫，他会成长的！"

我充满惊讶地看着叶芷，因为她现在说的和我们之前说好的不一样，可似乎这么说又好像更有诚意些。

老米看了看我，也是一脸惊讶。可是我却认为他是最不该惊讶的人，因为我受到的教育有一半都来自他。他现在会为我的所作所为感到惊讶，只能证明我们的父子关系疏远了，他不够了解我。

或者说，他的注意力已经不在我的人品上，他只在意我什么时候能找到一个各方面都合适的女人，然后在上海那座城市结婚生子。而在我不能满足他这个最强烈的需求时他就开始逼迫我，却忘了互相理解、互相尊重才是维持好父子关系的根本。

老米又向叶芷问道："你们在一起，你家人知道吗？"

"还不知道，但我的家庭是个很开放的家庭，爱情观也比较偏西化，所以我的父母只会给我意见，不会替我做决定。"

我附和着说道："对，对，她的外婆就是英国人。"

老米不语，继而端起杯子将里面的水喝完。

叶芷又说道："如果米高是个不思进取的男人，你们督促他、教育他也是无可厚非的，可他自己本身就是一个很努力的人，就算是来到大理后他也没有放弃奋斗，所以我觉得叔叔和阿姨也该适当地给他一些理解和时间。要不然他真的会活得很压抑。你们有没有想过，有些发生在他自己身上的事情他实际上比你们还要痛苦，可为了顾及你们的心情他都自己默默承受了。"

叶芷的话让我鼻子一阵阵发酸，因为我太需要被别人理解和认可了。就好比来大理这件事情，我自己也承受了巨大的压力，我怕这是一次错误的选择，我特别希望有人能告诉我你的选择是对的。可现实里却有着无数的人在反对我，认为我留在这里是一种不务正业的表现。

就在叶芷还想替我说些什么的时候，她的手机响了。她对老米表达了一下歉意后便拿着手机走出了包间。瞬间，包间里只剩下了我和老米两个水火不相容的人。

我们各自点上了一支烟，却没有人愿意先开口说话。此刻，我们特别需要叶芷这个中间人来化解一些由来已久的矛盾。

一支烟快要吸完的时候，我终于开口说道："赶紧吃饭吧，待会儿早点儿休息，有什么事情明天养足了精神再说。"

老米依旧是一副心事重重的样子，但这次却选择了给我面子，他没有再因为情感上的事情批评我，可是他越是沉默我心里越没底，因为我不确定他是不是真的相信了我和叶芷演的这出戏。

尽管饭菜的卖相很好，可是老米却没什么胃口，他简单吃了一点儿东西之后便表示要回房间休息。他要我单独把他送回房间，于是叶芷让她的助理把房卡给了我，她自己则在车里等着我，然后再把我送回到龙龛那边。

叶芷给老米开的是一间能看到海景的豪华套房，我打开门的那一刹那就已经开始肉痛了，因为我知道这边的酒店行情，就这样一间房，一晚上至少也得三千块钱往上走，可是这样的便宜我不能占，所以今天晚上的饭钱和房钱我还是得给她报销了，我觉得这是关乎人品的事情，而我肉痛就是肉痛在这里。

我就这么靠在门框上，老米则坐在离门口最近的沙发上抽着烟，半晌才对我说道："你跟陆佳真的没戏了吗？"

"真的没戏了，我现在连她人都联系不上。"

"你听我一句劝，回上海好好找人老黄聊一聊。我感觉这人挺不错的，也有心提拔你，你跟着他做事我和你妈也放心。"

我深深吸了一口烟，然后在弥散的烟雾中眯着眼睛向老米回道："干吗还提回上海的事情？你是对人叶芷不满意？"

"你跟陆佳都没能好到最后，何况是这小叶？米高，清醒点儿，咱家高攀不起这样的姑娘，你回上海踏踏实实地把工作干好才是正事儿。"

"要说高攀，以前我跟陆佳在一起就不是高攀了吗？你们不一样巴结着。怎么换了叶芷就不行了？"

我因为无法克制某些情绪将话也说得有些难听。可是，老米却出人意料地没有骂我，他只是说道："陆佳这姑娘，你稍微争点儿气也就是个门当户对，能把两个人的小日子在上海支起来，我们对人家巴结点儿就当是补偿人家了。可你和这姑娘

191

算怎么回事儿，你自己心里不清楚吗？"

"你们就是会替我瞎操心！先不说了，我外面还有点儿事情，你也早点儿休息。明天早上我接你去我们那边的客栈住。"

我说完便从酒店的房间退了出去，然后又听见老米在里面一声重叹，我心里更加不是滋味了起来。

老米终究是个平凡的老头，当他用平凡的眼光去看待叶芷时，马指导那套金戒指和钻石戒指的理论似乎也就不那么奏效了。我知道他在想什么，更知道他在担心什么。

这个时候，我倒真希望他就是个想巴结的老头儿，可他偏偏不是。想来，我总是抱怨他不了解我，不理解我；可我作为儿子，又有多了解他呢？

我就这么带着一丝落寞和无奈来到了酒店的停车场。叶芷一直坐在车里等着我，我打开车门，在副驾驶的位置坐了下来。

她并没有急着启动车子，而是带着一些关切对我说道："感觉你的情绪有点儿低落，怎么了？"

我一声轻叹，回道："我爸这个人挺固执的，他还是要我回上海，到原来的公司工作。"

"他看出来我们是在演戏了？"

我摇了摇头，回道："我也不知道他有没有看出来，反正没明说。"

"哦，我以为是我哪儿出了问题，让他看出破绽了呢。"稍稍停了停，叶芷又说道，"那他让你回上海就是不太认可这段被我们演出来的关系咯。"

"也不是不认可，就是对我没信心。"

叶芷没有再说话，但我相信她一定已经领会了我的意思。

我没有让叶芷开车将我送到龙龛码头，我在大丽路分别去往龙龛码头和马久邑的那个交叉口下了车，我想一个人走走，再顺便想想最近发生的事情。

我下车后，叶芷又对我说道："米高，我明天得回一次上海，就不能陪你和叔叔了。你帮我和叔叔表示一下歉意。"

"你以工作为重吧，该有歉意的人是我，是我给你添麻烦了！"

叶芷笑了笑，回道："别这么说，我平常工作也挺枯燥乏味的，今天能有这样一种体验，现在回想起来，还挺有意思的。"

我也回应了她一个笑容，又说道："对了，今天住酒店和吃饭的钱我回头微信转给你吧。"

"干吗算得那么清楚呢？就算是普通朋友，叔叔大老远来一趟大理，我招待一下也没什么问题吧。"

"话是这么说……"

叶芷打断了我,又说道:"别说这个事情了,留着叔叔在这边多玩几天,说不定我还能赶回来,再招待一下呢。"

"我可不敢多留他几天,他早点儿走我才能早点儿踏实下来做点儿事情。"

一个人走在没有路灯的小路上,孤独和惆怅一路跟随。此刻我其实特别想找一个说话的人,就说说自己内心的无奈和挣扎。

我又走到了洱海边,然后在一盏路灯下的长椅上坐了下来。我的双腿有些酸胀,算算时间,已经独自走了差不多有一个小时了。

点上一支烟,我从口袋里拿出了手机,然后又翻到了陆佳那个已经被别人给占用的号码。

不知道为什么,我总觉得和那个有点儿暴躁且素质不高的女人说话是最没有负担的,因为我可以肆无忌惮地将一个也有很多阴暗面的自己在她面前呈现出来。

我不怕她骂我,也不怕她把我给看低。

"你最近过得怎样?"

环海路的路灯灭了一半,她才回复了我的信息:"不怎么样。"

"要不,骂我几句发泄一下?"

"你是不是有病?哪儿有主动讨骂的人!"

"你要不骂我几句,我怎么好意思待会儿把你也给臭骂一顿?"

她过了很久,才回复了一条让我惊掉下巴的信息:"我怀孕了,怀了前男友的孩子。"

"咱俩怎么对骂都是小事,但你能不能别拿自己开玩笑?怎么就怀上前男友的孩子了?"

"我没开玩笑,我已经两个月没来月经了,今天去医院检查,千真万确是怀孕了。"

我替她感到焦虑,又问道:"那你打算怎么办,是生下来还是打掉?"

"你有脑子吗?我生下来给你养啊?"

"我可不想喜当爹!"

"那你就别吭声了,你最近怎么样?"

"咱俩不都这个德行嘛,肯定是因为过得不好才想给对方发个信息,骂几句,抱怨几句都行。"

"你不是在大理吗?在那么好的地方,怎么会觉得自己过得不好?"

"别挤对我,成吗?就算在大理,也一样要吃喝拉撒,一样要处理人和人之间的关系。"

"衰人。"

"你才衰人。"

"你就是全世界第一号衰人,自从你给我发信息后,我就没遇上一件好事儿,你以后能不能别给我发信息了？"

"你把我放进黑名单不就完了？"

"我要你自己消失。"

"你是怕等自己以后想给我发信息的时候，找不着人吧？"

她的情绪好像忽然就平息了下来，她回道："有时候我觉得能找一个人骂一下也挺爽的！所以以后你别主动给我发信息了，只能我主动。"

"凭什么啊？"

"就凭我是一个女的，我能任性，能无理取闹！"

"你这么说，我是真服了！你能说说你现实中是一个什么样的女人吗？我觉得不至于脏话连篇吧？"

"为什么要告诉你？"

我自感和她聊不下去了，她却又发来了一条信息："说说看，是什么事情把你搞得这么郁闷？"

"这还有个聊天的样子。"

"我需要你认可吗？你要说就快说，晚了我可不奉陪。"

我酝酿了一下，终于回道："我就是挺矛盾的，一方面不想让自己的家人失望，另一方面又不想离开大理。今天我爸坐了一天一夜火车来大理了，他非要我回上海做以前的工作。可这上海我是真回不去了，我想起那里的人和生活氛围就感到压抑！"

"被前女友伤得太深了？"

"也不完全是，我觉得大理挺适合我的，新交的朋友们也不像上海那些人，让我有疲于应付的感觉，大家在一起创业都蛮开心的。"

"那跟你爸说啊，就把你现在的感觉告诉他，还有你对上海的不满。他要是还不理解你，那只能证明他自私，你也就不用太把他的要求当回事儿了。"

"你都是这么跟你爸妈相处的？"

关键时候，对方又神秘地失踪了，可是我却觉得这次的聊天是有收获的，我应该尝试着让老米去了解我内心深处的想法，我们之间真正欠缺的恐怕是能够交心的沟通。

又坐了片刻，我抬起手腕看了看表，已经是深夜的十一点钟，我觉得自己是该回客栈休息了。

快要到客栈的时候，我看见一个身影就坐在我经常和马指导吃中饭的那棵树下，等走近一些的时候，才发现是杨思思。她也在同一时间认出了我，然后在夜色中向我问道："你不是和叶芷好上了吗，她人呢？"

"怎么，你是觉得刚好上就要住一起？"

"你那么下流，有什么事情是你做不出来的。"

我乜斜了她一眼，然后问道："你不是在下关搞培训吗，怎么这么晚跑这儿来了？"

"我约了白露姐聊事情，是她让我今天晚上回客栈的。"

"你们要聊什么？"

"跟你没关系的，你就别问了。"

"我稀罕问，你就自己在这儿待着吧，我回去睡觉了。"

我说完便转身向客栈内走去，她却又喊住了我："你等等，我还有事儿要和你说。"

我回头看着她。

"你回来，我又不是妖怪，干吗离我这么远？"

我又往她身边走回了几步，她才开口对我说道："我们客栈有希望在十一月份开业了。"

我的血管里像被注射了兴奋剂，继而问道："你哪儿听来的消息，可靠吗？"

杨思思成功吸引了我的注意力之后，却卖起了关子，她又坐回到那块礁石上，然后对我说道："你能教我抽烟吗？"

"烟什么烟，咱们在说客栈的事情呢，你说客栈有希望在十一月份开业到底是怎么回事儿？"

"你先给我烟。"

"一抽烟牙齿就变黄，皮肤也粗糙，你对得起自己这副细皮嫩肉的样子吗？"

"我拿在手上不抽。"

我拗不过她，于是从烟盒里抽出一支烟递给了她。她接过后，学着我们抽烟的模样，先是捏了捏，然后又放进了嘴里。

"现在可以说了吗？"

"给我打火机，我就吸一口。"

"你别得寸进尺啊，我最见不得女人抽烟了。"

"白露姐也抽，你怎么不去管她？"

"她都不知道抽了几年了，我管得着她吗？但是我肯定管得了你，你想抽烟是吧？"

我一边说一边从口袋里拿出了那只打火机，然后当着杨思思的面扔了，又对她说道："想抽就去水里捞上来。"

杨思思不知道从哪里来了一股虎劲儿，一扭头就摆出要冲出去的架势。我一把拉住了她，骂道："你这是犯哪门子神经呢？咱能不能有事儿说事儿，然后该干吗干吗。"

杨思思瞪着我，我烦躁着的同时，却真的犯了烟瘾，可是那只被扔出去的打火机却再也捞不回来了。

杨思思眼睛里忽然就含着泪，然后仇视着我说道："米高，你是不是觉得我特傻，所以特不把我放在眼里啊？凭什么你在叶芷面前就是一副小心翼翼的样子，对我就爱答不理的？难道就因为她是以一个有钱人的形象出现在你面前的？而我爸爸不疼、妈妈不爱，你就欺负我、藐视我、不尊重我？"

"能不能讲点儿理？"

"不能，跟你这种把人分为三六九等的浑蛋，犯不着讲理，我就从来没见过你这么会巴结的男人！你现在心里应该特开心吧，因为还真让你给巴结上了，叶芷是你的女人了！"

"说这些有劲儿吗？"

"有劲儿，比抽烟还有劲儿。你也不看看自己是一副什么鬼样子，叶芷会真看上你？你这样的男人对她来说一抓一大把，你就等着再被甩一次吧！"

听她说了这么多难听的话，我更想抽烟，而她看着我的目光也更加仇视了。

"你要再敢胡说八道，我把你扔洱海里，信不信？"

"扔啊，不扔你就不是男人。"

"我就不明白了，我跟人叶芷好上了，你来哪门子火啊？"

"你不尊重我。"

"我怎么就不尊重你了？还有，你哪儿看出来我巴结了？"

杨思思一边抽泣一边回道："你就是欺负我妈妈不疼、爸爸不爱，欺负我寄人篱下。可是你别忘了，谁还没有有钱过啊，我只是不屑过那样的生活，只要我现在愿意向我爸妈低一下头，我可以比她活得还舒坦。"

"人家怎么活，都是靠自己努力赚来的，你那是伸手要来的，性质能一样吗？"

"胡说！一个三十岁都不到的女人，如果不是有家里的支持怎么可能会有现在的成绩？"

"你爸妈也挺支持你的，你倒是做点儿成绩出来给我们大家看看啊！"

"你真是个狼心狗肺的东西，亏我对你这么好，你就这样挖苦我！"

"你除了会给我惹麻烦，你哪儿就对我好了？"

就这么吵了几句之后，一辆沃尔沃V40在我们身边停了下来，而后白露便从车上走了出来。她来到我们身边，瞅了一眼杨思思，向我问道："哟，这怎么还哭上了？"

杨思思好似有了依靠，她趴在白露身上，呜呜说道："白露姐，你见过像米高这么狼心狗肺的人吗？我为他做了这么多，他不但不感谢我，还挖苦我没用。"

"你能好好说说，你到底为我做了什么吗？"

白露一边安慰杨思思一边又对我说道："米高，这次你真的得好好感谢人家思思，不光你感谢，我们都得感谢她。你是不知道，思思这两天一直在大理本地的论坛发帖子，目的就是让大家知道你救人的事情。现在大家都在讨论这个事情，热度一直居高不下，思思就把这些好的评价全部收集了起来，然后又求我带她去见这边主管旅游市场的领导，并且把这个情况和大家的好评都反馈给了领导。领导知道这个事情后也觉得这是一件提升了大理旅游形象的好事情。所以，领导发话了，要把你见义勇为的事情当成一个典型去宣传；他还说英雄不能被冷落，他要和其他工作组的成员们开个会，重点研究一下，能不能额外增加一个恢复营业的名额给我们客栈，也鼓励其他人多做善事，共建和谐社会。"

我惊得说不出话来。

白露又说道："为了收集网上的那些好评思思可是整整熬了一个通宵，今天我和她见面的时候她两个眼睛肿得和小电灯泡似的，我看着都心疼！米高，真不是我说你，政府都要嘉奖你这个英雄了，你又是怎么对我们的英雄的？"

我向杨思思看了一眼，心中涌起一阵说不出的情绪，我当然感动，也感激她做的这一切，可是另一方面，我也确实没拿她怎么样，她的突然发难实在是让我有点儿摸不着头脑。

"你赶紧和思思道歉。"

"白露姐，我摸着良心讲，真不知道自己错哪儿了。"

杨思思哭得更来劲儿了。

白露不分青红皂白地给了我一脚，又说道："说你错了你就错了，赶紧道歉。"

"姑奶奶，我错了，大错特错！求你别哭了，别人不知道还以为我们客栈在杀猪呢！"

"白露姐，你看看，你看看！就是这么一个浑蛋东西，道歉的时候都还要损我几句。"

白露瞪了我一眼，说道："你诚恳点儿，赶紧去客栈给我们的英雄安排一个最好的海景房，让英雄早点儿休息。等明天铁男回来，咱们再一起请英雄吃个饭，好好犒劳犒劳我们的英雄，多贵都你请客！"

"没问题，想吃什么随便点，多贵我都认！"

我将杨思思带回客栈，然后又小心翼翼地给她安排了一间最好的海景房，等确定她的情绪已经平复下来以后，才离开了她的房间，而她也没有再与我纠缠，等我去厨房煮好一碗面再去看的时候，她的房间里已经没有了灯光。

将面吃掉之后我便回房间洗漱，然后躺在床上休息。可能是因为已经习惯了大理这边的生活节奏，所以我迟迟不能进入睡眠，心中不免又想了很多事情。

特别是客栈能够重新恢复营业这件事情尤为让我感到高兴；可是，一想起老米要求我回上海时的坚决，我的心情便又低落了下去。我始终觉得这是一个特别大的麻烦，而坏就坏在我现在还没有能够拿得出手的成绩去说服老米相信留在大理其实也是个不错的选择。

手机又在枕边振动了起来,我拿起看了看,是叶芷发来的微信:"车钥匙我留给客栈打扫卫生的阿姨了,你明天要是用车的话就来马久邑这边拿钥匙。"

"你明天几点的飞机?"

"上午九点半的。"

"要不我送你去机场吧?"

"不用了,已经安排好了。"

"那谢谢了。"

叶芷还是和从前一样,事情说完之后便主动结束了聊天。而我也已经习惯了她这样的性格,虽然我还想和她聊几句,告诉她:我们客栈可能就要恢复营业了。

次日,我一早便起了床,赶在八点之前到了马久邑,可是也没能和叶芷碰上一面。听打扫卫生的阿姨说,她在十分钟之前被车给接走了。

我取了叶芷的车后,准备将老米接到自己的客栈,可半途又接到了铁男打来的电话,他让我到机场去接他。

我觉得也不能耽误,便又掉转车头向机场的方向开去。实际上,我心里是很为他和桃子操心,所以也很想知道他这次去上海的结果。

想来,我根本就避不开上海这座城市,就算我自己铁了心待在大理,可身边的朋友们还是在大理和上海之间来来回回。

差不多九点半的时候,我在机场接到了铁男。我在心里想过,既然他是一个人回来的,那结果多半不会太好。可是,他却春风得意地来到我的面前,然后对我说道:"米高,恭喜哥们儿吧,我把桃子拿下了。"

我左看右看,然后回道:"那她人呢?"

"你是不是傻,她肯定是先留在那边善后工作上的事情啊。"

"你是说,她会辞掉工作来大理?!"

"没错,最多一个星期她就会来这边跟我们一起做客栈,我和她已经说好了。"

我挠了挠头,回道:"你确定她不是为了先稳住你才这么说的?"

"哪能,我是看着她订的机票。要不是客栈最近事儿多,我肯定就留在上海等她了。"铁男一边说一边从自己的行李箱里掏出一条"玉溪"烟递到我的手上,又说道,"这两天我一直在外面办私事儿,辛苦你跟马指导了,这烟拿去抽。"

"你到上海的时候不就已经身无分文了吗,哪儿来的钱买烟?"

"跟桃子拿了几千块钱。"

"都不说是借的!你这是准备吃上桃子的软饭了吗?"

"话不能这么说,她的就是我的,我的也是她的,两人既然决定在一起了,还分那么清楚干吗?"

"你有啥?"

198

铁男大笑："客栈啊，以后她就是客栈的老板娘，我的那份钱都让她管。"

我强颜笑了笑，然后又问道："你能告诉我你是怎么追到桃子的不？"

她就问了我一句："如果以后你发现我的过去跟你以为的并不一样，你会不会介意？"

"你是怎么回答的？"

"肯定不会介意啊！我从见到她的第一面开始，就能感觉到她在这之前肯定有过不少段感情。我自己也一样。你们不懂，像我们这样的人因为已经腻了这些复杂的关系，所以以更加渴望遇到一份真感情。这种感情对我们来说不容易遇到，一旦碰见，反而会比你们这些整天把爱情挂在嘴上的要深情一百倍。"

铁男的话又让我想到了马指导那个惊世骇俗的观点。我希望铁男有一天知道真相后不会恨桃子。

见我一直没说话，铁男拍了拍我的肩，问道："你在想什么呢？"

"没什么，就是想提醒你一个男人得为自己的承诺负责，尤其是对女人许下的承诺。"

"我像是个言而无信的人吗？放心吧，我真的已经收心了，好不容易遇见一个有感觉的女人，一定会好好珍惜的。"

我点了点头，没有再言语。

铁男又一脸期待地对我说道："等桃子一来，咱们这客栈的人员配置就算是齐活儿了。马指导和桃子做小酒吧，咱俩负责客栈的日常运营，思思做前台，白露就管管需要关系走动的事情……"

稍稍停了停，铁男满是感慨地再次对我说道："米高，真的，大家是因为缘分凑到一起的，与其说是一起创业，却更像是一家人在一起经营生活。哥们儿在大理混吃等死了这么久，第一次对一件事情这么有信心！这个信心是你们给的，也是桃子给的！"

我看着铁男，再想起那些从他口中说出来的人，不免有些恍惚。

似乎我们几个人，已经包罗了社会万象。如果放在一个正常的社会体系里，我们是一群永远也不会有交集的人，可偏偏就有这么一个叫作'我在风花雪月里等你'的客栈将我们几个人聚在了一起。

我相信这是一种特别的缘分。

我又因此想到了老米，我该怎么告诉他，在这样一个地方，有这么一群人跟我一样孤注一掷，将自己的一生押在了这个即将扬帆起航的客栈上？

我还想告诉老米：我并不特别，特别的是这么一个地方。是它吸引了我，让我有动力去选择一种完全不一样的人生。我有能力，也有信心，在这里，跟这群特别的人一起去建设出一个也许理想，也许比在上海更现实的家园。

第七章
恢复营业前

铁男坐上了车之后就一直没有闲着,他一边哼着小曲一边摆弄手机,估计是在和桃子发着信息。没过多久,他又发语音问桃子,能不能提前把工作善后好,早点儿来大理。

他的一举一动都让我相信他是动了真情了,桃子也是,否则她不可能有勇气放弃那样一份用来养家糊口的工作。我觉得,如果爱情可以计算的话,她付出的爱绝对不会比铁男少。

可越是这样,我越是为她感到担心,因为她如果没能在这份爱情中修成正果,那她以后的人生只会更加黑暗,更加看不到希望。

行驶了半个小时,我到了希尔顿酒店,老米已经退掉房,在酒店的门口等着我。铁男这个热心的男人一看到老米,便一边喊着"叔叔"一边要替他拎行李。

老米应了一声,却不是很待见他,一直在盯着他的文身和脏辫看。这种打扮在大理虽然很常见,可如果放在我们那个小县城,那可是要被审判的。

铁男将行李放进后备厢的时候,老米果然向我问道:"这是你朋友?"

"嗯,一起开客栈的朋友。"

"这身打扮真新鲜了!"

我尴尬地笑了一声,然后引着老米向车子走去,又转移了话题对他说道:"小叶回上海处理事情了,这两天就不过来了。"

"她是上海人?"

"我没告诉你吗?"

老米看着我的眼神很不友善,显然觉得我是个混账,竟然没把这么重要的情况告诉他。他又对我说道:"她是上海人也好,正好你也回上海发展,互相之间有个照应。"

"咱能不能不提回上海的事儿?"

"她能和你在大理待一辈子,还是她赞成你留在大理了?"

我愣了一下,原来老米并没有怀疑我和叶芷在演戏,他只是觉得我和叶芷之间有巨大差距,所以才不看好我们。我自己又何尝不是,所以一直在提醒着自己不要太入戏。

今生能做个朋友就够了。因为我是个命运里有锁的男人,而她却是一个含着金钥匙出生的女人。不要误会,她生来就有的这把金钥匙绝对不是为了开我这把铁锁。我的这把锁是我命里的桎梏,也是我生来平凡的铁证。

可是,叶芷这样的女人最后到底会嫁给一个什么样的男人呢?

我觉得,至少得比她更优秀。

我终于向老米回道:"她不会在大理待一辈子的,但是赞成我留在大理。爸,你的心态能不能放平和一点儿?我在大理也不是游手好闲,我是跟朋友们一起开了客栈的,现在客栈的形势很好,要不了多久就能恢复营业了,你知道恢复营业意味着什么吗?整个洱海边只有三十一家客栈能恢复营业,我们就是其中的一家!"

老米一声叹息,说道:"别在这儿站着了,先带我去看看你们的客栈。"

片刻之后,我们三人便回到了客栈。其间,铁男接到了广告公司的电话,说是已经将我们的招牌给做好了,让我们派一个人过去结账再顺便验一下质量。如果没有问题的话,下午的时候他们就会让工人过来安装。

这事儿当然是铁男去办,所以回到客栈,他也没来得及歇个脚便骑着摩托车直奔广告公司而去。

马指导也没有闲着,他只穿着一条大裤衩,在烈日下用电钻往墙上打着孔,而白露也戴着那种做重活儿用的白手套在帮他打着下手,看见我和老米来了,两人才歇手。

马指导给我和老米各递了一支香烟,他是个不善言辞的人,所以没怎么说话。会来事儿的白露则笑着向老米问道:"叔叔,这一路过来是不是挺累的?"

"昨天睡了一晚上,已经缓过劲儿来了。"

"那今天你可得让米高好好带您在大理转转,这边还是有很多不错的景点值得玩一下的。"

老米应了一声,便打量着客栈,然后问道:"你们这个客栈弄下来一共花了多少钱?"

"不到一百万,我们也是从朋友手上接过来的,她当时可投资了一百五十多万呢。后来大理政府因为要保护洱海,就将海边的客栈都关停了,正好她家里做生意又赔了不少钱,所以就低价转给我们了,不过,客栈在十一月份应该就能重新营业了。"

白露说到这里,将目光放在我的身上,又说道:"客栈能提前恢复营业真的是多亏了米高,要不是有他见义勇为,政府注意到了要嘉奖他,我们也不可能拿到这么宝贵的名额。叔叔，你知道吗，整个洱海边被关停的客栈一共有三千多家，十一月份能恢复营业的却只有三十家，我们这个名额是政府额外奖励的，等于一共就三十一家，您算算这个比例。"

老米看着我的目光终于友善了一些，但好像还有那么一丝不甘心，他又向白露问道："你们做这个客栈能赚到钱吗？"

"要是以前，还真不好说，但是现在恢复营业的客栈也就这么几家，市场却这么大，您说能不能赚到钱呢？给您算一笔账啊，我们现在有十个房间，如果能够全部卖掉的话，一天差不多就有六千块钱的收入，一年的营业额大概会有二百万，去掉房租成本、人工成本、折旧成本，最少也有一百五十万的盈利，到米高手上怎么着也有四十万，这不比他在上海上班强多了。而且，要是在大理能有这么一个成功的客栈，我们就有信心将这个模式复制到其他旅游城市，大理这边我们也可以继续扩大规模，以后我们的客栈其实也能算是一家名副其实的公司，我们都是公司的老板，自己给自己打工。"

"你们要是真的有这么高的志向，能赚这么多钱，我还有什么不放心的。可是这钱真的有这么好赚吗？不说大理，就是我们那个小县城，我也看到太多做生意失败的例子了。"

就在老米再次提出疑问的时候，一个拎着公文包的中年人进了我们客栈，他向我们一群人问道："谁是米高？"

"我就是，有事儿吗？"

"你好，我是这次整治洱海工作组的成员之一，我受我们组长委托来你这边了解一下具体的情况。"

"你好，你好，快请坐，我去给你倒一杯茶。"

"不用客气了，我这边也挺忙的，就直接和你说重点了，你们这边安装了排污设备吗？"

白露替我回道："安装了，前些天刚安装的，我们可是选的市场上最好的排污设备。我敢保证，只要是从我们客栈排出去的水，绝对不会给洱海的生态环境造成任何负担的。"

工作人员点了点头，又问道："那你们这边有环保局开的排污合格证明吗？"

白露愣了一下，工作人员解释道："我们工作组经过讨论研究，认为可以额外给你们一个名额，毕竟你们为大理旅游形象的提升做了贡献。我们也希望通过用这种奖励的方式动员大家，多做有益于大理旅游业发展的事情。不过有些事情还得公事公办，最起码不能违背我们这次整治洱海的核心思想，所以你们这边必须有环保局出示的污水排放合格证明，我们才能将这个额外的名额给你们。"

白露因为不常来客栈，所以还不太了解情况，我赶忙回道："有，有，这个证明我们有！你等等，我这就去给你拿。"

我说着便一路小跑进了自己的房间，然后将证明交到了工作人员的手上，他拿着看了看，确认无误之后对我说道："这个证明可不好开，原本我这次来就是想看看你们这边污水处理设备有没有到位，如果到位的话我就请环保局的同事帮个忙给你们开个证明，可没想到你们已经有了，这可是靠关系都拿不到的证明！"

"也就是说，就算是安装了污水处理设备也不代表就能拿到这个证明？"

工作人员笑了笑，回道："这个是肯定的，现在洱海边三千多家客栈，最起码有一千多家安装了污水处理设备，可据我所知，拿到这个证明的也就不过一百多家，你说难不难？你们这客栈也算是占了天时地利人和了。所以说，人还是要多做好事。"

我点了点头，深以为然！

工作人员又说道："这个证明你们拿去复印一份，然后送到市政府我们工作组的办公室。后面就等我们公布第一批恢复营业客栈的名单吧。"

我心中狂喜，白露也充满感激地对工作人员说道："好嘞，这事儿我去办！真的是太谢谢您了！"

"加油做吧，这可是靠关系都找不来的机会。"

工作人员鼓励了我们几句，然后拿出相机，又拍了几张照片之后便离开了我们的客栈。而当他走出门的那一刻，白露便控制不住心中的喜悦抱住了马指导，喜极而泣。

如果说，昨天还只是希望，那么今天，这个希望便真的成了现实！

看着白露失态的样子我心中又有了疑惑。虽然说客栈能够提前恢复营业是一件大好事，但是她自己有工作，有酒吧，也有好的家世，并不至于要开心到哭泣。

唯一能解释的是她看到了马指导对这个客栈的期待和付出的努力，现在正在为马指导的梦想终于要实现，可以重新做人了而感到开心。

想来，他们之间也一定发生过什么。

平静下来的马指导带着疑惑向我问道："之前孙继伟也是这个目的，为什么你拒绝了他，但这次却没有拒绝？"

我笑了笑，答道："孙继伟找媒体炒作我是为了引起高层注意，给他自己捞政绩，两者性质和目的都不一样……"我的话说了一半，便没有再说下去。我知道，这一次我没有拒绝更多的是因为杨思思，我不可能辜负了她的用心。况且，她使用的方式要正面很多，她只是通过自己的努力让大家知道了这件事情，而不是利用媒体去做刻意的宣传，刻意去夸大人性的美好。

在我将其中的缘由告诉马指导之后，马指导没再说话，倒是白露察觉到了点儿什么，她向我问道："你们刚刚在说什么？听得我稀里糊涂的。"

我将孙继伟后来托人送来这份"污水排放合格证明"的前因后果跟白露复述了

一遍。她皱了皱眉说道:"米高,这事儿咱们可能办得有点儿得罪人了。"

"这话怎么说?"

"人家本来提议帮你一把,你拒绝了。然后自己这边又做了同样的事情,虽然过程不一样,但追求的结果是一样的。那何不送个顺水人情给他呢?他是环保局的人,以后如果我们要在大理扩大客栈规模,少不了要和人家打交道呢!"

马指导代替我回道:"就算是得罪人了,米高也救了他的老婆和孩子,这功要比过大多了吧?!"

"这人情世故可不是这么计算的,你们俩就是太直肠子了。"

白露说着又向一直待在一旁的老米看了看,意识到不适合在他面前说这么多,便又小声对我们说道:"先不说这事儿了,改天我请孙继伟吃个饭,你俩跟人多说好话。就说这个事情是工作组自己在网络上了解到的,千万不要说是我们这边人出的主意,要不然真的挺得罪人的!"

马指导面色冷峻地回道:"我不去,要去你自己去。"说完之后便拿起电钻又捣鼓起自己刚刚没干完的活儿,白露则有些尴尬,脸上也有一丝痛色。

我毕竟在上海待了这么久,多少懂点儿职场上的人情世故,所以稍稍琢磨之后便明白了。

我向白露安慰道:"放心吧,我觉得孙继伟不是这么小心眼的人,改天我做东请他吃饭。咱们也别主动和他提这事儿,说不定他自己根本就没在意呢。不过,冲人第二天就把这污水排放合格证明送过来了我们也得领了这个情,再好好谢谢人家。"

白露点了点头,接受了我的提议,然后又去了马指导那边,帮他做起了一些零碎的小活儿。

我将老米带到客房里面,帮他安顿后,我又对他说道:"爸,你先休息一会儿,我客栈还有一点儿事情要忙,等晚上我再带你到古城转转。"

"你先别忙,我问你点事儿。"

我停下了脚步。

他又说道:"我刚刚听那个姑娘(白露)说,你们这个客栈投资了有将近一百万,你哪儿来的这么多钱?"

他和我妈一直不知道我还有汪蕾这个朋友。此刻,我更不想再生是非,便回道:"几个朋友合伙投资的,其实摊到每个人身上也就二十多万,我自己这几年多少也攒了点儿钱的。"

"你那收入和开支我清楚得很,你哪儿能攒这么多钱!"

我顺势回道:"跟小叶又借了点儿。所以,你相信她是支持我留在这边做事业了吧?"

老米眉头紧皱,半晌才回道:"昨天晚上你们公司的老黄又给我打电话了,说

204

是那个产品经理的位置还给你留着呢。你说你在上海熬了这么多年，不就是为了熬到这么一天吗？客栈既然已经开起来了，我也不可能劝你把这钱再给要回来。所以咱们父子各退一步，客栈可以继续开，但是你人得回上海，这边就当是投资，我看你们这个客栈的人也不少，少了你也开得下去。"

我带着不满，抱怨道："这老黄没事儿老给你打什么电话！"

"这证明人家器重你，是把你当成一个人才去培养的！"

"你告诉过他我在这边有女朋友了吗？"

老米愣了一下，回道："我没事儿跟人家聊这个干什么？"

"他下次再给你打电话，你就把这事儿告诉他，看他还劝不劝我回公司了。"

"这说的什么话？"

老米根本不了解这件事情发生的前因后果，而我也没有心情和他解释，便转移了话题，央求道："爸，求你别再和我提回上海的事儿了行吗？这个客栈就是我牵头做起来的，现在我甩手不干了，你叫别人怎么想？大家在一起做事业，真诚最重要。当初我也没和人家说我只做个投资人，占点儿股份就回上海。要是我早这么说了，人家根本就不可能拿这么多钱出来投资，人家就是冲着信任我来的。"

"这事儿没得商量，上海这么好的工作你不能说丢下就丢下。"

"我没法和你说。"

"米高，这事儿你要是不听我们的，我就让你妈也过来，我们都在大理住下，倒要看看你能做出个什么名堂来。"

我真的被惹毛了，下一刻便带着一股怒气，摔门而去。

我独自坐在无边泳池旁点上了一支烟，心中尤为孤独，而这份孤独源自至亲的不理解。我已经将客栈这么好的前景展现在他的面前，可他还是固执地相信只有回上海做好那份产品经理的工作才是我人生最好的出路。

这一刻，我又想起了那个占用陆佳号码的女人。她对我说过，如果我把在上海时的苦楚和在大理的快乐都告诉我的父母，却没有得到原谅和理解，那只能证明是他们自私，我可以不用再把他们的逼迫当回事儿。

可是我真的能看着父母的痛苦置之不理吗？

我做不到，因为他们的痛苦是因为我，不管怎样，我作为子女都得试着去理解他们。

我和杨思思不一样，我已经过了任性的年纪，也是家里唯一的支柱，我需要考虑的是全家和睦的大局。如果我真的因为这件事情和他们彻底闹掰了，那他们这辈子还能指望得上谁？

快要中午的时候，铁男从广告公司回来了，他说招牌的事情已经搞定，工人下午就会过来安装。随后我将客栈能够在十一月份开业的喜讯也告诉了他，铁男夹着烟的手都激动得有些发抖。

我更感孤独了，为什么所有人都能看到客栈开业后的前景，并为之狂喜。偏偏老米却将上海当成一块黄金宝地，逼迫着我回去，然后去重复那一天又一天的压抑。去盼望着高楼成群，却没有一套房子属于我的镜花水月？！

等铁男渐渐从这阵狂喜中平息下来，我也点上一支烟对他说道："刚刚点了一份外卖，你待会儿给我爸送上去。"

"你自己怎么不送？"

"闹别扭了。"

"还是逼着你回上海？"

"可不是嘛！这事儿被他这么一闹，快无解了！"

"你不会真回上海吧？"

我特迷茫地看了铁男一眼，回道："走一步看一步吧，能用的招儿我都用了。"稍稍停了停，我又说道，"你在这儿等一会儿，我去外面给他买点儿卤肉和酒，他中午的时候有喝两口的习惯。"

转眼就是下午，广告公司的人带着刚做出来的客栈招牌来到了客栈里，我和马指导还有铁男鞍前马后地配合着他们，即便是干了重活儿也毫无怨言。

因为这块看着成本并不高的招牌对我们来说实在是意义非凡。

我们三人中铁男最有仪式感，招牌安装好之后他非要搞一个揭牌仪式，并且要求客栈所有的人都得在场，一起见证这历史性的一刻。

于是白露被他从酒吧给叫了回来，杨思思也从接受培训的酒店提前回到了客栈。

我们五人呈一字形站在招牌的下面，铁男又将手机架在旁边，将这激动人心的一幕用视频聊天的方式转给了远在上海的桃子。

我想让老米也来看看，可惜的是他压根儿就不觉得这是一份事业，情愿在洱海边散步，也不愿意来这里跟我们一起分享这特别的一刻。

马指导不知道从哪里弄来了爆竹，就在我将盖在招牌上的红布给揭下来的同时，他点的爆竹也飞上了天空。

炸裂声中，我们的梦想似乎也在大理这片土地上开了花。

几千公里之外的桃子也在为我们鼓掌，我就沉浸在这欢乐又充满无尽期待的气氛中，不能自已。

我已经忽略了这一刻的自己是一种什么样的表情，但是却频繁地想起了很多人，其中想得最多的就是汪蕾和陆佳。

如果不是汪蕾拼命的鼓励和无私的物质支持，我不会来大理；如果不是陆佳选择和我分手，我也不会来大理。

所以，她们都在某种程度上充当了我来大理的领路人。

我感激汪蕾，也不愿意恨陆佳，我唯一能做的就是在这片土地上好好活下去，然后活出自我，而不是被一套房子将人本性里追求自由的天性都消磨掉了。

爆竹声还没有完全平息下来，一辆从来没有见过的车便停在了客栈的门口，而从车上走下来的人正是今天我和白露聊到过的孙继伟。他一边鼓掌一边向我们走来，到我身边后，便满是笑容地对我说道："兄弟，恭喜你们客栈今天正式揭牌！你们的事情我已经听同事说过了，所以更要恭喜你们拿到了那个宝贵的名额。"

"谢谢，要不是有你们给的排污合格证，我们也没这么顺利。"

"我做的都是小事情。"

我笑了笑，回道："对我们来说可不是小事情，我之前还和白露姐说到这事儿呢，正好现在你过来了，可一定要给我一个请你吃饭的机会。"

"你可千万别和我客气，上次的事情我都没好好谢你，我来之前已经在海东那边的酒店订了位置，待会儿你们全部跟我去海东，我好好请你们大家吃个饭。"

孙继伟的盛情让我们难以拒绝，于是就把吃饭的事情应了下来。随后我们又请他去客栈坐了一会儿，他只是和我们聊了一些琐碎，倒是没有和我们提起额外得到一个名额的事情。所以，我觉得白露是多虑了。

聊到一半，杨思思站在门口向我招了招手，示意有事情要和我说。

我让白露先招待着孙继伟，自己则走到了门外，刚准备开口说话便被杨思思给拖到了院子里，继而反过来向我问道："叶芷呢，你们不是好上了吗？怎么一整天都没见她在客栈里露个面？"

"她有事回上海了。"

杨思思用一种异样的目光看着我，半晌才回道："我总觉得你俩的事情有点儿不对劲儿，她凭什么看上你啊？我又不是没和她在一起住过，追她的男人可都是社会精英中的精英。就上次还有一个某集团的公子哥专门跑到大理来找她呢！她又不傻，放着那样的男人不要，非找你这么一个累赘来拖累自己干吗？"

"你哪儿听来的消息？"

"我亲眼见到的啊，不过，她把人家晾在门外，没见。"

"那不就完了，那些公子哥除了有钱还有什么？"

杨思思一脸鄙视地看着我，回道："你都没和这些人打过交道，就乱下结论。我告诉你，真正的公子哥可不是你想象中的那种暴发户，他们中间也有很努力、很有才华的人。"

"是吗？"

"那当然，我有一个表哥，就是耶鲁大学毕业的高才生，回国没多久就接手家里的生意了，现在把企业打理得比我姨父管理时还要好呢！你敢说人家没有才华，不努力？他们只是起点比正常人高了很多，所以才造成了你看到的那种假象。"

"你要不说，我还真以为富二代都是那种开着豪车，每天都泡夜店里的人呢！"

"喊，土老帽！"

我没有说话，之所以不说话是因为也觉得自己的眼光有些短浅。

杨思思忽然又说了一句要让我吐血的话，她说道："你说，我要是把叶芷介绍给我那表哥，会不会是郎才女貌，天作之合啊？"

"你怎么那么禽兽？敢把墙脚挖到我头上！"

杨思思蔑视了我半天，回道："马指导都告诉我了，你还打算跟我演多久？"

我有些心虚地问道："马指导告诉你什么了？"

"你和叶芷就是在你爸面前演戏的。因为你被前女友甩了，所以就想找一个比前女友更好的新女朋友去安慰你爸妈，而且这个主意就是马指导帮你出的。"

我在心里将马指导这个杀千刀的给骂了一万遍。

杨思思又说道："米高，你说叔叔如果知道你是演戏的，会怎么想哟？"

"你小心我杀人灭口！"

杨思思特横地回道："我还要把你五马分尸呢，咱俩到底谁更恨谁啊？"

我决定给她一点儿教训，然后便伸手捂住了她的口鼻，不让她呼吸。杨思思对我又打又踢，可是在绝对力量面前一切挣扎都是徒劳。

我对她说道："这事儿你要是敢给我弄砸了，咱俩就一起死在大理。"

杨思思终于服了软，继而口齿不清地喊道："我不说，我不说……"

我松开了她，她却不顾一切地向门外跑去，一副现在就要找老米把我给灭了的架势。我赶紧追出了门外，然后在我和马指导经常吃中饭的那棵树下拽住了她。

我怒道："你还有完没完了？就这么想我被逼回上海吗？"

"你欺负我就不行，谁管你死活。"

"我怎么欺负你的你就怎么欺负回来，我保证不反抗。只要你消停点儿就成。"

"我可没你那么无耻，为了达到目的什么事儿都敢做！"

我本来就被这件事情给弄得心烦意乱，这会儿更烦了，便怒道："咱俩谁更无耻？你还敢在你爸妈面前说你跟我领证了呢，我找人假装女朋友难道比你还过分？"

杨思思反而不急了，她冷冷地回道："哟，这么说还是我给了你做这件事情的灵感呢？真亏你好意思说出口，自己做的蠢事儿，就知道找一个女人背锅，你多大出息啊！"

我气得想打她一顿，可看着她这细皮嫩肉的样子又有点儿下不去手。更让我感到畏惧的是这个混账总会有说不完的话来羞辱我。

这还没怎么着呢，要真揍了她一顿那还得了！

我点上一支烟，猛吸了好几口，终于问道："你到底想怎么着？"

"把你弄回上海去，省得我天天看着碍眼。"

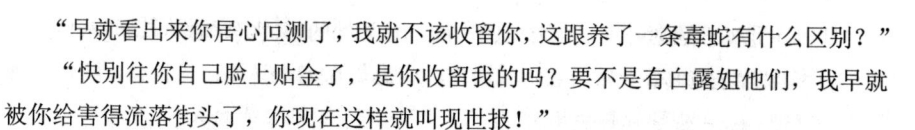

"早就看出来你居心叵测了,我就不该收留你,这跟养了一条毒蛇有什么区别?"

"快别往你自己脸上贴金了,是你收留我的吗?要不是有白露姐他们,我早就被你给害得流落街头了,你现在这样就叫现世报!"

就在我和杨思思吵得不可开交的时候,从洱海边散步回来的老米正好走到了我们这边,我的面色顿时就冷了下去,继而心里一阵紧张。要是别人我还能揣摩揣摩,可杨思思这乖张的性格,根本就不知道她会干出什么事情来。

果然,她对我说道:"米高,你看那个大叔和你长得好像啊,是不是你爸?"

"你脑子是塞报纸了,会不会说话?是我和他长得像!"

杨思思根本不把我放在眼里,等老米走到我们身边,便问道:"叔叔,你是去散步的吗?"

老米应了一声,然后向我问道:"这闺女是你朋友?"

"仇人!"

"叔叔,你别听他胡说,我们当初可是一起从上海到大理的呢,整个大理就我们最熟了!"

我将杨思思拽到了一边,然后在她耳边小声说道:"你要是真想把我弄回上海,你就死劲儿作吧。我当初就不该惹你这个瘟神,要不然我哪来现在这么大麻烦!"

"把你的锅都向我甩过来,我受得住。"

"你知道我爸这次为什么会来吗?"

杨思思看看我,显然是不知道。

我又说道:"你少和我装无辜,这事儿就赖你。老黄一直指望小豹能娶你,你上次在他们面前胡说八道,你说他心里有没有刺儿?他一回到上海就开始疑神疑鬼,老怀疑我和你有什么关系。再加上你最近老在朋友圈里提我救人的事儿,他就坐不住了,觉得我在你心里特重要,然后就给我爸打了电话,就是为了把我弄回上海,不给我们接触的机会。现在我爸对我一通威逼利诱,你说我烦不烦躁?"

"那你的意思是你不想回上海就是为了能留在大理跟我多接触,然后发展一段感情?"

"我是为了客栈,谁要跟你发展感情!"

杨思思指了指我,满是警告意味地对我说道:"待会儿我跟你爸说话的时候你别乱说话,要表现出一副很尊重我的样子,要不然我可管不住自己的嘴会说什么。"

"求你别和我爸说话了,你看我爸是稀罕搭理你的人吗?"

"那可不一定。"杨思思一边说,一边又拽着我回到了老米的身边,可是我这心却七上八下的。如果,我是说如果,可以再选择一次,我当初一定不会接老黄的电话,然后惹上这么一只妖精。

我觉得自己要是再这么被她给折磨下去,真的是会折寿的!

此刻，我尤为想念叶芷，想念她的冷静，想念她的得体，想念她做事的分寸。

我和杨思思就这么又站回老米的面前，杨思思对老米说道："叔叔，我们去那边坐会儿吧，我可想和你聊会儿天了。"

我当然不愿意让杨思思得逞，赶忙说道："爸，你别听她胡说八道——"

老米打断了我，回道："人闺女还没开口说话呢，你怎么知道人就胡说八道了？"

"现在没时间聊天了，待会儿有朋友请客去海东吃饭，你跟我们一起过去吧。"

"你们年轻人一起吃饭，我凑什么热闹！"老米撑了我一句，又转而对杨思思说道："闺女，你要跟我聊啥？"

"咱坐下说呗，站着多累啊！"

我们三人在那块我和马指导经常吃饭的礁石上坐了下来，我看着在不远处滔滔的海水心里一阵恍惚，也觉得人与人之间的缘分确实是挺奇妙的。

这杨思思怎么就能和老米碰上面？还四平八稳地坐在一起聊起了天？

这么闲聊了几句之后，杨思思突然向老米问道："叔叔，你为什么老反对米高留在大理啊？我觉得他待在大理挺好的，而且他新交的女朋友好像也很支持他留在这边呢！"

"创业怎么说都是有风险的，他都这个年纪了，要是在这儿失败一次，以后想再起来可就难了。"

"哦，原来叔叔你是担心这个啊，那你让他回上海又能做什么呢？"

老米回道："他之前的公司有个产品经理的位置空缺着，他们领导一直在等他回去接手这个工作。你说，我和他妈都是普普通通的工人，他要是在这边把大好的青春和金钱糟蹋掉，我们拿什么给他翻本？他嘛，回上海弄个小经理做做，一年拿个二十万的工资，我们也就满足了，要是以后能有更大的发展，我们就更没什么话说了！"

"一年二十万？就算是不吃不喝，也好像才够在上海买四平方米的房子啊！一百平方米，就得工作二十五年！"

老米不说话。

杨思思又说道："不过您也不用太担心哪，他现在找的那个女朋友可有本事了，所以他待在上海还是待在大理都一样啦，不会过苦日子的。"

我刚想说话，杨思思便瞪了我一眼，我又咽了回去。

老米的心情好像有点儿郁闷，他点上了一支烟，吸了一口之后才回道："他一个男人哪能把成家立业的担子压在女人身上？现在年轻人的感情又这么不稳定，他和之前那个姑娘那么深的感情呢，最后都能散了，何况小叶这个姑娘！"

"对啊，叔叔您不是都明白吗？那为什么还要逼着他回上海，不给他一个在大理奋斗的机会呢？就算他回上海坐上产品经理的位置了，不还是一样买不起房？他一个人在那边真的会很压抑的,我是上海人,见过很多像他这种在上海工作的外地人。除非特别厉害,大部分人都过得不容易,一个产品经理在上海真的算不上什么!"

老米依旧不言语,只是在默默地吸着烟,这一刻的他看上去更加苍老了。

杨思思再次说道:"叔叔,开客栈真的能挣到钱,我绝对不骗你。"说着,她又转而对我说道:"米高,我有个阿姨的公司要在十一月份开年会,我让她来大理开,这次他们一共会过来五十六个人,就住在我们客栈。我给她报价是一万块钱一天,他们要住一个星期,一共就是七万块钱,我已经收了一万块钱的订金,这就微信转给你。"

"你等等,我们客栈总共才十来个房间,怎么住五十六个人?你别胡乱接单子啊,而且我们客栈的房间也卖不到一万块钱一天的!"

"你傻啊,公司是讲业绩的,我们的客栈有海景,当然是留给业绩好的员工们住的,所以能住几个就住几个,而且一万块钱一天的价格不高吧?现在一线海景房可是全大理最稀缺的资源!"

"你那阿姨是心甘情愿选择咱们的吗?"

杨思思没有理我,倒是很爽快地将一万块钱订金用微信转给了我,我顿时就感觉手机有了重量,我从来都不觉得这钱竟然会这么好赚!我感觉手机有些烫手。

"叔叔,米高现在和以前真的不一样了,你要是硬逼着他回上海才是真的糊涂呢!"

老米半信半疑地看着我们,我将手机举到他面前,示意杨思思刚刚真的转了一万块钱给我,而杨思思也将自己跟那个阿姨的对话截图发到了我的手机上,以证明这就是一笔很真实的买卖,不存在一点儿弄虚作假。

老米的面色终于有所缓和,半晌之后对我说道:"要是真有这么好的前景,我也不敢做主劝你回上海了。你抽空给你妈打个电话,然后把这边的情况也和她说说,让她把心放下来。其实,最担心你的还是她。"

我的心里喜忧参半,许久之后才回道:"我知道了,你们都放心吧,我会好好在这里干出一番事业的。"

老米带着一丝落寞走了,只剩下了我和杨思思,我在吸烟,她则有点儿沾沾自喜地看着我,然后问道:"惊不惊喜,意不意外?"

"没看出来你私底下真的为这间客栈做了不少事情呢!"

"没办法,谁让我是你一瓶护肤水就能收买的女人呢。"

我看了看她,心中感动却说不出话来。

"米高,你有没有想过为什么你费尽心思地去找叶芷做女朋友,也没能改变你爸的想法呢?按道理说,这个办法挺不错的呀,而且叶芷还愿意配合你!"

我想了想,回道:"现代社会男人跟女人的爱情太浅薄了,大家今天可以在一起,

211

明天也能因为各种各样的小事情而选择分手，所以他不信任这种关系了！"

"是啊，每天离婚的都有那么多，何况是更没有保障的恋爱关系。"

我心里沉闷，又深深吸了一口烟。

杨思思也沉寂了很久，才又对我说道："你说，这个世界上会不会有一份不会分手的恋爱关系呢？就像大理的风花雪月一样，永远都存在。"

"能证明的人都已经死了。"

"喂，你能不能别这么悲观啊？"

我看着她，然后笑了笑，回道："不是我悲观，这确实就是一件需要用一辈子去证明的事情。"

杨思思嘟了嘟嘴，没再说话，然后便双手抱膝，向洱海最波光粼粼的那个地方看去，那里似乎有两只海鸟正藏在夕阳后的树枝上卿卿我我。

而我在烟快要吸完的时候，才对她说道："客栈的生意不让你白做，我回去和马指导他们商量一下，看看能给你多少提成。"

"你这是干吗呀，我又不是为了钱才做这个事情的！"

"那你是为了什么？"

杨思思想也没想，便回道："我就是为了大家能开开心心地在一起做事情，你们管我吃喝，再给我一份基本工资就够了，我又不是真正缺钱，我缺的是对生活的体验。"

稍稍停了停，她又带着一丝伤感说道："反正过了今年，我就要去国外留学了。也不知道以后的自己会变成什么样子。可能也会很现实吧，所以我就更加珍惜现在的自己还有身边的大家。"

夕阳已经落到了苍山的背后，洱海也渐渐失去了波光粼粼的色彩，一切都显得很低迷，只有那满载着游客的游轮，带来了一些生机。

我也不知道自己和杨思思在黄昏下的身影被哪个游客的镜头给捕捉了，只希望他或她将这些照片拿出来回味的时候不要发现这两个孤独的背影，也不要去探究他们为什么会从上海来到大理。

等游轮从我们面前开过去后我才终于掐灭掉手中的烟头，对杨思思说道："回客栈吧，孙哥还等着我们去海东那边吃饭呢。"

"我不想去，好不容易请了半天假，我想在洱海边坐一会儿。"

"刚刚还一副活蹦乱跳的样子，怎么突然就伤感了？"

"我跟你们不一样，你们也许可以永远待在大理这个地方，可我明年就要离开了。我特别讨厌这种命运被安排了的感觉，一点儿惊喜都没有！"

我劝道："这也就是你某个阶段的状态，等你留学回国不又是一段新的开始了嘛。"

"根本就不是新的开始，"稍稍停了停，她又说道，"应该是物是人非吧。"

我感叹道："你才多大点儿年纪，'物是人非'这个词不要乱用。"

杨思思用一种复杂的目光看着我，然后又起身拍了拍自己的衣服，笑道："管他呢，反正还有一年的时间，足够我做很多事情，记住很多人了。"

"你能这么想就对了。"

回到客栈，无论我们怎么邀请老米，他都不愿意跟我们一起去海东吃饭，他只说想在这儿附近转一转。

我当然看得出来他的心情不好。他之所以同意让我留在大理是因为杨思思将利弊都分析给他听了，他怕耽误了我好不容易得来的机会，可上海仍是他心头的牵挂。

而人就是这么一种惯性动物，他的心里一时还难以接受我放弃了上海的工作还有陆佳的出走。因为工作和陆佳，曾经就是我在上海苦心经营的一切，也是他和我妈的梦想。没有人会甘心梦想就这么轻易被打破，尤其是他们这样更加保守的一代人！

今天大家都高兴，即便没有人故意劝酒我们也喝掉了两箱啤酒还有两瓶白酒。孙继伟的酒量比我们在座的每一个人都要好，当我们都有了醉意的时候他却提议再喝一箱啤酒。

晚上十点，我们才结束了这场不算是真正意义上的庆功晚宴。末了，孙继伟又将我单独叫到了一个角落里，然后递给我一支烟，向我问道："今天的饭菜还吃得习惯吗？"

我开着玩笑，回道："尽顾着喝酒了，菜还真没吃几口。孙哥，你这酒量真是太惊人了！"

孙继伟笑了笑，却转移了话题说道："兄弟，我有个事情想和你商量一下。"

我点上烟，吸了一口，回道："你说嘛，只要我能办到的，一定不推辞。"

孙继伟也吸了一口烟，稍稍酝酿之后，说道："是这样的，我近几年可能都要在大理工作了，所以就想把你嫂子和孩子都接到这边生活。但是你嫂子这人不愿意上班，也没有什么投资眼光，我一个人养家糊口也真是挺累的。所以就想和你商量一下，看看你这客栈能不能让你嫂子也入一股？那她在这边就算有个事情做了……"说到这里，他拍了拍我的肩，又笑道，"我是真的很看好你这个人，让你嫂子跟着你投资，肯定不会错的。"

"这……"我有点儿惊讶，因为没有想到他要和我商量的竟然是这个事情。我回道："你在环保局工作，要是嫂子在我们客栈投一股，会不会有点儿敏感啊？"

"这个没事儿，目前出台的规定只是市级领导和正局级领导干部的配偶和子女不允许经商，我还不在这个范围内。而且她也只是做点儿投资，并不是客栈最大的股东，完全没问题的。"

我想了想回道："这事儿我跟客栈其他的股东商量一下吧。"

"行，有结果了你通知我。"

"嗯。"

孙继伟派人用车将我们送回到了客栈，随后我便将其他人召集了起来，将孙继伟刚刚对我说的事情说了出来。

白露第一个表态，她回道："我觉得这是个好事情，虽然她投资之后，我们每个人的股份都会被稀释，但是我们可以拿这笔投资将客栈的档次再提升一下，按照现在的行情，如果我们客栈的品质提升了，价格还在原来的基础上提升个百分之二十，这样大家还是不会少赚，同时承担的风险也下降了很多。最最重要的是，如果我们以后还想在大理做其他的客栈，少不了要和环保局打交道，我看可行。"

铁男第一个站出来反对，他说道："我不同意，之前桃子也给了米高十万块钱买污水处理设备，你们怎么没有给她算成股份？现在客栈要恢复营业了，谁看不出来这是一个赚钱的客栈啊，他这个时候才往里面投资就是不厚道。"

我又将目光投向了马指导，等着他的意见。

马指导吸了一口烟，回道："我也不赞成，像是进来了一个外人。"

"你们要从大局考虑呀，"白露说着，又对铁男说道："桃子那个钱，如果她自己有投资的意愿，我们一样可以给她算成股份的。"

铁男依旧是一副不愿意的表情，但是却没有开口说话。

白露有些无奈，半响之后对我说道："米高，这事儿如果只看眼前，我们的利益肯定会受影响，但是如果放长远看，对我们绝对是有好处的。现在我们几个人里面，你是最大的股东，利弊我已经分析了，你替我们拿决定吧。"

我心里一阵纠结，于是点上了一支烟，权衡片刻之后，回道："我还是不想因为这个事情搞得大家不团结。我看这个事情就算了吧，我们客栈暂时不接受任何外来的投资。"

白露有点儿遗憾地摇了摇头，继而对我说道："既然你也这么说了，这事儿我就不劝了。不过你要怎么和孙继伟说呢？"

"实话实说呗。"

白露让我打住，又说道："你可别实话实说。我经常和这些人打交道，知道他们是什么脾气，这事儿还是我去和他谈吧，你们几个都是容易得罪人的性格。"

这次没有人再反对白露，因为她在客栈的工作就是对外沟通，那由她去处理肯定会比我去处理要好很多。

这个夜晚，我无心睡眠，便又坐在了洱海边，抽烟、喝酒、发呆……这也似乎已经成为我在这边最重要的一种解压方式。

我又想起了那个占用陆佳号码的女人，她之前告诉过我她怀了前男友的孩子。

这确实是一件挺大的事情，我心里多少还是为她操心的，便又给她发了一条信息关心这个情况。

我没有揭她伤疤的意思，只是觉得一个女人遇到这样的事情确实是挺为难，也挺无助的。我虽然帮不了她什么，但必要的时候安慰她几句还是可以的。

给那个女人发完信息之后我又打开了一罐啤酒，就这么一边喝一边等待着她的回信。终于，在快要将一罐啤酒喝完的时候，她回了信息："你管得够宽的呀，这孩子关你什么事情？"

"你能不能别每次说话都这么冲？我真的只是想关心你一下，我觉得你遇到这个事情也挺难的。"

"难不难都是我自己的事情，你们谁也帮不了我的忙。我知道不该留下这个孩子，可心里还是很难受，这毕竟是在我肚子里孕育出来的生命，我却没能对他负责。"

"其实你心里已经有答案了，只是早晚而已。"

"我现在特别想喝酒！"

"你现在这身体还是别喝了吧。"

这一次，对方过了很久才回了信息："别说我了，你这两天有没有什么特别倒霉的事情能和我分享一下？让我心里也找找平衡。"

"这两天真没有什么倒霉的，基本上都是好事儿，我们客栈已经确定能在十一月份恢复营业了。"

"你家人同意你留在大理了？"

"我家人也不是不明事理，好好劝了之后他们还是愿意给我一个机会的。"

"呵呵，那真要恭喜你了，希望你在大理能活出点儿人样来。"

"明明很好的一件事情，怎么从你嘴里说出来这味儿就全变了呢？"

"不是你自己说在上海的时候活得窝囊嘛，我说话虽然难听，但也是在说个事实。"

我看着这条信息，有点儿无奈地笑了笑，继而带着一些感慨回道："时间越久，我对大理这个地方的了解就越来越深刻。其实，有人的地方就有江湖，有江湖就有利益争夺。就说我们这个客栈吧，现在形势一片大好，就有人主动找上门来谈投资了。如果我们是间不知道什么时候能恢复营业的客栈，就算我们把嘴皮子给磨破，别人投资前也得慎重考虑考虑吧。从这点来说，这里和上海也没什么区别。"

"追名逐利是人的本性，这没什么好抱怨的。"

"你这个性也太强了！"

我的感叹之后，她便没有了下文。我又不禁感叹起命运的奇妙，同一个号码，使用的人却是两种截然不同的性格！于是，我也渐渐不再觉得这个号码和陆佳还有什么关联，更不觉得它还属于陆佳。因为这个号码的新主人实在是太有个性了，她给了我一种很强烈的剥离感。

从洱海边回到客栈，发现老米的屋子里还有灯光，我便敲了敲门，想关心一下他晚上吃了什么，要不要再吃点儿夜宵。

老米为我打开了房门，我向他问道："晚上吃了什么？"

"我看你们厨房里还有没吃完的面条，就煮掉了。"

"你看你，让你和我们一起去吃饭你不去，吃这东西多没营养啊，还容易饿。我再给你叫点儿夜宵吧。"

"不用了，和你说点儿事情。"

我进了老米的房间，然后在沙发上坐了下来，老米则坐在我对面的椅子上。他先是一阵沉默，然后才对我说道："我刚刚和你妈通过电话了，我把你在这边的事情都和她说了。"

我心里不自觉一阵紧张，继而问道："我妈她怎么说？"

"你妈这人没什么主见，肯定我说什么她就听着。可是我听得出来她不高兴，也替你担心。你等我到家以后再给她打个电话，好好说说这个事情，我再从旁劝劝她，她慢慢也就看开了。"

我低着头，回道："我明白你的意思。"

"那我明天就回去了。"

我抬头看着老米，赶忙说道："这么急着回去干吗，在这儿多玩两天，反正是自己的客栈，住着又不花钱。"

老米摇了摇头，回道："你妈一个人在家我也不放心。别看我们没事儿就吵两句，可日子久了，就像手心手背，谁离了谁都托不起来一个家。我们那代人简单，凑合着一辈子也就过下来了，活得虽然没什么滋味，可是踏实啊，要是你再能给我们一点儿盼头，我们这辈子也就没什么遗憾了。人嘛，不用活得太复杂！"

我不言语，只是默默地抽着烟。

老米又说道："你现在和小叶在一起，我知道不合适提陆佳，可还是觉得她不是一个绝情的姑娘，她走得这么干脆肯定是因为你没有留她。"

我满是心痛地回道："她不是个会轻易说分手的人，既然这么说了肯定就是下定决心了。我要是再留她，就是在害她。爸，对于我跟陆佳的这段感情，我真的是尽力了，她走了只能说明我们不是对的人，我没有办法给她想要的东西，所以，放手也是一种成全！"说完之后，我又痛苦地咽了咽，我不是冷血，如果还有一点儿可能性，谁舍得放下这三年的感情！

"现在的年轻人，一起过点儿苦日子就这么难吗？"

"难，很难……"

老米拍了拍我的肩，然后又从桌子底下拿出了来时就一直带着的那只超市购物袋，他从购物袋里拿出了一大袋瓜子仁，放在我的面前说道："你小时候就喜欢吃这东西。知道我要来大理找你，你妈嗑了一个晚上瓜子皮嗑出来的。其实，我们也不是要来责怪你，就是想你好好把日子过起来。看到你在大理还不错，几个朋友也仗义，我们也就不说什么了。我和你妈都老了，以后的路你自己走，我们也扶不动你了！"

我将那包沉甸甸的瓜子仁拿在手上，眼泪就在眼眶里打起了转，我想表达点儿什么，可下一刻，老米便要我离开他的房间，说他累了，要休息。

次日，我开着叶芷的车将老米送到了火车站，我要给他买一些大理的特产带回去，可是他却死活都不让，他觉得我是在糟蹋钱。我心里挺难受的，更觉得自己不是一个合格的儿子。

因为来的时候他的袋子满满当当，可走的时候我却没能在他的袋子里放点儿什么。

火车开了很远之后，我仍旧没有离开火车站，老米又发来了一条信息："等我到家后，记得给你妈打个电话。在大理，自己注意点儿身体，要按时吃饭，工作再重要也比不过身体。"

我从昨天忍到现在的眼泪终于掉了下来，我更想在他的袋子里放些什么了，可是看了看自己，却两手空空！

火车已经从大理站开出去有半个小时，我又将车开到了能够看见轨道的地方，然后隔着护栏看着那一列列不知道要开往哪一座城市的列车和在列车里面表情各异的人们发呆。

点上一支烟，思乡的情绪也跟着烟雾弥漫了开来，我开始想念那条卧在我家屋子后面的小溪，想念门前盛开的桃花，想念从烟囱里升起的炊烟，想念每一个一家人团聚在一起的日出日落的日子。

可是我知道，从我走出小山城去外地求学的那一天开始，我就注定不会回去了。因为我和很多人一样，身上背负着"人往高处走"的宿命。

一支烟吸完，我终于开车离开了火车站，然后再一次从下关回到了龙龛码头，继续为了大家的客栈事业而奋斗着。

大概过了一个星期，叶芷终于从上海回来了，我为了表示感谢，将她约到了古城的一家咖啡店吃了一顿西餐。吃饭的时候，我将车钥匙还给了她。

她接过钥匙的同时向我问道："怎么没留叔叔在这边多待几天？"

"事情办完了他就待不住了，他也不放心我妈一个人在家。"

"感觉你爸妈的感情很好。"

我笑了笑，回道："印象中，他们很少吵架。主要是我妈脾气好，我爸有时候啰唆几句，她也不搭理。"

"这下你可以松口气了。"

我满是感慨地答道:"是啊,可心里还是觉得有点儿对不起他们。我作为一个奔着三十岁去的男人,回头看看,挺一事无成的。"

叶芷切开牛排,没有说话。

我在沉寂了一阵之后,又对她说道:"今天下午桃子也会从上海飞过来,晚上我们准备在客栈里面弄个篝火晚会欢迎她,你也过来玩玩吧。"

"我就不去了,待会儿吃完饭就得去丽江,那边也有一个项目需要考察。"

我有点儿惊讶地看着她,片刻之后才问道:"大理这边的项目落实下来了?"

"没有,估计还得一两个月,但不影响去考察丽江那边的市场。近两年我们集团会把发展的重心放在云贵地区,我很看好这两个省的旅游市场。"

叶芷很少有地对我说了这么多有关她工作上的事情,于是我也心情不错地附和道:"是啊,这边的旅游环境确实是得天独厚,以后等高铁普及了,发展会更大的。"

叶芷点了点头,答道:"没错,现在大理的房价已经被外来资本给炒起来了,特别是北京和上海这些发达城市的人,更喜欢这里四季如春的气候,如果不去国外的话,就国内来说,云南这边的很多城市都非常适合养老。"

我叹息,然后又笑道:"有钱人的目光真是长远啊,我们这些人还在为了一套房子肝脑涂地的时候,他们已经把手给伸到大理了!"

……

吃完饭,叶芷便直接开车去了丽江,而我则回了客栈,继续为恢复营业做着准备工作,傍晚的时候,我和马指导又去下关从某个烟酒供应商那里拖来了一批酒水。

老板跟马指导有点儿交情,再加上看好我们客栈的前景,便只象征性收了五千块钱的押金,却给了我们四万块钱的酒水。

就在我们去下关的时候,铁男也借了一辆车去了机场,将桃子再一次接回了我们的客栈。他们的确是恋爱了,因为他们是手牵手走进客栈的。

桃子自从进了客栈,一刻也没有闲着。她把行李交给铁男放置之后,便进了小酒吧,然后跟马指导一起将那批刚弄回来的酒水进行分门别类地摆放。

而这一忙,就忙到了黄昏,白露也从下关的酒店将正在接受培训的杨思思给接了回来。

夜晚来临后,我们围着篝火坐了下来,铁男是最忙碌的一个,他早早就从菜场买了几只羊腿回来,这会儿正坐在最靠近火堆的地方给我们烤着羊腿。

我们中间最擅长聊天的白露举起酒杯对桃子说道:"没有想到铁男真的把你从上海给带回来了,我们都知道你在来之前有多挣扎和犹豫,所以为了不让你失望,我们都会拼着命把这个客栈做好的!来,姐们儿我先代表不善言辞的大家敬你一杯。"

杨思思也抢着举起杯子,然后学着白露的语气说道:"不善言辞的是那几个性别为男的闷蛋,我作为客栈里美貌与智慧的代表也敬你这个姐们儿一杯。"

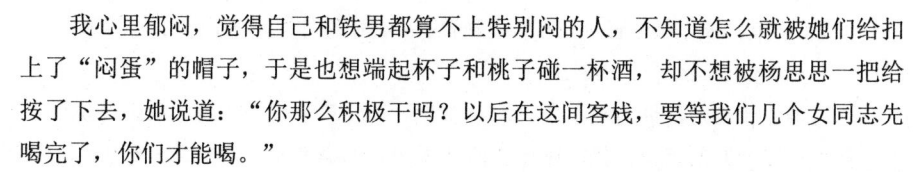

我心里郁闷，觉得自己和铁男都算不上特别闷的人，不知道怎么就被她们给扣上了"闷蛋"的帽子，于是也想端起杯子和桃子碰一杯酒，却不想被杨思思一把给按了下去，她说道："你那么积极干吗？以后在这间客栈，要等我们几个女同志先喝完了，你们才能喝。"

"喊。"

杨思思不理会我，又把杯子伸到桃子面前，然后三人一起碰了一个。

将酒喝完之后，桃子满是动容地看着我们，说道："说两句矫情的话，我真的做梦也没有想到自己会有离开上海的那一天，我觉得这对我来说是一件特别、特别难的事情，但是我做到了，我现在觉得自己特别轻松，也特别想和大家一起在大理做出一点儿成绩……"

说到这里，桃子双眼含泪，然后笑了笑，又说道："我是个特别需要改变的人，可是一直以来都因为习惯了那个环境，没有改变的勇气。其实，面对大家的时候我真的挺自卑的，但是以后不会了，就像米高说的那样，我们是一个团队，没有高低贵贱之分，我也可以发挥自己的特长为这份事业做一点儿贡献。以后，当我再次面对这个社会的时候，应该也会觉得自己是一个有尊严的人。"

白露轻轻搂住桃子的肩膀，回道："言重了，我们这些人聚在一起就像一家人一样，当然没有高低贵贱之分。而且这里的每一个人都是有尊严的，以前、现在、未来，都是有尊严的。以后，不管我们在座的各位有什么样的发展，走多远，只要客栈在，就永远是我们的家，是我们可以停靠的港湾。"

桃子点了点头，然后又和白露喝了一杯，而拿来了羊腿的铁男却不愿意让桃子再喝了，他给桃子倒了一杯可乐，非要她喝可乐。

吃饱喝足之后，我又对心情特别好的桃子说道："之前咱们客栈用你的钱买了污水处理设备，我和白露商量了一下，我们可以把钱连利息还给你，也可以给你折算成股份。你看你是更倾向于前者还是后者？"

在我将这两个选项说出来之后，众人都将目光集中在了桃子身上，然后等着她的选择。这时，一直不怎么爱说话的马指导却先开了口，他说道："这事儿还用考虑嘛，当然是算成股份了。"

说完，他又转而对白露说道："咱们明天再重新签一份协议，然后把桃子投的这份也算上，弄好之后你就拿去做个公证。"

白露点了点头，回道："行，我待会儿回去以后就请做律师的朋友帮我们先拟一份合同。另外，投了人力在客栈的以后也都得各算一份工资。"

"怎么算？"

白露想了想，向我问道："米高，你之前在上海的时候，工资是多少？"

"七千块钱左右。"

"嗯，这个客栈你最辛苦，方方面面都要管，就还给你七千块钱一个月的工资。"

"不用这么多，给个生活费就行。"

"这事儿我来定，你们都不要有反对意见。"强势地说完之后，白露又说道，"小马（马指导）的工资，就按照他在酒吧唱两场的标准给，一个月五千块钱，铁男四千，你俩没意见吧？"

马指导和铁男都摇了摇头，示意没意见。

白露点了点头，转而向桃子问道："姐们儿，你在上海的时候是什么收入呢？"

桃子明显愣了一下，才含糊着回道："我不一定，我们有绩效提成的，总的算下来大概跟米高差不多吧。"

白露用手指敲了敲桌面，一阵思虑之后她说道："如果酒吧生意好的话，最辛苦的肯定是你。我想了想，还是不以你在上海的收入做衡量了，你就拿一个三千块钱的基本工资，然后再从每天的营业额中拿一成作为提成，你看行吗？"

桃子还没回应，铁男便关切地问道："她从酒吧营业额里抽的提成算在她最后的分红里面吗？"

"当然不算，这是她的绩效提成，是她工资的一部分。"

铁男这才满意地点了点头，可是桃子却说道："酒吧营业额的提成我就不拿了，每个月给我三千块钱的工资就行。"

杨思思一嘟嘴，接过话说道："你们一个个真是高风亮节，有没有人考虑过我的感受？你们有分红的工资还都比我高，我不服气！"

我冷冷地回了一句："前台都是这个工资，我们还包你吃住，你有什么不满足的？"

"哼，你们一群老板在这儿分肉，还不许我捡几根骨头吃吃吗？"

"汤也不给你喝。"我撑了她一句之后，又对桃子说道："白露这么分配，也是为了避免大家以后有矛盾，伤了感情。现在稍微好一点儿的调酒师，在大理这边都有个一万出头的工资，你只拿三千块钱工资还不要营业额分成，实在是说不过去了，而且你家里负担重，给自己多争取点儿身上担子也会轻点儿。"

铁男也附和着说道："对，米高讲得对。要不，也别拿什么提成了，就直接开一万块钱的工资吧。"

杨思思特不屑地看了铁男一眼，回道："小样儿，你们这群人里面白露姐最不亏待的就是桃子姐。我告诉你们，我阿姨公司的年会肯定会放在我们客栈开的，我听说她们每年出来开年会，光酒水的预算最少都有十万块钱，这钱如果花在我们酒吧里，你说桃子姐能拿多少提成？咱们不说多，一个月只要来两笔这样团体性的生意，桃子姐就能有两万块钱的提成了吧，这还没算日常工资！"

铁男听杨思思这么一说立马给了自己一嘴巴子，然后指着杨思思对白露说道：

220

"听她的，咱还拿提成。"

白露笑了笑，回道："那行，既然都协商好了，我明天就让律师朋友将工资待遇的问题也一起写到合同里。弄好了之后我再拿来给大家看一下，你们有什么问题可以继续补充。"

我打断道："我们都说完了，怎么不提你自己的那份工资？"

"我一个星期也来不了客栈几次，真的不用给我算什么工资了。况且我做的都是一些跑跑腿的活儿，也就前期忙一点儿，等客栈稳定运营以后也就没我什么事儿了。"

马指导又在这番话的基础上补充着说道："白露这份就别给了，她自己有工作，在古城也有酒吧，不差这点儿。"

白露拍了拍马指导的肩，笑道："没错，我也是这个意思。等客栈恢复营业了，大家都辛苦一点儿，把后面的分红做得越高越好，工资其实就是拿来保障生活的，有需要的领一份，没有需要的就不领。呵呵，毕竟分红才是真正的大头嘛，这个我可是不会让的。"

白露将话都说到这个份上了，我便没有再矫情，但心里却记住了她的好。说实话，人与人之间最怕牵扯到利益的长短，所以有白露这样一个有自我牺牲精神的大姐是我们这个团队的幸运。

聊完这个事情，我们的酒也基本都喝完了，白露临走前又将我单独叫了过去，然后对我说道："入股的事情，我今天去找孙继伟聊了。"

"你怎么和他说的？"

"我肯定不会说大家不愿意让他入股，我只是跟他说恢复营业的客栈就这么几家，同行们肯定都盯得非常紧，他又是环保局的人，到时候难免会有人拿这个事情做文章，如果再把客栈牵扯进去就得不偿失了。我就建议他，等这阵风吹过去以后再考虑投资的事情，而且我们客栈肯定是要扩大规模的，到时候再入一股也不迟。"

我不禁佩服白露，这才是说话的艺术。要是让我和马指导中间的任何一个人去，都不可能说出这番话来。

我又向白露问道："他有不高兴吗？"

"表面上看没有，但是心里怎么想就不知道了。"

我一声轻叹，继而感到疲惫，我知道这是自己的弱点，因为我真的不太擅长去处理复杂的人际关系，虽然我心里也知道，从利益的角度出发孙继伟确实是一个值得去交朋友的人。

转眼就是十一月初，客栈在众人的努力下终于做好了恢复营业前的全部准备。我们为了保证房间的入住率，甚至请了三个保洁阿姨来打扫卫生，虽然我们只有十间房。

221

另外，我们在客栈附近又租了一个农家小院，简单装修了一下之后，我和马指导、铁男以及桃子都搬过去住了，为的就是将房间腾出来做营业用，所以，只有作为前台的杨思思还留在客栈里住。

夜里的十二点，就是政府在官网上公布首批恢复营业酒店及客栈名单的时间，我们几个人早早便坐在电脑前等待着。

虽然之前已经被通知过得到了名额，但在这个名单还没有正式出来之前，我们心里多少是有点儿不踏实的。

杨思思最为急躁，刚过十一点的时候，她就不停地在刷新着官网的页面，然后又抱怨这个公布的时间不够人性化，她觉得结果应该早点公布，或者放在白天公布也行。

可殊不知，不管结果什么时候出来，等待过程中的煎熬我们都是要承受一遍的。

十一点三十之后，我们都很紧张，注意力也高度集中。

我相信，这个夜晚对于大理海景客栈的老板们而言是无眠的，也是复杂的，因为它不仅决定了一个客栈的命运，也决定了许多从业者的生计能不能得到保障。

别的不说，就海景客栈全面停业的这段时间，很多保洁阿姨也跟着丢掉了工作，那些原本专门为酒店和客栈清洗床上用品的工厂更是倒闭了很多。

十二点，是这个行业在大理复苏的开始，也是大部分客栈老板失落、失望的开始，因为能恢复营业的客栈和酒店只有那么区区几十家。

深沉的夜色中，我仿佛看到了一只只捏着烟的手，在一遍遍颤抖，一遍遍焦虑，又一遍遍燃烧着期望。

十一点五十的时候，杨思思终于因为受不了满屋的烟味而冲我们抱怨道："各位大哥，你们能不能顾及一下不抽烟的人的感受，你们再这样抽下去，等不到十二点，一屋子人就先被你们给毒死了！"

铁男拍了拍杨思思的头，哄着说道："乖啊，再坚持十分钟。等结果出来我们就都把手上的烟灭了，这会儿不吸一口心里难受。"

"看把你们给慌的！"

我回道："你不慌，干吗一会儿刷新一下，鼠标都快被你给点秃了。"

杨思思回头瞪了我一眼，然后又发泄似的用鼠标在电脑上一通狂点，这个行为搞得众人一阵紧张，赶忙安抚她的情绪，生怕她把电脑弄瘫痪了，再重新启动，就错过了官网第一时间公布的结果。

为了缓解紧张，我向看上去还算淡定的马指导问道："待会儿见到咱们客栈的名字，准备干点儿什么？"

马指导弹掉烟灰，回道："先喝点儿，再给我俩姐打个电话。"

他这么说，我有点儿意外，因为按照正常逻辑，父母才是最亲、最大的家人，而姐姐要放在之后。铁男好似看穿了我的疑惑，他替马指导说道："你甭意外，马指导的爸妈已经不在了，从上初中开始，就是他俩姐在拉扯他。"

不了解的人都向马指导看了一眼，他看上去却若无其事，可感觉他的内心多少是有伤感的。我也更知道，并不是我一个人将人生崛起的希望押在客栈上，马指导也一样，他甚至比我更没有退路。

我能想象得到他的两个姐姐有多希望他可以找到一个契机重新做人，而客栈就是他唯一能赌的筹码，我知道他已经憋了太久，更何况他当年还是被人陷害的。

我下意识地握紧了拳，告诉自己：不管为了谁，都得把这个客栈做好，在这个客栈中，无论是我、马指导或是桃子，都急需被拯救。

时间终于来到了十二点，可能是因为有延迟，网站并没有准时公布，这更把我们搞得心急如焚，甚至连白露和桃子也在不自觉中点上了一支烟。杨思思则更加毛躁了起来，以一秒钟一次的频率开始刷新着网页。

终于，十二点零二分的时候，我们刷新出了一则通告，就是有关洱海整治成果的，另外还附了一份可以恢复营业的客栈名单，我们一起凑到电脑前，然后眼巴巴地找着。

杨思思拿着鼠标指指点点，同时嘴里也在念着那些被通知可以恢复营业的酒店和客栈的名字。

我们发现孙继伟之前给我们的消息没有误差，名单最前面的二十多家酒店都是在大理耳熟能详的知名大酒店，最后几个则是口碑极其好的海景客栈。可是，看到最后也没有发现'我在风花雪月里等你'这个名字。

我的大脑一片空白，继而感觉全身的血液都在往大脑里喷涌，强烈的窒息感中，我不知道问题出在了哪里。其他人也是面面相觑。我们都好似已经失去了沟通能力。继而，一种我们完了的绝望像一张黑色的巨网将我们毫无缝隙地给笼罩了起来。

最先有动作的是白露，她从杨思思手中接过鼠标，然后又将名单浏览了一遍，再次确认里面没有我们客栈之后她说道："不可能啊，工作组的朋友前些天还给我打电话确认了这个事情，就算是有变动也该提前通知我们的。"

我两指有些发抖地夹起一支烟，然后对白露说道："再看看，是不是我们看漏了。"

众人又一起凑在电脑旁，脸上的表情却越来越绝望。

白露一声重叹，然后从手提包里拿出手机，对我们说道："我给工作组的那个朋友打个电话，这事儿我们必须得要个说法。"

众人面色沉重地点了点头，杨思思却突然大叫："白露姐，你先别打，先别打！通告的最下面还有一个特别通告。"

白露放下了手机，又回头盯着电脑，果然将页面往下拉一点儿之后还有一则特别用红色字体标注出来的通告，而在这个通告里，真的出现了我们客栈的名字，甚至还有一篇详细的特别报道。

地狱和天堂就在一瞬间转换。

确认无误后，铁男无法抑制住兴奋，一巴掌拍在桌子上，说道："受宠若惊啊！这不光是给了我们恢复营业的名额，还等于变相给咱们做了一次宣传，这下整个大理的酒店行业都知道有我们这个客栈了，我们想不出名都难！"

众人击掌相庆，而马指导也在下一刻拿出了早就准备好的啤酒，一饮而尽后，他独自走出门外，给他的两个姐姐打了电话。我想，电话这么晚还能打通，想必电话那头的人也一直在苦苦等待着。

冷静下来后，我从办公桌的抽屉里拿出了一份酒店分布图，然后开始研究了起来。

我将恢复营业的酒店都在分布图对应的地方标注了起来，结果发现这些酒店和客栈都集中在双廊和才村以及下关三地，而我们所属的龙龛码头仅仅只有我们一家客栈恢复营业了。

我将分布图放在众人面前，然后对还沉浸在兴奋和喜悦之中难以自拔的他们说道："大家看见没，整个龙龛码头这一片能恢复营业的海景客栈就只有我们一家，等于是变相地垄断了这边的市场，你们觉得这是好事儿还是坏事儿？"

铁男回道："肯定是好事儿啊，很多企业几十亿的资金投资下去都未必能做到垄断市场，这对我们来说简直就是天赐良机！咱这个客栈以后肯定能发展得很好！"

我摇头说道："这事儿还真不好说。市场需要合理的竞争，如果只有我们一家恢复营业，龙龛这边的人气就聚集不起来，因为游客会本能地觉得在这边找不到客栈住。我倒真希望这边也能像下关那边一样，有几家大型的酒店一起恢复营业，然后大家一起把龙龛这边的旅游市场给做起来，要不然这真的太冷清了，游客们就算过来了也会觉得没什么可玩的。"

白露接过话，说道："这倒是，不知道龙龛这边为什么一直没有建大型酒店或者客栈，虽然海景也不错，但是跟其他几个靠海的地方比起来热度始终是差了点儿。"

铁男摆了摆手，不耐烦地回道："你们几个就别在这儿杞人忧天了，整个龙龛这片儿现在就我们一家海景客栈恢复营业了，就算这边再冷清好歹也有一个码头，每天过来的游客没有上万也有几千，咱们这么小的一个客栈，还怕没生意做？"

"暂时肯定没问题，但从长远来看当然还是希望这边有热度，你别忘了，我们客栈可还是有酒吧的，酒吧总不能只靠我们这十个房间的客人来维持吧？想盈利，酒吧还是得对外营业的。"

"管他呢，实在不行的话，我们就只接一些团体性的客人，酒吧也直接让他们包场，反正我们现在是一家独大，想怎么做主动权都在我们自己手上，别人只有羡慕的份儿！"

我笑了笑，随后也收起了自己放眼长远的目光，最起码从眼前来说这片区域确

224

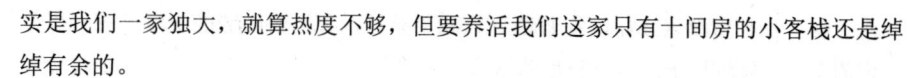

实是我们一家独大，就算热度不够，但要养活我们这家只有十间房的小客栈还是绰绰有余的。

一起吃了个夜宵之后，我又对杨思思说道："明天上午你赶紧把我们客栈的信息上传到几个做在线旅游的网站上，然后督促他们尽快派人过来拍照片，争取让客栈能够早点儿上线经营。"

"知道了嘛，这事儿你不提醒我也会做的。"

"那行，今天也不早了，大家都赶紧休息吧。"

我的提议说出来之后，意犹未尽的大家却仍不愿意回各自的房间，尤其是精力过于旺盛的铁男。

他又从酒吧里搬来了一箱啤酒，非要我们好好庆祝一下才准回去睡觉。

这一通折腾下来，便已经是深夜的两点钟，而不胜酒力的杨思思更是被铁男给灌醉了，最后是我将她给扛进房间里的。

因为我相比于众人是最为清醒的一个，而我之所以清醒着，是因为我觉得自己身上的责任要比其他人都大一些，尤其是对桃子，我更是一份莫大的责任。

她的身上寄托着我对汪蕾的救赎。我想，如果汪蕾还有什么未了的心愿，那生平关系最好的桃子绝对是她放不下的一份牵挂，我知道汪蕾是真心待她的，她没有亲人，所以桃子在她心里已经胜似亲姐。

深沉的夜色中，我靠在护栏上吸着烟，咀嚼着这一份只属于自己的寂寞。

片刻之后，身后传来了轻轻的开门声，尔后桃子便站在了我的身边，她是除我之外唯一清醒的，倒不是因为她没喝酒，只是她的酒量太好了。

她从烟盒里抽出一支女士烟点上，然后笑了笑向我问道："怎么还不回房间睡觉？"

"心里有事儿。"

"我猜你一定是在想蕾蕾。"

我点了点头，然后又背身靠着护栏，将口中的烟慢慢吐出之后才说道："一转眼，她已经走了三个月了，上海也快冬天了吧？"

"心里有伤的人什么时候想那座城市都是冬天。"

我笑了笑，又眯起眼睛吸了一口烟。

"米高，我们是这个世界上最该感谢蕾蕾的人。如果没有她，我们可能这辈子都不敢离开上海。"

"可是她自己却慢了一步！"

桃子面露伤感之色。

一阵沉寂之后，我又转而向她问道："你也来一段时间了，一直没关心你家里的事情，现在都处理好了吗？"

225

"嗯，我把自己这些年的积蓄全部给我弟弟了，我也希望他能拿着这些钱娶个靠谱的女人好好过日子，毕竟我也就这么一个弟弟。"

"可惜他不是一个省油的灯，他不会再来找你要钱了吧？"

桃子无奈一笑，然后回道："就算他还好意思向我伸手，我也没有能力再给他钱了。但愿他以后能做个成熟的男人，而不是把希望全押在我这个姐姐身上。"

"希望是这样吧。"我一边说，一边用快吸完的烟头又给自己续上了一支烟。我不知道为什么，这个夜晚就突然这么想抽烟，也许是因为过于冷静而产生的压力。

桃子在一阵沉默之后又对我说道："能和我聊聊铁男吗？总觉得他不是太愿意和我说起他家里的事情。"

我看着桃子，然后下意识地用手捏了捏下巴，这才回道："你最好还是别和他提他家的事情，这对你们都不好，真的！"

"你觉得我是一个不能承受的女人吗？其实我挺想了解他的，我总觉得自己亏欠了他，所以只有越了解他才越能知道该在哪一方面去弥补他。"

"你弥补不了他，你们就这么稀里糊涂地过着挺好的。"

"我不想稀里糊涂地过，我总有一天是要去面对他家人的，他也一样。我们只会越来越了解彼此，因为我们是两个每天都要生活在一起的人。"

"非知道不可？"

"嗯。"

我弹了弹烟灰，然后在烟雾中眯起眼睛对桃子说道："他的家庭条件其实挺不错的，他爸是个生意人，可是后来，他爸出轨了，他妈是个个性特别强的女人，因为受不了这样的侮辱，所以就走了极端的路……"

桃子睁大眼睛看着我，然后脸色便低沉了下去，她满是失落。

我安慰道："以前的事就不要再想了。"

桃子无力地将手放在了自己的额头上，半晌才说道："米高，我现在心里特别乱！"

"既然已经决定来大理了，能不能痛快点儿，把过去那些乱七八糟的事给忘掉？"

"我心里真的有负罪感。"

"难道犯过错的人就不能重新开始吗？"

"我明白，可就怕铁男不这么想……我在他面前已经够自卑的了。"

我将桃子的不安和痛苦都看在了眼里，可是却不知道该怎么劝她，她才不会在这件事情上过于计较。

在我的沉默中，桃子又强颜笑了笑，对我说道："你能把这事儿告诉我我就很感谢你了，我和铁男要是最后能修成正果，那是上天可怜我们。如果不能，我也看得开，人嘛，总要为自己过去的选择而负责的。"

"也只能这么想了。"

跟桃子聊完之后我没有选择住在客栈,而是独自回了那个刚刚租来的农家小院里,我简单洗漱之后,便躺在了床上。

我的房间因为采光不好,所以在屋顶开了一扇天窗,而我的床就摆在天窗的下面,恰好可以透过玻璃看到夜空。我睡不着的时候,都会透过这扇天窗去数一数视线能看到的范围内到底有几颗星星,可是我从来都没有得到结果,因为往往数不到一半的时候我就会睡死过去。所以,这也是我一定要回这里睡的原因。

次日一早,我在所有人之前起了床,没顾得上吃饭,我便骑着铁男的摩托车去了烟花爆竹店,我觉得这么一个好日子,烟花和爆竹绝对不能缺席,我想在重新开业之前将喜庆的气氛给营造出来。

回来的路上,我又想起了叶芷。是的,自从她上次去丽江之后我们就没有再联系过,也不知道她在这段时间里有没有再回过大理。

我停在洱海边,给她发了一条微信:"我们客栈已经恢复营业了,有空的话过来坐坐吧。"

"是吗,那恭喜你了。"

"太没诚意了吧,也不发个红包表示一下?"

叶芷真的发了一个红包过来,上面写着"恭喜发财,大吉大利",我打开一看,还真是一个不小的红包。

我又顺势回道:"这么大的红包都发过来了,那你一定要来这边吃个开业饭。我们已经在客栈旁边的饭店里订了桌子了,就今天中午。"

"算了。"

"你人不在大理?"

"在。"

"作为朋友,这么一点儿喜悦都不能一起分享一下?过来坐坐嘛。"

"不喜欢热闹,你们自己聚吧。"

我将红包又退还给了她,然后又顺带着给她甩了几个鄙视的表情。

"你这是生气了?"

"你人不来,我要你红包干吗?"

这次,叶芷过了片刻才发来了信息:"我现在在医院,身体有点儿不舒服,有机会再去吧。"

"你怎么了?"

"小毛病。"

"哪家医院?我现在就过去。"

"真的没什么,就是头痛发热。"

"你肯定是因为不想来我们客栈，才找了这个借口。"

"你这个人！"

"你说不说？"

叶芷发了个无奈的表情，然后又将自己的位置也一并发了过来。我没来得及将烟花爆竹送回客栈，便掉转车头，驮着这些东西向下关的医院驶去。

走了一半，才猛然问了自己一句：你去能干吗？

到了下关的医院，我将车停在了停车场，准备进医院的时候，我又觉得自己刚刚买的那些烟花爆竹有点儿太过扎眼，索性便抱着箱子，混在人群中进了大门。

一路摸索之后，我终于找到了叶芷的病房，我将箱子藏在了她的病床底下，然后满是疑问地对躺在床上的她问道："你真的只是头痛发热？"

"不然呢？"

我四处看了看，回道："头痛发热用得着单独住一间病房吗？下面一楼的输液大厅里，成排儿坐着和你一样的病号！"

"我不喜欢人多的地方。"

我很服气地对她竖了竖大拇指，然后感叹道："你还真是走到哪儿奢侈到哪儿啊。"

叶芷不语，随后又闭上了眼睛，她的精神状态看上去很差。我这才想起自己只顾着赶过来，却忘记给她买点水果什么的表示慰问了。

我轻声向她问道："你想吃点儿什么？我去给你买。"

"没胃口，你相信我不是骗你的就行，赶紧去忙自己的事情吧。"

我没走，而是搬了一张椅子在她身边坐了下来，又说道："我不走，你说我大老远从古城跑到下关来看你，你就不能对我热情点儿？"

"你要不忙的话就坐着吧，我睡一会儿。"

叶芷说这些的时候一直都没有睁开眼睛，以至于她不再开口说话的时候我也辨不清她是不是真的睡了，于是就这么干巴巴地坐了一会儿。

片刻后，杨思思给我打来了电话，我轻轻将门带上，然后站在走廊的角落里接通了电话，她火急火燎地向我问道："你在哪儿呢，一早就看不见你人。"

"这不客栈刚恢复营业嘛，我去古城买了点儿爆竹。"

"你快别说这些了，赶紧回客栈处理问题吧。"

"怎么了？"

"今天一早就有客人打电话过来了，说是一家人来大理旅游，一次要订四个房间，住一个星期。"

"这是好事儿啊，干吗弄得紧张兮兮的？"

"人家问我们有没有到机场接机的服务，这事儿归不归你管？"

228

"咱哪来的接机服务？"

"你可别后悔，这可是四间房一口气订出去一个星期的单子。"

我在心里估算了一下，这笔订单差不多有一万四千块钱的房费，顿时就被搞得紧张了起来，赶忙对杨思思说道："你先别忙着回绝，我现在就去想办法，你知道他们一共多少人吗？"

"四个老人、两个大人、两个孩子，一共八个人。"

"哟，这一辆商务车还坐不下，得找两辆！"

"我提醒你啊，人家可是能花一万多块钱住客栈的高端客户，你别弄一破车去接人家，到时候单子接不成不说，还坏我们客栈的形象！"

"这事儿还用你提醒？我心里有数。"

"你可真没劲儿，我不就是想你夸我心细嘛！你都不知道，只有我们这种没有地位的人才特别渴望得到老板的认可。"

"别贫了，客人几点到机场，我现在就去找车。"

"那你可得抓紧点儿了，他们两点钟下飞机，你找到车之后开车到机场还得一个小时的车程呢！"

挂掉电话后我便看了看时间，已经快十点半，剩余的时间虽然还算充裕，但也不能懈怠，毕竟要在没有预约的情况下找两辆豪车也不是那么容易的事情。

即便如此，我还是紧赶着去医院的外面给叶芷买了些粥和比较素的甜点，我将这些放在床头，然后对也不知道是睡着还是醒着的她说道："给你买了点儿吃的东西，你记得吃，尤其这粥要趁热喝，我这边出去办点儿事情，晚点儿再过来看你。"

"嗯，你去忙吧。"

"知道你没睡，你就是不想搭理我。"

"我是不想耽误你做事情，现在可是工作时间。"

"对，现在是工作时间，可你怎么倒在床上了？我刚刚问人护士了，说你这病就是不注意保养才受了风寒！大理这边白天和晚上温差大，冷了自己多添点儿衣服，别只顾着忙工作。"

叶芷背身对着我，不搭理我也不愿意听我啰唆。

我看见她放在皮包旁的车钥匙，摸了摸自己的下巴对她说道："都病成这样了，估计这车你也开不了了，要不先借我开一会儿？我晚点儿给你送回来。"

"嗯。"

我拿起车钥匙，然后一边穿着刚刚脱下来的外套一边又对她说道："我在你床底下还藏了一箱烟花爆竹，你帮我看着点儿，可千万别被护士发现，要是被她们给没收了，我就亏大发了，这一箱好几百呢！"

叶芷终于不再背对着我，可却瞪着我。

我说不清楚她到底是个什么脾气，但这一刻肯定是被我给惹生气了。因为我来看望她的时候没带水果和花束，却抱了一箱烟花爆竹，这得多不靠谱才能干出这样的事情！

我冲她挑了挑眉，然后便拿着车钥匙一溜烟儿跑出了病房。

耳边呼呼的风声中我觉得我们更像是朋友了，因为我已经貌似找到方法去对付她的冷漠，而她也并不是无懈可击的。

至少，她被惹急了之后也是会生气的，并且还是那种会表现在脸上的生气。

离开医院，我便开着叶芷的大 G 去了附近的租车公司，有了她的这辆车，我只需再找一辆车就可以。而这时杨思思也将客人的资料发给了我。

找了三四家租车行，我终于选定了一辆宝马 525 作为跟我同行的车一起去了机场。而司机就是这个租车行的老板，他让我管他叫小宋。

我们到机场时正好是吃中饭的时间，我请他到机场餐厅吃了个便饭，吃饭的时候我们一直在闲聊着。

他向我问道："哥，你是开客栈的吧？"

"你怎么知道？"

"干我们这行，除了游客就属跟客栈打交道最多了。而且，我感觉你们客栈应该做得挺高端的。"

我笑了笑，向他回道："那是，要不然也不会跑到你们这儿租一辆宝马去接客人。"

"你们客栈的生意应该挺不错的吧，十一月份可是大理的旅游淡季。这个时候还能接到客人的可都是大理真正赚钱的客栈！"

我觉得和这个小宋聊天挺受用的，便又向他问道："那大理的旺季是哪几个月份？"

"你是新开的客栈吧？这问题问得可真是太业余了！"

"是刚开的，我知道十月份和暑假肯定是旺季，但是之前都没在这儿待过，所以也不知道到底能旺成什么样。"

"你错了，一年里面最旺的不是暑假也不是十月份，真正旺的是过年的时候，你都不知道去年春节的时候大理的旅游市场膨胀成什么样子了。"

我特别喜欢跟这种"大理通"聊天，因为他们能带给我特别多的有用信息，于是我又追着问道："说说看嘛，到底膨胀成什么样了？"

"我就这么跟你说吧，春节那天晚上随便一家客栈的沙发都能卖出四五百块钱的价格。还有很多客栈的老板为了能在那天多赚点儿，情愿住在车里也要把自己住的房间腾出来卖给游客。你想想，这市场不是疯了嘛！"

我饶有兴致地听着,小宋似乎也很享受这种传授经验的快感,他又对我说道:"哥,你要是新开的客栈的话,我建议你现在就赶紧把过年那一个月的房间在网上关掉,现在有经验的游客都很有想法,他们可能十一月份的时候就在网上把过年住的房间给订了,你说过年的时候,房哪能按照淡季的价格卖给他们啊?!这不,去年我一开客栈的哥儿就因为没这方面经验吃了大亏,人家跟他一个档次的客栈都在过年的时候把房价调成了八百一晚,他那客栈因为没关过年那段时间的房,十二月份的时候就被客人以淡季的价格订完了,等于少赚了好几万,你说他亏不亏?"

"哟,你要不说我还真不知道有这么个事呢!"

小宋点了点头,又向我问道:"你那客栈淡季的时候一晚上多少钱?"

"便宜的四百,套间一千。"

小宋质疑道:"古城里面没这么高的价格吧?"

"我不是在古城,我在龙龛那边,是有海景的客栈。"

小宋盯着我看了一阵,然后一拍自己大腿,说道:"哎哟,你瞧我这眼神儿,你不就是前段时间在马久邑那边救人的那个哥们儿嘛,怪不得说你们客栈有海景呢!听说,你们客栈已经恢复营业了!"

"低调,低调。"

小宋递了一支烟给我,又说道:"就算淡季再淡,也不会淡到你们那儿去的。毕竟靠海的客栈和酒店就那么几十家恢复营业了,市场却这么大。哥,你这客栈现在可真是一棵摇钱树啊!"

我笑了笑,又问道:"你觉得我们客栈的普通房间过年的时候调到多少钱一晚比较合适呢?"

"一般是正常价格的三倍,你们客栈的话,我觉得卖个五倍应该问题不大。"

我被震惊了,小宋又抓住商机,对我说道:"哥,你们这么高档的客栈肯定要有接机服务的。我看你不如就跟我们合作吧。我肯定给你优惠价,而且给你派司机,就不用你们再投入人力进去了,这样你们省心,我们也能跟在你们后面赚点儿。"

"你们现在都有什么高端车?"

小宋有点儿尴尬地回道:"最好的就是刚刚开过来的这辆宝马了,我也是处于刚创业的阶段,没那么多资金投资高端车。"

"525倒是够用了,可假如你们这辆车租出去了,我们客栈又需要去接人怎么办?而且还有一个更大的问题,比如今天,客人一来就是八个人,我要不是跟朋友借了一辆车,肯定还得再租一辆。"

"这……"小宋犹豫了半晌,一咬牙说道,"哥,你要是确定跟我们车行合作我就再去买一辆奔驰的E系回来,正好我朋友那边有辆二手的车,车况挺好的,我最近一直在考虑这事儿,可就是下不了这个决心。"

"聊聊价格呗。"

小宋想了想，回道："我就给你一个最诚心的合作方案吧。你们客栈的接送客业务我全包了，一个月一万两千块钱，我们这边出车，出司机，出油钱，保证随叫随到。"

"平均下来，等于一天四百块钱。"

"哥，你们客栈不愁没生意啊！我这边要是一天跑个四五次机场来回，就等于在亏本，那要不咱们就按次数收费，一个来回一百五十块钱。"

"一个月一万，行的话咱们就签合同。"

"别啊，我们成本真的很高的！"

"一万，这买卖你们不会亏的，车闲下来的时候你们一样可以做其他客栈的生意，我们不反对你用这个资源创收。"

"就怕你们客栈生意太好，要是一天跑四五个来回就真的就没什么钱赚了。"

我笑了笑，回道："如果我们客栈生意真的好到让你亏本，我肯定会给你提价的。哥们儿，就当一起创业了呗，我们客栈也就十间房，很多客人一来都是住一个星期的，没有那么高的接送频率，放心吧，这个价格不亏待你。"

小宋低头琢磨了一会儿，终于回道："哥，你这话可不能开玩笑啊，要是你们客栈生意真的好到让我们车行亏本，一定得给我们这边提价。"

"遇见就是缘分，咱做生意都清清白白，争取合作共赢。我看提价这条也写到合同里面，这下你可以放心了吧？"

"放心，放心！我这就给我那哥们儿打电话，让他帮我把那辆 E 系给留着。"

我笑了笑，心里也觉得这是一件好事情。将接客业务包给小宋去做，我们不仅省心，还节省了很多成本。

我觉得自己来到大理后确实是转运了，因为很多事情办起来都出奇地顺利。

两点左右的时候我和小宋准时在机场接到了客栈的第一拨客人。客人对我们迎接的规格感到很惊喜，尤其是我从叶芷那边借来的那辆大 G 更是让客人满意。

回到客栈，我给客人安排好了房间，然后又请他们去小酒吧坐了一会儿。

马指导和桃子很大方地给老人们送了普洱茶，铁男也一直陪他们聊着天，介绍着大理有哪些地方值得玩。

最高兴的要数小宋，客人因为有需要，又以五百块钱一天的价格从他那里租了一辆七座的商务车。

他说，现在是淡季，商务车很少能租出去，所以今天绝对是他的幸运日。

之后我们客栈又来了三拨客人，他都以极其昂扬的斗志去机场接了。

其中又有两个客人跟他租了两辆车，导致他这一天也是赚得盆满钵满，所以，跟我们客栈合作他又怎么会吃亏呢？毕竟还有这么多隐形的价值等着他去挖掘。

傍晚的时候我终于处理完了客栈的事务,虽然才是第一天,可却有了一种透不过气来的感觉。

因为实在是太忙了,我甚至为了接客人而错过了中午的开业午宴。

我特别想躺在床上睡一会儿,可是想起叶芷还在医院,想起那箱烟花爆竹还在她的病床下放着,便又坐不住了。

于是简单跟铁男交代了一下便又开着车去了下关的医院。

路上,我给叶芷发了微信,她让我放心,说已经退烧了,但医生建议她再留院观察一天。

我觉得也有这样的必要,因为听护士说她发的是高烧,不仅是因为受了风寒,也和长期劳累造成抵抗力低下有关。

她真的是需要休息了,哪怕是待在医院。

我到医院的时候她就坐在病床上批示着什么文件,我削了一个苹果给她递了过去,然后说道:"到底是身体重要还是工作重要?咱能休息一会儿吗?"

"马上就好了。"

我看了她一眼,然后又趴在地上向床底看去,可那箱烟花却不在了。我又向她问道:"我的东西呢?"

"被护士收走了,她说医院里不能携带易燃易爆的东西。"

我顿时就急了,说道:"没看见这么大一个箱子装着了嘛,接触不到火源怎么就易燃易爆了?"

"人家就是这么说的。"

"那你赔给我,我不要钱,就要一模一样的东西。"

叶芷却笑了笑,然后指着那个有锁的柜子对我说道:"你拿着钥匙,到那个柜子里面看看。"

我开了锁,只见那个装烟花的箱子真的就在那个柜子里,我指着她笑道:"好你个叶芷,看你一脸正派人物的形象,想不到你也会骗人哪!"

"我是为了保住你的成果,可不是故意骗你的。你不觉得,只有放在那个带锁的箱子里,才是绝对安全的吗?"

我夸赞道:"谨慎!"

叶芷心情好似不错,她将手中的文件夹放在床头的柜子上后主动向我问道:"你吃饭了吗?没有吃的话,我请你。"

"哪有让病人请客吃饭的道理,我请你吧。"

我一边说一边将那箱烟花从柜子里抱了出来,而后叶芷也离开了床铺,对我说道:"闷了一天,吃完饭陪我环行洱海吧。"

我有点儿意外地看着她,总觉得她不是这么主动的人,但也说不出来她是什么用意。就在我想多问一句的时候，她却已经披上外套在我之前走到了病房的外面。

我下意识地透过那扇落地窗往外面看了看，只看见灿烂的霓虹和闪烁的繁星，所以怎么看都像是一个美好的夜晚。

于是，我不想再去探究或者揣摩她，只当这是一场朋友间稍微正式一点儿的约会。

第八章
树大招风

跟叶芷出了医院后我们并肩走在人来人往的街头，虽然已经来大理有一段时间了，可是我对下关这个地方却不是太熟悉，因为之前很少来这边走动。我向叶芷问道："你对这边熟吗？"

"不熟。"

"那怎么找吃饭的地儿？"

叶芷四处看了看，然后回道："街上随便找一家吧。"

"第一次正儿八经地请你吃饭还是别太随便了吧，我问问白露。"

我说着便将手机从口袋里拿了出来，却发现他们几个人已经在客栈的微信群里聊疯了。都是在感叹客栈的生意太好，虽然只是第一天开业，但是已经做到了客房全满，而从下午的五点钟之后，杨思思就已经开始拒单了，大家恨不能有二十间客房才好。不过，酒吧的生意和我之前预测的没什么出入，我们只做了自己客人的几单生意，也就几百来块钱的样子。

我在群里问道："你们知道下关这边，哪儿有饭菜做得不错的饭店？"

"你是要请我们吃饭？"

"请朋友，改天请你们。"

"我们怎么不知道你在大理还有除我们之外的朋友？"

"叶芷嘛，你们没看见他今天是开着叶芷的车回客栈的嘛，肯定又要拿借车这事儿请人家吃饭了，说白了就是约会。"

他们你一言我一语的搞得我有点儿头大，我索性将手机又放回口袋里，眼不见为净。我对叶芷说道："那几个人都是损友，没一个能好好说话的，咱们也别费劲儿找了，要不，就从右手边开始数，数到第十家饭店就是我们吃饭的地方。"

"好像挺有意思的。"

"不过，咱们事先说好，既然制定了规则就一定要遵守，可不能因为不喜欢吃

235

就要赖。"

"怕你到时候心疼自己的钱包，我觉得你挺抠门的。"

我看了叶芷一眼，感觉有那么点儿尴尬，之所以尴尬，是因为被她给说中了。我要是不抠门，能为了几百块钱的烟花爆竹和她唠叨了半天嘛。

我下意识地直了直自己的腰板，才向叶芷回道："放心吧，我是个特别有契约意识的人，就算待会儿选的是一家做鱼翅海参的大酒店，我也把单埋了。"

"这可是你说的哦。"

我就这么跟叶芷沿着长长的街走着，这条街上有五金店，有家居店，也有理发店，可偏偏饭店很少，所以我们快要走到街尾的时候也没能数满十个。

于是我们又走到了另一条街，却完全是另一种风光，这是一条极其繁华的商业街，好似集中了整个市区最高档的饭店，只是站在远处便已经被闪耀的霓虹给逼得不敢直视了。

叶芷转身对我笑了笑，貌似提醒我自求多福，可是却让我看到了她可爱的一面，看着那些像是用黄金和钻石堆起来的饭店也不怎么觉得心疼了。

我倒真的希望这样一个晚上，我们能坐在一家有音乐和喷泉的酒店里好好吃个饭，再聊那么几句日常，然后扫掉这一身的疲惫。

可是一阵风吹过的时候，我想起了另外一个女人，我们在一起三年，我也跟上海这座城市死磕了三年，但这么漫长的时间里我似乎从来都没有以一个像此刻这么好的心态带她去找一家高档的餐厅，然后好好吃一顿。

我总是有加不完的班，好不容易空闲的时候却只想闷头睡觉，然后一次次将她忽略在一个满是尘埃的角落里……她是该对我失望的。

我不禁又想：如果我有未卜先知的能力，告诉她我会在几个月后来到大理，并有一家很能赚钱的客栈，我因此学会了享受生活，在接触了更多人的同时也有很多时间约会，她会不会跟我一起来呢？

我又转头与身边的叶芷对视着，她的样子与我脑海里陆佳的样子渐渐在灯光的边缘重合又分裂，此刻我身边的叶芷无疑更美丽，更有气质，可却是一个幻梦，所以她很梦幻地站在我身边，我却更真实地想起了陆佳。我的心情没来由地有些复杂！

也许，真的是因为这阵不经意吹来的风，而人有时候就是这么简单，会不经意想起某人，又会在不经意间将他（她）忘掉。

往前又走了一百米，我们在一家叫作"洱海月"的大酒店门口停下了脚步，它就是我们即将要数到的第十家饭店。我已经做好了带她进去吃饭的准备，可是叶芷却将目光放在了对街一家卖米线的摊子上。

她抬起手臂，做了一个衡量的动作，然后又转身看着身后的"洱海月"酒店向我问道："对面的米线摊和这个酒店，到底谁是第十个？"

"对街的不能算吧？"

"对街也在这条街上。"

"你这么说，是心里已经有答案了。"

我说着又往那个米线摊儿看了看，摊主是一个大爷，他没有生意，一直缩在锅炉的后面。虽说大理四季如春，可初冬的晚上也是很冷的，而对比身后的"洱海月"，我看到的是一个底层人民的辛酸，我觉得他应该很需要我们在他的摊子上吃两碗米线。

我这么想的时候，叶芷已经拉着我的手臂向对街走去，刚刚还近在咫尺的"洱海月"很快就被我们抛在了身后。

一张低矮的桌子旁，我和叶芷面对面坐着，非常小的板凳让我感到不舒服，身材高挑的叶芷也一样，她甚至没有地方放自己的手提包，只能放在两腿之间。

"你冷不冷？"

"有点儿。"

我二话不说，脱下了外套，然后递到她的面前。

"你不冷吗？"

"我不冷。你这病还没好利索呢，赶紧穿上吧。"

叶芷穿上了我的外套，然后又搓了搓手，幸好也没过多久，大爷便将两碗热腾腾的米线端到了我们面前，大爷也是个不喜欢说话的人，所以扩散的热气中出现了三个同样沉默的人，两个人坐着，一个人站着，落叶时不时被风吹落，掉在桌上，掉在我们脚下……叶芷终于开了口，她向我问道："叔叔回家后有再说什么吗？"

"让我好好对你，不要和你吵架。"

叶芷看了我一眼，然后笑了笑，回道："我不相信他这么说。"

"为什么？"

"因为他看上去对你很没有信心。"

我也回应了她一个笑容，说道："看穿别说穿。"

"我可以问你一个问题吗？"

我有点儿意外地看着叶芷，愣了一下之后，回道："你问呗。"

"如果你前女友回头找你，你们还会在一起吗？"

我心里涌起一阵说不出来的感觉，很久之后才说道："我们是那种分手了之后，既不能做朋友也不可能复合的情侣。"

"为什么？"

"因为心里有恨。她恨我，我也恨她。"

"你恨她什么？"

我只知道自己恨她，可是硬要我说出恨哪儿我也说不上来，所以这对我来说是个很难回答的问题。于是，我开着玩笑回道："是头疼发热改变你体内的基因了吗？你怎么看都不像是个有这么多问题的人。"

"那我不问了。"叶芷说完又低头吃着米线。

可是在她将几个问题抛出来之后，我却起了好奇心，于是往她面前凑了凑，问道："你谈过恋爱吗？特别撕心裂肺的那种。"

我的问题说出来之后，叶芷的筷子停了下来，她与我对视着却不说话。我意识到她可能是个很在乎自己隐私的女人，所以我的问题把她问得不高兴了，于是又赶忙说道："这好像有点儿侵犯到你的隐私了啊，你要不想说的话，你就当我没问。"

却不想下一秒叶芷便说了一句要让我吐血的话，她回道："思思把她的表哥介绍给我了，这算是吗？"

"这……这肯定不算，我说的是撕心裂肺那种。"

"也许以后就撕心裂肺了呢。"

"你们在一起了？"

"没有，不过上次回上海的时候有过一次见面，现在也有联系。"

我点了点头，然后便陷入了沉默中，其实，这是一桩挺好的事情，毕竟他们郎才女貌。

再想想杨思思的相貌，她表哥可能不仅有才而且也很有貌，因为他和杨思思是一家人的基因，模样肯定不会差到哪儿去的，要不然以叶芷的挑剔，不会在见面后还和他保持着联系。

所以分析下来，他们不仅是郎才女貌，更应该说是才貌双全，那可不就是杨思思口中说的天作之合嘛。

两碗米线加两只煎蛋，一共花了二十六块钱。我们起身准备离开的时候，时间刚刚过晚上九点，而我们都有一点钟之后才睡觉的习惯，时间上还是够我们环行一次洱海的。

在我和叶芷回医院取车的路上杨思思又给我打来了电话。我回避了叶芷，然后接通，她语气特别不好地对我说道："米高，你是不是个浑蛋？我们大家都快忙死了，你好意思一个人在外面约会！"

"谁约会了？"

"你……群里都说了，你在约叶芷吃饭。"

"一起吃个饭就算是约会？那你不知道约过多少次了！"

杨思思又一口咬定道："你就是冲着约会去的。"

我据理力争："你不是把人叶芷都介绍给你表哥了嘛，就算是有意思，也得讲个先来后到，现在明显是你表哥对人家更有企图。"

"那你就是挖墙脚。"

238

"你有完没完了？"

杨思思却又笑道："米高，你现在是不是被内心的危机感给折磨得很不是滋味呀？你拿什么跟我表哥比嘛。"

"你就算说破天了也没有用，我现在很淡定。"

"那你还不赶紧回来？！"

"你能告诉我你们在忙什么吗？"

杨思思铿锵有力地回道："马指导在酒吧给客人唱歌，桃子姐在调酒，铁男在陪客人唠嗑，我在端茶倒酒，你说我们忙不忙？"

"事情不都让你们给做完了嘛，我还回去干啥？"

杨思思愣了一下，说道："你就站在桌子旁边冲着客人傻乐，反正大家都喜欢逗傻子玩儿，你这就算给客人解闷。"

"你是在开玩笑吗？"

"哼，要不是提到这茬儿，还真没发现，我们客栈就数你最没用。要不我回去跟我爸妈要点儿钱，你把股份让给我吧。"

"我不让，我白天忙的时候你都没看见？"

"我们白天也没有闲着啊。你别废话，赶紧回客栈，待会儿一起开会，对今天的工作做个总结。"

"到底我是老板还是你是老板？"

我正骂着的时候杨思思已经挂掉了电话，我就这么被她给弄得很为难。可如果大家真的要开会，做总结，我还真不能缺席，毕竟这是一份正儿八经的事业，孰轻孰重我心里分得很清楚。

回到叶芷身边，我对她说道："今天不能陪你环洱海了，他们几个人说要开个会，非要我回去。"

"好。"

我看着叶芷，她如往常一样冷漠如冰，所以也看不出自己的失约到底有没有影响到她的心情，可她确实不是一个会给对方负担的女人，她似乎很喜欢成全，而不是逼迫。

在医院的停车场，叶芷将我的衣服还给了我，然后便准备离开，我赶忙喊住了她，说道："等等，我那一箱烟花爆竹还在你车里呢，你给我开一下后备厢。"

叶芷没说话，但打开了后备厢。

我将东西取出来之后将后备厢关上，她又转身往医院里走去，她的身影在冷色灯光的映射下显得很孤独，这让我感觉此刻似乎缺了点儿什么。

于是我追上了她的脚步又喊住了她。

"怎么，还有事儿吗？"

我向那箱烟花爆竹看了看,说道:"你看这东西也用不上了,带着还费劲儿,要不咱找个地方给点了吧。"

"你不是要回去开会吗?"

"我又没说这事儿很急,我们大家都住在一起,只要我回去的时候他们还没睡,这会都能开的嘛。"

叶芷有点儿犹豫。

我又劝道:"走吧,真的特别好看,有二龙戏珠,还有天外飞仙……"

"天外飞仙?"

"是天女散花,天女散花。"

洱海边,一处空旷的地方,我点燃了烟花。

忽明忽暗的烟火中我们以一样的姿态沉默着,我抽烟,她手插在口袋里没有动过,一箱烟火点完之后我们便各自离开,我当然是去龙龛码头,她回了医院。

两条不一样的路,两种不同的人生。可是烟火短暂的闪亮中,我们是在一起的。

回到客栈,客栈里的情形根本就不是杨思思所描述的那样,酒吧里既没有唱歌的马指导,也没有陪着客人聊天的铁男,只有桃子在擦拭着调酒的器具。

我向桃子问道:"怎么就你一个人在酒吧?铁男和马指导呢?"

"他俩去古城了,酒吧里不能只有马指导一个人驻唱,他们准备再去找一个歌手。"

"杨思思呢,她哪儿去了?不是说要开会做总结吗?还有白露,白露怎么没来?"

桃子不明所以地看着我,然后回道:"思思回她自己的房间洗澡了。白露,没听说她要过来啊。"

"那到底有没有开会这事儿?"

"没人提这事儿。"

我有点儿恼火,随后坐在吧台旁的椅子上给自己点了一支烟,吸了一半便在桃子惊讶的目光中冲出了酒吧,然后站在杨思思的房门口对着门一顿敲。

里面没有说话的声音,只听见哗哗的水声。也不知道她是真没听见还是躲在里面不敢吭声了。

说真的,我特别烦她这毛病,可有时候又实在是拿她没办法。

等我渐渐冷静下来,又感觉自己有点儿小题大做,因为她的恶作剧也没让我损失什么,我甚至可以早点儿回客栈,然后早点休息,我最近是够累的了。

我又回了酒吧,桃子向我问道:"你火急火燎跑到思思房间门口干吗呢?"

"没什么,你给我调杯莫吉托。"

也许是因为我总和杨思思拌嘴,所以见怪不怪的桃子也没追问,片刻之后她便帮我把酒给调好了。

我端着酒杯在靠窗户的位置坐了下来,透过落地窗就能看到洱海和海对岸闪烁的灯光，我因此自我感觉良好，也就不计较刚刚被杨思思给耍了的事儿了。

我趁着这会儿有时间打算给老米打个电话，把客栈良好的形势分享给他，好让他和我妈在家里能够安心下来。

拨打之前，我发现那个许久不曾联系过的占用了陆佳号码的女人又给我发来了信息："能陪我聊会儿吗？"

这是九点多钟的时候发的信息，那会儿我正和叶芷在一起，所以没太在意有没有信息。

十点半的时候，她又发了另外一条："孩子流掉了，心里难过！"

我喝掉了半杯酒，然后给电话那头也许在等着也许已经睡着的她回了信息："我也不知道该怎么安慰你，只是希望你能明白既然你不想让前男友对这件事情负责，就早晚都会有这么一天，这是你自己的选择。我觉得你是个个性挺强的女人，要不了多久时间就会替你搞定一切的。"

"是这个意思。远的不说，就说我当初离开上海的时候够痛苦了吧？但是现在也慢慢缓过劲儿来了，我没有因为痛苦把自己封闭起来，而是接触了更多的人、更多不一样的事物，并且给自己找了一件很有意义的事情去做，所以我已经很少去想在上海发生的那些事情和上海的那些人了。"

"你是个运气不错的人。"

"你呢，痛苦的事情发生之后，你是怎么想的？"

"我只想宅在房间里，看见那些人，闻见街上的味道，我就想吐。"

"你那是孕吐吧？"

"滚，能不能不揭我的伤疤！"

我又喝了一口酒，然后回道："会慢慢好起来的，相信我，这个世界上真的没有过不去的坎儿。"

"这句话太老套了。"

"可是管用啊，除非你自暴自弃，那谁都劝不了你。"

"你在大理真的过得很舒服吗？不会再想起那些伤害过你的人和城市？"

"肯定还是会想起来的，但是已经没有以前那么在意了。"

这条信息给她发过去之后，我又给她拍了一张小酒吧的全景照，照片里有一个书架，有马指导的吉他，有正在清洗调酒器具的桃子，还有被我握在手上已经喝了半杯的酒。

我又给她发了一条信息："看见没，这就是我现在的生活，节奏有快有慢。白天虽然挺忙的，但晚上就可以在自己的酒吧喝点儿酒，透过窗户还能看见洱海。已经这么晚了，海边还有一对小年轻在约会。这些我能看到的，都让我觉得挺充实、挺美好的。"

241

"大理真的有你说的这么好吗？"

"好不好因人而异，但我觉得这是一座可以让你从头再来的城市，反正我觉得自己没有来错地方。"

"你把那对正在谈恋爱的小年轻发给我看看，要不然我总觉得都是你自己虚构出来的。"

我笑了笑，随即拿起手机拍下了那对坐在洱海边窃窃私语的小情侣。因为光线照片有些模糊，但仍能隐约看出男孩的手边放着一盒香烟和打火机，女孩脱掉了鞋子，将脚放进了洱海里，鞋子上的亮片被路灯一照在他们的身边晕出了一个光点。我断定此刻发生在洱海边的这一幕，应该是他们人生中最幸福、最惬意的时光了。

我将照片给她发了过去，又给她发了一条信息："我觉得你可以来大理散散心，这个季节海鸥都飞回来了，特别漂亮。"

"可是我不想和你见面，我觉得你挺讨厌的。我可以去丽江，不会比大理差的。"

"哈哈……"

我将手机扔在了一边，然后给自己点了一支烟，心里当然也没指望在自己发了这么一条信息之后她还会回信息，不过我的目的已经达到了，不管她是来大理或是去丽江，最起码她已经有了出来走走的心，那对她恢复心情肯定是有帮助的。

我知道一个人缩在房间里是什么滋味，而外面的世界虽然遥远，却能看见不一样的山水、不一样的人和天空。

看了看时间，已经是深夜的十二点半，我放弃了给老米打电话的想法，因为他这个年纪的人不会熬到十二点才睡觉的，而客栈的喜讯什么时候都可以告诉他，并不急于这一时。

三天后的黄昏白露也来了客栈，她和桃子一起给我们做了晚饭。吃饭的时候我们又聊起了客栈这几天的成果。除了第二天空了一间房，包括今天在内，每天的入住率都做到了百分之百。要知道，这可是整个大理旅游市场最淡的十一月份。

大家将这几天的情况核算了一下之后，杨思思又对我们说道："各位老板，网上的单子从后天开始我都已经全部关掉了。我之前跟你们说过了，我阿姨的公司要来举行年会，你们也别从其他渠道接单子，省得到时候有冲突，没办法安排。"

铁男回道："放心吧，这可是我们客栈接的第一个团体性单子，我们都在心里记着呢。"

杨思思点了点头，又转而对白露说道："白露姐，咱们客栈的会议室太小了，他们要过来五十多个人呢，肯定不够用，你帮忙联系一个附近的酒店，把其他人的住宿和会议场地都给安排了。"

"嗯，这事儿交给我来办。"

"这五十多个人可都是他们公司的精英和领导层，领导们肯定都住我们客栈，

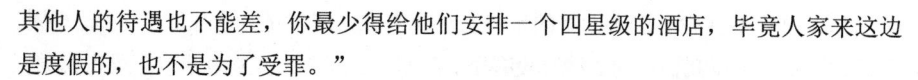

其他人的待遇也不能差，你最少得给他们安排一个四星级的酒店，毕竟人家来这边是度假的，也不是为了受罪。"

　　白露笑了笑，又回道："放心吧，我早就联系过了，是一家准五星的酒店，里面设施都很齐全，完全能满足他们要举行会议的需求，而且酒店还会提供两辆豪华大巴全程为他们提供服务。"

　　"白露姐，你办事我真的太放心了！要是没有你在这个客栈坐镇，我可不敢接这个单子。唉，咱们客栈里面的这几个男人，完全指望不上哪，一个个有勇无谋，一旦涉及要对外的事情就都熄火了。"

　　说完正事之后杨思思又对我说道："米高，我表哥这次也会跟着过来哟，有没有一种如临大敌的感觉？"

　　"来了就是客人，我为什么要把人家当成敌人？"

　　"喊，死鸭子嘴硬！"

　　我刚准备撑回去的时候，她那部用于跟客人联系的手机便响了起来，她示意我不要说话的同时接通了电话。

　　我们本以为这就是一个再寻常不过的咨询电话，却不想杨思思的面色却越来越凝重，然后对我们说道："出事儿了，我们的客人被一个跑黑车的司机给扣了。"

　　"咋回事儿，你说清楚了。"

　　"客人是从丽江过来的，他们图方便就跟了一辆从丽江回大理的黑车，黑车司机把他们带到了古城的一家客栈，然后要他们在网上取消我们客栈的订单住他带他们去的那个客栈，要不然就一个人多加五百块钱的路费，客人肯定不愿意给，就给我们打电话了。"

　　白露说道："这事儿应该先报警啊，给我们打电话也没用。"

　　"他们不敢报警，怕被报复，黑车司机知道他们订的是我们的客栈，警察也不能二十四小时跟着他们。"

　　白露皱了皱眉头，对我们说道："做生意以和为贵，咱们还是别惹事儿了。"稍稍停了停，她又说道，"我建议把这个单子给退掉，然后给客人一点儿补偿。"

　　"不行，既然我们已经接了单，那就是我们的客人。换位思考，要是你在外地旅游碰到这样的事情，你堵不堵心？还有，别忘了我们做客栈的初衷，我们以人为本，诚心等着每一个来我们客栈的客人，而不是一遇到事情自己先缩起来，这样对不起我们给客栈起的名字。"

　　我说完，又对杨思思说道："电话开免提，我来和客人说。"

　　杨思思赶忙照办，我又对电话那边的客人说道："你们别紧张，这事儿我们客栈管了，你把电话给那个司机，我来和他聊聊。"

　　我的态度，让客人安心了一些，她回道："我们真不该图方便，要是坐正规的大巴车肯定就不会碰上这么倒霉的事情了,我们来大理就是为了住海景客栈,现在弄成这样子,弄得我们玩的心情都没有了。"

"别怕,你们该怎么玩还怎么玩,剩下的事情交给我来处理。"

"那我把电话给他了。"

"嗯。"

只听见电话那头传来一阵杂声,然后便换了一个人向我问道:"你谁啊,就敢管这事儿?"

"你别管我是谁,我就问问你那是什么车,这么金贵?从丽江跑一次大理,就敢让客人给你加五百块钱!"

"孙子,找事儿呢?"

我不知对方的深浅,便笑了笑回道:"可不是我找事儿,现在是事情找到我们头上了。你看,大家都是做生意的人,客人来一次大理也不容易,咱们还是和平点儿解决,我代表客人给你加一百块钱,你把客人安全送到我们客栈,这事儿就算了。"

"你打发要饭的呢?要不五百,要不住我这儿的客栈!这事儿你甭和我废话,没商量。"

一向沉默寡言的马指导忽然就火了,他面目狰狞地骂道:"你哪家客栈的?敢不敢说个地儿,我们现在就去!"

电话那头的人没有一点儿惧怕的意思,冷笑了一声之后,回道:"零点客栈,我等你。"

"你等着!"

电话被挂断,我确信了他就是容易被人给陷害的性格,可这也恰恰是我欣赏他的地方,因为够血性,够正义,够简单。我绝对不可能让他一个人去冒险的。

于是我们所有人一起去了对方的客栈,经过一番交涉顺利带回了客人,一路上,车上三个女人一直在轮流数落我们几个男人。

说了一路,白露终于放软了语气对我说道:"米高,我们既然开客栈,以后肯定会遇到很多有矛盾冲突的事情,小马和铁男都是冲动的性格,所以你一定得理性、稳重一点儿,如果再遇到今天这样的事情,你们三个人里面最起码得有一个能稳住场面的人。"

我还没开口,杨思思便接过话,说道:"白露姐,我觉得这事儿你还是去劝马指导更好点儿,就米高那德行,还不如马指导和铁男呢。"

杨思思说着又转而对白露说道:"白露姐,我看咱们要不雇一个职业经理人来管理客栈吧,他们几个处理问题都太不专业了。"

"可以考虑。"

在她们的冷嘲热讽中车子终于开回了客栈,而先到的马指导他们就坐在客栈的

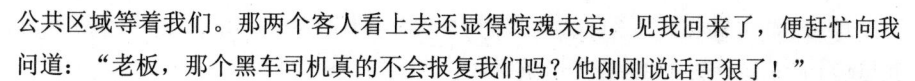

公共区域等着我们。那两个客人看上去还显得惊魂未定，见我回来了，便赶忙向我问道："老板，那个黑车司机真的不会报复我们吗？他刚刚说话可狠了！"

我笑了笑，又安慰道："放心吧，没事的，你们好好玩。"

白露接过话，回道："你们要实在不放心，我给你们安排另一家酒店住，是四星级的酒店，软硬件都很好，唯一不好的就是没有海景。"

"这个时候哪还顾得上什么海景不海景的，人身安全才是第一位。"

白露点了点头，然后叫来了小宋，让小宋把这两个客人给送到下关的一家酒店，临走前，杨思思又叮嘱这两个客人一定要在网上给我们客栈好评。

客人走了以后，我们莫名感到沮丧，并觉得这个事情还没有解决透彻。

我对白露说道："你能联系到零点客栈的老板吗？我觉得咱们还是有必要找他聊一聊，看看到底怎么回事，黑车司机为什么打着他们客栈的名号强制游客到他们那边消费？"

白露点了点头，又回道："你刚刚要是能想到这么处理不就好了嘛，你们几个就是脾气太臭了，有些事情你们弄不清楚深浅就一头扎进去，真的会出大事儿的！"

"这事儿我检讨，我是不够冷静。"

白露又转而向马指导和铁男问道："你俩呢，就没什么想说的吗？"

铁男面露不悦，回道："以后再遇到这样的事，咱们装乌龟行了吧。"

"咱稍微冷静点儿，行吗？"

铁男点上了一支烟，没有再说话。

白露这才拿起手机，不知道给谁打了个电话。而这个时候，我才真正明白谁才是我们客栈最有价值的那个人，做生意也真的不是你有想法和机遇就能成功的，有时候人际关系的深度会更重要。

白露打完一个电话之后，又打了一个电话，后者应该就是那家"零点客栈"的老板。白露说话很客气，她将刚刚发生的事情在电话里大致描述了一遍，而电话那头是怎么答复的，我们就不清楚了。

片刻之后，白露挂掉了电话，然后对我们说道："刚刚接电话的人就是零点客栈的老板曹金波，我把这事儿说给他听了，他没承认这事儿和他有关系。"

铁男骂道："古城好几千家客栈，黑车司机怎么没把人拉到其他客栈去？"

白露回道："也有可能他说的是真的，毕竟他不只开客栈这一个生意，说不定这事儿是客栈里其他人干的。"

"那这事儿就这么算了？"

"曹金波说让客栈里自查了，这几天给我们信儿。"

"那成，我们就等他信儿。"

夜又渐渐深了，我觉得自己需要冷静，便又坐在了洱海边。这次，我没有抽烟

245

也没有喝啤酒，只是放空了自己，看着被月光映衬着的洱海。这样的氛围很容易让我想起了叶芷，于是我给她发了一条信息："身体好些了吗？"

"没什么问题了。"

"别熬夜了，医生说你这病就是熬出来的。"

"你不也在熬夜嘛。"

"我没事儿，我身体结实，你还在工作吗？"

"没有，陪朋友在古城吃东西。"

我们之间似乎没有一个很具体的话题可以聊，很容易就会出现聊不下去的情况，比如现在……从刚开始到现在一直没有抽烟的我，终于点上了一支烟，然后思考着还有什么话题可以让我们再聊几句。我承认，在我们相处的时候我是被动的，因为我更在乎我们之间会陷入无话可说的尴尬中。

我想问她吃了些什么，可是自感无趣便又删掉了这条信息。我忽然很不喜欢这种带有讨好成分的聊天方式，于是将手机扔在了一边，第一次不想给她回信息。我躺在了石块上，看着空空的天空发呆。

过了五分钟，她竟然又给我发来了一条信息："听思思说，你们今天差点儿跟一个开黑车的司机起冲突？"

"可不是嘛，遇上这种事，我们几个都是血气方刚的年轻人，当然不能忍。"

"还是别太冲动了。"

"你也觉得是我们处理的方式不对？要是你遇到这事你会怎么办？"

"我在古城的深夜食堂，你要是愿意过来的话咱们可以当面聊聊这个事情。"

我有点儿不敢相信自己的眼睛，叶芷竟然主动对我发出了邀请。我又确认了一遍自己真的没有看错，我心中有点儿激动，因为我是愿意和她相处的，这应该是一种好感。

回客栈取了铁男的摩托车，一路骑到了古城，将车停好之后，便去了叶芷说的"深夜食堂"。听说这是古城里一家比较有特色的小店，它在夜里十点钟的时候才开始营业，卤肉饭做得特别好吃，但是不让客人在店里饮酒，桌子也很小，甚至不如路边摊大，然后会放一些老上海风格的曲子。

叶芷坐在二楼，我踩着只有两脚宽的木梯上了楼，却发现和叶芷约着吃饭的朋友竟然是杨思思。难怪她会要我见面聊呢，肯定是杨思思出的主意。

不过话说回来，我们三个当初一起从上海来的人已经很久没有坐在一起吃过饭了。

桌子很小，且没有凳子，只是有几张蒲团，叶芷和杨思思都盘腿坐着，桌上放了一些饮料和炸鸡之类的食物，而那些挂在外面的红灯笼让我有一种错觉：此刻，我就在上个世纪的上海某一条弄堂里，我的对面坐着两位旗袍美女，一个冷漠，一个活泼……

等这阵恍惚劲儿过了之后,我才发现杨思思穿的是我们客栈的工作服,叶芷则穿了一件白色的毛衣,显得特别简洁干净。

我对叶芷说道:"你说的朋友原来是她,早知道我就带一套降妖除魔的法器来了,这深更半夜的,看见她我就怵得厉害!"

杨思思夹了一个鸡块扔在了我的身上吓我。叶芷见怪不怪,早就已经习惯了我们之间的打打闹闹。

我点了东西,等待的过程中我和叶芷聊了起来,我对她说道:"我来就是为了听听你的高见,要是今天这样的事情发生在你身上,你会选择怎样处理?"

"做生意大数据和情报都很重要。"

杨思思用勺子敲了敲我这边的一个空盘子,说道:"知道什么叫大数据吗?"

"你别添乱!"我说着又对叶芷说道:"大数据跟这件事情有什么关系吗?"

叶芷也不急着回答,而是向我问道:"你知道整个大理有多少海景客栈吗?"

"三千多家。"

"现在恢复营业的有多少家?"

"三十一家。"

"大理每年的旅游数据你清楚吗?比如游客对海景客栈的需求有多大?"

"呃……这个我就不是很清楚了,但需求量肯定不会小的,要不然这洱海边也不会开了三千多家海景客栈。"

"问题就出在这里,你要对这些含有意义的数据进行专业化的处理,可能有些事情你就会想通了……"稍稍停了停,叶芷又说道,"我可以很确定地告诉你,就算现在是大理的淡季,但以整个市场的需求量来说你们客栈将最普通的房间提价到一千块钱以上都能够做到满房,这是一种怎样的盈利前景你有仔细算过吗?"

"提到一千?这太夸张了吧!"

"在政府没有大规模开放海景客栈之前,一点儿也不夸张。我是个很相信数据的人,你们现在的定价我觉得太过于保守了。另外,恢复营业的名额,是找关系也得不到的……"

"你的意思是,这件事情坏就坏在我们客栈拿到的这个名额上?"

"这个名额实在是太宝贵了。"

"所以有人眼红了?"

叶芷没有正面回答,但却说道:"说完了数据,然后咱们说说情报。我这边打听到了一些消息,零点客栈的老板曹金波前几年的时候,在双廊那边也投资了一千二百万建了一家非常高端的海景客栈。但是很遗憾,他的海景客栈不在这次恢复营业的名单之列,而且他的为人很霸道,喜欢打压同行。"

"这……"

我有点儿不敢相信,半晌之后才又说道:"黑车拉到我们客栈的客人毕竟是个小概率的事情,要是以这点儿来判断他眼红我们的客栈是不是有点儿太牵强了?"

"偶然之中也有它的必然。当然,这些只是基于数据和情报分析出的内容,实际情况到底如何到底还得靠你们自己去了解。"

我惊出一身冷汗,同时,我也感觉到了叶芷这个女人是多么厉害,和她对比起来,我们几个人做生意的理念简直就是小儿科。所以,这个世界上有一部分人能够做到特别成功是有原因的。

另外,我看得出来叶芷对生活和身边的人冷漠,但是对和工作有关的事情却有热情,因为我很少见她愿意说这么多话,而这次恰恰是为了我们的客栈事业。

我终于对她说道:"你的话我特别受用,我会尽早做准备的。"

"嗯。"

一阵沉默之后,杨思思又开口对叶芷说道:"叶芷姐,我表哥后天到大理,你要去机场接他吗?你要是去的话,那对他来说肯定是个大大的惊喜啦!"

我注视着叶芷,心中也在意她会给出一个什么样的回答,因为这在一定程度上能反映出他们现在交往的程度。

叶芷端起面前的热牛奶喝了一口之后,回道:"后天我不一定在大理。"

"哎呀,提前挤出一点儿时间啦,他可是特意来大理看你的,他也是个很忙的人,你想想这多有诚意!"

我依旧看着叶芷,没有说话。

"我尽量吧。"

我的心情有些低落,仿佛看见了她和杨思思表哥牵手的画面,因为她真的不排斥这个男人。可话又说回来,对于他们这样的人来说,遇见一个各方面都很平衡的人是那么不容易,那人家为什么要排斥呢?而且,凭什么这个世界要围绕着我的心情来建设呢?

这个世界上本来就有太多让我们感到遗憾和控制不了的事情,个人其实是很渺小的。

这时叶芷又看了看手表,对我们说道:"就聊到这儿吧,我先回去了。"

"再聊会儿嘛,我真的觉得我表哥和你挺般配的,你们要是能成,我们以后就是亲戚了,多好呀!"

我终于因为看不下去而开了口:"你有一点儿做媒人的觉悟吗?你负责介绍就行了,人家最后能不能在一起完全看缘分,又不是看你的面子。"

杨思思立马便撑了回去:"那你有一个做旁观者的觉悟吗?这事儿和你都没有关系,你插什么嘴?"

"好好好，我不说，我回去睡觉，成了吧？"

"你滚吧，滚之前先把账给结了。"

叶芷看了看我，又看了看杨思思，问道："你喊他过来，不就是为了跟他一起回去的吗？这个点不太好打车了。"

叶芷的话让杨思思有些尴尬，她对叶芷说道："一开始我是这么打算的，可是我现在不愿意和他一起回去了。叶芷姐，你送我回去吧，晚上冷死了，还是坐车舒服。"

"我不顺路。"

"那你们都走吧，我再吃一碗卤肉饭。"

明知道杨思思是负气说出来的话，叶芷也没有惯着她，下一刻便拿起自己的手提包离开了深夜食堂；我也拿起了头盔准备离开。

杨思思挺好面子的一人，所以也没有留我，但我能看出来她内心的不满已经开始沸腾了，因为她看着我的眼神非常不对劲儿。

我出了门之后，没有离开，而是坐在摩托车上点了一支烟，我不可能真的把她一个人扔在古城的，毕竟已经是深夜，怎么能放心她一个人回龙龛。

一支烟还没吸完杨思思便从小店里走了出来，她先是意外地看了我一眼，然后又装作没看见，从我身边走过。

我吐出口中的烟，向她问道："一碗卤肉饭这么快就吃完了？"

杨思思停下了脚步，然后回头看着我，说道："你不是回龙龛了吗？这会儿是鬼跟我说话呢？"

我不和她计较，将另外一只头盔递到了她的手上。

"我还生着气呢。"

"你还能记得自己是为了什么生气的吗？"

"我把叶芷介绍给我表哥，你瞎掺和什么呢，这里面又有你什么事儿？你就说我的不对。"

我又吸了一口烟，回道："你没看出来叶芷很为难嘛，人压根儿就不想去机场接你表哥。"

"她后来说尽量去了。"

"人家那是给你留面子，一点儿人情世故都不懂。"

杨思思气呼呼地与我对视着，一副恨不能把我给捏死的表情，又突然向我问道："你是不是嫉妒我表哥，然后就开始说风凉话？"

"我这么一个又帅又拉风的男人，只有别人嫉妒我的份儿。"

"我快听吐了！"

我笑了笑，回道："你要真对咱们客栈有一份责任心的话，就别再想那些乱七八糟的事情了。你没听见叶芷说现在有人在眼红我们客栈吗？保不准以后还会有麻烦的事情发生。"

"这不是还有白露姐在嘛,你怕什么?"

"你知道什么叫社会吗?"

"我不懂,你教我。"

"我教不了你,只有自己经历的才是最深刻的体验。"

离开古城,我骑着摩托车穿梭在好似没有边际的深夜里,杨思思就在我的后面坐着,也许是因为冷,她的身子紧贴着我。到了那条没有路灯的小路时,她也许是因为害怕,开口对我说道:"你会一直在大理待下去吗?"

"干吗问这个?"

"突然有点儿羡慕你们。"

"我还羡慕你呢。"

"我有什么好羡慕的?"

"长得好看就不说了,还一辈子不愁吃穿,你知道像你这么大的姑娘大部分都在做什么吗?"

杨思思不说话,我又说道:"她们中有一大部分人蜗居在像上海这样的大城市里,拿着可怜的工资,还要提心吊胆地计算着剩下的钱够不够交下个月的房租,偶尔能出去下个馆子,就叫吃大餐。运气不错的,可能会遇见真心喜欢的男人,但这也是痛苦的开始,因为之后她们会面临谈婚论嫁这个非常现实的问题,你知道什么叫谈婚论嫁吗?房子和车是基础,拼命买了一套房子之后,就要开始考虑生养孩子……养一个孩子可比养一辆车难多了,这还算好的,更不好的是遇到一个没出息的男朋友,白白浪费了几年青春,最后不仅熬成了大龄剩女,还要承受一拍两散的痛苦。而你显然和她们不一样,你二十岁的时候,爱着你的爸爸就已经给你买了一辆价值上百万的豪车了。"

"所以,我一定要嫁给一个我爱的男人,我不要嫁给小豹!"

我一个不稳差点儿将摩托车开进水沟里,赶忙踩了一脚刹车之后,回道:"我的意思是让你珍惜自己现在拥有的一切,当你学会用珍惜的眼光去看这个世界,也许你会发现小豹其实也是一个很不错的男人。最起码由着你、宠着你。"

杨思思并不理会,又对我说道:"你前女友应该就是你刚刚说的那种女人吧?而你就是那个把她活活熬成大龄剩女的没出息的男人。"

"不该问的别问。"

杨思思又开始教训我:"你应该正视以前的自己。"

"正视又怎样,反正一切都回不去了。"

"所以你还爱着你的前女友咯?"

我下意识地抬头看了看,与星光相融合的夜色是那么温柔,温柔到想让我吐露心迹，可最终还是选择了沉默。我就是不愿意正视那个在上海时的自己，我会觉得对不起陆佳，我厌烦被这样的情绪困扰着，我明白之所以我会觉得对不起对方，多半是因为还爱着。

次日一早，我便将白露叫到了客栈，然后将从叶芷那里了解到的信息反馈给了她，白露一开始还不相信。再请人打听后，才正视了起来。由此，也能看出叶芷获取情报的能力，在这一方面，甚至连白露都不及她有效率。

就在我们持续探讨这件事情的时候，一辆卡宴停在了客栈外面，然后一个之前不曾见过的男人带着另外两个明显是跟班的男人进了我们客栈。

白露小声对我们说道："是曹金波。"

我又多看了一眼，白露口中的曹金波大约四十岁的样子，很精瘦，留着寸头，从面相上看倒是不恶，穿的衣服也很正式。

我向白露问道："他来干吗？"

"不知道，之前和他通电话的时候他没说过要来，咱们见机行事吧。"

我点了点头，再看马指导和铁男也是面色凝重，气氛在不知不觉中变得有点儿沉闷。

曹金波进了客栈，白露起身相迎，我们几个也站了起来。我察言观色，发现曹金波一直面带笑容，不像是为了找事儿来的。果然，跟着他来的两个男人将两瓶酒交到了他的手上，他又放在桌子上后，对白露说道："昨天的事儿真的是对不住了，我今天来就是专程为了跟你们表达一下歉意。"

"曹总，你真是太客气了，这么小的事儿还劳烦你专程跑这一趟。你赶紧坐，我让人给你泡杯茶。"

曹金波在白露的对面坐了下来，然后一边把玩着手上的串珠一边扫视着客栈，他又感叹道："你们这客栈真是赶上好时候了，不像我那边，到现在还关着呢，这一天天的可都是好几万的损失哪！"

"曹总，你太抬高我们了，我们这就是小本生意，闹着玩的，哪儿能跟你的客栈比。"

曹金波笑了笑，又问道："生意应该很不错吧？"

"还行，要是等你们这些大投资的海景客栈恢复营业了，我们这边就不好说了。"

曹金波抱怨道："我们那边一时半会儿恢复不了。"

"政策上的事情，咱还是别议论了。毕竟保护洱海是功在当代利在千秋的事情，咱们大理人过的可不就是靠山吃山靠水吃水的日子嘛，所以这洱海绝对不能坏！"

"这话说得在理，我们这几千万的投资下去，不也在耐心等着信儿嘛，我虽然是有点儿怨言，但骨子里肯定是支持保护洱海的。"

白露笑了笑，又转移了话题，问道："曹总，昨天那个跑黑车的司机到底是怎么回事儿，不会真是你们客栈的人吧？"

"要真是我们客栈的人，我绝对不护短。昨天晚上你给我打了电话，我就让人去排查了，查了一圈儿都说不认识这个人，我也觉得挺蹊跷的，所以刚刚来你们客栈之前报警了，我觉得这事儿还是让警察来调查要更靠谱儿。"

白露皱了皱眉，但之后又带着笑容回道："这点儿小事情也不值得报警，反正大家都没什么损失嘛。"

"这话你可就说得不对了，咱们做的可都是长久的买卖，这样的害群之马要是不给揪出来，对你对我都不好。"

稍稍停了停，曹金波又说道："要说，我这次来还真有点儿其他事儿得请你帮忙，你看，能不能帮我走动走动，我那在双廊的海景客栈赶不上第一批就算了，这第二批可不能再漏掉。你是不知道我现在真是被这政策给弄得焦头烂额，那边的客栈闲在那儿，别的不说，光这一年的房租我就得损失一百多万！"

"曹总，你可真会说笑，我哪有能力替你去走动啊。"

"试试看嘛，多一条路子，多一分希望。"

白露又笑了笑，回道："冲你曹总专程来一趟，我也不能驳你面子，但我真是帮不上什么忙，你也知道，我们这客栈是因为出了见义勇为的英雄才额外得到恢复营业的名额的。"

"有你这句话就成，我的事儿是真多，也不耽误你们做生意了，咱们后面勤联系。"

"勤联系，你慢走。"

曹金波走后，我们几个人便议论了起来，最后也觉得是自己太过于紧张了。

次日，杨思思的阿姨便按照之前计划的行程带着他们公司的团队来到了大理，也许是因为杨思思，他们在花钱上一点儿也不计较，来的第一天便让负责财务的人将这几天的消费一次性跟我们结清了。还额外订了十万块钱的酒水，这笔钱当然也算在了我们的收入里。

我生平第一次感觉赚钱是如此容易，也终于理解为什么有些人在挥霍钱财的时候会如此不心疼，因为他们花得多赚得更多。

不过，让我感到意外的是杨思思的表哥并没有选择住我们的客栈，后来一打听，才知道他住在马久邑那边的酒店了，当然是为了能够和叶芷多接触。

......

这是一个傍晚，我和马指导叫了一辆面包车，我们又去了下关，从供应商那里运回了五万块钱的酒水，回到客栈卸货的时候杨思思不知道从哪儿冒了出来，对我说道："我表哥说今天晚上要请我们吃饭，你去不去？"

"你没看见有这么多事情要忙吗？你也不准去，好好待在客栈招待客人。"

"你看你这人，吃个饭又用不了多长时间，而且这些都是要住一个星期的客人，暂时又没有其他人要接待，我待在客栈干吗啊？"

帮我们卸货的桃子也附和着说道："米高，你就别剥削思思了。要不是她，我和马指导这个小酒吧可真是做不到什么生意，人家这么大的功劳摆在这儿，你让她放个假怎么了？"说完，她又对杨思思说道："去玩吧，客栈的事情我帮你盯着。"

"桃子姐，还是你最仗义！"

桃子笑了笑，又对我说道："这段时间你也够辛苦了，让自己放松一下没什么坏处。"

"我可不喜欢去当电灯泡，我还是在客栈待着吧。"话音刚落，我便又收到了叶芷发来的微信，她问道："你今天晚上有空吗？想请你和思思吃个饭。"

"让思思去吧，我就算了，客栈挺忙的。"

"第一次约你吃饭，你就拒绝得这么干脆，不太好吧？"

杨思思凑到我手机旁边看了看，说道："哇，叶芷亲自约你出去吃饭耶，你还不赶紧答应，小心姿态摆得太高，人家真就不理你了。"

"忙就是忙，谁约都一样。"

杨思思不怀好意地冲我笑着，然后又说道："说不定吃饭的时候他们会对外宣布恋爱关系呢，毕竟他们都是很有仪式感的人，人生中这么重要的时刻当然很希望有别人一起见证。"

"得了吧，又不是明星，生怕别人不知道自己有绯闻。"

"你说了这么多，其实是因为害怕吧？"

"我怕什么？"

"怕自己心碎啊，你不愿意眼睁睁看着叶芷跟别的人在一起了，因为你对她有幻想。"

"我有那么见一个爱一个吗？"

"你要不是心虚你就跟我一起去啊，就当是老乡的聚会，反正你也算是半个上海人了嘛。"

杨思思一再刺激我的时候，我的内心对自己也产生了怀疑。客栈的事情虽然多，但是能做事儿的人也多，所以我不必什么事情都要参与着去做，那为什么不愿意去赴叶芷和杨思思表哥的约呢？

难不成真是杨思思说的那样？我对叶芷抱有一份幻想，所以才不愿意去眼睁睁看着她成为别人的女人？

不，我不是这么肤浅的人，如果叶芷和杨思思的表哥确实是互相有感觉，那我作为朋友肯定是愿意送出祝福的。

随后，我摘下了搬东西用的手套对杨思思说道："走吧，我跟你一起去。"

夜晚来临前，我和杨思思骑着铁男的摩托车向与叶芷约定的酒店驶去，我不是第一次去这家酒店了，因为上次老米来大理的时候，叶芷就是在这家希尔顿酒店招待老米。

这并不是一种巧合，反而代表了一种正式，所以叶芷和杨思思表哥想请大家吃饭的动机应该也很正式，也许他们真的因为情投意合而成了情侣。

反正，我是这么猜测的。

这个时候，我莫名怀念那天夜晚我们在路边吃的那两碗米线，遗憾的是，区区几天便已经成了难以追回的过往。因为我很难再有类似的心境，跟她一起做类似的事情。我们只是比普通朋友多好了一点点的朋友。

我已经记不清这是第几次用这辆很废的摩托车载着杨思思穿梭在古城的黑夜里了，我也说不清楚这是一种什么样的感觉，但是只要有她在我就没有孤独过，因为她是个很喜欢说话的女人。

她又对我说道："米高，我总感觉铁男这辆摩托车迟早有一天会报废在你手上！你骑的时候就不能看着点路吗？咱能不能不挑有坑的地方走？"

"这地上全是坑，我还能往哪儿走？"

大概二十分钟后我和杨思思终于到了位于沧海一墅旁边的希尔顿酒店，这也算是故地重游了，可是两次的心情却不能拿出来做比较，而人生也确实是无常。上一次，她是我名义上的假女朋友，这次我却要亲眼看着她成为别人的女朋友。

稍稍转移了视线，便发现叶芷的那辆大G就停在停车场很显眼的位置，她已经在我们之前到了。

我又向身边的杨思思看了看，她的心情很不错，一直在用手机给她的那个表哥发着语音消息。

我打断了她，然后向她问道："你表哥叫什么名字？"

"你自己问他呗，他可没关心你叫什么名字。"

"有必要把你表哥捧得那么高吗？"

"我没捧啊，他就是你说的那种，已经站在很高的高度，一般人摸不着的那种人。"

我被她说得有点儿肝疼，再一次选择了闭嘴，然后从烟盒里抽出一支皱巴巴的烟点上了。她又笑眯眯地向我问道："有没有觉得自己的脚很疼？"

"我健健康康的一个人，为什么要脚疼？"

"因为你搬石头砸自己的脚了啊！哈哈，看你以后还敢不敢再对我说教了，像你这样的人就得用以其人之道还治其人之身的招儿治治。"

我实在是咽不下这口气，便在众多保安的视线底下，一边绕着杨思思跑一边喊道："一点儿都不疼，一点儿都不疼……"

杨思思捂住自己的脸，说道："叔，咱也一大把年纪了，真丢不起这个人，快停下来吧。被我羞辱就算了，你干吗还要自己羞辱自己呢？真没见过你这么喜欢破罐子破摔的！"

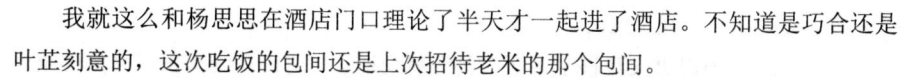

我就这么和杨思思在酒店门口理论了半天才一起进了酒店。不知道是巧合还是叶芷刻意的，这次吃饭的包间还是上次招待老米的那个包间。

　　时间真的能够验证很多东西，我上次吃饭的时候还想起了"物是人非"这个词，这次就真的物是人非了。

　　老米已经回家有一些日子了，我也平生第一次见到了杨思思的表哥。一个不用开口说话，只看相貌就已经很优秀的男人。他的年纪虽然只是和我一般大，但气质却是真的在经历了沉淀后才会有的沉稳，也难怪杨思思会将他摆在一个很高的位置，我们确实没什么可比性。

　　我还没开口说话，一向不喜欢主动的叶芷便开口向我问道："你刚刚在下面做什么呢？围着思思跑来跑去的。"

　　我一阵尴尬，没想到自己的丑态会被他们透过窗户看在眼里，好在反应够快，便回道："见过跳大神嘛？最近被鬼缠着，身上阴气儿重！"

　　说完，我又向杨思思看了一眼，杨思思这次更干脆，连口舌都不愿意和我费了，直接当着叶芷和她表哥的面给了我一脚，简直是无法无天。

　　由此，也可以看出来，她这任性刁蛮的性格完全就是被家里给惯出来的，因为在她表哥面前她不仅没有收敛，还变本加厉了！

　　打也打过了，闹也闹够了，杨思思的表哥终于站了起来，对我说道："以前就听思思提起过你，一见面觉得还真是个挺有意思的人。你好，自我介绍一下，我叫杨远航，是思思的表哥。"

　　"你不是她表哥吗？怎么也姓杨？"

　　"我姑父是招女婿招到外公家的，我表哥姓杨怎么啦？"

　　我一边坐下，一边感叹道："杨远航，扬帆远航，好名字。"

　　杨思思也在我身边坐了下来，形成了一个二对二的格局，她又对我说道："你别光顾着夸别人，你自己叫什么你说了吗？"

　　我与杨远航对视了一眼，然后说道："我叫米高，算是你们的半个老乡吧，之前在上海待了有四年，可是一直没能在上海安家，感觉心灰意冷，就来大理了。"

　　"大理是个挺不错的地方。"

　　我点了点头，又说道："嗯，咱们第一次见面都随意一点儿，千万别硬找话题尬聊，毕竟咱们坐在一起吃饭是为了填饱肚子。"

　　杨思思瞪了我一眼，随即对杨远航说道："哥，别理他，这人就是一个刺头，咱聊咱的。"

　　杨远航很有风度地笑了笑，随即便和杨思思聊起了她离家出走的这件事情，不过他的态度却很开明，表示愿意支持杨思思留在这里体验不一样的生活方式。

　　无聊中，我又向一直沉默的叶芷看了看，她看上去有些心事，而她现在坐的那

255

个位置，就是不久前我坐过的。

片刻之后，杨思思又转移了话题对杨远航说道："哥，有没有兴趣来大理做点投资？你不是一直对旅游行业很感兴趣嘛，大理旅游资源挺丰富的，真的特别适合做你进入这个行业的第一站。"

杨远航笑着回道："你觉得做什么投资比较好呢？"

"肯定是开酒店啊。"

杨远航向叶芷看了看，回道："这可不是我熟悉的领域。"

杨思思立刻会了意，又说道："你是不熟悉，但叶芷姐熟悉啊。大理的旅游市场这么大，就算是做酒店，你们之间也不存在竞争关系。我反倒觉得，你们以后会有很多合作的机会，而且叶芷姐也肯定会给你很多建议的，是吧，叶芷姐？"

叶芷有点儿心不在焉，杨思思又问道："是不是，叶芷姐？"

叶芷这才回过神，有点儿尴尬地看着杨思思，问道："你说什么？"

杨思思特别有耐心地将刚刚的话又重复了一遍。

叶芷点了点头，回道："我们欢迎任何人来大理，一起将这边的旅游市场做大。"

"你这语气也太官方了吧？"

叶芷有点儿尴尬，然后又将目光投向了我，大概是向我求助。

我终于放下了一直动个不停的筷子，说道："那你要她怎么说？难不成说你放心，尽管过来做投资，好坏都有我照应着，你一定会成功的，如果不成功，就完全是我的责任？你也不想想，这动不动就是上亿的投资，谁能对谁完全负责？那说话留点儿余地怎么了？"

杨思思瞪着我，一副让我别坏事儿的表情，我完全没什么心理压力，又拿起筷子伸向了刚刚才被服务员端上来的那道菜。

为了缓解这阵尴尬，杨远航接过了话，说道："我现在做的事情和旅游行业完全就是两个领域，目前时机还不成熟，以后有机会再聊吧。今天是我第一次来大理，我先敬大家一杯，也借这个机会感谢你们一直以来对思思的照顾。"

我又收回已经伸出去了一半的筷子，然后拿起了酒杯。当大家的杯子碰在一起之后，我也有了一种感觉：叶芷和这个杨远航并不像自己想象中的那么亲密，虽然他们看上去确实是挺般配的。

同时，我也看得出来杨远航很心仪叶芷。如果叶芷刚刚能给他一些比较肯定的承诺，说不定他真的能在这边投资做点什么，未必是酒店，他需要的只是和叶芷能够多接触的机会。

我不禁疑惑，如果杨远航也不是她心仪的类型，那她到底喜欢什么样的男人呢？

喝了一杯酒之后，杨远航开始和叶芷聊起了一些近期在商业领域发生的时事热点，从这方面来说，他们是有共同话题的，所以整个饭桌上的气氛不算太冷，而杨

256

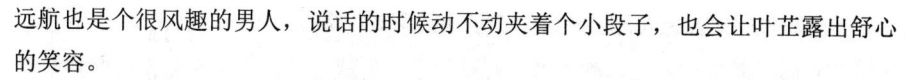

远航也是个很风趣的男人，说话的时候动不动夹着个小段子，也会让叶芷露出舒心的笑容。

这又给了我一种感觉，就算叶芷现在对他还没有产生好感，但是只要他肯持之以恒，总有一天会收获叶芷芳心的，因为他看上去真的是个没什么可挑剔的男人。

饭吃到一半的时候杨远航又从放在另一边的包里拿出了两个非常精致的盒子，然后分别递给杨思思和叶芷，说道："这是送给你们的礼物，有兴趣的话，现在就可以拆开来看看。"

杨思思好奇心重，打开包装之后便面露欢喜之色，盒子里面是一对很漂亮的耳环。叶芷可能是出于礼貌，也在杨思思之后打开了盒子，里面则是一条项链。

杨远航又说道："这两件首饰都是我请国内非常有成就的珠宝设计师单独设计的，算是独一无二的一份，希望你们喜欢。"

"特别喜欢，表哥你真是太用心啦！"

叶芷则轻描淡写地说了一声"谢谢"，然后便将首饰盒放在了一边。

我没什么存在感，便闷在一旁继续吃着摆了一桌子的东西，直到铁男打来了电话。我接通后，向他问道："怎么了？"

"咱们又遇上事儿了，你赶紧回来一趟吧。"

我心中涌起一阵不太好的预感，低沉着声音向他问道："什么事儿？你先说清楚了。"

"咱客栈隔壁的农户家里不知道什么时候来了一帮人，胡吃海喝不说，还弄了两个音箱，不知道在唱什么鬼玩意儿，吵得要命。咱们忍忍就算了，你说客人能忍吗？人家住一晚上得花几百上千，到最后换了这么个住宿体验，你说堵不堵心？！"

"这是有人在故意闹事儿？"

"不清楚，所以让你回来，咱们一起去摸摸情况，我估计九成是有人在眼红我们客栈，背后给我们使绊子呢。"

我感觉这又可能是一场不可避免的冲突，想了想之后对铁男说道："咱们做最坏的打算，你先让马指导和桃子把现在在客栈里的客人都请出来，然后带到白露的酒吧，酒水给他们全部免费，这钱都算在客栈账上。这事儿别让马指导和桃子参与，咱俩去解决就行了。"

"我明白你的意思，你大概什么时候能到？"

"最多二十分钟。"

结束了和铁男的通话，我匆匆对叶芷和杨远航说了一句话便准备离开，杨思思却拉住我问道："干吗啊，走这么急？"

"客栈遇到事儿了，我得赶紧回去一趟，你待会儿让叶芷送你回去。"

"我也是客栈的人，我和你一起回去。"

257

杨思思说完之后便特别坚决地站在了我的身边，然后又对杨远航说道："表哥，你陪叶芷姐多聊一会儿，我和米高先回客栈了，你要是在这边多待几天，回头我再请你吃饭。"

杨远航还想将她留下再说几句，可是下一刻她便拽着我离开了酒店的包厢。

回到客栈，只有铁男在，马指导和桃子已经带着客人去了古城白露的酒吧。我向铁男问道："客人情绪大不大？"

"还好，都是思思阿姨公司里的员工，没怎么闹情绪。可这是因为有关系在，如果是从网站上找上门来住宿的客人，肯定就没这么好说话了。"

我也意识到问题的严重性，静下来一听果然隔壁唱的都是那种特别低俗的歌，就算我们客栈做得很有诚意，但是有这样一个糟糕的外部环境，绝对会把客栈的档次拉下去一大截，我觉得这是有人故意为之，动机当然是为了让客栈干不下去。

我又向铁男问道："给白露打电话了吗？"

"打了，她人现在在昆明，一时半会儿的也赶不回来，这事儿只能咱俩管了。"

我点了点头，随即跑到了顶楼的阳台往隔壁的那个农户家里看去，果然有一群膀大腰圆的男人在院子里弄着烧烤，两个大型音箱就放在烧烤炉的旁边。

我点上一支烟，心里焦虑得厉害，快要吸完的时候才对铁男说道："咱吃过亏，这事儿不宜用极端的方式去处理，先报警吧。"

"他们就是冲着找事儿来的，警察来的时候消停一会儿，警察走了肯定还得闹，咱总不能让警察二十四小时都在这儿守着吧，而且有些客人是夜里坐飞机来大理的，白天要休息，他们如果白天这么闹，并不在噪声扰民的时间段，就算警察来了也管不了，可是客人受不了啊，所以这事儿咱还得想办法从根上给解决了。"

"那你说怎么办？要是真闹起来，能落着好吗？先报警，要是警察走了他们还是闹的话，那肯定就是冲着找事儿来的，要是消停了，说不定还真是咱们误会了，咱先把这件事情的性质确定下来。"

铁男权衡了一下，说道："那就先报警吧。"

没过多久，分管龙龛这片儿的民警便来了，他们进去说了两句，隔壁暂时消停了一会儿，可没过多久，那种让人极其讨厌的噪声便又从那个农家小院里传了出来。

事情的性质已经很明显，而这时马指导也打来了电话，说有一部分客人喊累，要回客栈休息，问我们事情解决了没，我只能让他再等等，可是心里的压力却越来越大。

我和铁男都没有处理这种事情的经验，而且那一帮人也不是什么善茬，如果进去理论的话，少不了要争执起来，到时候能不能解决问题另说，我们的安全问题也会受到很大威胁。

杨思思将我和铁男的焦虑看在了眼里，半晌之后，她一咬牙对我和铁男说道：

"我去找那帮人谈吧,就算他们再浑蛋,也不至于跟我一个女的动手。"

我和铁男相互看了看,也觉得这个事情迫在眉睫,倒不如让杨思思去试一试,说不定会有出乎意料的效果,毕竟我对她的口才很有信心,而且能对女人动手的男人确实不多见。

我终于对杨思思说道:"你去吧,说话的时候注意一点儿分寸,不要和他们起冲突,要是说不动他们的话就赶紧回来,千万别逞强。"

"知道了,他们虎背熊腰的,我又不傻。"

杨思思说着又向我看了一眼,然后便顺着楼梯往下面走去,可是我的内心却渐渐紧张了起来,我一步都不敢离开阳台,生怕看不见那边的动向让杨思思吃了亏。

这时,我的手机又响了起来,我还以为是马指导打来询问情况的,结果却是白露。

她对我说道:"我已经从昆明往大理赶了,最少也得五个小时才能到,客栈里的事儿你们处理得怎么样了?"

"你现在就打电话给那个曹金波,看看这事儿是不是他搞的鬼。"

"我打了,他说不知道这个事情。他既然不承认,我也没法和他较劲儿,而且我们客栈这段时间太树大招风了,惦记我们客栈的人不在少数,也不一定就是他。"

我怒火攻心,爆了一句极其难听的粗口。

白露又劝道:"米高,出了这样的事儿大家都心烦。要不然怎么都说创业容易守业难呢,先放平心态吧,千万不要冲动。实在不行,我们把客人暂时转移到其他酒店去,怎么着也不能让客人替我们承担后果。"

我心里憋屈得厉害,这件事我们客栈亏得厉害。不说刚刚客人去白露酒吧免费喝掉的酒水,就说把客人全转到其他酒店这事儿,也是亏得我肝疼,因为我们还要付给第三方酒店钱,而且这家酒店的条件绝对不能比我们客栈差,只有升级入住环境,才能在心理上补偿客人。那这么一番折腾之后,我们还有什么钱可赚?

结束了跟白露通话的同时我也看见杨思思敲开了那个农家小院的门,我不知道她单枪匹马面对这些虎背熊腰的恶汉时是什么心情,但自己心里却越来越感到憋屈,我希望她能让这帮人消停下来的同时心中也蹿起了一股无法浇灭的邪火。

在杨思思和他们沟通的过程中,噪声一直没有减小,其中一个光头一直跟杨思思靠得很近,但是分寸却拿捏得非常好,始终没有跟杨思思有肢体接触。

这些也被铁男看在了眼里,他对我说道:"这帮孙子就是冲着挑事儿来的,估计说什么都没用,还是别让思思在那儿待着了,怕她要吃亏。"

我点了点头,同时也在心里想起了招儿,我一定得弄清楚这帮人的背后到底是谁在指使。

就在我们想将杨思思喊回来的时候意外突生,只见跟杨思思靠得最近的男人冲杨思思身上吐了一口口水,杨思思被恶心得不行,当场就哭了出来,我们俩再也压制不住火气,冲了进去。

没过多久,负责龙龛这边的民警去而复返,问道:"闹事儿的自己站出来。"

立马便有人指着我,说道"就是那个穿黑色夹克的,我这边有录的视频,你看看。"

民警从那个人手中接过了手机,然后从头开始看了起来,这更让我觉得是一场算计。

杨思思赶紧走到那个民警面前,替我辩解道:"民警大哥,这个事情真的不能全赖我朋友,是刚刚那个人用下流的话侮辱我,我朋友才气不过动手的,而且那个人还冲我吐口水,这也算人身攻击吧?我们是正当防卫。"

"姑娘,你这可不是正当防卫,他骂你是道德问题,冲你吐口水也没有实质性的伤害,你们这边可是把人给打伤了,这完全就是两个概念。"说完,民警又走到我面前,对我说道,"本来是个小事情,你们忍忍也就过去了,现在这事儿可真被你给闹大了,跟我们去派出所走一趟吧。"

说着,我便被戴上了手铐,我的心中随即有了一种前所未有的屈辱感,杨思思又哭着向那个民警央求道:"你们别带他走啊,我们真的是受害的一方,是他们先挑衅的,做事情之前得讲究一个前因后果吧?"

"你别干扰我们执法,要不然连你一起带进去。"

"我就是要干扰你们执法,你带呀,你把我也带派出所去……"杨思思一边说一边拉扯着民警的胳膊。

我忍住心中的屈辱感,低声对铁男说道:"还嫌事儿不大吗?赶紧把她给弄回去,别让她在这儿胡闹。"

铁男拉住了杨思思,而我自己则主动向停在院子外面的那辆警车走去。在不断向远处扩散的警笛声中,我忍不住又向身后的客栈看了一眼,随即心中涌起一阵要滴出血来的痛感。

为了能让它像正常客栈一样经营下去,我真的尽力了,我不是输给了自己的冲动,而是输给了人性的贪婪,输给自己过于低估了人性里的恶。

我不知道自己后面会面临什么样的惩罚,但是对人性已经失望。

派出所的审讯室里,一个警察在给我做着笔录,我向他问道:"警察同志,我这个事情会怎么处理?"

"现在知道害怕了?"

"是挺害怕的。"

民警看了我一眼,回道:"你这属于民间纠纷引起的打架斗殴,我们公安机关可以依照治安管理处罚第九条进行调解,如果你们当事人能达成协议,不予以处罚,前提是你愿意向受害方积极提供赔偿。"

"我肯定愿意积极赔偿。"

民警又说道:"还有另一种情况,如果伤情鉴定为轻伤或轻伤以上,那么就得立刑事案件,公安机关不可调解,由检察院起诉。不过对于这类轻伤案件,检察院基本上也是以调解为主,但是从打架斗殴这事儿来说,没有一模一样的案例,也没有绝对一样的处理方法和处理结果。受害方的态度很重要,如果他要追究你责任,这事儿你肯定落不着好!"

我不语,因为心中已经有答案。

民警又带着一分惋惜对我说道:"之前你在马久邑那边救人的事儿我们可都听说过呢,上级还专门把你这个事情当成典型放在会议上说过,怎么才这点儿时间就干出这么冲动的事儿?"

"客栈树大招风,我们是被小人算计了。"

民警叹了一口气,然后选择了沉默。这事给了我相当大的教训,让我看到一个更加现实和残酷的社会。

之前,我之所以能和平地活着,是因为没有东西可以让别人有所图,而一旦手中握住一棵摇钱树,所有心存贪欲的人都会成为不同程度上的敌人。

这是我生平第一次被拘留在派出所,看着那束冷色系的灯光,我的内心充满了焦虑和无助的恐慌,我想抽支烟来缓解,可是连抽烟的自由也没有了。

我只能这么被动地等待,等待医院那边出具验伤报告,如果是轻微伤,可能只是涉及医药费赔偿,但如果是轻伤以上,或者重伤,那这件事情就复杂了。

我之前的人生已经够不顺利了,我真的承受不了这样的后果,巨大的心理压力让我的大脑产生了一阵炸裂般的疼痛。

不知道过了多久,门再次被打开,还是刚刚审讯我的那个民警,他将一份验伤报告扔在了我的面前,说道:"验伤结果出来了,属于轻伤,你朋友正在和被打的一方沟通,如果能够达成调解,该赔偿多少钱,你足额赔了,这事儿就算过去了,我建议你尽量能够跟被害人达成调解。"

我的手重重从自己脸上抹过,我有一万句话想说,可话到嘴边,又发现是那么苍白,索性选择了沉默。

次日早晨,我见到了白露,她和我一样也是一副心力交瘁的样子,她在我的对面坐了下来,然后对我说道:"米高,咱们是中了圈套了,对方现在的态度很明确,他要求我们先将客栈转让给他,他才接受调解,我问过做律师的朋友,如果他们不接受调解,一旦被移送到检察院,你被判一到三年的可能性都有,如果到时候他们还不接受调解,你恐怕连缓刑的机会都没有。"

"嗯,这个人是什么来头?"

"不是什么做正经生意的,至于和曹金波是不是有联系暂时也不好说。"

我点了点头,没有言语。片刻之后,白露又叹气对我说道:"上次那个黑车司机的事情已经给我们敲了警钟，为什么你还是这么冲动呢？"

我看着白露心里也很不好受，我回道："我承认自己是冲动了，可是我不明白，明明做坏事儿的是那个被打的孙子，为什么大家却都来责备我呢？难道疾恶如仇的性格在现在这个社会就这么不受欢迎吗？真正做了坏事儿的人，大家反而觉得是有手段？"

白露一阵沉默，我却更想抽烟了，同时也对自己产生了更多的质疑，难道我的性格真的不适合在社会上生存吗？我没有害人的心，我只想以奋斗的精神做好客栈，可为什么会这么难？

白露终于开了口，她回道："我没有责怪你的意思，我只是想提醒你，我们大家的人生都还有一段很长的路要走，不说步步惊心，但也该保持着最起码的警觉，因为这个世界上好人很多的同时坏人也不少，我是不希望你吃亏。那些人肯定应该受到谴责，可是在这件事情上，我们确实是被算计了，我们现在真的很被动。"

"客栈的转让费，他们出多少？"

白露低声回道："五十万，一口价。"

"这是商业敲诈！"

"没有办法，如果我们不答应你肯定要面临牢狱之灾。我和所有人都商量过了，大家一致觉得这事儿就当花钱买个教训，以后还有很多机会，毕竟大家都很年轻。"

"不能答应，一两年我还耗得起。"

白露摇了摇头，外面已经有人在催促她，她拿起了自己的手提包，在临走前又对我说道："这事儿我会尽快办好的，省得你在里面多受罪，事已至此，你自己也把心态放平和点儿吧。"

"我真的不怕受到惩罚，因为我问心无愧，你们一定得把客栈保住！"

白露看了我一眼，没有再说什么，然后便走出了房间。

也许是因为太累了，她离去的背影让我极其恍惚，我好似又看到了自己脱光了上衣跟马指导一起装修小酒吧的画面。那段时间我们特别累，却觉得十分值得，因为我们心中都对这个客栈满怀期待。

我更忘不掉马指导那满是沧桑的笑容，也忘不掉客栈恢复营业那天他抽完烟给他两个姐姐打电话的样子，如果客栈真的因此被贱卖了，那我对不起他，因为我毁掉了他重新做人的希望，我也对不起其他人，我是个罪人！

我一遍遍敲打着自己的头，可是内心的负罪感却没有因此减少一分一毫。

我已经分不清楚白天还是黑夜，只听见外面隐约传来的雨水声，淅淅沥沥像呼喊着什么，我也看见了自己的心情，有点儿冷，也有点儿绝望。然后又觉得自己是一块石头，既管不了外面发生的事情，也拯救不了被困在里面的自己。

我从来没有对自己这么失望过，我又想起了陆佳和汪蕾，还有很多乱七八糟的人和社会关系，我因此难以呼吸。我甚至有那么一个瞬间想回到上海。在那里，我虽然活得焦虑，但不至于恐惧，而现在，一切不好的情绪都像病魔一样困扰着我，我不敢想起老米，如果让他知道我摊上了这么一件大事，他会崩溃的；也会更加恨我不争气，因为我没有听他的话回上海。

好像熬过了好几年，房间的门才再次被打开。这次进来的已经不是当初审我的那个民警，而是一个我从没见过的女民警，她先是将一张A4纸放在我面前，然后对我说道："被打的一方同意和解了，你在这份调解协议书上签上字再去领了自己的东西，就可以出去了。"

我赶忙拿起那份调解协议看了看，上面要求赔偿各种费用，共计五万两千块钱，这钱我虽然赔得起，但是已经伤筋动骨，更何况还有在这份协议之外的客栈。

如果这次是场彻头彻尾的算计，我输得很彻底！

走出派出所，雨已经停了，一束从乌云里射出来的阳光让我的眼睛一阵刺痛，我本能地低下了头，坑坑洼洼的路面又勾起了我沉重的心情，我不知道待会儿来接我的人是谁，也或者，我只能自己回去。

等眼睛渐渐适应了光线，我又抬起头往背后的苍山看了看。才发现在古城下雨的时候，苍山上已经下起了雪。

听老大理人说，当海鸥从西伯利亚飞回大理，苍山开始下雪的时候，大理又会迎来一个新的旅游旺季，可是我还能在这座城市做点什么？

我又是否还有脸面去面对铁男、马指导和白露这些人？还有桃子，她放弃了上海的一切为的就是能和铁男在大理扎根，现在他们的梦也破了。

还有客栈转让亏损掉的钱，我哪有能力去填补？

我终于用身上仅有的零钱从对面的报刊亭里买了一包云烟，点上之后，我坐在了派出所对面的路肩上，脑子却比在里面的时候更乱了，因为看到了很多超出自己能力之外的后果。

放眼看去，洱海像是上了一层色彩，甚至比以往要更漂亮，可惜我已经不是之前的那个我。我不知道自己该去哪里，我总觉得那个客栈已经不属于我。

我希望有个人来指引我，告诉我该去哪里，可是又恐惧看见那些熟悉的面孔，我更恨那些算计我们的人。

迷茫中，一辆车停在了我的身边，然后我便看见了打开车窗的孙继伟，这应该不是巧合，可是为什么是他来接我？

疑惑中，孙继伟向我招了招手，示意我先上车。

我放下心中的疑惑，然后又将皱了的衣服理了理，这才上了孙继伟的车。他也没有解释自己的来意，对我笑了笑之后便启动了车子。

车子开出了一段距离之后，我终于按捺不住向他问道："孙哥，怎么是你来接我的？"

"不急着说这事儿，先找个地方喝点儿东西，我慢慢和你聊。"

我点了点头，孙继伟又加快了车速，却不是回龙龛的，而是驶往了古城的方向。

大概过了二十分钟，孙继伟将我带到了古城里一条很不起眼的小巷子，里面有家咖啡店，老板似乎是孙继伟的朋友，两人寒暄了一阵之后孙继伟才领着我坐了下来，然后又问我要喝点什么东西。

我没要咖啡，直接跟老板要了一打风花雪月啤酒。

大理的天气很独特，尽管昨天苍山上下了雪，可是当太阳出来时温度又急速上升，街上甚至有穿着短袖的游客，而苍山依旧是一片苍茫。

这种得天独厚的气候注定大理会在冬天的时候迎来新一轮的旅游旺季，因为会有很多外地人选择来这边避寒。

我看着来来往往的游客走在这条不知名的巷子里，像是看到了商机在自己的手上一点点流失，我的心中充满了失落，我甚至还对不起汪蕾。

我想，客栈肯定已经被转让掉了，转让损失的钱我当然不能让马指导和铁男他们一起承担，这钱只能从我投资的那部分里扣除，可是在大理这样一个地方需要怎样的努力，才能赚回那亏损掉的二十多万？

想得多了，我的内心涌起一阵比在上海时还强烈的绝望感。我发泄似的用牙咬开了啤酒瓶的盖子，然后一口气喝了半瓶，当冰冷的液体刺激着我的大脑时我才觉得自己冷静了下来。

孙继伟给我递了一支烟，我点上后，向他问道："孙哥，现在能和我说说到底是怎么回事儿了吗？"

孙继伟喝了一口咖啡，然后回道："昨天听说了你们客栈的事情之后我就第一时间去找白露了，我找到她的时候，他们为了保全你已经决定把客栈转让给那个被你给揍的混账。我没同意，这件事情的性质明显就是陷害嘛，要是让他给得逞了，以后外地人谁还敢在大理做投资，大理的旅游经济还要不要发展？正好，我有朋友在公安局工作，我请他帮忙把你这案子先压着，没往检察院那边报批，争取到时间后我们就着手调查了，发现被你揍的这个混账果然和曹金波有关系，我们查到他和曹金波在古城有家合伙开的酒吧，另外还有一个物流公司也是他们两人合伙开的。"

我并不意外，因为心里早就认定了是这家伙干的。

孙继伟又说道："曹金波这个人早年做了很多投机取巧的事，现在也是抓住大理大力发展旅游行业的机遇投资了不少酒吧和客栈，其中双廊那边的海景客栈他的投资最大，这些倒也算是正经生意，可这个人遇到商业竞争的时候，处理的方式还是非常老旧。前些年也出过一件类似的事，他也是这么干的。"

"他这么无法无天，就没有人管吗？"

"不好管！"

我没有再把注意力放在其他事情上，又问道："那最后是怎么处理的？白露他们签客栈的转让协议了吗？"

"我都查到这份上儿了，能让她签嘛！我后来找到了曹金波，直接跟他摊牌了，我向他保证他在双廊那边投资的海景客栈一定能赶在第二批恢复营业，让他放你一马。其实，他的客栈本来有希望在第一批恢复营业的，但是在客栈的环保上面弄得马马虎虎，最后没开出污水排放合格证明，根本不可能出现在第一批恢复营业的名单上。他权衡之后，给了我一个面子，答应以后不找你们客栈的麻烦。"

"所以？"

"所以你们客栈保住了！"

我冰冷的心瞬间被阳光充满，我甚至因为这突如其来的喜讯而变得呼吸不稳。

平复了许久之后，我才点头对孙继伟说道："孙哥，这次真的是太谢谢你了，要不是你帮了这么大的忙，我真不知道该怎么和我的那帮朋友交代！"

孙继伟笑了笑，道："我这是还人情，对比你救了我老婆和孩子，我做的这点儿事情真不算什么。"

"你这也是救了我的命！"

孙继伟拍了拍我的肩，他的脸色变得严肃，然后又对我说道："米高，我是真心把你当兄弟的，所以心里也有几句话想劝劝你。咱们作为男人，得把眼光放长远一点儿，这样才能做到面面俱到，社会其实还是很复杂的，你这次之所以吃这么大的亏，就是因为你把有些事情看得太简单了。我问问你，咱们活着，有多少人是不唯利是图的？其实说穿了，人情交往都是围绕着这个'利'字展开的，你要弄不清楚这个'利'字到底是什么含义，你以后还是会吃亏。"

"我是不太懂……"

"这不怨你……"他跟我说了一大堆，我都没听明白，于是诚实地道："我还是不太懂你这些话的意思。"

孙继伟看了我一眼，这次他点上了一支烟才回道："既然你不能改变这个世界，就学着适应这个世界。我就举个近在咫尺的例子，如果当时有我入股，这件事还会发生吗？"

我又深深吸了一口烟，我想反驳孙继伟，可是经历了这次的事情之后我也不觉得自己还有什么底气去反驳他。或许他说的就是一个非常残酷的现实。

片刻之后孙继伟又对我说道："米高，我是真把你当兄弟的，要不然我也不会和你说这些。不过以后的路该怎么走还是取决于你自己，我作为兄弟也只能是给你一点儿建议，也许下次再碰到类似的事情我就无能为力了。你也知道，这次是因为曹金波有求于我，才会给我这个面子的。"

"谢谢孙哥，经过这件事情之后，我也该好好琢磨琢磨，怎么去应对这些复杂的社会关系了。"

孙继伟点头，然后笑了笑。

此时的我，已经没什么喝酒的欲望，我只想早点回客栈看看同样因为这件事情受了很多煎熬的大家。

这时，孙继伟又对我说道："米高，我这次之所以单独来接你，还有一个事情要和你商量……"

"孙哥，你说。"

孙继伟将杯中的咖啡喝完，然后对我说道："我有个朋友也想在大理投资经营高端客栈，他让我帮他打听着合适的客栈，我觉得，这对于你来说是一个抽身的好机会，你可以考虑把客栈转让给他，我给他的报价是二百万，他觉得这个价格没问题。我相信，如果以这个价格转让，你们每个股东至少都能赚个几十万，其实也就是一转手的事情，就能赚到普通上班族几年的工资，何乐而不为呢？！"

实际上，我并没有理由去拒绝孙继伟，假如没有他不遗余力的帮忙，客栈早就被曹金波以五十万的转让价格给强占了，现在他给出一个二百万的价码，这个价格还算厚道，毕竟我们当时接手的时候，加上后期投资，也就花了一百万左右。

这次我终于不像上次那么坚决，我在心力交瘁中回道："孙哥，给我点儿时间考虑一下吧。"

孙继伟拍了拍我的肩，然后点头应了一声。

回客栈的时候，我没有让孙继伟送我，我自己叫了一辆车，颠簸中我想了很多事情：如果我接受了孙继伟替他朋友开出的条件将客栈转让了，我大概能分到其中的六十万，我会将汪蕾那十九万拿出来，捐给她生前捐助过的希望小学，自己还能剩下四十万。

这钱，说多不多说少也不少。

最重要的是，我又多了一个选择的机会，我可以拿着这笔钱回上海，再向亲戚朋友们借点钱交首付买一套小户型的房子，然后继续找一份自己擅长的工作干。

虽然经济还是很不宽裕，但相比于之前肯定要好很多。

我有些心动。

另外，我也可以选择带着这笔钱回到自己的那个小山城，这笔钱正好够全款在城里买一套房子，然后再找一个小城姑娘，一起过点只为柴米油盐操心的生活。

看上去也不错。

可是，想起汪蕾我的内心便充满了负罪感，因为我现在做的这一切都是她生前最渴望去做的事情，如果我现在为了这四十万放弃客栈，我真的不配她曾经用那么真的心去对我。

从离开上海的那一刻开始,我总觉得自己有一半是为她活着的。

恍恍惚惚中,我回到了客栈,所有人都在小酒吧里坐着,但他们之间却没有交流,气氛看上去很沉重。我推开门走了进去,然后在杨思思的对面坐了下来。她似乎刚哭过,脸上还有泪痕。

我点上了马指导给我递来的烟,快要吸完的时候白露终于拍了拍手对我们说道:"你看你们,米高都已经回来了干吗还一副沮丧的样子,今天晚上我请大家好好吃一顿,大家都别保留,全都往死里喝,明天醒了就当什么事儿都没有发生过。"

铁男鼓掌,一连说了两声"好",可是我却麻木地看着他,气氛又尴尬了起来。

铁男向我面前扔了一只茶杯盖,抱怨道:"你能不能别一副要死不活的样子?我掏心窝子和你说一句,我们这儿坐着的人没有一个人有怪你的意思,你也是为了客栈,我们分得清楚好歹。"

我强颜笑了笑,然后向白露问道:"这几天的事情孙继伟都和我说了,那家伙的医药费最后是怎么赔的?"

白露为了不让我愧疚,带着一脸笑容对我说道:"这事儿你放心,算不上什么大损失,咱客栈这几天的流水就够赔了。唉,也难怪咱们客栈被人惦记着,现在这个大环境下,我们这个客栈实在是太赚钱了!你都不知道,后面一个星期的房都已经被提前预订掉了,这就是咱们齐心协力后的成果!"

白露说完后,还想说些什么,却被我给打断了,我说道:"大家听我说几句,这两天被关在派出所我把很多事情都拿出来又重新想了想,包括我这个人。说实话,我对自己挺失望的。之前我还一直教育思思,让她多去接触这个社会现实的一面,可是真轮到自己遇上事时,也就处理成这个样子,可能有些人注定只能平凡地活着……刚刚从派出所出来,我和孙继伟也聊了挺长时间,他跟我说的那些话虽然有点儿不近人情,可也不失为良言。我挺质疑自己的,更感觉对不起大家,这件事情是我把大家给拖累了,对不起!"

白露回道:"你看你,干吗说这些见外的话?!咱们这帮人虽然认识的时间不算长,但也是一起共患难过的,你要是拿我们当朋友,当家人,以后可千万别再说这么让人感到生分的话了!"

我心里像打翻了五味瓶,许久之后才点头,说道:"嗯,这事儿先不说了。还有另外一个事情要和大家说一下,刚刚喝东西的时候,孙继伟和我说他有一个朋友也想在大理投资一个高端海景客栈,对方很满意我们的客栈,给出了二百万的接手价格。"

众人一起陷入了沉默中,最后马指导向我问道:"你是怎么想的?"

"我挺迷茫的,大家也别忙着做决定,先好好想一个晚上。明天早上九点钟咱们还在酒吧碰头,然后再好好聊聊这个事情。"

众人没有异议，而这种态度和上次孙继伟提出要入股时是截然不同的。我想，大家也和我一样，反复的折腾之后都有了疲惫的感觉。

　　我们都只是普通人，最多也只比普通人执着了那么一点儿，可是多出来的这一点儿也不够我们在面对重重险阻时还保持一颗无比坚定的心。

　　这注定会是一个无眠的夜，我又独自带着烟和酒来到了洱海边，看着倒映在海面上的月色我的内心涌起一阵不舍的感觉，我是喜欢大理的，喜欢它的自然风光，也喜欢这种坐在洱海边和可以静下来想很多事情的感觉。

　　我从口袋里拿出了汪蕾生前留下的那本笔记本开始翻看。

　　其实，她是将大理的好放大了，她只是想摆脱那个让她极其厌恶的环境，恰巧大理又出现在了她的视线中，所以她才在潜意识里给大理这座城市描绘出了一层梦幻的色彩。

　　我想对着这本笔记本自言自语，然后将最近发生的事情告诉她，可又觉得是一种残忍，我总觉得她就活在我的精神世界里，她生前已经够苦了，我又怎么能把大理残酷的一面撕开来给她看？

　　这毕竟是她的一个梦！我想：她是不愿意醒来的。

　　于是，我将笔记本在身边放下，然后躺在了硬邦邦的石头上，继续想着一些以后可能会发生的事情。

　　片刻之后，我收到了一条短信，我将手机拿起来看了看，她发了这么一条信息："你信不信，我现在在丽江？"

　　"信，现在交通这么发达，去哪儿也不费时间。"

　　"你在大理吗？"

　　"一直没离开过。"

　　"呵呵，那我们现在就隔了一百多公里的距离。"

　　"嗯，如果现在开车上高速的话，咱们两个小时后就能见面。"

　　"我可不想跟你这人见面，要不然我干吗去丽江不去大理。"

　　"我就是这么一说，我也没心情和你见面。"

　　她说话又开始粗鲁："你哪天心情好过？我之所以不想和你见面，就是怕沾了你的霉气……"

　　我没立即回信息，而是给自己点上了一支烟，片刻之后，她又发来了一条信息："说吧，又遇上什么倒霉的事儿了，我这会儿正好一个人在酒吧，可以听你唠叨一会儿。"

第九章
只能成，不能败

我吸着烟的同时目光也没有离开手机，她这么和我说话，我倒是觉得我们之间还是有点儿缘分的，因为我们每次陷入低谷的时候，总能从手机通讯录里翻出这个不怎么新鲜的号码，然后跟对方聊几句，有时候也会互相埋汰，这种爽快让我觉得也没什么是不能和她一个陌生人说的，于是回道："我不信你在丽江的酒吧，你肯定是哪根筋又搭错了在逗我玩呢！"

"你等着啊。"

一小会儿之后，她便给我发了一条彩信，果然是丽江的某个观景酒吧，她发来的照片就是整个丽江古城的夜景，感觉比大理的古城还要漂亮。

我回道："信了。"

"你的倒霉事情还说不说了？"

我将手上的烟按灭，同时回道："其实也不算什么倒霉的事情，主要看自己的心态，如果心态够好相反还是件好事儿。"

"好事儿你就别说了，我听着没劲儿。"

"可是我现在心态不好，所以没觉得是好事儿。"

"你这人可真磨叽！"

我又续上了一支烟，茫然地盯着洱海那片有月光的地方看了片刻后才回道："来大理之前我也把大理想得挺美好的，所以就抱着很单纯的想法跟几个哥们儿一起弄了这间客栈，之前我还不相信有什么树大招风这一说，可前两天真的吃亏了，我们被本地的一个地痞给算计了，我自己被派出所关了好几天不说，还差点儿连累客栈，要不是有另外一个朋友帮忙，客栈就被那个地痞给低价接手了。"

"听着够惊险的啊！"

"嗯，后来那个救我的朋友又和我说他有另外一个朋友也对海景客栈有兴趣，愿意给我们开出二百万的转让价格……"

"你这是刚出一个坑，又掉进另一个坑了啊，哈哈哈！你那朋友也不是什么好东西，也眼馋你们客栈呢。"

"也算不上是坑吧，毕竟开了二百万的转让价，之前那个地痞才开了五十万。"

"哦，如果二百万转的话，你能拿多少？"

"六十万左右吧，抛开之前朋友给的十九万，落到手还能有个四十万。"

"不错，挺厉害的。在大理转了一圈等于赚了别人七八年的工资了，怪不得你说不是坏事儿呢。"

"要是你，你是继续守着客栈还是趁机转了？"

"要是我，肯定会选择转了然后回上海。"

她的答复让我感到惊讶，于是问道："转了以后也不是没有其他选择，为什么要回上海？"

"你是一个男人，从哪儿跌倒，就从哪儿站起来，这没错吧？而且，我觉得你对你的前女友还挺有感情的，为什么不回上海好好做点事情，然后等着她呢？"

我又茫然了好一会儿，才回道："我们之间没什么可能了。"

"怎么，你是有新欢了？"

"没有。"

"那就是你对她没感情了？"

"三年了，这感情怎么会说没就没。说出来不怕你笑哥们儿，直到现在想起来分手那天晚上，我心里还是五味杂陈的！"

"那你干吗不愿意回上海？"

"我们之间真的不可能了，我反而觉得她已经对我没了感情。她是个对事儿很精明的女人，出国留学就是她给自己做的一个更好的选择，她不会回头的。"

"你就这么了解她？"

"毕竟在一起这么久了。"

"你这么说，不仅是不了解她，更是不了解女人。我觉得她选择离开你不一定是因为不爱了，而是在你身上看不到希望。"

"所以呢？"

"所以你现在赚到的这四十万对她来说就是一种希望啊！你又不是情感上出轨，对不起她，那有什么是不能原谅的呢？女人嘛，还能图男人一点儿什么？不就是能给她一个安稳的生活吗，也不一定非要大富大贵。"

"算了，转不转客栈我都还没想好呢，现在和我提上海感觉有点儿太遥远了。"

"怎么，是舍不得这个赚钱的客栈？怕以后再也没有这样的机遇了？"

"也不是，只是觉得辜负了当初那个让我来大理开客栈的女人。"

我以为她还会对我说点儿什么，可是她又莫名其妙地开始不回信息了，我也没觉得有什么，因为有时候感觉到对话乏味我也是这么对她的。

　　这一夜，我不知道其他人是怎么熬过来的，总之我很痛苦，也没怎么睡得着，所以第二天起来的时候整个人都是一副魂不守舍的状态。

　　几个人中，只有桃子起了床，我们一起吃了个早餐之后她又要我陪她在洱海边散步，我能看得出来她有心事。

　　果然，在走到洱海边的时候她对我说道："米高，客栈转让的事情我昨天晚上和铁男聊过了，我们同意转让。"

　　我充满惊讶地看着她，回道："这是你的意思，还是铁男的意思？"

　　"是我的意思，然后我又说服了铁男。"稍稍停了停，她又对我说道，"说句心里话，我其实也挺喜欢大理的。可是，开着客栈的同时我也很提心吊胆，我怕他知道我以前的事。"

　　"这是小概率的事情。"

　　"我和铁男能在一起也是小概率的事情，可不还是发生了吗？我仔细想过，如果真的有那么一天，我承受不了这样的后果，所以我想和铁男一起离开大理，然后找个别的城市生活，再做点我不用出来抛头露面的生意。"

　　"你这么说，我心里挺伤感的。"

　　桃子回头向客栈看了一眼，然后便红了眼眶，她久久没有言语。

　　我们在海边的一块礁石上坐了下来，我终于开口向她问道："你们就这么走了，想过其他人吗？"

　　"可是我真怕！"说完，桃子给自己点上了一支女士香烟，然后又看着我说道，"其实我看得出来，这次你也动了想转让的心思，毕竟这个价格还是挺有诱惑力的。"

　　"可是我不甘心，我身上还背负着汪蕾生前最后的愿望，我不想离开大理。"

　　桃子双手抱膝，眺望着远方喃喃道："苍山洱海，风花雪月，听上去美得像一场梦！"

　　我带着一丝遗憾对她说道："我真的没有想到最先动摇的人是你。"

　　"我心里的挣扎不比你少，你别忘了，我也是蕾蕾最好的朋友。"

　　我点上了一支烟，许久之后对她说道："你的话我听进去了，咱们回客栈吧，也看看其他人的意思，毕竟最后还是少数服从多数。"

　　"嗯。"

　　在我要起身的时候，桃子又拉住了我，向我问道："米高，如果客栈这次真的转掉了，你以后准备干点儿什么呢？"

　　"还没敢往远处想，最好的结果无非是回小山城，然后买套房子，结婚生子……我能想到的也就这种生活最没有压力了。只是，我感觉咱这么把客栈转了，最对不起马指导，这哥们儿在客栈根本没什么股份，所以也分不到什么钱，但是出力最多的人却是他，以后客栈不在了，他也只能回古城继续做个跑场的歌手了！"

桃子叹息，许久之后回道："铁男是个仗义的男人，我让他从自己的那份儿里给马指导补些吧。"

"你信不信，铁男要真这么干马指导能把钱砸他脸上，你太不了解这哥们儿的性格了。"

"你别说了……我去意已决！"

桃子极其坚决的态度让我心里产生了一阵说不出来的滋味，同时也看到了一个属于我们的时代还没有开始便已经陨落的凄凉。我骨子里不想转掉客栈，可是大家的军心已经动摇，这让我感到很无能为力。

我怀着沉重的心情回到了客栈。这时大家都已经在小酒吧里等着我们。桃子向众人问道："你们吃早饭了吗？我给你们熬了粥。"

马指导回道："吃饭的事儿不急，先说客栈的事情吧，这一夜挺熬人的！"

众人一致将目光投在了我身上，因为我是客栈最大的股东，所以我的决定对他们来说有指向性的作用。

我没有急于表态，而是向白露问道："客栈转让的事情你和赵菁沟通过了吗？她还占着百分之二十的股份，她的意见我们肯定也要考虑进去的。"

白露说道："我昨天晚上打电话跟赵菁聊了这事儿，今天早上她打电话给我答复了，她同意转让客栈，因为她丈夫那边的情况一直没好转，急需一笔钱来填补之前的漏洞，所以，就算没有转让客栈这事儿，可能过一段时间，她也会主动跟我们提出要处理掉她自己手上的股份。"

我点头，许久之后，回道："今天早上我和桃子也聊了客栈转让的事情，她和铁男商量过了，一致同意转掉客栈——"

马指导打断了我，然后逼视着铁男："你真想转掉客栈？"

铁男避开了马指导的目光，他的心情看上去很复杂，以至于点上一支烟之后一连吸了几口才说道："这事儿我听桃子的。"

马指导又看向了桃子。

我们都在桃子的脸上看到了深深的歉意，但她还是回道："米高说得没错，我同意转掉客栈。我和铁男之前都没有遇到对的人，现在好不容易在一起了，肯定是奔着结婚去的。我思前想后，还是决定找一个各方面都方便的城市生活，毕竟以后要考虑孩子上学和受教育的问题，我觉得大城市更适合我们。"

马指导言语犀利地质疑道："大城市更适合你们？！那你还从上海跑到大理来做什么？难道就是靠这转让费赚一笔？"

我替桃子捏了一把汗，生怕知情的马指导会控制不住自己的情绪，然后将她以前的事情当众说出来。不过，是我多虑了，马指导这个人脾气虽然暴躁，但本性很爷们儿，他并没有因为有这么大的矛盾而揭开桃子的伤疤。

面对马指导的质问，桃子不语，铁男又替她解围说道："如果桃子真心想和我一起过日子，决定不在上海待着很正常，你也不看看上海什么房价！我觉得重庆就不错，房价不高，什么都有，我们决定以后就在重庆定居了。"

马指导看着铁男，然后给了自己一巴掌，便不再说话了。此时的气氛要说是尴尬，更多的是伤感。因为马指导和铁男已经认识数年，铁男现在为了桃子说走就走其实挺伤他心的。

沉默中，白露又向我问道："米高，你同意转让客栈吗？如果你也同意的话，那这事儿就不用商量了，直接让孙继伟把他朋友叫过来，我们签转让合同。"

我的手握紧了松开，松开了又握紧。这对我来说，确实是一个艰难的选择。而我沉默的时候整个酒吧静得可怕，只听见摆钟"嘀嗒嘀嗒"的声音，像催促，也像是警告。

这时，一直没有开口说话的杨思思起身对众人说道："我知道，我在客栈没有股份，所以转让客栈的事情也没有我说话的份儿，可我还是想问问大家，米高拼着命也要把客栈保住，到底是为了什么？难道就是为了能拿到这二百万的转让费？如果你们这么认为，我觉得你们都看低他了。别的我也不想多说，当你们想放弃的时候就想想自己当初是带着什么样的梦想来做这个客栈的，你们可都信誓旦旦地说过要把这个客栈变成一个家，然后再让它变成连锁品牌，最后每个旅游城市都会有一家'我在风花雪月里等你'。"

众人沉默不语，但也没有因为杨思思的话而改变自己的决定，我知道她是个十足理想化的青年，可其他人在社会上摸爬滚打，早就不愿意再提什么所谓的梦想了。

终于，白露看着杨思思，低声对她说道："思思，做最坏的打算，如果这次真的把客栈转让掉了，你以后准备做点儿什么？还会留在这里做前台吗？"

杨思思不带一点儿犹豫地回道："不会，这又不是一个多高尚的职业，能让我念念不忘！我之所以愿意做这份前台的工作，是因为我喜欢大家一起营造出来的生活氛围。如果大家都不把客栈当回事儿，我也不会低声下气地留在这里的。反正我明年就要去国外留学，早点儿晚点儿也没什么区别，如果客栈转掉了，我就收拾东西回上海继续做自己的千金小姐。我也没什么遗憾了，因为我看到的大理和所谓的新大理人也不过如此。"

杨思思说完后，众人又将目光集中到了我的身上，他们都在等我的答案，我因此感受到了巨大的压力。我点上一支烟后，一连吸了好几口才说道："客栈转还是不转，我都会比你们要想得更复杂些。因为要开客栈，当初就是我提出来的，大家因为信任，都罄其所有投资进来了，我觉得自己对你们每一个人都有一份责任，所以我很想给大家一个都完美的结局，你们再给我点儿时间，让我慎重考虑下吧。"

稍稍停了停，我向白露问道："我想知道你在这件事情上的态度。"

"转或不转对我来说都可以。如果一定要转的话，我就把我那份钱拿出来，然后跟小马一起在古城再开一家酒吧。"

"所以，你的态度是中立对吗？"

"从我的内心来说，我不想转，可是客栈实在是有点儿树大招风，我们几个人却没有应对和防范的能力，我怕下次再出现类似的事情时却没有这次的运气；如果能以二百万的价格转让掉，也算是大家之前的努力得到了回报。"

我点头回道："我明白，你的意思是见好就收。"

白露没有言语，我因为心情复杂而习惯性地吸了吸鼻子，然后又向马指导问道："哥们儿，你呢？也倾向于在转让之后拿着这笔钱跟白露去古城再开一个酒吧？"

"我不同意转。"

"行，现在几个股东，赵菁、桃子、铁男都倾向于转，他们是没什么可商量的了，你和白露也再好好聊聊，看看能不能统一一下意见。"

马指导拿起桌上的烟，抽出一支点上，然后又带着情绪将烟盒扔回到桌面上，再次说道："她是她，我是我，我们没什么好商量的，反正我是不同意转。我们这些人聚到一起，又不是为了投机倒把，既然找到一个能做的生意那就好好做。"

因为意见没有得到统一几个人也是不欢而散，但是压力却全部转到了我的身上。我很明白，如果我也赞成转的话，这事儿就不需要再商量了。可是我却不明白，自己到底是因为什么在犹豫。

我总感觉这是一件还没有做完的事情，可是又挡不住大势所趋！我想，孙继伟也正是看懂了我们这几个人，所以才在这个时候找了个朋友来接手我们的客栈，因为，风雨飘摇后我们的军心已经不稳了，再加上他给一个能让我们赚到一百万的转让价，这事儿办不成的可能性也不大。

他倒是对人性挺了解的！

……

杨思思介绍来的阿姨，已经在大理完成了他们公司的年会，下午的时候他们乘坐大巴去了机场，而杨思思的表哥杨远航则在两天前就已经离开了大理，他倒是在他和叶芷之间留下了一点儿悬念。

因为听杨思思说，走的时候是叶芷亲自将他送到机场的。

傍晚的时候，客栈又换了一拨客人，他们从天南地北而来，然后又将满腔的热情抛洒在了大理的土地上，可是他们的热情却让我们感到更加失意。

夜晚来临前，叶芷给我发了信息，她说想约我出去坐坐。

在做生意上，我其实是个经验很欠缺的人，所以我很想听听她在客栈转或不转这件事情上能够给我的意见。

大理冬天的夜晚还是很冷的，我穿上了羽绒服之后才骑着铁男的摩托车去了马久邑，等我到的时候，她已经在海途客栈的门口等着我了，和我一样，她也穿了一件很厚的羽绒服，是白色的。

面对面之后，她主动对我说道："你的气色看上去不太好。"

"派出所走了一趟，出来的时候能不崩溃已经算我够坚强了！"

"嗯，这几天的事情思思都和我说了。"

"所以，你是来劝我将客栈继续开下去的？"

叶芷没有回答，她向海边走去，我知道她是想找个能舒服聊天的地方，我跟上了她的脚步。

此时的马久邑已经不像夏天时那么热闹，因为晚上的天气比较寒冷，再加上是淡季，所以那些露天的酒吧都没有开，也自然没有了在海边卖唱的歌手。

我和叶芷坐在了一块礁石上，我习惯性地点上了一支烟，她则搓了搓自己的手，保持着温暖。一阵海风吹来，惊起了已经归巢的海鸟，也吹乱了她的长发。我在这种无法描绘的意境中深深地吸了一口烟。

迎着散落的月光，叶芷终于开口对我说道："我知道思思希望你们能把客栈继续开下去，可是我想劝你们把客栈转让掉。"

我心中满是惊讶，以至于愣了一会儿才回问道："理由呢？"

"创业，尤其是创业初期，最怕的就是创业团队里有不一样的想法，就算你们的客栈继续开下去，人心也已经不齐了，以后你会有处理不完的矛盾，到时候肯定会影响到你们客栈的经营。还有一点，也是我认为最重要的，因为现在的市场不够开放，所以正是你们客栈最有价值的时候，一旦海景客栈大规模开放，你们要再想以高价转出就很难了，毕竟靠政策吃饭不是长久之计，因为政策是会变动的，这点你应该深有体会。"

我点头，认为她说得有道理。

叶芷又说道："不过我认为二百万的价格还是有点儿低了，你可以再争取争取。"

"二百万还低？！"

"嗯，我觉得价格开到二百五十万左右会比较合理。"

"依据呢？"

"就凭你们是龙龛那边唯一恢复营业的海景客栈，现在因为政策导致市场进入了一个最不理性的时期，所以也一定会有不理性的人开出不理性的价格。不过，我认为二百五十万是一个不会让对方犹豫的价格，这样你们就可以早点脱手。"

"算了，孙继伟对我有恩，如果不是他，客栈可能早就被曹金波给霸占了，我们最后连本都保不住，更别提赚钱了。而且我觉得，他虽然自己没明说，但这次他应该是和朋友一起参与投资的，他也不是一个很有钱的人，既然要转的话，不能太为难他。"

"不要把人情和做生意混为一谈。"

"有恩必报。"

叶芷看了我一眼，没有再说话，而我也在这段时间极长的沉默中又认真思考了要不要转掉客栈这件事情。

片刻之后，我下定了决心，与其最后大家伤了感情将客栈低价转让掉，倒不如趁客栈最有价值的时候转掉，同时也给所有人一次重新选择的机会。就比如桃子和铁男，他们铁了心要去重庆，我又怎能用客栈强行将他们困在大理？

之前我还担心马指导会分不到钱，现在白露也表态了，她会用自己赚到的那部分跟马指导去古城再开一家酒吧，这明显也是一个不错的选择，也让我没有了后顾之忧。

既然人各有志，我也没有必要死守着一个已经散了人心的客栈，还伤了大家的感情。可是，客栈转掉之后我自己又该做点儿什么？还是不是有必要继续留在大理？

这时，叶芷又向我问道："你心里已经有答案了，对吗？"

"嗯，现在这种形势下把客栈转掉也许是我们最好的选择。"

"你能这么想就好。"

我笑了笑，随后又深深吸了一口烟，我不可避免地在做了这个决定之后又想起了汪蕾。这次，我必须为了大局而辜负她了。

又是一阵风吹过，叶芷一边用手理了理自己被吹乱的发梢一边向我问道："客栈转掉以后，准备做点儿什么呢？"

我抬起头，茫然地与她对视了片刻才回道："应该会回老家吧。你也见过我爸，他年纪已经很大了，我妈身体也不好，回老家多少能在他们身边照应着。"

叶芷笑了笑，说道："听上去是个还不错的选择……"稍稍停了停，她又感慨道，"我们这辈子应该也没什么机会再见面了吧？"

我看了她一眼，心中竟然有些惆怅，我深吸了一口烟，强颜笑道："我特别怕别人和我说起这些能扯上一辈子的事情。"

"事实不就是如此吗。"

我点了点头，继续吸烟，叶芷也不再说话，我们一直将这种状态持续到分开的时候。

可是这一次，当我看着她走回客栈的背影，心中竟然是一阵说不出的酸涩，于是独自在那块我们坐过的礁石上坐了很久很久。

回到客栈，大家都在小酒吧里坐着，见我回来了，众人一起放下了手上的杯子，然后将目光全部放在了我的身上。我就这么迎着众人的目光在桌子的最尾端坐了下来。

　　白露先开口向我问道："米高，你想好了吗？"

　　我点了点头，然后从口袋里摸出一支皱巴巴的烟点上，我无比沉重地吸了一口之后，对众人说道："我决定尊重大部分人的想法，把客栈转给孙继伟的朋友。"

　　我的话说出去之后现场鸦雀无声。然后，杨思思就掉了泪，并向我质问道："你就那么想大家散伙，想我回上海吗？"

　　"我是为了顾全大局。"

　　"好，我人微言轻，也不想说什么了。你们把我这个月的工资给结了，正好够我回上海的路费，我现在就去收拾行李，明天早上走，希望我走了之后你们大家都好。"

　　杨思思说完之后便带着很大的怨气离开了，其他人看上去却出奇地平静，我很想知道此刻他们的内心到底在想些什么。

　　终于，看上去最没有情绪的马指导冷冷地对我们众人说道："我和思思一样，也觉得没什么可说的了。你们几个想转客栈的，麻烦去把客栈的招牌取下来，以后这个世界上就算没有'我在风花雪月里等你'这个客栈了。"

　　没有人说话。

　　马指导一拳砸在桌面上，又冲我们吼道："都愣在这儿装什么？去啊，去把招牌给取下来！"

　　众人依旧不语。

　　马指导又冷言对我说道："米高，你去帮思思收拾行李。你最好别想起来，她为了咱们客栈曾经没日没夜地在论坛上发帖子。也希望你们这帮人拿着她阿姨过来办年会赚的钱不会感到亏心！"

　　马指导就这么将矛头对准了我，白露示意他不要激动后对我说道："去看看思思吧，我也感觉挺对不起这丫头的，你和她多说点儿好话。如果她实在想回上海，就不要强留了，她回上海不是什么坏事儿，在客栈做前台才是真正委屈了她。"

　　我追到了杨思思的房间，她没有收拾行李，而是坐在床边哭泣着，可能是因为年纪小，她是我所认识的女人之中最喜欢用哭这种方式来宣泄自己情绪的。

　　我就靠在她床边的墙站着，也不说话。

　　她用手背擦掉眼泪之后，也没有了往日的那种盛气凌人，只是哽咽着向我问道："你来干吗？我不需要人安慰。"

　　"我是来帮你收拾行李的，不是安慰。"

　　杨思思气得发抖，然后便从储物柜里将自己的行李箱给拖了出来，将其扔在我的脚下，说道："收吧，收干净点，能带走的我都想带走。"

　　我弯腰将她的行李箱平铺，然后将她摆在床头柜子上的洗漱用品一股脑地扔进了箱子里；再然后从衣柜里将她的衣服也抱了出来，一只行李箱没能装下，我又去储藏室找了一只原本用来装一次性拖鞋的编织袋，将她剩下的衣服和生活用品全部装了进去。

整个过程，杨思思没有参与也没有阻止，可是当我回头看她的时候，发现她的嘴唇已经青紫，这明显是因为情绪产生巨大波动而造成的。

我心里也不是滋味，可还是看着她脚下的行李箱和编织袋对她说道："东西已经收拾好了，你早点休息，明天早上我送你去机场。"

"好。"

我避开了她的目光，然后从自己的钱包里取出三千块钱现金放在她的床头柜上，又对她说道："这是你的工资，待会儿你把你的身份证号发到我的微信上，我帮你买回上海的机票。"

杨思思只数了两千块钱，然后将多出的一千块钱扔在了地上，冷声向我回道："是我的我要，不是我的我一分也不要。"

"那机票还要我帮你买吗？"

"要，这是你欠我的。因为最想我回上海的人就是你，你欠我一张机票。"

我点了点头，然后从地上捡起了那一千块钱，便转身离开了杨思思的房间。

回到小酒吧，众人都关切地向我问道："思思她怎么样了？"

我点上一支烟，回道："她没事儿，已经说好明天回上海了，等她待会儿把身份证号发过来我就给她订机票。"

众人一起沉默。

我又对桃子说道："这几天你辛苦一点儿，把她前台的活儿也一起做了，明天早上我就给孙继伟打电话，约他过来谈谈转让的事情。"

桃子点头。

"你们准备什么时候去重庆？"

桃子愣了一下，然后才看着我回道："等客栈跟孙继伟那边完成交接了，我们就走。"

"交接的事儿我来办就行，你们拿到钱就走吧。"

我说完用手重重按了按自己的太阳穴，大脑里却总是浮现出杨思思刚刚每一个细微的表情，然后又会想起我们一起从上海到大理的那段路程，如今我又亲手将她赶回了上海。可是我也弄不清楚这一切到底是怎么发生的，我因此而感到痛苦。

铁男也从烟盒里摸出了一支香烟点上，他想开口对我说些什么，可最终还是选择了沉默。我知道，这样的选择对我们在座的每一个人而言都很艰难，可人有时候为了未来又不得不去选择，毕竟我们都不是为了过去而活着的，而这个客栈在我们决定转让的那一刻起就已经成了我们生命中的一个过去式。

回到那间后来租的农家小院，我依旧躺在床上，透过那扇天窗远望着那些挂在天空上的繁星，我没有像往常那样快速地进入睡眠状态，因为一直被某种很难表达的情绪困扰着。

深夜的时候，我又收到了占用陆佳号码的那个女人的信息，她问我："你的客栈决定转让了吗？"

"嗯，人心散了，再勉强开下去未必是好事儿。"

"说到底，还是对方出的价格达到你们心理价位了，这等于平白无故赚了几十万，你们都不亏！"

"可能吧。"

"你怎么看这件事情？"

我在一阵阵狗吠声中从床上坐了起来，茫然地盯着院里的那棵柿子树看了好久，才回了信息："他们都是能被我当成朋友去相处的人，我不想做评价。"

"那你自己以后有什么打算？"

"可能留在大理，也可能会回老家，五五开吧。"

"就是不想回上海？"

"回那个地方干吗呢？一眼看去，都是伤心的过往。"

对方没有回信息，我好奇她是不是还在丽江，便又发了一条信息问道："你人还在丽江吗？"

"不在，我已经到香格里拉了，明天出发去稻城亚丁，然后回上海。"

"这一圈应该玩得很舒服吧？"

"刚开始还挺有新鲜劲儿，可后来，一路上尽看别人秀恩爱了，又觉得挺孤独的。一个人出来玩真是痛并快乐着。"

"新鲜感和孤独感都不重要，重要的是你能从以前的阴影中走出来，这才是出来玩的目的。"

"那算是达到目的了。对了，你能发一张你自己的照片过来看看吗？"

"我都没好奇你长什么样子，你干吗好奇我？想知道我有多帅就先发一张你的照片来看看。"

我们的聊天又在这里终止了，我已经习以为常，我将手机放回到枕边，然后闭上了眼睛。我希望明天醒来的时候，能够是一个好天气，因为我不喜欢在阴雨绵绵的时候跟别人分别。

而就在前一个小时，杨思思将她的身份证号给我发了过来，我已经在网上帮她订好了明天下午两点从大理飞上海的机票。

次日，我起床后便给孙继伟打了电话，得知消息的他立刻驱车从下关赶到了我们客栈。我们将他请到了小酒吧，然后跟他谈起了一些比较细节的地方，而他的朋友因为在深圳出差，要两天之后才能来大理和我们会面。

孙继伟说，只要我们同意二百万的转让价格，一些细节的地方他可以替他的朋友做决定。

聊了片刻之后，我们在细节上也达成了一致。随后，孙继伟便从随身携带的包里拿出了两万块钱现金放在我们面前，又说道："这些钱是我朋友托我给你们的定金，你们先收下，然后我找律师拟一份转让合同，等他来大理的时候你们再会面把合同给签了，只要合同一签，转让费就直接打到你们的账户上。"

我点头，表示没有问题。

孙继伟在事情谈成之后也没有久留，在他走后，我们几个看着他留下的两万块钱定金谁也没有伸手去拿，好似这钱就是杀死客栈的一把刀，而我们都不愿意做那个拿起刀的刽子手。

中午的时候，我打电话叫来了跟我们有合作的租车行小宋，我跟他借了那辆宝马525，待会儿我便会开着这辆车将杨思思送到机场。

小宋将车钥匙掏出来的同时，也愁眉苦脸地向我问道："哥，你们的客栈真要转让了吗？"

"嗯。"

"那我们的合作怎么办？我买那辆奔驰车可是贷了款的，你们要是不继续合作了，我会被贷款给压死的！"

我拍了拍他的肩，笑道："放心吧，今天我们把接手的下家约过来就是为了谈你的事儿，他们也同意继续跟你们车行合作，一切条件不变，所以你不要有什么心理负担，好好干就成了。"

小宋这才笑了笑，回道："好嘞，有哥这句话我就放心了。哥，你待会儿路上慢点，我还得去古城跟人谈点事情，就先走了。"

他说完便将车钥匙递到了我的手上，我从他手中接过钥匙，又说道："去吧，下午四点钟左右过来取车，我也用不了多长时间。"

小宋应了一声，便上了另外一辆与他同行而来的车子，然后就消失在了我的视线中，我下意识回头看了看，心中又是一阵失落的感觉。似乎我现在能看到的，能做的，都是在和这个客栈告别。

我知道，等送走了杨思思这种感觉只会更强烈！

我靠在车门旁，在正午的阳光下点上了一支烟，没过多久，便看见杨思思拖着自己的行李箱从客栈走了出来，桃子则帮她拎了另外一只装衣物的编织袋。

分别这个很残酷的现实就这么一点点地逼近了我们。

我在强烈的阳光下打开了车子的后备厢，然后从杨思思的手上接过了行李箱，将其放进了车里。而这时，其他人也从客栈里走了出来，脸上多少都有不舍的表情。

白露首先拥抱了杨思思，然后有些哽咽地在她耳边说道："思思，待会儿我们就不送你去机场了,你回上海后跟爸爸妈妈要好好相处,他们虽然在有些地方亏欠了你,可心里却是最爱你的人,你学着多理解他们一点儿。还有,千万别把我们这些人给忘了,有机会再来大理聚聚。"

"嗯,不会忘的。"杨思思离开了白露的拥抱,然后又向其他几个不言语的人看了看,这才打开车门坐在了后面的位置上。

我跟众人示意了一下之后,也上了车。

为了不让这种伤感的情绪蔓延下去,我连后视镜也不看一眼,直接踩了一脚油门离开了客栈。可是下一个瞬间,我的心情便起了微妙的变化,因为来的时候是我和杨思思一起来的,走的时候也只有我送她,就像是一本首尾呼应的剧本,也像是一场宿命的终结。

我相信,当杨思思真的回到上海后,老黄再也不会为了我们的关系而犯愁了,而时间这么有力量的东西也未必就没有可能让杨思思有爱上小豹的那一天。

车子已经从龙龛开到了大丽路,我这才通过后视镜看了看坐在后面的杨思思,她就这么呆呆地看着车窗外,脸上还有泪痕,但现在已经不哭了。

我很难设身处地去体会她现在的心情,因为我总觉得,回上海或是去国外留学才是她最好的选择。

等红绿灯的时候,杨思思终于开了口,她向我问道:"你以后有什么打算?"

潜意识里,好像已经有很多人问过我这个问题,可是当杨思思问起来的时候我的内心却猛然收紧了一下,然后便产生了一阵想吸烟的欲望。

我趁着等红灯的间隙给自己点上了一支烟,吸了一口之后回道:"除了不回上海,去哪儿都可以。"

"你就那么不喜欢上海吗?"

"我没有不喜欢那座城市,我只是不喜欢在那座城市发生的一些事情。"稍稍停了停,我又说道,"你之前不想待在上海不也是因为不喜欢那里的生活环境嘛,你应该懂我心里的想法。"

"我不懂,你想什么我都不懂,要不然我也不会傻乎乎地以为,你会是最后守着客栈的那个人,可没想到你却是第一个放弃的。呵呵,几十万对你来说就那么重要吗?"

"当然重要,如果半年前我手上有四十万的存款,很多事情就不会发展成现在这样了。四十万在你们眼里可能也就是几个包的价值,但是却可以改变我们这些人的命运。"

"我不想听,你别和我抱怨,反正以后也不是一路人了!"

我点了点头,然后又重重吸了一口烟。而这时,指示灯终于由红变成了绿,我猛踩了一脚油门,紧跟着前面那辆车往机场路的方向驶去。

一点的时候我们到达了机场，我从车子的后备厢里取出了行李箱递到她的手上，自己则拎着编织袋在她之前向航站楼走去。

我帮她办好了行李托运，她也取到了登机牌，仿佛只是一瞬间便迎来了分别的时刻，我又不由想起了昨天晚上叶芷和我说过的话，她说如果我回小山城了，只怕是一辈子都没有什么机会几面了。

此刻我和杨思思又何尝不是如此？我相信，她回上海后的不久她的家人便会将她送到国外与小豹会合。就算等到她回国的那一天，我也已经是个三十岁的大叔，感情生疏了不说，我自己也不会再有和她见面的欲望，因为至此一别，我们便已经不再是一条路上的人。

平复了一下内心复杂的情绪，我又看了看那些在排队等着过安检的人，才开口对她说道："去吧，到上海了记得给我们大家发个信息。"

杨思思哭了。

这让我有点儿措手不及，只是怔怔地看着她，也不知道该怎么安慰。

她又恨恨地看着我，我更不知所措了。

她终于擦掉了眼泪，然后一个转身便跟着人流往排队通过安检的地方走去。

我的心像被什么尖锐的东西给刺了一下，我经历了太多，所以我懂，这次一别可能就是一辈子。就像那个雨夜我和陆佳分别一样。

不知道被什么样的情绪支配着，我就这么站在原地，一直默默地注视着她的背影，然后大脑里便想起了那些和杨思思在一起斗嘴的点点滴滴。

时间一点点过去，杨思思终于到了安检口，她将自己的身份证和登机牌都递给了安检人员，安检人员要求她摘下帽子。

我终于站不住了，我决定离开，我不想这么眼睁睁地看着她最后离去的这一刻。下一刻，我向航站楼的外面走去。

"米高！你不许走，你等等。"下一秒，便有一双手臂在后面抱住了我，我回头看去……是杨思思，她哭泣着，而下关的风已经吹掉了她的棒球帽，她的泪水弄湿了我的肩膀，我没有挣脱，也挣脱不了。

等她慢慢平息下来后，我终于开口向她问道："怎么又回来了？"

她呜咽着："我怕……怕一辈子再也见不到你。你把我留下来吧，留在你身边好不好？"

我的大脑一片空白，恍恍惚惚中我甚至不知道她和我说这些是什么意思。

她又哽咽着对我说道："要不你和我一起回上海吧，我让我爸在他的公司里给你安排一份工作，我家在上海有很多套房子，你以后也不用为了房子烦恼了。"

我终于回过了神来，我盯着她看了很久，才回道："我不知道你说这些是什么意思。"

杨思思似乎也冷静了下来，然后又像是在积攒勇气，我的心跳又开始加速。

"我们在一起吧，你和我一起回上海，我带你去见我爸妈。我不会像你的前女友那样逼着你在上海买房子的，只要两个人能每天在一起就好，我也不在乎你是什么出身，我就是喜欢你身上的那股劲儿。之前我还不确定自己对你是什么感觉，可是刚刚真的要离开的那一个瞬间，我全明白了。因为想到一辈子都不会再见到你，想到以后要嫁给别人我心里就难过得不行。我是不懂爱情，可是我现在已经知道了喜欢一个人是一种什么样的感觉！你就跟我一起回上海吧！在那里你会有更大的发展，因为我爸妈肯定会帮你的，我一点儿都不想看见你为了生活而整天焦虑的样子，你就是我最想从大理带走的人！"

在往来人群的注目中杨思思将我抱得更紧了，我体会到了一种温柔的感觉，随即又传来一阵不真实的触感，因为我不了解，如果她真的喜欢我，这种情愫是怎么产生的，而我是否又匹配得上她的喜欢？

或者，她只是将依赖当成了喜欢？毕竟她还处于一个不那么成熟的年纪，她容易冲动也容易被一些假象欺骗。

我终于开口对她说道："思思，松开……"

"我不松，我也不想听你说话，我知道你要对我说什么。"

"你快赶不上飞机了。"

"你和我一起走，我们回上海。"

"别胡闹，就算我要回上海也不是现在，我还有很多事情没有做完。"

"那我留在大理等你。"

杨思思说完后终于松开了我，然后又用一种期盼的目光看着我，这种目光给了我很大压力，也逼着我不得不对她说出自己心里的想法。

"思思，不要和我说'等'这个字。陆佳等了我三年，结果她想要的我一样都没能给她。所以，你想要的我更加给不了。我不可能再回上海了，出国留学也是你的宿命，所以我们都不是能等对方的人。"

杨思思用一种极其复杂的目光看着我，我在一阵沉默之后又对她说道："先冷静冷静吧，也许以后你就不这么想了。"

"我也特别希望自己能不这么想，可人的情绪是控制不住的。"

"是……你说得对。就像我还是会想起陆佳，尤其最近，人生有了新的选择，想得越来越频繁。"

杨思思又哭了。她是个聪明的姑娘，她知道我这么说是什么意思。

我拍了拍她的后背，又笑着对她说道："行李已经办好托运了，赶紧上飞机吧，有缘再见。"

她真的冷静了下来，看了我一眼之后便又向航站楼里跑去，而我回味着她最后的眼神，才发现原来眼神也是可以用力的，她真的是用力地看了我一眼。

站在机场的隔离栏外，我点上一支烟，又抬手看了看表。没过多久，便有一架飞机从机场的跑道冲进了云层里，我知道杨思思就在里面，因为大理的机场并不大，一天起落的航班也不多，所以十分钟之内不会有两架飞机起飞的。

飞机彻底消失在我视线中时，我的心也空了。我不知道杨思思走后下一个要送别的又会是谁。而我走的那天又有谁会来送我？

回到客栈，众人都在酒吧里坐着，我进去之后他们便关切地向我问道："思思上飞机了吗？"

我将车钥匙扔在了桌上只感觉口干舌燥，我喝了一口啤酒才回道："我看着飞机起飞的。"

众人脸上都有那么一丝不舍，可因为知道这种离别是必然会发生的所以也没有开口将内心的情绪说出来，只是向我问道："这丫头走的时候没哭吧？"

我笑着回道："又不是那些狗血小说，动不动就拥抱、热泪盈眶的，她看上去挺平静的。"想了想，我又补充着说道，"可能心里会有那么一点儿难过吧。"

马指导冷冷地回道："她不哭是因为心里在滴血吧，真不是我说你们这帮人，我在你们身上真的看不到一点儿人情味！"

虽然马指导这句话刺伤了一群人，可众人还是选择了沉默，因为我们的选择就是不近人情。我们辜负了杨思思选择了让自己受益，而她却是我们这一群人里最脆弱的，也是最想留在大理的。

我的情绪低到了极点，我将手上的啤酒喝完后对众人说道："你们聊吧，我回房间睡一会儿。"

众人应了一声，又集体陷入了沉默中，我知道杨思思走了他们的心里也不好过。

走出了客栈，前来取车的小宋喊住了我，他对我说道："哥，你是不是有什么东西忘在车上了？我刚刚检查车子的时候发现里面有一只盒子。"

"我去看看。"

小宋替我打开了车门，我从后座将那只盒子取了出来。打开后发现里面装着一双篮球鞋，正好是我能穿的43码。

我迟疑了一下，又对小宋说道："我没买篮球鞋啊，是不是别人落在车上的？"

"你再看看，你刚刚不是送那个姑娘去机场了嘛，是不是她留下的？"

我将鞋子拿了起来，下面有一封信，写着："米高，等你看到这双鞋的时候我可能已经上了飞机，虽然平常总是和你斗嘴，可真的要分开时心里竟然会那么难过。呵呵，我觉得这也正常吧，毕竟天天生活在一起，就算你是一只老狗，我是一只小猫，也会有感情的。我走了，送你一双篮球鞋就是提醒你能多运动，千万别学马指导和铁男那两个懒汉，他们肚子上的那坨肥肉都能当游泳圈用了。你在我心里还是有点儿帅的！这辈子也许真的没有机会再见面了，希望这双鞋能一直陪伴着你，就像我在你身边，陪你一步一步踏实地走好以后的每一条路。不要得意，我也不想在你面前把姿态摆得这么低，可谁让我是你一瓶护肤水就能收买的女人呢！唉！你最好别记住我现在的样子，我可是一直都很嚣张跋扈的！好了，不啰唆了，如果明年春天你还留在大理，记得去大理大学替我摘一朵樱花，然后邮寄给我。对了，我去大理大学踩过点儿，那里的篮球场非常非常漂亮，打球的时候不仅能看到苍山还能看到洱海，正好配得上我送给你的篮球鞋，所以你一定要经常去打篮球。最后，祝你找到一个不嫌弃你穷的女生吧！"

我低下了头，一个不小心，她的信便从我手上滑了下去，我将其捡了起来又看了一遍。

我的心像是被什么东西给弄化了，继而有了一种热泪盈眶的冲动，我拼命忍住了，最后紧紧抱住了那双她送给我的篮球鞋，下意识地往天空看了看。

时间好像变成了我能触摸到的东西，我手指一画它便往后倒退着。我以为这是真的，又用力往云端看着，可是那架载着杨思思的客机却再也没有回头。

傍晚，我生平第一次去了大理大学，学校里真的有一个漂亮到让人心碎的篮球场，看着那些在球场上活跃的年轻人我也跃跃欲试，可是又怕弄脏了那双她送给我的鞋，最后只是在看台上坐着。

我问了一个在看台上吃茶叶蛋的同学，才知道这个季节是没有樱花的，真的要等到明年的春天学校里的景观大道上才会开满樱花！

夕阳渐渐沉落，我迎着从苍山背面吹来的风给自己点上了一支香烟，好似就那么一支烟的工夫天色便昏沉了起来，也似乎到了适合谈恋爱的时间，所以看台上陆陆续续来了很多学生情侣。

他们就这么旁若无人地抱在了一起，又互相喂着东西，我谈不上有多羡慕，可是却感到孤独，继而又变得特别迷茫，特别是看着那些在海对岸亮起的霓虹灯，我甚至痛恨自己。

我重重地呼出一口气，然后掐灭了手上的烟离开了大理大学。

离开大理大学后，我又去古城的一个酒吧喝了些啤酒，直到有发晕的感觉我才离开了酒吧，然后一个人在古城里晃荡着，快到十点钟的时候我又去了之前去过的那个深夜食堂。

很意外，叶芷恰好也在，我们似乎很久都没有偶遇过了。

我要了一份卤肉饭，然后和她拼了一张桌子，我们都盘腿坐在了蒲团上，我对她说道："如果你不急着回去的话我再请你喝点儿东西。"

"来份热牛奶吧。"

我喊来了服务员，又给叶芷点了一份热牛奶，服务员走的时候顺便将叶芷之前吃剩下的碗筷收走了，桌子上只剩下了她的车钥匙还有我们两人的手机。

我对她说道："我们同意转让客栈了，对方已经付了定金，再过两天就会赶到大理来和我们签转让合同。"

"嗯，挺好的。"

我从烟盒里抽出一支烟，然后问她介不介意，她说不介意后我将烟点上了，深吸一口之后我对她说道："今天下午我把思思送到了机场，她回上海了。"

"她也该回去了，不过，我觉得她待在大理的这段时间应该是有收获的。"

我强颜笑了笑，回道："是啊，应该没有以前那么大小姐脾气了，前台的工作还是挺能磨炼人的脾气的。"

"她说什么时候出国留学了吗？"

"没说，应该也不会在上海待多久吧，她父母都挺希望她能早点儿去国外的。"

"为什么？"

我又吸了一口烟，回道："她在国外有个青梅竹马，她父母都挺赞成他们在一起的，男孩的条件也不差，他爸是我的前领导，他妈是一个三甲医院的院长，跟思思家还是世交。"

叶芷看了我一眼，说道："是吗？"

"嗯，挺好的。那个男孩我见过，非常迁就和包容她，她这性格也很需要对方有这样的觉悟……"稍稍停了停，我又说道，"希望两人以后能好好地在一起。"

叶芷笑了笑："你不觉得自己说得有点儿多吗？"

我这才发现以前的自己根本不会在她面前说起这么多有关杨思思隐私的事情，我愣了一下才回道："可能是因为她今天刚走，心里有一些感触，毕竟也认识有好一些日子了。"

"哦，可能是这个样子……"话说一半，叶芷转头向窗外的街道看了看，我也追随她看去，一幅人来人往的繁华景象。

叶芷又带着一些感慨说道："大理这个地方虽然不错，可终究是留不住人的，我们都只是过客罢了！"

因为她的话我有些伤感。半晌之后，我才盯着自己被烟熏黄的手回道："是啊，我们都只是过客，客栈转掉了，铁男和桃子去了重庆，我也不太有待下去的欲望了。"

"所以你打算回老家？"

"嗯，很多在上海待不下去的人最后都会选择回老家，我只是比他们多走了一步路。呵呵，在大理待了一段时间，还赚了几十万，也算是一种幸运吧，最起码回去以后能给自己买一套房子。我不知道你身边像我这种类型的朋友多不多，但事实上，确实就有很多人在为了一套房子而活着，我已经完成了他们一生的目标。"

"你这算知足常乐吗？"

我捏了捏手中的烟，惆怅着笑道："呵呵，应该不算，只能算是一种自我安慰的方式。"

叶芷没有搭我的话，然后她便等来了自己的热牛奶，我也等来了卤肉饭。我们一直都没怎么说话，直到我吃完了卤肉饭，她喝掉半杯牛奶。

"米高……如果你回家后，你爸妈问起我，你要怎么说？"

我足足愣了有半分钟，才反问道："是啊，我该怎么说？这个谎言都还没有被他们给识破呢！"

"所以你还是想好了怎么处理后再回老家吧。"

我忧心了一阵，然后又满不在乎地说道："没关系，之前我只是因为想留在大理才演了这么一出。现在我回山城了，以后能留在他们身边，给他们养老送终，他们高兴还来不及呢，哪还会管之前这档子事儿。何况……"

"何况什么？"

我没心没肺地大笑："何况老米心里压根儿也没觉得我们能成啊！"

我的大笑，引来了隔壁那一桌吃客的目光，叶芷尴尬地看了我一眼之后，说道："那就好……"

我又要了一份卤肉饭，才转移了话题向叶芷问道："你呢，什么时候离开大理？"

"快了，就这几天。"

我的心又是一沉，过了片刻之后才问道："你在这边的事情都做好了吗？"

"嗯，项目已经全部谈下来了。"

"不是说要半年的吗？"

"大理现在很欢迎外界的投资，尤其是大型投资，所以谈判比想象中要顺利很多，而且时间也不算短了。"

我算了算，满是感慨地回道："是啊，时间也不算短了，转眼已经三个多月！你以后还会来大理吗？"

叶芷摇了摇头。

我心中又是一阵低落，但还是向她问道："具体什么时间走？我送你去机场。"

"不用了，回去的时候不坐飞机，我得把车开回去。正好也放松一下，找几个沿途的城市玩一玩。"

"哦，那你路上注意安全，走的时候给我发一条信息。"

"嗯。"

叶芷应了一声之后，我们又相对无言坐了很久，快要十一点的时候我才去把账结了，然后我们在古城的人民路上各奔东西。同样的是，这次一别，不知道以后还有没有机会见面。

我尽量让自己不要伤感，因为该走的终究是要走的，我也不能例外，可是我们这些注定要走的人，谁能消受这风花雪月？谁又能忘却这苍山和洱海？

回到客栈，白露告诉我杨思思已经平安到了上海，我一连说了三声"好"，然后便像丢了魂儿似的开始一瓶接一瓶地喝着那些被叫作"风花雪月"的啤酒，而离别的气氛也在我们几个人之间越来越浓。

十二点后，整个龙龛码头再也没有了多余的杂音，酒吧也因为桃子和白露的离去而安静了下来。

马指导说这里已经没有了喝酒的氛围，提议出去找个烧烤摊儿继续喝，虽然已经有喝大的感觉，但是我和铁男都没有拒绝，因为对于我们三个人来说，这酒真的是喝一顿少一顿了。

犹记得我刚住进铁男的风人院时我们三个人也曾经是酒瘾青年，时不时会去古城找个烧烤摊海喝一顿。我不知道这种喝出来的情谊够不够坚固，但在我心里我是把他们当兄弟的，因为我们有着一样沉痛的过往，所以也格外珍惜这些还能在一起喝酒的日子。

……

凌晨的时候，很多做小吃生意的摊贩都会在古城的玉洱路上支起摊子，专做大理那些喜欢过夜生活的青年的生意，一般这个点儿他们刚从酒吧出来，身边会有浓妆艳抹的女人陪着，他们在这个夜晚凑在一起，无非是为了排遣寂寞。

铁男说，他曾经也是这么混过来的。

我们三人找了一个有扎啤卖的烧烤摊坐下，先要了一桶扎啤，又要了一箱风花雪月，然后便开始海喝了起来。

铁男率先向我和马指导举起了杯子，说道："希望以后到了重庆还能遇到一帮像你们这样的兄弟。说实话，我是挺舍不得大理的，毕竟几年前我也是带着梦想过来的。"

马指导回道："少废话，先喝酒。"

铁男一口干掉了一整杯的啤酒，续满一杯之后又说道："可是醉生梦死之后人还是要回归现实生活的。桃子说得没错，我们两人这辈子也就这么大能耐了，但不能让孩子输在起点上，更不能让孩子重走我们的老路，所以最后还得一头扎进大城市，毕竟那儿的教育资源不是大理能比的，孩子在那儿也能早点接触到主流社会。"

"得了吧，那不叫主流社会，叫人情世故，叫虚头巴脑！"

铁男看了马指导一眼，又尴尬地笑道："虚头巴脑也总比以后挨别人欺负好！"

马指导让铁男再喝一杯，又转而向我问道："米高，他俩要去重庆的事情你怎么看？"

"重庆是个大江湖，大理是个小江湖，其实都一样。"

马指导一拍桌子，附和道："不就是这个理儿嘛，谁敢说大理这个地方就出不

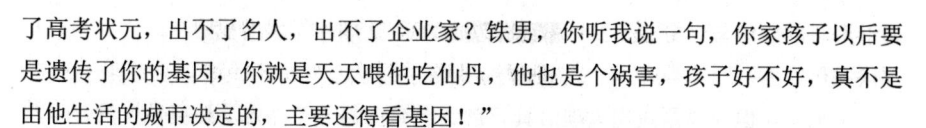

了高考状元，出不了名人，出不了企业家？铁男，你听我说一句，你家孩子以后要是遗传了你的基因，你就是天天喂他吃仙丹，他也是个祸害，孩子好不好，真不是由他生活的城市决定的，主要还得看基因！"

"你看你这人！要么不说话，一开口就噎得我酒都喝不下去了！"

马指导给自己倒满了一杯啤酒，一口气喝完之后又低声回道："我就是不想客栈这么稀里糊涂地被转掉。刚接手那会儿我就想过，一定要把这个客栈当作一辈子的事业去做，现在好像我活了一半儿就死了……这感觉，难受！"

铁男一声叹息，也倒满一杯酒，然后在无声无息中喝完。

他们这样我心里也不好受，然后便恍惚了，好像看到我们三个人参与了一场以冷兵器为主的战争，周围尸横遍野，我们手持滴着血的钢刀面对着敌人的千军万马。铁男因为身后的桃子第一个跪下了，马指导举刀狂笑，而我，生死对我来说都是一个样。

敌军就这么向我们碾压了过来，就在我要看到谁生谁死的结果时，一束强烈的灯光向我射来，我又回过了神，发现路边停了一辆陆地巡洋舰。

我的心动了一下，这辆巡洋舰跟杨思思的那辆是一模一样，当车门打开的一刹那我甚至停止了呼吸，可是下来的却是一个小伙子和一个时髦的姑娘，再仔细看看，才发现这辆车和杨思思那辆是有区别的，这辆车的轮毂被改装成了黑色。

收拾了心情，我也倒上一杯啤酒喝完，而这时，铁男终于开口向马指导回道："哥们儿对不起你，可我现在不是一个人活着了，桃子是个能过日子的女人，她想的是有点儿远，但是我能理解她，也希望你理解我。"

马指导低下了头，然后又举起酒杯笑着对铁男说道："既然你去意已决，我就什么都不说了，这顿酒算是我给你饯行，待会儿谁都不许跟我抢着付钱。"

铁男一口气喝了三杯，我看得出来，他的内心也被客栈的事情弄得很煎熬！

不知道用了多长时间，我们三个人喝掉了全部的啤酒，马指导晃晃悠悠地跟老板把账给结掉了，然后又回来搭住了铁男的肩。他很用力，因为他知道，这次一别，再见面的机会就不多了。

类似的场景又让我想起了已经离开的杨思思，也不知道她回到上海后的第一个夜晚是怎么过的。

回去后，马指导向铁男问道："还记得当初是为了什么来大理的吗？"

"洱海边买个房子，花天酒地……然后看着别人在大城市里过完傻不愣登的一辈子。"

马指导拍了拍铁男的肩膀，便自顾自地往我们住的农家小院走去，可是看着他那落寞的背影，我觉得这个夜晚在他那里才刚刚开始。

马指导走后，我和铁男坐在了客栈门口，虽然这里离洱海还有点儿距离，但是属于洱海的宁静却一分也不少。我给铁男递了一支烟，然后向他问道："你和马指导认识几年了？"

"忘了，但他算是我来大理后真正意义上交的第一个朋友。他挺仗义的，虽然刚开始还不熟，但是他管了我半年的吃喝，后来我才从家里弄来了一笔钱，开了凤人院旅社。"

"哟，这可是养育之恩啊！"

这是一句玩笑话，可是铁男却点头回道："那时候大理的酒吧还没有现在这么多，马指导找不到唱歌的地儿就天天跑到洱海门那边的街头卖唱，完全靠别人的心情赏饭吃，所以赚的钱时多时少，最惨的时候我们两人吃了一个月的馒头。"

"你有手有脚的，就不能自己找点儿活儿做？"

"那时候不正是颓废期嘛，干什么都提不起兴趣。马指导这哥们儿话不多，但是个明白人，所以每天晚上他唱的最后一首歌都是《海阔天空》，我知道他是唱给我听的，因为他老说我背弃了理想。"

"终于有一天把你给唱醒了？"

铁男吸了一口烟，回道："不至于，是我后来实在不好意思老跟在他后面蹭吃蹭喝，才开了家青旅。"

我笑了笑，但是没有拆穿他。我认为他的改变完全源于马指导这不熄不灭的精神，因为要说惨痛的经历，马指导未必比他少，既然马指导都能靠着自己的手艺活下去，那他又有什么理由一直这么颓废下去？所以，是马指导改变了他，而不是他说的不好意思蹭吃蹭喝。

铁男弹掉烟灰，哼唱着一首歌。

唱了一半他便停了下来，然后又笑了笑道："当时我每天听这歌听得都快吐了，可现在，摸不着方向的时候把这首歌拿出来听听还真是挺管用的。"

"是的，我也喜欢这首歌，是我们这一代人的记忆。偶尔拿出来听一听，真的会给人一种不想倒下去的力量。"

我说着也给自己点了一支烟，然后在大脑里回想着这首歌的旋律心窝慢慢就暖了起来，也觉得自己如果真的拿着一笔钱回到小山城实在是一种无能的表现，我对人生的追求绝不该仅仅如此。

我就这么一边吸烟，一边跟着大脑里的旋律打着拍子。片刻之后，我终于开口向铁男问道："马指导之前到底是被谁给陷害去坐牢的？我总觉得这事儿和白露有关。"

在我问出这个问题后铁男的表情变得很沉重，跟我之前想得差不多，他是为数不多的知道马指导过往的人之一。虽然平时他不愿意提，但趁着酒劲儿也许会说。不过我却没有弄明白自己为什么忽然对马指导的过往有了兴趣。

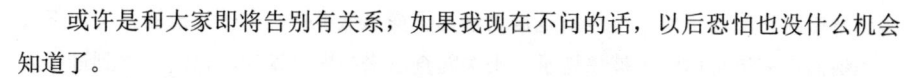

或许是和大家即将告别有关系，如果我现在不问的话，以后恐怕也没什么机会知道了。

铁男向我伸出了手，示意我再给他一支烟，我帮他点上后，他眯着眼睛吸了一口，然后对我说道："马指导这哥们儿挺惨的，很小的时候父母就都不在了，一直是他的两个姐姐在拉扯他。高中毕业后，因为不想再拖累他姐他就没去读大学，跟在他其中一个姐夫后面学装修。他姐夫后来把他带到了大理，两人组建了一支装修队。那时候白露刚和郭明结婚，他们的婚房就是马指导跟他姐夫带着装修队的人装修的，郭明这家伙当时刚被事业单位辞了，他看马指导这帮人干活儿踏实，手艺也好，就提出要和他们合伙开个装修公司，他出钱，马指导他们出力，这事儿当时还是他让白露去游说马指导的——"

我打断了铁男，又问道："他是因为什么问题被单位给辞退的？"

"作风问题。"

"这是人品问题，白露当时怎么肯嫁给他的？"

"他们是奉子成婚，不嫁怎么办？而且哄白露说他干这些事情都是为了让白露以后能有好日子过，女人不就吃这一套吗？"

我点头，铁男又说道："不得不说，这家伙虽然人品坏但眼光还不错，算是抓住了大理发展的机遇，再加上白露家有人脉，装修公司只开了一年多，就开始陆续接到酒店装修的大单子。后来也不知道是得罪了人还是怎么着，他们公司被人查了，说是偷税漏税，数额还不小，然后他就跑去求马指导，让马指导把这事儿给扛下来。不知道怎么着，马指导就真把这事儿给扛了，后来这家伙作为次要责任人被判了一年，缓刑一年，马指导被判了三年。"

"你觉得马指导是因为什么把这事儿扛下来的？"

"他自己没说明白，我也是瞎琢磨……"

我点了点头，回道："你说。"

"白露要气质有气质，要相貌有相貌，马指导一情窦初开的愣头青，心里肯定喜欢，我估计他是觉得郭明要是进去了，白露的公司保不住家还没了，他们的小孩也才一岁多。所以我琢磨，他可能是为了白露和公司才把这事儿给扛下来的。"

我想了想马指导的性格，回道："他真能干出这事儿！"

铁男又说道："马指导一进去，郭明要处理他那大老粗的姐夫还不是易如反掌嘛，没多久，就把马指导的姐夫和他们那帮装修队的兄弟全都从公司赶了出去。后来又传出白露怀孕的时候，他竟然出轨了的消息。"

铁男气得不行，以至于说话的嗓门都大了几分："最惨的还要数马指导的姐夫，被那家伙从装修公司赶出去了不说，那些工人还都只认他要工资，老实人嘛，也不敢把气往别处撒，就天天找马指导他姐的茬儿，这吵来吵去的，最后就吵离了。虽然后来白露帮他还了债,可他还是被这事儿弄得一蹶不振,也不想出去打工,整天就是喝酒。去年身体终于被搞垮了,去医院查出来是胃癌晚期,也没能熬到过年人就走了!"

我深吸了一口烟,然后问道:"白露还没和他离婚吗?"

铁男叹息:"白露父母都是有头有脸的人物,怕被人议论,死活不同意她离婚,再加上那家伙表面文章做得好,没事儿就去给白露父母献殷勤,老两口子就更不许白露提离婚这档子事儿了,更何况他们还有一个孩子牵绊着呢。"

"这家伙不想跟白露离婚就是图她家厉害吧?"

"八九不离十!"

"……马指导摊上这些事儿心里得多苦!"

铁男点头,说道:"也真是这哥们儿能扛事儿,一般人早就崩溃了。就因为他姐夫这个事情,他对他姐心里亏欠着呢!"

我深有感触地说了一声"是啊",许久之后,我才又向铁男问道:"马指导和白露现在到底算怎么回事儿?"

"白露知道马指导心里有结,什么也不敢和他提,我估计只要马指导和她表个态,就算是刀山火海她也得跟那家伙把婚离了,关键现在是不知道马指导到底是怎么想的,她挺被动的!"

"她不是被动,她是在为那个家伙赎罪。这几年她应该过得也挺难的吧?"

"难,也难。这些年,她只要一赚点儿钱就会拿去给马指导的姐夫还债,她虽然表面上看着风光,可背地里的辛酸泪我们这些外人也看不到!"

我叹息,半晌之后说道:"如果马指导对她有情,她对马指导有意,以后两个人在一起也挺好的。"

"就怕心里这个坎儿过不去哪!"

听了马指导的这段往事,我心里沉重得厉害,然后又想起了马指导为了能将小酒吧给开起来,没日没夜硬拼的样子,而我也终于明白他是太想自我救赎了,所以他需要的根本就不是从转让费里赚一笔钱,他是想堂堂正正地做一个能长久经营的生意,他的两个姐姐肯定也是这么要求他的。

虽然说白露曾经有过表态,如果客栈真的被转了,就和他一起去古城里再开家酒吧,可是他心里有坎儿,肯定不愿意和白露单独合伙做生意,要不然他之前为什么没有在白露开的那间酒吧参股?

再往深了想想,他大概也是在顾及白露的名声,大家这么多人在一起做事儿,没什么,但如果只有他们两个人合伙,性质就大不一样了。

我重重地将口中的烟吐出来以后,终于向铁男问道:"咱们在这个时候把客栈转掉,是不是也太不厚道,太想着自己了?"

铁男避开了我的目光，许久之后才回道："是啊，不说马指导，就说思思，我也感觉对不起她，我非常不喜欢这种辜负了别人的感觉。"

"我也是这一整天都魂不守舍，就像干了什么亏心事。你说，马指导这哥们儿已经被坑得够惨了，咱们这帮被他当成兄弟的人还去寒他的心！他才是那个真正不好过的人！"

铁男沉默不语，等他再开口的时候已经转移了话题，他对我说道："米高，咱们都是在一起共患难过的兄弟，你也别和我藏着掖着了，你说思思她是不是喜欢你？"

面对铁男突然的发问我有点儿心虚，以至于片刻之后才捏了捏手中的烟，以一种不在意的语气回道："你哪儿就看出来她喜欢我了？根本没这回事儿！"

铁男笑了笑，道："你这么藏着掖着有劲儿吗？"

我与他对视着，回道："真没藏着掖着，我巴不得她对我有意思呢，她那么一个富家小姐，要是真能高攀上我这辈子也不用奋斗了。"

"你可拉倒吧，你就不是这样的人。"

"我要就是这样的人呢？"

"你要真是这样的人……"铁男停顿了一下，又说道，"你就去追她啊！咱客栈里面谁看不出来那丫头心里有你。"

他这个话转得差点儿让我接不住，半晌之后回道："你们都眼瞎！"

跟铁男聊完了这个话题我们便散了，然后我又在夜深人静的时候躺在那张小木床上睡不着觉。我喝了太多的啤酒，反反复复往来于厕所和床之间，渐渐比白天的时候还要清醒。

我半躺在床上，百般无聊地用手机翻看着微信朋友圈，也没什么动机，就是一种在失眠时养成的习惯，有时候碰见一个同样失眠的朋友还会聊几句。

其实，十二点之后就很少有人发朋友圈了，毕竟大部分人都是上班族，不能自由支配第二天的时间。

就在我准备关掉朋友圈的页面时，发现杨思思在五分钟前发了一条动态，里面有九张照片，照片中的内容大概是她的朋友陪她去商场来了一次疯狂大购物，然后又请她吃了饭，饭后去了KTV，一直玩到现在才回家，她很庆幸有这么一帮闺密相陪。

我就说嘛，这才是她应该过的生活。大理首先压制的就是她的消费欲望。

"买了这么多东西！你这是解除封印了吗？"

我在这条动态下面打出了这一行字，想发出去的时候又删掉了。我觉得现在的自己还不适合跟她说话，因为怕她不给我好果子吃，更因为大理的她和上海的她已经是两个人！

我将手机扔到一边，然后用被子将自己盖得严严实实，逼自己能够赶紧进入睡眠的状态中，就这么一直折腾到凌晨五点时，才恍恍惚惚睡了过去。

次日我是在铁男和桃子的争吵声中清醒的,他们就住在我的隔壁,所以我能大概听到他们在吵什么。铁男的脾气不小,一直在冲桃子吼,可我也没打算干涉,反而点上一支烟,坐在床上静静听着。

铁男一直在骂自己,说把客栈转掉对不起马指导。骂了一会儿之后,声音便小了下去,而后说的话我便听不清了。我这才穿上衣服,离开床铺去卫生间洗漱了一下。

叫了外卖之后,我去敲了他们的房门,应声的人是铁男,我对他说道:"给你们叫了早餐,要不要吃点儿?"

"没胃口,我再睡会儿。"

"桃子呢?"

"她出去了。"

"是去客栈了?"

"不知道。"

"那成,我去客栈看看。"

到了客栈,桃子正在给几个客人调酒,我将早餐递给了她,才发现她眼圈红红的,大概是和铁男吵架以后哭了。她虽然不是一个喜欢在男人面前哭的女人,但私下里还是会掉眼泪的,毕竟也只是个无依无靠的女人,能坚强到哪儿去呢?

我轻声对她说道:"你先吃早饭,吃完了我跟你聊几句。"

桃子应了一声,我示意自己在客栈门口的洱海边等着她,便又离开了客栈。

快中午的时候,我独自坐在了洱海边。最近大理的天气很好,蓝天倒映在洱海里,让洱海也变成了纯蓝色。同时,这也是治理颇有成效的成果,洱海的水确实是比我刚来的那段时间要干净了很多,海面上基本看不见有漂浮物。而一些在海边捡着枯树枝的村民,又增加了丝丝田园气息。

抛开人性的险恶,这里真的是太悠闲了!

就这么坐了一会儿,我收到了叶芷的微信:"我要回上海了,祝你们一切顺利。"

我的心没来由地沉了下去,片刻之后才回道:"不是说这两天吗,怎么今天就走了?"

"该办的事情都办完了,早走一天晚走一天没什么区别。"

"明天再走吧,我请你吃个散伙饭,反正也不差这一天。"

"下次吧。"

"可能没有下次了。"

这次叶芷过了片刻才回信息:"听见你说是散伙饭我就没有吃饭的欲望了,因为我不喜欢把仪式感带到吃饭的过程中。"

"那就随便吃点儿。"

她似乎在犹豫,又过了片刻,我收到了信息:"嗯,一起吃个中饭,我下午走。"

我心里稍微舒服了一些，因为还能见上一面。

我和叶芷聊完后，似乎是一种命运的安排，我竟然又接到了老米打来的电话。其实自从上次离开大理后，他给我打电话的频率并不高，他似乎选择了一种给我信任的态度。

我接通后，他向我问道："在忙什么呢？"

"除了客栈的事儿也没什么忙的。"

"最近客栈的生意怎么样？"

"一直都挺好的。"说到这里，我停顿了一下，心里犹豫着要不要将客栈转让的事情告诉他，其实也没什么可犹豫的，毕竟转让之后我个人能赚个几十万，还能回小山城陪着他们，他们肯定会觉得这是一个天大的好消息。

可是一想起叶芷，我又把到嘴边的话给咽了回去，毕竟在他心里，我和叶芷还以情侣的身份相处着，我这一回小山城，叶芷怎么办？

他肯定会有这样的疑问，那这对我来说就又是一个麻烦。

权衡中，老米又对我说道："有这么个事儿跟你说一下，明天是你外公八十岁大寿，知道你们远，也就不要求你们回来了。但是老头听说你在大理找了个女朋友，高兴得不行，非要跟你和小叶视频聊会儿，你看，方便的话就把小叶约出来陪老头聊几句，就当是送给他的生日礼物了。"

我一阵心惊胆战，又庆幸自己有先见之明，要是刚刚没留叶芷吃个饭，这事儿还真就不太好办了！

我平复了一下之后，向老米回道："行，我今天正好约了她吃中饭，待会儿跟她见面了，我就给你发微信视频聊天……"想了想，我又说道，"最近太忙，也没记得明天是外公的生日，待会儿我给你转一千块钱，你和我妈拿去给外公买点东西，视频聊天哪能当生日礼物！"

"老头想要什么，你自己不知道吗？没什么比这个更实在的了。"

我没言语，老米又提醒我别把这事儿给忘了之后便挂掉了电话。

看着眼前滔滔的水，我又想起了小时候外公带我去河边钓鱼的一些往事，没想到一转眼他都已经八十岁了！我记得他和我说过，他这辈子要说遗憾，没有，但要是我能在他闭眼之前把自己的终身大事给解决了，对他来说就是锦上添花。

其实，老一辈人都是这么想的，我也自认为尽力了，可对于我们这代人来说，感情这东西是有枷锁的，可能是我笨了点儿，直到现在也没能找到冲破这层枷锁的办法。

我想着这些的同时也给老米用微信转去了一千块钱，对于现在的我来说也只能用这种方式孝敬老人家了。

片刻之后，在酒吧忙完的桃子来到了我这里，她在我的身边坐下，点上一支女士香烟，才向我问道："你们昨天晚上出去喝酒到底和铁男说什么了？为什么他一回来就跟变了一个人似的？"

"也没说什么，就是聊到了马指导，然后心里觉得很对不起这哥们儿。"

"你们现在说这些是不是有点儿晚了？毕竟人家那边都把定金给我们了。"

"人总是要在想起来某些事情之后才能大彻大悟。前些天我们确实都被之前的事情给弄怕了，可是当真平静下来后，你想想你舍得这间客栈吗？或者说，你真的觉得你们到重庆后，你所担心的事情就能完全避免吗？"

"我不知道你说这些是什么意思。"

"先不说你，就说我，你想想我来大理的前因后果。首先是汪蕾给了我十九万，我拿着这笔钱跟你们这几个朋友合伙做了这个客栈，现在客栈很有价值，我因为转让这个客栈赚了有四十万，然后我拿着这笔钱回老家过日子，绝口不提当初汪蕾是为了什么给我这笔钱的，你说，现在是不是就这样一个状况？"

"是。"

"站在我的角度，你认为我心里过得去吗？"

桃子深吸了一口烟，却不开口说话。

桃子终于看着我，问道："你们是真不打算转客栈了吗？我们已经收了人家的定金。"

"如果大家都觉得这个客栈还能继续做那就按协议赔偿呗。"

"这是不诚信的表现。"

"我知道，可谁也不能保证一辈子都不做让自己后悔的事情。不过这事儿我认，我们错了就是错了，赔偿金就是我们要付出的代价，关键是你的态度。"

也许是刚刚铁男和她吵得太狠了，再加上我的劝说，桃子终于松了口，她对我说道："你让我想想吧。"

"嗯，早点给我答案，我也好早点给孙继伟答复，这事儿咱们拖得越久就越不厚道。"

"我知道……"

跟桃子聊完了之后，我又给叶芷发了条信息，问她要在哪儿见面，她说她来龙龛这边找我，这是她为数不多愿意主动来龙龛这边，我也因此省去了打车或是骑摩托车的麻烦。

二十分钟后，叶芷将车开到了我们客栈门口，在她打开车门的那一刹那，我也下意识地往车里看了看，里面真的已经装了两只行李箱，所以我们也只剩下一顿饭的时间在一起了。

我向她问道："今天准备开到哪儿休息？"

"昆明或者贵阳，看路况吧。"

"嗯，一个人开车要注意安全。"

"我是抱着一路玩回去的心态在开车，不会勉强自己一定要开多远。"

"那就好。"稍稍停了停，我又向她问道，"想吃点儿什么？我请你。"

"越简单越好。"

我叫了两份外卖，然后和叶芷坐在客栈门口的树荫下等着，等待的过程中，我又对她说道："咱俩之间还有一件事儿没完。"

叶芷看着我："嗯？"

我尽量让自己保持住平静，说道："我爸刚刚给我打电话了，说我外公明天过八十大寿，他老人家对我没别的要求，就希望我能和我的女朋友陪他视频聊会儿天……"

叶芷一时没能反应过来，我又说道："他想看看你长什么样子。"

叶芷一副恍然大悟的表情，大概也才想起来我们之间确实有事情还没有彻底解决掉。至少，在老米和一众家人的心中她还是我的女朋友。

我又对她说道："本来我也不想麻烦你，想找个借口搪塞过去，可这个日子有点儿特殊，没办法不满足老人家的这点小要求。"

叶芷不语，我以为她不太愿意做这件事情，心中虽然有点儿失落但也不想勉强她。

她却开口向我问道："会不会有很多人看？"

"嗯……估计七大姑八大姨们都不会缺席的。"

"我有点儿紧张！"

我知道这不算拒绝，便赶忙说道："没事儿，你就当平常开视频会议，这事儿你肯定经常做的。"

叶芷又低头看了看自己的穿着，问道："我穿这身衣服合适吗？要不要换一件比较正式一点儿的？"

我第一次在叶芷身上看到了不果断，可是却让我感动，因为这足以证明她心里并没有看不起我那些在山城里的穷亲戚，相反她还很重视，这反而让我有点儿担心，因为我怕待会儿人多口杂，问她一些比较尴尬的问题她却应付不了。

我对她说道："别在意那些细节，他们也不会在意的。待会儿如果有人问你一些比较尴尬的问题你就装作听不懂。"

叶芷点了点头。

我做了一个深呼吸，随即给老米发了个视频邀请。与此同时叶芷也将自己鬓角的头发理了理，她看上去是挺紧张的！

我心里更加感激她，因为我知道她是不喜欢交际的性格，却能为了之前没有完成的事情去面对我那些很难缠的七大姑八大姨。

我将手机固定在我们对面的树枝上，然后拉着叶芷往后面退了几步，我这么做

297

的原因是希望家里的那些亲人也能够看到洱海,看到大理美好的一面。在我的内心深处我是希望得到他们认同的,至少尊重我留在大理的选择,而不是因为我越来越大的年纪而对我说三道四。

片刻之后,电话那头的老米接通了视频,和我刚刚想的差不多,那边的镜头里挤满了一屋的人,他们的表情除了期待还是期待,我看着这些熟悉的面容时才意识到自己真的已经很久没有回过家了,印象中的表外甥还是个吃奶的孩子,可现在他已经会抱着我表妹的腿,用好奇的目光看着电话这头的我和叶芷了。

我先是向外公送达了生日祝福,然后又看了看身边的叶芷对众人说道:"本人不才,身边这位全世界最好看的姑娘就是我的女朋友了。"

众人交头接耳,大致都是在夸赞叶芷好看。我的虚荣心得到满足,心情也跟着好了起来,于是又对站在外公旁边的外婆说道:"外婆,你笑的时候收着点儿,假牙都快掉下来了。"

我这么一说,外婆更高兴了,她回道:"你让人闺女说几句话,我们稀罕着呢。"

叶芷的性格虽然冷淡,但还是在镜头下挥了挥手,然后又说了一句"大家好"。

众人七嘴八舌地问道:"姑娘你是哪儿的人哪?"

"上海人。"

"是在上海工作吗?"

"嗯。"

"做什么工作的?"

"做酒店投资的。"

"哟,那跟我们家米高还是同行呢,他现在不是也在开客栈嘛!"

又有人问道:"姑娘,你和我们家米高是怎么认识的呀?"

这些既没营养又很老套的问题让我丢掉了耐心,于是赶忙打断道:"你们可别弄得跟调查户口似的,这些问题你们私下问我爸就行了,他都知道……"说完,我又对叶芷说道:"明天是外公八十岁大寿,你给他老人家祝个寿,这才是正事儿。"

叶芷笑了笑,然后对外公说道:"外公,刚刚才听米高说起您过生日,所以没来得及给您准备礼物,待会儿我让米高给我个地址,一定给您把礼物寄过去。在这儿就祝您老人家福如东海、寿比南山,也祝其他长辈和孩子们幸福安康。"

"闺女,你这可是太客气了,你能抽时间陪我们这些老人家唠叨几句,我们就很高兴了!"

叶芷还没来得及回答,我二姨便又对我说道:"米高,人家姑娘这么优秀,你可得好好把握住,你年纪也不小了,今年有结婚的打算吗?"

这句话像是在深水里引爆了一颗炸弹,顿时所有人都向我投来了关切的目光。

我没敢看叶芷,信口胡说道:"这才到哪儿啊,你看看把人家姑娘给问得多不好意思。"

"男大当婚女大当嫁，有什么不好意思的？！"

"等时机到了，不用你们问我自己就把喜帖给你们送过去了。"

"这话我们爱听！"

我又赶紧说道："人家小叶挺忙的，待会儿还有事情要办，就不跟你们多说了。你们有时间来大理玩，我保证把你们招待得舒舒服服的。"

我说着就想关掉视频，却不想二姨又喊住了我，她对我说道："米高，你别慌着挂视频，你跟人姑娘凑近点儿，我给你们拍张照片。"

"这就没必要了吧？！"

"太有必要了！你说你们一年到头也不回一次家，好不容易跟我们视频一次，我们还不拍张照片留着做念想啊！你赶紧的，一个大男人哪有这么扭扭捏捏的？"

我向叶芷看了一眼，挺怕她会介意的，因为她的不配合会将大家都弄得很难堪！这时，叶芷往我身边走了半步，她的身子与我贴在了一起，然后又面露微笑。

看到叶芷做好准备，我赶忙说道："赶紧拍吧，她时间都是挤出来的，真的特别忙。"

"你看你俩怎么那么放不开呢，再靠近点儿。"

"再靠近就抱在一起了。"

"就是要你们抱在一起，这样才像一家人嘛！"

我顾及叶芷的感受，便向那个事儿最多的表妹说道："一家人？你怎么不说我们是两口子！能不能尊重一下我们刚起步的恋爱关系？"

表妹又说道："我们都不介意你秀恩爱，你就有点儿风度嘛！再说了，哪有情侣是不互相拥抱的。"

我侧身向叶芷看了看，她却示意我别看着她，等我回过头时，她已经挽住了我的手臂，然后微微靠在了我的肩膀上。

一阵风掠过海平面吹来，她的长发便落在了我的脸上，轻柔的触感让我掉入了梦境里，一阵恍惚。

画面似乎已经定格，叶芷也直起了身子，然后又和大家说了一些比较客气的话，当听到一声声"再见"传来，我才回过神儿，又赶忙切断了视频。

一切就这么归于平静，我却有了一丝紧张的感觉，我希望叶芷不会介意我的家人，他们确实是有点儿爱闹。

叶芷在礁石上坐了下来，她背对着我问道："你其实也不是真的想请我吃个饭，只是想我留下来帮你这个忙，对吗？"

我迎着海风向她走了过去，然后将手机递到她面前，说道："你看手机上的时间记录，我发微信约你吃饭的时候是十点半，我爸给我打电话是在十分钟之后。你千万别误会,我是诚心想请你吃饭的。"

"嗯。"叶芷应了一声便陷入了沉默中,片刻之后,我们叫的外卖也到了,我以为吃饭的时候,我们还会说一些跟告别有关的话,可是叶芷却一直将沉默持续到了她临走前。

我的手上捧着我们刚刚吃完的饭盒,她已经站在了自己的车旁,我知道她是准备走了。

这时,她才终于开口向我问道:"如果以后再有类似的事情,你准备怎么办?"

我知道她说的类似的事情,是指我们刚刚经历的,我笑了笑对她说道:"你放心走吧,总会找到办法的,就像当初请你配合我演这出戏一样。"

"你怕他们知道真相之后会失望吗?"

我将餐盒扔进了手边的垃圾箱,点上一支烟之后才回道:"怕,所以我只能让自己变得更优秀,然后让他们相信我还会找到和你一样优秀的女人。"

"你是这么理解男女之间的感情的吗?一定要拼个势均力敌,才算是爱情?"

"爱情不就是一场战争吗?只有双方站在同样的高度才能持久。"

"你有没有想过,你看到的也许只是爱情的其中一面,有些人在一起并没有你想的那么复杂,但是他们也会很开心地一直走下去。"

我沉默了许久,才抬头看着她,回道:"希望有这样的爱情吧。"

"会有的。"叶芷说完之后,便打开车门上了车,她就这么开车走了。我却忘记叮嘱她,路上一定要注意安全。

然后我才猛然想起,她刚刚应该是在说我和杨思思,她在鼓励我用一种平淡的眼光去接受自己和杨思思之间的种种。

我就知道杨思思藏不住事,她应该什么都和叶芷说了。可是,这样的鼓励对我来说却并不受用,因为在我看来爱情就是一场战争,我曾经溃败在陆佳的脚下,所以吸取了教训的我总习惯为自己和对方做一点儿保留。

叶芷已经走了很久,我还在那块礁石上坐着。这段时间中,我又想起了和爱情有关的东西,可是却一点儿头绪也没有。

拿起手机刷了刷朋友圈,发现那个让我和叶芷抱在一起的表妹在五分钟之前发了一条有照片的动态,她这么说:"表哥和未来的嫂子,嫂子真是美出天际了!祝福他们能一直走下去!"

照片中,叶芷挽住了我的腰,与我相依,她的发丝落在我的眉眼之间,洱海就在我们身后一片碧蓝,看上去文艺得不行。

我先是为这条动态点了一个赞,然后又将照片拷贝到了自己的手机相册里,我多看了几眼,心中忽然感到无比孤独。因为刚刚还在身边的人此时已经远去,可谎言却还留在我的身上,一直存在。

300

我比谁都清楚她并不是我的女朋友,而这出戏随着她的离开也终于走到结局了。

头顶阳光刺眼,我低头避开,又看见自己的影子孤独地倒映在海面上。

也许,这就是生离的感觉吧。

……

平静地过了一个下午,我和马指导以及铁男又坐在洱海边聊起了客栈的事情,此时的龙龛还是很冷清,可我们的客栈因为独特,依然住满了客人。

其中有几个客人说,他们就喜欢现在这种冷冷清清的感觉,如果有一天龙龛这边也变得热闹了,他们还真就不一定会选择住我们的客栈。

确实有些游客是这样的,他们专挑冷清的地方住,为的就是能保持一份平静淡然的心情来审视大理和洱海的美。

我递给马指导一支烟的同时也对他说道:"今天上午我和桃子聊了,她已经不像之前那么坚决,所以我觉得客栈的事情还有转机。"

铁男也附和着说道:"昨天晚上你回去睡觉之后,我和米高又聊了好一会儿。我们都觉得这么甩手走了有点儿对不起当初的自己,也更对不起你这个哥们儿!"

马指导深深吸了一口烟,回道:"你们要是真的能留在大理,今天晚上我就去感通寺烧香拜佛!"

我笑了笑,道:"开玩笑的话咱后面说,先来谈几个事情。首先,如果客栈不转的话,赵菁的那部分股份怎么办?我看她是挺急着用钱的。"

马指导想了想,回道:"转给孙继伟的那个朋友吧,反正他也想买下咱们客栈。"

我权衡了一下,说道:"如果他愿意的话倒也算是一个两全其美的办法。就怕孙继伟和他那哥们儿野心太大,不满足于这百分之二十的股份。"

铁男说道:"都是熟人,这方面应该不难沟通吧。"

"嗯,如果桃子同意不转了,我就给孙继伟打个电话,看看他那朋友能不能接受这个折中的方案。"

铁男叼上了一支烟,吸了一会儿,又想起什么似的对我说道:"米高,客栈要是最后还在咱自己人手上,是不是也太坑人家思思了!我觉得比起对孙继伟毁约,我们对思思更不厚道!对咱这个客栈的发展,她可真是出了大力气的!"

"这事儿简单,咱们给她买机票,再让米高把她给请回来。"

马指导说完之后便又将目光放在了我的身上,好像当初是我赶走了杨思思似的,我必须承担把她给请回来的责任。

我捏了捏手中的烟,尽量不让自己带情绪地回道:"算了吧,就算请回来她在这儿也待不了多久,咱们还是着手找个能长期干下去的前台才是靠谱的事儿。"

我嘴上这么说,可心里还是不自觉想起了那些从我们认识到分开的点点滴滴,我有些难过,可是理智又提醒我,她回来后要面对的也只是下一次分别,倒不如让她去国外早点过上她应该过的生活。

我承认我是矛盾的，可我也相信这样的矛盾在大部分人身上都出现过。

傍晚，桃子和白露两人在客栈做了晚饭，吃饭的时候，我和马指导逮着铁男一顿教训，说他早上不应该那么和桃子吵架，铁男为了大局连连和桃子认错。

而桃子只是因为心里有坎儿，也不是真的要和他计较，所以罚他喝了几杯酒之后便也原谅他了。

片刻之后，白露看着众人叹气说道："自从思思走了以后咱这个客栈就变得冷冷清清的，我不知道你们几个是怎么看的，反正我是怪想她的。"

马指导附和着说道："我也觉得怪冷清的，她不在就好像少了一点儿家的感觉，咱们几个坐在一起更像是一帮生意人！"

在他们说这些的时候，我又特别注意了桃子的表情，她似乎也因为这番话而深有感触。

我觉得时候到了，便打断了众人说道："咱们在聊杨思思之前先把一个事情确定一下，咱这个客栈，大家还想转吗？"

白露率先回道："之前我一直是可转可不转的态度，可自从少了思思之后我才发现我们这个客栈真的有家的氛围，我们不仅是合作上的伙伴，更是这个家庭的成员。所以我也改变了之前的想法，我不想转让客栈了，但是我有一个前提条件，谁把思思气走的谁想办法把她找回来，否则我觉得这不是一个完整的客栈。"

众人一致将目光投在了我身上，我很是委屈地回道："你们都看着我干吗啊？当时你们都同意转让客栈，她气的不是我，是转让客栈这件事情，所以当时同意转让的人都有责任。"

"我们不认可你这么说，谁送她去机场的谁就是那个处心积虑想她走的人，我们最多也就是次要责任。"

"你们这么说就太不厚道了！"

这时，桃子似乎也找到了走下来的台阶，她对我说道："我和白露的看法一样，客栈可以不转让，但是家庭的氛围一定要保留，所以你得负责把思思找回来。"

我无奈一笑，回道："成，每个团队里面都得有个软柿子，你们就尽管捏吧！"稍稍停了停，我又说道："只要大家能团结在一起把这件事情做好，我牺牲一点儿也没什么，待会儿我就发信息请她回来，大家满意了吗？"

众人点头，心情也明显好了起来，白露又对我说道："咱们好好努力干一年，明年就找隔壁的农户谈，争取把他那套房子也租过来，然后跟我们客栈打通，把客栈的房量提高到二十间，我们大家的收入也能翻一番，这肯定比转让客栈要更有价值！"

众人一致认可，而那笼罩了我们好几天的阴霾也好似在这一刻被扫掉了。我又起身对众人说道："大家能统一意见是好事儿，但有两个问题也要正视。第一，赵菁要转让的股份怎么办？孙继伟那边也要好好交代一下。"

铁男回道："就按我们之前聊的来办，让赵菁将她的股份还按二百万的比例转给孙继伟和他的朋友，这样对大家都有好处。"

白露赞道："这个方法可行啊，单方面毁约实在是有点儿不厚道，这么做的话他们心里多少有点儿安慰，百分之二十的股份也不算少了。"

我点了点头，然后在心里琢磨了一下到底要怎么和孙继伟说，才能把这个事情说圆润了。就在我准备给孙继伟打这个电话的时候，铁男又制止了我，说道："你先别急着给孙继伟打电话，我已经拨通思思的电话了，你先想好怎么和她说吧。咱们可先说好了，这事儿只能成，不能败。"

第十章
等和变

　　铁男将电话开了免提，我则在还没有接听的"嘟嘟"声中点上了一支烟，同时也在心里想着待会儿要和她说些什么。片刻之后，杨思思接听了电话。
　　我试图在她的语气里听出她的心情，她却很平淡地问道："铁男哥，有事儿吗？"
　　铁男看了我一眼，掩饰不住笑意，回道："米高有话想和你说。"
　　"他……我和他有什么好说的？"
　　"你和他是没什么好说的，我说的是他有话对你说。"
　　"我正和朋友玩着呢，没工夫听他说。"
　　电话那头果然传来了她朋友们说话的声音，我压低声音对铁男说道："要不算了吧，我先给孙继伟打电话，这才是正事儿。"
　　铁男一边将电话递给我，一边说道："咱可别装怂啊，刚刚可是说好的。"
　　我特别勉强地从铁男手中将电话接过，然后故作平静地清了清嗓子，对她说道："是我。"
　　"不是你，难道是鬼啊！"
　　我被她的话给噎住了。她又说道："有话你就说，别弄得磨磨蹭蹭似的。"
　　"我没啊。"
　　"你清个嗓子，然后跟我来句是我，这不是摆谱儿是什么？"
　　"不是以前做你老板做习惯了吗，一时还没转过弯来。"
　　"哦，那你挺自我感觉良好的，真敢在我面前把自己当个老板。"
　　"我亲手给你发了俩月的工资，有什么不敢的。"
　　"你打电话要是为了从我这儿找优越感，那我挂了。"
　　铁男等人对着我瞪眼，然后又催促我赶紧说正事儿。我又下意识地清了清嗓子，说道："你等等……"
　　杨思思特别不耐烦地回道："我等谁都可以，就是不想等你。"

304

她的话让我猛然想起在机场发生的那一幕，当时我们也就"等"这件事情有过争辩，我想她是真往心里去了，所以"等"就成了我们之间的敏感字，容易让她愤怒，也会让我有遗憾的感觉。

我低声对她说道："能心平气和地说几句话吗？我们给你打这个电话，就是想告诉你我们不打算转让客栈了。"

电话那头的杨思思愣了一下，又笑道："你们转不转客栈跟我有什么关系？"

我沉默了一会儿，回道："大家都挺希望你能回来的。"

"你觉得我是一个招之即来、挥之则去的人吗？"

"不是。"

"那你是哪儿来的勇气给我打这个电话的？"

"因为大理是你魂牵梦萦的地方。"

"人是会变的。"

我在杨思思的语气里一点儿也没有听出开玩笑的成分，她甚至有点儿严肃，于是我也凝结了，不知道还能和她说点儿什么，在我的世界观里，等和变都是能让人感到非常无能为力的字眼。比如陆佳，她走了，没有太多复杂的原因，就是因为她变了，不愿意再等了。

见我不说话，白露又对杨思思说道："思思，我知道这件事情你受了委屈，我们也觉得很亏欠你，所以我们在决定不转让客栈的第一时间就想到了你，甚至可以说我们不愿意转让客栈在一定程度上就是因为你，我们真的很喜欢你给我们大家营造出来的氛围，也是在你走后，我们才真正认清你在我们这个团队里占有多重的分量。不，不是团队，是家庭。"

杨思思沉默了很久，她终于回道："白露姐，你和我说这些我真的很感动。可是你们都不是我，所以你们也不知道这几天我到底经历了什么样的心路历程，你们可能以为我离开大理就像小孩子怄气一样，是一个冲动的决定，只要哄哄我就又回去了。但事实不是这样的，我经历了特别大的痛苦，然后鼓足勇气才做了这个决定。我很明确我不想将这样的痛苦再重复一遍，我已经学会了克制，何况经历过在大理的一无所有，我也已经学会了去享受在上海什么都不缺的生活。"

稍稍停了停，杨思思又说道："这次我从大理回到上海，我爸妈都挺高兴的，经济上也不再管制我了，我现在有大把的钱花，有一帮朋友愿意迁就我的坏脾气，愿意对我说好听的话，我回到大理又有什么呢？每天除了起早贪黑接客人，还要住在一个杂货间改成的房间里，连独立的卫生间都没有，苍山洱海、风花雪月虽然好，但也不能当饭吃嘛！白露姐，你说是不是？"

白露也陷入了沉默中。

"白露姐，朋友们还在等我呢，如果没有其他事情，我就先挂电话了⋯⋯"稍稍停了停，她又说道，"以后你们有空的话也欢迎你们来上海玩，我保证诚心招待你们，不过要早点儿来，因为我可能待不了多久就要出国留学了。"

白露这才开口道："思思，如果你真是这么想的我们也就不劝你了，你照顾好自己。如果有一天还想来大理走走，别忘了我们的客栈，只要客栈在一天，它的大门就永远为你打开。"

"嗯。"杨思思应了一声，便挂掉了这个电话。

我在不断响起的挂断声中，似乎能够看到她在灯红酒绿中活得多么潇洒，而留在客栈，我们能给她的东西真的不多。

我始终觉得情怀这玩意儿很虚，也不愿意卖弄情怀，更不愿意用情怀留下一个明明可以过得更好的人，这在我看来是一个很无耻的行为。可偏偏我和客栈能给杨思思的就只有这么一点儿虚无缥缈的情怀，所以这才是我在机场时不愿意留下她的真正原因。

此时，屋子里会抽烟的都点上了烟，气氛非常之沉闷，也没有人愿意针对这件事情发表自己的看法，最后是一阵电话铃声打破了这段沉默。

一样铃声的人都将电话从口袋里掏出来看了看，最后发现是我的电话在响。我看了看号码，是孙继伟打来的。对于他主动打来电话的行为我们都不意外，毕竟对于他或是他的朋友，这都是一个很关键的时期，可是我却有点儿局促，毕竟我们最后选择了失信于人。

我打开了电话的免提功能，然后接通了这个电话，孙继伟主动开口对我说道："兄弟，吃过饭了没？"

"刚刚做好饭，准备吃，孙哥你要不要过来吃点儿？"

"我正在陪几个朋友吃饭。"

他的话让我有些疑惑，按理说，就算是对客栈的事情很关心，也不至于在和朋友的饭局上给我打来这个电话。

带着这样的疑惑，我向他问道："是不是有什么事儿，孙哥？"

"还真是一件不小的事儿……你现在方便说话吗？"

"方便。"

孙继伟一阵沉默之后，说道："我刚刚在和城建局的朋友一起吃饭，听说龙龛这边会有新的城建规划，据说有一个特大型的项目要进来，已经沟通得差不多了。"

"什么项目？"

"不清楚，因为不到最后落实，是不会公布的。"

"这是什么意思？"

我听见了电话那头响起的打火机声音，孙继伟似乎点上了一支烟，才向我回道："但凡有新的城建计划，就会涉及拆迁……我这么说，你能明白吗？"

306

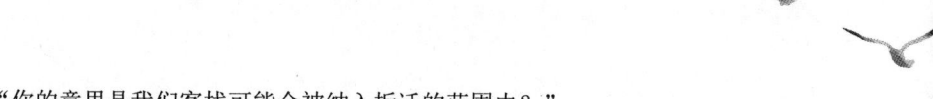

"你的意思是我们客栈可能会被纳入拆迁的范围内？"

"很有可能，但现在还不能确定。因为我也只是听到了一点儿风声。"

我打断了他，说道："我们这个客栈可是被官方认可之后才重新恢复营业的，怎么可能说拆迁就拆迁？"

"兄弟，你不要这么激动嘛，毕竟大局为重，计划赶不上变化。"

我也点上了一支烟，很久之后才对孙继伟说道："我明白了。所以你们暂时也不会考虑接手客栈的事情了？"

"真是对不住了，兄弟。这是突然发生的变化，你我都无能为力，如果客栈真的被划在被拆迁的范围之内，接手之后肯定会有很多的麻烦，而且我们也不确定你们之前和房东签的是一份什么样的合同，涉及拆迁补偿的部分又到底是怎么分配的？如果这点没有明确，到时候就会产生很多经济上的纠纷，通常这种经济纠纷在判决层面是有利于房东的。"

我有点儿头皮发麻。

孙继伟又说道："你们现在先研究一下合同，我这边也勤走动，看看能不能尽快把这个消息给确认下来。我希望是虚惊一场，毕竟龙龛这个地方说大不大，说小也不小，所以项目的选址也不一定会和你们客栈重合。相反，如果这个大型项目建在你们客栈附近就是一件天大的好事，会给客栈带来持久的人气！"

我应了一声，孙继伟便挂掉了电话。我向众人看了看，在他们的脸上看到了一层厚厚的阴霾。

我将电话放回到桌面上，心里五味杂陈，然后向心最细的白露问道："咱们跟房东签的合同有涉及拆迁补偿的明确条款吗？"

白露摇了摇头，回道："我记忆中没有，因为拆迁是一件小概率的事情，所以当时赵菁和房东签合同时也没有特别把这条给列出来。但是据我所知，任何地方拆迁都要将拆迁补偿办法进行公示，而且拆迁中是有装修补偿这一项的，承租人在理论上可以得到一部分补偿款，但具体数额需要拆迁办与房东协商评估。"

"我是不是可以这么理解，如果客栈真要被拆，我们是被动的一方，最后能得到多少的补偿款，很大程度上取决于房东？"

"嗯……如果我们对房东给的补偿金不满意，也可以选择起诉。这就是孙继伟刚刚提到的经济纠纷了。其实拆迁是一件很复杂的事情，里面涉及方方面面的经济利益，尤其是这种商用房，经济纠纷更多，如果这件事情不是捕风捉影，我们还是得提前做好准备，守住我们的合法利益。"

我有气无力地坐回到椅子上，心中对创业容易守业难这句话有了更深刻的体会。继而又在这一波未平一波又起的波浪中产生了疲惫感，至少此刻我没有心情去想对策。

沉默了一会儿之后，马指导又对白露说道："如果真有一个特大型的项目要进龙龛这边，你们单位应该也会收到消息的吧？"

白露面带疲惫之色看了马指导一眼，然后摇头回道："这事儿不归我们单位管，不过孙继伟所在的环保局肯定是最先得知消息的几个单位之一，因为上项目之前是肯定要做环保评估的，所以这事儿还是他去打听要更靠谱些。"

"那你觉得这事儿的可信程度有几分？"

"可信度应该挺高的。之前我们也讨论过为什么龙龛这边没有进行大型的商业开发，其实这边的地理位置是非常优越的，不仅紧靠洱海，离古城也近，所以不可能没有相关的开发计划，之所以拖了这么多年可能就是为了等大型项目，而孙继伟说的就是一个特大型项目，从这点来说倒是挺吻合的。"

稍稍停了停，她又安慰道："咱们先沉住气，千万别自乱阵脚，毕竟这还是一件没有被确定下来的事情，就算真的有大型项目要进来，选址也不一定就在我们客栈这片范围内。"

众人点了点头。

我不知道其他人是怎么想的，但我却有如鲠在喉的感觉。

因为受这个消息的影响，大家都不太有胃口，所以简单吃了一顿之后便各自散了，而当我独自一个人坐在洱海边时，才算是真正冷静了下来。

我开始设想着拆迁的事情落实下来后会带来的后果。

我很肯定，这个后果不是我们几个人能够承受的，因为我们为了这个客栈都已经罄其所有，而最后得到的装修补偿款到底是多少却是未知。

就我的感觉来说，应该不会很乐观，因为这样一栋靠洱海边的房子被拆掉，对房东来说也是极大的损失。

千头万绪中，我给自己点上了一支烟，还没来得及吸上一口便吹来了一阵很冷的海风，我下意识地将自己的衣领披了起来，缩在这种自我营造的保护中。我又看到了灯火通明的对岸，折射的却是无比孤寂的人心。

我一遍遍地问自己，到底要有什么样的能耐才能在大理这座城市平平稳稳地过下去？

我深深吸了一口烟，然后莫名想起了杨思思，想起了她在信里嘱咐我到明年春天的时候要从大理大学摘些樱花邮寄给她。

我来得不是时候，我还没见过樱花盛开的大理是什么样子，但我仍然期待自己能够熬过这个漫长的冬天，然后在春天开花时到大理大学走一走。

夜又深了，洱海也更安静了，我在不绝的潮水声中又想起了叶芷，也不知道现在的她是否已经安全到达了沿途的某一座城市，出于这样的担忧，我给她发了一条微信:"到哪儿了?"

"贵阳。"

"速度不慢!"

"并不快,是我开夜车了,刚刚才找到酒店住下。"

我看了看时间,此时已经是十点半,如果她现在才到贵阳,那路上的速度其实也不算快。我带着一些疑惑,问道:"不是说不赶路吗,怎么还开夜车了?"

"我记得来的时候路过了一个小县城,有山有水,挺漂亮的,所以想早点儿赶到那里,然后在那边多住几天。"

"那个县城是在湖南境内,叫泸溪,对吧?"

"你怎么知道?"

叶芷虽是在问我,也间接回答了我。此时,我的心里有了一种很奇妙的感觉:原来,她也对那个小县城情有独钟!

直到此时,我仍特别清楚地记得自己当时站在高速路边的观景台上想了些什么,也就是在那里,我生平第一次与她相遇了。

我吸了一口烟,回道:"那是我们第一次见面的地方,你可能没太在意,当时我和思思也停了那个观景台,看了那个地方的风景,我心里很有震撼的感觉,所以对那个地方的印象特别深刻。没想到,你想去的地方是那里!"

"我们在那个观景台见过面?"

"千真万确!我记得思思当时还偷拍了你的照片,后来才发生了我在高速路上给你换车胎的事情。可能,这就是一种说不清楚的缘分吧,你竟然也是去大理的!"

这可能是一句让叶芷比较难接的话,所以她许久也没有回复我,而我在放下电话后又回忆起那天站在观景台上的心情,我问了自己:是不是有这么一个女人愿意陪我在那样一个小县城里安度一生。当时,我好像给了自己一个否定的答复,现在也一样,因为那里不是我们的故乡,两个人待久了会寂寞;那里也没有灯红酒绿可以消遣,生活也不够便利。

半个小时过去了叶芷也没有回复我的信息,以我对她的了解,我估计她是不会回了,紧接着我忽然想起叶芷是以投资商的身份来大理的,也许关于龙龛这边的项目她会比孙继伟等人要更清楚。

于是,我又给她发了一条信息:"我有个事情想问你。"

这次,她很快便给我回了信息:"什么事?"

"今天晚上孙继伟给我们打了电话,他说龙龛这边可能会引进一个特大的项目,到时候肯定会涉及拆迁,而我们的客栈也有可能就在拆迁的范围内,所以接手客栈的事情他和他朋友就放弃了。也不能说是放弃,应该是观望。不过在这之前,我们几个人已经商量过不会再转让这家客栈。所以想问问你有没有听到关于这方面的风声？"

也不知道电话那头的叶芷在忙什么,这次她又过了很久才回道:"孙继伟听谁说的?"

"他和他城建局的朋友在酒桌上聊到的,你是不是知道一些内幕?"

这绝对是一个有话可接的问题,可这次叶芷却迟迟没有给我回复信息,而我已经等得很煎熬,因为这对客栈而言是一件关乎生死的大事件,客栈对于我们来说又关乎生计和未来。所以,我特别渴望她能以一个知情人的身份告诉我这一切都是子虚乌有。

我在洱海边足足等了有一个小时,叶芷也没有回复我的信息,我已经按捺不住,于是我第一次给她发去了语音请求,她终于在片刻之后接通,但没有主动开口。

我隐隐有一种不太好的预感,于是点上一支烟之后才向她问道:"你现在是不是很忙?"

"没有,我在酒店的餐厅喝茶。"

"那怎么这么久都没有回信息啊?"

"我不知道该怎么和你说……只是想请你理解我,因为有关商业的逻辑向来都是残酷和不讲人情的。"

我的心猛然收紧,我知道她想说什么,但还是不肯死心,向她问道:"你说这些是什么意思?"

她沉默很久之后,对我说道:"对不起,米高,龙龛的这个项目已经被我们集团给拿下来了,如果你不问我我不会主动和你说,因为我怕失去你这个朋友。如果你问我了,我一定会如实相告,也是因为害怕失去你这个朋友。"

"所以,你们项目的选址与我们客栈是重叠的?"

"是。你们那个位置是整个龙龛视线最开阔的地方,同时,土地的利用率也很高。我们在做过市场调查和评估后决定将酒店和水上乐园建在那片区域,所以你们客栈所在的那套房子肯定要面临被拆迁掉的命运。"

"呵呵,怪不得你之前一直很不看好我们这个客栈呢,我还疑惑,我们明明是一间非常赚钱的客栈,可为什么就是入不了你的眼呢?原来一切早就在你的掌控之中!"

"并不是,我们也是在和好几个集团竞争之后才从政府的手上拿到了这个项目,而且直到上个星期才确定。"

"这有什么区别吗?"

叶芷又陷入了沉默中,我却越来越不够冷静,以至于说话的声量又高了几分:"你知道吗?我现在特别有一种耻辱感。我们客栈历经万难都挺了过来,想不到最后竟然是毁在你的手上。是,你可以说商业逻辑是无情的,可是你有想过这对我们这些人来说又意味着什么吗？我们会因此倾家荡产，失去梦想！"

"该解释的我都已经解释了。"

我几乎吼道："不，我要你给我一个说法。"

叶芷一如既往地冷静，她问道："你要我给你一个什么样的说法？"

我又瞬间呆住了，然后问自己还能指望她给我什么样的说法？难道要她赔偿客栈一切的损失吗？这是不现实的，要她停止这个项目则是更不现实的！

我从她那里根本要不到任何说法，我之所以这么愤怒是因为不甘心，不甘心自己拼了命的付出最后这么简单地死了资本的围剿中，而我们这些选择留在大理的人更不应该得到这么一个下场。

见我不说话，叶芷又对我说道："你先冷静一下吧，等你冷静下来，觉得有什么合理的要求，你可以和我提出来。"

叶芷说完之后，没有再给我说话的机会，她选择了结束这次的语音通话，而我握住电话的手像灌了铅，迟迟放不下来，随后心中又弥漫起一阵我们完了的绝望。

回到客栈，只有桃子还在酒吧里为零星的几个客人调酒，我从吧台里拿了两瓶啤酒，然后在靠窗户的那个位置坐了下来，我的内心非常不好受，可还是希望能想到一些对策减少我们这些人的损失。

做最好的打算，就算房东愿意足额赔偿我们的装修投入，可是这笔钱也不会很快被发放到位，而客栈却会在正式文件下达后的不久便被拆除，我们没了收入之后要怎么熬过这么长的过渡期？

桃子给客人调好酒后在我的对面坐了下来，然后向我问道："怎么一副心事重重的样子？还是为了客栈的事情？"

我没有正面回答，也向她问道："铁男他们呢？"

"铁男和马指导去了古城，白露回下关了。"

我点了点头。

"我刚刚问你话，你还没回答呢！"

我终于正视着她，说道："桃子，咱们这个客栈这次真的保不住了。"

桃子有点儿慌，问道："消息确认了？"

我沉重地回道："我刚刚和叶芷联系了，问她知不知道龙龛这边要大面积开发的事情。我想，她也是来大理做投资的，应该会知道一些内幕……"

说到这里，我停了下来，然后一口气喝掉了半瓶啤酒，才又说道："她是知道内幕，因为龙龛这个项目就是他们集团投资建设的，而且选址就在我们客栈这片区域，所以客栈被拆已经是板上钉钉的事情，现在就差公示了。"

"真的有这么严重吗？"

"嗯，都是她亲口和我说的。"

桃子沉默了很久，才向我问道："你打算怎么办？"

"没有人希望客栈被拆，可是我们哪有能力继续周旋？现在唯一能做的，也就只是尽可能将损失减少到最小了。"

"是，你准备什么时候将这个事情告诉其他人？"

"明天吧，今天晚上就不说了，让他们再睡一个安稳觉。"

桃子点了点头，然后给自己点上了一支女士香烟，她又向我问道："你刚刚和叶芷交谈的时候是不是冲她发火了？"

我抬头看了桃子一眼，回道："说了几句重话，我知道于事无补，可就是控制不住自己的情绪。"

桃子可能不想给我太大的心理负担，她笑了笑，说道："已经是一种进步了，上次有人动我们客栈，你可直接把人头给敲破了，这次才只说了几句重话而已！"

我强颜回应了桃子一个笑容，然后拿起啤酒瓶喝了一大口啤酒。

桃子又放轻了语气对我说道："事已至此，我们再急也没有用，你一定要把心态放平稳一些，因为你是我们这些人中唯一能够和叶芷进行沟通的人。说实话，上次的事情你就是因为不冷静才被别人陷害了，这次你可千万不能重蹈覆辙了。"

"我知道，我已经很克制了！"

桃子点了点头，而我再次陷入了沉默中，两瓶啤酒喝完之后我才开口说道："我得先弄清楚这个项目到底什么时候启动，最后留给我们客栈的时间还有多少。"

桃子面带赞许之色，回道："对嘛，只有你冷静下来才能找到问题的关键在哪里！"

我冷静了下来，然后在心里判断着整件事情的走向，我可以肯定我们没有能力阻止这个项目的开发，但是却可以从叶芷那里多争取一段时间，如果客栈能够挺到年后，局势就会好转很多。

因为过年期间是一年中最热的旅游旺季，我们的房价可以较平常提高三倍，那一天下来至少有两万块钱的收入，如果这个热度能够维持一个月的话，我们就有六十万的营收。这样，即使很长一段时间拿不到装修补偿款，也足够维持生活。再者，假如房东有契约精神，愿意给我们足额的补偿，那我们基本上就能做到没有损失，而这笔营收加补偿的钱关乎着我们有没有足够的资本进行二次创业，所以我作为客栈最大的股东有责任为众人守住这最后一份希望。

在我暗暗做了决定之后，桃子又对我说道："米高，你是不是应该当面跟叶芷谈一谈，有些事情在电话里说和当面说所起到的效果是完全不一样的，我觉得你要让她看到我们的难处，她才可能在这件事情上给我们一点儿余地。"

我点头回道："我也是这么想的，如果能让我们客栈开到年后，我们后面就不会太被动了。不过她已经在今天中午的时候走了。"

"你去找她啊，这又不是什么难事儿。就怕她现在介意你的态度，不愿意给你见面的机会，那才是真正的被动！"

"应该不会，她对我说了，让我冷静下来后再和她联系。"

"那就好，那就好。"

让叶芷给我们保留一点儿余地也许就是我们最后的曙光，桃子对此特别关切，她又对我说道："你现在就订一张去上海的机票吧，大理飞上海每天只有一个班次，我怕拖到明天订不到机票。"

"她是开车回去的，今天才到贵阳。"

"能追得上她吗？"

"想去的话肯定能追上，她说中途要停在一个小县城住几天。"

"那你开白露的车去。"

我同样因为这个事情而感到迫切，所以也不多加考虑便回道："我现在就让白露把车给送过来，明天早上五点钟我就出发，晚上应该能赶到那个小县城。"

我一边说一边拨通了白露的电话，交谈中我只是说自己要用车，却并没有将缘由告诉她，因为我知道她有孩子需要照顾，所以至少这个夜晚要让她睡一个安稳觉，而白露也没有多问，表示待会儿就让家里的司机帮我把车送过来。

至于这个不好的消息，还是等到明天他们都养好精神了再让桃子跟他们做个交代。

回到自己住的地方，我第一件事情便是给叶芷发了信息，告诉她，我想当面找她谈一谈，但是她却没有回复我，这也正常，毕竟此刻已经是深夜，她旅途劳累，应该已经休息了。

我想好了，不管她有没有回应，我也要去追一追她的脚步，因为对于陷入被动的我来说已经没有更好的方式可以选择了。

次日，我四点半起了床，收拾了一下之后便出发了。我在导航上将目的地设置成了湖南那个叫泸溪的小县城，全程大概一千三百公里，绝对是一段可以挑战人极限的路程，因为我只有一个人开车。

我顾不上吃个早饭，凌晨五点钟的时候便已经从下关上了高速。一路开了四百多公里，直到过了昆明，才找了一个服务区，打算为车子加满油，自己也吃点东西，而直到此时，叶芷都没有回复我的信息。

吃饭的时候，我收到了白露发来的信息，她告诉我，桃子已经将这消息告诉了他们。并且还说，孙继伟那边也有了很确切的消息，因为城建局的领导已经和他们环保局的领导通过气，近期就会将叶芷他们集团拿出来的项目方案送到环保局进行评估审批，听说这个项目关于环保部分的方案做得非常科学合理，再加上上面要求尽快将这个项目落实下来，所以在他们环保局走流程的时间也不会太长，而一旦开始启动项目，拆迁工作就会紧随其后展开。

孙继伟预判最多再过两个月，我们的客栈便会被拆迁，并且会提前半个月让我们结束营业，所以真正留给我们客栈营业的时间只剩下一个半月，绝对撑不到过年的那段旅游黄金期。

我的心中有了一种说不出的紧迫感，而人生就是这么无常，如果孙继伟的朋友不是因为去深圳出差而耽误了两天，可能我们的客栈已经脱手。

我这么想并不是遗憾没能将客栈的风险转嫁给孙继伟和他的朋友，如果事先知情，我也不会昧着良心将客栈转让给他们，我之所以有这样的感叹，只是因为还未能适应这人生的大起大落。

中午十二点的时候，我已经快要接近叶芷昨天晚上停下来过夜的贵阳，如果她不是存心躲着我不回信息而是睡到现在，我们完全可以在贵阳便见上一面。

我又停靠在了一个服务区，然后在快餐店要了一份中式快餐，可直到此时我依然没有收到叶芷的回信。

吃完饭，我又给她发了一条信息："我现在已经快到贵阳了，如果你还在贵阳，并且看到了这条信息，我希望我们可以在贵阳见一面。我很确定我现在很冷静，我只是想和你当面谈谈，希望你能给我们这个客栈留点余地！"

大约过了五分钟，叶芷终于回了信息："我这么长时间没有回你的信息你还没有对我发脾气，我相信你现在很冷静。"

我秒回："你现在在哪里，能见面吗？"

"我和你一样也是早上出发的，我现在已经到泸溪了。如果你不嫌旅途劳累，我在这里等你。"

"说一个见面的地方吧，我晚上十点之前一定赶到。"

"观景澜湾酒店。你也不用太急，安全第一。"

我不可能不急，因为她掌握了我们这群人的命运。

天色渐渐暗了下去，我已经走完了一千三百公里中的一千一百公里，这段路程极其漫长，而我也因为极度的疲乏而有了撑不住的感觉，我不敢再冒险，于是将车开进了附近的一个服务区，准备小憩一会儿，然后一鼓作气，开完剩下的全部路程。

说来可能没人相信，这也只是我第三次进服务区。

车停进了停车位，我半眯着眼睛回复着铁男和马指导他们发来的信息，大家都很担心我的安全，让我不要硬撑，累了就进服务区休息。

我很不可思议地发现，五点一刻的时候杨思思也给我发来了一条信息，她说："米高，客栈的事情桃子姐都已经告诉我了。听说你正在开车去追叶芷，除了祝你好运，我也想告诉你，她可是一个很讲原则的女人。你别忘了，当时她为了让我遵守游戏规则，可是把我从她住的客栈给赶了出去。很多事情对于她来说就是游戏和规则，希望我对她的认知能够对你有帮助。"

我心里有些不是滋味，睡意也减少了一分，我打开车窗，点上一支烟后回了这条信息："我怎么感觉你是来落井下石的？"

"是啊，我就是在嘲笑你不自量力。你是不是真的以为你们之间有挺不错的情分，所以她会给你一个面子？"

"我只是不想放弃任何一个机会。"

"那你就试试呗。如果她真的给你这个面子了，你可以当我这个人的人品有问题，在蓄意诬蔑她。如果被我说中了，就请你以后别再以一副过来人的嘴脸教育我，因为我要比你更懂人与人之间现实的一面。"

我将烟按灭在车载烟灰缸的同时也将手机扔在了一旁的座椅上，我已经心烦意乱，所以不想再回复杨思思这条让我更加心烦意乱的信息。

我迷迷糊糊地睡了过去，然后又在一阵重卡的鸣笛声中惊醒，我再次从副驾驶的座位上拿起了手机，已经是晚上的七点半，随后我又看到了一条杨思思在十五分钟前发来的微信："你开车一定要注意安全，我们大家都在担心你。"

虽然我急着离去，但还是在启动车子之前，回了这条信息："你不生我的气了？"

"生气和担心是两码事。只有你好好活着，我才能跟你气一辈子，你要是不幸早死，我会伤心一辈子！"

我的眼睛渐渐有些模糊，下一刻又强打精神，启动了车子。

此刻，叶芷距我二百公里，杨思思离我一千八百公里，我不禁问自己：她们到底谁离我更近呢？谁又让我遥不可及？

八点钟的时候，零零星星有雨水打在车子的前挡风玻璃上，只是过了十分钟，雨水便密集了起来，而我已经调了两次雨刮器的速度，车速也在同时减了下来。

前方频繁亮起的刹车灯让我心里更加急躁了起来，我和叶芷保证过会在十点钟之前赶到泸溪，可按照现在这个速度，再多一个小时也不够。

前方似乎又出了交通事故，隧道里已经是水泄不通，而我和许多大货车则被一起堵在了隧道外面。五分钟后，我将车子熄火，也关掉了雨刮器，在点上烟的同时我又看了看手机，却发现根本没有一点儿信号。

我下意识地往副驾驶的位置看了看，一片空空荡荡，只有雨水顺着我打开的窗户缝隙流了进去，渐渐弄湿了车门内的扶手，我这才体会到什么叫作真正的孤独。

在这种孤独中我又想起了陆佳。大概半年前，我和陆佳说过，要是以后有钱了，就买一辆车，以后去哪儿玩都方便。那个时候，陆佳也许还没有动要走的心，所以她看着我的目光特别憧憬，我又向她保证：我的副驾驶位置永远为她留着，她说好啊。

可是今天，我开了一千多公里的路，我的副驾驶座上也没有她的影子，我的孤独恐怕就是这么来的。看着车窗外闪烁的车灯，我的大脑里渐渐有了她的模样，于是我又一次想窥视她现在的生活,却发现外面的雨越来越大了!

深夜十一点的时候,我终于下了高速,然后开进了泸溪的县城,叶芷说的观景澜湾酒店非常好找,因为它是整个县城里唯一像样的酒店,但是却没什么性价比。

它的配置最多也就四星级的标准,可是却卖出了五星级的价格,所以就连最普通的单人间也要五百块钱一个晚上。我不可能在这样的酒店消费,所以只在隔壁的快捷宾馆里订了一间房,这才给叶芷发了一条微信。告诉她,自己到了。

叶芷说,她在酒店的餐厅里等我。我只拿了一盒烟便去了。

小县城比不了大理这样的旅游城市,十一点的时候街上已经没什么人,这家四星级酒店的餐厅里也只剩下了我和叶芷,还有另外一桌在吃夜宵的客人。

叶芷已经卸了妆,并穿着睡衣,一副很简单随意的样子,可即便这样,她的美丽也没有打什么折扣,所以她美女的形象绝对不是靠化妆建立起来的。

她向我问道:"还没吃饭吧?"

"嗯。"

"先吃点东西吧。"

她叫来了服务员,我要了一碗粥还有六个生煎包。我在上海时,通常加班后都会这么吃夜宵,因为既能填饱肚子也容易消化。

等餐的过程中,我带着一些感慨对她说道:"原本以为你这次走了,这辈子也没什么机会再见面,可是没有想到,我追了你一千三百公里路,然后又在这个小县城里见上了。"

"我知道你想表达什么。"

"是,如果不是因为害怕了,我真的没有动力干出这样的事情!"

叶芷避开了我的目光,我又追随她的目光向窗外看去,能看见的依旧只是潮湿的街道还有几栋十来层高的房子,它们矗立在雨水中一动不动,里面时而有灯光熄灭,时而又有灯光亮起,世界却安静得一塌糊涂。

叶芷终于开口向我问道:"你这么远从大理追过来希望我能为你做些什么呢?"

我回道:"我也得到了非常确切的消息,你们在龙凫的这个项目推进速度会非常快,所以我们客栈可能熬不到过年就会被拆掉,我知道这个结果不可能改变,我只是希望你能给我们客栈留一点儿余地,让我们将过年这段时间的生意做完,我们大概还能多赚个几十万,几十万对你说可能不算什么,可是对我们来说却是最后的希望!"

叶芷面露严肃之色,她对我说道:"米高,这不是我们之间的事情,而是我们集团和你们客栈之间的事情,首先你要搞清楚这个性质,我们才可以继续往下谈。"

我与她对视着,随即想起了之前杨思思和我说的那番话,就叶芷此时的表达而言,已经被她说中了一半。

我点上一支烟，回道："我明白你的意思，这事儿跟你没得谈，对吗？"

"是，政府最后之所以选择了我们集团的方案，就是因为我们相对于竞争对手在效率上更有优势，首先从这点来说，我们不能失信于政府，所以我们推进项目的速度只会比计划中更快，不会比计划中慢。再者，我们投入了这么大的人力和物力，每天都是以百万计的成本，我们不可能为了一家客栈而影响项目的进度。最后，我不是集团唯一的决策者，我并没有绝对决策权。"

我深吸一口烟，忽然就觉得自己很幼稚，而一直以来的贫穷更是限制我的目光，所以我没能站在叶芷的角度将这件事情的性质看得更全面一些，否则我不会这么不管不顾地来找她。

叶芷又看向沉默中的我，问道："之前不是说好要转让客栈了吗？为什么又改变主意了？"

我终于抬头看着她，反问道："如果现在是你在经营这间客栈，你是把它当作一个赚钱的工具还是当作一个能够安身立命的地方？"

叶芷不假思索地回道："客栈最基本的性质就是追求盈利，所以它当然是一个赚钱的工具。"

"我们不这么认为，我们这些人都是从其他地方漂泊到大理的，而每个异乡人的心里都有一个家的情怀，所以这个客栈在赚钱的基础之外被我们这些异乡人赋予了更多的意义，它是我们能够停泊在大理的一个港湾，我们真的不忍心将它转让掉，除非有一天，我们都不想留在大理了。"

"为什么要这么执着地留在大理？"

我不愿意提起汪蕾，所以只是回道："我相信留在大理是命运的安排。"

"那我是不是可以说，客栈一波三折也是命运的安排呢？"

我无言以对，半晌才回道："我就是不甘心，客栈是我们这些人的心血，我们都应该有回报。"

她向我问道："你真的对这个行业很有兴趣吗？"

"是。"

"我有一个建议，你愿意听吗？"

我点头。

叶芷继续说道："跟我回上海吧，我可以帮你安排一份能够接触到这个行业核心的工作，你现在最需要的是积累经验和人脉，而当你的眼界真的开阔了之后你会发现这些并不是很难的事情。"

"我能问问你，在你眼中我是个什么样的人吗？"

叶芷愣了一下，显然并没有好好揣摩过我这个人，片刻之后她才回道："我觉得你是个很有韧性，也很有正义感的男人。但是冲动的性格会让你不能完美地去处理一些事情。"

"你说的这些都对，但是你没有能够说到点上，我还有良心！"

"什么意思？"

我沉声回道："是你们集团直接导致我们客栈开不下去的，我和你回了上海，然后在你们集团谋一份工作，你要我怎么和我的那帮朋友交代？这和投敌又有什么区别？"

"你难道不明白，我正是在意这种朋友关系，才给了你这个建议吗？"

"你这是施舍，我不会感谢你的。"

"这种想法会害了你的！"

这个夜晚，我和叶芷不欢而散，我甚至没有吃饭便回到了自己住的那家快捷宾馆，我枯坐了很久才在淅淅沥沥的雨声中冷静了下来。

我当然知道叶芷是出于好心才给了我这么一个选择，可是我自己心里却过不去，我也莫名厌恶和上海有关的一切，所以才和她说了那么重的话。

她应该也挺伤心的。

冲了一个热水澡，正吃着泡面的时候白露给我打来了电话，我知道她是在关心我和叶芷的沟通结果。

果然，接通后她便向我问道："米高，你和叶芷见上面了吗？"

"见了。"

"她怎么说？"

我将叶芷对我说的话，跟白露复述了一遍，白露一阵沉默之后，回道："她这么说应该也是实情，毕竟能做这么大项目的肯定是一个大集团，所以有话语权的绝对不只她一个。"

"是，这种有求于人的感觉真的挺不好受的！"

白露叹息："如果实在没有希望也就不要勉强了吧，早点儿回来，我们做好最后这一个多月的生意。"

"嗯。"

白露让我早点儿休息之后便挂掉了电话，于我而言，这个夜又开始变得深沉且孤寂。

我重重地躺在床上，可尽管已经很疲惫，却一点儿睡意也没有。

我在思考要不要和叶芷再聊一聊，可是却找不到一个还能继续聊下去的理由。

夜已经很深了，我不要命似的又给自己点上了一支烟来排遣心中的苦闷和失眠的焦虑。同时，也在刷新着自己的朋友圈，而这已经成了我睡不着时的一个习惯。

杨思思没有再发信息关心我与叶芷的交流结果，但她发了朋友圈，大致说自己最近要出国，提醒她的朋友们抓紧时间和她聚聚。

我给她点了一个赞,而这个赞是发自内心的,因为她提前离开大理这个是非之地,现在来看是一个非常正确的选择,她也确实没有必要跟着我们劳心劳力。

因为失眠,次日我睡到十点半才起床,我办理了退房,然后准备开车回大理。对于我来说,实在是不值得在这个小县城里再浪费时间了。

路上,我找了一家面馆儿,打算将早饭和中饭一起吃了。

吃饭过程中,我收到了叶芷发来的微信:"你在吗?我好像是遇到碰瓷的了!我听不懂他在说什么,他一直躺在我的车下面不肯走!"

我放下了筷子,回道:"车上安装行车记录仪了吗?"

"我没太注意。"

叶芷说没注意也正常,因为现在很多行车记录仪都是隐藏式的,并且要和手机连接才能查看到里面的影像资料。我又回了信息:"你先回车上,别给他钱,也别跟他纠缠,然后将你现在的位置发给我,我这就过去。"

"那我要报警吗?"

"如果没有行车记录仪的话别报警,到时候说不清楚,还惹一堆麻烦。"

"他会报警吗?"

"他如果真是碰瓷的人的话,肯定不会报警的,到时候警察来了,肯定领他去医院检查,他冲着钱来的,干吗受这份罪啊。你就安心在车上待着,这事儿我去给你处理。"

"你怎么这么有信心?"

"我还能怕他一无赖?!"

叶芷便不再说话,而我也在下一刻走出了面馆,并将她发来的位置在导航上设置成了目的地,然后便开车向她此刻所在的位置驶去。

十分钟后,我来到了事故现场,果然看见叶芷的车轮下躺了一个大约四十来岁的中年人,我将车停在了路边,便向那边走去,同时给叶芷发了信息:"你现在看看,你车子后视镜的后面有没有一个凸起的地方,一般隐藏式的行车记录仪都装在那儿后面。"

"没有。"

"真佩服你们这些有钱人!也是,反正你们保险保得高,待会儿你直接从他身上硬碾过去,后面的事儿交给保险公司去办就行了。"

"能不开玩笑吗?"

我笑了笑,回道:"不开玩笑,我已经到了,待会儿我和他说话的时候你可千万别过来搭话,得装着不认识我,知道吗?"

"嗯,我听你的。"

我挤开围观的人群,然后来到了那个中年男子的身旁,蹲下来后对他说道:"大哥，您这是伤哪儿了？"

中年男人面带痛苦之色对我说道："腿，走不了路了！"

我感叹道："哟，那这事儿可不小，她是怎么撞上你的？"

"我好好在路上走着，她车就从那边蹿出来了，我躲都躲不及，一下就给我撂倒了，我这腿到这会儿都生疼！"

我又低头向他的腿看了看，然后很关切地说道："大哥，你这下可真是摔得不轻！我看你这裤子口袋里面鼓鼓囊囊的，该不会是装了手机吧，你赶紧拿出来看看，这玩意儿可不便宜，要是也摔坏了，你得让她赔！"

中年男人受到我的指点之后赶忙将手机从口袋里掏了出来，准备再和叶芷讹一部手机。

"大哥，你这手机后面好像真裂开了，我是修手机的，你赶紧拿过来，我给你估估这损失。"

中年男子竟然对我没有防备，真将手机递给了我。

我拿在手里掂量了一下，然后脸一横说道："你还真靠碰瓷儿碰出了一条致富路啊，用这么好的手机！"我说着便拿起手机，然后挤开人群往远处狂奔而去，这人瞬间就利索了，只见他从地上一跃而起，跟在我后面狂追，嘴里还喊着"抢手机"。

我的目的已经达到，便在事故现场的不远处停了下来，然后拿着手机在他面前晃了晃，笑着说道："我看你这架势，专业的短跑运动员也不一定跑得过你，你这腿哪儿就不好使了？"

中年男子这才明白过来，指着我怒道："你诈我！"

我不慌不忙地将手机塞回到他兜儿里，然后回道："我可是看见好几个人拿着手机把刚刚的经过都拍下来了，这明显就是你在碰瓷儿，你要是觉得被我诈了委屈，那咱们现在就报警，你别以为是外地牌照的车，就能往死里坑，我告诉你，能开上那种车的都不是一般人，人家真要和你较真儿了，指不定谁落不着好儿呢！"

中年男子又往叶芷停车的地方看了看，脸色越发地难看，然后指着我撂了一句狠话，便往一条巷子里跑去。我却将他的狠话当成了耳边风，因为从小混迹于社会底层，我早就将这种人的心态给摸得透透的，他们压根儿没胆子报复。

我回到叶芷身边，她如释重负地看了我一眼，然后对我说道："看来无赖的天敌还真是流氓，谢谢你！"

"我这算不算以德报怨？"

"勉强算吧，可我真的没有害你的心，你知道的，就算这个项目我们集团不做也会有其他集团来做的。"

"别这么认真，我就是提醒你要好好请我吃个大餐，我刚刚可是饭吃了一半赶过来的。"

叶芷愣了一下，才回道："没问题，你选个地方吧。"

我与她对视着，心中对她的认知好像又增加了一分。不可否认，她在商业上确实是一个有能力做到游刃有余的女人，可生活中却有很大的短板，就比如这种市井小事儿，她就没有能力处理好，而这却是我的强项，所以人与人之间相处时并没有必要妄自菲薄，因为小人物也一样有可以闪光的地方。

这附近就有一家做简餐的咖啡店，我因为要赶着回大理所以就近选了这一家。进店后我要了一份鸡排饭，叶芷则要了一份意面，我们靠窗而坐。

虽然外面已经放晴，但这里不比大理四季如春，所以没什么准备的我也只是穿了一件很单薄的外套就来了，而外面却都是穿着羽绒服和棉袄的路人。

我往有阳光的地方靠了靠，然后把玩着打火机。

叶芷向我问道："你是不是冷？"

"没事，就吃顿饭的时间，车上有空调，上了车就不冷了！"

叶芷叫来了服务员，又帮我要了一杯热牛奶。她向我问道："准备回大理吗？"

我强颜笑了笑，回道："事情办没办成，都得回去，干吗在这儿浪费时间呢？"

叶芷没有言语，片刻之后，服务员给我端来了一杯热牛奶，我手握住之后，一阵暖意传来，却弄不清楚这算不算是叶芷对我的心意。

我一直有个疑惑，像她这种个性偏冷淡的女人到底会不会去暖一个男人的心，又会不会爱上一个男人呢？可是我问不出口，因为直觉她是个很注重保护隐私的女人，我们相识的时间也不短了，她却从来没有跟我说起过她自己的任何一点儿过往。

她终于开口对我说道："刚刚给你发信息的时候以为你不会理我，没想到你还是第一时间来了！"

我为了给自己挣回一点儿面子，很嘴硬地回道："我是不怎么想你，可是一码归一码，事业上咱俩是仇人，私下里我们还是朋友，这点我分得清。"

"你这个性格挺好的。"

"是吗？"

叶芷笑了笑。

咖啡店里一直在播放音乐，前几首歌我没太在意。这时，播放起了几年前一部特别火的韩剧的主题曲，我记得旋律，但是却忘了这部韩剧叫什么名字。

叶芷听得入神，我感觉她看过，便问道："这是哪部韩剧的主题曲吧？"

"对。"

我笑道："你不像是个会看韩剧的人啊！"

叶芷解释道："偶然看到的，感觉挺有意思就全部看完了。"

"是，追美剧不代表有品位，看韩剧也不代表低俗，反正目的都一样，都是为了消遣嘛。"

叶芷看了我一眼，回道："和消遣没什么关系，只是有点儿触动。"稍稍停了停，她又说道，"你知道女人为什么都喜欢看泡沫剧吗？"

"不是很懂你们的想法。"

"这和你们男人喜欢看打打杀杀的电视剧一样，因为你们男人骨子里就有英雄情结，想征服别人。女人则相反，我们渴望被保护，尤其是心理年龄还没有成熟的时候，这种需求更强烈，对于有些女人而言，有一个像肥皂剧里一样保护着自己的男主角是一个特别美好的幻想，可也有极少一些女人，生命中真的有这样一个男人出现过，所以女人爱看这种电视剧有可能是为了满足这方面的心理需求，也有可能是因为回忆。"

"你这么说我就懂了，你是后者？"

"很久以前的事情了。"

"可是你看上去还耿耿于怀。"

"也许吧。"

叶芷端起杯子喝了一口咖啡，而我的好奇心却被她给勾起来了，于是又对她说道："你说说看呗，要不然老以为你不食人间烟火，像是从天上掉下来的，凡尘俗世都和你没什么关系！"

叶芷笑了笑，终于开口说道："我们是高中同学，他对我很好，高三那年，他家出事了，他妈妈受不了舆论压力带着他离开了上海。后来我也出国留学了，我们就彻底失去了联系，这些年都没有他的消息，也不知道他现在过得怎么样。"

"你这也太敷衍了，到底是怎么个好法？"

"没什么好细说的，大概就是电视剧里演的那个样子吧。"

"你们谈恋爱了吗？"

叶芷用一种异样的目光看着我，回道："他走的时候给我留了一张字条，要我等他，这算吗？"

猛然听到"等"这个字，我的心情便沉重了起来，也好似看到了两种极端的爱情形式，叶芷和那个男生的过去梦幻到像影视剧，而我和陆佳的爱情却现实到要滴血，我们之间更没有等与被等的承诺。或者，这些年一直是她在等我，我却因为生活的沉重而没有往心里去。

大概是因为这种巨大的反差，让我有了继续探究下去的欲望，我点上一支烟后向她问道："他留字条之前呢，你们是恋爱关系吗？"

"那时候我还不懂什么是爱情。"

"那在他留了字条之后呢？"

"对于爱情，我还是不太懂，但我想再等等。"

这一刻，我好像看到一个被"等"字锁住了的叶芷，她是一个执着也冷静的女人，所以这个"等"字才能牢牢将她锁住,而我这样的人是不会被锁住的,能锁住我的,只有生活。因为经历了这些之后,我已经将爱情看淡了,在我眼中只有为了生活而活才是最实际的,所以我排斥跟梦幻有关的一切。

我终于开口向她问道:"那你有没有想过,这么多年过去了,他为什么没来找过你?"

"结果一样,想或者不想又有什么区别呢?"

"你愿意等他这么多年,肯定是爱他的。"

"为什么?"

"因为只有爱情才能让人听话。"

叶芷的眼圈有些红,但终究没有掉下眼泪来,也许是因为这件事情已经过去太久,她自己也淡了。也或者,现在的她已经成熟了,更愿意用一种成熟的态度来对待这一段有点儿梦幻的过往。还有一种可能,如果她是在强忍,那这些年的她也真是够苦,因为"等"这个字能杀死女人的一切,让她们痛失青春,痛失对生活的激情。

不管是哪一种,我都相信,至少曾经她是爱过那个男生的。

我终于知道,这个世界上原来也有那么一个男人是可以被她钟爱的,尽管这已经是很多年前的事情,可也恰恰那个年纪的爱情才是最纯真的。

"他叫什么名字,能说说吗?"

叶芷似乎并不那么想说,她只是对我摇了摇头,然后又陷入了一种失神的状态中。而我也才发现,我们聊了这么多,那首歌竟然还没有被播放完。

咖啡店的门口,我和叶芷并肩站着,我向她问道:"还准备在这个地方玩几天吗?"

"换一座城市吧。"

我笑了笑,问道:"怕被碰瓷儿?"

"心境被破坏掉了,这个地方就不可能完美了。"

"我有体会,那祝你一路顺利。"

"你也是。"

寒风中,我将自己的衣服披紧了一些,却不想立即将手中的烟吸完,我又对叶芷说道:"你先走吧,我将烟吸完。"

"嗯。"

叶芷转身欲走,我又喊住了她。

"怎么了?"

"记得给车子装个行车记录仪,这年头碰瓷的人挺多的,事儿不大,但真要倒霉遇上也挺麻烦的。"

"听你的。"叶芷说完之后笑了笑,然后转身上了自己的车。看着她和车渐渐消失在视线中，我忽然恍惚得不行；然后又觉得自己的记忆和认知都被这寒风给割裂了。

我在四季如春的大理，见到的是一个冷淡如霜的叶芷；在这寒风呼啸的泸溪，却又重新认识了内心也有温热的叶芷。

那我呢？在春天和寒冬的转换中是否也有另一面？

呵呵，这个世界上根本不会有一个人愿意弄懂我，那我又何必费尽心思地清醒着呢？

只一转眼，又是一阵巨大的寒风吹来，我无比清醒。才想起四季如春的大理还有一间因为生存而危机四伏的客栈在等我。

我又回头往我们刚刚坐过的那个咖啡店看了看，恍然如梦。

我并不是一个虚伪的人，所以作为朋友，感情上我同情她，如果有可能，希望她能找到那个他，然后在我们这些不如意的人心中活成榜样，至于我曾经对她的那点好感不提也罢！

我又想起了杨思思，她费尽心思地将她表哥杨远航介绍给叶芷，现在看来也没什么太大的意义。

所以人啊，还是太复杂！而谁又能真正将谁看透呢？

就像叶芷，她质疑我为什么要如此执着地留在大理，却不知道我的生命中还有一个叫汪蕾的女人，我们之间虽然已经不可能存在等与被等的关系，但我也不能忘却有关于她的一切。

手上的烟已经吸完，可是我却感觉自己缺少了一点儿离开的动力，因为我厌倦了一千三百公里的漫漫长路却只有自己一个人的孤独，也不想一事无成地去面对马指导和铁男这些人。费了这么大力气，我该有点儿收获的。可除了被叶芷站在在商言商的高度教怎么做人，我真的是一无所获。

又想起她的心里竟然一直有一个被她惦念着的男人，我失意的程度便好似加重了一些！于是，我又从烟盒里摸出一支烟点上，我知道这样不好，可实在是招架不住内心的煎熬，只能用这种最习惯的方式来排遣这座小县城带给自己的苦闷感。

才吸了两口，一辆七座的商务车在我的身边停了下来，驾驶室的车窗打开，一个光头小青年手上捏着香烟，冲我笑了笑，说道："哥们儿，车里的点烟器坏了，借个火。"

我左右看了看，发现整条街上只有我手里拿着烟，所以也没有多想，将打火机从烟盒里拿出来后，便向他走了过去。

他从我手上接过打火机的同时，也死死拽住了我的手腕，我还没反应过来，后车门便全被打开了，然后四个人从左右两边鱼贯而出……

那个碰瓷的人竟然真的来报复了，缓了很久，我终于从地上坐了起来，然后活动了一下关节，发现还能动。

这帮人并没有对我下死手，但也够黑的，我能感觉到自己身上有很多瘀青的地方，不至于伤筋动骨，但绝对够我疼好一阵的。而我的嘴角也破了，这才是最让我难受的，因为破相了，挨揍的事情对谁都瞒不住，我除了好面子，更不想让其他人为自己担心。

这些年，能自己扛的事情我都自己扛了。

这时，终于有人围了过来，问我要不要帮忙。

又有人向我问道："小伙子，你有没有什么朋友，赶紧给打个电话，让他们过来接你去医院看看，我看那些人下手都不轻哪！"

我想起了刚刚离去不久的叶芷，却并没有想联系她的冲动，我不想她对我有什么歉疚感。

我终于开口说道："没事儿，大爷，我自己的车就在旁边停着呢，你们都散了吧。"说完我又活动了一下手脚。

众人见我没什么问题，片刻之后便散干净了，我这才从口袋里摸出一支皱巴巴的烟点上了，心里渐渐有了一阵说不出的酸楚感。

我不知道自己千里迢迢赶到这里到底是为了什么。

手上的烟快要燃完时，咖啡店里又播放起了那部韩剧的主题曲。顿时，我的心就像是碎在了熟悉的旋律中，这才发现，自己是渴望被安慰的！可是叶芷已经走远，所以她并不会发现，我还在原地没有走。

忍着疼痛，我将车开上了高速，然后生平第二次在那个观景台停了下来。上一次我的身边有杨思思，叶芷虽然还是个不折不扣的陌生人，但好歹也在身边，而此刻的我却形单影只。

趴在护栏上远眺着这座小县城的山水，我才发现自己真的是个特别固执的人。我在这里不幸遭受了身体和精神的双重创伤，可竟然还对这座县城心存一丝向往。

只是此刻的我身边没有一个相爱的人陪着，面对着最壮阔的风景，身边同样在这里逗留的人，有人与自己的女朋友拍照留念，也有人抱在一起，一副恨不能在这里天荒地老的样子，似乎所有的深情就该留在这个观景台上。

我渐渐感觉到了自己的格格不入，走之前我又用手机将这里的风景拍了下来，然后发了一条只有照片的动态。

我并不想借此告诉别人一些什么，只想提醒自己要在日后记住此时此刻的挫败感，然后化作动力，顽强地活下去。

片刻之后，杨思思先是给我点了一个赞，然后又给我发来了一条微信："怎么，你是准备打道回府了吗？"

"嗯。"

"有结果吗？"

"被拒绝了算是结果吗？"

"当然算，让我猜猜你现在的心情呗。"

"你随意，我知道你喜欢落井下石！"

"哈哈，你现在肯定很颓吧？"

"我不光颓，我还疼呢！"信息发出去以后，我下意识地摸了摸自己被揍得快要裂开的下巴。

过了片刻，她回了信息："你快别形容了，你在我心里一直是个一塌糊涂的形象，我能想象到你现在有多惨！"

我背身对着观景台之外的风景，不自觉就因为这条信息而咧嘴笑了笑，瞬间，嘴角处又传来一阵钻心的疼痛。

离开这个观景台之前，我给杨思思回了信息："不用为我担心，在开这个客栈之前我就已经做了最坏的心理打算，现在离最坏的状况还差了点儿，所以也没什么不能承受的。你呢，回上海后的感觉是不是很不错？"

这条信息发出去之后，我便上了自己的车，然后开始了这段极其漫长的路程，我估计，在没有堵车发生的情况下我也得过了明天中午才能回到大理。

晚上七点半的时候，我到了贵州境内一个叫盘州的城市，我先是找地方吃了个晚饭，而直到这时，才腾出时间来看杨思思给我回的信息。

她说："在上海当然很舒服了，每天不用起早贪黑接客人，想买什么也不用克制自己。最最喜欢的，还是那种可以睡到自然醒的感觉。"

"这不就对了嘛，上海是水，你是鱼，回上海才是你最正确的选择。"

"那你呢？上海对你来说，又是什么？"

"刀山火海。"

"大理才是刀山火海吧，你想想看，你在上海的时候也就是有点儿穷，但生活算是风平浪静。到大理后，遇到的都是些什么事情哪？！"

"你这在上海还没站稳脚跟，就又开始说大理的坏话，是不是太善变了？"

"我说的是大理对于你，我没觉得大理哪儿不好啊，要是我爸妈愿意给我个几千万让我在大理挥霍，我还是觉得大理比上海好，我讨厌的只是那种在大理要自己养活自己的感觉。"

"那你藏得够深的啊，我一直以为你挺享受那种自力更生的生活呢！"

"追求不劳而获是每个人的天性，当然，自力更生更是一种光荣。"

"那你挺牛的，想自力更生的时候就在大理做个前台，不想自力更生的时候回家低个头就可以接着不劳而获，你算是做到两种生活状态切换自如了！"

"那是，彪悍的人生不需要解释。"

"那你继续彪悍吧，我先吃饭了。"

"你现在到哪儿了？"

"盘州，今天在这里休息一晚上，明天回大理。"

"敢不敢开到昆明？"

"还有二百多公里路呢，我开到那儿干吗？"

"给你个惊喜，如果你认为是惊喜的话。"

"你不会是在昆明吧？"

"我有病，我去昆明干吗？"

"那我实在是想不到你能在昆明弄什么惊喜，这太玄乎了！"

"只要你起了好奇心，我相信你一定会去的。"

"你不说，我还真不想去。"

杨思思没有再回复我的信息，我却被她一贯的神经质给弄得心神不宁。想了想，自己还没有订住的宾馆，开到昆明也不是不可以，而我一点儿也不介意被她给耍了，反正这个夜都是孤独的，住在盘州或是昆明也没什么区别。

将吃饭的钱付给了老板之后，我便又驱车上了高速，然后开始了这一段将近三百公里的路程。路上，我接到了家里二姨打来的电话。

我戴上蓝牙耳机之后，向她问道："二姨，有事儿吗？"

"米高啊，二姨求你一件事行不？"

"一家人你可别和我用'求'这个字。"

"那二姨就当你答应了啊！"

"你先说说看，我能帮到的一定帮你。"

二姨笑道："这不，你弟弟大学刚毕业嘛，我跟你姨父合计了一下，我们花了这么多精力和财力供他读到大学，也不是为了让他以后留在小县城的，所以想让他到上海见见世面……"二姨欲言又止，我又说道："你是不是想让我给戴强（表弟的名字）一点儿建议？"

二姨终于开口说道："你在上海待了这么久，你的建议我们肯定要听的，要是你能在工作上再给他出把力，那就更好了！"

"我能出啥力啊？我人都不在上海了。"

二姨又笑着说道："你看你这孩子。你女朋友不是在上海嘛，而且还是做酒店投资的，这不是正好能和戴强的专业对上！你看，能不能让小叶给戴强安排一份工作，这样有个自家人在身边照应着，我们也才能放心让戴强去上海，是不是？"

我这才反应过来，然后心中涌起一阵说不出来的滋味，关于上海这座城市，我看到的是一种前赴后继的麻木，大家似乎只知道那里的机会多却根本不考虑生活成本，而真当你一头扎进去了，才会发现这座城市是多么现实和残酷。

我终于开口回道："二姨，我跟你说句掏心掏肺的话，戴强真的不适合上海这座城市工作。"

二姨不等我说完，便很不悦地打断道："米高，你都还没有和你女朋友提这个事情，就忙着拒绝了，是不是真的有了女朋友就忘了我这个二姨了？"

"不是，我不是这个意思……"

"米高，算二姨求你了，行吗？你想想二姨一家有多难，我十年前就下了岗，跟你姨父在县城里面开了一家熟食店，辛辛苦苦总算是把戴强培养到大学毕业，可你姨父的身体又不好了，重活儿什么的都干不来，外面就开始讹传他得了什么传染病，都不敢来我们熟食店买东西，也不知道这个熟食店还能撑多久！要是不赶紧让戴强找份像样的工作，我们这个家可怎么办哪！"

我心里一阵难受，因为我知道她说的是实情，稍稍思虑之后我终于对她说道："你让戴强和我说几句，我想听听他的想法。"

"戴强在外面出摊儿呢，我这就让他给你打电话。"

"这么晚了，他出什么摊儿啊？"

"现在生意不好，这些卤的东西卖不掉容易坏，他就弄了辆三轮车去城北那边卖了，那边不是熟客，也没人说你姨父有传染病，生意还好做一点儿。"说完，她又说道，"你等等啊，我这就让戴强给你打电话。"

片刻之后，戴强便给我打了电话，我主动对他说道："小强，你的事情二姨都和我说了，别的我也不想多问，只想问你一句，你真的很想去上海吗？"

"想，我在这个县城里面活得太压抑了，每天看着我爸妈唉声叹气又不知道怎么才能给这个家分担点压力。我去找过工作，县城里根本就没有好的酒店，有几家倒是愿意用我，可工资才两千多块钱，我知道以后家里的担子肯定都会压在我身上，所以一想到只能拿这么一点儿工资，我心里就特别绝望？！"

"你对上海了解吗？"

"不了解，可是我年轻啊，我有很多次可以从头再来的机会。"

"戴强，你不能这么想，我们这种家庭出身的孩子，压根儿就没有多少可以从头再来的机会，我不太赞成你去上海。"

戴强言语有点儿激动："我想去！我真的不怕吃苦，哥，你就帮帮我吧，我不会给你丢脸的。"

我一阵沉默，心里也同情这个血浓于水的弟弟，可是我该怎么和叶芷开口呢？我骨子里是不太愿意让她帮忙的。

一番思想斗争之后，我还是自我妥协了，因为我了解戴强，他确实是个踏实肯吃苦的好青年，就算去叶芷那里多少也是会有贡献的，所以这也不算是给叶芷找麻烦。

我终于开口说道："行吧，你待会儿往我微信上发一份你自己的简历，我帮你试试看。"

"好嘞，哥，只要你愿意帮我，嫂子那边肯定也不会有意见的，那天视频聊天的时候我都看见了，她对你挺好的！"

我立刻便纠正了他："戴强，你可千万不能有这样的想法，凡事都得靠自己，因为这个世界上没有谁一定要对谁好的义务。今天她是你嫂子，明天可能就不是了。"

我之所以这么说，是因为心里已经做好了准备，我想找个合适的机会，把这个误会向家人澄清，我不可能永远和叶芷保持这种虚假的情侣关系，而这才是我们之间真正的麻烦。

我的话让电话那头的戴强满是疑惑，他向我问道："哥，你刚刚说的是啥意思啊？什么叫明天可能就不是了？"

"我的意思是让你自力更生，千万不要以为自己抱住了一棵大树，思想上就不够紧张，要不然，你会倒霉的！"稍稍停了停，我又说道，"你也别问这问那的了，赶紧把你的简历发过来，这才是正事儿。"

"我这就给你发过去。"

"嗯，缺钱花吗？缺的话我给你转点儿。"

"那你给我转两千块钱当作去上海的路费吧，等我拿到工资了就还你。"

"打住啊，去上海这事还没谱儿呢，你可别抱太大希望。"

戴强特别坚决地回道："就算嫂子不愿意用我，我也会到上海找一份工作的，我相信自己一定能在上海活下去。"

"活下去和活得好完全就是两码事儿。算了，我也不想劝你，因为几年前我也是这么想的，有些事情你自己不去体会还真不会有什么实际的感受。"

这句话说完，我便结束了和戴强的通话。而他在五分钟之后也将自己的简历传了过来。

路上，我找了一个服务区，去了一下卫生间，便回车里看起了戴强发来的简历。

这孩子是个普通的二本学历，也没有什么工作经验。说实话，这样的履历放到上海是一点儿竞争力也没有的，就算能在大酒店找到一份工作月薪也不会高到哪儿去，但是答应下来的事情我一定会帮他办，至于叶芷怎么答复就不是我所能控制的了。

我将简历转发给了叶芷，但没有告诉她这是我表弟的简历。只是说给她推荐一个专业对口的应届毕业生。

片刻之后，叶芷给我回了信息："这个人一定和你的关系不一般吧？"

"怎么说？"

"我觉得你不是一个愿意为了这样的事情主动找我开口的人。"

"你公事公办就行了，不用感到为难。"

"我觉得他愿意来上海就是一种很大的勇气，我很欣赏有勇气的年轻人。"

"我怎么觉得你是在挤对我呢？我在大理不比待在上海好？！"

329

"冷暖自知。"

"大理现在还能保持20摄氏度的气温，上海都已经零下了。你说，哪儿冷，哪儿热啊？"

叶芷没有理会我的玩笑话，反而向我问道："他是你什么人？我觉得我有必要了解一下。"

叶芷这么一提醒，我还真觉得有这个必要，因为她如果决定录用戴强，就意味着她以后会有很多和戴强接触的机会，而我这边还和她保持着假情侣的关系，如果她没在意，说漏嘴了是挺麻烦的！

我终于回道："他是我二姨家的孩子，上次视频的时候你应该见过的。"

"好的，我知道了。明天我会把他的简历发给人事部，看看有什么职位适合他。"

"不为难吧？"

"不为难，我们喜欢和刚从学校出来的学生打交道，因为他们有想法，有冲劲儿，这和我们开放的集团文化很吻合，我们也有这样的社会责任感，愿意给类似这种情况的年轻人提供工作的机会。"

"不为难就好。"

叶芷还是这样的性格，该谈的事情谈完之后便不会再聊多余的话题，而我也没有再给她发信息，在这之后便集中注意力并保持着很快的速度往昆明的方向驶去。

深夜十一点的时候，我终于下了高速，然后给杨思思发了一条信息："我已经到昆明了，你给我的惊喜呢？"

杨思思在片刻之后给我回了信息："我看今天的气象预报了，你现在找一个空旷的地方，十二点左右的时候昆明这边会看到流星雨，哈哈，够惊喜了吧？"

"得，知道你就是逗我玩的。不过我也不生气，反正今天多开一点儿明天就能少开一点儿，在昆明过一夜也挺好的。"

"你的脾气什么时候变得这么好啦？"

"跟你这样的人就生不起气来！"发完这条信息，我对所谓的惊喜也不再抱有期待，直接驱车驶向了城区，然后照例找了一个一百多块钱就能住的快捷宾馆住下。

洗完热水澡躺在床上的时候我才再次拿起了手机，而上面有一条杨思思在十五分钟前发来的未读信息，她说："我不相信你到昆明了，我觉得你也是在逗我玩呢。"

电视里正好在播放着昆明电视台的节目，我便顺手拍了一张照片给她发了过去。

"你是在侮辱我的智商吗，难道只有昆明才能搜到昆明电视台？"

"就这种鸡毛蒜皮的事儿我有必要骗你吗？"

"你就是一坑蒙拐骗的江湖神棍，我早就把你给看得透透的了。"

"咱能不能别这么无聊？"

"那你把自己现在的位置发给我啊，这才是铁证。"

我将自己所住宾馆的定位发给了她，然后又发了一条信息："现在相信了吧？"

"把你的房间号也发过来呗。"

"干吗？"

"给你点个外卖啊，我请你。"

我将自己的房间号发给了她，然后又给她发了一条信息："不请不是人！"

我钻进了被窝里，然后又选了一个有综艺节目的电视台播放着，没过一会儿，我便有了倦意，就在我快要进入睡眠的状态时忽然传来了一阵敲门声。

我被惊醒的同时也愣住了，我在心里嘀咕着：杨思思不会真大半夜给我点了外卖吧？

带着这样的疑惑，我下了床，然后又打开房门，果然看到一个外卖小哥，他递给我一个袋子，然后对着发蒙的我说道："先生，这是您叫的外卖，祝您用餐愉快！"

"哦，谢谢！"

"记得给五星好评。"

我这才从他手中接过了外卖，然后又像撞了鬼似的对他说了声"好"。

关上门，回到房间，我将袋子里的东西取了出来，里面是一份海鲜粥。

我打开海鲜粥，一边吃一边给她回信息："夜宵我笑纳了，味道不错。"

"期待后面的惊喜吗？"

"咱玩笑可不能开得太过分啊！"

"怂，刚刚的狠劲儿呢？"

"我不是怂，我是怕你套路我，哥们儿才不会上你的当。"

"真够警觉的呀！不过我这人一向不喜欢言而无信，你等着吧，大大的惊喜哟！"

杨思思信誓旦旦地说着待会儿会有一个大大的惊喜时，这个惊喜已经在我的心里演变成了惊吓，现在我只想静静睡觉，这两天在心理上所遭受的创伤已经让我感到非常疲惫了。

我又给杨思思回了信息："别闹了，行吗？我明天还要起早赶回大理，真的吃不消了。"

杨思思不回信息。

我按捺不住，又拨打了她的电话，却是无法接通的语音提示。我算是看出来了，这次她就是憋着坏冲我来的，而我也看低了她对于恶作剧这件事情的兴趣，我就不该把自己的房间号告诉她的。

我将那盒吃完的海鲜粥扔进了垃圾篓后便站在窗户口打开了窗帘，深夜的街道看上去冷冷清清。

站了一会儿之后，我又觉得，她就是想让我坐立不安。

想明白了之后，我便在门外挂上了请勿打扰的牌子，然后又钻回了被窝里，想

331

尽快结束掉这个有点儿折腾的夜晚。

就在我进入迷迷糊糊的状态时，又传来了一阵敲门声，我本能地用枕头捂住了自己的耳朵，下一刻便一惊，从床上坐了起来，然后想起了杨思思说的那个大大的惊喜！

"谁啊？"

门外的人不应答，却好像又用脚对着门踢了一下。

我打开了灯，又一连问了两声，对方还是没有给我任何回应，但敲门的声音却越来越大了，我趴在猫眼处看了看，对方明显藏了起来，只看见一双穿着白色鞋子的脚伸了过来，然后又对着门踢了两脚。

在我打开房门的同时，那只脚也向我踹了过来，我下意识地擒拿住，然后便看见了杨思思那张带着惊恐的脸，她向我问道："你怎么变成这副鬼样子了？"

我比她更吃惊，也问道："怎么是你？"

"能不能先把我放开来再说话？"

我赶忙将她松开，然后又打量着她，她看上去比之前要成熟了一些，因为她没有扎丸子头，却拉直了头发，可性格和以前还是没什么两样，依旧是爱搞惊喜和浪漫。

杨思思进了房间，然后坐在床上，我则站在衣柜的旁边。

她终于开口向我问道："你脸怎么了？"

"我说被人揍了，你信吗？"

"不信。"

"一不小心摔的。"

"那你真够惨的呀，心里憋了一肚子气不说，脸也肿成猪头了！"

我下意识地看了看镜子里的自己，然后转移了话题说道："你别管我是不是猪头，你是怎么跑到昆明来的？"

"我是天使，想去哪儿就去哪儿。"

杨思思说完之后又憋着笑，我走到了窗户边，然后拉开窗帘，以沉默的姿态俯视着在路灯下无限延伸的街道。

"流星！米高，快看流星！"

我抬起头，一颗流星在我视线中消失，另一颗流星又划破天空掉了下来。

杨思思站在了我的身边，她闭上了眼睛，似乎在许愿，而我却没有找到浪漫的感觉，反而想了很多像流星一样从我生命中一闪而过的人。我问着自己：他们是否正以另外一种形式，在另一个地方永恒着？

恍惚中，杨思思对我说道："米高，我没骗你吧，今天晚上真的有流星雨！"

"挺壮观的。"

"你许愿了吗？"

332

"许了也不灵。"

"你要相信奇迹，这是一个每时每刻都会有奇迹发生的世界。"

"死了的人能活过来吗？"

杨思思愣了一下，问道："谁死了？"

"我们都有死的那天。"

"用得着这么悲观吗？"

我躺回到床上，然后顺手将烟头按灭在了烟灰缸里，这才转移了话题对她说道："说吧，为什么突然来昆明了？"

杨思思的面色变得严肃了起来，片刻之后才对我说道："你们能在客栈赚钱的时候，怎样都无所谓，可当客栈真的开不下去的时候，我不是那种还能坐得住的人，虽然我没有能力去改变什么，但是我可以回到大理陪大家一起走完这段路。也许这些话你听了会感到矫情，但我就是这样一个人。"

"不矫情。"

杨思思看了我一眼，没有再说话，我在沉默片刻之后又对她说道："你回大理了，那你去国外的事情怎么办？"

"我会去的，但不差这几个月。"

"嗯。"

"那你愿意把我带回大理吗？"

我抬头看着她，再次点上一支烟后，才点了点头。

杨思思终于笑了笑，说道："如果你被我这种不计前嫌的精神感动了，你就赶紧带我出去好好吃一顿，我从下飞机到现在，还没来得及吃东西呢！"

麦当劳二十四小时营业的店里，我和杨思思选了一个靠窗的位置，我只要了一杯能有助于睡眠的牛奶，她却一点儿也不怕胖，一口气要了两个套餐，一副胃口和心情都不错的样子。

等餐的时候，她又向我问道："你脸上的伤到底是怎么弄的？你可别糊弄我了，这肯定不是摔出来的。"

"挨别人揍了。"

"谁揍的？"

"你这是要帮我报仇雪恨？"

"我去谢谢他们啊，他们做了我一直想做却没有能力去做的事情。"

我没有言语，杨思思却又面露心疼之色，问道："是不是很疼哪？"

"我要是说疼，你是不是更高兴？"

"不会，我去药店给你买一瓶跌打水，你要是真挨别人揍了，肯定不只脸上这点儿伤。"

333

"这么晚了，哪还有药店开着门，别去了，好好把饭吃完然后回宾馆睡觉。"

杨思思特别执着地回道："有，我刚刚看见一家二十四小时营业的药店。你等着啊，挺近的，我一会儿就回来。"

她说着便拿起自己的手提包向外面走去，看着她匆匆离去的背影我心里像是打翻了五味瓶，继而特别想用更好的举动去回报她。可想了想便又压制了这种冲动，因为我能给的她不缺，她想要的我也未必给得起。

片刻之后，杨思思便真拿着一瓶红花油回来了，这东西对跌打损伤确实是有效果的，但是她却没有交到我手上，而是向我问道："后背上有没有伤？有的话，我待会儿回去帮你抹。"

"我自己来就行了。"

"你多能耐啊，有本事别挨揍嘛！"

"我是怕你不方便。"

"我当你是一头猪，我自己是兽医不就完了，你别磨叽了。"

"你才是猪！"

杨思思又对着我笑道："米高，你知道吗，这次我学聪明了，我爸妈给我钱的时候，我只要现金，就算他们冻结我的卡我也不怕了。"

我四处看了看，然后对她说道："别随便露富，要是被贼惦记上你就惨了！"

"店里都没有人，哪儿来的贼？"

"谨慎点儿没坏处。"稍稍停了停，我又压低声音向她问道，"这次从家里坑了多少钱出来的？"

"你就是那个惦记着我钱的贼吧？"

"没有的事儿，我觉得我们就是那种可以知根知底的关系，你要是问我现在身上有多少钱，我肯定也会大方地告诉你的。"

杨思思挺不屑地看了我一眼，然后回道："也没多少，一大半已经被我给花了，现在好像就剩下十来万吧。"

"你的意思是你身上带着十万块钱现金？"

"看你这贼眉鼠眼的样子，是想劫财还是想劫色啊？"

"跟你说正经的呢，这么多现金带在身上真不安全！"

"我又不傻，这些钱我都存到自己的支付宝里了，他们总没权利把我自己的支付宝也给冻结了吧。"

我点头，由衷地赞道："你是不傻，但你爸妈这事儿就办得有点儿不聪明了，他们现在肯定特心疼那些被你给坑走的钱吧？"

杨思思又特鄙视地看了我一眼，回道："你没事儿的时候能不能把自己的眼界开阔一下，你花十块钱买包烟会心疼吗？对于他们来说，这些钱和你出去买包烟有什么区别？"

我尴尬地笑了笑，但心中却没什么不舒服的感觉，而和杨思思相处时总是会产生这种化学反应，我们似乎什么都能聊，哪怕是这么琐碎、这么无聊的事情！

回到宾馆，杨思思先是在我房间的隔壁开了一间房，然后又拿着刚刚买的红花油来到了我的房间。

我脱掉上衣，趴在了床上。

杨思思却捂住嘴，掉下了眼泪，她哽咽着对我说道："这些都是什么人啊，怎么下手这么狠？整个后背都找不到一块好的地方！"

"真没事儿，就是些皮外伤。"

"我要是不来，这些伤你就打算不管了吗？"

"真没你想的那么严重，你赶紧给我上药吧，弄完了回去睡觉，明天还要起早赶回大理。"

我的后背传来一点儿温热感，我知道是杨思思的眼泪掉在了我的身上。她是真的心疼我，而上一个这么心疼我的女人已经不在了，我心里莫名不好受，因为我需要更加努力才能克制住这阵也要对她好的冲动。

杨思思就这么一边哭，一边给我上药，我怕她追根究底地问我，便主动找了一个话题对她说道："今天发生了一件事情，我挺有触动的，你要不要听？"

"你说嘛。"

"我有一个表弟，年纪和你差不多大。刚才在路上，他给我打电话了，说是想到上海发展，让我帮他找一份工作。"

"他这不是为难你嘛。"

"嗯……可是我能理解他。他的家庭条件实在是太不好了，去上海也许是他唯一的出路。我告诉你，我们那个县城现在已经很冷了，他为了能帮家里分担一点儿，骑着三轮车从城南到城北就是为了将家里熟食店卖不掉的熟食给处理了。你能想象，这么冷的天，外面什么遮挡物都没有，在路上走着挨冻的感觉吗？但吃了这么大的苦，一晚上也不一定能赚多少钱！"

"在县城都混不好，到上海就能混好了吗？"

"你不懂，很多像我们这样的平凡人都在以一种赌的心态去迎战生活，赌输一次，一辈子也就这样了，可是不赌的话，真的连条咸鱼都不如，至少咸鱼在死之前还知道挣扎两下呢！"

"我不相信生活有这么难！"

"真的有，你信不信就你坑来的那些零花钱，我表弟大学四年的学费和生活费加起来都没有这么多。这也没办法，因为我姨父和二姨都已经基本丧失了劳动力，家庭的担子以后肯定要落在他身上，只靠在小县城找一份工作是顾不住这个家的。

所以，到上海赌一赌也就成了他最后一根救命稻草了！"

"那你真要帮他找一份工作吗？"

"我把他的简历发给叶芷了，正好他也是学的酒店管理专业，挺对口的！"

杨思思一巴掌拍在我的后背上，我差点儿疼得从床上跳起来，我问道："干吗这么对我一伤号啊？！"

"你这是投敌！没原则！"

我一边重重喘息一边回道："这就是两码事儿，好吗？"

"那你就是不恨她咯？你要是恨她，你就干不出这么耻辱的事情！"

我知道这样的事情要是一本正经地和杨思思说，一定会被她给抓住把柄，然后大闹特闹，但换个角度就不一样了，于是我忍痛挤出一丝笑容，对她说道："我这叫深谋远虑，我表弟就是我安插在她身边的卧底。这事儿我跟她还没完呢！"

"得了吧，你有这智商吗？"稍稍停了停，她又说道，"你别以为我不知道，你把你表弟安排过去，就是为了方便追她，以后她身边出现什么样的男人，你都有一手线报！"

"那我还真是煞费苦心！"

"我就不该同情心泛滥，来昆明找你的。你最好旧伤复发，死在路上才好。"

"我们之间没这么大的仇恨吧？"

杨思思将红花油重重拍在桌子上，然后说道："你自己抹吧，你这样的人，根本就不值得我救！我要自己坐车回大理。"

杨思思离开了我的房间之后，我把药继续涂完，然后上床睡觉。

次日，我在闹铃声中醒了过来，洗漱完之后刚好九点。我简单收拾了一下行李便去敲了杨思思的房门，她很不耐烦地应了我一声，显然还没睡醒。

我向她问道："真不跟我一起走吗？"

"你烦不烦哪！我昨天都和你说了我要坐火车回大理。"

"你不是喜欢心血来潮嘛，我是怕你睡了一夜又改变主意了。"

"没有改变，你走吧，我还没睡够。"

"行吧。"我应了一声，便转身离开，走了几步之后我又回头站在她门口说道，"想不想吃点儿什么，我帮你叫一份外卖。"

"不想，不想……我什么都不想，你赶紧走，我快被你给吵死了！"

我无奈一笑，然后退房离开，独自开车上了高速，又是一段漫长的行程，但我心里却没有昨天那么孤独，因为我知道，待会儿还有那么一个人会与我设置一样的目的地，虽然我们选择的交通工具不一样，但终究还是会见面。

路上，我接到了戴强给我打来的电话，问我有没有将他的简历推送给叶芷，我能感觉到他内心的焦虑，可上海这座城市真的能拯救他吗？

对此，我保留着怀疑。

结束了和戴强的通话，我并没有急于给叶芷发信息询问事情的进展，因为我想让她有自我处理的空间而不是卖人情，如果真的是为了卖人情而收留了戴强，我反而不觉得这对戴强来说是一件好事情，因为这也是间接不认可戴强的履历和能力的一种表现。

大概中午的时候，叶芷给我回了一条信息，她说："人事部门那边已经给我回复消息了，我们集团下属酒店的康乐部经理缺少一个助理，你弟弟如果有兴趣的话可以去试一下。"

"待遇怎么样？"

"转正后缴纳五险一金，待遇在四千块钱左右。"

叶芷给的回答并不出乎我的意料，因为在上海，毕业生的工资普遍就是这个行情，而戴强之前没有什么工作经验，能得到这么一个面试的机会已经是非常难得。不过面试成功后还会有能不能转正的考验，所以摆在他前面的这条路也并不那么好走，但这是一个机会，因为助理是可以直接和部门高层接触的，如果机灵点儿，很容易就会被提拔。

我向叶芷表达了感谢，她说自己只是公事公办。不过我心里却很明白，只要她参与了这件事情，就没有公事公办的可能性，因为能让她亲自发简历的人，人事部一定会买账的，所以我断定戴强入职的可能性会非常大。

带着这样的判断，我停在服务区又给戴强打了个电话，他接通后很是小心地向我问道："哥，是不是嫂子那边有消息了？"

我带着一丝严肃回道："说这事儿之前我得提醒你，到了上海脑子里千万不要有'嫂子'这个概念，更不要以为自己是关系户，你是个男人，凡事要靠自己去奋斗，明白吗？"

"知道了，哥。"

"嗯，她那边已经给我回信了，说是他们集团下属酒店的康乐部经理缺少一个助理，让你有兴趣的话，去试一下。"

"太好了，我这就回家收拾行李去上海。"

"你先别激动，我一门外汉，你能不能先给我普及一下什么叫康乐部？"

"一般五星级酒店才会设立康乐部。酒店规模越大，康乐部所包含的项目就越多，一般包括游泳、桑拿、健身、美容……更厉害的还会配备保龄球馆和网球场！"

"如果我们客栈也有康乐部的话，那个无边泳池就应该归康乐部管，是这么理解的吗？"

"嗯，哥，我会好好干的。"

我稍稍沉默，又说道："我待会儿给你转五千块钱，你一时半会儿的也没收入，到那边还要租房子住，都是开支。"

"你给我两千块钱就行了，这么大的酒店一般会给员工安排住宿的地方。"

我感叹："哟，如果食宿都给安排了，那转正后一个月四千块钱的工资也不算低了！"

"嗯，差不多相当于六千块钱的工资了。对了，哥，你能不能给我一个嫂子的联系方式啊，我到上海了请她吃个饭，没别的意思，就是单纯感谢一下。"

我愣了一下，回道："等你到了上海之后再说，你要是想请她吃饭，我帮你约。你们见面之后你再征求她的意见，看看她愿不愿意和你互留联系方式。"

戴强有点儿不太能理解，他问道："不是一家人嘛！不需要这么复杂吧？"

"这是上海思维，你要学会适应。尤其是在职场，有很严格的等级制度，她首先是你的越级领导，而后才是你……"我始终不能将"嫂子"这个词说出口，因为觉得很别扭。

戴强倒没有因此怀疑，他回道："我明白了，以后我会有分寸的。"

结束了和戴强的通话，我还是给他转了五千块钱，之所以多给，是因为我对职场是有所了解的，戴强一个新人，入职后免不了要请客吃饭，而处理好和同事之间的关系才是他在那里站稳脚跟的第一步。